鲁迅与日本

潘世圣 —— 著

生活·讀書·新知 三联书店

Copyright © 2025 by SDX Joint Publishing Company.
All Rights Reserved.

本作品版权由生活·读书·新知三联书店所有。
未经许可，不得翻印。

图书在版编目（CIP）数据

鲁迅与日本 / 潘世圣著. -- 北京：生活·读书·
新知三联书店，2025.3. -- ISBN 978-7-108-07927-5

Ⅰ.I210

中国国家版本馆 CIP 数据核字第 2024QX1590 号

责任编辑	崔　萌	
装帧设计	赵　欣	
责任校对	曹秋月　陈　格	
责任印制	卢　岳	
出版发行	生活·讀書·新知 三联书店	
	（北京市东城区美术馆东街 22 号 100010）	
网　　址	www.sdxjpc.com	
经　　销	新华书店	
印　　刷	北京新华印刷有限公司	
版　　次	2025 年 3 月北京第 1 版	
	2025 年 3 月北京第 1 次印刷	
开　　本	635 毫米 × 965 毫米　1/16　印张 26.5	
字　　数	374 千字　图 31 幅	
印　　数	0,001-5,000 册	
定　　价	68.00 元	

（印装查询：01064002715；邮购查询：01084010542）

鲁迅1904年,宏文学院毕业照

明信片,宏文学院旧影

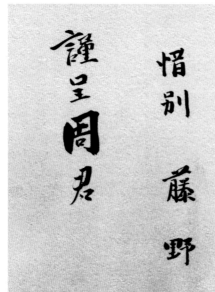

藤野先生赠鲁迅留念的照片及背面的题字。
上海鲁迅纪念馆提供

1902秋，留日浙江同乡会摄于东京。四排左起第十四人为鲁迅。
上海鲁迅纪念馆提供

1909年，鲁迅与蒋抑卮、许寿裳摄于东京。上海鲁迅纪念馆提供

日本学者十人联名致鲁迅明信片。
北京鲁迅博物馆藏

从左至右依次为鲁迅、山本实彦、内山完造，1936年2月11日于新月亭。上海鲁迅纪念馆提供

目录

例言　001

正编

鲁迅与嘉纳治五郎及弘文学院教育系谱
——预备教育的近代启蒙向度　005

汉文脉共享与鲁迅的翻译启蒙政治
——《哀尘》底本：森田思轩译《随见录》第四则　041

历史现场、原初语境与思想意义阐释
——鲁迅与丘浅次郎进化论演讲　061

"进路"的难局：鲁迅与仙台医专
——脱离东京与留学制度结构　072

"仙台体验"如何成为"传说"
——《藤野先生》的跨国阅读及歧义发生　084

鲁迅思想原型与明治日本语境
——现代思想文艺输入与自我主体性建构　097

鲁迅的国民性观念与日本
——希望与路标抑或诱惑与坑穴　115

鲁迅的日本认知
——其体验和理解日本的内容及特征　132

鲁迅与日本自然主义
——终极指向分歧与形式维度交集　152

1930年代中日教育学术交流中的鲁迅
——目加田诚、小川环树拜访鲁迅考述　167

鲁迅与山本初枝
——同志之谊与诸说喧嚣　180

鲁迅、鹿地亘及《上海通信》
——《上海通信》的鲁迅叙述及其他　200

女诗人森三千代的鲁迅记忆叙事
——《鲁迅先生的印象》考论　218

战前日本的鲁迅译介普及和认知
——改造社《大鲁迅全集月报》第1号考述　238

复盘历史现场的意义及路径
　　——"鲁迅与日本"研究的必经之路　256

附　编

弘文学院院长嘉纳治五郎的中国认知　271

"新知"与"革命"言说的世纪井喷
　　——1900年代留日学生杂志论考之一　283

翻译政治："输入文明学说"
　　——1900年代留日学生杂志论考之二　297

近代国家构想与民族主义及革命志向
　　——1900年代留日学生杂志论考之三　309

再谈新文学的发生与日本
　　——以周氏兄弟及郁达夫为线索　328

汪晖《鲁迅研究的历史批判》寄语
　　——读后感二三　353

《国民性十论》与近现代中国的国民性话语
　　——关于香港三联版《国民性十论》中文译注本　360

鲁迅与我们的时代
　　——围绕丸尾常喜《明暗之间：鲁迅传》展开的讨论　369

《鲁迅的都市漫游：东亚视域中的鲁迅言说》译后记　395

《日语源语视域下的鲁迅翻译研究》序　398

"鲁迅与日本"研究的开拓者
　　——柏青恩师追忆　403

回忆丸山昇先生　407

后记　411

例 言

一 本书使用人民文学出版社 2005 年版《鲁迅全集》,标注卷次页码,其他信息从略。

二 本书所引日文资料,除特别标注者外,一由笔者译出,请识者批评指正。

三 引文中引用者省略部分,以"[前略]""[中略]""[后略]"标注,不再使用省略号,以避免与引文中固有的省略号混同。

正编

鲁迅与嘉纳治五郎及弘文学院教育系谱
——预备教育的近代启蒙向度

要讲清楚鲁迅留日的第一站，即弘文学院[1]——鲁迅在这里接受了两年预备教育——首先要了解嘉纳治五郎其人。嘉纳治五郎（1860～1938），现代柔道（也称"讲道馆柔道"）创始人、近代日本体育之父和教育之父。在中国，大概很少有人知道这个名字。至于鲁迅研究界，情况应该有所不同。由于鲁迅在现代中国历史，尤其是在现代文学史上的崇高地位，作为鲁迅研究的相关内容，嘉纳以及他的弘文学院自然要进入鲁迅研究者的视野。薛绥之主编的《鲁迅生平史料汇编》第二辑（天津人民出版社，1982）中马力的《鲁迅在弘文学院》和《与鲁迅在日本有关的地方》以及裘士雄等的《与鲁迅在日本有关的人物》，在较早时期为学界提供了嘉纳的基础资料，尽管这些介绍还比较简单粗略。后来，又有唐政的《鲁迅与日本友人三题》（《鲁迅研究月刊》1999年第6期）等，也对鲁迅与嘉纳的关联进行过考察。[2]

---

[1] 弘文学院1902年成立，1903年改为宏文学院，以避讳乾隆皇帝的"弘历"字，但后来经常混用，本书内文叙述统一使用"弘文"。

[2] 本章涉及的有关嘉纳治五郎资料的调查研究，得到过日本国际交流基金2013年度"日本研究特别研究员"项目的支持。在本课题的诸多先行研究中，稍早有楊曉、田正平「清末留日学生教育の先駆者嘉納治五郎：中国教育改革への参与を中心に」（大里浩秋、孫安石編『中国人日本留学史研究の現段階』，御茶の水書房，2002），稍后有潘世圣《嘉纳治五郎：鲁迅的弘文学院院长》（《国际鲁迅研究》第1辑，2013年10月）。另，荆建堂「「弘文学院」における嘉納治五郎の留学生教育思想」（『神話と詩：日本聞一多学会報』（11），2013年3月）、平田諭治「嘉納治五郎の留学生教育を再考する：近代日中関係史のなかの教育・他者・逆説」（『教育学論集』9，中央大学教育学研究会，2013）等，对嘉纳的留学生教育思想和实践问题进行探索，可资参考。

鲁迅1902年3月赴日留学，进入嘉纳开设的弘文学院，成为该校的第一届学生。那时，鲁迅还只是一个年仅二十二岁的青年学生，而嘉纳已四十有三，相当于鲁迅的父辈；在社会身份上，嘉纳不仅是讲道馆柔道始创人和最高指导者，还在历经诸多要职后，担任东京高等师范学校[1]（现筑波大学）校长，同时兼任弘文学院院长，在日本教育界和体育界有着举足轻重的影响力。两人在身份地位上的境况迥然不同，决定了鲁迅和嘉纳之间的关联主要在授业－受业的结构中。作为一个包含了日语教育、基础知识文化教育、少量学术教育以及异文化交流的教育机构，弘文学院使得鲁迅和嘉纳身处同一系统中，两者之间形成了各种显性和隐性的关联。嘉纳个人的经历和特点通过教育系统的运作，直接参与和影响了鲁迅留日时期的思想及人生建构，这是考察青年鲁迅不可或缺的重要板块。在这个意义上，对嘉纳的理解，连接并制约着对鲁迅的理解。这里特别想强调的是，在鲁迅与嘉纳的命题中，要点并不仅仅是两个个体之间的个别交集，还在于嘉纳主导的学校及其整个教育体系，就是鲁迅弘文学院时期最基本最重要的知性场域，只有更多了解鲁迅每天二十四小时置身的这个知性空间，才能对鲁迅的生成及其变化做出恰当合理的判断。

令人遗憾的是，与弟弟周作人（1885～1967）不同，鲁迅对自己过往的留日经历一直颇少谈及，散见于若干文章中的片言只语，全部加起来也不足两千字。换言之，出自当事人自身的留日证言寥寥无几。

然据中以言，则此次风涛，别有由绪，学生之哄，不无可原。我辈之挤加纳于清风，责三矢于牛入，亦复如此。（致许寿裳，1910年12月21日。《鲁迅全集》第11卷，第337页，着重号均为引者所加，后同）

1　"东京高等师范学校"成立于1872年，最初叫"东京师范学校"，是日本第一所师范学校；1886年改名"东京高等师范学校"，主要培养中学教员。1929年，以"东京高等师范学校"专科为母体，创立"东京文理科大学"；1949年，"东京高等师范学校""东京文理科大学""东京农业教育专门学校"和"东京体育专门学校"四所学校合并成立"东京教育大学"；1973年改组为"筑波大学"至今。

鲁迅留学时的弘文学院，位于新宿区，现为住友不动产公司的商务楼

东京也无非是这样。上野的樱花烂熳的时节，望去确也像绯红的轻云，但花下也缺不了成群结队的"清国留学生"的速成班，头顶上盘着大辫子，顶得学生制帽的顶上高高耸起，形成一座富士山。也有解散辫子，盘得平的，除下帽来，油光可鉴，宛如小姑娘的发髻一般，还要将脖子扭几扭。实在标致极了。

中国留学生会馆的门房里有几本书买，有时还值得去一转；倘在上午，里面的几间洋房里倒也还可以坐坐的。但到傍晚，有一间的地板便常不免要咚咚咚地响得震天，兼以满房烟尘斗乱；问问精通时事的人，答道，"那是在学跳舞。"（《藤野先生》，1926年12月。《鲁迅全集》第2卷，第313页）

在东京的客店里，我们大抵一起来就看报。学生所看的多是《朝日新闻》和《读卖新闻》，专爱打听社会上琐事的就看《二六新闻》。（《范

爱农》，1926年12月。《鲁迅全集》第2卷，第321页）

前清光绪末年，我在日本东京留学，亲自看见的。那时的留学生中，很有一部分抱着革命的思想，而所谓革命者，其实是种族革命，要将土地从异族的手里取得，归还旧主人。除实行的之外，有些人是办报，有些人是钞旧书。所钞的大抵是中国所没有的禁书，所讲的大概是明末清初的情形，可以使青年猛省的。久之印成了一本书，因为是《湖北学生界》的特刊，所以名曰《汉声》，那封面上就题着四句古语：撄怀旧之蓄念，发思古之幽情，光祖宗之玄灵，振大汉之天声！这是明明白白，叫我们想想汉族繁荣时代，和现状比较一下，看是如何，——必须"光复旧物"。说得露骨些，就是"排满"；推而广之，就是"排外"。（《略谈香港》，1927年8月。《鲁迅全集》第3卷，第451～452页）

政府就又以为外国的政治法律和学问技术颇有可取之处了。我的渴望到日本去留学，也就在那时候。达了目的，入学的地方，是嘉纳先生所设立的东京的弘文学院；在这里，三泽力太郎先生教我水是养气和轻气所合成，山内繁雄先生教我贝壳里的什么地方其名为"外套"。这是有一天的事情。学监大久保先生集合起大家来，说：因为你们都是孔子之徒，今天到御茶之水的孔庙里去行礼罢！我大吃了一惊。现在还记得那时心里想，正因为绝望于孔夫子和他的之徒，所以到日本来的，然而又是拜么？一时觉得很奇怪。而且发生这样感觉的，我想决不止我一个人。（《在现代中国的孔夫子》，1935年7月。《鲁迅全集》第6卷，第326页）

（章太炎——引用者注）一九〇六年六月出狱，即日东渡，到了东京，不久就主持《民报》。我爱看这《民报》，但并非为了先生的文笔古奥，索解为难，或说佛法，谈"俱分进化"，是为了他和主张保皇的梁启超斗争,和"××"的×××斗争,和"以《红楼梦》为成佛之要道"的×××斗争,真是所向披靡,令人神旺。前去听讲也在这时候,但又并非因为他是学者,却为了他是有学问的革命家,所以直到现在,先生的音容笑貌,还在目前,而所讲的《说文解字》,却一句也不记得了。(《关于太炎先生二三事》,1937年3月10日。《鲁迅全集》第6卷,第566页)

清光绪中,曾有康有为者变过法,不成,作为反动,是义和团起事,而八国联军遂入京,这年代很容易记,是恰在一千九百年,十九世纪的结末。于是满清官民,又要维新了,维新有老谱,照例是派官出洋去考察,和派学生出洋去留学。我便是那时被两江总督派赴日本的人们之中的一个。[后略]

凡留学生一到日本,急于寻求的大抵是新知识。除学习日文,准备进专门的学校之外,就赴会馆,跑书店,往集会,听讲演。(《因太炎先生而想起的二三事》,1937年3月25日。《鲁迅全集》第6卷,第577～578页)

这些文字中,提到嘉纳名字的,仅有1910年和1935年这两次。

一 近代教育家嘉纳的多重面相

嘉纳治五郎是近代日本历史上的一个重要人物:他最具有影响力的贡献首推创立现代"柔道",并将其普及推广成一种世界性的体育运动和体育文化运动,并因此成为亚洲第一位国际奥委会委员;他还是教育界的名人,曾做过文部省官员,担任过多所重要学校的校长,如第五高等中学(现熊本大学)校长、第一高等学校(现东京大学教养学部)校长,特别是曾几次任"筑波大学"前身的东京高等师范学校校长,前后长达二十六年,是近代日本师范教育和中等

嘉纳治五郎肖像
图片来自《宏文学院讲义录》

教育的重要人物；他又是近代日本留学生（中国留学生）教育的开创者，创办了日本第一所从事留学生教育的学校，中国人熟知的陈独秀、黄兴、宋教仁、章炳麟、鲁迅、胡汉民、吴敬恒、杨度等许多人，都算是他的毕业生。总之，嘉纳是近代日本名副其实的"柔道之父""体育之父"和"教育之父"。[1]

第一，嘉纳的出生及求学。万延元年（1860），嘉纳出生在日本神户市东滩区一个经营造酒坊的家庭。父亲与嘉纳家族本无血缘关系，因擅长汉学和

---

1 有关嘉纳的传记性综合研究，比较重要者有「嘉納治五郎先生追悼号」(『柔道』1938年6号，講道館)、横山健堂『嘉納先生伝』(講道館，昭和16年［1941］)、嘉納先生伝記編纂会編『嘉納治五郎』(講道館，1964)、加藤仁平『嘉納治五郎：世界体育史上に輝く』(『新体育講座』第35卷，逍遥書院，1964)、松本芳三解説『嘉納治五郎著作集』全3卷（五月書房，1983）等。另有大滝忠夫『嘉納治五郎：私の生涯と柔道』(新人物往来社，1972)、長谷川純三編著『嘉納治五郎の教育と思想』(明治書院，1981)。2010年，为纪念嘉纳诞生150周年，筑波大学举办一系列纪念活动，出版了"生誕150周年纪念出版委员会"编纂的纪念文集『気概と行動の教育者　嘉納治五郎』(筑波大学出版会，2011)，回顾总结了嘉纳的生平业绩和贡献。至于嘉纳的文集，目前一共有两种：一是"讲道馆"监修的三卷本『嘉納治五郎著作集』(五月書房，1983)，另一种则是为纪念嘉纳逝世五十周年而出版的"讲道馆"监修的全集『嘉納治五郎大系』14卷（本の友社，1988）。

绘画，深得嘉纳祖父喜欢，将其收为养子，并许配长女与之为妻，成为嘉纳家族一员。嘉纳幼年深受母亲熏陶影响，其日后的思想和行为，每每可以看到母亲仁慈、坚韧、克己利人品性的影子。[1] 父亲非常重视子女教育，嘉纳五岁即随父亲延聘的老师学习儒学和书法，十岁时，母亲去世，嘉纳和哥哥遂去东京与父亲一起生活，继续学习经史诗文。十二岁时，为适应明治日本学习西洋、文明开化的时代趋势，嘉纳进入洋学塾学习，十三岁入官立外国语学校英语科。十六岁进入官立开成学校，十七岁时，开成学校改成东京大学，嘉纳被编入文学部，学习政治学和理财学，二十一岁毕业后，又进入文学部哲学科学习道义学和审美学，并于1882年毕业，成为一名教师。

第二，创立讲道馆柔道、普及讲道馆柔道文化。这是嘉纳毕生为之奋斗的最重大的事业，他曾这样回忆自己创立柔道的过程：

> （十二岁进入洋学塾后——引用者注）在学业上并不逊于他人，但当时在少年之间有一种风气，往往体力强壮者比较跋扈，而体质柔弱者则要甘拜下风。很遗憾，在这方面我每每落后于他人。现在，我的身体可算比一般人强健，但在当时我有病在身，体质极弱，在体力上几乎逊于所有人。我因此也往往为他人所轻视。[中略]我小时候听人说日本有一种叫作柔术的功夫，用它可以让力小者战胜力大者，所以我就想一定要学会这种柔术。[2]

嘉纳十八岁进入东京大学以后，正式开始修习柔术。他锐意反省传统柔术的不足，研究人体结构和柔术的各种招式与技巧，改进柔术的着用服装，通过为外国客人表演柔术，尝试推广和普及这一传统运动。在对柔术施以改进和融

---

1 嘉納先生伝記編纂会編：『嘉納治五郎』，東京：講道館，1964年，第21—22頁。
2 嘉納治五郎口述、落合寅平筆録：「柔道家としての嘉納治五郎（一）」，『作興』6巻1号，1927年。引用据『嘉納治五郎著作集』第3巻，五月書房，1983年，第9頁。

会贯通的过程中,嘉纳逐渐意识到,只要好好改良,作为一项包含了德育、智育和体育的武术,柔术将成为一项有益于社会的运动。大学毕业后,即1882年,嘉纳开设教习柔术的道场"讲道馆",正式创立"讲道馆柔道"。

嘉纳首先把"柔术"一词改为"柔道",旨在强调这一运动的安全性;接着,又着手系统整理和改进柔道的招式技巧,制定各种规章规则,招收柔道学员,开启了教习推广普及柔道的毕生事业。经过坚韧不懈的努力,"讲道馆柔道"终于得到极大发展和普及:1882年创立柔道时,入门者仅9人;第二年8人,而到近四十年的1921年,讲道馆馆员已增加到22000人,1930年更达到48000人,其中有段位者13000人。[1]

嘉纳所追求的柔道并不是单纯的体育竞技,而是融会了德智体三育的"道"(文化)。他提炼出"精力善用""自他共荣"八个字,作为柔道的原理原则,倡导"善用""精力",即最大程度地有效使用身心之力,谋求社会进步发展,实现"自他共荣"[2]。1914年,嘉纳设立"柔道会",出版《柔道》杂志;1921年,改"柔道会"为"讲道馆文化会",进一步普及以"精力善用""自他共荣"为核心的柔道精神和柔道文化。

第三,作为著名教育家的卓越功绩。1882年,嘉纳在东京大学文学部毕业,被学习院聘为讲师,迈出了他作为教师和教育家的第一步。二十六岁时,嘉纳成为学习院教授兼教头(教务主任),工作重心开始由教师转向教育管理。1891年,年仅三十二岁的嘉纳担任第五高等中学校校长;一年后,回到东京,历经文部省参事官和第一高等学校校长后,于1893年首次担任东京高等师范学校(现筑波大学)校长。1897年,第二次成为东京高师校长;1898年,担任文部省普通学务局局长;1901年,嘉纳第三次荣登高师校长的职位,直到1920年辞职。其间,嘉纳致力于中等教育改革、中等教育师资培养,以及高等师范学校升格大学的运动。第三次辞去高师校长时,嘉纳已经年过六十。此后,他将

---

[1] 参见『気概と行動の教育者　嘉納治五郎』,筑波:筑波大学出版会,2011年,第34页。
[2] 此外可参照"讲道馆"主页。http://www.kodokan.org/j_basic/history_j.html。

余生全都奉献于柔道的推广普及。

　　第四，嘉纳开创了近代日本的中国留学生教育事业。鲁迅与嘉纳的交集主要在这一领域。对此，嘉纳曾在回忆录中有过详细记述：1896年，中国驻日公使裕庚找到日本文部大臣兼外务大臣西园寺公望（1849～1940）公爵，咨询日本方面能否接收中国留学生，西园寺于是找到时任高师校长的嘉纳。嘉纳说，自己非常繁忙，无法直接承办这件事，但如果有合适人选负责具体工作，自己可以担负指导和监督的责任。于是，日方接受了清政府的请求，由嘉纳负责接收官费中国留学生。嘉纳在自家附近的神田三崎町设立了塾，邀请东京高师教授本田增次郎（1866～1925）担任主任，又聘请了几位教员，教授日语和其他基础课程，掀开了近代日本中国留学生教育的第一页。1896年接收的第一批留学生共计14人。三年后的1899年，嘉纳扩大了学校规模，命名为"亦乐书院"，师资方面也以专攻日语学的三矢重松（1872～1923）[1]为中心，汇集了一批优秀教师。此后，中国兴起赴日留学热潮，留学人数迅速增加。1901年，嘉纳接受外务大臣小村寿太郎（1855～1911）男爵的建议，将学校迁往牛込区牛込西五轩町34番地（现新宿区西五轩町13番地），正式开办"弘文学院"[2]。当时学校占地面积近万平方米，校舍建筑面积四百多平方米。学校的教学以日语教育和中学程度的普通课程教育为主，开设"普通科"，学制三年，另有培养教师的速成师范科（六个月）、培养警察的警务科（三年）等。从1896年的"嘉纳塾"算起，到1909年学校停办，弘文学院及其前身一共存在了13年，累计入学学生7192人，毕业生3810人，平均每年有550人入学，300人毕业，鼎盛时期的1906年有在校生1615人，[3]成为明治时期日本国内日

1　日本国语学者、文学博士。1899年起应嘉纳治五郎之邀，在亦楽書院（后弘文学院）教授日语，后任东京高等师范学校及国学院大学教授。著有『高等日本文法』（明治書院，1908）等。

2　参见嘉納治五郎「柔道家としての嘉納治五郎」，『嘉納治五郎著作集』第3卷，東京：五月書房，1983年，第33—34頁。

3　参见酒井順一郎「明治期に於ける近代日本語教育：宏文学院を通して」，総合研究大学院大学文化科学研究科『総合日本文化研究実践教育プログラム特集号』，2007年。

语教育的大本营。而鲁迅，正是弘文学院第一届学生之一员。

第五，除弘文学院外，嘉纳还在自己担任校长的东京高等师范学校积极推进中国留学生教育。1899年，高等师范学校开始接收留学生。为使留学生顺利升入上一级学校学习，嘉纳多次向文部省进行交涉，促使文部省于1901年颁布"文部省令第十五号"，规定凡在弘文学院三年制普通科毕业的学生，均可以升入文部省直辖的京都帝国大学、札幌农学校、仙台医学专门学校、冈山医学专门学校、东京高等师范学校、女子高等师范学校等。如果申请人数超过规定录取名额时，则通过考试进行选拔。鲁迅从弘文学院毕业时，未能免试进入东京高师，最后奔赴远在东北地区的仙台医专，正是执行这一制度的结果。1907年，日本文部省与清政府签订了所谓的"五校特约"，规定未来十五年中，第一高等学校（东京）、东京高等师范学校、东京高等工业学校、山口高等商业学校和千叶医学专门学校这五所学校，每年合计招收165名中国留学生。根据协议，从1908年开始，东京高师每年有25名留学生名额，多的时候达到30人左右。当时东京高师全校学生仅有300人左右，30名留学生所占的比例颇为可观。

嘉纳是近代日本中国留学生教育的创始者，做过弘文学院院长，并因此与鲁迅产生类似师生之谊的近切关联。除此之外，嘉纳还在近代日本历史，特别是体育史、中等教育和师范教育史上占有非常重要的地位，这些历史背景对其麾下的弘文学院办学，进而对作为学生的鲁迅产生了诸多影响。

二 鲁迅的日语习得与近代性接受

鲁迅具有很高的日语水平。从日语习得角度来说，我们在考量鲁迅的日语程度时，通常会关注这样几个问题，如日语学习经历和学习成绩、习得者留下的音声或字面材料、同时代的日语母语者或精通日语者的印象评价等等。

鲁迅习得日语的时间不算短。初到日本的前两年，他在弘文学院接受预备教育，日语是最主要的学习内容。在仙台医专的一年半，鲁迅所学不再是日语，而是专业医学。但值得注意的是，这个时期围绕鲁迅的语言环境发生了重大变化。在东京时，他身处中国留学生群体，日常生活中的大半当为中文语境，而到了仙台，整个学校几乎只有他一个外国人。不久，隔壁的第二高等学校来了一名同胞留学生，但似乎两人几乎没有来往。这意味着，鲁迅在仙台的语言环境由先前的大半为中文变成了完全的日语环境。这对外语习得是十分有益的。后来鲁迅从仙台医专退学回到东京，和弟弟周作人生活在一起，语言环境复又接近弘文学院时期。

关于鲁迅在弘文学院期间的日语学习情况，在现在极少可见的第一手资料中，鲁迅的日语教师松本龟次郎（1866～1945）的证言非常珍贵。松本于1903年接受嘉纳的诚挚邀请，辞别当时任职的佐贺师范学校，来到弘文学院教授日语，负责普通科的浙江班和速成科的四川班及直隶班。在浙江班修习日语的鲁迅，成为松本的直系学生。松本对鲁迅出色的日语翻译有着深刻记忆："年轻时的鲁迅在学习上从不妥协，对日文的翻译尤为精妙，既能准确表达出原文的含义，而译文又绝不失妥帖和流畅。同学们都把他的译文当成典范，称之为'鲁译'。"[1] 在鲁迅离开日本回国二十多年后，内山书店老板内山完造（1885～1959）这样描述1927年他第一次见到鲁迅时的情景：

> 此后不久，就有一个常常和二三个朋友同道者，穿蓝长衫的，身材小而走着一种非常有特长的脚步，鼻下蓄着浓黑的口须，有清澄得水晶似的眼睛的，哪怕个子小却有一种浩大之气的人，映上了我们的眼帘。
> 有一天，那位先生一个人跑来，挑好了种种书，而后在沙发上坐下来，一边喝着我女人进过去的茶，一边点上烟火，指着挑好了的几本书，用漂亮的日本话说：

---

[1] 松本龟次郎:「隣邦留学生教育の回顧と将来」,『教育』（岩波書店）第7卷第4号，1939年4月，第53頁。此处回忆有不确之处，此时尚无"鲁迅"，故"鲁译"应是"周译"。

"老板，请你把这些书送到窦乐安路景云里××号去。"[1]

"漂亮的日本话"，这是内山对鲁迅的第一印象。更晚些时候的1935年春，两位在北京留学的日本青年学人目加田诚（1904～1994）和小川环树（1910～1993）赴江南旅行，他们通过内山完造的引见，在内山书店拜见了鲁迅。在日后的回忆中，两人都谈到了鲁迅的日语。目加田诚说："我和朋友（即小川环树——引用者注）坐到内山书店的最里边，惴惴不安地等待着。不一会儿，感觉到门口有人影出现，一下子推门而入的，正是在照片上见过多次的鲁迅。""削瘦而低矮的身躯，但腰板挺直，目光锐利，浑身透出峻严之气，仿佛手提一支锋利的长矛。""先生走过来，用他那漂亮的日语和我们讲话。"[2] 小川环树讲得更加具体，他说，鲁迅从始至终一直都讲日语，讲得非常好，让人感觉不到是在和外国人说话。鲁迅开口就说，我的日语是明治时代的日语，听起来也许会觉得有些老气。的确，鲁迅的日语确实有点跟现在不一样，和郁达夫也不同。鲁迅讲什么往往会多说一句补充一下。[3] 总之，从日本人的角度来看，鲁迅的日语讲得"很漂亮"。在书面语方面，虽然数量不算多，但也有日语文章、书信和便条等存世。另外，从留日时期开始，鲁迅还翻译了数量庞大的各类日文作品。

鲁迅原本不会日语，他的日语学习和日语能力培养都是在弘文学院时代完成的。鲁迅专门学习日语只有这两年，到仙台医专后学习医学，回到东京后学籍是挂在德语学校，实际上过的是自由文艺青年的生活。鲁迅到日本留学时，近代中国的留日运动刚刚揭开序幕。当时东京接收中国留学生的学校还不多，除刚刚创立的弘文学院之外，仅有成城学校、日华学堂、高等大同学校、东京

---

1 内山完造著，雨田译：《鲁迅先生》，上海：《译文》第2卷第3期，1936年11月。引用据鲁迅先生纪念委员会编：《鲁迅先生纪念集》第二辑，1937年，第11—12页。
2 目加田誠：「魯迅」，『随想：秋から冬へ』，東京：龍溪書舎，1979年，第94—95頁。
3 小川環樹：「留学の追憶：魯迅の印象その他」（1985），『小川環樹著作集』第五卷，東京：筑摩書房，1997年，第408—409頁。

商业学校和东京同文书院等。后来伴随赴日留学风潮的高涨,又有振武学校、东斌学堂、法政速成科及普通科、经纬学堂、早稻田大学清国留学生部、路矿学堂等学校陆续成立。[1]然而,在这些学校中,无论是学校规模、教师资源、课程设置以及教科书编纂等等,弘文学院都可拔得头筹,被称为明治时代日语教育的"大本山"(大本营)。

在留学生教育的草创时期,各校的办学条件和经验普遍不足,但弘文学院却为中国留学生提供了相对完善和充实的日语教育,鲁迅的日语学习当然直接受惠于这一相对良好的教育环境。而弘文学院的这些优势,又无一不与院长嘉纳联系在一起。首先,嘉纳自身是一位优秀的教育家,既做过多家官立学校的校长,又做过文部省官员,他精通教育,拥有很多渠道和资源。他统率着东京高等师范学校,麾下聚集了各个专业的优秀学者,弘文学院的很大一部分师资,就来自这些学者。鲁迅就读弘文学院时,上课时间多排在下午,理由就是这些教员上午要在东京高师授课,下午才能转战弘文学院。弘文学院能够开出众多科目的课程,离开这个条件是很难做到的。嘉纳不仅是一般意义上的教育行家,还做过文部省官员,加上众多柔道弟子中也有各路精英。这些丰富的人脉都造就了不俗的办学实力和条件,可以为他人之所不能。最初日本政府应清朝公使请求,委托嘉纳接收中国官费留学生,理由便在于此。其次,嘉纳曾在官方支持下到中国游历访问,会见各级官员,增强了相互了解和信任,这些都促进了学校发展。学校组织的很多活动,比如参观天皇阅兵式、接待中国各级官员巡视团来访、举行规模盛大的运动会、在学校附近建立柔道道场,以及祭拜孔子等等,都与嘉纳的声望地位和思想理念有关。这就要说到另一个因素,即嘉纳作为具有国际主义见识的教育者的高瞻远瞩。他一贯倡导"精力善用""自他共荣",主张敬重中华文明文化,善待中华子民,与中华和睦相处。在刚刚击败大清帝国又要与沙俄帝国决战的明治日本,他的观念无疑属于

---

[1] 实藤惠秀著,谭汝谦、林启彦译《中国人留学日本史》第二章第六节"教育留学生的学校",北京:生活・读书・新知三联书店,1983年,第43—52页。

温和的和平主义和理智主义。关于这些，除了考察嘉纳一生的所言所行，还可以读读弘文学院毕业生们写给嘉纳的书信，那里面充满了中国留学生们对嘉纳的信赖和谢忱。还有那位毕生致力于日中友好交流的弘文学院日语教师松本龟次郎。松本是应嘉纳诚恳相邀而加入弘文学院的，松本一生的努力清晰地叠印着嘉纳的影子。第三，嘉纳虽然身担数职，但对弘文学院办学高度重视，在教学和其他方面投入了极大关心和努力，除指派东京高师教师参与授课，还积极物色优秀人才加入弘文学院。松本龟次郎原本在南方九州担任佐贺师范学校教师，1902年编辑出版《佐贺县方言辞典》，得到日本国语学权威上田万年（1867～1937）的好评，嘉纳注意到此人，通过各种渠道了解松本的情况，确认这是一位具有真才实学的学者和教师。于是在嘉纳的诚挚邀请下，松本加盟弘文学院，成为骨干日语教师。嘉纳对学校的日语教学高度重视，在繁忙的公务中，经常参加学校日语教材编纂委员会的活动，并积极参与讨论，提供意见。他重视松本对于日语教学的看法，即关注日语教学的实用性，编写以完整确切的语法体系为基础的日语教材。松本的经验、才干和一系列想法很快得到施展的机会，在学校教务干事三泽力太郎（1856～1925）和部分留学生的协助下，松本很快编写出版了著名的《言文对照　汉译日本文典》(扉页为："弘文学院丛书　弘文学院教授松本龟次郎著　言文对照汉译日本文典　东京　株式会社中外图书局"。1904年7月出版）。顾名思义，这本书是专为中国留学生编写的以语法为主的日语教材。所谓"言文对照"，是指用口语和文言两种形式进行汉译，以适应当时大部分留学生的需要。笔者曾在日本图书馆查阅过这本书的原物，是此书的第六版。该书重版情况是，1904年7月初版、10月二版、12月三版，翌年4月四版、7月五版、10月六版。也就是说，基本是三个月再版一次。到1940年，居然已出到第四十版："东京高等师范学校长宏文学院长嘉纳治五郎先生序、东京高等师范学校讲师宏文学院教授三矢重松先生阅、宏文学院教授北京京师法政学堂教习松本龟次郎先生著　订正第四十版、东京国文堂书局"。足见此书不同凡响。据说，后来松本被北京的京师法政学堂聘为教习，一个很重要的原因就是这本书得到学界的高度评价。¹ 此后弘文学院出版的日语教材，都留有这本书的影子，说它奠定了弘文学院日语教材的基础，应不为过。此书正式出版时，鲁迅刚从弘文学院毕业，但同样内容的授课听了至少半年以上。尽管我们无法更多了解松本教授周树人日语的具体细节，但这样一位兢兢业业长于思索的教师，必定给予鲁迅诸多教诲和影响则是毋庸置疑的。²

根据讲道馆保存的档案资料统计³，弘文学院成立后，在1902到1906年间，共有259名各科教师在学院任过教，其中日语教师最多。鲁迅1902年入学时，学院的日语教师有三矢重松、松下大三郎（1878～1935）⁴、井上翠（1875～1957）⁵、难波常雄、佐村八郎（1865～1914）、柿村重松（1879～1931），第二年则有松本龟次郎加盟。这些人中，三矢重松和松下大三郎，后来成为日语语法研究的知名专家，松本龟次郎则成为中国留学生教育的第一人。得益于校长和师资等有利条件，弘文学院编辑出版了多种日语教科书，无论质和量都超过其他学校。1903到1906年间，出版有：弘文学院《日本语教科书第一卷　口语语法用例之部　下》（金港堂书籍，1903），松本龟次郎《言文对照　汉译日本文典》（中外书局，1906），弘文学院编纂《日本语教

---

1 「嘉納治五郎の推輓」，参见武田勝彦：『松本亀次郎の生涯：周恩来・魯迅の師』，東京：早稲田大学出版部，1995年，第135—150頁。

2 关于鲁迅与松本龟次郎的关系，有若干先行研究，推荐阅读田正平：《中国留学生的良师松本龟次郎》（《杭州师范大学学报》1985年第4期，第24—29页）；近期研究参看林敏洁：《松本龟次郎与鲁迅》（《鲁迅研究月刊》2013年第8期，第56—62、39页）。日本方面的松本龟次郎传记中除前面提到的武田胜彦的专著外，另有平野日出雄：『松本亀次郎伝：日中教育のかけ橋』（静岡教育出版社，1982）。

3 有关这部分资料的调查，得到长崎外国语大学酒井顺一郎教授的帮助，其著作『清国人日本留学生の言語文化接触』中也使用了这部分资料，可一并参阅。

4 日语语法研究家。长期从事中国留学生教育，1913年创办"日华学院"，后任国学院大学教授。著有多部日语研究著作，如『国歌大観』（正、続，1901、1903）、『日本俗語文典』（1901）、『標準日本文法』（1924）、『標準漢文法』（1927）、『標準日本口語法』（1930）等。参见『日本大百科全書』（小学館，1972）。

5 汉语研究家，东京外国语学校（现东京外国语大学）毕业，后任大阪外国语学校（大阪外国语大学，现并入大阪大学）教授。著有『日華語学辞林』（博文館，1906）、『井上支那語辞典』（文求堂，1928）等。

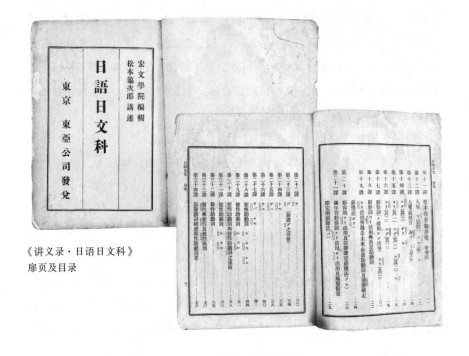

《讲义录·日语日文科》
扉页及目录

科书》（第1—3卷，中外书局，1906），金太仁作《东语集成 全》（1906），唐木歌吉著、王盛春译《中日对照实用会话篇》（中东书局，1906），菊池金正《汉译学校会话篇》（1906），小山左文二《汉文注释东文读本》及《文法适用东文教科书》（三松堂所局，1906），门马常次《文法适用 东文汉译轨范》（东亚公司，1906），佐村八郎《汉译日本语典》（六盟馆，1906），难波常雄《汉和对照 日语文法述要》（观澜社，1906），松下大三郎《汉译日阶梯》（诚之堂，1906）等。这些教科书中，至少前三种鲁迅应该使用过。

这里以1906年出版的代表性教材《日本语教科书》（3卷）为例，来看一下弘文学院日语教学的具体情况。这套教材由松本龟次郎和三矢重松为核心的日本语教学研究会编纂，一共3卷187课。教材的主要特点是，第一，根据学生的学习需要，对基础语法项目进行了系统整理编排。根据当代日本学者考察,这套教材采编的语法条目,与现代基础日语语法内容的重合率高达86%。在二战前出版的诸多日语教材中,达到这一程度的寥寥无几。学者们认为,作为日语语法综合教材,这套书系统完整,奠定了日本日语教育的基础。[1]第二,这套教材重视发音,对中国人容易出错的发音进行了归纳整理;例文和会话内容紧密联系当时留学生的日常生活及学校生活、时事、留学生管理和名胜古迹等等,具有实用性和趣味性。第三,在教学法上,亦特别重视"发音"。在"讲道馆"保存的档案资料中,就有学院师生对日语教学法改革的汇报和建议:"为使学生的日语发音以及语调正确流畅,经常指定学生起来朗读课文,然后让大家找出读错或读得好的地方,向朗读者提问,类似日本小学流行的读本教学法。"[2]此外,根据酒井顺一郎的考察,还有另一个方法也广泛使用,即以汉文体为中介进行教学。在明治时代,日本的知识分子大多接受过比较系统的汉文教育,报刊、书籍也多用汉文体书写,而早期的中国留学生都接受过旧式的文言文教育。这一优势在日语教学中发挥了重要作用。

总之,鲁迅留日伊始,便在弘文学院接受了系统的日语教育,尽管当时的日语教育体系远未形成,日语教学本身刚刚开始起步摸索,但在嘉纳的努力下,弘文学院充分发挥优势,为留学生们创造了良好的学习条件。学院充实实用的日语教育,使得鲁迅具备了良好的日语综合能力。笔者查阅讲道馆机关杂志《国士》(1898~1903)时,发现了不少有关弘文学院日语教学的报道纪事。例如1898年《国士》第1号"汇报"栏《被派遣来我国留学的首批清国学生》一文,介绍了1896年首批来日留学生的学习情况,称:"目前,有九名学生与本田先生一同居住在神田区三崎町研修学业。在过去两年中,采取了重点学习日语,同时兼顾学习其他初级基础科目的方针。现在学生在一般会话方面已无障碍,阅读报纸杂志也无问题,可顺利写作书信及一般文章。""完全不懂中文的

---

[1] 吉冈英幸:「松本亀次郎編纂の日本語教材:語法型教材を中心に」,『早稲田大学日本語教育研究』第6号,2005年3月,第26頁。另参见酒井顺一郎:『清国人日本留学生の言語文化接触:相互誤解の日中教育文化交流』。

[2] 见讲道馆所藏『宏文学院関係史料』中的「日本語教授法改良ニ就キテノ鄙見」原件。

教师，要让完全不懂日语的留学生学会日语，让极其缺乏理学数学思维的学生学会各个科目，教师们费尽了苦心。"[1]这反映了学校教学的总体效果是良好的。

三 近代观念建构与嘉纳的"普通教育"执念

弘文学院是一所为适应特殊历史时期的需要而建立的预备学校。但在这里，鲁迅第一次接受了比较系统的日语教育和其他近代基础知识教育。他的第一个收获，是学习掌握了日语这个既是言语又是思想的工具，建立了在日本生活学习、接受近代知识体系和精神文明成果的必要基础。另一个收获，就是通过近代科学及人文知识学习，初步建构起一个具备现代性和主体性的思想观念框架。关于这一点，由于长期以来学界对弘文学院及其教育实态的了解不够，以致弘文学院之于鲁迅的意义这条脉络一直游离于学界的关注视野和叙事范畴之外。这是留日时期鲁迅研究中一个尚未得到解决的课题。

鲁迅说自己留日那时候，"凡留学生一到日本，急于寻求的大抵是新知识。除学习日文，准备进专门的学校之外，就赴会馆，跑书店，往集会，听讲演"[2]。这就是说，学生留学日本的主要目的，是学习新知识新思想，而途径有两个，一是学校教育制度框架内的学习，二是学校外的社会性学习。对于初到日本的鲁迅他们来说，学校学习无疑是科学知识体系学习的主要途径。尤其是弘文学院，它的不同凡响在于，为学生提供了两个优良的系统教育，即作为日语培训和包括文理各科在内的中学程度的近代基础知识教育。弘文学院对这两个系统，尤其是对基础知识教育的执念，完全来自嘉纳的教育理念，即关于基础教育和专业教育的一贯信念。

1930年，嘉纳在回忆自己的教育生涯时，特意讲到自己毕生的教育信念。

---

[1] 『国士』（復刻版）第1号，1903年4月，第45—46頁。
[2] 鲁迅：《因太炎先生而想起的二三事》，《鲁迅全集》第六卷，第578页。

他说,"自己从高等师范学校校长,到普通学务局局长,再到高等师范学校校长,这整个过程一贯思考"的,就是"基础教育的理想"问题。[1] 这里所说的高等师范学校校长时期,包括嘉纳创办和领衔弘文学院时期。在考察鲁迅就学弘文学院时期的文献资料时,笔者通阅过梁启超流亡日本期间编辑出版的《新民丛报》(1902~1907)。众所周知,梁启超创办这本杂志,大力进行思想启蒙,以至刊物风靡天下,对留日学生、国内青年和整个思想文化界产生了极大影响。巧合的是,《新民丛报》正好在鲁迅赴日前两个月诞生于横滨。就是说,鲁迅一到日本,就适逢《新民丛报》洛阳纸贵的盛况。就在1902年12月30日出版的《新民丛报》第23号"余录"栏,梁启超刊登了嘉纳《支那教育问题》的演讲记录。内容是介绍嘉纳于1902年10月21日、23日两次为弘文学院速成师范科学生所做的演讲,介绍嘉纳对于"普通教育"的主张。"嘉纳氏乃言曰,吾新以教育事出游贵国而归。据其观察,窃有所见。今湖南师范诸君方将归国,故愿为一陈之。"嘉纳力陈基础教育于中国之迫切:"教育之种类不一,有基础有专业有实业有美术。以贵国今日之情势论之,其最宜急者,莫如基础和实业二种。""普通者,专门之对待名词。而又为专门之基础也。非先有普通教育,不能迳习专门,理科尤其著者。"嘉纳特别强调基础教育的三个目的,即"德育""智育""体育"。第一个目的是"德育"的"道德教育",包括"智识""智识与情(行为)之联络"和"习惯"。他说:"智识者,所以教国民之心得与个人之心得,使能深明其理,而养成一种善美之性质也。""智识与情之联络者,使其行为善则心为愉快,不善则心为惭悚也。""习惯者,渐渍浸润,使其习惯于为善而不以为难,不待勉制而能自然者。""此三者谓之德育。""国民有此德育之根基,则虽无专门之学,亦必不至为公众之累、国家之害。不然,则虽学问专深,亦只知为一身谋私利,而不知为一国谋公益。譬如政治家外交家于此,皆以专门而担国事,其施行举措,或以其私意而偏爱于一

---

[1] 「教育家嘉納治五郎・第十一回」(『作興』第9卷第2号,1930年2月),引自『嘉納治五郎大系』第10卷,東京:本の友社,1989年,第279頁。

隅之地，偏重于一部之事，不顾一群之全体。是必因一身本无教育，遂不知其所职为国民所公托，以致背谬如此，其为害何如乎。故普通之有德育，如船之有舵工，其专门之利用者，乃其机器煤水也。趋向不正，则百物皆误其用矣。"关于"智育"，嘉纳认为一个国家仅有少数具有高深知识的精锐精英是不够的，必须有大量具备基础知识的普通知识人，"一人知而众人茫然，譬有良将而无健兵，事何能举"。嘉纳对体育的重视也是空前的。他认为，中国往往是知识人缺少健壮体魄，武者缺少文明脑筋。"今亟宜使文者习武，武者习文，互参其短长，使文明其脑筋而野蛮其体力。反重文轻武之风，而行全国皆兵之制，以尚武之精神而济之以学问，国乌得不强。"1906 年，弘文学院翻译出版弘文学院系列讲义录。嘉纳特意为这套教科书作序《刊行讲义录要旨》，再次阐明自己的信念："国家改革之本在教育"，而"普通教育"（基础教育）尤为重要，"苟公众而无受普通教育者，则不能协力此少数使者，奏共进国运之效，又何以望其养成爱国之精神哉。是故普通教育者，于振起清国今日之颓势，特为急务中之急务"[1]。

嘉纳的一系列发言显示了其留学生教育理念的核心。他认为中国社会要改变落伍颓败的现状，需要国家和国民认识并且追随世界文明的趋势，在此基础上培养大多数国民树立基本文明精神。因而，他一再强调中国最紧要的并不是高端的专业知识，而是关乎人的基本素质的普通（基础）知识和教养。所谓普通教育是最基本的根底，是土壤，故其有无好坏，关乎全体和根本。要解决这个问题，唯一的手段就是教育，尤其是普通（基础）教育，为此中国应该特别加强师范教育。尽管嘉纳的见解不免带有时代的局限，但这确实是他对日本近代维新变革的经验总结。嘉纳的教育执念，使得弘文学院与其他同类学校有所不同，他一再呼吁教育要重视培养人的基本道德情操、基本知识教养和强壮体魄，认为这是教育的"正道"。他先后发表过许多讲话和文章，激励青年了解

---

[1] 宏文学院編：『宏文師範講義』第 1 卷，東京：東亜公司，1906 年，第 4 頁。

世界和时代发展的趋势，做一个独立自主的"个人"，继之奉仕社会和国家。[1]因此，嘉纳设想中的弘文学院除了教授留学生日语，帮助他们进入各类学校以外，还要"代兴支那教育"，培养中国维新变法需要的人才。

嘉纳的这些理念方针体现在学校的各个方面。根据笔者对讲道馆弘文学院档案资料[2]的调查，可确认弘文学院留学生教育的细节情况。如：全体学生住宿均在学校内的学生宿舍；学年从九月至翌年七月；每学年分三学期（第一学期9月11日～12月24日，第二学期翌年1月8日～3月31日，第三学期4月8日～7月31日）；学年授课四十三周，每周授课三十三课时；普通科、速成科和师范科授课时间为上午8点至下午4点之间；周日、日中两国节日及学校创立日为休息日；寒假12月25日～1月7日，春假4月1日～4月7日，暑假8月1日～9月10日；年间学费及其他各种杂费共计三百元；学科分为"普通科"和"速成科"两大类，"普通科"修业年限三年，"速成科"又含"速成普通科""速成师范科""夜学速成理化科""夜学速成警务科"四科，修学年限根据情况随时制定。鲁迅就学的"速成普通科"为两年。另有"夜学日语科"，修业时间不限。"普通科"开设的课程。第一学年：修身、日语、世界历史、算学、理科示教、体操。第二学年：修身、日语、世界历史、算学、理科示教、几何学、代数学、理化学、图画、体操、英语（任意选修）。第三学年：第一部（文科）修身、日语、三角术、历史及世界大势，第二部（理科）修身、日语、三角术、理化学、几何学、代数学、动物学、植物学、图画、英语、体操。

上述课程表是普通科（三年制）的开设科目，鲁迅属于两年制"速成普通科"，课程设置会根据实际情况有所缩小，目前未见有资料文件留存。但从三年制普通科来推断，科目设置不会有太大不同，差异大约还是在授课课时长短

---

1 此类文章数量很多，参见『嘉纳治五郎大系』第5、6、7卷，東京：本の友社，1989年。
2 关于这些资料，诸如薛绥之主编《鲁迅生平史料汇编》第二辑（天津人民出版社，1982）中曾有所介绍，但本文引用均据笔者查阅之文件原件。

上。总之，鲁迅受惠于嘉纳的教育理念和办学方针，在学习掌握日语之外，还接受了近代基础教育，学习了初步的近代知识体系，为建构其自身的近代知识和近代思想观念系统提供了必要条件。

弘文学院得益于嘉纳和他的东京高等师范学校，高师不少优秀教师都参与了弘文学院的教学。目前我们还无法确切了解鲁迅所在的"速成普通科"所提供的基础教育，如修身、世界历史、动物学、植物学等课程的具体内容，但考虑到普通科以及师范科等均开设了这些课程，授课教师又大多来自东京高师，那么基本可以判断无论是普通科还是速成科，课程内容基本应该是相同或相近的。或者，有些课程是各科学生一起上课也是完全有可能的。

嘉纳主持的基础教育并不是作为日语教育的一环或一种补充来处理的，而是在日语教育之外，独立进行的近代基础知识教育，这就决定了对留学生来说，课程内容具有一定的专业性和难度，以留学生当时的日语水平，他们很难听懂并理解授课内容。因此这些普通科目都由专业教授以日语讲授，由翻译现场翻成中文，以便留学生接受知识，理解知识体系背后的思想和观念。1902至1906年间，在弘文学院的普通学教师阵容中，就有不少日本学术界各领域的知名甚至权威学者，如教育学家江口辰太郎、棚桥源太郎（1869～1961）、樋口勘次郎、波多野贞之助（1864～1923）、小泉又一、小山左文二、牧口常三郎（1871～1944），数学家林鹤一，宪法学家上杉慎吉，佛教哲学家井上圆了等。[1] 鲁迅提到的三泽力太郎博士，也是一名理化学者，曾受嘉纳推荐，赴中国担任湖北师范学堂总教习和湖北最高教育顾问。在弘文学院任教期间，他出版了《自然界之现象》（上原书店，1900），《物理学问题例解》（明升堂，1902），《自然力之利用》、《天界之现象》（光风馆，1903）等科普性著作及教科书。另一位教过鲁迅的山内繁雄（1876～1973），是生物学家，时任东京高

---

[1] 参见酒井顺一郎：『清国人日本留学生の言語文化接触：相互誤解の日中教育文化交流』，東京：ひつじ書房，2010年，第88—93、97—105頁。此书对弘文学院原始文献资料之考察细致周到，富有学术及文献价值，笔者亦从中受益良多，在此谨致谢意。

师教员，后为教授，再后赴美任芝加哥大学教授。鲁迅受教时，山内繁雄已有《中学生理卫生教科书》（合编，弘文馆，1902）、《动物教科书》（合编，文学社，1903）、《博物学教授及研究之准备》（合编，东洋社，1902）等著作，后来更有多种生物遗传学方面的著作《遗传论》（大日本学术协会，1915）、《人类的进化》（国史讲习会，1922）等。

这些各专业教授学者授课的结果，便是弘文学院系列教材——《宏文学院讲义录》的翻译出版。这套教材囊括了弘文学院普通科目各课程，对具体把握鲁迅接触和学习的知识体系具有重要意义。《讲义录》出版于1906年，曰《普通科、师范科讲义录》，署名"宏文学院院长嘉纳治五郎先生监辑，清人王廷干先生外七家译"，"东亚公司"刊行。[1]《讲义录》汇集了二十余位教授专家的课程讲义，共有24种。包括《伦理学》《日语日文科》《世界历史》《地理学》《地文学》《动物学》《植物学》《生理及卫生学》《矿物及地质学》《物理学》《化学》《法制》《经济学》《算术》《代数学》《几何学》《心理学》《论理学》《教育学》《各科教授法》《学校管理法》《日本教育制度》《杂录》和《科外讲义》。笔者曾有幸把摩研读友人所有的1906年版《讲义录》，深感其体系完备、内容简明扼要。后来在资料查阅中发现的一件材料，也证明了这套教材的社会影响。那是清末《学部官报》第134期（1910）的一则消息："商务印书馆经理候选道夏瑞芳呈伊索寓言女子新唱歌并国文读本二书毋庸审定速成师范讲义录需加润色再行呈部批宣统元年十一月二十二日。"这说明1909年上海商务印书馆计划出版弘文学院的这套"速成师范讲义录"，但清政府学部（1905年成立，负责管理全国教育的最高机构）认为该套教科书系直译日文，需要细致推敲润色后，再送审批。中国最著名的出版社，要在中国出版发行一套日本民间预备学校的系列教材，说明这套全科基础科目教科书受到中国教育界的关注。

---

1 "东亚公司"成立于1905年，由当时最有名的两家出版社"博文馆"和"三省堂"合办，出版以中国留学生为读者对象的各种中文版教科书。《宏文学院讲义录》系该公司推出的第一套丛书。《讲义录》的出版得到清政府资助，翻译工作也主要由弘文学院的官费留学生承担完成。

《宏文学院讲义录》
书影及内页

鲁迅就读弘文学院期间,《讲义录》还没有正式出版,但教师的授课自1902年以来一直进行,考虑到教科书成书一般需要较长的过程,鲁迅应该学过《讲义录》主要科目的内容。换言之,这套《讲义录》可以帮助我们了解鲁迅所接受的近代基础科学知识体系的具体内容。

当时弘文学院普通科第一学年全部课时中,有800多个小时用于日语教学,约为全部课时的一半多,第二年则降至500多个小时。[1] 笔者查阅过其中的主要教材,确认了这些日语教材的具体状貌。比如,课本中有不少反映日本社会状况和时代流行的内容,学生在学习语言的同时,可以接触当时日本的政

---

1 参见坂根慶子:「宏文学院における日本語教育」,『東海大学紀要』(留学生教育センター)第13号,1993年,第1—16頁。

治、社会、文化和习俗，尤其是在近代西方的全盘影响下社会观念发生的变化。课文中随处可见诸如："东洋各国的文化也逐渐变得开放"，"东亚的文明也渐渐与欧美比肩"，"每个人无论出身怎样，只要发奋努力，就可以干出一番事业。是的，现在是一个优胜劣败的严峻时代，只要发挥才干，谁都可以大有作为"，等等，呈现了社会进化论以及个人主义流行的时代气氛。"在留学生中，有不少人在学习之余，或是翻译教科书，或是去夜校当翻译。"无独有偶，《宏文学院讲义录》恰恰是留学生利用业余时间翻译劳作的成果。教材还涉及日俄战争："虽说是敌方俘虏，终究是为祖国而战的忠勇军人，绝对不能用轻蔑的态度对待他们""人终究要死，在战场上壮烈战死才是男儿的本分"等等，投射出日本武士道文化和明治时代的国家主义氛围。1898 年"戊戌变法"失败，梁启超逃亡日本，于 1899 年发表《祈战死》一文，记述在日本所受的震撼："冬腊之间，日本兵营士卒，休憩瓜代之时，余偶信步游上野。满街红白之标帜相接。有题曰欢迎某师团步兵某君，某队骑兵某君者，有题曰送某步兵某君，某炮兵某君入营者。盖兵卒入营出营之时，亲友宗族相与迎送之，以为光宠者也。大率每一兵多者十余标，少者亦四五标。其本人服兵服，昂然行于道，标则先后之。亲友宗族从之者率数十人。其为荣耀，则虽我中国入学中举簪花时不是过也。其标上仅书欢迎某君送某君等字样，无甚赞颂祝祷之语。余于就中见二三标，乃送入营者，题曰'祈战死'三字。余见之矍然肃然，流连而不能去。"[1] 无独有偶，鲁迅和梁启超，在同一时期留学和寓居日本，通过不同方式经历了相近的精神体验。

　　1903 年，鲁迅刚到日本一年，就通过日文译本翻译了三篇欧美小说，另外还有地质矿物学方面的《说鈤》《中国地质略论》，以及未发表的《地质学》。可以推测这些文字与弘文学院的学习直接相关。1906 年，鲁迅出版了与人合编的《中国矿产志》，书中使用的地质学专业分期等，与《宏文学院讲义录》

---

[1] 原载《清议报》光绪二十五年，即 1899 年 11 月 21 日。引自《清议报》全编卷六，北京：中华书局，1991 年，第 185 页。

第二辑佐藤传藏（1870～1928）讲述的《矿物学与地质学》如出一辙。鲁迅自己很坦率，称"纂者于普通矿学虽略窥门径，然系非其专门。此所记载，悉钩稽群籍为之"，"而当纂辑，又在课余，误谬知不可免"[1]。又坦白说："我记得自己那时的化学和历史的程度并没有这样高，所以大概总是从什么地方偷来的，不过后来无论怎么记，也再也记不起它们的老家；而且我那时初学日文，文法并未了然，就急于看书，看书并不很懂，就急于翻译，所以那内容也就可疑得很。"[2] 尽管鲁迅自身的记忆也已茫然，但这些工作由来于弘文学院时期的知识接受的可能性，依然是最高的。

总之，在弘文学院的两年里，鲁迅通过日语教育和普通教育这两个系统，既学习和掌握了日本语言，又理解了近代科学及人文社会科学的基础知识体系。嘉纳的卓越见识以及学校提供的充实的各科教育，为鲁迅建构近代知识素养和思想观念框架提供了重要的契机和条件。鲁迅后来接受并信仰进化论、浪漫主义文艺、尼采思想和精神主义哲学等，都可以在弘文学院时代找到最初的端倪。因此，弘文学院这个似乎并不太显眼的预备学校，其之于鲁迅的意义似乎远不止于人们的估量和想象。

四　弘文日常中的嘉纳效应

系统梳理和考察弘文学院的文献资料，可以发现，在鲁迅留学弘文学院的日常生活中，还有不少与嘉纳有关的其他痕迹。

其一，鲁迅学习柔道。这件事在几乎所有鲁迅传记文献里皆有提及，但大多又都语焉不详。鲁迅接触柔道的直接物证，至今仍保存在嘉纳创办的讲道馆

---

[1] 鲁迅：《〈中国矿产志〉例言》，《鲁迅著译编年全集》卷壹，北京：人民出版社，2009年，第164页。
[2] 鲁迅：《〈集外集〉序言》（1935年），《鲁迅全集》第7卷，第4页。

（1882年嘉纳治五郎为教习和研究柔道而创立的道场，场所几经变迁，现址为东京都文京区春日）资料室，即"讲道馆入门者名簿"（牛込分场）明治36年（1903）3月10日一栏中"周树人"的亲笔签名。

至于鲁迅这些留学生为什么来学习柔道，原因自然首先在嘉纳。1882年，嘉纳时年二十三岁，创立"讲道馆"，开始招收学员学习柔道，此后毕生致力于柔道以及柔道文化的教育和普及。弘文学院创立不久后，作为普及推广柔道事业的一环，嘉纳在学校内设立了讲道馆牛込分场，动员和鼓励中国留学生学习柔道。除了普及柔道这一目的以外，嘉纳的教育理念原本就极其重视体育，主张教育即是德智体的全面培养和发展。他说："体育，所以使国民习惯劳苦，健壮轻捷，皆能肩艰任钜，以谋国事，勿使其因身体疲弱之故，而精神疏慢，气力颠顶，以阻国事之进步也。国民有此体育者，则国无懈政，人无懦气，不战而能武，行步而有强国之容矣。今日世界，方以种族竞争，此亦强种之一要事也。"[1] 嘉纳在任何场合都不遗余力地宣传这一主张，他高度重视体育，积极普及柔道的理念和实践，造就了鲁迅进讲道馆学习柔道的这一段经历。只是，鲁迅本人未对此留下任何记录和证言，所以鲁迅学习柔道的详情也就不得而知。从目前的资料推断，鲁迅的柔道学习似乎没能持续多久，那仅仅是青年鲁迅的一次新鲜体验。

其二，鲁迅告诉我们，他到日本后，除了弘文学院的课堂学习之外，"就赴会馆，跑书店，往集会，听讲演"。"赴会馆"，指的是1902年由中国驻日公使馆和留学生督办处设立的"清国留学生会馆"（也称"中国留学生会馆"，位于原"东京神田区骏河台铃木町18番地"，现为"神田区骏河台2-3-16"）。[2] 这

1　《支那教育问题》，《新民丛报》1902年第23号，第110页。
2　参见薛绥之主编：《鲁迅生平史料汇编》第二辑，天津：天津人民出版社，1982年，第279—280页。在笔者查阅的资料中，《清国留学生会馆招待规则》（《游学译编》第3期，1902年）颇具参考价值。至于最直接的资料当数清国留学生会馆编辑发行的《清国留学生会馆第一次报告》（1902年10月5日），可参见王若海、文景迅：《了解鲁迅留日时期生活的一份资料——关于〈清国留学生会馆第一次报告〉》，《山东师院学报》1976年第4、5期合刊，第91—94页。

鲁迅就读弘文学院时的讲道馆,他曾在这里练过柔道

里是中国留学生聚会活动的场所,会议、集会、演讲、日语课、舞会等公共活动都会在此举行,会馆也为留学生提供各式服务和帮助,于是自然成为留学生们的栖息之家。但实际上在鲁迅所说的演讲中,除了留学生会馆和社会上的各种演讲,还有一种非常重要,就是弘文学院组织举办的演讲。

嘉纳一贯重视的基础教育,既发挥了近代基础科学知识传授的功能,又促进了留学生的思想观念启蒙。除了学校的常规课堂学习外,嘉纳还组织东京高师等校的学者教授,为弘文学院留学生举行"特别讲义"(演讲),就当时流行的时代性思想、思潮或社会问题进行讲解分析,其中最具有代表性的,便是丘浅次郎的进化论演讲。然而关于这次演讲的具体情况,何时何地,具体内容,一直不甚了然。为此,笔者对1902～1904年间的日本报刊,如《读卖新闻》、《朝日新闻》、《太阳》杂志、《中央公论》等进行了仔细排查,希望能够发现演讲的线索,但却无果而终。后来笔者又对中文报刊进行调查,重点是同一时期中国人在日本编辑发行的报刊,如留日学生发行的《游学译编》《译书汇编》

《浙江潮》《江苏》等。结果在《新民丛报》上发现了演讲的记录稿，即《新民丛报》第46、47、48号（合刊，1904年2月14日出版，第175—191页），上面赫然登载着"进化论大略（弘文学院特别讲义）理学博士丘浅次郎演"。讲演记录正文之前，有一段编者的说明文字，交代刊文的来龙去脉，其全文如下："弘文学院校长嘉纳治五郎因为中国留学者谋利便，每周请其国中专门学者临院演述专门学问大略数小时，院外之人皆可往听。某君以其所听者笔记之寄稿本社嘱为登录，以广闻见而开智识。夫专门学问非可易言，乃以最短之时间述其毕生之学业，其亦何能详备。惟借此使吾国民之世界学术之不易言而争自奋以求进步，则或嘉纳氏之苦心。而本社实有传播之责也，兹将某君所寄本编大略及军舰学大略（见军事门）两稿录登报端焉。本社识"（标点为引用者所加。）

由此可知，第一，嘉纳每周邀请日本国内学者来学校讲演，目的是让留学生了解世界学术，进而发奋图强。第二，丘浅次郎在弘文学院讲过进化论，但不是一般授课，而是演讲。所以鲁迅听过丘浅次郎的进化论授课并非空穴来风。第三，演讲采用公开形式，允许校外人士参加。第四，听讲的中国留学生将演讲记录投稿至《新民丛报》发表。演讲人用日文演述，译员翻译至中文。第五，同期《新民丛报》还有另一篇演讲记录稿《军舰学大略》刊于"军事门"一栏。查阅《新民丛报》还发现，1902年10月21日、23日，嘉纳为弘文学院师范生演讲，谈"支那教育问题"，见杂志第23、24号；丘浅次郎《进化论大略（弘文学院特别讲义）》，演讲者不详的《军舰学大略（弘文学院特别讲义）》则刊于第46—48号合刊，1904年2月14日；还有江口辰太郎讲演《教育学泛论》（第三章，第59号，1904年12月）、《教育学泛论》（第四—六章，第60号，1905年1月）、《教育目的论》（第67号，1905年4月）、湘乡朱德裳述《警察学演说》（第69号，1905年5月）、《警察演说》（第70号，1905年12月）等。就在1904年1月，丘浅次郎刚刚出版长达八百多页的《进化论讲话》一书，对进化论的形成、变迁以及各家学说进行了简明通俗的考察和解说，加速了进化论在日本的普及和读者的认知，一时名满天下。在这种情形下，人气学者携大著出版的气势，面对面近距离进行演讲，必定会强有力地感染和影响包括鲁迅在内的听众。在鲁迅与进化论之间，丘浅次郎无论如何都是一个重要而切近的角色。而这种影响的产生，又与嘉纳息息相关。

其三，嘉纳及弘文学院尊孔祭孔问题。下面这段话，研究鲁迅的人大都熟悉，人们大多习惯在鲁迅的叙事文脉和情感方向上评论嘉纳，断定他保守，隐约将之看作与鲁迅对立的负面表现。"政府就又以为外国的政治法律和学问技术颇有可取之处了。我的渴望到日本去留学，也就在那时候。达了目的，入学的地方，是嘉纳先生所设立的东京的弘文学院；在这里，三泽力太郎先生教我水是养气和轻气所合成，山内繁雄先生教我贝壳里的什么地方其名为'外套'。这是有一天的事情。学监大久保先生集合起大家来，说：因为你们都是孔子之徒，今天到御茶之水的孔庙里去行礼罢！我大吃了一惊。现在还记得那时心里想，正因为绝望于孔夫子和他的之徒，所以到日本来的，然而又是拜么？一时觉得很奇怪。而且发生这样感觉的，我想决不止我一个人。"[1] 不过，当时鲁迅对祭孔抱有不满和疑问是有其背景条件的。今天我们不应仅仅止于赞同或声援鲁迅，而需要返回 1902 年鲁迅厌孔的历史情境，切实了解鲁迅的思想情感脉络，以理解并同情历史的态度把握这一场景的不同情状，用客观温和的历史感觉去叙述和阐释鲁迅的这次遭遇。

其实，嘉纳主导弘文学院祭孔的背后，存在着历史文化传统和社会现实动态这两种背景，以及尊孔在中日两个历史文化系统中的不同境遇。

第一，首先是当时中国国内的政治和文化情势。就在鲁迅留日的前一年，大清王朝的江山风雨飘摇，改良变法呼声不断，1901 年 1 月 29 日（光绪

---

[1] 鲁迅：《在现代中国的孔夫子》，《鲁迅全集》第 6 卷，第 326 页。本文最初为日文版，发表于日本《改造》月刊 1935 年 6 月号。中文版署名"亦光"译，发表于在日中国留学生主办的《杂文》月刊第 2 号（东京，1935 年 7 月），题为《孔夫子在现代中国》。后收入鲁迅编选《且介亭杂文二集》（上海三闲书屋，1937）。丸山昇《关于山本俊太氏收藏的〈在现代中国的孔夫子〉手稿》（陆晓燕译，《鲁迅研究动态》1985 年第 6 期）一文提供了鲁迅手稿的诸多信息，请参阅。

二十六年十二月初十），慈禧太后（1835～1908）在西安发布"变法"上谕，表示要更法令、破锢习、求振作、议更张，实行"新政"。同年4月，下令成立以庆亲王奕劻为首的"督办政务处"，负责筹办"新政"，任命李鸿章、荣禄等人为督办政务大臣，刘坤一、张之洞（后又增加袁世凯）为参预政务大臣，总揽所有新政事宜。7月，张之洞和刘坤一三次联合上奏，提出变法措施，即有名的"江楚会奏变法三折"，受到慈禧太后重视。他们的建议再加上袁世凯的意见，就成为清廷推行新政的蓝本。由此，清末新政，即1901～1905年间清政府推行的政治、经济、教育、军事等方面的改革正式启动。至此，清廷最高统治者终于从"天下中心"的迷梦中觉醒过来，试图摆脱以往小修小补被动反应式的变法，欲倾全国之物力，主动出击，推动中国向世界接轨的进程。鲁迅赴日留学也正是伴随这一新政而得以实现的。不过新政在进行政治、经济和教育改革，试图变法维新的同时，仍想努力维护"中体"（三纲五常），所谓"盖不易者三纲五常，昭然如日月之照世"[1]。1903年的《学务纲要》强调"中国之经书，即中国之宗教。若学堂不读经书，则是尧舜禹汤文武周公孔子之道，所谓三纲五常尽行废绝，中国必不能立矣"，规定"中小学堂宜注重读经以存圣教"。1903年的《奏定学堂章程·各级学堂管理通则》中仍规定各学堂集会仪式必须向孔子牌位行三跪九叩大礼；1906年学部规定"忠君""尊孔""尚公""尚武""尚实"为教育方针，并强调"孔子之道大而能博，不但为中国万世不祧之宗，亦五州生民共仰之圣，……无论大小学堂，宜以经学为必修课目，作赞扬孔子之歌，以化末俗浇"[2]。也就是说，清政府一方面意识到不改革将遭灭顶之灾，并开始实行各种改革措施，另一方面又恐惧"三纲五常"风化解体，极力主张维护孔教，尊孔读经。清王朝支配体制的这种立场和态度自然投射和波及日本，特别是引起一部分崇仰儒教人士的极大关注，嘉纳恰恰是这类知识分子的典型代表。

---

1 故宫博物院明清档案部编：《义和团档案史料》下册，北京：中华书局，1959年，第914页。
2 舒新城编：《中国近代教育史资料》上册，北京：人民教育出版社，1961年，第217页。

第二，是嘉纳对孔子思想以及儒教的态度。嘉纳属于典型的尊孔派，他对于教育问题的根本看法，在本质上与儒教思想息息相通。借用著名学者甘阳的话说，"儒家真正的精神，是非常缓慢地通过教育的努力而逐渐正人心，齐风俗，而不是期待很快的政治改革的具体效果"[1]。也就是强调教育的"教化"功能。嘉纳一贯认为，教育是解决人与社会问题的最终手段，也是最根本的手段。他一直反对伴随暴力的激烈的激进革命，主张温和的循序渐进的改良主义。在这一点上，同样是面对孔子，嘉纳与浸润在"保种救国图存"这一时代激流中的鲁迅之间存在明显差异。嘉纳对中国传统文化之核心的孔孟儒家极为敬重，他看重孔孟之道对日本文化的久远恩泽，把孔孟之道视为一种具有普遍恒久价值的文化。嘉纳在各种场合表明自己的主张，1902年，他在《清国》一文中指出，"我国与清国仅有一水之隔，往古之时，我国曾从清国输入制度以及物质文明，促进了我国的开化发展。［中略］支那的德育以孔孟之道为基本，日本的德育大部分也来自孔孟的教诲"[2]，直言自己尊崇孔孟的立场。中国国内媒体注意到嘉纳的这些发言，清末上海的文摘性刊物《经济丛编》1903年第1期就刊登了"子余来稿"的《宏文学院嘉纳治五郎对诸生演说》。这是弘文学院创立不久后嘉纳在结业式上的一次讲话。讲话中，嘉纳表达了他对中国儒教文化的感恩之心："日本前此之文明，皆来自中国者也。古昔榛莽未开，及输入孔孟之学，逎智慧渐启，文化日开，千余年于兹，愧无以报德。"[3]在1903年6月4日创刊的文摘类刊物《经世文潮》（又称《经世报》，半月刊，上海编译馆辑录）第1期以及其他各期，嘉纳的此类言论更被冠以"嘉纳治五郎学界国际策"的题名译介刊出。嘉纳有机会便会不厌其烦地呼吁："振兴中国教育，以进入二十世纪之文明，固不必待求之孔子之道之外，而别取所谓道

1　甘阳：《康有为与保守主义问题》，见"21世纪网"2014年8月16日，URL:http://ent.21cbh.com/ 2014/8-16/wMMDAxMzlfMTI3MTkwMg.html。

2　嘉納治五郎：「清国」，『国士』第5巻第44号，明治35（1902）年5月。引自『嘉納治五郎大系』第六卷，東京：本の友社，1989年，第210页。

3　子余：《宏文学院嘉纳治五郎对诸生演说》，《经济丛编》1903年第1期，第22页。

德者以为教育，然其活用之方法，则必深明中国之旧学而又能参合泰西伦理道德学说者，乃能分别其条理而审定其规律。"[1] 他提醒留学生，追求新时代文明不能过分偏重西洋文明，而应该发掘和应用传统儒学文化的价值，这体现了嘉纳虔诚而一以贯之的孔孟观和儒教观。

在这一背景下，嘉纳带领弘文学院学生举行祭孔活动，以示对孔孟之道的尊尚。需要指出的是，嘉纳倡导和推行尊孔，并不是偶尔的、一时的纪念活动，也不单只是面向中国学生。在西方冲击东方，整个社会生活包括人们的价值观都在经受剧烈震荡而面临改革重构的时代，嘉纳坚持认为保护和继承历史悠久的精神传统，在儒家学说中获得稳定的精神资源是必要的。其重要标志就是，1907年嘉纳担任孔子祭典委员会委员长，恢复了中断多年的孔子祭典。元禄3年（1690），德川幕府将军在东京汤岛创建孔子庙，通称"圣堂"，作为祭奠孔子的专用场所，每年举行孔子祭典，后来又在此开设了昌平坂学问所。1868年明治维新后，圣堂和学问所被明治政府接收。1872年，圣堂变成日本最早的博览会会场，学问所也变成东京大学并迁移他处。于是在原学问所旧址开设了东京高等师范学校。与此同时，例行的孔子祭典也画上了句号。1880年，部分有识之士为国家前途忧虑，成立了"斯文学会"，目的是发扬儒教，培养人们坚实的思想，进而巩固国家基础。嘉纳担任东京高师校长后，借高师搬迁之际，再度提起孔子祭典事宜。1906年，负责管理汤岛圣堂的高师职员们为孔子祭典长期荒废感到遗憾，计划在大成殿举行祭典，以表达对孔夫子的诚挚感谢和崇敬之情。1907年1月，祭典发起人会召开，宣布嘉纳为祭典委员会委员长。4月，正式举行盛大祭典。此后的十余年间，嘉纳一直担任祭典执行委员长。1918年，孔子祭典会与斯文学会合并，孔子祭典传统由斯文学会继承，嘉纳仍担任孔子祭典部部长。嘉纳说："日本的德教脱胎于孔子教，

---

[1] 原载《弘文学院沿革》"明治三十五年十月二十八日"条目。引自马力《鲁迅在弘文学院》，《鲁迅生平史料汇编》第二辑，天津：天津人民出版社，1982年。

考虑到国家的未来，祭孔实在是一件值得高兴的事情。"[1]

而鲁迅和留学生们对尊孔祭孔则抱有截然不同的立场和情感。所以当教务主任大久保先生召集学生们到御茶之水的孔庙里去祭拜，鲁迅才大吃一惊。在前引的那段话里，鲁迅只是如实记录了当时发生的事情以及自己的心情，并未涉及对嘉纳尊孔或者孔子学说本身的评判。况且，即使鲁迅发表了意见，也还有一个言说文脉以及恰当与否的问题。所以后人看待鲁迅与嘉纳带领学生祭孔这件事，往往轻而易举地以一种揶揄批判的视角进行叙述，是值得考量的。

鲁迅在当时对嘉纳尊孔的反感，必须在当时的时代氛围和趋向中去理解。那就是，在清末那个国家民族濒临存亡危机、有识之士追求新学谋求变法奋起自救的情境中，人们往往趋向于以决绝激进的革命式情感态度对待旧的传统文化。同期或稍后时代的陈独秀、胡适等先驱者莫不如此。我国老一辈历史学家、著名孔子研究者金景芳教授有过这样的论断："如何评价孔子是孔子研究中的一个大问题，无论谈孔子的那一方面，最终都要落到这个问题上。""凡是治世都尊孔，凡是乱世都反孔。道理在于孔子的学说对维护社会安宁秩序有利，对破坏社会的旧秩序不利。当革命动乱时期，社会需要破，不破坏旧秩序，不能建立新秩序，而孔子学说是破的障碍，人们当然要反孔，至少要冷落他。当社会面临建设，要建立新秩序的时候，再破不止，旧的新的将同归于尽，不会有好的结果，而立是重要的，这时候孔子的学说必然受到重视。以往的历史恰恰又是一治一乱发展过来的。《孟子·滕文公下》说：'天下之生久矣，一治一乱。'孟子已经看出社会的发展总是采取治乱交替的形式。孟子的见解符合以往的客观情况。这样说来，孔子的命运时好时坏，时而受尊，时而挨批，本是正常的事，不足奇怪。"[2] 因此，也可以说，年轻的鲁迅与嘉纳对孔子的不同态度，是建立在各自不同的情境系统和逻辑系统中。鲁迅对于祭孔

1　『足立学校釈奠講演筆記』第 3 卷第 5 頁。转引自『気概と行動の教育者　嘉納治五郎』，筑波大学出版会，2011 年，第 94 頁。
2　吕绍纲：《金景芳先生与孔子研究》，《孔子研究》1991 年第 3 期，第 123 页。

的反感和失望，符合渴求变法改革的诉求，而嘉纳对孔子价值的认可和评价，也具有文化逻辑的依据。以鲁迅的姿态作为正反判断的唯一标准，是不够妥当的。以今日的普遍立场来看，在明治日本，在那个对中国人来说苦难屈辱不断加深加重的时代，嘉纳崇敬孔子，感念孔子学说给予日本文化的惠泽，认为孔教具有普遍价值，无论如何都是一件具有正面意义的事情。鲁迅与嘉纳，不必一定捆绑在一起对决，分出正反高低胜负来。但1902年，鲁迅在弘文学院，因为嘉纳而被迫祭孔这件事，实在可以引发我们思考和反省很多问题。

此外，由于嘉纳的特殊身份和地位，由于他的众多人脉资源，弘文学院的学校生活中，还有过不少其他学校难以企及的活动，这些都开阔了留学生的视野，为他们提供了有益的体验机会。比如，1902年后，中国留日运动日益高涨，清政府及各地方政府纷纷组织视察团，赴日进行各种视察观摩。由于嘉纳的地位和影响，教育方面的视察团大多都会来弘文学院进行参观和交流。嘉纳主办的《国士》杂志上就曾专门报道过这些信息。如清廷三等镇国将军爱新觉罗·毓朗以及著名教育家文学家吴汝纶，均在1902年5月赴日，两人曾在同一天赴弘文学院参观考察；1906年6月，清政府派遣十二省主管教育的"提学使"赴日考察。代表团领队湖北提学使黄绍箕更是清末留日运动的推动者张之洞的侄女婿。1902年嘉纳巡游中国时，黄绍箕负责接待陪同，此次赴日则专门到弘文学院参观视察，并在学校合影留念，后来弘文学院编译出版《宏文学院讲义录》时还特意收录了这张合影。此外，弘文学院每年都举行大规模的运动会；笔者在查阅日本外务省外交史料时，还发现了嘉纳申请弘文学院师生参加天皇阅兵仪式的有关文件。

结语 "鲁迅"形成中的嘉纳治五郎

作为一个年轻的赴日留学生，鲁迅与当时已经位高权重的社会名流嘉纳之间并无直接的个人交集，但嘉纳毕竟是鲁迅的校长，而且经常住在学校里，学生们当然有很多机会见到校长。每逢开学、毕业等节点，都有集会，可以听到校长致辞讲话。不过，鲁迅与嘉纳的关联，主要并不在于他和校长之间有多少接触。比这些更为重要和内在的，是鲁迅留学弘文学院时期，他所栖身的学习生活环境、思想文化环境，以及教育体制为他自身的形塑所提供的助力，而这些助力又与嘉纳的思想理念和作风特点有着内在联系。

鲁迅本人为自己的弘文学院时代留下的记录少之又少，周边其他相关人的证言也同样稀缺。我们可以肯定的是，鲁迅离开尚在封建王朝末期的祖国来到日本后，首先进入"弘文学院"这一近代性学校教育空间，在日语和近代基础科学知识两个教育体系中体验和锻炼。而这两个教育体系的结构以及实践形态又受到嘉纳个人因素的强烈影响。在弘文学院的两年间，鲁迅完成了日语习得，收获了这一受用终生的语言-知识-思想的装置；嘉纳一生孜孜以求的"普通教育"，则让鲁迅习得并巩固了一般近代基础知识，夯实了南京求学时期已经开启的知识体系转型，培植了与近代科学知识两位一体的现代文明观念，这对鲁迅思想"原型"的铸就，对鲁迅主体性创造的形成具有不可或缺的重要意义。

汉文脉共享与鲁迅的翻译启蒙政治
——《哀尘》底本：森田思轩译《随见录》第四则

弘文学院留学时期的外国文学翻译，是鲁迅新文学实践的起点，即留日第二年（1903）翻译发表雨果随笔集《见闻录》之一节《芳汀的来历》，冠题"哀尘"，刊载于浙江留日学生同人杂志《浙江潮》第 5 期。这时，鲁迅刚到东京一年，正从早到晚在弘文学院修习日语及其他基础教育课程。日语刚刚修完初级阶段，程度不能算很高。但这似乎并没有难住鲁迅。他选择了日本青年翻译家森田思轩（1861～1897，以下简称"思轩"）五年前翻译发表的雨果作品的日文译本，并在其"和三汉七"的汉文式翻译文体中找到了共享和突破路径，以转译（重译）方式译出了《哀尘》，结果创造了两个纪录：一是鲁迅个人最早的外国文学翻译，二是近现代中国最早的雨果文学翻译。[1]《哀尘》发表三个月后，和尚诗人苏曼殊（1884～1918）翻译的《惨世界》(《悲惨世界》)开始在上海《国民日日报》（1903 年 8 月 7 日～1903 年 12 月 3 日）连载，次年由上海镜今书局出版单行本，[2] 近现代中国雨果译介由此拉开序幕。可见，无论是在鲁迅的文学翻译事业中，还是在近现代中国文学翻译史上，《哀

---

1 在《哀尘》发表之前，当时与鲁迅同在东京留学的同龄青年马君武（1881～1940）于《新民丛报》第 28 期（1903 年 3 月 27 日）发表《欧学之片影》，其第三节《十九世纪二大文豪》介绍英国拜伦和法国雨果。在谈及雨果文学创作部分，作者以中国传统格律诗形式翻译引用了雨果的一首爱情诗附于文末："此是青年有德书，而今重展泪盈据。斜风斜雨人增老，青史青山事总虚。百字题碑记恩爱，十年去国共艰虞。茫茫天国知何处，人世仓皇一梦如。"不过笔者以为，在严格意义上说，作为正式且独立的翻译，《哀尘》当为中国最早的雨果文学翻译作品。

2 苏曼殊去世后，上海泰东图书局于 1921 年翻印出版该书，并改名为《悲惨世界》。

尘》都具有里程碑式的历史意义。

多亏周作人留下了细微记录，我们可以确切地了解，至少在1903年到1904年之间，鲁迅曾热衷于雨果文学。1904年4月，鲁迅结束在弘文学院两年的学习，正在准备转移仙台学习医学。他遂从东京给周作人寄来一大包书，"共十一册，《生理学粹》，《利俾瑟战血余腥录》，《月界旅行》，《旧学》等"，"又《浙江潮》《新小说》等数册"，"有些英文书则无可考，只记得有一册《天方夜谈》，八大册的《嚣俄选集》"；"大概因为《新小说》里登过照片，那时对嚣俄（现译为雨果）十分崇拜，鲁迅于癸卯夏回乡时还写信给伍习之，托他在东京买新出的日译《怀旧》寄来，那也是嚣俄的一部中篇小说"[1]。

但另一方面，与鲁迅的创作作品，乃至后来的翻译作品相比较，学界对于《哀尘》的考察研究至今仍有若干盲点。关于《哀尘》的日文底本及其译者，《哀尘》与思轩日文底本文本结构的确认比照，进而如《哀尘》与明治日本翻译文学谱系及知识空间的关联或互文等问题，还缺少切实具体的考察研究。[2] 这一现状令人想起多年来学界同人对于强化鲁迅翻译研究的屡屡呼吁，[3]《哀尘》研究的现状确乎正是这些呼声的合适注脚。

笔者曾关注留日时期鲁迅的文学翻译及其他译述，多年来搜集了不少相关资料，包括一些难得见到的一手资料。现围绕《哀尘》及其日文底本的诸问题进行考辨和叙述，尝试为若干存疑问题提供一点具体的解答。

---

[1] 周作人：《第三分 鲁迅在东京／三四 补遗二》，见《鲁迅的故家》，北京：北京十月文艺出版社，2013年，第333—334页。所言"八大册的《嚣俄选集》"等具体情况内情不详。日本《见闻录》翻译情况可参见本文。1914年之前，日本不曾翻译出版雨果的全集或选集，如"八大册"无误，则当是西文选集。

[2] 青年研究者陈红在华东师范大学攻读博士学位期间，撰写了以日语源语视域考察鲁迅翻译的学位论文，对鲁迅翻译的诸问题进行了探索。具体参见陈红《日语源语视域下的鲁迅翻译研究》（浙江工商大学出版社，2019年）。

[3] 如黄乔生《序言》（北京鲁迅博物馆编：《鲁迅翻译研究论文集》，春风文艺出版社，2014），略远者有高玉《近80年鲁迅文学翻译研究检讨》（《社会科学研究》2007年第3期）等。

一 《哀尘》底本的信息误差

我们首先梳理《哀尘》研究史的脉络,厘清《哀尘》的认知现状及存在的若干问题。1963年,陈梦熊(笔名"熊融")在《文学评论》1963年第3期发表论文《关于〈哀尘〉、〈造人术〉的说明》,首次考证《哀尘》及《造人术》系鲁迅留日初期译作,其要点如下:(1)《哀尘》(1903)及《造人术》(1905)系鲁迅译作,故鲁迅文学翻译的起点可由1909年(《域外小说集》)提前到1903年,其外国文学介绍也由1907年(《摩罗诗力说》)提前到1903年。(2)《哀尘》似乎转译自日文译本。(3)(鲁迅的)"译者曰"(译者按语)很有特色,不仅表现了对"无心薄命之贱女子"的同情,而且揭露了社会苦难的根源在于不合理的社会制度。随后,《文学评论》同年第4期"读者·作者·编者"栏目又刊出戈宝权的来信《关于鲁迅最早的两篇译文——〈哀尘〉、〈造人术〉》,就雨果原作以及当时日本的雨果翻译提供了一些资料线索,认为鲁迅可能看过日本的雨果译作,《哀尘》也许就是根据当时的日译转译的";除了翻译,鲁迅"还通过简短的译者案语,对这位作家的著作作了概括的评述"。陈、戈两文提出《哀尘》等为鲁迅早期译作,确认了鲁迅翻译乃至文艺活动的起点,为鲁迅研究做出了贡献。稍觉遗憾的是,由于条件限制,前辈学者未及确认鲁迅使用的日文底本以及日文译者等具体信息;后来出版的各种鲁迅全集中的《哀尘》注释信息也不够完备,偶尔还有误判及解释失当等问题,譬如对《哀尘》"译者曰"的判断便是其中一例。[1]

---

[1] 现行几种主要全集注释如下:(1)《鲁迅全集》(人民文学出版社,2005)第十卷《〈哀尘〉译者附记》注曰,"本篇连同《哀尘》的译文,最初发表于光绪二十九年五月二十日(1903年6月15日)《浙江潮》月刊第五期,署名庚辰";另有"《哀尘》原是所著《随见录》中的一篇,题为《芳梯的来历》;后来作者将这一事件写入《悲惨世界》第五卷"。(2)《鲁迅译文全集》(福建教育出版社,2008)第八卷《译文补编》,《哀尘》位列首篇,但仅有一句题解:"载1903年6月15日《浙江潮》第5期,署庚辰译。嚣俄,通译雨果。"(3)《鲁迅著译编年全集》(人民出版社,2009)"卷壹"的《哀尘》题注也仅为:(转下页)

目前所见《哀尘》注释信息的缺欠在于：第一，信息不完整，过于简略模糊，缺少部分重要内容。第二，存在未能准确把握事实关系、判断失误之处。《哀尘》原系雨果随笔集《见闻录》之一则。《见闻录》共有四卷，法语原题为"Choses Vues"，"是集日记、回忆、笔记、随感为一体的作品，于作者逝世后陆续发表出版（1887～1899），它记录了雨果从1830年至1885年这五十五年来的所见、所闻、所感、所思"。[1]《哀尘》是"1841年"中的一则，现通常译为《芳汀的来历》或《芳汀的由来》。着重号部分都是有关雨果原著的重要信息，但在现行的注释中未能得到完整呈现。而另一个更直接的事实，即鲁迅翻译《哀尘》依据的既不是法语原本，也不是英文译本，而是思轩的日文译本。偏偏不巧的是，目前可见的注释对日文底本及其译者的介绍说明几乎等同于零，而这个状况又直接关联着对"译者曰"的误判。这是一个不小的缺憾。

其实关于《哀尘》底本的问题，在较早时期已有日本学者关注。日本的中国近代文学研究者樽本照雄（1942～）自1980年代中期开始编纂《清末民初小说目录》，收录清末至民国初的小说创作和翻译小说目录近八千条。该目录曾有纸质版刊行，还有电子版长年于网络公开并适时更新，目前已至第十二版。[2] 该目录记载《哀尘》日文底本信息如下："哀塵／（法）嚣俄著　庚辰（鲁迅）訳／『浙江潮』5期　光绪29.5.20（1903.6.15）/VICTOR HUGO 著。ウキクトル、ユーゴー著、森田文蔵訳「フハンティーン FANTINE のもと（千八百四十一年）」『国民之友』第26号 1888.7.20（森田思轩重訳『ユーゴー小品』民友社1898.6.4 所収）。"中文翻译如下："哀尘／（法）嚣俄著，庚辰（鲁迅）译／《浙江潮》5期　光绪29.5.20（1903.6.15）/VICTOR HUGO 著，维

（接上页）"原载1903年6月15日《浙江潮》第5期。署名庚辰。初未收集。"
1　张容：《题解》，引自〔法国〕维克多·雨果著　张谷译：《Choses Vues 见闻录》（柳鸣九主编：《雨果文集（最新修订版）第二十卷　散文卷　见闻录》，南京：译林出版社，2013年，第714页。
2　中国国内也于2002年出版了该目录。见《新编增补清末民初小说目录》，济南：齐鲁书社，2002年。

1888年5月18日《国民之友》第22号封面，本号开始连载《随见录》

1888年7月20日《国民之友》第26号封面，该号刊载《芳汀的来历》

克多·雨果著，森田文藏译《芳汀的来历》(1841年)，《国民之友》第26号，1888.7.20（森田思轩重译《雨果小品》，民友社，1898年6月4日收录）。"（笔者译）

此外，日本的鲁迅研究者工藤贵正也曾在1993年发表论文《鲁迅留学初期的三篇译作——以其翻译意图的考察为中心》(「魯迅留学初期翻訳の三作品——その翻訳意図の考察を中心に」)[1]，对鲁迅早期的三部译作进行探讨，其中谈及《哀尘》日文底本问题。后来此文的中文简缩版也于《鲁迅研究月刊》1995年第1期刊出。但遗憾的是，国内学界似乎对此关注不够，以致有关《哀尘》的注释解说信息未能得到及时更新和补充。

---

1 『日本アジア言語文化研究』1号，1993年12月。

二 《见闻录》日译者森田思轩

《哀尘》的底本是雨果《见闻录》的日译本，日译本的译者是明治时代声名大噪，以至被尊称为"翻译王"的青年翻译家森田思轩。思轩作为翻译家的丰功伟绩主要产出于1880年代末期到1890年代，当时他是与大文豪二叶亭四迷（1864～1909）、森鸥外（1862～1922）以及坪内逍遥（1859～1935）比肩的大翻译家。后世的日本翻译研究者甚至提出，日本真正的"近代翻译""起步于思轩的'一字入魂'"。思轩在文学史和翻译史上的非凡地位的表征之一在于，他是一位被文章家所憧憬的翻译家，无论在作家还是翻译者的世界里，都有众多忠诚的粉丝。坪内逍遥称他为"英文如来"[1]，二叶亭四迷声言"思轩先生译《侦探尤皮》是自己的'爱读书'"，泉镜花说自己从思轩那里"学到了即使一字一句也绝不苟且的文章作法"，正宗白鸟感念思轩的翻译作品让自己第一次体会到西洋文学的美妙，以至后来的评论者不禁慨叹，在那个时代，思轩的翻译不仅在翻译界声名显赫，更在文学界产生了深广的影响。人们或在他的翻译文学里找到自己的创作原点，或者通过思轩的翻译打开视野领略到另一个世界的灿烂文学，或者从思轩那里学到做文学的态度和创作技法。总之，思轩曾经是众多文艺家景仰和仿效的文学大家，而在思轩的翻译文学中，雨果文学的翻译，特别是小说《侦探尤皮》（1889）又具有独特意义和巨大的影响效应。[2]

思轩生于1861年，比明治维新早七年，死于明治中后期之交的1897年。思轩作为翻译家的成长轨迹，恰好叠印着近代日本翻译文学形成和发展的轨迹。近代日本的翻译文学发端于19世纪中叶以后的近代转型。在江户幕府末期的1853年，美国海军东印度舰队司令佩里（1794～1858）率舰队来到日

---

1 坪内逍遥：「外国美文学如来」,『文学その折々』，東京：春陽堂，1896年，第28頁。
2 参见鴻巣友季子『明治大正翻訳ワンダーランド』，東京：新潮社，2005年10月，第13—14頁。

森田思轩肖像,1895年

本,向日本政府(幕府)递交国书,要求日本开放港口进行国际通商贸易。以此为开端,在欧美列强纷纷叩关的强大压力下,日本各派政治势力围绕"开国""攘夷""维新"展开激烈博弈,最终以萨摩藩(今鹿儿岛县)和长州藩(今山口县)下级武士为核心的"维新志士"集团在博弈中胜出,迫使江户幕府退出统治日本的历史舞台,于1868年建立明治新政府,实行自上而下模式的举国维新,长达44年的"明治时代"由此开启。明治维新有两个重要纲领,一个是"富国强兵",另一个是"文明开化",再后又有"脱亚入欧"[1]这种带有异样色彩的口号出现。这些纲领和口号背后的核心指向,是从物质、技术、制度到思想、学术、文化,在所有领域全面学习和追赶欧美,走西方式现代化道路,而"翻译"则承担了"文明开化"的重要一翼。

在近代日本翻译文学史上,最初的二十年(1868~1887)属于草创时

---

[1] 日本近代著名启蒙思想家和教育家福泽谕吉(1835~1901)于1885年3月16日在『時事新報』发表社论『脱亜論』,提出摆脱亚洲,全力追随学习欧美的主张,也称"脱亚入欧主义"。

期。这一阶段,翻译数量有限,质量也很粗糙。翻译对象主要不是纯文学,而是政治思想文化启蒙类读物以及人物传记等大众读物,如启蒙学者中村正直(1832～1891)翻译英国伦理学家、社会改革家和作家塞缪尔·斯迈尔斯(1812～1904)的《自己拯救自己》(Self-Help,日译本为《西国立志编》),以及曾有数种译本的英国作家丹尼尔·笛福(1660～1731)的《鲁滨逊漂流记》(横须贺等译作《九死一生：鲁敏孙物语》,1879)。还有英国政治家兼作家爱德华·鲍沃尔－李敦(1803～1873)的政治小说《庞培城的末日》(日译本为《欧洲奇话　寄想春史》,1879～1880)等。在翻译理念和目的及目标意识上,此时的翻译主要并不属于艺术和科学的范畴,而是以政治和思想启蒙追求文明开化成为翻译的最大"政治"。在翻译实践的形态上,延续幕府末期的"英学"传统,翻译底本多取英文文本,即使原文为德、法、俄等国语言的读物,也多使用英文译本。在翻译方法上,现代的严格精密翻译模式和原则尚未确立,人们急于翻译"文明"用之于"维新"实践,再加上真正通晓外语和文学的译者很少,翻译整体呈现随意、匆促、粗糙、多有失误的乱象,翻译处理方法也随意任性,出现了"自由译"(意译)、"抄译"(选译),乃至大胆豪放的"豪杰译"(伴随大幅度改动的编译或曰译述)等翻译样式。有趣的是,紧随日本之后,在清末中国的翻译史上,也曾出现过几乎一模一样的局面。[1]

　　进入明治20年以后,日本的翻译文学迎来革新和创造的时代(1887～1896),新一代翻译者大幅度突破早期翻译的初级状态,以新的翻译文学理念、富有个性的翻译文体,以及新的阅读理解和翻译方法,创造了崭新的翻译文学局面,不仅对翻译文学,也对整个日本近代文学的转型和进化产生了极大影响。在这些翻译文学家中,二叶亭四迷最早从俄语直接翻译屠格涅夫(1818～1883)的《猎人笔记》,尝试具有艺术感的"逐语译"(直译)方法,

---

[1] 王宏志：《重释"信达雅"：二十世纪中国翻译研究》(东方出版中心,1999)、陈平原：《中国现代小说的起点——清末民初小说研究》(北京大学出版社,2005)以及王德威著、宋伟杰译：《被压抑的现代性——晚清小说新论》(北京大学出版社,2005)等文献对晚清翻译的这一状况均有关注和论述。

对翻译文学和创作文学都产生了很大影响；大作家森鸥外精通德语，翻译德国诗歌以及丹麦作家安徒生（1805～1875）带有自传性质的青春小说《即兴诗人》（原题 *Improvisatoren*），介绍大量欧洲尤其是德国的文艺思潮和文艺批评；坪内逍遥以《小说神髓》（1885～1886）阐述近代小说的理论和方法，主张文学的自律性和艺术性，倡导现实主义，深刻影响了日本近代文学的转型方向，而其集毕生精力翻译出版的《莎士比亚全集》无论在日本近代翻译文学史还是戏剧文学史上都占有重要地位。此外，还有另一位以创造出"周密文体"和"汉文调"文体而风靡一时的青年翻译家，那就是与鲁迅的《哀尘》直接相关的森田思轩。

关于思轩，我们先来看著名的《日本大百科全书》"森田思轩"条目的记述：

> 明治时代的新闻记者、翻译家。本名文藏，别号埜客、羊角山人、白莲庵主人等。1861年（文久元年）7月21日出生于备中国（冈山县）笠冈。进庆应义塾大阪分校师事矢野龙溪。后北上东京，于庆应义塾学习英国文学，后又修习汉学。1882年（明治15年）应龙溪之建议，进入邮便报知新闻社。1885年受报社派遣，前往中国采访，创作《北京纪行》等游记作品，博得文人盛誉。同年，前往欧洲及美国巡游。回国后，参与龙溪所领导的报知新闻社的改革。经过这一改革，原本以政论为本位的《报知新闻》转向充实和强化社会版及文艺版。思轩成为报纸实际上的编辑负责人，他一方面大展身手致力于报纸编辑工作，一方面从事翻译和写作，陆续发表在《报知新闻》上。这一时期，他作为一名翻译家的声名日益隆盛，他大量翻译、编译并发表儒勒·凡尔纳和维克多·雨果的作品，一时间竟被称为"翻译王"。其代表性翻译作品有凡尔纳的《铁世界》[1]《十五少

---

[1] 中文版现通译《蓓根的五亿法郎》或《印度贵妇的五亿法郎》。

年》¹，雨果的《侦探尤皮》和《克洛德》等。1892年，思轩从报知新闻社辞职，不久以客座身份加入国会新闻社，在该报以及杂志《国民之友》和《太阳》等媒体发表翻译和评论等，在文坛享有很高人气。1896年，在黑岩泪香的劝说下加入《万朝报》，为该报文艺栏撰写诸多稿件。思轩的翻译作品文体独特，被冠名"周密文体"，对当时的文学创作产生了很大影响，从文学史的角度来说，其功绩甚至超越外国文学译介。1897年（明治30年）病逝。有《思轩全集》第一卷刊行（堺屋石割书店，1907）。²

当我们从鲁迅的早期翻译乃至清末中国翻译文学的多元展开这一视角出发，追寻思轩作为翻译家的人生时，思轩及其翻译文学的以下几个面向显得尤其重要。第一，作为依靠英文翻译欧美文学的翻译家，思轩从小受过很好的汉学教育，中国古典文学修养深厚，写得一手典雅精练的汉文。这一点是他后来创造出严谨精密的汉文调翻译文体的重要条件，甚至也应该是鲁迅在千百日文译本中选择翻译《哀尘》的重要理由。可以说，享有共同的汉文文脉，是鲁迅与思轩的重要连接点。第二，在专注文学翻译之前，思轩已是一名职业新闻记者和报纸编辑，这份职业的历练培养了他对社会动态和文化流向的高度敏感，也锤炼了他文章的写作处理能力。他曾受报社派遣，赴中国采访日本和清朝政府间的谈判，报道日中两国签订《天津条约》的有关情况，发表了系列报道和游记《北清纪行》《上海通信》《天津通信》《论天津会谈》以及《访事日录》（北京纪行）等，留下了一系列关于中国的记录，更得以置身汉文学这一精神原风景的故乡，获得了一次难得的中国体验。第三，便是思轩在凡尔纳小说和雨果文学译介史上的先驱之功。1886年，继前一年访华之后，思轩又奉命前往欧美考察采访十个月。其间他决定"弃政"从文，立志以一支笔立身处世。在逗留美国纽约期间，他用节省下来的旅费买来二十多本英文小说，从此踏

---

1 中文版通译《十五少年漂流记》。
2 据『日本大百科全書』（日文，线上版）。URL: https://kotobank.jp/word/%E6%A3%AE%E7%94%B0%E6%80%9D%E8%BB%92-16970。

上翻译文学的"不归路"。1887年他以儒勒·凡尔纳的小说《法曼二学士谭》（法文原题：*Les Cinq Cents Millions de la Bégum*，现译"蓓根的五亿法郎"）亮相翻译文学舞台，之后译作迭出。第二年他开始翻译雨果文学，连载《随见录》。再五年，鲁迅转译其《芳汀的来历》，中国有了第一篇雨果文学翻译。关于思轩对于翻译文学的贡献，笔者在翻检阅读多年来搜集的日文资料过程中，发现了不少有关思轩的历史证言。现翻译介绍其中的两则。其一，出自比思轩年轻若干的同时代人，后来以小说《棉被》（1907）蜚声文坛的自然主义小说家田山花袋（1871～1930）。1909年，花袋在推荐和评议"明治名作"（明治时代的著名文学作品）时，在四十一年间出版发表的海量作品（小说、诗歌、随笔、理论批评以及翻译文学）中推选出108部（篇）"名作"，其中就有思轩译雨果《侦探尤皮》（《随见录》节选）。花袋的评议词是这样写的：

> 必须说，一味翻译比肯斯菲尔德以及鲍沃尔-李敦作品这一局面得以扭转，是要归功于思轩的。不仅如此，一扫之前译语译法杂乱不堪之状态，也是他的功劳。他深谙汉学，于译字译法颇有造诣。他主要翻译雨果作品，大抵有很高的精确度。《侦探尤皮》在《国民之友》第一春期附录发表后，"かれはかくの如くせり""しかし彼は走れり"之文体便在青年人中间流行起来，由此可知其影响之大。[1]

其二，是一位叫白石实三（1886～1937）的小说家和随笔家，他在1929年为思轩译作撰写的一篇解说短文中讲过如下一段非常恳切恰当的话：

> 森田思轩之于明治文坛的功绩可归结于，他将以往不过是政论家余技的翻译变成了纯粹的艺术。他尤以雨果翻译闻名，创造出"思轩调"这一独特文体，甚至被人盛誉为翻译王。今天，尽管当年风靡一时的

---

1 田山花袋：《小説作法》，東京：博文館，1909年，第166頁。

"思轩调"已成为过去,但其雨果翻译的功绩仍将留在人们的记忆中。除雨果之外,他还翻译了凡尔纳及爱伦·坡的很多作品。凡尔纳通常被称作科学小说家,但也有另外一种看法,认为他把科学和人为的想象力巧妙结合起来,作品情趣盎然,开今日大众文艺之先驱,它们不是单纯的冒险小说和空想小说,而是建立在一种社会观基础上的寓意小说和传奇小说。思轩正是有感于这一点,才翻译了《铁世界》,接着又翻译了《大叛魁》。[1]

三 思轩日译底本的判别

雨果"Choses Vues"—森田思轩《随见录》—周树人《哀尘》,三者的翻译关系脉络非常明了。只可惜,鲁迅自己没有留下翻译底本的任何信息。下面笔者根据多年来搜集的思轩日文翻译版《随见录》文本及其他资料,对《哀尘》日文底本的情况进行具体考察。

首先,是思轩日译《随见录》的两个版本——杂志刊载版与作品集收录版。《哀尘》篇幅不长,不足2400字。思轩以《见闻录》英文译本"Things Seen"作底本转译(节译)而成,题目也译为《随见录》。鲁迅翻译和发表《哀尘》时,思轩日译《随见录》有两个版本。一个版本是最早的杂志刊载,即1888年5月至10月在杂志《国民之友》连载之《随见录》七则,一次一则,共连载七次。《哀尘》为七则中的第四则,思轩附题"フハンティーン Fantine のモト(千八百四十一年)",中文直译即《芳汀 Fantine 的来历(1841

---

[1] 白石实二:「『十五少年』解说」,引自『明治大正文学全集』第八卷,東京:春阳堂,1929年,第754頁。作者比思轩小25岁,后来成为其女婿。《铁世界》即1887年翻译发表的凡尔纳的《法曼二学士谭》,同年9月出版单行本时改名《铁世界》。《大叛魁》亦为凡尔纳小说,日文现通译为『蒸気の家』,中文译本通作《蒸汽屋》。原作发表于1879~1880年间,思轩日译本1889年连载于《新小说》杂志,1890年刊行单行本。

年)》，发表于《国民之友》第26号（1888年7月20日）。另一个版本是十年后，即1898年收入单行本的版本。思轩去世翌年，思轩的好友、民友社领袖德富苏峰（1863～1957）将思轩翻译的雨果作品编辑为一册刊行，曰《雨果小品》，以表示对思轩的追悼和纪念。小品集收录了《随见录》(七则)、《侦探尤皮》(1889年1～3月连载于《国民之友》，同年6月由民友社出版单行本)、《克洛德》(1890年1～2月于《国民之友》连载，1891年10月收入民友社出版的单行本《侦探尤皮及克洛德》)，以及《死囚末日记》(1896年8月～1897年2月连载于《国民之友》)等四部作品。

《哀尘》的这两个版本，即杂志初刊和单行本再录，中间虽相隔十年，但经笔者全面比照核对，内容完全相同。换言之，《雨果小品》原样收录了杂志版《随见录》，没有改动。

其次，是思轩《随见录》杂志连载版自"序"与《雨果小品》德富苏峰"序"。《随见录》的连载始于1888年5月18日《国民之友》第22号，刊面格式为"随见录　法国　维克多·雨果　著，日本　森田文藏　译"，然后是《随见录》连载的"序"。"序"很短，依当时惯例，行文无句读。笔者按杂志格式试译其全文如下：

> 序
>
> 　　雨果先生之文乃"神品"，而吾之拙译所能呈现者不过凤毛麟角。呈浅表而未能尽现其神髓，吾之译文或仅如美女写真。愧矣。
> 　　雨果先生磅礴自信，故其文字严明庄重深刻。若言先生文章典雅优美隽永，则源于其内在之文学精神。实不曾料想如吾一般无能之辈竟厚颜移译雨果先生之作品。其实无非是临摹，以寄托对先生之向往仰慕。然对先生每一字每一句绝不曾苟且，亦可谓心中聊以自信之所在。(第35页)

思轩是近代日本最早、最重要的雨果译介者，为雨果文学在近代日本的传播普及做出了开拓性贡献,后来曾被称为"小雨果"。小序首先表达了思轩对雨果及其文学的敬仰和钦慕,倾诉初出茅庐的青涩后学试水雨果文学翻译的惴惴不安,同时也流露出以"一字入魂"的虔敬坚毅翻译《随见录》的自负。可以想象,1903年或再早一点的留日新生鲁迅,在明治日本雨果人气爆棚的时代氛围中看到这样的文字,激发他阅读乃至翻译雨果的欲望,足以成为一个大概率事件。

德富苏峰编辑《雨果小品》时,按发表时间顺序将《随见录》列于卷首:"第一章　随见录　序",格式与杂志完全相同。《雨果小品》由民友社出版,页数329。民友社是德富苏峰于1887年成立的思想社团兼出版社,出版图书,编辑发行杂志《国民之友》和报纸《国民新闻》等。民友社倡导"平民主义",主张自由、民主、和平,受到知识青年的热烈支持,在明治中叶(1880～1890年代)对日本言论界、思想界有过很大影响。思轩既是民友社的核心成员,又是民友社的重要撰稿人。思轩的雨果文学翻译全部发表于民友社的报刊,这也使得民友社在近代日本雨果文学译介史上占有重要地位。

《雨果小品》的篇首是德富苏峰撰写的序文《题雨果小品》,长达14页。序文表达了对亡友思轩的深切怀念,对思轩的文学翻译,特别是雨果翻译给予了高度评价。现摘译如下:

> 作为文学家,在已故思轩先生的半生文学事业中,向我国读书界介绍雨果可谓其最大功绩。君不通法语,故只能通过英文转译雨果作品。尽管有此不便,但其汉文素养深厚,有遍游欧洲之经历见识,有侠骨温情,有精辟锐利之眼光,不单理解雨果文学之神韵脉理和风调,更足以领会原作者立言之意,甚至可谓其于雨果简直如有神交一般。余曾拜读思轩《社会之罪恶》一文,读过不禁喟然而叹:此岂非雨果之人生观乎!由此可知,其对雨果之默契及心领神会何等深厚。
>
> 其之于文学的良心毋宁说有高度敏感,可谓提笔即是一字一精神。作为翻译家,其最为世人所知晓者,即其直译方法,循原文逐字逐句而

译，绝不曲解改变原意。其不取一味译述大意而抛弃原作精神之意译，以千锤百炼传达原作之意义，不达平当妥帖决不罢休。故此，较其创作，其翻译每每倾注心血更巨。(第1、2页)

在法国里昂，余参观纺织厂，购一尺见方之雨果纺织肖像，回国后赠予思轩。此番参加其葬礼，其亡妻泣曰：还未及装饰您的礼物他便撒手人寰！听闻此言，不禁黯然神伤。余最不堪痛悔者，乃未能得见其毕生所愿之雨果《悲惨世界》的翻译。然此册小品文或可聊补几分痛悔者也。(第12页)[1]

思轩身为日本雨果翻译的先驱，译作精妙享有美誉风行坊间，成为近代日本翻译文学历史性转型中具有里程碑意义的人物。思轩出身虽不算高贵，按现代的说法也没有受过大学高等教育，但最终由新闻记者和编辑到翻译及文章大家，完美呈现了草根逆袭的传奇。只不过他命运多舛英雄命短，三十多岁便英年早逝，为其人生涂上了苛烈的悲剧色彩。关于《哀尘》翻译的内情，鲁迅本人没有留下任何记录，我们很难知晓其前后的具体情形。但鲁迅与雨果的相遇，通过思轩这样一个传奇人物的翻译得以实现，除了雨果，思轩对他来说想必也是一个充满魅力的存在。

四 "译者曰"的译述性及创作性

《哀尘》末尾的"译者曰"这一段文字，在陈梦熊最早发现《哀尘》系鲁迅译作时，便以为"译者曰"就是译者鲁迅写就的译后记："'译者曰'(后记)

---

[1] 1896年5月，德富苏峰赴欧美视察，先后探访英国、德国、波兰、俄国、罗马尼亚，在法国巴黎度过岁末新年，又经英国前往美国，最终于1897年6月返回日本，历时一年有余。五个月后，思轩突然病故。

虽是不长的一节，却富有特色。除交代了原作的出处外，并摘引了雨果长篇小说《海上劳工》序，用以阐明自己的观点。这说明他译这篇随笔，不仅仅是由于同情这个'无心薄命之贱女子'，而且企图借以揭露'转辗苦痛于社会之陷穽者'的根源是人压迫人、人剥削人的社会制度。所以法律的桎梏，'独加此贱女子之身'！那些'衣文明之衣''足以致盗''伪圣者'，却逍遥于法网之外。无怪乎年轻的译者，要'磋社会之陷穽兮！莽莽尘球，亚欧同慨，滔滔逝水，来日方长'了。在这里，我们不难看出鲁迅早年的社会思想。"[1]

不仅如此，据陈梦熊披露，周作人也认为"《哀尘》一篇的确系鲁迅所译"，"译者附言更是有他（指鲁迅——引用者注）的特色"[2]。也就是说，"译者曰"是鲁迅的"译后记"。但实际上，这段文字至少并不完全是鲁迅的"译后记"，而是日文底本《芳汀 Fantine 的来历（1841年）》正文前的"小序"。鲁迅翻译并使用了其中的部分文字，将"序"改为"译者曰"，并将其从篇首移到篇尾，在后小半部分增加了重要的个人阐述，同时省略了文末"思轩居士"的署名，但同时也没有添加自己的署名。

人民文学出版社版《鲁迅全集》将《〈哀尘〉译者附记》作为鲁迅之"创作"，收入第10卷《古籍序跋集·译文序跋集》，并注曰"本篇连同《哀尘》的译文"最初发表于《浙江潮》第5期。[3] 学界现行的《哀尘》叙说也在此乃"周树人"译后记的逻辑前提下展开："从现在发表的《哀尘》看来，鲁迅早在一九〇三年就译过法国著名作家嚣俄（雨果）的作品，而且还通过简短的译者案语，对这位作家的著作作了概括的评述。"[4] "在译文后的'译者曰'里，鲁迅慨叹小说主人公'转辗苦痛于社会之陷穽'，'磋社会之陷穽兮！莽莽尘球，亚欧同慨，滔滔逝水，来日方长！'可见鲁迅也把《哀尘》视为政治或社会小

---

1 熊融：《关于〈哀尘〉、〈造人术〉的说明》，《文学评论》1963年第3期。
2 陈梦熊：《知堂老人谈〈哀尘〉〈造人术〉的三封信》，《鲁迅研究动态》1986年第12期，第39—40页。
3 详见《鲁迅全集》第10卷，第481页。
4 戈宝权：《关于鲁迅最早的两篇译文——〈哀尘〉、〈造人术〉》，《文学评论》1963年第4期。

说的一类。"[1] "鲁迅在译作附记中写道……"[2] "留学日本的鲁迅1903年翻译了雨果的《哀尘》,连同他写的《译后记》载于1903年6月15日的《浙江潮》月刊第五期上。"[3]

这里存在着误判,就是直觉地把日文底本的思轩小序当成了鲁迅自己写的译后记。以往的言说者大概未曾确认过日文底本。因为日文底本是"和(文)三汉(文)七"的文体,即使不懂日文,只要看日译本中的汉字,便可推知思轩日文本有小序,而小序与"庚辰"的译后记大约有三分之二的文字重叠。当然,后三分之一稍弱,鲁迅略去了原序的内容,壮怀激烈,直抒胸臆,表达了对雨果文学的人道主义情怀、对不公正不合理社会秩序之批判的强烈共鸣,充分彰显了鲁迅的社会批判和启蒙取向。[4]

鲁迅"译者曰"与思轩"小序"的差异。1888年7月20日,《芳汀Fantine的来历(1841年)》刊载于杂志《国民之友》,是《随见录》七次连载的第四次。版面格式为:"随见录 法国 维克多·雨果著 日本 森田文藏译"、标题"フハンティーン Fantine のモト(千八百四十一年)"、思轩小序(单行本《雨果小品》亦原样收录此篇,译序亦列篇首,仅版式有微调)。小序如下:

---

[1] 王宏志:《民元前鲁迅的翻译活动——兼论晚清的意译风尚》,《鲁迅研究月刊》1995年第3期,第49页。
[2] 吴钧:《鲁迅翻译文学研究》,济南:齐鲁书社,2009年,第98页。
[3] 王琼:《雨果作品在旧中国的译介和研究》,《同济大学学报》(社会科学版)2005年第2期,第56页。
[4] 工藤贵正《鲁迅留学初期的三篇译作——以其翻译意图的考察为中心》也注意过这个误判:"'译者曰'的译者实为森田思轩,鲁迅未予言及。"王家平曾提及"日本学者工藤贵正在日本刊物撰文,考证了鲁迅所译《哀尘》与森田思轩的日语译本之间的关联性。19世纪末,森田思轩翻译了雨果的《随见录——芳梯的来历》,并为它写了'序文'。鲁迅在《哀尘》正文后附录的'译者曰'那段文字,其实就是对森田思轩译本中雨果'序文'未注明出处的翻译"。(王家平:《〈鲁迅译文全集〉翻译状况与文本研究》,社会科学文献出版社,2018,第37页)但这里仍有误记:其一,《哀尘》底本系思轩日译本的事实在更早时期已经判明。其二,思轩译《随见录》有七篇,而并非仅有《哀尘》底本这一篇。其三,"译者曰"所译并非雨果"序文",而是思轩为《芳汀的来历》写就的小序。

雨果在《水夫传》（中文版通译《海上劳工》——引用者注）序中说道："宗教、社会、自然，这是人类的三个敌人，但同时也是人类的三种重要需要。人须有皈依，故有庙堂；人须栖息生存，故有市邑；人须生活，故有耕田和航海。此三者如此重要，然同时其弊害却更加严重。凡人生之神秘苦难无不源自此三者。人类每每遭受妄执、陋习和自然之磨难，故宗教教义足以戕害人民，社会法律亦会压抑人民，而在自然面前人之力量常常无可奈何。余曾于《巴黎圣母院》揭示其一，于《悲惨世界》描绘其二，而在本书余将呈示其三。"[1] 芳汀系《哀史》（中文本通译《悲惨世界》——引用者注）之一人，饱受社会陋习弊端之苦。身为单纯薄命、身份卑微之女子，后产下一苦命女婴。《哀史》中芳汀阅尽为母者之哀痛。余久未以阅小说而洒泪，而阅《哀史》正值旅居日耳曼之时。深夜孤窗，阅至芳汀处，不禁思念余之年迈双亲远在天涯，他们或于梦中与不肖之余相见，千叮万嘱担惊受怕，念及此余不禁悲上心头，屡屡掩卷，不能自已。阅本篇可知芳汀罹疾病笃一段，悉来自作者实际体验。年轻人之非礼，卑微女子之无辜，以及巡警偏袒青年，抓走芳汀，大吼"你要为此坐六个月的牢"，《哀史》之如此描写，无一不与本篇相同。然余于《哀史》已深感芳汀平生大悲大痛，再阅本篇则心绪愈加激荡，感动愈加深回。而以行文淡宕韵味悠然而论，本篇确乎较《哀史》尤佳。如此，纪实之文与讲求意匠功夫之文，自有不同矣。思轩居士（第26页）（引用者译）

---

[1] 许钧译《海上劳工》（柳鸣九主编：《雨果文集》第七卷，译林出版社，2012）扉页二，雨果的这段文字被译为："宗教、社会、自然，这是人类社会的三种斗争。这三种斗争同时也是人类社会的三种需要：人要信仰，便有了庙宇；人要创造，便有了城池；人要生活，便有了犁和船。然而，这三种答案包含这三种战争。人生神秘的苦难便来自这三种战争。人类面临着迷信、偏见和自然元素三种形式的障碍。三重的天数压在我们身上，这便是教理的天数、法律的天数和事物的天数。在《巴黎圣母院》里，笔者说明了第一种天数；在《悲惨世界》中，笔者指出了第二种天数；在此书中，笔者则要揭示第三种天数。"

比照鲁迅"译者曰"与思轩小序，可发现两者虽主要内容基本一致，但也存在差异。除排列顺序、遣词用句等微调外，鲁迅对思轩小序也有若干内容上的增减，尤其关注译作所蕴含的政治和道德意义，体现出以社会政治批判为导向的现实关切。这也是清末民初翻译小说序跋的普遍特征。[1]

（1）思轩原序位于全篇标题下，译文正文前，序文末署"思轩居士"；而在《哀尘》中，序文移至正文后，起头加"译者曰"，文末删削"思轩居士"四字，但也无鲁迅自身署名。

（2）鲁迅"译者曰"开头一句"译者曰：此嚣俄《随见录》之一，记一贱女子芳梯事者也"为思轩序所无，之后介绍雨果《水夫传》（《海上劳工》）序文并概括芳汀之不幸经历，都是直接翻译思轩小序。

（3）唯后半约三分之一内容有所不同。思轩写自己旅居德国期间阅读《哀史》（《悲惨世界》），感叹芳汀之不幸遭遇，想到远在天涯的双亲不禁掩卷唏嘘；继而言及《芳汀的来历》与《哀史》的关联，以为纪实性的此篇在行文淡宕韵味悠远上更胜于《哀史》。鲁迅在翻译时略去了思轩的个人性体验描写，而针对思轩序中巡警袒护非礼青年而苛待"贱女子"芳汀的一幕慷慨陈词，哀"贱女子"之不幸，斥"衣裳丽都""恶少年"非礼与巡警媚强凌弱，叹社会之恶罄竹难书，洋溢出激越的社会批判意识和人道主义情怀。这令人想到思轩翻译雨果文学，引发日本读书界强烈关注，他本人也因此成为雨果社会思想——人道主义传播者的重要思想前提，恰恰是思轩一贯持有的社会批判意识。[2]鲁迅对"译者曰"的处理要点也在于强烈表达对社会之恶的愤慨、对社会公平正义的呼唤和对雨果人道主义的共鸣。这是鲁迅与思轩的共同路线。换言之，这是近代以来后进的东亚国家在致力于近代转型历史进程中遭遇的共同命运，以及同质思想行为模式的清晰投影。

---

1 参见陆国飞编著：《清末民初翻译小说目录（1840—1919）》，上海：上海交通大学出版社，2018年，第7页。
2 富田仁：『フランス小説移入考』，東京：東京書籍，1981年，第226—227頁。

至于鲁迅翻译的底本，比起1888年的杂志刊载版，或许是离他更近的1898年的单行本《雨果小品》的可能性更大。但无论是哪一个版本，内容上并无差异；而"译者曰"这段文字的基本性质，还是更靠近"译述"或"编译"。但需要特别注意的是，在那个革故鼎新摸索社会转型的时代，"翻译"（译述）事业整体的根本意义指向不同于今日。也就是说，译述行为整体的意义，并非语言的转换，而是思想与政治的移植。它所意味的，是一种直截的新的路线选择，是近代思想观念的接受和习得，是旨在启蒙的革命实践，于是"翻译"也就有了根本的"创作（造）性"。至于"译者曰"也同样如此。

2020年3—6月初稿于福冈，2021年1—3月改稿于上海，2021年6—7月于上海订补

历史现场、原初语境与思想意义阐释
——鲁迅与丘浅次郎进化论演讲

一 "进化论演讲"悬案

本章的考述对象有两个。一是初到日本东京,于1902年4月至1904年4月在弘文学院就学的周树人;另一位则是当时日本有名的生物学教授、最早的世界语者、进化论研究者和普及者丘浅次郎(1868～1944)。丘公比鲁迅年长十三岁,毕业于东京帝国大学,赴德国留学回国后,于1897年担任东京高等师范学校生物学教授,直至退休。鲁迅在弘文学院学习日语和其他各门功课时,丘浅次郎作为教授,在东京高师教授生物学和动物学等科目。除了教员身份外,丘浅次郎还是一位知名的"文明(文化)批评家"。在他的思想文化批评活动中,面向一般读者介绍宣传和普及进化论的思想学说,是其最有成效和影响的业绩,他留给世人的《进化论讲话》(开成馆,1904)和《进化与人生》(开成馆,1906)等著作,曾经风靡一时,对日本人,特别是年青一代的日本人,也包括当时在日本留学的中国学生,产生过很大影响。

鲁迅与丘浅次郎的连接点不止一个,但最重要的,当数英国生物学家达尔文(1809～1882)的"进化论"学说。了解鲁迅与丘浅次郎的交集和关联,可以分析鲁迅进化论接受及信仰形成中的日本因素,即除了人们频频关注和议论的严复《天演论》(1897)之外,还存在着近代日本思想文化界、学术界的流行思潮,特别是以丘浅次郎为代表的进化论学者的直接影响,甚至,这个因素的重要程度已经超过严复的《天演论》。

笔者一直关注留日时期鲁迅与明治日本思想文化界的关系问题,写过若干

《进化论讲话》《进化与人生》书影

论文,如《鲁迅的思想构筑与明治日本思想文化界流行走向的结构关系——关于日本留学期鲁迅思想形态形成的考察之一》[1]以及《关于鲁迅的早期论文及改造国民性思想》[2]等,这些论文论及鲁迅与丘浅次郎的问题。后来,旅日学人李冬木以进化论思想为焦点,对鲁迅的进化论思想与丘浅次郎的关联进行了详尽考察,为学界提供了相关资料和有益见解。[3]但总体上说,学界对留日时期鲁迅的研究还有不少扩展空间,鲁迅与丘浅次郎的传记比较和结构比较也仍有不

---

1 《鲁迅研究月刊》2002年第4期。
2 《鲁迅研究月刊》2002年第9期。
3 参见李冬木:《鲁迅与丘浅次郎》(上、下),李雅娟译,《东岳论丛》2012年第4期、第7期。原文载佛教大学『文学部論集』第87、88号,2003、2004年。此外有新近发表的「「天演」から「進化」へ:魯迅の進化論の受容とその展開を中心に」,『近代東アジアにおける翻訳概念の展開:京都大学人文科学研究所附属現代中国研究センター研究報告』,2013年,第83—118頁。

少问题尚待解决。

本章聚焦有关鲁迅与丘浅次郎交集中存在已久的一件悬案，即鲁迅就学弘文学院期间亲聆丘浅次郎进化论演讲事宜。较早披露悬案线索的，是笔者的恩师刘柏青教授。刘先生是这样说的："据周作人的日记记载，鲁迅在赴日前曾买过加藤弘之的《物竞论》。鲁迅到东京弘文学院学习时，还听过丘浅次郎讲授的进化论课。"[1] 李冬木《鲁迅与丘浅次郎》（上）也注意到刘先生提示的这一细节，认为"本来这应该是构成鲁迅与丘浅次郎'接点'的重要线索，但遗憾的是书中没有提供该线索的具体资料来源，以致至今无法判断"。就是说，由于缺乏有关这一"事件"具体内容的资料线索，鲁迅究竟是否听过丘浅次郎讲授进化论，如果听过，是在何时何地，具体情形又是怎样，都还是真相不明的悬案。

笔者早年曾断断续续以鲁迅的弘文学院时代为时间轴线，对当时日本的社会、思想文化界、教育界和学界的情况进行调查，特别是对鲁迅与弘文学院进行了集中考察[2]，发现鲁迅的早期思想结构与弘文学院的关联，大大超出人们的了解和评估。可以说，在鲁迅学习过的三所学校——弘文学院、仙台医学专门学校、独逸学协会附设德语学校中，对鲁迅日后成为文艺家影响最大的，也许首推弘文学院。

二 晚清新政的日本志向与弘文学院

《鲁迅全集》"弘文学院"条目注释很简单："一所专门为中国留学生设立的学习日语和基础课的预备学校。1902 年 1 月建校，1909 年停办。校址在东京牛込区西五轩町。创办人为嘉纳治五郎（1860～1938），学监为大久保高

---

[1] 刘柏青:《鲁迅与日本文学》，长春：吉林大学出版社，1985 年，第 50 页。
[2] 关于鲁迅与弘文学院，在现有海内外研究中，北冈正子的『鲁迅 日本という異文化のなかで：弘文学院入学から「退学」事件まで』(関西大学出版部，2001) 是一部重要的著作。该书调查发掘了大量第一手文献资料，填补空白处甚多，是留日初期鲁迅研究的必备文献。

明。"[1] 这一注释依据的应该是保存在讲道馆的《宏文学院章程要览》(中文版)。北冈正子对弘文学院做过专门考察，发掘出完整的《私立弘文学院规则》(日文版)。这是学校创办时向东京市政府部门提交的正式版本。其"第一条"曰："私立弘文学院面向清国人进行日语教育及普通教育。"在弘文学院留学生方面，如1905年进入弘文学院学习的黄尊三(1880～1950，原名礼达，字达生)在其日记中留下了有关学校的详细记载，很有史料价值："(1905年——引用者注)五月二十七日，是日，上午，烟波先生演说，经中国学生翻译，大抵皆欢迎勉励语。下午二点钟，开学，教职员到者十余人，加纳院长，亲临，述欢迎辞后，继演述宏文学院设置之旨趣，其言曰，宏文学院，专为培育中国留学生而设，有普通中学之性质，学科除日文日语外，并注重普通［中略］，为将来考入高等大学之预备，因中国学生，大抵缺乏普通科学，非补习之，不能求高等专门学问，普通中学外，另有师范班，为年长之留学生，及中国官吏短期学习而设云云。演说约一点钟而散。"[2] 就是说，学校的任务是为中国留学生进入正规学历学校(大学及其他各类专门学校)提供日语，以及其他一般普通教育。"日语教育"无须解释，"普通教育"则指中学程度的各种基础课程，如：历史、地理、算数、几何、理化、生物、植物、动物等。[3]

理解弘文学院，有三个要点。第一，日语教育。第二，普通教育，即接受和掌握初中学生应有的包括文理在内的各门基础知识。尽管周作人日后在回忆中似乎曾对"普通教育"不以为然，声称"鲁迅在东京进了弘文学院，读了两年，科学一方面只是重复那已经学过的东西，归根结蒂所学得的实在只是日本语文一项"，但他又说"那已经学过的东西"即"普通科学知识"，"如数学，代数，几何，物理，化学"，"平常各个分立，散漫无归宿"[4]。正是到了弘文学院，鲁迅他们才第一次系统学习了近代科学意义上的包括文理各科在内的基础

---

1 《鲁迅全集》第6卷，第331页。
2 黄尊三：《三十年日记》，长沙：湖南印书馆，1933年，第11页。
3 参见『魯迅日本という異文化のなかで：弘文学院入学から「退学」事件まで』，第78—90页。
4 周作人：《鲁迅的青年时代》，北京：北京十月文艺出版社，2013年，第52页。

知识，接触到各种新的文化思想思潮。可以说弘文学院通过"普通教育"的知识教育体系，为留学生补上或温习巩固了近代基础知识体系，为他们建构知识和观念框架提供了条件。第三，则是嘉纳治五郎的个人因素。

综观嘉纳的多重身份和独特理念，足可为还原留日时期鲁迅的一个有效视点。[1]这背后固然有多种因素的合力作用，但嘉纳鲜明的国际主义理念，以及比较开明公允的中国观在弘文学院的办学过程中发挥了重要的正向效应。嘉纳认为一个国家一个民族，在历史关头，要放眼看世界，认清时代潮流，积极能动地实现国家的改革和转变。同时，他又明确反对当时盛行的社会达尔文主义，批判弱肉强食适者生存的强权逻辑，强调不同国家民族间的平等互利共荣原则。对大清帝国的衰落颓败，既有清醒的观察和尖锐的批判，同时一直对中华文明抱有感恩和敬畏之心。他一再呼吁日本人不可藐视、更不可侮辱中国人，要真心和中国人交往，真心帮助中国人的各种事业，只有这样才能建立国家间的友谊，也才能真正维护国家利益。嘉纳敬重儒家的孔孟之道，认为其具有超越时代的普遍价值。

总体上说，嘉纳对世界的认识、对东亚和中国的理解、对日中关系应有形态的构想，开明而温和，超越了弥漫于那个时代充满扩张气味的民族主义，也超越了同时代的许多政治家、学人、文化人，体现了一位出色的教育家、国际主义者和体育人的温厚情怀。[2]嘉纳与中国的关联方式，建立和运营弘文学院的实践，无不依托并实践了这些理念。另外，清末"义和团事件"之后，清廷强烈意识到国家危机迫在眉睫，不得已再度开启了"变法自强"的清末新政。而这场新政的一个重要特质，便是以日本明治维新为样板模型的国家政治社会的综合

---

[1] 关于嘉纳的综合研究，参见潘世圣：《嘉纳治五郎：鲁迅的弘文学院院长》，《国际鲁迅研究》第1辑，2013年10月，第64—86页。

[2] 这一思路见诸嘉纳的大量言行，具有一贯性和稳定性。主要文章有：「いかにして外人を待つべきか」(1899)、「列強の競争」(1900)、「清国事件」(1900)、「対外の覚悟」(1901)、「盛んに海外に出でよ」(1901)、「清国」(1902)、「日支の関係について」(1919)、「日本国民の理想」(1924)等。详见『嘉納治五郎大系』第6卷。

变革。这个改革取向的选择，酿成了新政时期中日国家关系相对安定来往密切的局面，有人甚至用"黄金期""蜜月期"这样的说法来描述这一段史无前例的中日关系。这既是嘉纳办学接受中国留学生的历史背景，也是鲁迅留日时期特有的时代语境和氛围。

三 "进化论演讲"及其启蒙表征

鲁迅与丘浅次郎的交集发生在这一背景下。嘉纳重视普通教育，重视学生基本精神素质和文化知识培养，又恰好统领东京高师，召集东京高师的学者教授参与弘文学院的教学，这才有了丘浅次郎登场弘文学院，有了鲁迅亲聆丘浅次郎进化论演讲，有了我们要追索的这个"悬案"。

1906年出版的系列《讲义录》中，含有介绍进化论的专业教材。笔者有幸得到友人相助，借予其珍藏的1906年版《宏文学院讲义录》，使笔者得以亲眼确认一百年前鲁迅和他的伙伴所学习和汲取的崭新知识。其中与进化论相关的，是《动物学》（署"宏文学院编辑　安东伊三次郎讲述"）一书，该科目勾勒了近代动物学的轮廓，特设"第二章进化论"，介绍"进化论之历史"以及"渐变、遗传、自然淘汰"等进化论学说的概念和主张。换言之，弘文学院普通教育中的"动物学"课程已经为鲁迅学习和接受进化论提供了专业性途径。

至于悬案的主角之一，那位既有学问又有流量的丘浅次郎，当时有好几个身份——东京高师教授、动物学家、进化论学者以及文明批评家。他在1904年，已经出版《进化论讲话》，以通俗易懂的方式介绍和宣传进化论学说，在读者大众，尤其是青年学生中引起热烈反响。不过虽然东京高师有不少教师在弘文学院兼课，但丘浅次郎明确不在其中。剩下的只有内情不详的进化论讲演。

带着疑问，笔者利用赴日访学研究的机会，进行了系统排查。首先锁定

《新民丛报》刊载丘浅次郎《进化论大略》

鲁迅就学弘文学院时期,即1902年4月至1904年4月,对嘉纳主持的"讲道馆"所保存的弘文学院档案资料,以及与嘉纳及弘文学院关联密切的日本报刊——综合杂志《太阳》(1895～1928)、受众广泛的大报《朝日新闻》《读卖新闻》展开调查,结果大失所望。接着瞄准梁启超主办、同时在日本编辑出版且影响广泛的《清议报》和《新民丛报》等,试图通过大海捞针的原始方式,找到有关演讲的记录文字或其他线索。在查阅过程中,虽有不少意外发现,但却没能找到直接线索。然而,这种一页一页翻阅查找的努力究竟没有白费。2013年盛夏时节的7月,笔者长久以来的疑惑终于有了明细确切的答案。谜底彻底揭开。

历史现场、原初语境与思想意义阐释　　067

那就是1904年2月,即鲁迅在弘文学院毕业两个月前出版的《新民丛报》半月刊第46、47、48号(一册合刊)[1]第175～191页之理学博士丘浅次郎《进化论大略(弘文学院特别讲义)》。

丘浅次郎演讲的第一句话是,"进化论问题甚大,今时间短促,故只得为诸君述其大概"。然后,说明进化论学说虽早已有之,但自19世纪后半叶达尔文《物种起源》一书面世后,乃有极大进步。接着,从动物学和植物学的角度,对进化过程进行概略讲解。最后阐述进化论之于人类社会的意义。他说:

> 十九世纪,自进化论出,思想界学术界皆有除旧布新之势。凡研究教育学社会学政治学者,无不基础于进化论。于是人类之位置为之一变。
>
> 现以进化论为本,论人类之位置与将来所趋之大势。[后略]
>
> 百年以来生存竞争之风潮日烈一日,苟今日人类中有缺生活之资格者,势必如昔日多数劣等动物之不免于惨杀不免于死亡不免于灭种。因而以少数生存之人类掌握万能支配世界者,此必然之势也。[后略]
>
> 要之,人类中非自治即为人治,人治则不免于受鞭挞苦戮,辱而为之奴仆。其利权其实业皆操之于治者之手,世袭土地拱手授人,为他人长子孙聚国族之新乐地,而茕茕被治之,种族沦于饿殍,或乞食于道衢或逃窜于深山穷谷,不至于灭种不止。诸君有闻吾言而醒警乎,当知此为世界之公理,不可逃避者也。
>
> 由今日情势以测将来,苟不能自治,即当为人所治而受天演之淘汰。[中略]而适于生存竞争者其人种必居优胜,不适于生存竞争者其人种必居劣败。若优胜人种中人口而增一倍也,则劣等人种必死去一倍。愈争愈烈,愈烈而胜负愈判,遂演出亡国灭种之惨剧矣。
>
> 由是观之,生存之道,不外二端,优者胜劣者败。而优胜劣败之源

---

[1] 《新民丛报》影印合订本第8册,台北:艺文印书馆,1966年。

则根本于智识。富于智识者则日发达否则灭亡。故智识之高低实卜种族之消长。然欲培养智识造就支配世界之国民，舍教育又将安归哉。

[前略]欧风美雨掀天翻地阵阵凭陵，黄种之存亡已决于今日而起我抵抗之旅，保种族守国土，我亚洲东部之人民实负其责任焉。虽然于竞争风潮轰轰烈烈之中，仍有晏安如故充耳未闻瞠目无睹者，吾恐凌铄全球之力尽将让之白人矣。此进化论之结果而白人之日以此自负而相勉者也。诸君其一熟思之乎。

整个演讲所表达的对进化论与人类社会的认识，可以归结为如下几点：第一，进化论的出现，对思想界、学术界，乃至人类社会的自我认识产生了巨大影响。第二，生存竞争优胜劣败，乃世界之现实和趋势，且愈演愈烈，劣败者将沦为灭国亡种。第三，优胜劣败之源在于知识，教育培养造就强大之国民。第四，东亚黄种人正经受欧风美雨冲击，如不图进取将为人刀俎下之鱼肉，警醒实为要务。还需一提的是，刊登演讲记录稿的《新民丛报》，在梁启超的主持下，一直致力于传播新思想新思潮。早在1902年杂志刚刚创办时，梁启超就带头在《新民丛报》第3号（1902年2月1日）发表了《天演学初祖达尔文之学说及其略传》，介绍达尔文进化论的产生、内容和意义，特别警醒和激励读者，曰："天然淘汰优胜劣败之理，实普行于一切邦国种族宗教学术人事中，无大无小，而一皆为此天演大理之所范围，不优则劣，不存则亡，其极间不容发，凡含生负气之伦，皆不可不战兢惕厉，而求所以适存今日之道云尔。"[1] 以"物竞天择""优胜劣败"这一生物进化法则，激励国人自立图强报国保种，这是当时一种普遍的，也是必然的时代性阅读和处理。稍后，《新民丛报》又刊发了马君武《新派生物（即天演学）学家小史》[2]，不到两年后，则是

---

1 沈永宝、蔡兴水编：《进化论的影响力——达尔文在中国》，南昌：江西高校出版社，2009年，第8页。
2 《新民丛报》1902年4月10日第8号。

丘浅次郎的这篇演讲。至于鲁迅的进化论信仰与丘浅次郎的具体关系，鲁迅对进化论的个人化理解和处理，以及他的创造性思想火花，已经超出本章的考察范围，我们将留待其他机会进行探讨。

鲁迅本人没有留下关于这次演讲的记录文字，但从当时的情形判断，几乎不存在鲁迅缺席这次演讲的理由：第一，以大处而言，当时进化论作为革命性的科学学说风靡世界，在日本尤其方兴未艾，鲁迅亦抱以极大关心。第二，丘浅次郎当时已是日本进化论研究和普及的第一人，又是嘉纳麾下的东京高师教授，演讲是校长嘉纳组织安排的学校活动，地点安排在校内，时间在晚上，而鲁迅学习住宿均在学校内。第三，此时鲁迅已临近毕业，日语达到相当水平，现场又有中文翻译，不存在听不懂的问题。至于演讲的记录整理以及投稿与鲁迅有无关联，因无证据不得而知，但在逻辑上也并非全无可能。

鲁迅与丘浅次郎进化论演讲的悬案，除了事实本身的确认以外，还涉及其他重要问题，包括历史事实本身的情状、历史事实所置身倚靠的时代语境以及历史现场还原与思想意义阐释的关系问题。明确历史事实的过程和结构，还原事实的真实形态，这一工作本身已经内在地蕴含着更高层次的意义，即获得观测和理解问题的宽广视野及多元视角。

如前所述，丘浅次郎进化论演讲背后汇集了诸种必要因素，如学校的特殊性，学校领袖的个人资质信念、能力以及资源等等。因此才有了丘浅次郎的演讲，有了鲁迅和丘浅次郎进化论的交集，使得鲁迅进化论中的又一个日本因素得以证实。

人文科学研究中的"是什么""为什么"和"是怎样的"，其实是三个环环相扣的根本诘问。其中前两个是基础，只有把它们搞清楚了，第三个才能顺理成章呼之欲出。现在的留日时期鲁迅研究，有时往往有意无意地跳过前边的两个诘问，躲避问题本体结构的还原或重构，这样一来那些堂皇的评价和阐释，往往沦为主观想象的脱缰游走。历史现场还原与思想意义阐释的脱节，必然逻辑性地导致意义阐释的空洞化、虚妄化，最终走向崩溃解体。这似乎是很久以来一直没有得到很好解决的一个问题。

作者按：本章的研究工作结束若干年后，笔者有机会再度调查东京"讲道馆"所藏档案资料，发现弘文学院开设"特别讲义"（讲座）之缘起，亦有清政府派遣随行管理留学生的省级"监督"（督办）参与。至于其中细委，将另行择机叙论。（2023年4月1日）

"进路"的难局：鲁迅与仙台医专
——脱离东京与留学制度结构

1902年3月底，鲁迅一行九人启程东渡日本留学，4月初到达东京。开始鲁迅他们打算进一所名叫"成城学校"[1]的陆军士官预备学校学习。但因为他们这批人来自矿务学校，结果未能如愿以偿。对此，周作人《鲁迅小说里的人物》所收鲁迅书简中有明确记载。在鲁迅之后，也有同样事情发生。郭廷以《近代中国史事日志·第二册（清季）》"1902年7月28日"项目下有如下记载："26名私费留学生要求驻日大臣推荐进入陆军学校（成城学校），未果。"围绕此事，形成了留学生与驻日公使蔡钧之间的矛盾对立，以至最后升级为确定所谓的"成城学校入学时间"。另外，在弘文学院的校史资料文件《弘文学院的沿革》[2]"明治35年（1902）8月（7日）"项目下则有更加具体的记载："本学院学生吴景恒与清国公使发生冲突，吴被勒令回国。为此自费留学生动荡不安，近来陆续有人前来申请退学，翻译范源濂亦缺勤，有辞职之意。鉴于上述情形，自本日起停课一周。"[3] 其实，围绕成城学校的一系列冲突，其根源是清政府害怕具有革命思想的留学生进入军校，将来势必会成为清政府统治的潜在威胁。

---

1 成城学校，1885年建校，校名为"文武讲习馆"，创始人为旧武士出身的日高藤吉郎、河村隆实等。创立之初本为"陆军士官学校"之预备学校。1886年改称"成城学校"。该校与日本陆军渊源深厚，曾聘请很多现役陆军将校授课。1903年，在校留学生全部转往日本陆军参谋本部设立的"振武学校"，并规定此后学习军事的留学生均入振武学校。
2 《弘文学院的沿革》（中文版）面向学生的弘文学院介绍资料，现藏于讲道馆资料室。
3 参见细野浩二：「境界の鲁迅：日本留学の軌跡を追って」，『朝日アジアレビュー』，1976年第4号。

鲁迅进入两年制的"速成普通科",学习期满后于明治37年(1904)4月毕业,同年9月新学年开始之际,正式进入也是刚刚成立不久的仙台医学专门学校。关于鲁迅毕业后离开东京远赴仙台的背景及因由,人们多援用鲁迅自己的记述,即鲁迅在《呐喊·自序》中所言,一是学医救助像父亲一样的病人,二是通过医学促进国人对于维新的信仰。不过必须注意的是,这段话是鲁迅在离开日本近十年后所说,并且只是在解释自己当年选择医学的动机,并未涉及其他方面。而今人在考察鲁迅远赴仙台的原因时,至少会留意以下三个问题。第一,官费留学生鲁迅为什么不进大学,而进了专门学校?第二,鲁迅来到日本后,一直在东京读书和生活,为什么升学时他偏偏要去既冷又远的仙台?第三才是原本矿业出身的鲁迅缘何跨界选择了医学?这三个疑问中,后两个的答案在鲁迅本人的言说和现有研究中可见若干端倪,但第一个则鲜有切实的回答。

一 战前教育制度及"高等学校"

问题并不仅限于鲁迅,在研究1945年以前的留日史、留日作家时,大抵都要碰到近代日本教育所特有的制度结构及概念使用。比如最常见的"高等学校预科""高等学校""专门学校"等等。这些概念,特别是所谓的"高等学校",与今天使用的概念虽在文字上并无二致,但实际内涵却大相径庭。因此在考察鲁迅的留日生活时,必须首先了解近代日本的教育形态,以免望文生义张冠李戴。

近代日本教育体制的变革重建源于1868年的明治维新,到鲁迅赴日的1902年,近代化转型已进行了三十多年,教育制度体系也几经变化。下面笔者参考日本文部省编纂《学制百年史》(帝国地方行政学会发行,1972)、第一高等学校编纂《第一高等学校六十年史》(非卖品,1939)、东京大学百年史编辑委员会编纂《东京大学百年史》(东京大学出版会,1985)以及相关时期的日本报刊等资料，对鲁迅留日时期的日本教育状况进行整理和考察。

日本自 1868 年开始进行明治维新，全面学习欧美，谋求"文明开化"。在教育方面，明治 5～6 年（1872～1873）政府颁布了第一个以学制为核心内容的教育法令，模仿法国的教育体制，初步建立了以学制为中心的学校教育框架，即以学区制来确定教育行政区域，将全国划分为八个"大学区"，每个大学区又划分出 32 个"中学区"，合计 256 个"中学区"；每个中学区又划分出 210 个小学区，合计 53760 个"小学区"；大中小每区各建一所学校。这个制度以小学、中学、大学这三阶梯为基本，再加上相当于中学程度的各种实业学校，以及相当于高等程度的专门学校和培养教员的师范学校，构成了近代日本最初的"学制"。

这个法令作为近代日本教育制度的出发点，也作为日本学校制度的原型，为之后的教育普及和发展奠定了基础。不过，这一时期的学制处于草创阶段，整体上有些混乱，有些设想也没有得到实现。比如规定的大学便没能按计划建立起来。不过以此为契机，学校教育法令接二连三出台，教育事业进入快速发展的轨道。明治 10 年（1877）4 月，东京开成学校与东京医学校合并，创立了东京大学；明治 19 年（1886），在首任文部大臣森有礼的主持下，政府颁布"帝国大学令"，东京大学更名为"东京帝国大学"；在近十年后，明治 30 年（1897）京都帝国大学成立。与此同时，小学教育体系基本得到确立，昔日以各藩为中心进行的旧式中高等教育逐渐转向以国家为主体来管辖运营。小学实行义务教育，小学和中学各分为"寻常（初等）"和"高等"两个阶段。寻常中学（初级中学）各府县各设一所，高等（高级）中学全国共设立五所。至此，从初等到高等的国家教育体制基本形成。

1889 年制定的学制中的"高等中学校"（两年制），就是在各种场合频繁出现的"高等学校"（"旧制高等学校"，简称"旧制高校"）的前身。这一年，日本政府分别在东京、仙台、京都、金泽和熊本设立了"高等中学校"，依次称为第一至五高等中学校。后来又于明治 33 年（1900）在冈山设立第六高等学校（郭沫若等人出身的学校），明治 34 年（1901）在鹿儿岛设立第七高等学校,1908年在名古屋设立第八高等学校(郁达夫等人出身的学校)。这八所高等学校介于寻常中学校和帝国大学之间,其学生毕业后,可以立即走向社会,但实际上几乎所有的学生都会升入上一级学校,即帝国大学,这些高等学校宛如帝国大学预科一般。明治27年(1894),又一个教育法令《高等学校令》颁布,规定"高等中学校"正式改称"高等学校",其职能以专业教育为中心,但可以为准备考入帝国大学者设置大学预科,学制三年。不过,事实上前一条从来就没有实现过,直到1946年,高等学校都是作为帝国大学预科而存在。明治29年(1896),文部省制定了《高等学校设置大学预科的学科规程》。从此,各高等学校纷纷设立大学预科,高等学校的帝国大学预科性质愈加名实两全。

从世界教育史的角度来看,旧制高等学校确实是日本特有的一种制度,它以保证帝国大学的中心地位为目的,为进入帝国大学的青年精英提供特殊的教养教育。在课程设置上,包括了伦理、哲学、日语、自然科学概说和法治经济等,但实质上以外国语教育为重要核心。学生通常根据自己将来准备选择的专业,在英、德、法三国语言中选修两门,外语课占据了所有课程的大部分时间。大部分学校采取自治性的"学寮制"(学校宿舍),以保证学生有足够的人际交往。由于学生们将来会被送入帝国大学,未来有大好的前程在等待着他们,学习和生活也比较自由,所以高等学校充满豪迈、自信、浪漫、洒脱的氛围。学生们以未来成为帝国大学学生为荣。潇洒奔放、敝衣破帽、放歌高吟是那个时代高等学校的风流时尚。[1] 出身于冈山六高的成仿吾就曾充满无限怀恋地诉说自己的高校时代:

> 我少年时代最快活的时期是在高等学校时代过的,那时我还只十八九岁,那南方的小都市的气候既好,大学又如在我们的目前,不断地在激发我们的知识欲,而一种少年时代所特有的自负与骄矜又无时不

---

[1] 参见『大日本百科事典』第18卷,東京:小学館,1968年,第552頁。

在使我们自满，那时候我的心中真只有春朝的宴欢与生之陶醉了。"[1]

曾任日本文部大臣的教育家永井道雄（1923～2000）也满怀激情地回忆说，那时候学生们头上戴着有一条白线的帽子，身披斗篷，脚跂高齿木屐，引吭高歌，大有天下骄子之气概。[2]

明治32年（1899），政府颁布新的"中学校令"，将"寻常中学校"改名为"中学校"，规定中学校的性质是对男子进行高等普通教育的学校，修学年限五年。大体相当于今天的初中和高中教育。但是有人对此做过具体的说明，曰："中学校是普通教育的完成阶段。中学生要学习专门知识，具备作为一个绅士立足社会所需要的知识和德行。寻常小学毕业的人可作农夫、工匠或小商人等。如果说他们属于社会里中等之下的人民的话，中学毕业的人就是构成中等社会的主要部分，他们应该承担国家的重要工作。"[3] 也就是说，至此日本的学校体制结构呈现为：小学（六年）—中学（五年）—高等学校（三年）—帝国大学（四年）这样一个学历阶梯。

在鲁迅抵达日本的当月，文部省制定了《高等学校大学预科考试规程》，规定要进入高等学校须参加全国性的高等学校入学考试。鲁迅在弘文学院学习两年后，按规定具有了中学毕业资格，如果继续求学的话，有两条出路，一条是参加考试进入高等学校，再进入帝国大学学习；另一条出路是，直接进入各类专门学校或实业学校。当时浙江籍留学生同乡会的杂志《浙江潮》第7期（1903年10月）上，有如下介绍："吾国学师范者，必先入弘文学院，即预备中学校之资格也。"而进工科学校则需要"有中学校师范学校之程度，试验合格入高等学校，三年。如大学校（即大学——引用者注），又三年"[4]。

---

1 成仿吾：《东京》，《成仿吾文集》，济南：山东大学出版社，1985年，第423页。
2 永井道雄：「教養とは」，『日本語Ⅲ』，東京：東京外国語大学附属日本語学校，1979年，第177頁。
3 久津見息忠：「中学生に望む」，『中学世界』第2卷第11号，1899年5月。
4 《敬上乡先生请令弟子出洋游学并筹集公款派遣学生书》，《浙江潮》第7期。

二　大学的距离和门槛

结果，鲁迅以弘文学院两年即中学毕业的资格直接进入仙台医专，而没有选择大学这条更加光鲜的路径。此中情形鲁迅本人未曾明言，其他第三者的回忆证言也不甚明了。下面我们来梳理一下当时日本的教育状况，找寻一下事情的端倪。

1904年4月，鲁迅在弘文学院毕业，当时整个日本只有东京帝国大学和京都帝国大学这两所大学，在校学生总数5256人，也就是说，两所大学每年合计招收学生约1000人，各自仅有500人左右的入学者。而考生呢，帝国大学预科，即高等学校一共有八所，在校学生4946人，基本上是两所大学录取名额的五倍。至于中学，全国已有254所，在校学生达到102296人。可见，拿到中学毕业资格以后，如果想要考入高等学校继而进入大学的话，将面临高倍率的激烈竞争。以鲁迅回国翌年的明治43年（1910）为例，报考高等学校的学生有4000多人，而录取人数仅在1000以内。据说20世纪的第一个十年中始终都维持在这个程度。[1] 换言之，在当时考取高等学校的难度是很大的。尽管留学生的入学选拔有其独自系统，情况与日本学生有所不同，但整体的难度自然也会反映到留学生进入高等学校的难度上。

鉴于这种情形，从日本文部省到各高等学校，都对中国留学生进入高等学校持谨慎态度。直到明治38年（1905）8月，在文部省专门学务局给东京第一高等学校的"通牒"中，还特意提出这个问题，要求各校谨慎处理，及时请示文部省：

> 近来希望进入贵校的清国人颇众，但目前两帝国大学接受现有高等

1　红野謙介：「『中学世界』から『文章世界』へ：博文館・投書雑誌における言説編制」，『文学』第4卷第2号，1993年春。

学校在校学生已颇困难。关于清国人进入贵校学习以及将来进入帝国大学事宜，目前文部省正就接受方法问题进行研讨。鉴于此，贵校如欲批准外国人入学之际，务必事先呈报本局批准。[1]

虽然仅在三天前，文部省普通学务局给第一高等学校的文件称承认毕业于弘文学院及同文书院的中国留学生具备应有的学力，授予第一高等学校免试录取他们的权限。[2] 但同时又要求学校不可擅自处理，须提前报请文部省批准。也就是说，在实际操作中，中国留学生进入高等学校的难度依然较大。

回到1904年，鲁迅当时的情形比后来更加严峻。他如欲进大学深造，首先需要过高等学校这一关：一要参加入学考试，二要有中国驻日公使的推荐信，三要读三年书。如果考取，到大学毕业至少需要六七年时间。关于这一点，周作人也很清楚，说鲁迅在弘文学院两年，"毕业后可以升考各专门学校，或是要进国立大学，还得另入高等学校三年，即是大学预科"[3]。1904年鲁迅进入仙台医专时，同时有一位名叫施霖的留学生进入仙台第二高等学校，翌年又有三名中国留学生进入第二高等学校。对此，当时仙台地区最大的报纸《河北新报》（1905年8月1日，第二版）刊载了题为《二高的清国留学生》的新闻纪事，其中披露了二高校长的一段话，曰："此次有三名清国留学生被批准进入第二高等学校，加上原有的一名，共计有四名在籍。原有的一名为官费，此次的三名为自费。原有者今年留级。此并非留学生之过，而系当事人素养不足，今令其再修一年，广为学习，实属无奈。此次之自费生若入学考试成绩良好，日语亦无障碍者，则课程学习无忧矣。此外尚有诸多清国留学生申请入学，但因本校已无招收余裕，无奈均予拒绝。纵令如此，清国留学生仍陆续进

---

1 第一高等学校编：『第一高等学校六十年史』，東京：第一高等学校，1939年，第498页。
2 同上书，第499页。
3 周作人：《鲁迅的青年时代》，北京：北京十月文艺出版社，2013年，第37页。

入本市。"¹ 由此可见，在鲁迅于弘文学院毕业考虑继续升学这一时期，留学生考取高等学校仍有很大难度。

这种状况一直持续到明治 40 年（1907），由于赴日中国留学生剧增，学生素质也较之前大为好转，申请进入官立高等学校以上学校学习的人数突破了 2000 人大关。面对这一重大变化，是年，清朝驻日公使与日本文部省进行交涉磋商，最终签订了协议，规定明治 41 年（1908）之后十五年间，日本五所文部省直属学校每年招收 165 名中国留学生。其中第一高等学校每年招收 65 人。于是，第一年度的 1908 年 4 月，一高首次通过考试方式录取了 60 名官费中国留学生。一高为这些学生设立了"特设预科"制度，即考进之后先在特设预科修学两年，然后根据学生志愿以及学校情况，将学生分配到一高或其他高等学校。从此，中国留学生进入帝国大学的门径才算有所扩大。后来的郭沫若、郁达夫、成仿吾、张资平等，就是在这个制度框架中冲过考试难关，经特设预科升入高等学校本科，最后进入帝国大学的。这样一来，高校预科（二年）—高校本科（三年）—大学四年，总计需要修学九年。这一制度一直持续到昭和 7 年（1932）。

曾有人说，当年鲁迅等九名留学生赴日时，两江总督刘坤一希望他们将来进东京帝国大学工科学部采矿冶金专业，继续在南京所学的矿物专业。刘坤一的想法不无道理。但事实上是不可能的。还有的人回忆说，弘文学院的日本教员江口焕曾委婉劝说鲁迅他们，称即使中国驻日公使全力以赴和日本文部省争取，也不可能让南京来的学生都进入一高。他建议学生们去医学专门学校。² 这个回忆确乎有较大的可信性。江口的劝说透露了一高应该是当时留学生们的首选目标。至于去医学专门学校，一般来说也确实是高等学校之外最好的选择。比如，医学救死扶伤，社会地位高，实用性强，受人重视；日本的近

---

1 转引自仙台における魯迅の記録を調べる会编：『仙台における魯迅の記録』，東京：平凡社，1978 年，第 223 頁。
2 陈友雄：《浅谈鲁迅在日本时期的二三事》，《山东师院学报》1977 年第 5 期。

代化是从医学开始的,基础雄厚,学校较多,选择余地大等。江口劝说留学生投考医专,归根结底还是高等学校竞争者众多,考学困难较大。而在高等学校以外,医学专门学校也就是上好的选择了。

这大约就是鲁迅最终没有叩击帝国大学的大门,而进入仙台医专的教育制度背景。

三 两重体验中的医学憧憬

关于自己为何选择医学专业的问题,鲁迅曾不止一次在文章里谈过。他说在南京学习时,通过译书知道了日本近代维新大半发端于西洋医学,而这成为他决意学习医学的一个重要原因。

的确,近代日本学习并引进近代西方科学文明是从医学开始的。16、17世纪后兴起的近代西方医学,于18世纪后期开始传入日本,并很快扎下根来。当时日本正处于锁国时代(1635～1853)。江户幕府为维持政权统治,实行闭关锁国政策,除荷兰、中国和朝鲜之外,严禁本国与海外任何国家进行贸易往来,学习和引进近代西方文明的渠道几乎都被阻断。在这种险恶的情形下,医学者前野良泽(1723～1803)、杉田玄白(1733～1817)和桂川甫周(1751～1809)三人,通过荷兰语译本翻译了德国医学家 J. Kulmus 所著的人体解剖学著作《解剖图谱》(*Anatomische Tabellen*,日文名『解体新書』),成为日本翻译介绍西方近代科学的滥觞。由此开始,通过"兰学"(荷兰语以及荷兰学术)了解学习西洋文明文化之风愈盛。进入明治维新时期,日本政府采取全盘西化政策,首先全面引进西洋医学。大学东校(东京大学医学部前身)雇用德国教师任教,又向欧洲派遣医学留学生,全面学习引进德国的医学教育和研究制度,使得近代日本医学从一开始就带有显著的德国特征。可以说,在日本全面学习西方近代科学技术和物质文明方面,医学始终位于最前列。从明治时代至今,日本大学里医学部成立最早,实力最强;各类专门学校中,也是医学学校质量最好。江口教师劝说鲁迅他们学医的理由是这样的：日本医学发达，与德国相差不大，胜过英国、美国和法国；与工科、农科学校相比较，医学学校数量多，对留学生门槛限制较少。[1]事实也的确如此。从档次上看，医学专门学校和高等学校的医学专门部相同，高等学校方面学制三年，医专四年，毕业后有行医资格，但无医学学士学位。

总之，鲁迅少年时代经历的丧父之痛，从小对医者救死扶伤的憧憬；他所遭逢的日本教育制度环境等上述缘由，促使他最终选择了医学。

四　最优化选择的仙台医专

鲁迅选择医学的同时，也选择了远离东京出走仙台。关于当时仙台的具体情况，日本研究者有很好的调查研究。最有代表性的，就是《仙台时期鲁迅的记录》（仙台における魯迅の記録を調べる会编辑『仙台における魯迅の記録』，平凡社，1978）。这是一本厚厚的调查资料集，汇集了鲁迅留学仙台时期的有关记录、回忆和其他各种资料，是仙台各界人士——包括日中友好人士、鲁迅及中国文学研究者、与鲁迅有过交集关联的人士，以及普通市民——共同参与实施的一项调查研究工程，时间跨度从1937年到1970年代后期，长达四十年之久。这项发掘调查工作内容丰富，从全书目录即可窥见一斑："第一章　周树人初来仙台时的社会背景状况（日本与中国：围绕日俄战争/日俄战争下的仙台市/仙台市民眼中的中国）、第二章　周树人入学前后的仙台医学专门学校（沿革、制度、规模/入学事务及周树人的入学手续/第二章注/第二章资料解说）、第三章　就学时代的周树人（学校及学生/鲁迅的同学谈鲁迅及其他/住宿与日常生活）、第四章　藤野先生（仙台赴任之前/仙台医专时代的藤野先生/藤野先生的日常生活/藤野先生与周树人）、第五章　离开

---

[1] 陈友雄：《浅谈鲁迅在日本时期的二三事》，《山东师院学报》1977年第5期。

仙台前后的周树人（注/资料解说）、第六章 其后的医专与藤野先生（其后的医专/医专与学制改革/其后的清国留学生）、附录编、后记。"

另一个重要研究文献，是东北大学原教授、鲁迅研究者阿部兼也的研究著作《鲁迅的仙台时代：鲁迅留日研究》(『魯迅の仙台時代』，东北大学出版会，2000年)。作为资深鲁迅研究者，阿部兼也是"仙台时期鲁迅记录调查会"最重要的成员之一，一直担任该会事务局代表，负责日常的策划组织和运营工作，他还是《仙台时期鲁迅的记录》一书的编者代表。《鲁迅的仙台时代：鲁迅留日研究》在上述资料发掘调查以及资料集编纂工作的基础上，对鲁迅仙台留学时代进行了系统考察和研究，呈现出"仙台鲁迅"的整体面目，是北冈正子有关弘文学院鲁迅研究之后的又一部留日时期鲁迅研究的力作。其著作的基本架构如下："序章 从医学到文学（一）：清国留学生的危机意识；第一章 从医学到文学（二）：青年鲁迅的中国·中国人观；第二章 清国留学生与仙台市史"教育"：日本与中国的学生观；第三章 鲁迅的教育履历·学生生活（一）绍兴；第四章 绍兴周边的新式教育动向；第五章 鲁迅的教育履历·学生生活（二）南京；第六章 鲁迅的日本留学；第七章 鲁迅与仙台医学专门学校。"

鲁迅留日的前一年，即明治34年，文部省发布第八号令，宣布各高等学校的医学部由学校母体独立出来，单独成立医学专门学校。于是五所高等学校的医学部分别变为：千叶医专（东京/一高）、仙台医专（仙台/二高）、冈山医专（京都/三高）、金泽医专（金泽/四高）、长崎医专（熊本/五高）。明治36年（1903），文部省又发布专门学校令，规定上述五校为官立学校。此外，还在东京、京都、爱知县、大阪和熊本县新成立了五所公立及私立医学专门学校，全国医专合计达到十所之多。[1] 从逻辑上说，1904年春天，鲁迅在决定自己的下一个求学目标时，应该有一定的选择余地。但事实上，因为鲁迅是中国官费留学生，通常他需要进入官立学校。至于鲁迅在《藤野先生》里所说的，他为鱼龙混杂、乌烟瘴气的中国留学生的圈子而厌倦，想要跳出充斥着富士山

---

[1] 参见文部省编：『学制百年史』，東京：帝国地方行政学会，1972年。

辫子的小小围城，则是属于鲁迅内心更深刻的感受和选择。总之，在 1904 年秋天，鲁迅孤身一人跑去仙台，成为仙台医专建校三年来第一位外国留学生兼第一位中国留学生。

关于鲁迅入学仙台医专的前后过程，据《仙台时期鲁迅的记录》中的调查整理，大致如下：1904 年 4 月下旬，仙台医专开始在《官报》和东京地区四家报纸、东北地区七家报纸刊登招生广告；5 月 11 日，学校收到清国公使馆杨枢照会，主旨为毕业于弘文学院的"南洋官费生周树人"希望进入仙台医专学习。根据学校规程，满足以下三项条件，可免试录取入学：第一，有清国公使介绍信。第二，学校设施方面无问题。第三，学校方面对报考人的学力进行认定。5 月 23 日，校方向杨枢寄送了周树人免试入学许可通知书，并要求鲁迅追加提交入学志愿书和个人履历书。值得注意，在录取鲁迅事宜上，"仙台医专以非常积极的态度和迅捷的速度录取了学校首位外国留学生"。整个学校的考试录取工作，于 6 月 5 日报考申请截止。包括鲁迅在内，医学科共有 306 人报考，实际录取名额为 110 人，录取比大约为 1∶3。一般的日本考生于 7 月 4～7 日间参加入学考试，考试科目为英语、数学、物理、化学、日语、汉文，共计六门。由此可见，快速顺利地免试录取，既是通常的录取行为，也包含了学校对首位外国留学生的某种优待和诚意。[1]

2001 年 2 月完稿于福冈，2021 年 6 月、2023 年 4 月订补于上海

---

[1] 参见『仙台における魯迅の記録』，第 41—46、79—86 頁。

"仙台体验"如何成为"传说"
——《藤野先生》的跨国阅读及歧义发生

一 叙实抑或虚构的阅读歧义

关于鲁迅的仙台医专留学时代,日本学者很早就予以关注。半个多世纪前,东北大学(仙台医专是其前身之一)的研究者,便开始进行大规模的鲁迅与仙台医专资料的搜集整理和考察,目光遍及鲁迅的仙台医专留学史、鲁迅留学生活的综合背景、文学、医学等领域。这些考察和研究的成果,集中体现在仙台时期鲁迅记录调查会编著的《仙台时期鲁迅的记录》和东北大学原教授阿部兼也的《鲁迅的仙台时代——鲁迅留日研究》这两部皇皇巨著中。关于鲁迅留学仙台医专的详细情况,上述两部著作已经成为必备参考文献。说句题外话,令人遗憾的是,这两本含金量很高的著作至今尚无中文译本。本章关注的是,围绕鲁迅留学仙台时期的一个"神话"(姑且借用日本学者的说法),即中国人耳熟能详的鲁迅"弃医从文"事件。

这一事件的引子,恰好出自鲁迅自己的作品。在结束留日长达十七年之后,鲁迅终于首次发表了以自己的留日生活遭遇为主题的自传回忆性作品《藤野先生》(《莽原》半月刊第1卷第23期,1926年12月10日),为后世留下了一个脍炙人口的名篇。[1]特别是凭借着中国以及日本中学语文教育系统,无数的中国人还有日本人都知道了,在文豪鲁迅心中,那个黑瘦并有些老式古板

---

1 除《藤野先生》外,鲁迅自身有关"幻灯片事件"和"弃医从文"的记述还见于《呐喊·自序》(原载《晨报·文学旬刊》,1922年8月21日)。

的日本男人——藤野严九郎先生（1874～1945）究竟占据着一个怎样的位置。在这篇两万五千字的随笔中，鲁迅追忆求学仙台医专时的恩师，感怀往昔岁月，抒发对藤野先生的由衷敬仰，通篇流淌着默默的感恩敬师之情，一种跨越国族的人间情感，成为鲁迅与藤野先生乃至中日两国友好交流的佳话。

在近现代中日两国关系的惨痛历史中，像这样的正面案例绝不算多，因此一直为中日两国的有识之士所珍视。《藤野先生》不仅成为两国文学研究关注的重要对象，还被纳入两国的国语教育系统，在政治、社会、历史文化以及文学的各个层面被阅读者、研究者、教育者不断叙述和阐释，在教育-接受的循环往复中代代承传，实现其美好意义的扩散和再生产。[1]

但另一方面，围绕这部名篇的基本性质问题，中日两国学界的阅读和阐释也出现了明显差异，而对这些差异的理解处理，至今仍没有一个具有普遍性的结论。[2] 本章试图正面描述和解析这一问题，在弄清中日各自的《藤野先生》阅读差异结构的基础上，考察产生差异结构的原因，并评估差异结构的底层意义。

在中国，《藤野先生》明确属于"回忆散文"或曰"回忆性随笔"的性质，无论是不同时期出版的《鲁迅全集》，还是收入此篇的各类语文教材都作如是说。鲁迅最初在《莽原》杂志发表包括《藤野先生》在内的系列散文时，为这一束作品冠名"旧事重提"，稍后编为单行本出版时，又改为"朝花夕拾"，前后题目虽有变更，但都规定了文章的"回忆"属性。他在《朝花夕拾》"小引"

1　日本的高中国语教科书从1960年代开始收入《藤野先生》一文，到1970年代，全部五家中学教科书出版社中有三家收录《藤野先生》。后来有些教科书撤出此文，目前仅有筑摩书房的教科书仍保留着该文，即在『精選現代文　改訂版』『現代文　新訂版』两种教材中收入《藤野先生》。两种教材主要用于高中三年级的选修课，但筑摩书房的教材在日本的使用率不高。中国方面，此文几乎收入所有中学语文课本中。

2　有研究者关注到这一现象，黄乔生说："但有一点需要注意，日本不少学者视此文为小说，不像中国学者，多数把它当作回忆性的文章——虽然其中含有虚构的成分。"（黄乔生：《〈鲁迅与仙台〉研究述略》,《鲁迅与仙台》，北京：中国大百科全书出版社，2005年，第107页）。

中慨叹自己当时的生活境遇漂泊不定,难以从容地进行文艺创作,话里话外流露着丝丝颓唐和苍凉:"一个人做到只剩了回忆的时候,生涯大概总要算是无聊了罢","这十篇就是从记忆中抄出来的,与实际容或有些不同,然而我现在只记得是这样"。[1]很明显,鲁迅是说,这些篇什乃是对过往生活的回忆,即使所叙与事实有什么乖离,那也只是记忆误差,而不是有意的虚构和想象。这也是世间对此类文章的一般理解。

不过在日本,情况却有些不同。早年有关《藤野先生》的"定性""定位"并无特别之处。比如,鲁迅逝世后,大作家佐藤春夫(1892～1964)在悼念鲁迅的文章中称《朝花夕拾》为"随笔体的自叙传"[2],这其实是最准确的表述。但到了1940年代,日本鲁迅研究的早期代表人物竹内好(1908～1977),出版了他那本在日本鲁迅研究史上具有里程碑意义的《鲁迅》(日本评论社,1944)。在书中,竹内好提出《藤野先生》存在"传说化"倾向,作品所述未必是事实。此后,这一说法为其他日本鲁迅研究者所继承,并逐渐成为在日本学界颇有影响的某种共识。

如果说日本鲁迅研究者主要是对鲁迅的"叙述"真实性,以及叙述方式所造成的事实变形表示某种怀疑,认为在当时的情境中,事情未必完全如鲁迅所说的那样,那么,后来日本的国语教育界则更进了一步。在日本,鲁迅是中学生最熟悉的中国作家,这是因为《故乡》(1921)被收入初中课本,而《藤野先生》(1926)则进入高中课本。但令人吃惊的是,在课本对作品体裁的分类上,《藤野先生》已经不再是回忆文章或回忆性散文,而赫然变成了小说,所谓"有定评的小说"。借助国语教育这一平台,日本的学生们接触到鲁迅,并且知道了《藤野先生》是鲁迅创作的一篇小说,世间对这篇小说的评价也很高。这样,《藤野先生》便从回忆性散文"变质"为"小说"。

---

[1] 《鲁迅全集》第2卷,第235、236页。
[2] 中国社会科学院文学研究所鲁迅研究室编:《1913—1983鲁迅研究学术论著资料汇编》第2卷,北京:中国文联出版公司,1986年,第171页。

日本研究者曾有这样的解释，说："《藤野先生》这部作品，在中国，大体被视为'回忆散文'（以事实为依据的自传）。但在日本，很早便将这种作品看作带有自叙传风格的小说。在对鲁迅的仙台医专时代进行调研的过程中，这一点得到了进一步证实。"¹应该是受到日本鲁迅研究的影响，在国内偶尔也有人把小说的帽子戴到《藤野先生》头上。比如2009年10月23日的《文汇读书周报》上，就有读者注意到《厦门日报》报道"中日视野下的鲁迅"国际研讨会时以小说指称《藤野先生》。

总之，在对《藤野先生》的体裁认定上，中日两国学界存在分歧，即随笔性的"回想记"和带有自叙传风格的"小说"之别。与之相伴，在作品叙述内容上，也就有了"实"与"虚"的不同解读。

二 竹内好的"传说化"阐释

关于留日时期鲁迅与日本的关系结构问题，鲁迅本人直接留下的记录或回忆极少，而研究者对这一问题的考察又受到空间、时间、语言、文化以及其他外部条件的限制，与鲁迅研究的其他领域相较，实证性研究进展不够充分，围绕许多未竟课题还有许多历史事实及其文献资料需要深入发掘调查。

而另一方面，同样在这一领域，日本方面鲁迅研究却表现不俗。对鲁迅的弘文学院求学时期、仙台医专学医时期，以及重返东京从文的"第二个东京时期"，都有不俗的研究成果问世。特别是在基础资料的发掘搜集和考证上，日本方面的研究极大弥补了国内研究的不足，成为国际鲁迅研究中不可或缺的重要板块。

在这个过程中，围绕有关鲁迅的一些重要事实，包括《藤野先生》等文中

---

1 渡边襄：「評注『藤野先生』」，『藤野先生と魯迅：惜別百年』，仙台：東北大学出版会，2007年，第128页。

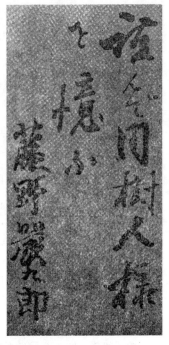

《藤野先生》原稿。上海鲁迅纪念馆提供　　鲁迅逝世后，藤野首次接受采访时的题字

讲到的，以"幻灯片事件"为直接起因的重大人生转折——"弃医从文"，日本研究者提出了一些独特的看法，显示了中日研究者不同的阅读和阐释。

如上所述，日本研究者在考察鲁迅如何"弃医从文"时，使用了诸如仙台的"传说"这样的言辞，来表示对鲁迅自述的怀疑，或曰不同解释。[1] 这种见解始于竹内好。竹内好是日本鲁迅研究最早的权威人物，他二十岁考入东京帝国大学，专攻中国文学。大学二年级时与后来成为作家的武田泰淳（1912～1976）等同学成立"中国文学研究会"，把父母家当成办公室、编辑室，从仅 12 页

---

1 国内研究者较早时已关注到这一动向，参见董炳月：《"仙台神话"的背面》，《鲁迅研究月刊》2002 年第 10 期。

的薄薄的油印小册子开始,编辑发行《中国文学月报》(1935～1943);1943年应邀撰写《鲁迅》评传,同年12月应征入伍,被派往中国。翌年,《鲁迅》一书由日本评论社出版,而此时他尚在中国。[1]

在这本书中,竹内好面对《藤野先生》,似乎显得迟疑不决、左右为难。在《鲁迅》的开头,他称《朝花夕拾》是"由十篇短篇构成的自传性回忆录"[2]。既然是"自传性回忆录",当然就是写实叙事。可是,随后谈到鲁迅在《藤野先生》里讲述导致自己"弃医从文"的"幻灯片事件"时,他又认为鲁迅的回忆并不真实,称这是"被传说化了的一个例子"[3]:

> 鲁迅在仙台医专看了记录日俄战争的幻灯片,因而立志从事文学的事,诚然是家喻户晓脍炙人口。这是他的传记被传说化了的一个例子,我对其真实性存有疑念,我以为这种事大约是不可能的。然而这件事在他的文学自觉上留下了某种投影却是无可怀疑的,[后略]。[4]

这段话颇有些佶屈聱牙、前后矛盾。竹内好一方面明确肯定《藤野先生》是"自传性回忆录",但同时又称这篇"自传性回忆录"所记述的经历并非百分之百真实,有些是被作者"传说化"了,也就是存在虚构。他的想法似乎很肯定:"幻灯事件和立志从文并没有直接联系,这是我的判断。""我执拗地抗议把他的传记传说化,绝非是想跟谁过不去,而是因为这关系到理解鲁迅文学的根本问题。不能为了把话说得有趣而扭曲真实。"[5]

竹内好谨慎地给自己留下了退路。首先他没有否定"幻灯片事件"本身的

---

[1] 参照「竹内好略年譜」,『思想の科学』1978年5月临时增刊号"竹内好研究"。
[2] [日]竹内好著、李冬木译:《鲁迅》,孙歌编、李冬木等译:《近代的超克》,北京:生活·读书·新知三联书店,2005年,第15页。
[3] 同上书,第42页。
[4] 同上书,第53页。
[5] 同上书,第57页。

存在，而是认为"幻灯片事件"并不是"弃医从文"的直接原因。竹内好撰写《鲁迅》一书时，二战已进入末期，日本国内国外的形势极其紧迫，所以他的《鲁迅》写作会有无形的限制，当然更没有条件如和平时期那样进行从容不迫的考辨论证。他更多的是讲述自己对鲁迅的心灵感知，追求两个灵魂的碰撞，通过感受鲁迅来倾诉自我的内心。他的特长似乎并非"我注六经"，而是在全力以赴地追求"六经注我"[1]。

作为日本鲁迅研究的标杆人物，竹内好对日后的日本鲁迅研究影响深远。正如竹内好之后的鲁迅研究名家丸山昇（1931～2006）所说，竹内好的《鲁迅》"直到今天仍被称为'竹内鲁迅'，对后来的鲁迅研究产生了决定性的影响。他身后的所有鲁迅研究者都从这本书继承了很多东西"[2]。但是问题在于，后代的鲁迅研究者似乎忽略了竹内好当年特殊的时代背景，而笼统地接受了竹内好的"传说化"判断，并使之逐渐成为一种比较普遍的"知识"："所谓的幻灯片事件，是历经长久岁月在鲁迅心中形成的'故事'，它回忆的是当年（1905）的事，但更是在诉说现在（1922）的自己。"[3] 尽管这句话里其实也隐含着与竹内好一样的矛盾。

这种判断最大的弱点，是在表达主体阅读感受时，忽略了事实论证。首先，由于经历"幻灯片事件"而决心"弃医从文"，这是鲁迅本人披露的个人意识的变化过程；它仅仅是个人心理形态的流动过程，而非直接的外在表象事实，当事人的叙述是最直接的"事实根据"，除非叙述者本人的记忆完全失真，或者干脆是有意虚构（而发生这两种情形的可能性极小）。也就是说如何证明鲁迅所述等于"传说"最为关键。其次，在相关资料文献的调查方面，对鲁迅留学仙台时期素有研究的阿部兼也，对鲁迅所说的幻灯片进行发掘调查，结果

---

1 在九州大学、华东师范大学联合研讨会"日本与中国：个人・社会・文化"（2010年11月20日，日本福冈市）上，九州大学比较社会文化研究院的秋吉收教授表达了这一意见。
2 丸山昇：「日本における魯迅」，伊藤虎丸等編：『近代文学における中国と日本：共同研究・日中文学関係史』，東京：汲古書院，1986年，第54頁。
3 藤井省三編：『魯迅事典』，東京：三省堂，2002年，第15頁。

确实发现了仙台医专所保存下来的一批幻灯片,尽管其中并无鲁迅所述民众围观日军斩杀俄军探子的那张。[1]然而,这一确据乎也无法"证伪"。第一,没有找到不等于不存在。第二,即便真的没有那一张,也不等于鲁迅当时在其他场合没有看过相同或相似的影像。况且,根据日本学者的考证,早已证明确有多数类似影像存在。[2]

至于叙述处理方式形成叙事与事实之间的变形或差异则是另一个完全不同的问题。也就是说,任何叙事都无法做到绝对客观,这是叙事与生俱来的天性。任何叙事都伴随着叙述者的主观介入和影响。他的角度、视野、眼光,他的主观感受,他的取舍安排、轻重详略,以及言语本身具有的物质性和不透明性,都会影响叙事的客观性、真实性。正如即便是用照相机拍照,作为结果的影像也会由于拍摄者对角度、构图、背景等因素的选择处理而各不相同。

也就是说,在目前的情形下,缺少有力证据证明其虚构性,反倒可以找到证真的材料。鲁迅的毕生好友许寿裳曾在弘文学院与鲁迅朝夕相处,他在《怀亡友鲁迅》一书中留下了如下证言:

> 可是到了第二学年春假(鲁迅在仙台医专的第二年,即1906年春——引用者注)的时候,他照例回到东京,忽而"转变"了。
> "我退学了。"他对我说。
> "为什么?"我听了出惊问道,心中有点怀疑他的见异思迁。"你不是学得正有兴趣么?为什么要中断……"
> "是的,"他踌躇了一下,终于说,"我决计要学文艺了。中国的呆

---

[1] 参见阿部兼也:『魯迅の仙台時代:魯迅の日本留学の研究』,仙台:東北大学出版会,2000年。
[2] 关于鲁迅在仙台留学的基本情况,渡边襄:「魯迅の仙台時代」一文有详尽周到的整理介绍。见『魯迅と仙台:東北大学留学百周年』(魯迅・東北大学留学百周年史編集委員会編,東北大学出版会,2005)。

子,坏呆子,岂是医学所能治疗的么?"

我们相对一苦笑,因为呆子坏呆子这两大类,本是我们日常谈话的资料。[1]

许寿裳的证言虽未提到"幻灯片事件",但有关鲁迅弃医从文之前因后果的记述十分清晰,且与鲁迅本人的回忆相吻合。总之,尽管竹内好的判断分析有其内在的逻辑支撑,也不悖情理,但终究还是"情景判断"而非"事实判断"。这一点应该是明确的。

三 小说定义的扩张与对随笔的误读

竹内好以后,情况又有了一些变化。以竹内好为代表的鲁迅研究者,认为鲁迅的传记叙述中存在"传说化"和"虚构",但并未直接否认《藤野先生》的纪实性、自传性;1960年代后,《藤野先生》进入日本高中国语教科书,成为高中生在教育体制中学习的对象。与此同时,有关作品的各种认定和解读也伴随着某种权威性进入教学过程,阅读逐渐普泛化。其中最为醒目的,就是体裁定性由自传性随笔(回忆性散文)固定为小说。

据笔者调查的结果,在1970年代,先后有"东京书籍""筑摩书房"和"大日本出版"这三家出版社的高中教材收录了《藤野先生》。但引人注目的是,三种教材都把这篇作品定性为"(短篇)小说"。某位国语教师在其教案"《藤野先生》学习指导"中开宗明义,提出本篇的"学习目标"首先是"培养读解短篇小说的能力,掌握读书方法",并将《藤野先生》与日本作家森鸥外

---

[1] 许寿裳:《怀亡友鲁迅》。此文写于鲁迅逝世19天后的1936年11月8日,后收入其《鲁迅的思想与生活》(台湾文化协进会,1947)中发表。本文引自《亡友鲁迅印象记:许寿裳回忆鲁迅全编》,上海:上海文化出版社,2006年,第153页。

的小说《舞姬》进行比较。[1] 教科书的这一变化，具有决定性意义。因为，如果讨论对象变成小说，那么执着于真假虚实的讨论就不再具有实质意义，"传说""虚构"的解读也就合理合法，客观上也就可以摆脱事实考辨论证的诸多困扰。

那么，回忆性随笔或曰散文性的自叙传如何变成了小说？鲁迅的有关自述又当如何理解？这的确是个问题。首先我们可以肯定地说，日本研究者对《藤野先生》的定性和解读，无论是较早时对细节的疑问，还是后来倾向于以小说定性作品，都不是心血来潮的随意指称，当然更不是什么别有用心的行为。所以，我们不应因为有异议便任意揣测和解释言者的意图。对同一人物、同一事件、同一文本的不同阅读，与主体的感受、观察思考问题的角度逻辑以及研究方法相关，同时也与更深层次的文化观念、文艺观念有关。在《藤野先生》到底是小说还是自传性散文，作品叙事究竟是真还是虚的问题上，日本式的小说观念、叙事观念潜在地发挥了作用，制约和影响了对《藤野先生》的定性和解读。

日本近现代文学与欧美文学、中国文学有很大不同。以小说而论，他们有自己独特的小说形式"私小说"，私小说又一直是日本近代小说的最大潮流和基本特质。早在大正年间（1912～1926），作家久米正雄（1891～1952）就感叹："现在，几乎所有的日本作家都在写'私小说'。"[2] 到了第二次世界大战后，研究者们回望近代文学的演变历程，更是进一步确认"在现代日本作家中，无人没有写过私小说"[3]。在某种意义上，日本近代小说即"私小说"。"私小说"的产生和发展承载了日本民族的文化意识、感受方式以及价值观念，其

---

1 参见米山誠：「II現代国語における外国文学教材の指導：魯迅「藤野先生」の指導を中心として」，『名古屋大学教育学部附属中高等学校紀要 v.16』，1971年3月。
2 久米正雄：「「私」小説と「心境」小説」，『近代文学評論大系・6』，東京：角川書店，1976年，第235頁。
3 日本文学研究者瀬沼茂树的意见具有广泛代表性，参见『現代日本文学大事典』，東京：明治書院，1965年。

精神与方法浸透了整个日本近代文学的历史，构成日本文学的独特景观。美国的日本文学研究家爱德华·费拉的体悟很有代表性："尽管有褒有贬，私小说一直受到众多主要作家的拥护，占据着日本近代文学的核心地位，与私小说打交道就意味着与（日本的——引用者注）纯文学以及各种各样的方法打交道。"[1]

"私小说"也被称为"自我小说""自叙小说""自传小说""模特小说"或"告白小说"等。日本人对"私小说"的定义和解释，也充满了矛盾和暧昧。首先，"私小说"在本质上是小说，也就是"虚构"。正如研究者所说，一般来看，在面对私小说时，不能把作者与作品的主人公等同起来，但另一方面，私小说又以"虚构"为主要特征的欧洲小说有所不同，作家描绘和书写的往往就是作家本人经历和体验的日常生活琐事，或者是作家自己的内心生活，包括观照人生时所浮现出来的心境情绪。无论采用第一人称还是第二、第三人称，事实上主人公基本与作者重叠。其中偏重于心境描写的就称"心境小说"。[2] 所以，在研究"私小说"时，人们多半会习惯地在作家和作品主人公之间拉上等号，参照作者的年谱来解读作品。于是，"私小说"就有了奇异的两重性，一方面具有小说的虚构性，另一方面，事实上又总是在叙写自己的生活体验、写自己的心境和人生感悟。

不仅如此，在日本近代小说的形式体认上，"私小说""心境小说"和随笔的界限也很模糊，甚至日本人自己也觉得很为难。著名学者海老井英次曾专门著文进行甄别，认为给这三者做定义极其困难，虽然小说和随笔在体裁上差异明显，但由于西欧"随笔"概念的介入，不少人认为"私小说"大多并不是小说，而是随笔。人们通常一方面认为小说与随笔的根本区别在于小说以虚构为特征，而随笔则不同。但同时如果换一个角度来看，即使随笔不是虚构而是叙

---

[1] 伊藤博：「翻訳『告白のレトリック：20世紀初期の日本の私小説』（エドワード・ファウラー）序論　私小説における現象と表象」，『2006—2007年度科学研究補助金（基盤研究C）研究成果報告書18520138』，2008年，第354頁。

[2] 参阅文献如小学館『日本大百科全書』、日本近代文学館『日本近代文学大事典』、講談社『日本現代文学』等均如是。

述事实，也同样需要对事实进行取舍和处理，比如重点和非重点的安排，描写叙述的具体调控等，实际上已经产生了虚构性。二者的差异仅仅在于小说是自觉的虚构，而随笔却是非自觉的虚构。[1]结果呢，自觉的虚构和非自觉的虚构本质一样，都是虚构。如果用等式来表达的话，就变成了"小说＝虚构＝作者的日常生活＋作者的内面生活＝随笔"。在这种有些混乱的等式下，日本研究者虔诚地认为，"《呐喊·自序》概括了自己的前半生，近于创作"，"《藤野先生》以仙台医专时代为素材，是自传性的创作"[2]。站在日本近代小说观念的立场来看，无论是竹内好的"传说化"说法，还是国语教科书的"小说"标签，都是很自然的事情。在笔者看来，日本学者对《藤野先生》的"虚构"（哪怕是局部的）认定的背景，乃是无意中脱离了虚构文学（小说）与非虚构文学的相对区分，而以任何叙事都隐含虚构的普泛观念来评判具体的事实陈述，如此便难免出现无法证伪、似是而非的判断。

可见，中日两国研究者对《藤野先生》的理解分歧，背后隐含着判断标准和思考方式的差异。

四 "叙实"的视角与阐释的合法性

围绕《藤野先生》传记性叙事，中日两国的研究既有一致，也有不同。差异提醒我们，对个别细节的考察如何介入对整体真实性质的判断，需要慎重。至少对于《藤野先生》来说，叙述方式带来的虚构效应（如果有），限于对事实的有限磨损，它不同于小说的虚构性，是所有叙事与生俱来的天然属性。中日小说观念特别是虚实观念的差异意味深长，围绕这一方向的探索具有很大的

---

[1] 海老井英次：「私小説、心境小説及び随筆の区別がどこにあるか」，『国文学：解釈と教材の研究』1995年5月号。
[2] 渡边襄：『魯迅の仙台時代』，『藤野先生と魯迅：惜別百年』，仙台：東北大学出版会，2007年，第70页。

生产性前景。

以竹内好为代表的日本研究者的思考具有极大意义。鲁迅当年在仙台医专中途退学，放弃医学而转向文学，不会只是因为观看了片刻幻灯片，便突然转换自己的人生方向。其中必定有许多复杂关联的理由，也有一个累积变化的过程。崇尚精神主义的明治时代语境，仙台医专留学生活的压力、压抑，或者个人生活变化的需要，等等，似乎也应该慎重地予以考量。

在此意义上，竹内好、丸山昇等日本学者对"弃医从文"叙事的质疑，提供了以个人立场阅读、考察事实叙事的实例。他们的不少看法合乎情理，富有启发意义。如丸山昇就指出，鲁迅的自我叙述很有特点，他有时会用条分缕析、不厌其烦的方式来说明某种复杂的心境，但有时又轻描淡写地讲述具有重大意义的事件，形成了叙事对象和叙事形式之间的轻重反差。所以必须谨慎地阅读鲁迅自身的叙事，在复杂多样的端绪中把握鲁迅人生节点的含义。[1] 这些看法和阅读行为呈现的独特视角及其内部逻辑，对中国的鲁迅研究是极有参考意义的。

---

1 参见竹内好『魯迅』、丸山昇『魯迅とその時代』(『魯迅と日本：魯迅生誕110周年仙台記念祭展示会図録』，1991) 及「日本における魯迅」。丸山昇的看法非常中肯，论证分析极具说服力。

鲁迅思想原型与明治日本语境
——现代思想文艺输入与自我主体性建构

一 鲁迅思想原型的发生及扩容性

"鲁迅的早期思想"已然是一个由来已久的话题。至少半个多世纪周而复始,不时推陈出新的研究,在提供新鲜知见的同时,也遭遇了某种困境。检点这段研究的历史轨迹可以发现,在数量庞大的研究成果中,依然有些基础性的考察一直处于缺席或模糊状态。青年鲁迅思想建构及其时代语境关系问题就是其中之一。关于这个问题,青年鲁迅思想结构的首要发生源,在于日本明治时代的思想文化语境这一判断,已是中日两国学界的基本共识。但鲁迅寄身和依托的时代语境自身的具体结构究竟怎样,鲁迅留日时期的世界性思想文化潮流及其在日本这一平台上的具体状态,鲁迅如何接触、选择和言说时代话语,进而构筑具有主体性的思想装置等诸多问题,还需要进一步考察和解答。这些问题不搞清楚,有关青年鲁迅思想结构的判断和结论也就难以落到实处。这也是留日时期鲁迅研究这一话题的价值和魅力所在。

鲁迅思想的原型建构于他的青年时期,特别是留日时期,这一原型成为鲁迅思想整体结构的基盘,并贯穿鲁迅终生。较早时期明确阐述这一见解的,是日本鲁迅研究者伊藤虎丸(1927~2003)。他在《鲁迅与日本人——亚洲的近代与"个"的思想》(朝日新闻社,1983)一书中,设专节论述了"东京留学时期所形成的'原鲁迅'"问题。他说:

> 我初读(鲁迅的——引用者注)早期评论时,留下了近乎震撼的强烈

印象。在此之前,我通过竹内好等人翻译的岩波版《鲁迅全集》大体上读过鲁迅的小说和评论。但我读的都是1918(大正7)年,即鲁迅创作《狂人日记》开始作家生涯之后的作品。我以为,这之前的,特别是留学时代所写的评论等,只不过是他青年时期的习作。可是当我实际读过原文以后,我才发现,以往人们所谈论的鲁迅的思想或小说主题等诸多内容,其实都可以在青年时期的评论中找到其原型。也就是说,在这些评论中,有着可以称之为"原鲁迅"的存在。[1]

伊藤虎丸把握到鲁迅思想贯穿始终的系统线索,提出自己的独特见解,显示了海外研究者的个性视角和眼光。后来,或许与鲁迅研究的国际化进展相关,国内学者也开始注意这一问题。以近年而言,王富仁在《鲁迅哲学思想刍议》一文中便说到,鲁迅在留日时期提出的"哲学思想",他的"一些基础的观念,在他后半生的文化活动中得到了进一步的丰富和发展,但作为一个基本的思想框架,终其一生是没有发生变化的"[2]。可见,有关留日时期鲁迅的思想结构形态及其意义问题,正日益得到学界前所未有的重视。

关于留日时期鲁迅思想的结构形态,即所谓鲁迅思想"原型"的基本范畴,据冯雪峰回忆,鲁迅自己曾有过清晰明确的表述:"那时候(指1907年前后),相信精神革命,主张解放个性,简直是浪漫主义,也还是进化论的思想。主张反抗,主张民族革命,注重被压迫民族的文学作品和同情弱小者的反抗的文学作品之介绍,也还是叫人们警惕自然淘汰,主张生存斗争的意思。"[3]

就是说,进化论、个性主义(包括改造国民性思想)和浪漫主义文学观,是青年鲁迅思想结构的三个基本板块,而这一板块格局正是在明治日本的思想文化语境中建构起来的。以下,将围绕这三个板块,考察明治日本的思想文化

---

1 伊藤虎丸『魯迅と日本人:アジアの近代と「個」の思想』,東京:朝日新聞社,1983年,第90—94頁。
2 《中国文化研究》,1999年第1期。
3 冯雪峰:《回忆鲁迅》,北京:人民文学出版社,1957年,第32页。

语境，探测时代的思想框架及理论资源与鲁迅思想观念生成的结构形态。

二 进化论本体观念的系统接受

首先，我们看第一个思想板块，即进化论观念的建构。

在近现代中国，中国人最早接受并进行过系统说明的科学和思想学说就是进化论，不仅如此，在马克思主义传入中国之前，对中国人影响最广泛、最深刻的西方思想还是进化论。

中国人接受进化论始于1870年代。在此之前，晚清政府从1860年代开始推行洋务运动，其主要举措之一，就是在全国各地设立编译馆，移译西洋书，旨在输入西洋的科学和学术。这类官办书局在北京有京师同文馆（1862），上海有广方言馆（1863），南京有金陵书局（1864），福州则有船政学堂（1866）。不过，于西方科学文化译介用功最多的，还数上海江南制造局翻译馆（1868）。这家翻译馆延聘近六十名中外学者，翻译刊行了大量有关自然科学、工矿农学技术、兵器船舶制造技术以及人文社会科学的西文书籍，极大地影响了中国知识界。1871年，翻译馆首次出版了英国地质学家查尔斯·莱尔（Sir Charles Lyell, 1st Baronet, FRS, 1797～1875）的名著《地质学原理》，冠名《地学浅释》。[1] 一般认为，该书对达尔文进化论思想的形成有过极大影响。在这个意义上，此书的翻译出版算是进化论传入中国的先声。但另一方面，尽管此书包含了进化论思想的因素，但终究是一部地质学著作，对社会思想领域并无太大影响。直到1898年，严复翻译英国生物学家赫胥黎（1825～1895）的《进化与伦理学》，于是有了《天演论》风行天下的盛况。的确，进化论及其衍生的社会进化论一经进入中国，立即引起有识之士的共鸣和接受，给予大清王朝以强烈冲击。对这种重大社会现象的发生，日本学者有以下解释：中国的知识人之

---

[1] 该书分8册38卷，于1871～1873年间出版。

所以"全面接受进化论，大约是因为，作为一种综合解释中国社会所面临的诸多问题的理论范式，社会进化论是最令人信服的"[1]。也是最简洁明了直接，能够感同身受地予以理解的。

鲁迅在赴日前一年，即1901年，于南京矿物铁路学堂读书时开始接触进化论，当时学校使用的教材中便中有江南制造局编译的《地学浅释》[2]，也是在那时，鲁迅第一次读到了《天演论》，他在《朝花夕拾》中特意记述了自己深受震动的体验。之后，鲁迅很快就去了日本。另一方面，《天演论》究竟只是达尔文的拥戴者赫胥黎《进化与伦理学》的节译，并不是达尔文生物进化论本身。在《天演论》出版之后的十年间，国内再没有新的进化论译介。也就是说，鲁迅在赴日前通过《天演论》初识进化论，主要接触了社会达尔文主义的文脉。东渡日本后，进入到进化论全面、系统普及流行的时代语境中，通过制度性的学校教育以及其他形式的社会普及，他比较全面地学习和接受了作为最新科学及思想学说的达尔文进化论，为自身思想观念的建构创造了重要条件。

这里我们来回顾一下进化论在日本的译介和接受历程。进化论进入日本大约早于中国十多年。明治11年（1878），东京大学创立后不久，即聘请美国动物学家爱德华·摩斯（Edward Sylvester Morse，1838～1925）担任动物学及生理学教授。摩斯在东京大学的授课和讲演中，系统介绍了达尔文的进化论学说。由西洋学者在日本第一学府以大学课程制度的形式，系统讲授作为科学学说的进化论，标志着日本进化论传播普及的华丽开场。明治16年（1883），摩斯的弟子石川千代松（1860～1935）将摩斯有关进化论的授课及演讲记录译成日文，冠名《动物进化论》正式出版，进一步加速了进化论的广泛流布。1882年，东京大学第一任校长加藤弘之（1836～1916）出版了《人权新说》（丸善书店）。在书中，加藤弘之批判"天赋人权"学说，主张生存竞争和自然

1　佐藤慎一:「進化と文明：近代中国における東西文明比較の問題について」,『東洋文化』第75号，1995年2月。
2　参见周作人：《关于鲁迅》，《宇宙风》1936年第12期。

淘汰不可避免、弱肉强食、优胜劣败是社会的运作原理。加藤弘之的言论激起自由民权派的反击，引发了一场激烈的论争。这场论争扩大了进化论的影响，此后有关进化论的书籍刊物接连不断地出现。明治24年（1891），石川千代松推出《进化新论》一书。这是日本生物学者由单纯翻译介绍到逐步消化理解进化论所迈出的第一步。在此之前，达尔文本人、社会进化论的开创者斯宾塞（1820～1903），以及赫胥黎的著作均有日译。但达尔文的代表作《物种起源》（1859）的翻译却比较晚，直到明治29年（1896）才冠名《生物始源》（又名《种源论》）刊行问世。明治37年（1904），动物学者、文明批评家丘浅次郎出版《进化论讲话》。这本书是身兼生物学教授和进化论研究者的作者写给一般读者的进化论通俗启蒙读物。作者以平易简洁、深入浅出的笔触，从生物科学角度讲解进化论，说明进化论的科学性，同时论述进化论与哲学、伦理、教育、社会、人生以及宗教的关系，深受社会各阶层读者，尤其是大中学生等青年读者的喜爱，在1904～1907的三年间，再版印刷达十次之多，历经半个世纪而不衰，成为风靡明治、大正两个时代的通俗畅销书，在日本进化论传播研究史乃至近代思想史上占有重要地位。总之，在明治30年代中叶，也就是鲁迅留日时期，进化论以及科学实证主义已在日本思想文化界扎下根来。[1]

看一个实例。据近代日本著名的外文书店"丸善社"的《丸善外史》[2]记载，明治35年（1902），也就是鲁迅赴日留学的那一年，丸善书店的杂志《学灯》曾延请各领域知名专家78人推荐优秀图书，结果名列首位的，正是达尔文的《物种起源》（32票），第二位是歌德的《浮士德》（16票），第三位则是

---

[1] 关于进化论在近代日本的译介和接受情况，可参阅以下文献：八杉龍一『進化論の歴史』（岩波書店，1969）、『明治・大正・昭和の名著・総解説』（自由国民社，1981）、『明治文学全集49』（筑摩書房，1968）、『コンサイス日本人名事典・改訂新版』（三省堂，1994）、『明治文学全集80』（筑摩書房，1974）等。

[2] 『丸善外史』由丸善社史编纂委员会于1969年发行。另，丸善书店主营外国书刊以及文具的进口和销售，它同时还是日本历史最久的出版社。书店创立于明治27年（1894），其外国书刊业务对推动近代日本知识教育以及学术研究发展做出过重要贡献。后来丸善书店转向以书籍为中心的教育和知识产业经营。参照『日本大百科全書』（小学館，1972）等。

斯宾塞的《综合哲学大系》(15票)，并列第四位的是叔本华的《意志及表象的世界》和康德的《实证哲学讲义》(同为14票)。达尔文的高票夺冠呈现了进化论当时流行普及的势头。这样的思想背景和知识氛围，不可能不对一直敏感于新思想并且在南京求学时就已震惊于进化论的鲁迅发生影响。

人们常说，近代日本的一个特点，是它曾经有力发挥了中国与西方间中介平台的作用，这一点同样适用于中国的进化论接受。日本思想文化界对进化论的译介研究很早便为中国所瞩目。近代启蒙思想家康有为早年便关注日本的维新运动，刻意搜购日本出版的书籍，编纂出《日本书目志》15卷（上海大同译书局，1897）。这本书目志"生物学部类"就收有摩斯述、石川千代松译《动物进化论》，赫胥黎著、伊泽修二译《进化原论》，石川千代松著《进化新论》，海克尔著、山县悌三郎译补《进化要论》以及城泉太郎著《通俗进化论》等。另外，鲁迅读过的《天演论》，以及梁启超的《变法通议》(《时务报》1896～1899)等，都从日本著译中借用了进化论概念，如"生存竞争""自然淘汰""优胜劣败"等；梁启超在日本大规模的思想启蒙活动更是主要来自日本书。"日本书"一时成为中国知识界、思想界输入西洋文化的重要渠道，日本书一经出版立即被译成中文介绍到中国。梁启超就是这一历史场景的见证人，他留下这样的记述："壬寅癸卯（一九〇二——一九〇三），译述之业特盛〔中略〕日本每一新书出，译者动辄数家，新思想之输入，如火如荼矣，然皆所谓'梁启超式'的输入，无组织，无选择，本末不具，派别不明，惟以多为贵。而社会亦欢迎之，盖如久处灾区之民，草根木皮，冻雀腐鼠，罔不甘之，朵颐大嚼。"[1] 如在1902年，有关进化论的日本书，日本国际法学者有贺长雄（1860～1921）的《社会进化论》(丸善书店，1883)就有两种中文译本出版，分别是侯官萨端译《社会进化论》(闽学会)和麦仲华译《人群进化论》(广智书局)；加藤弘之的名著《人权新说》也由杨荫杭译为中文刊行。可见，进化论在中国的传播普及，的确在很大程度上借用了日本先行一步的译介研究

---

[1] 转引自郭廷以：《近代中国的变局》，北京：九州出版社，2012年，第53—54页。

成果。

鲁迅留学时，进化论如日中天，自是最火、最热的新知识、新思想，浙江留日学生同乡会的《浙江潮》上便处处可见。杂志第1期（1903年2月）刊载的《新奉化歌》里这样写道："方今世界盛行竞立争存优胜劣败天演义，［中略］保国保种先保群，个人义务社会义务都要著。"杂志载文介绍社会进化论，第9期（1903年11月）有署名"喋血生"的《斯宾塞快乐派伦理学说——快乐与进化并行之真理》，第10期（1903年12月）则刊登有编者与读者关于进化论的"问答"。

关于这一时期鲁迅与进化论的接触，周作人留下了翔实可靠的证言。查周作人日记，可知鲁迅赴日前已购入加藤弘之《人权新说》（即《物竞论》），南京求学时代接触过《天演论》，对进化论已略有了解，但对进化论的系统学习和认知，确乎是来到日本之后的事。如周作人所言，鲁迅在南京"看到了《天演论》，这正像国学方面的《神灭论》，对于他是有着绝大的影响的"。但《天演论》原只是赫胥黎的一篇论文，题目是'伦理与进化论'，（或者是'进化论与伦理'也未可知）并不是专谈进化论的，所以说得并不清楚，鲁迅看了赫胥黎的《天演论》，是在南京，但是一直到了东京，学了日本文之后，这才懂得了达尔文的进化论。因为鲁迅看到丘浅次郎的《进化论讲话》，于是明白进化学说到底是怎么一回事。鲁迅在东京进了弘文学院，读了两年书，科学一方面只是重复那已经学过的东西，归根结蒂所学得的实在只是日本语文一项，但是这却引导他到了进化论里去，那末这用处也就不小了。"[1]这个证言很重要，讲清了日本在鲁迅进化论观念接受中的意义所在。

鲁迅从仙台退学回到东京后的三年时间，进化论依然火热，鲁迅依然有很多机会接触、学习进化论。关于他具体读过哪些进化论的书，因为缺少记录，我们无法确定。但他很有可能跟进化论权威丘浅次郎有过交集。鲁迅回到

---

[1] 周作人：《鲁迅的国学与西学》，见《鲁迅的青年时代》，北京：北京十月文艺出版社，2013年，第52页。

东京后，将学籍挂在德语专修学校，依旧保持官费留学生的身份，只是很少去学校。据北冈正子考证，当时德语专修学校的课程除了主课德语以外，还有国语、历史、生物、音乐和美术等，而担任生物课教师的恰恰就是丘浅次郎。换言之，除了弘文学院时代，在第二个东京时期，鲁迅也很可能在德语学校的课堂上听过丘浅次郎的课。

综上所述，鲁迅接触、接受乃至宣传进化论的背景中，存在着进化论火热盛行的时代语境。他所掌握的进化论知识，他写作的有关进化论的"论文"，都依托于日本的译介研究资源。他的进化论宣介主要体现在《人之历史——德国黑格尔氏种族发生学之一元研究诠解》中。这篇文章主要介绍德国生物学家海克尔（1834~1919）的《人类发展史》，同时介绍了进化论的发展历史。日本的中国文学研究者中岛长文（1938~）对该文章的"材源"进行了精细的考察。他指出，鲁迅的文章主要是依据海克尔的《宇宙之谜》，并参考丘浅次郎《进化论讲话》及石川千代松《进化新论》写成的。当时在日本，《宇宙之谜》德文原版书和日文译本都买得到，日文译本（冈上梁、高桥正熊译，有朋堂，1906）还附录了译者的《生物学说沿革史》及《海克尔略传》。文章的材料90%以上都来自这三种书。[1]鲁迅说自己那时看文学史也看文艺批评，然后根据这些进行撰述，工作的指向全部在于知识和思想的译述，体现了译述启蒙时代的"翻译政治"特征。

至于鲁迅的进化论观念，从根本上说，鲁迅是把进化论作为崭新的科学思想体系来接受的。通过进化论，他理解和认识了自然界演变发展的过程以及生存竞争、自然淘汰的法则，相信由进化论所确立的发展进步观念，即社会进步乃是一种必然趋势的理念。另一方面，鲁迅也不单是将进化论作为一种自然科学理论或假说，同时还用它来观察和解析中国社会问题。他从自然进化的生存、适应、竞争、淘汰的无情现实中，确认了自己的民族在世界性竞争中所面临的严酷命运，思考解救中华民族衰微的方策。在这个意义上说，由于进化论

---

[1] 见『滋賀大国文』第16、17号，1979年12月。

本身是一种自然科学学说（包括其在社会领域的延伸解释），因此在鲁迅那里并不存在否定和抛弃的问题，而只是在社会领域如何理解和适用的问题。

在将进化论应用于社会领域这一点上，鲁迅对进化论的感受和处理与日本存在重要差异。日本的思想界和知识界在将进化论引向社会思想领域时，主要走向了斯宾塞的社会达尔文主义，即把进化论的适者生存、自然淘汰法则直接应用于社会，过度肯定乃至纵容社会淘汰、优胜劣败的观念。丘浅次郎的《进化论讲话》也有这种倾向，他们认为在国家之间，在社会的个人之间，生存竞争是不可避免的，"有必要的不是取消竞争，而是改变妨碍自然淘汰的制度，使生存竞争尽量公平"。这种强者"本位"的立场，导致日本在对外膨胀合理化这一思路下运用进化论，对后来的日本社会产生了不小的影响。

鲁迅则接近严复等启蒙思想家的理路，希望用进化论学说唤起国人的道德、政治觉醒和危机意识，警戒国人"自强保种"，救国救民。作为弱者立场的经历者，鲁迅十分关注进化论的不当使用可能招致的人的"变质"，使人的本能无限制地向负面方向施展。他接受了赫胥黎将自然界和社会相区别的二元论，强调人不仅是自然的一部分而被动地接受适者生存这一自然法则的支配，人还置身在克服弱肉强食的野兽性、能动改变自然环境的"伦理过程"。如果无视人的精神伦理进化，生存竞争将给人类带来毁灭性的灾难。鲁迅的这种思考在《破恶声论》（1908）中表达得非常清楚。他强调警惕兽性的生存竞争，并不仅仅是由于中国处于弱者地位而呼吁强者勿要恃强凌弱。鲁迅重视的是人类生存竞争中的道德控制机能，其根底乃是中国人在悠久历史中积淀起来的追求道义、惩恶扬善的伦理道德。

三 尼采式个人主义及"国民性"志向

青年鲁迅思想结构的第二个板块是个性主义（个人主义）。

在近代西方思想史上，个性主义（individualism）是指在个人与社会的关系问题上，针对社会优越于个人、社会具有超越个人总和的意义的一种看法，认为有了自由独立的个人的集合，社会的形成才有可能；在一般意义上，基于个人自由意志的行为具有最高的价值。简单地说，将每一个个人的人格视为至高无上，重视基于个人的良心与自由的思想和行为，在这一基础上思考义务和责任的问题。康德的人格主义、施蒂纳（1806～1856）和尼采的哲学、萨特的存在主义都属于个性主义哲学表现的代表。[1]

青年鲁迅所接触、接受的个性主义，主要是尼采哲学这一脉络的，时间也主要是在留日期间。尼采哲学进入中国，引起人们的广泛注意，并影响到中国思想文化界，主要是五四新文化运动时期的事。当时，《新青年》《新潮》《少年中国》和《晨报》等新闻出版媒体都大力介绍尼采的生平及其思想。《民铎》第2卷第1期还出版了"尼采专号"。但在鲁迅留日的20世纪的第一个十年里，中国的尼采介绍尚未开始。尼采逝世于1900年，鲁迅1902年到日本，恰逢日本大举纪念宣传尼采，形成空前的尼采热，他因此一下子被卷入热烈的尼采浪潮中，并很快为其恣意磅礴的思想所吸引，积极深刻地理解尼采思想，并投身于用它打破沉闷的中国精神界的宣传倡导活动中。郭沫若在《鲁迅与王国维》一文中谈到当年几乎同时在日本留学的两人时说："在那时两位先生都喜欢文艺和哲学，而尤其有趣的是都曾醉心过尼采。这理由是容易说明的，因为在本世纪的初期，尼采思想乃至德意志哲学，在日本学术界是磅礴着的。"[2] 许寿裳也清楚记得，鲁迅留日头两年在弘文学院学习时就被尼采吸引，经常阅读有关尼采的书籍。[3] 留日的后几年也一直关注尼采，这一点，在鲁迅留学最后三年与之朝夕共处的周作人那里有书信日记可以佐证。[4]

---

1 参见『社会学事典』（弘文堂，1992）、『岩波哲学小辞典』（岩波書店，1996）、『辞林21』（三省堂，1993）等。
2 《文艺复兴》第2卷第3期，1946年10月。
3 许寿裳：《亡友鲁迅印象记：许寿裳回忆鲁迅全编》，上海：上海文化出版社，2006年，第11页。
4 周作人：《第三分 鲁迅在东京/三二 德文书》，《鲁迅的故家》，北京：北京十月文艺出版社，2013年，第329页。

日本从明治27年左右开始译介尼采哲学，数年中出现了许多评介文章，比较重要的有：姊崎嘲风《尼采思想的输入与佛教》(《太阳》1898年3月号)、吉田静致《尼采氏的哲学》(《哲学杂志》1899年1月号)、长谷川天溪《尼采的哲学》(《早稻田学报》1899年8月号)、登张竹风《论德国最近的文学》(《帝国文学》1900年5～7月号)等。到鲁迅赴日的两年前，即明治33年(1900)，尼采病逝，结束了他孤独漂泊的生涯。以此为契机，日本的尼采热进一步升温，尼采在日本思想文化界的影响愈加强烈。明治34年(1901)，年仅三十一岁的批评家高山樗牛(1871～1902)发表《作为文明批评家的文学者》(《太阳》1901年1月号)，受到高度评价。不久他刊出《论美的生活》(《太阳》1901年8月号)，再度激起强烈反响，一场关于尼采的热烈讨论由此开始。很有趣，鲁迅赴日前后，不单是进化论，还有尼采也刚好在日本风头强劲，为鲁迅接触、接受尼采思想提供了便利的条件。

伊藤虎丸认为，考察从甲午战争到日俄战争近十年间的日本尼采热，可以发现论者所理解和描绘的尼采形象经历的变迁。最初，在井上哲次郎(1855～1944)、姊崎嘲风(1873～1949)等人的介绍中，尼采是反基督教的斗士，是一个积极奋发的形象。在第二个阶段，尼采又成为一个激烈反抗批判19世纪国家主义、科学主义以及平等主义的文明批评家，人们强调尼采作为极端个人主义者、超人主义、无道德主义和非科学主义者的侧面。第三个阶段以高山樗牛《论美的生活》为代表，走向了"本能主义"，所谓"满足人性本然的要求，这就是美的生活"。也就是说，知识道德只有相对价值，而个人意志才是绝对价值。[1]当然，这三个阶段也并非截然分断，更多的只是强调重点有所不同而已。在明治日本，发生广泛影响的"尼采像"基本是第一和第二阶段的混融。

鲁迅眼中的尼采是积极进取、无所畏惧的战士，是看穿19世纪近代文明

---

1 参见伊藤虎丸：『魯迅と日本人：アジアの近代と「個」の思想』(朝日新聞社，1983)、登张竹風:「美的生活論とニーチェ」(『帝国文学』，明治34年9月号)。

破绽的激越的文明批评家。鲁迅长文中的尼采像与明治日本思想文化界对尼采的把握大体上是对应的。高山樗牛在《作为文明批评家的文学者》中说，尼采"放言：人道的目的并不在众人平等的福祉，而在于催生出少数模范人物来。这种模范人物就是天才，就是超人"，"他反抗当代文明，倡导其神怪奇矫的个人主义"。作者感佩于尼采，认为"大凡文学家所需要的，是学识、是见识，而最难得的是气魄"。"尼采仅是一诗人，但现在德国思想界正被他所撼动。他的应该视如突堤洪水一般的个人主义可以成为一国文明的巨大动力。"宫崎虎之助将尼采列为19到20世纪世界三大思想哲学家的第一位，他这样描述尼采对英雄和超人的憧憬："他渴望天才的出现，为了这样的天才的诞生，一般的民众不得不成为牺牲，这就是人类的目的。在人生中，断无所谓幸福的生活。人类最高的生活是英雄的生活；而英雄的生活就是为了天下万众而与巨大的痛苦搏斗、与巨大的困难战斗，就是奋斗的生活。他说，在诡辩派们也想象不到的地方过着最崇高的生活的人是真正的人；真正的人就是与天地自然合为一体的人，不论他们是思想家还是艺术家；就是提升自己的人格而引导世人的人［后略］。"[1]

金子筑水对尼采"重估一切价值"的反叛精神和体现英雄道德观的理想人格——超人给予高度评价，尼采"愤慨于近代生活使得人类日趋凡俗化，愤慨于近代文明日趋挤压人们的人格，对于这种凡俗倾向，他倡导培养天才和贵人的新道德。针对当代的趋利倾向，他主张涵养人格；针对以往逆来顺受的奴隶道德，他提倡以强大绝伦的意志力为中心的贵族道德。他把自我的充实和个人的发展视为生活的神髓。他认为，忘记自我充实这一根本，仅仅满足于浅薄的同情慈悲，是我们的堕落。我们首先要为了自我而勇猛地进行自我扩张。这就是尼采的个人主义"。

个人主义在尼采那里实现了重大发展。对尼采来说，为了一己利益而牺牲一切他者的个人主义，并不是真正的个人主义。尼采所梦想的伟

---

[1] 宫崎虎之助：「二十世纪の三大思潮」，『太陽』第14卷第2、3号，1908年2、3月。

大人格不是互相祈求怜悯的弱小人格,而是在人人具备独立不羁的精神、发挥个性保持独立的基础上,建立真正的社会或群体人格。尼采主张人格发展是个人的最高满足,这展现了他为个人主义为人类倾吐万丈光焰的气概。[1]

在同一年,鲁迅发表了《文化偏至论》(1908),称尼采为"个人主义之至雄桀者",其超人学说"震惊欧洲之思想界";尼采之"希望所寄,惟在大士天才;而以愚民为本位,则恶之不殊蛇蝎";"治任多数,则社会元气,一旦可飏,不若用庸众为牺牲,以冀一二天才之出世,递天才出而社会之活动亦以萌"。鲁迅说,一味地"讴歌众数",将之"奉若神明",是"仅见光明一端"。不知其然地赞颂"众数",反而会带来黑暗。鲁迅对尼采思想的描述,与日本的尼采译介处在同一脉络。这主要体现在批判19世纪末期高度成熟的物质文明所衍生出来的实利主义、物质主义和平等主义,呼吁重建被物质挤压而颓弱的主体精神世界和理想世界,呼唤具有批判气概和伟力的"超人",企盼超人出现,打破沉闷而闭塞的现实,重新找回刚健的充满生气的创造精神。不过,尼采对西方近代文明的绝望和批判,仍是基于西方19世纪高度发达的物质文明所带来的畸形病态。在近代西方的场域,尼采否定物质文明弊端无疑具有针对性和现实意义,但对尚处于封建末期的晚清而言,近代转型、近代文明还远未形成,所以尼采以西方19世纪文明为议论前提的观念,自然无法全盘适用于中国。这一点,我想是很明确的。

不过,鲁迅的实用理性和改造社会的政治志向,使他在尼采与中国之间找到了一条强有力的联络通道。鲁迅着眼的思路是,欧美文明创成的根源在于人,同样,中国要在世界上赢得一席之地,也需要能够创造出新文明的英雄,需要大力实行"尊个性而张精神"。那么,由谁去进行"尊个性而张精神"的实践,去造就不再蒙昧的"人"呢?鲁迅的答案是"洞达世界之大势,权衡

---

[1] 金子筑水:「個人主義の盛衰」,『太陽』第14卷第12号,1908年9月。

校量，去其偏颇，得其神明，施之国中"（《文化偏至论》）的"明哲之士"；是"刚健不挠，抱诚守真；不取媚于群，以随顺旧俗；发为雄声，以起其国人之新生，而大其国于天下"的"精神界之战士"（《摩罗诗力说》）。呼唤这种具有开放的世界眼光、以强盛国家和国民为己任的志向，以及独立自主不屈不挠的道德品格的超人，是鲁迅"立人"策略的崇高目标。这显示了鲁迅对尼采以及19世纪末期新康德派观念论哲学、理想主义的深刻共鸣。青年鲁迅对尼采的憧憬，在于他从尼采那狂妄不羁的思想中找到了打破中国的沉闷闭塞、开启创造新文明路径的方法，他把"精神界之战士"的出现视为新文明的出发点。以今天的立场来看，"超人"思路同样需要诸多前提，也存在进一步即为谬误的风险，但质疑挑战传统价值理性，强健自我和精神，勇于承担历史和人类重责的道德人格，才是其根本指向。这是历史革故鼎新时刻迫切需要的品质。即使是在狭义的"英雄主义"文脉上，历史也确实再三证明了非凡人物常常可以在紧要关头影响和改变历史的方向，在濒临灭亡之际，或将众生带入重生之路。因此，鲁迅对尼采的处理并不缺少现实依据。

不过，在那个精神主义、英雄主义昂扬的时代语境下，鲁迅在接受尼采并应用于中国的现实时，不可避免地带有精神主义和英雄理想主义倾向。他把希望托付于精神和思想启蒙，而多少忽略了国家社会结构之政治框架体系的功用，以及实现知识者启蒙理想的现实途径和操作方法。但也许，尼采之于鲁迅的意义比我们估量的更大。尼采呼吁坚忍不拔地对抗孤独和绝望，赋予超人卓绝的品格和艰难使命，这应该从一开始就震撼和感化了鲁迅。对鲁迅来说，尼采也许不仅具有哲学思想、信仰的意义，同时还具有社会实践的强大意义。鲁迅从尼采哲学那里接受启示，不仅呼唤"精神界之战士"的出现，更以"精神界之战士"的自觉，朝着那个方向勇往直前，不计代价。我以为，鲁迅的社会批评和文明批评就是这种精神战士实践的结晶。这样，在鲁迅毕生一以贯之的省察和批判实践中，不仅充满对祖国和民族的挚爱，还有一种超越的哲学性信仰，那就是尼采的个人主义——"精神界之战士"所代表的孤高的战斗主义和伴随绝望的理想主义。鲁迅的这种生存姿态，隐隐地印满了尼采的影子。

总之，借助明治日本的尼采热，活用日本思想文化界尼采译介批评的丰富资源，鲁迅心怀共感走进尼采的思想世界。这种关系结构，使得鲁迅的尼采像与日本的尼采像，呈现出对应性特征。鲁迅自觉建立尼采与中国的关联，借鉴了尼采的"超人"人格，期冀以超人精神与传统对峙，把握未来社会方向，完成启蒙大众的使命。这其实正是一种悲怆不屈的英雄（超人）主义。

四 浪漫主义的理想性和反抗性归宿

第三个板块，即浪漫主义文学观与日本的问题。

或许不只笔者有这样的疑问。尽管在鲁迅文学中，可以看到多种文学风格和技法融合交错的痕迹，但就基本倾向而言，仍旧属于理性冷静深刻锐利甚至偏向沉郁的现实主义，而非浪漫主义。无论在气质秉性还是文学特征上，鲁迅都迥然不同于郭沫若或郁达夫。那么，留日时期的鲁迅所关注的文学为什么却是浪漫主义呢？鲁迅究竟是因何等契机接近、认同并倡导浪漫主义文学的呢？

这一点与上面两个板块一样，同样与明治日本的思想文艺思潮，与当时日本的浪漫主义文学运动直接相关。也就是说，在明治日本的时代语境中拥有大量的浪漫主义文艺资源，在鲁迅开启自己的文艺活动时期，浪漫主义文艺，特别是浪漫主义文艺思想和批评非常兴盛，鲁迅在其中找到了强烈的社会性、政治性指向，也发现了与尼采"超人"主义相同的精神力量，他有点像日本明治维新时期的启蒙思想家一样，通过"译述"这一实践模式，几乎在最早的时期将浪漫主义文艺推入中文语境，无论是译述斯巴达克英雄传说、雨果文学，还是高歌摩罗诗，都在激情反抗、强大自我，以及孤高的理想主义中寻找实现内心欲求的路径，成为许寿裳所感叹的"绍介和翻译欧洲新文艺的第一个人"[1]。

---

[1] 许寿裳：《鲁迅的生活》，《亡友鲁迅印象记：许寿裳回忆鲁迅全编》，上海：上海文化出版社，2006年，第139页。

关于当时日本文艺的动态，笔者曾对影响力最大的《太阳》月刊进行排查，验证了文艺思想评论领域中浪漫主义的高扬。当时的著名评论家们几乎都同时兼具哲学思想和文艺的几副面孔。姊崎正治在评述思想界的主观主义时说道，"思想界兴起的观念主义（如实证主义或新康德主义）、文艺界陶醉于浪漫主义的理想的甘美，都表明人心的激荡，即人们想追求一种高于（物质）现实的东西。20世纪的文明正努力从以往的现实主义向理想主义转换，正为找寻前途和道路而烦闷而战斗"[1]。他把哲学上的主观主义和文艺上的浪漫主义归结为思想界的两大表征。

在狭义的文学领域，日本学者片冈良一和笹渊友一都将日本近代浪漫主义文学运动分为初期（1890年代）、中期（1900年代）和后期（1910年代）这三个阶段。在初期，杂志《文学界》是运动的据点，北村透谷的文学评论、女作家樋口一叶的小说及岛崎藤村（1872～1943）的诗歌，代表了这一时期的文学成就。中期以杂志《明星》为阵地，成员几乎都是诗人，有与谢野铁干、与谢野晶子夫妇，山川登美子，石川啄木等。这一时期浪漫主义文学运动主要在诗歌领域展开。至于后期，则始于杂志《昂》（『スバル』，1909～1913）的创刊，这一阶段的运动又被称作唯美主义运动，其特征与初期、中期颇为不同。中期以诗歌为主体的浪漫主义文学运动恰好与鲁迅的留学时代相重叠。在中期运动中，除了创作之外，人们还翻译介绍了许多欧洲19世纪浪漫主义文学作品，特别是英国浪漫主义诗人拜伦和雪莱的作品。[2]这也构成了鲁迅写作《摩罗诗力说》的直接背景和资源。鲁迅通过日本对欧美浪漫主义的译介接近了欧洲浪漫主义诗人，并在其中感受到极大共鸣。关于这方面的情形，北冈正子做了大量细密的考证研究，分24次发表了《〈摩罗诗力说〉材源考

---

[1] 姊崎正治：「文明の新紀元（上）」，『太陽』第12卷第1号，1906年2月。
[2] 参见片冈良一『日本浪漫主义文学研究』（法政大学出版局，1958）及笹淵友一「浪漫主义文学の誕生」（明治書院，1958）等。

札记》¹（1972～1995），对《摩罗诗力说》的材料来源进行实证性考察。结果判定，从"四"到"九"的前半，鲁迅所引用或使用的材料大部分可以确认来源。作者将鲁迅的原文与所用材料的原文进行详细对照比较，列出了这些材料的清单，计有：木村鹰太郎《拜伦：文界的大魔王》（大学馆,1901），拜伦著、木村鹰太郎译《海贼》（尚友馆,1905），滨田佳澄《雪莱》（民友社,1900），八杉贞利《诗宗普希金》（时代思潮社,1906），升曙梦《莱蒙托夫的遗墨》（《太阳》第12卷第11号,1906）及升曙梦《俄国诗人及其诗 六 莱蒙托夫》（载《俄罗斯文学研究》，隆文馆,1907）等。此外，松永正义等人还调查了鲁迅文中有关德国青年诗人凯尔纳（1791～1813）的材料来源，指出鲁迅所作有关部分，无论在内容还是文字表现上都与这些日文材料有诸多共同之处。特别是诗人石川啄木的《发自涩民村》（《岩手日报》（1904年4月28日～5月1日），不仅介绍了凯尔纳的生平和创作，而且指出，拯救民族危机的不是国家、皇帝的权力和武力，而是"国民的魂"——诗，是代表"魂"的诗人。这里对诗歌以及诗人与国民精神觉醒的高度重视，也正是鲁迅长文的精神实质。²日本学者的研究显示，鲁迅曾经大量阅读和译述了日本文艺界有关欧洲浪漫主义文学的丰富材料，依旧以译述的形式为中文语境打开了一块极具革命性的浪漫主义文艺新天地。鲁迅以高度的主体性裁量和使用这些材料，显示了明确的目的意识。北冈正子察觉到这一点，指出：面对拜伦的叛逆精神，鲁迅与木村鹰太郎《拜伦：文界的大魔王》虽有如出一辙之处，但他摒弃了木村鹰太郎所谓的拜伦为了叛逆而牺牲万物、牺牲无数苍生的礼赞强者，蔑视弱者的立场；在鲁迅看来，拜伦并非用众人的血肉搭建自己的祭坛，他的叛逆只是为人道而战。³

在鲁迅留日的1900年代，进化论、发展进步、生存竞争、自然淘汰、个

1　这些考证连载于『野草』（中国文艺研究会会刊）第9—56号。连载期间，已发表部分被译成中文，冠题《摩罗诗力说材源考》出版（何乃英译，北京师范大学出版社，1983年）。
2　参见参见伊藤虎丸、松永正义：「明治三〇年代文学と鲁迅：ナショナリズムをめぐって」，『日本文学』1980年第6号。
3　参见日文版『鲁迅全集』第一卷，东京：学习研究社，1984年。

人主义、主观主义、物质与精神、超人、浪漫主义以及理想主义，这些近代西方的新兴哲学思想、文艺思潮，都曾在日本思想文化界激起极大回响。当鲁迅决意"弃医从文"，确立了用文艺实现影响社会和他人的理想之后，他便更专注地通过日本思想界、文艺界的译介、评论和研究，热烈拥抱这些思想学说和理论思潮，满怀激情地开始了思想和文艺启蒙的进程。他的长文与日本明治时期的思想文艺颇为对应，但正如丸山昇所说，青年鲁迅使用的材料中存在"像用剪刀加糨糊组成的立论部分，但不管怎么说，在剪刀加糨糊的方法之中依然显示出鲁迅很强的独立性"[1]。我甚至以为，这个问题也许更适宜于从另一个完全不同的向度来考虑。鲁迅这些长文的目的和意义本质，原本并不在于这些长文究竟是个人原创，还是翻译（编译）输入，抑或是亦译亦写创制而成。鲁迅这些工作的本质意义在于，在时代转型的当口，当人们意识到社会的变革已不能单靠物质文明，还需要革新内在的思想观念、精神结构时，鲁迅通过阅读—翻译—融会，创制出"早期论文"。这些哲学和思想文化含量极大的述评，果断输入和普及现代新思想新文艺，这一尝试直接成为思想和文艺启蒙的政治实践，从而具有了革命性和创造意义。这一点，鲁迅和当时同在日本的伟大启蒙思想家梁启超具有内在的共通性。于是，跟梁任公一样，这些长文也就不再适于、不再应该用"论文"的视角阅读和挑剔。

1999 年 10 月初稿，2001 年 8 月—9 月改稿于福冈，
2021 年 6 月订补于上海

---

[1] 丸山昇著、靳丛林译：《日本的鲁迅研究》，靳丛林编译：《东瀛文撷——20 世纪中国文学论》，长春：吉林大学出版社，2003 年，第 51 页。

鲁迅的国民性观念与日本
——希望与路标抑或诱惑与坑穴

在浩繁的鲁迅研究中,"改造国民性"思想确乎是一个特别能激发人们谈论欲望的话题。这一主题的研究,从杂志论文到专集专著,大概不会少于数百万字。最近数年,以鲁迅留日时期的长文——《人之历史》《科学史教篇》《文化偏至论》以及《摩罗诗力说》等为议论目标,对"国民性思想"问题的论辩阐释更是层出不穷,成为一个引人注目的热点问题。总体上来说,论者们似乎在"国民性思想"这一概念框架中发现了"现代化"文脉上的重要理论概念,看到了现今热烈澎湃的"人的现代化"呼声的历史渊源。论者高度评价"鲁迅是位具有人类综合智慧的文学大家。[中略]早在日本留学时期,鲁迅立志弃医从文已开始主体意识的现代化。[中略]鲁迅的立人立国思想却超越了梁启超的文化思想,设计了以'人'为本位的具有现代意义的立国之策"[1]。"鲁迅正是从对'中国之情'的洞彻,对'欧美之实'的深察,舍弃了世纪初一般人追逐西方近代文明以建设本世纪初中国文化的思路,确定了'非物质'、重精神的文化建设思路。"[2] 鲁迅的"立人思想","不仅对中国人的自立有着极为重要的现实意义,而且对人类和人类个体的自立也有着普遍的指导意义。因此,鲁迅的'立人'思想既有着强烈的现实性,同时又具有十分明显的超越性"[3]。

---

[1] 朱德发:《文学现代化首在创作主体意识现代化——重读鲁迅其人其文之一》,《鲁迅研究月刊》2000年第5期。
[2] 李德尧:《鲁迅早期重精神思想之再剖析》,《鲁迅研究月刊》1998年第12期。
[3] 李金涛:《鲁迅"立人"思想的现实性与超越性》,《鲁迅研究月刊》1998年第8期。

这些阐释和评价有助于我们理解青年鲁迅的思想关切究竟在哪里，并思考鲁迅一系列长文的思想文化和历史意义。但另一方面，对于鲁迅长文文本的发生背景和形成过程的考察其实还存在很大不足。鲁迅的思考依傍了怎样的时代语境，即鲁迅的言说在大的时代语境中的位置如何，鲁迅文本与时代话语体系的互文性关系等问题还没有得到应有的关注，思想评价定位所必需的系统框架尚未完全具备。在"是什么""为什么"和"怎样的"这三段论证逻辑结构中，"是什么"的前提性问题还需要进一步解决。只有将"怎样的"纳入"场"的整体结构中，才能在通时和共时的两个向度得到令人信服的回答和证明。

有鉴于此，本章聚焦1907年、1908年撰写长文提出"立人""改造国民性"思想时期，对鲁迅及其所置身的明治日本思想文化界以及以日本为中介的世界思想文化潮流的关联状况进行梳理考察，为填补目前研究的薄弱环节助力。

一 鲁迅留日自述为何遭忽略

首先，我们先来确认鲁迅提出并热议"改造国民性"问题前后的有关情况。

1902年，21岁的鲁迅获得清朝政府的奖学金，以公费留学生的身份来到日本留学。他先是进了专为中国留学生设立的弘文学院两年制速成普通科，学习日语和中学程度的各科基础课程，以取得报考其他各类高等专门学校以及大学的资格。经过两年学习，于1904年3月毕业。当时，鲁迅有两条出路，一是考取"高等学校"（实际即大学预科），经三年学习后，进入当时仅有的东京帝国大学或京都帝国大学这两所国立大学，或是私立的早稻田大学。不过，由于大学数量极少，招收外国学生的制度尚未健全，晋升大学这条路难度较大。对留学生个人来说，即使修完预备学校获得了升学资格，后面需要的时间依然很长。特别是大学，一般需要七年以上。另一条路径，就是进入高等专门学校或高等实业学校，医学学校学制四年，其他一般为三年。鲁迅呢，选择了人气专业——医学，离开生活了两年半的东京，远赴东北仙台的医学专门学校。遗憾的是，他在那里只学了一年半，就退学回到东京，将学籍挂在一家德语学校，继续领取每月 33 元的奖学金[1]，而实际上开始搜寻各种文艺书籍，给留学生杂志著文译书，过起了自由自在的文艺青年生活，直到 1909 年归国。也就是说，留日的七年多，鲁迅最终没有进大学学习，一直保持了专门学校学生的身份。

这一时期，清末中国历经了 1840 年鸦片战争、1860 年第二次鸦片战争、1883 年中法战争、1895 年中日甲午战争、1901 年辛丑战争以及 1904 年日俄战争等一系列战争动荡，扮演着惨败后赔款割地让权的失败角色。中国人遭逢了民族历史上最悲惨、最屈辱的时代。在国族危机面前，无数有识之士为家国命运忧虑，纷纷探索救国救民的道路，提出了种种方略和设想，救亡图存成为那个时代最紧迫的主题。虽为青年学生，鲁迅当然也是其中一员。鲁迅留日时期的五篇长文，都是从仙台回到东京后，潜心读书，广泛接触和汲取流行于日本的时代思潮，纵情感受充满变革和革命激情的时代气氛而写下的。这些洋溢着强烈现代气息的长篇"文明论"，为后世的人们提供了一组不同寻常的批评文本。

关于这些长文，在许多年以后，鲁迅本人曾在不同场合谈起过，只是不知为何这些最值得信赖的本人证言，却极少为人提起。现在就让我们来重温一下。鲁迅回忆自己弃医从文的重大变故，说自己本学矿务，"但我又变计，改

---

[1] 关于鲁迅留日时期的经济状况，通过有关资料调查可知，当时中国元与日本圆的比价为 1∶1，鲁迅每月奖学金 33 圆（1 圆 =100 钱，1 钱 =10 厘）。同一时期日本人的"初任给"（即新人就职第一年的月工资）为，银行职员 35 圆，上等公务员 40 圆，小学教员 10～13 圆，巡查（警察）12 圆。物价方面，牛肉罐头 25 钱，牛奶 200 毫升 3 钱 9 厘，砂糖 1 公斤 26 钱，大型词典 2 圆，面包片 400 克 10 钱，烧酒 1.8 升大瓶 36 钱，订购报纸一份 45 钱，香烟一盒 5 钱。故若无特殊情况，每月 33 圆的收入高于绝大部分职业新人的收入，足以维持一个人的正常生活。参见『日本の物価と風俗 130 年のうつり変わり：明治元年～平成 7 年』，（東京：文教政策研究会，1996）。

而学医，学了两年，又变计，要弄文学了。于是看些文学书，一面翻译，也作些论文，设法在刊物上发表"[1]。关于阅读和翻译外国小说，"小半是自己也爱看，大半则因了搜寻绍介的材料。也看文学史和批评，这是因为想知道作者的为人和思想，以便决定应否绍介给中国。和学问之类，是绝不相干的"[2]。鲁迅说得很清楚，自己初学矿务，继而改学医学，再而改弄文学。弄文学则从看文学书，包括文学史和批评开始，然后就是"翻译"，"作些论文""在刊物上发表"，目的是"绍介给中国"。可见，鲁迅已将自己在日本"从文"的起始方法、内容、目的说得清清楚楚。用一句话来说，留日时期，鲁迅是在两个时代形态之间架桥，通过阅读选择翻译加工，将新知识、新思想、新文艺"绍介给中国"，是"知识"（思想）的搬运工。这里最重要的时代性贡献并非如何伟大的独创，而恰恰是"知识翻译"，以及译介中所发生的"知识加工"实践。

鲁迅历来严谨诚实，1934年12月，他在《〈集外集〉序言》里特意说明在弘文学院读书期间所发表的两篇文章，曰："一篇是'雷锭'的最初的绍介，一篇是斯巴达的尚武精神的描写，但我记得自己那时的化学和历史的程度并没有这样高，所以大概总是从什么地方偷来的，不过后来无论怎么记，也再也记不起它们的老家；而且我那时初学日文，文法并未了然，就急于看书，看书并不很懂，就急于翻译，所以那内容也就可疑得很。而且文章又多么古怪，尤其是那一篇《斯巴达之魂》，现在看起来，自己也不免耳朵发热。"[3] 当事人的证言再清楚不过了：自己当时还写不出这样的东西，多半是译介而来的，但出处已不记得，当时初学日语便急于翻译，当有不少疵误。

至于稍后数年所写长文的经纬，鲁迅也同样坦诚率真，毫无遮掩。他在《俄文译本〈阿Q正传〉序及著者自序传略》（1925）中说，"我在留学时候，

---

[1]《自传》，《鲁迅全集》第8卷，第412页。
[2]《我怎么做起小说来》，《鲁迅全集》第4卷，第511页。
[3]《鲁迅全集》第7卷，第4页。

只在杂志上登过几篇不好的文章"[1]。在《坟》的《题记》(1926)里他又特意申明:"那是寄给《河南》的稿子;因为那编辑先生有一种怪脾气,文章要长,愈长,稿费便愈多。所以如《摩罗诗力说》那样,简直是生凑。倘在这几年,大概不至于那么做了。"鲁迅还说自己的文章是"这样生涩的东西",但里面提到的"几个诗人","他们的名,先前是怎样地使我激昂呵"。[2]

在时代由旧而新的转型期,学习新知识、新思想是全部变革活动的前提性要务。鲁迅留日时期以译介为主的文艺活动,是时代的必然要求和首要主题,鲁迅的工作正面呼应和回答了时代的呼唤,其意义早已超越了翻译介绍本身,而是新知识、新思想的输入、普及和启蒙,成为促生中国新文艺发生的必须过程。他说自己的文章是"偷来"的,是"生凑",是"不好的文章",既是他的真诚,更是在坦言他自己工作的时代特征,也就是知识思想和文艺的输入、普及、启蒙。他身在日本,将日本思想文化界流行的西方近代思想翻译介绍给国人,这些文章所介绍的话语体系当然与传统话语大相径庭,但与当时日本的流行话语明显对应。北冈正子的《〈摩罗诗力说〉材源考札记》[3]精细考察了鲁迅文章的出处来源,显示了鲁迅的问题框架以及要点排布,这些都与当时日本的文学思潮、文学批评有着密切关联。

现在看来,还是许寿裳的证言最恰当地概括了鲁迅留日时期文艺活动的革命性时代意义:"一九〇七年,他二七岁所作的《文化偏至论》《摩罗诗力说》等(《坟》),都是怵于当时一般新党思想的浅薄猥贱,不知道个性之当尊,天才之可贵,于是大声疾呼地来匡救,所谓'自觉之声发,每响必中于人心,清晰昭明,不同凡响。'实在是介绍那时欧洲新文艺思潮的第一人。"[4]

---

1 《鲁迅全集》第7卷,第86页。
2 《鲁迅全集》第1卷,第3页。
3 日文原题『「摩羅詩力説」材源考ノート』,1972年10月至1995年8月分24次连载于『野草』。
4 许寿裳:《我所认识的鲁迅》,北京:人民文学出版社,1952年,第1页。

二 日本国民性言说的思想指向

鲁迅明确使用"国民性"这一概念，从国民性、国民精神的角度系统深入思考改造中国社会的问题，是从到日本留学后开始的。许寿裳回忆说，鲁迅在弘文学院时，课余喜欢看哲学书、文学书，由此关注起国民性问题，他们两人还经常一起议论如何改变国民性。那么，鲁迅为何会选择"国民性"这一路径思考如何改造中国社会的问题呢？这原因大概率不会是唯一的，但鲁迅在追寻新知识、新思想的目的地日本，遭遇到一个盘旋激荡着"国民性"思维的场域，这无疑是一个最直接的因由。有些研究指出，鲁迅改造国民性思想的来源，在于他读了美国传教士明恩溥（Arthur H. Smith，1845～1932）的 *Chinese Characteristics* 的日文译本《支那人气质》（涩江保译，博文馆，1896）[1]。其实，《支那人气质》的出版只是当时日本国民性热潮这一大背景下的一个插曲。近代日本，极其热衷议论国民性问题。日本研究者自己也承认，日本从1850年代开始逐渐放弃维持了二百多年的锁国体制，到1868年更是结束了幕府时代，建立起以天皇为中心的中央集权制国家，开始以欧美为典范，实行全面的欧美化改革，成功实现了近代转型，逐渐接近乃至进入强国行列。特别是1894年在甲午战争中打败大清帝国，1904年更是扳倒沙皇俄国，完成了帝国崛起。在这个背景下，日本人强烈的民族自我意识陡然膨胀，作为其重要的表征，思想文化以及学术领域里讨论阐释日本人"国民性""民族精神"乃至种族优秀性的热度空前高涨，探讨"日本为何""日本人为何"的言论大量出现，"国民性论"（即关于国民性的议论、阐释和普及）迅速成为一股空前的热潮，以至

---

[1] 近来，有不少鲁迅研究著述引用冯骥才《鲁迅的功与"过"》（《收获》2000年第2期）一文，称鲁迅改造国民性思想来源于西方传教士。但实际上这一提法在更早的时期已经出现。参见张梦阳《译后评析》（张梦阳、王丽娟译《中国人气质》，敦煌文艺出版社，1996）、刘禾《国民性理论质疑》（《语际书写》，天地图书，1997）等。

成为一种特别的思想文化及学术现象。[1]

在明治前期,曾有一个非常有名的思想文化启蒙团体叫"明六社"(1873～1875),其成员几乎都是著名知识分子和开明的政府官员,他们担忧日本明治维新以来全盘学习西洋物质文明,亦步亦趋模仿照搬西方制度形式的倾向,倡导改变国民精神的必要性。比如启蒙学者中村正直1875年发表《关于改造人民的性质》(原题「人民ノ性質ヲ改造スル説」)[2]一文,再三强调自己的不同主张:

> 戊辰(即1868年——引用者注)以来,所谓维新之新在何,可曰去幕府之旧,布王政之新。然政体之维新非人民之维新。政体如盛水之器,则人民如器中之水。水入圆器则为圆,入方器则为方。即便变器物改形状,然水之性质依旧。戊辰以后,容纳人民之器物较以往有所改善,但人民依旧为旧时之人民——具有奴隶根性的人民,媚上骄下的人民,不识字无教养的人民,好酒色的人民,不喜读书的人民,不知天理、不省职分的人民[后略]

作者指出,要使这样不堪之人民成为心地善良、品行高尚的民众,只改变政体还远远不够,必须进一步改善人民的品性。"然而怎样改造人民的性质呢?只有两个办法,即艺术和教化。这二者如车之两轮鸟之双翼,相辅相成,导民生于福祉。"还有那位荣登一万日圆钞票的启蒙思想家、教育家福泽谕吉,他在风靡一时的名著《劝学篇》(1872)中,比较日本与西方,一再提醒人们学习西方文明,不仅要学习"文明的外形",更要学习"文明的精神"。他说,与西洋相比,"东洋所欠缺的有两种东西,有形者为数理学,无形者为独立

---

1 南博:『日本人論:明治から今日まで』,東京:岩波書店,1994年。
2 『明六杂志』第30号,1875年2月。引文部见许寿裳《亡友鲁迅印象记》,北京:人民文学出版社,1953年,第20页。

心"。前者是"诉诸外观的",后者是"存在于内部的精神",即"文明精神","文明的根本在于人民的独立的气力"。[1] 在另一部名著《文明论概略》(1875)中他又说,"外在的文明易取,内在的文明难求。谋求国家的文明应先难后易","首先改革人心,然后是政令,最后是有形的物质"。[2] 这一思路后来一直受众广泛影响巨大。1897年,著名评论家、杂志《太阳》主编高山樗牛声称:"国家的真正发达,只能基于国民的自觉心。有了国民的自觉心才能客观地认识民族的特性。"[3]

鲁迅来到日本时,中日甲午战争已过去七年,而日俄战争将在两年后爆发。他在仙台医专读二年级时,日本打赢了日俄战争,日本的崛起到达了一个前所未有的高度。一场以整个国家的生死存亡为赌注的战争历尽艰辛,终于取得了胜利。于是,爱国主义和民族主义的高涨日甚一日,国民性言说更加普及,隆盛至极。根据笔者调查,在鲁迅留日前后的数年中,有关国民性的论著纷纷出版,如,无署名《关于所谓岛国的根性》(「所謂島国の根性に就き」,《日本人》三次[4]第141号,1901年6月)、浮田和民《国民的品性》(「国民の品性」,《日本人》三次第140号,1901年6月)、樱井熊太郎《时髦亡国论》(「ハイカラー亡国論」,《日本人》三次第148号,1901年10月)、无署名《岛国根性与海国思想》(「島国根性と海国思想」,《日本人》三次第159号,1902年3月)、浮田和民《伟大国民的特性》(「偉大なる国民の特性」,《太阳》第8卷第10号,1902年8月)、无署名《日本人的性质》(「日本人の性質」,《日本人》三次第191号,1903年7月)、井上圆了《日本人的短处》(「日本人の短所」,《太阳》第9卷第14号,1903年12月)、苦乐道人《日本国民品性修养论》(「日本国民品性修養論」,明治修养舍,1903年12月)、渡边国武《日

---

1 石田雄編:『近代日本思想大系2 福沢諭吉集』,東京:筑摩書房,1975年。
2 同上。
3 高山樗牛:「日本主義を賛す」,『太陽』第3卷第13号。
4 "三次"是指刊物经历"创刊—停刊—复刊—停刊—复刊",即第三次创刊发行的那一时期的杂志。

本国民的能力》(「日本国民の能力」,《太阳》第 10 卷第 1 号, 1904 年 1 月)、千叶江东《悲观的国民》(「悲観的国民」,《日本人》三次第 203 号, 1904 年 1 月)、岛田三郎《日本人的能力》(「日本国民の能力」,《日本人》三次第 414 号, 1905 年 7 月)、泽柳政太郎《战争与国民精神》(「戦争と国民の精神」,《太阳》第 11 卷第 11 号, 1905 年 9 月)、蝴川洁《日本文明论》(「日本文明論」,《太阳》第 11 卷第 12 号, 1905 年 9 月)、小山正武《日本国民的特性＝其健全发达的必要》(「日本国民の特性＝其健全的発達の必要」,《日本人》三次第 424 号, 1905 年 12 月)、芳贺矢一《国民性十论》(『国民性十論』富山房, 1907) 等。

可以说, 自明治前期开始, 国民性、民族性、国民精神这些概念, 已经逐渐成为日本思想文化界的思考范畴和流行话语, 成为启蒙学者的一种普遍性思想装置, 以及建设西洋式近代社会的方法论, 当然更成为弥漫整个思想文化界的强劲思潮。在经历甲午战争和日俄战争以后, 一方面, 日本人的自我意识乃至带有种族优秀论色彩的民族主义有所抬头; 另一方面, 通观诸多国民性论、日本文化论可以看到, 这一思路的结构特点是将国民性、国民精神—改变社会、强盛国家视为逻辑因果关系, 并衍化为一种普遍观念。正如日本研究者所说,"不仅是物质的进步, 精神的改造才是首要问题, 这一逻辑观念, 在明治日本知识分子中已扎下根"[1]。

由于缺少具体资料, 今天我们无法确认当时鲁迅具体读过哪些国民性论著, 受到过什么启发或影响, 这一点至为遗憾。但是通过鲁迅自身的只言片语, 通过周作人的回忆, 可以知道鲁迅弃医从文回到东京后, 确乎兴致勃勃、信心满满地专注于带有思想启蒙性质的文艺活动, 每天跑书店、书摊搜集书刊, 广泛阅读感知当时的思想文化思潮和社会氛围。[2] 鲁迅那时经常到"清国留

---

[1] 山本七平、大濱徹也:『近代日本の虚像と実像』,東京:同成社,1995 年,第 57 頁。
[2] 参见周作人:《鲁迅的故家》,上海:上海出版公司,1953 年, 第 356、358、370、378、388、390 页。

学生会馆"读书读报。鲁迅曾阅读刚出版的东京大学教授、日本文学研究家芳贺矢一（1867～1927）的《国民性十论》。[1] 显然，鲁迅所置身的思想文化语境，当时已经具有的时代观念的共同框架，不能不牵引和影响鲁迅的思考方向。

  更加重要的一点是，鲁迅不仅身处日本国民性观念体系的浸润和影响中，同时通过日本的近代化实践，一定程度认可了日本国民性与日本社会发展的线性因果图式，即近代日本成功的重要原因在于国民具有优秀国民性的逻辑关系。考察清末兴起的留日运动，其背后的根本原因就是近代日本的迅速崛起，击败大清和沙俄两个老大帝国，进而比肩欧美强国。国人为寻找日本成功的秘诀纷纷赶赴东洋岛国。正像周作人的留学体验谈所说："那时日本曾经给予我们多大的影响，这共有两件事，一是明治维新，一是日俄战争。当时中国知识阶级最深切的感到本国的危机，第一忧虑的如何救国，可以免于西洋各国的侵略，所以见了日本维新的成功，非常兴奋，见了对俄的胜利，又增加了不少勇气，觉得抵御西洋，保全东亚，不是不可能的事。中国派留学生往日本，其用意差不多就在于此。"[2]

  考察当时的留日学生以及其他维新改革派和思想启蒙家的言论，可以确认这些国人的对日视角，都属于正面的肯定范畴。无独有偶，很多人在总结近代日本成功崛起的经验时，都会郑重地列入国民性和国民精神这一项。梁启超在"百日维新"失败后，流亡日本继续从事变法启蒙活动。他曾写过一篇短文，诉说自己在日本看到出征士兵的亲人们竟然打着"祈战死"的白幡为参军的子弟送行，不禁感受到前所未有的强烈震撼。显然，梁启超在这个场景中看到了日本人"尚武""勇武"的国民性（国民精神）。更年轻的一代，鲁迅的留日后辈郁达夫，大正时代在日本留学九年，他在1936年的自传中，谈起日本人的长处，说："日本的文化，虽则缺乏独创性，但她的模仿，却是富有创造的意义的：礼教仿中国，

---

1 参见周作人：《鲁迅的青年时代》，北京：中国青年出版社，1957年。另，《国民性十论》中译本（李冬木等译）已于2020年由生活·读书·新知三联书店出版。
2 周作人：《留学的回忆》，《药堂杂文》，石家庄：河北教育出版社，2002年，第99—100页。

政治法律军事以及教育等设施法德国,生产事业泛效欧美,而以她固有的那种轻生爱国,耐劳持久的国民性做了中心的支柱。根底虽则不深,可枝叶却张得极茂,发明发见等虽则绝无,而进步却来得很快。"[1]

可以说,1930年代前有过留日经验的文人,对日本在近代以来的发展大体给予正面评价甚至是赞赏,且论者往往将日本维新的成功与日本人的国民性直接关联,形成国民性优劣与国家改革成败的因果认识图式。鲁迅虽然没有正面谈论过这个问题,但综观他对日本以及日本国民性的认知,也是高度肯定国民性之于民族国家事业的重要意义的。

三 "非物质重精神"的来历是非

"非物质重精神"是鲁迅改造国民性思想言说中的核心概念之一。研究者对此多有瞩目,尤其在新时期改革开放后,"人的现代化"成为现代性母题中最为重要的议题,许多论者都把"非物质重精神"视为青年鲁迅超越时代的鲜明标志。

不过,仔细考察西方以及日本的近代化历程,我们可以发现近代性或曰近代理性存在着批判性这一重要特征。"非物质重精神"恰恰就是近代理性对19~20世纪以来高度发达成熟的资本主义物质文明的反省和批判。也就是说,这个命题的发生,是具有物质文明高度发达这一特定前提的。而当时的中国社会,与西方乃至日本的社会状况有着本质的差异。一是,20世纪的第一个十年,中国国家内部正处于清王朝腐朽溃败的末期,专制政权的腐败无能及其带来的严重后果达到登峰造极的地步。在国际关系上,由于封建统治集团的顽冥不化,外国列强对中国的干涉和挤压愈演愈烈,中国半殖民地半封建社会

---

[1] 郁达夫:《雪夜——自传之一章》,《郁达夫全集》第4卷,杭州:浙江大学出版社,2006年,第304页。

的危机愈来愈深重。即便在物质文明这个最基本的层面，中国社会的近代化也还十分遥远。因此，对一个既无物质也无精神的古老封建的农业文明来说，以成熟的资本主义物质文明为对标的非物质重精神路线，显然存在某种错位和片面性。第二，要正确理解这一路线，需要清楚把握鲁迅当时所置身的世界思想文化的潮流和趋势。鲁迅大量阅读和利用了当时日本介绍近代西方思想文化的材料，在《文化偏至论》中描述了19世纪末欧洲新兴的哲学思潮，即尼采哲学以及新康德哲学。鲁迅说，19世纪后半叶，西方的物质文明高度成熟，与此同时其弊端逐渐显现，一切都被物化，人们只顾追求物质利益，尊崇物质文明，而主观的内面精神渐渐弱化。文明精神在物质的压迫下，气力衰竭，文明出现了新的危机。其实，无论是尼采哲学还是新康德派哲学，都是为了抗击近代西方文明的堕落而产生的思想哲学。从本质上说，鲁迅的非物质重精神，正是尼采哲学和新康德派思想的核心主张。而彼时，正是这些主观主义哲学在日本火热流行的时期，鲁迅也恰逢其时地参与其中。

明治30～40年代，进化论及社会进化论、康德主观论哲学以及新康德派哲学等都被介绍进日本，在思想文化界、学术界广泛流行。在这一思想背景下，因应日本资本主义发展带来的问题，日本知识分子不断地批评日本过度追求西方近代物质文明，忽略主体性和健康国民精神的建设。1906年，曾留学德国，研究并普及德国主观论哲学的井上哲次郎创办《东亚之光》杂志，试图矫正当时日本上下弥漫的崇尚物质文明的风气。当时日本发行量和影响同为最大的综合杂志《太阳》更是这股时代潮流的主要平台。我们来看看鲁迅从仙台医专退学回到东京从文的1906年至鲁迅回国的1909年之间《太阳》刊载的重要文章。其一，是哲学宗教研究家、东京大学教授姉崎正治的《文明的新纪元（上）》(《太阳》第12卷第2号，1906年2月）：

> 一切文明都是人所做的努力的表征，而人的努力又是其整个理想信仰思想的活动的表现。因而文明的表征或表现为法制政治，或表现为利养厚生之道；但如果深入到其根底，则人心里最深厚的信念情绪、人生

的最高远的理想，才是文明的最深最大的原动力。［中略］要观察一国一世的文明，并指导其未来，当然需要考察它的实际的方面；同时，假如不从人心的深处探讨那文明的根底的话，就无法理解这种文明的真髓。

今天，世界的文明正面临巨大的转机，［中略］这文明的转机重要的是从精神方面开始，又朝着精神的方面发展变化。［中略］现在的世界文明、人心的趋向，都面临一场急剧的变化，19世纪的实利文明已露出破绽，显示着今后将朝另一方向变化的趋势。

概括地说，19世纪文明的破绽即物质主义和现实主义的破产，物质主义使人和人互相欺辱，使国与国、阶级与阶级互相争斗，［中略］思想界兴起的观念主义（如实证主义或新康德主义）、文艺界陶醉于浪漫主义的理想的甘美，都表明人心的激荡，即人们想追求一种高于（物质）现实的东西。20世纪的文明正努力从已往的现实主义向理想主义转换，正为找寻前途和道路而烦闷而战斗。

其二，宫崎虎之助《20世纪的三大思潮》(《太阳》第14卷第2、3号，1908年2、3月)。这篇分两次连载的文章，将19世纪到20世纪间的世界性哲学思潮概括为三大思潮，即尼采的个人主义、托尔斯泰的博爱主义和叔本华的涅槃主义。关于尼采，有如下介绍：

他渴望天才的出现，这样的天才的诞生，一般的民众不得不成为牺牲，这就是人类的目的。在人生中，断无所谓幸福的生活。人类最高的生活是英雄的生活；而英雄的生活就是为了天下万众与巨大的痛苦搏斗、与巨大的困难战斗，就是奋斗的生活。他说，在诡辩派们也想象不到的地方过着最高的生活的人是真正的人；真正的人就是与天地自然合为一体的人，不论他们是思想家还是艺术家；就是提升自己的人格、教导世人的人。［后略］

其三，金子筑水《个人主义的盛衰》(《太阳》第14卷第12号，1908年9月)。文章首先谈到个人主义在日本的传播：

> 个人主义无疑是西洋世纪末思潮中最强烈地吸引世人视听的一种倾向。同样，在我国，随着一般的西洋思想的输入，各种意义上的个人主义也或公然或隐然，或在理论的层面或在实际的层面上广泛流布着。

文章探讨19世纪后期以来以尼采等为代表的"个人主义为何在社会上兴起，其主张有哪些特色，它现在的变化和趋势"。文章认为，19世纪的物质文明使"人类生活机械化"，"剥夺了个人的自由、个人的人格和个人的尊严"，因此"不能称之为真正的文明"。因此，"西洋世纪末的个人主义是近代文明的特产物"。文章集中介绍和评介了尼采的个人主义，指出，尼采"愤慨于近代生活使得人类日趋凡俗化，愤慨于近代文明日趋挤压我们的人格，针对这种凡俗的倾向，他倡导培养天才和贵人的新道德。针对当代的巧利倾向，他主张修养人格；针对以往的逆来顺受的奴隶道德，他提倡以强大绝伦的意志力为中心的贵族道德。他把自我的充实和个人的发展视为生活的神髓。他认为，忘记自我充实这一根本，仅仅满足于浅薄的同情慈悲，是我们的堕落。我们首先要为了自我而勇猛地进行自我扩张"。这就是尼采的个人主义。

> 个人主义在尼采那里实现了重大发展。对尼采来说，为了一己利益而牺牲一切他者的个人主义，并不是真正的个人主义。尼采所梦想的伟大人格，不是互相期求怜悯的弱小人格，而是每个人都具有独立不羁的精神，各自发挥其个性，互不乞求怜悯，各自在保持独立的基础上建立真正的社会或团体的人格。尼采主张人格发展是个人的最高满足，这一点显示了个人主义为人类倾吐万丈光焰的气概。

回顾鲁迅所处的时代语境，无论是在近代物质文明的本家欧美，还是在虔诚追随欧美的日本，尼采的个人主义风靡一时，批判19世纪末期高度成熟的物质文明所衍生出来的实利主义、物质主义和平等主义，呼吁重筑被物质挤压而衰弱的主体精神和理想世界，都已成为新的强有力的思想浪潮。鲁迅积极感应新的时代思潮，把它作为新的思想武器，想用它来解决中国的问题。这一方面形成了一种前沿性，传达了西方近代工业化国家的社会问题以及人们的思考，同时也伴随着源于社会阶段性差异的思想错位，但归根结底，青年鲁迅通过自己的译介活动，深入了解并译介研究了欧美以及日本的思想动态，较早体验和思考了近代物质文明时代的精神建设问题，这对鲁迅自身主体性的确立无疑具有重要意义。

四　留学生同人的"国民性"视角质疑

　　无论是国民性观念、立人思想，还是非物质重精神的理念，可以说都是稍早发生在西方以及日本的时代思潮。鲁迅长文的介绍和评议实有所本。不仅如此，这些重要命题，不仅是鲁迅的关心所在，也是留日学生这一共同体面临的普遍课题。我们看一下由浙江籍留日学生编辑出版的杂志《浙江潮》，就可以感受到留学生群体的思想态势。《浙江潮》创刊号（1903年1月）《发刊词》开宗明义地宣示了杂志宗旨，曰："近顷，各报章其善者类能输入文明，为我国放一层光彩，虽然国立于世界上，必有其特别之故以为建国之原质，有万不能杂引他国以为比例者，本志负杂志之资格，其搜罗不得不广然，必处处着眼于此焉。"留日学生杂志都在国内设有代销处，除面向留学生，更着力面向国内读者宣传介绍海外的思想、学说、事物、动态，进行思想文化启蒙。

　　尤其是第1期、第3期和第8期连载了题为《国魂》的长篇社论，提出"一民族而能立国于世界，则必有一物焉"，此一物即是"国魂"。社论介绍了日本人松村介石（1859～1939）《欧族四大灵魂论》指出的欧美人的四大国民特性，即"冒险魂""宗教魂""武士魂"和"平民魂"。社论探讨如何树立

"国魂"的问题,提出"其一曰察世界之大势。其二曰察世界今日之关系于中国者奚若。其三曰察中国今日内部之大势"。社论认为,中国人的一个根本缺点,是丧失了"民族的自觉心",而"自觉心者立国之源泉也"。作者所谓"自觉心",不外乎民族的自觉意识,呼吁认清现状,改造不思进取的保守根性,重塑国民灵魂。此文在概念使用和行文上有些含糊不清,提出国民的灵魂是国家民族改革进步的决定性因素,这一思路显然是吸收日本经验。稍后鲁迅的长文也属同类,但思考论述更加深入宏阔。

令人略感诧异的是,当时在留学生之中,也有人从不同视角对改造国民性、树立国民精神为立国之本的观念进行思索,并提出不同看法。《浙江潮》第8期(1903年8月)署名"飞生"的《近时二大学说之评论》,就对梁启超以改造国民精神为中心的"新民说"和倡导三权分立立宪政体的"立宪说"进行评述,提出颇为尖锐的疑问:"新民氏之言曰,苟有新民何患无新制度新政府新国家。而问其若何而可得新民。"他认为,国民的性质是在漫长的历史过程中,受地理、历史、遗传等诸种因素形成的,因此不是一朝一夕就可以改变的。所以先改造国民性,再达到改造社会的目的未必是一个合理的选择。他说:"自理论上言,则有新民固何患无新政府;而自事实上言,则必有新政府,而后可得新民。"

关于物质与精神的问题,除"非物质重精神"的主张以外,《浙江潮》第6期(1903年6月)署名"大陆之民"的《最近三世纪大势变迁史》指出,尽管19世纪的物质文明带来不少弊端,"然吾不敢以其弱点而反对之。物质进步者人间之要素也。苟无是进步,则世界亦终此野蛮而已。要能以社会的精神的进步与物质的进步并行不悖斯可矣。然则利用物质进步之途如何,是极广阔伟大范围内之问题也"。

可见,在鲁迅留学日本时期,无论是日本思想文化界,还是身在异国探求救国强国之路的留学生们,都在时代的思想浪潮中关注"国民性""物质进步"与"精神""理想"这些问题,他们的认识和讨论已经相当深入,即使以我们今天的认知水平来看,发人深省之言依然随处可见。因此,当聚焦鲁迅时，我们必须去还原和确认鲁迅背后的时代框架；我们弘扬鲁迅精神，同时也关注许许多多为中国的进步付出过思考和努力的人。这一点做得越好，越能够理解鲁迅思想的来龙去脉，理解鲁迅在时代网格中卓越的独特性。

通过以上考述，我们可以确认，青年鲁迅执着的国民性思想等问题，与他的时代语境，包括近代西方、明治日本、先辈思想家梁启超以及同时代的留日同人们有着纵横交错的内在关联；鲁迅的个人思想既反映着同时代鲁迅周边的思考倾向，也包含着鲁迅独有的思路。今后需要加大力度，更加准确深入地还原鲁迅使用的思想文化资源的结构及其动态过程，着力考察鲁迅介绍处理新思想、新知识的方法，以及由此生发的思想独创性。

1999年初稿，2001年再稿，2023年重订

鲁迅的日本认知
——其体验和理解日本的内容及特征

在私下里，有时能听到这样一种意见，概而言之是说鲁迅有强烈的"日本情结"。在言者那里，这是对鲁迅的某种微词，其本意确乎是想说鲁迅具有亲日倾向。不过，这种看法明显存在本质性偏误：首先这是一种线性的情绪化判断，其次是对鲁迅与日本关系的结构缺乏基本理解，从而导致习惯性的极端误读。

鲁迅的一生与日本以及日本人的纠葛确实非比寻常：青春时代留日长达七年之久，深刻体验了近代日本的社会生活，感受了中日强弱态势逆转过程的冲击和尴尬；阅读并翻译了大量日文作品，完成了日后文学生涯的基础准备；从留日到生命终结的三十多年，结识众多日本人士，早年恩师藤野先生因弟子鲁迅声名远播，晚年至交内山完造、"御用医师"须藤五百三（1876～1959）等也因鲁迅而被众多中国人知晓。在同样拥有长期留日经历的现代中国文学者中，像鲁迅这样直到辞世为止，一直与日本，尤其是与日本文坛保持密切联系的，为数甚少。检点鲁迅极为有限的日本言说，大多是谨慎的肯定性叙述，而较少尖锐的批判言辞。粗略看去，鲁迅确乎对日本颇具好感。或许是因为这个缘故，从鲁迅在世时开始，就有一些人把鲁迅视为亲日派。然而这个判断最大的谬误在于它本质上是反智的，是背离文明价值规范的，因而是离谱的。

在这种对鲁迅的误读中，可以隐隐感觉到言者的纠结和困惑。这种有些难以明晰言说的复杂情绪，更多连接着近代以来中华古国与新晋日本戏剧性起伏的关系格局。对中国人来说，近代中日关系史，主线是中国人饱尝屈辱、痛苦，奋力抗争的受难史。甲午战争、八国联军与清朝开战、日俄战争、九一八事变、一·二八事变、卢沟桥事变、八一三事变，构成一个中国受难的链条，尤其是始于九一八事变长达十四年的侵华战争，构成了近代以来中日关系史上最激发道德情感的"加害－受害"结构。中国人凝视日本的视角、中国人的情感反应，都很容易和这种历史框架——全民族性的悲惨遭遇建立关联。在这个局面中，作为最具有硬骨头精神的斗士和民族魂的化身，鲁迅的日本言说无意中与其身前身后悲剧时代的社会性情感出现了某种错位。

不过，这种错位主要是历史和时代际遇造成的。如果切实理解鲁迅，同时又深入了解日本的话，就可以知道，鲁迅的日本言说其实很少有外在因素的强行介入和支配，比如有关日本的话语体系、社会性的流行观念等等，都不能对鲁迅的主体性认知产生根本性的影响。鲁迅的日本理解主要基于其自身的真实感知和体验，是具有高度主体性的经验和理性认识。

一　留日书简的即时信息及其可信度

在现代中国留日的文学家中，鲁迅属于大前辈。甲午战败的第二年，即1896年，清朝政府首次尝试向日本派遣留学生，之后派遣规模渐次扩大。六年后的1902年，鲁迅作为清政府地方公费留学生来到日本。这比创造社的郭沫若、郁达夫等人早了正好十年。从1902年到1909年，鲁迅历经预备教育、医学专门学校和自由文艺青年这三个阶段，整个留日生活长达七年半之久。应该说，鲁迅对日本的体验和了解是颇有广度和深度的。然而，在留学期间甚至留学之后，关于自己的留学生活以及日本见闻，鲁迅一直少有言说。这一点很是耐人寻味。相比之下，郭沫若和郁达夫那一代留日学生大多都有颇为丰富的留日生活记述。周作人继鲁迅之后来到日本，并得到哥哥的诸多照料。后来他陆续写下许多回忆留学生活、述说评论日本文化的文字。日本学者木山英雄曾辑录翻译一部分文章，出版了两个集子《谈日本文化》（筑摩书房，1973）和《日本谈义集》（平凡社，2002）。至于鲁迅何以对自己青春时代的留日岁月惜墨如金,也是一个值得思考的话题。

鲁迅在日本期间,深受日本各种文艺思潮影响,尝试翻译各种外国作品,宣传近代科学文化,写出了他的第一批文章,但却几乎没有正面写过自己留学的日本,无论是在籍两年的弘文学院,苦学一年半却没能坚持到最后的仙台医专,还是挂了三年学籍的德语学校。这样一来,在现有的鲁迅作品中,1904年10月鲁迅写给友人蒋抑卮的书简便愈发显得珍贵。在这封长信中,刚进入仙台医专不久的鲁迅向好友介绍自己在仙台的学习和生活,讲述当地风土人情和自己的所见所闻,记录了学校内外的多重信息。这封书简不仅是鲁迅传记研究的宝贵资料,还是一份关于日本明治时代仙台社会的异乡者证言。

通过这封信,可以看到鲁迅从日本文明开化的中心东京来到寒冷的东北仙台后,很不适应。除了气候寒冷,居住条件也"大劣",仙台与东京两相比较,鲁迅将在东京住过的学生宿舍"东樱馆"称作"乌托邦",而把另一处"贵临馆"誉为"华严界",显示东京的居住条件好于仙台。这不仅由于东京是首都,各个方面都较偏远的地方城市更加发达,还因为东京留学生较多,各种面向留学生的设施完善,从而令刚到仙台的鲁迅感受到较大的落差。在学校教学和学习方面,鲁迅慨叹学业紧张,每天要记拉丁文和德文,"脑力顿疲"。除此之外,鲁迅脱离了东京的留学生同胞群体,时间久了不免要咀嚼深深的孤独和寂寞。信中所谓"形不吊影,弥觉无聊",就是这种状态的写照。在日本的鲁迅研究中,有学者认为鲁迅弃医从文并非出自单一原因。一方面如鲁迅本人所述,深受"幻灯事件"刺激,领悟医学虽可医治人之肉体,但无力拯救人之精神,遂决意放弃医学,试图用文学来塑造人间心魂。而另一方面鲁迅必定还有未曾言明的理由,即包括上述事由在内的生活处境和心境原因。[1]这个问题当然还需要绵密的考察,但关注鲁迅本人叙事之外的视角和可能性无疑也是十分

---

[1] 这一看法最早见诸竹内好的名著『魯迅』(日本評論社,1938),在日本鲁迅研究中具有很大影响力。后代鲁迅研究者,如藤井省三等也持相近意见,见其『ロシアの影:夏目漱石と魯迅』(平凡社,1985)。

必要的。

事发二十年之后，鲁迅在《藤野先生》中坦陈，当时是因为不忍目睹中国留学生群体的诸种丑陋，欲寻一个眼不见心不烦的清静之地，才逃离自己一直生活的东京，跑到寒冷偏远的仙台。这一点，在当初这封信中表露无遗。鲁迅是这样对朋友倾诉的："树人到仙台后，离中国主人翁颇遥，所恨尚有怪事奇闻由新闻纸以触我目。曼思故国，来日方长，载悲黑奴前车如是，弥益感喟。"鲁迅对同样来自大清帝国的留学生同胞耿耿于怀不齿一顾，实在是有他不得已的理由。1895年甲午战争以后，中国人留日热度逐渐高涨。到1903年日本在日俄战争中击败沙俄帝国之后，中国人的留日运动进入前所未有的新阶段。以人数而论，1905年6月，东京原本有中国留学生两千六百人，但到9月，日俄两国缔结《朴茨茅斯条约》，标志日本取得对俄国战争的最终胜利时，日本的国际声望因此大涨，直接拉动了中国人赴日人数的大增。根据研究者统计，当年年底，东京的中国留学生一下子剧增到八千人，数月之间整整增加到三倍之多。[1] 但蜂拥而至的留学生群体不免良莠混杂，其中既有来日本孜孜求学、期望日后事业有成报效国家的优秀青年，也有不少追逐流行，到异国他乡吃喝嫖赌不务正业的"游学生"。正像清末小说《留东外史》中所描写的种种魑魅怪状。一时间，"清国留学生"成为日本社会的一个特殊现象和热门话题。比如当时有一位名叫杉浦非水（1876～1965）的青年画家有感于此，专门画了一幅题名《清国留学生学习图》[2] 的漫画，讽刺丑态百出的中国留学生。鲁迅1902年赴日留学，在东京的弘文学院补习两年后，于1904年进入仙台医专学医，到1906年弃医从文，全程遭逢了那个杂乱混沌的过程。那些丑陋的留学生同胞给他留下了强烈而极不愉快的印象，以致"中国留学生"这一阴影笼罩着他，久久不能散去。

鲁迅在信中罕见地讲起他对仙台医专日本同学的观感，称在"思想行为"

---

[1] 清水勲：『明治まんが遊覧船』，東京：文芸春秋，1980年，第224页。
[2] 同上书，第137页。

方面，中国学生并不逊色于日本人，但日本学生"社交"活跃，远在中国学生之上。鲁迅说自己与日本学生和平相处，校方对他颇多关照优待，为其免除学费云云。这封信还显示，进入仙台医专后，鲁迅有对近代科学和近代思想文化著述的译介，翻译了《物理新诠》[1]一书的两章：《世界进化论》和《元素周期则》。依周作人日后的回忆，可知1906年鲁迅从仙台医专退学回东京后，曾接触进化论。而这封信则再次表明，在1904年10月之前，鲁迅的确已经开始通过各种途径接触阅读并译介有关进化论的日文书籍。

总之，初到仙台医专的这封信，信息密度很大，是一份关于鲁迅留日生活的珍贵证言。书信中包含鲁迅进入仙台医专后的个人学习生活细节，还有关于当地风土人情的见闻感想，对于还原鲁迅的留日生活现场，理解当时鲁迅的心迹状况，具有不可替代的史料意义。

二　旧书店的思想文化启蒙意义

1906年春，鲁迅从仙台医专退学回到东京。此后，一直到1909年夏天回国的三年多，鲁迅将学籍挂靠在独逸学协会的德语学校，继续保留留学生身份，但实际上几乎不去学校。他成了一个自由文艺青年，到处搜寻阅读和翻译外国文艺作品，撰写有关科学以及文艺启蒙的文章，满怀激情地开始了终其一生的文艺活动。这三年多的东京自由人生活，与之前的弘文学院和仙台医专的学生生活不同，没有了学业压力，可以专注自己立志从事的精神事业，这对于鲁迅深入理解日本，对于鲁迅基本价值观念体系的重构，都具有非同寻常的重要意义。

鲁迅在仙台时，常有孤独感和压抑感。他在许多方面不太适应，使得仙台医专的一年半成为七年留日生活中身心比较疲惫的一段时间。与此相反，告别

---

[1]『物理新詮』一书详情不明。原书当为日文。

仙台后的第二个东京时期,也就是"东京浪人"的三年,称得上随心所欲悠然自得。他和刚来日本的周作人住在一起,兄弟俩一头沉浸到东京的日常都市庶民空间,搞翻译、办杂志、跑集会、逛夜市,风风火火不亦乐乎。这些在周作人的留学回忆,如《鲁迅的故家》以及《鲁迅的青年时代》等书中,都有具体生动的记述。周作人说:"鲁迅在东京的后期只是短短的三年,在终日闲走闲谈中间,实在却做了不少工作。"[1]

那时的鲁迅已不太有对日本社会的抵触感,也没有了学校生活的规约和压力,他从容不迫地游弋在东京的近代都市空间中。他住在和式公寓,平时身穿普通和服,蓄着当时日本社会流行的德式胡须,用周作人的话说,完全是一副日本穷学生的风采。

> 我初去东京是和鲁迅在一起,我们在东京的生活是完全日本化的。有好些留学生过不惯日本的生活,住在下宿里要用桌椅,有人买不起卧床,至于爬上壁橱(户棚)去睡觉,吃的也非热饭不可,这种人常为我们所非笑,因为我们觉得不能吃苦何必出外,而且到日本来单学一点技术回去,结局也终是皮毛,如不从生活上去体验,对于日本事情便无法深知的。[2]

在东京的留学生活中,逛书店,尤其是逛旧书店,具有特别重要的意义。明治维新以后,日本举国上下全力学习西洋,谋求文明开化。随着思想文化、新闻出版以及学术教育的急速发达,旧书的贩卖流通也随之繁荣,成为传播和普及科学文化、提高民众教育水平的有效渠道,"旧书文化"深得人心。鲁迅兄弟以及诸多留日人士每每回忆起东京的旧书店,皆缘于他们曾经深得旧书文

---

[1] 周作人:《鲁迅的国学与西学》,《鲁迅的青年时代》,石家庄:河北教育出版社,2002年,第47页。
[2] 周作人:《留学的回忆》,《药堂杂文》,北京:新民印书馆,1945年,第94页。

化的惠泽。

鲁迅在《〈小约翰〉引言》中讲到自己与东京旧书店的渊源，他说："留学时候，除了听讲教科书，及抄写和教科书同种的讲义之外，也自有些乐趣，在我，其一是看看神田区一带的旧书坊。"[1] 这里的所谓"神田区"在2005年版《鲁迅全集》（第10卷第288页）中有如下简略注释："当时日本东京的中心区，书店的集中地。"如果再稍微详细一点解说的话，约略如下："神田区"系当时东京中心地带的一个区，现为东京都千代田区的一部分，距皇宫很近。鲁迅留学时神田还是一个独立的区，1947年神田区与麹町区合并，变成现在的千代田区。明治维新以后，神田区一带建立了不少大学，如东京大学、学习院大学、外国语学校、高等商业学校等。到明治20年（1887）左右，神田已由昔日的"华族[2]街"变成了"学校街"。于是，经营销售教科书、学习参考书及其他学术书籍的新旧书店、出版社和印刷所等纷纷出现，神田不仅是"学校街"，还成为了"书肆街"。根据胁村义太郎《东西书肆街考》（岩波书店，1979）一书的考证，1906年9月，神田一带总计有104家各类书店，浓厚的教育文化色彩成为神田区的标志性特征。[3]

鲁迅在这里所说的，应该是他初到日本后在东京弘文学院学习时期的情形。因为1906年从仙台回到东京以后，鲁迅已成为"自由人"，愈发热衷于跑旧书店。正如周作人所说，"我们那时还无银座散步的风气，晚间有暇大抵只是看夜店和书摊，所以最记得的是本乡三丁目大学前面这一条街，以及神田神保町的表里街道"[4]。二十年前笔者曾在那里的旧书店买到过一本1907年博文馆出版的《中学世界》杂志的特辑《学府之东京》，内容是向中学毕业后打算

---

1 《鲁迅全集》第10卷，第281页。
2 战前旧宪法规定，皇族以下、士族以上的贵族特权阶层为华族。这一制度始于1869年，1884年华族令发布，授予华族爵位，分为公、侯、伯、子、男。参见『辞林21』，東京：三省堂，1993年，第392页。
3 见『大日本百科事典』第5卷，東京：小学館，1971年，第225—226页。
4 周作人：《留学的回忆》，《药堂杂文》，北京：新民印书馆，1945年，第96页。

进一步升学深造的青年人介绍东京的学校教育、风俗文化及日常生活情况。杂志中设有"支那留学生杂观"一栏，其中专门提到弘文学院，称"嘉纳治五郎经营宏文学院，专门从事留学生教育"，留学生有"一千三百人之多"。此外，还有《神田的旧书店》一文，描述神田书肆街特有的景致：各家旧书店里，满是一群一群的学生，他们多半晚上十点以后才来到书店，不慌不忙地翻检阅读，一看就看到深夜。这些资料性的记录与鲁迅兄弟的文字相互对应，展现了明治末年鲁迅一代中国留学生在日的读书生活的一个重要侧面。《浙江潮》杂志设有"日本见闻录"栏目，刊载留学生有关日本社会、文化教育和风土人情的见闻。杂志第 2 期（1903 年 3 月）有一组署名"太公"的《东京杂事诗》，其中一首咏叹曰："签轴琳琅遍要冲，新闻杂志破鸿蒙。剧怜母国惇庞惯，野庙孤山读大中。"诗后有注："东京一隅，书肆约有千余家。购书者每于薄暮时，始手披口沫，充溢阛阓。至于新闻杂志，日出约有一二百种。呜呼，如是而欲其民智之不开、国势之不强也得乎！"由此可见，当时日本文明开化浪潮汹涌，新闻媒体急速发达，言路大开舆论蓬勃，给中国留学生以猛烈冲击。

无独有偶，随着中国人留日热潮不断升温，大量中国青年聚集到东京，形成了一个可观的文化教育受众群体，而这个群体对书刊的热切需求，迅速影响到神田的旧书店，有时候甚至会直接左右旧书店的经营方向，中国留学生们因而成为东京旧书文化的重要参与者和受益者。胁村义太郎《东西书肆街考》一书便关注到这一鲜为人知的事实，曰日俄战争以后，大批中国青年来到日本求学，其中多数进入私立大学学习。当时神田一带的大学里居然出现了一个班里一半是日本人一半是中国人的情形。中国留学生一般住在学校附近，他们求学需要各种教科书、参考书；留学生毕业回国时，往往也要购买很多书籍带回国去。另外，当时清朝派到东京管理留学生的官员（"监督"）中，有的本身就是著名学者，如罗振玉；驻日公馆的外交官员中，也有不少学者和文献通，如杨守敬等。这些人都是神田各类书店的重要主顾。[1] 他们不仅经常进行常规购书，更留意广搜中国古代典籍文献。从日本人的角度来看，这样一些中国人的出现，有助于日本的旧书业者了解中国古书典籍的价值，并通过他们学到如何鉴别古书的方法。总之，中国留学生群体以及其他中国人与神田旧书店之间的关联，不仅是单纯的商品买卖关系，其间包含了卓有意义的人际和文化互动。鲁迅及周作人与多家书店（如丸善书店等）的频繁往来，便给后世留下了意味深长的逸话。

总之，在鲁迅的留日生活中，后期在东京近三年的"自由人"生活有着十分重要的意义。这一时期，鲁迅多方位接触到日本社会日常生活世界的各个层面，他本人也许未必意识到他对日本的感受评判并没有局限在中日这两个国家、两个民族的矛盾和利害关系上，而是立足在近代日本急速发展成功转型的现实上来观察和理解日本。这个角度，使鲁迅更直接感受日本快速转型发展的现实结构，并深入思考其背后的原因，尤其是日本民族富有个性的成功的一面。鲁迅日本观的基本倾向与这一点直接相关。

三 取长补短以至自省自强的终极目的

鲁迅未曾系统地谈论过日本，甚至对自己的留日经历也很少触及，这使得描述鲁迅的日本观之类的工作变得颇为困难。但如果仔细检点鲁迅一生的涉日言论，还是可以看到鲁迅的言说取向与基本倾向。那就是，以民族的进步发展为出发点和归宿点，关注近代日本的长处和特性，坦诚展示个人的理解认知，思考言说对象的启示和借鉴意义。鲁迅对于日本的叙述和评论，主要发生于他对民族-国家-社会的观照和批评脉络中，大多是在思考和揭示各类社会问题时，将日本作为一个域外参照系来加以述评。这一目的意识，决定了鲁迅观照

---

1 脇村义太郎：《东西书肆街考》，东京：岩波书店，1979年，第131—132页。

日本的视线更多偏重取长补短，而非取短自娱。

近现代的留日出身者其实多有这一共同特征。日本的中国文学研究者冈崎俊夫曾谈及郁达夫的日本观，他有这样的看法："关于那时的日本，不仅限于郁达夫，其他在日本留学的中国人中，虽然也有批评日本的，但大体上都是称赞日本。……中国留学生所以这样只注意（日本的）好的一面，当然是由于他们将日本和当时的中国进行比较。由于自己的国家过于昏暗，所以只要日本比中国好一点，就往往容易觉得日本好得不行。"[1] 从日本研究者的角度来看，他们觉得日本也有许多问题，并不如中国留学生描述得那么好，自有其道理。不过在鲁迅那里，更多地留心日本的长处，并不意味着他把日本当成理想之乡。鲁迅的出发点指向性极其明确，那就是，要想真正认识并坚决克服中国的积弊，完成民族国家的提升，就必须有诚挚的态度，老老实实地学习他人的一切长处。因此，他在谈及日本时才会毫不迟疑地说："即使并非中国所固有的罢，只要是优点，我们也应该学习。即使那老师是我们的仇敌罢，我们也应该向他学习。"[2]

为此，在鲁迅的日本言说中，一般都不太刻意谈论日本和日本人的短处，而始终秉持取长补短的叙事策略。他在说到自己翻译厨川白村（1880～1923）《出了象牙之塔》（福永书店，1920）一书时，便直截了当光明磊落地表示："我译这书，也并非想揭邻人的缺失，来博国人的快意。中国现在并无'取乱侮亡'的雄心，我也不觉得负有刺探别国弱点的使命，所以正无须致力于此。"[3] 在这一清醒自信的自省思路上，即使是中日关系恶化到严重影响中国民众的对日感情时，鲁迅依然坚守自己的信念和原则，绝不廉价地迎合世间，依旧坚持学习他人长处以省察自身弊端，毫不避讳，毫不留情。1931年11月，正是九一八事变爆发不久，针对出版界一夜之间冒出的大量日本研究，鲁迅一针见

---

1 冈崎俊夫『中国作家と日本：郁達夫について』,『文学』第21卷第9号，1953年9月。
2 《从孩子的照相说起》,《鲁迅全集》第6卷，第84页。
3 《〈出了象牙之塔〉后记》,《鲁迅全集》第10卷，第269页。

血地指出，这些研究并不是老老实实研究日本的成果，而是"大偷其日本人的研究日本的文章"。"倘使日本人不做关于他本国，关于满蒙的书，我们中国的出版界便没有这般热闹。"为此，鲁迅心怀激愤和焦虑，向读者呼吁：

> 在这排日声中，我敢坚决的向中国的青年进一个忠告，就是：日本人是很有值得我们效法之处的。譬如关于他的本国和东三省，他们平时就有很多的书［中略］我们自己有什么？除了墨子为飞机鼻祖，中国是四千年的古国这些没有出息的梦话而外，所有的是什么呢？[1]

总而言之，鲁迅的"日本论""日本观"背后的基本立场和视线，是我们观察鲁迅与日本关系结构的重要前提，不了解这一点，就难以真正理解鲁迅日本言说的内在理路。

四 日本认知的结构及线索

关于自身近八年的留日生活，鲁迅没有留下详细记录或系统回忆，对于自己留学体验过的日本，同样也没有系统的正面研究或论述。因此我们只能通过散见于其全部作品的零散文字来串联黏合进而复原鲁迅所把握的日本，建构鲁迅的日本叙事。

（一）日本人之"认真"

在反省和批判中国人精神气质的某些缺陷时，鲁迅一直非常关注"认真（较真）－马虎"这一结构。在鲁迅的时代，日本人自身的日本国民性话语已经相当发达，对日本内外的日本国民性认识产生了很大影响，以至于只要论及

---

[1] 《"日本研究"之外》，《鲁迅全集》第8卷，第358页。

日本人的国民性，便会令人想到"忠君爱国""勤勉"等等。鲁迅留学的明治末期，东京帝国大学教授、著名的日本文学研究者芳贺矢一正好出版了他的演讲集《国民性十论》，书中归结出日本人国民性的十大特征，第一条便是"忠君爱国"。同一时代的另一位著名文学家和评论家大町桂月（1869～1925）也在其《日本国民的气质》（1908，后收入1922年出版的《桂月全集》第8卷）一文中强调，敬神（祖先崇拜）、忠君、爱国是"我国国体的精华"。至于中国文人，比如大正时期留学日本的郁达夫也使用过这一说法，认为日本人所"固有的那种轻生爱国，耐劳持久的国民性做了中心的支柱"[1]。但鲁迅却稍有不同，他不是从宏观层面，也不是从理论层面上去定性日本人。鲁迅彻底立足于日常感性的立场，去体味日本人待人待事的态度，提出"认真"是日本人的最大长处，同时是眼下中国人最欠缺的品质。关于这一体认，与晚年鲁迅交谊深厚的内山完造有这样的回忆：

> 这次我在病床上躺了三个月，我反反复复地考虑过，中国的四亿民众染上了重症，而那病源，就是我说过的马马虎虎，那种无所谓、怎样都行的敷衍的生活态度。当然今天这种不认真的生活态度的形成，是有一个过程的，其中既有让人愤慨的方面，也有令人同情的地方。但我们无法因此而肯定今天的这种不认真的生活态度。此外，我也想过日本八千万民众的事情。日本人的短处姑且不说，我主要在想日本人的长处，日本人的长处在于，他们凡事不是大把抓，正所谓认准一件事、倾尽所有精力和心血去做的认真精神。虽然我也觉得最近日本的倾向有些与认真相抵触的东西，但是尽管如此，也不应否认日本民族造就了今天的成就这一事实。必须承认日本人的那种认真精神。我是这样来比较中日两国的民众的。中国可以排斥日本的任何方面，但唯有日本人的那种认真

---

1 郁达夫:《雪夜——自传之一章》,《郁达夫文集》第4卷，广州：三联书店香港分店·花城出版社，1982年，第92页。

精神是断然不应排斥的。无论如何，只有这一点是绝对需要学习的。[1]

内山完造所记录的，是鲁迅逝世前几个月的谈话。从谈话可以看出，鲁迅一如既往地为中国人的"马虎""敷衍"，即"不认真"而遗憾和愤懑。他对日本人"认真"的肯定，其出发点和落脚点都是对中国人缺少认真的焦虑。这种焦虑的思考，其实是鲁迅的日本言说以及国民性言说的一贯脉络。譬如在九一八事变后不久，鲁迅在杂文中[2]讽刺一些人喜欢"做戏"装点门面，而相对于中国人，"日本人是做事是做事，做戏是做戏，决不混合起来"[3]。1932年1月，日本军队在上海发动了一·二八事变，整个中国掀起空前的抗日声浪。到了年底，鲁迅在北京辅仁大学进行演讲，面对日益紧张的中日关系，鲁迅直言不讳向血气方刚的青年学生表明自己的观点，他甚至以可能招致误解责难的方式抨击中国人"不认真"的痼疾：

> 日人太认真，而中国人却太不认真。中国的事情往往是招牌一挂就算成功了。日本则不然。他们不像中国这样只是作戏似的。［中略］这样不认真的同认真的碰在一起，倒霉是必然的。中国实在是太不认真，什么全是一样。[4]

鲁迅看重认真和不认真这个看似不算宏大的品质，关注它在日常生活层面的分散和琐细表现："外国人的知道我们，常比我们自己知道得更清楚。试举一个极近便的例，则中国人自编的《北京指南》，还是日本人做的《北京》精确！"[5]另一方面，在鲁迅的思想中，"细节"的"不认真"一旦固化就会成为

---

1 内山完造：『魯迅の思い出』，東京：社会思想社，1979年，第47頁。
2 参见《新的"女将"》及《宣传与做戏》，《鲁迅全集》第4卷，第343—346页。
3 《新的"女将"》，《鲁迅全集》第4卷，第344页。
4 《今春的两种感想——十一月二十二日在北平辅仁大学讲》，《鲁迅全集》第7卷，第408页。
5 《忽然想到（十至十一）》，《鲁迅全集》第3卷，第99页。

顽固的惰性积累，最终成为制约国家、民族间竞争的重大事宜。鲁迅从自己的生活体验出发，屡次抨击国人无处不在的"不认真"。在鲁迅的思路中，"马马虎虎""不认真""敷衍"的最大隐患，是这种精神和行为合二为一的痼疾，正在成为一种负面基因，介入社会沦落和民族落后的悲剧展开。无论在日本还是在中国，似乎鲜有鲁迅这样把"不认真"问题纳入国民性文脉，从社会进化和民族发展的维度进行判断和思考的。这显示了鲁迅清醒、强烈的民族性自省精神，以及不遗余力谋求民族进步发展的坚定意志。鲁迅锐利而独特的思想见解，在21世纪的今天依然极具启示力量。

（二）日本长于"模仿"的特性

自古以来，日本极善于摄取外国文明，用以促进本国社会文化的转型，实现日本文明向更高阶段发展。日本人形象地描述他们自己的这种姿态，说"总是追随他们觉得此时此地可以称为世界中心的国家"，"无论是知识分子，还是没有多少知识的人，他们一直都有一个观念，只要觉得什么东西对自己有用，便要立即学到手"，"学习对手的优秀之处，强化自己，再来赶超对方"[1]。在这一点上，日本民族的确做得很出色。他们对遥遥领先于自己的对手，自有一种郑重而虔诚的敬畏和谦恭。他们为落后深感羞耻，因而老老实实地效仿和学习对手。近现代的中国先贤们早就意识到了这一点。1934年，胡适致信即将赴日留学的青年陈英斌，再三叮嘱他：

> 最要紧的是不要存轻视日本文化之心理。日本人是我们最应该研究的。他们有许多特别之长处，为世界各民族所没有的：第一是爱洁净，遍于上下各阶级；第二是爱美，遍于上下各阶级；第三是轻死，肯为一个女人死，也肯为一个主义死；第四是肯低头学人家的好处，肯拼命模仿人家。[2]

---

[1] 山本七平、大濱徹也：『日本の虚像と実像』，東京：同成社，1995年，第36、37、44頁。
[2] 耿云志：《胡适年谱》，成都：四川人民出版社，1989年，第237页。

在中国现代知日派文人中，有不少人认同日本人擅于模仿，同时又在模仿中生发出创造的意见。周作人很早就发表过这样的见解："我们平常对于日本文化，大抵先存一种意见，说他是'模仿'来的。西洋也有人说，'日本文明是支那的女儿'。这话未始无因，却不尽确当。日本的文化，大约可说是'创造的模拟'。"[1] 郁达夫也持同样看法："日本的文化，虽则缺乏独创性，但她的模仿，却是富有创造的意义的。"[2]

鲁迅自然也没有忽略日本人的这一特点。他更加关注积极并擅于模仿的个性在日本社会发展变迁中的效能，重视仿效学习的逻辑必然性和有效性，进而通过揭示日本民族的文化实践来思考中国的变革问题。1924年至1925年间，鲁迅翻译了京都大学教授厨川白村的《出了象牙之塔》一书，在《后记》中，鲁迅深有感慨地写道：

> 著者呵责他本国没有独创的文明，没有卓绝的人物，这是的确的。他们的文化先取法于中国，后来便学了欧洲；人物不但没有孔，墨，连做和尚的也谁都比不过玄奘。兰学盛行之后，又不见有齐名林那，奈端，达尔文等辈的学者；但是，在植物学，地震学，医学上，他们是已经著了相当的功绩的，也许是著者因为正在针砭"自大病"之故，都故意抹杀了。但总而言之，毕竟并无固有的文明和伟大的世界的人物；当两国的交情很坏的时候，我们的论者也常常于此加以嗤笑，聊快一时的人心。然而我以为惟其如此，正所以使日本能有今日，因为旧物很少，执著也就不深，时势一移，蜕变极易，在任何时候，都能适合于生存。不像幸存的古国，恃着固有而陈旧的文明，害得一切硬化，终于要走到灭亡的路。[3]

---

[1] 周作人《日本近三十年小说之发达——一九一八年四月十九日在北京大学文科研究所讲演》，《周作人自编文集　艺术与生活》，石家庄：河北教育出版社，2001年，第133页。

[2] 郁达夫《雪夜——自传之一章》，《郁达夫文集》第4卷，广州：三联书店香港分店·花城出版社，1982年，第92页。

[3] 《〈出了象牙之塔〉后记》，《鲁迅全集》第10卷，第269页。

鲁迅谈日本，指归在中国。鲁迅非常冷静，既承认日本的状况和中国不同，没有古来中华文明的传统重负，在历史转折关头易于调换方向；同时，鲁迅更看重日本面对现实和未来，勇于善于改弦更张、择优去劣的明智态度。鲁迅一针见血地指出："他们的遣唐使似乎稍不同，别择得颇有些和我们异趣。所以日本虽然采取了许多中国文明，刑法上却不用凌迟，宫廷中仍无太监，妇女们也终于不缠足。"鲁迅更加冷彻的是，他从不用有色眼镜去过滤现实。譬如专门寻觅他人的不堪和短处，用来宣示自己民族的优越。对于日本，他虽然没有直接使用"创造性的模仿"之类的说法，但和周作人、郁达夫一样，对日本人积极并善于学习他者文明文化的习性，给予了最大程度的赞赏和评价。

（三）日本理解的精彩断片

首先是日本人的国民性。鲁迅晚年在给文学青年尤炳圻的信中说过，"日本国民性，的确很好，但最大的天惠，是未受蒙古之侵入"[1]。只可惜，鲁迅后来再没有机会更加详尽地论及这个问题。尽管如此，我们仍可以肯定地说鲁迅的改造国民性思想，鲁迅对"国民性"的高度重视，甚至把它看成推动社会进步、文明发展的根本动力这样一种观念，与日本、日本人的国民性、日本人的国民性言说有着不可割裂的关联。鲁迅这套观念的发生，其卓越和局限都可以追溯到日本的影响。[2]

其次是日本的"武士道"。武士道是日本文化传统中的一个重要主题。鲁迅对武士道的观照视角颇为独特。假若我们将鲁迅与周作人做一番比较，便可以清晰地看到两者的差异。具体说，周作人认为武士在本质上不过是"奴隶"。他以为，"武士的行为，无论做在小说戏剧里如何壮烈，如何华丽，总掩不住这一件事实，武士是卖命的奴隶。他们为主君为家名而死，在今日看来已经全

---

1 《致尤炳圻》，《鲁迅全集》第 14 卷，第 410 页。
2 这是一个非常重要而复杂的问题，笔者拟另行撰文考察。

无意义,只令别人觉得他们做了时代的牺牲,是一件可悲的事罢了"[1]。周作人一马当先,站在人道主义和生命主义立场,敏感于武士以"死"为最高形态的残忍本质,流露出对武士道轻生的深刻反省。而鲁迅,呈现出他观察武士道视角的复调性。他赞赏武士不惜生命的壮烈、勇敢:"武士道之在日本,其力有甚于我国的名教,[中略]他们古代的武士,是先蔑视了自己的生命,于是也蔑视他人的生命的,与自己贪生而杀人的人们,的确有一些区别。"[2]但也没有回避武士道蔑视生命的另一面。武士道是个大课题,不适宜以单纯的善恶道德来判断。

最后是日本的语言。鲁迅留日七年多,最初两年以日语习得为主,仙台一年半置身全日语环境,最后近三年大量深入阅读日文文艺文化书籍,日语语言养成的类型和阶段配置非常给力。我们看日本人对鲁迅日语的评价,看鲁迅的日文翻译业绩,看鲁迅用日语写作的作品,可以说,鲁迅的日语水平达到了相当高的程度。良好的日语天赋和长年的勤奋学习实践,使得鲁迅深知作为外语的日语的三昧。1922年,鲁迅翻译了俄国盲人作家爱罗先珂(1890~1952)用日语创作的童话剧《桃色的云》,在"译者说"中,鲁迅指出:"由我看来,日本语实在比中国语更优婉。而著者又能捉住他的美点和特长,所以使我很觉得失了传达的能力。"[3]在这里,鲁迅把捉到日语的"优婉"气质以及中日语言的差异,切实体会到翻译行为中传达文学作品气质韵味的难度,显示了他对日语的理解品鉴已经超越语言表层而达到很高的境界。

五 理解沟通的失望与伤怀

晚年鲁迅曾遭遇一个不小的困惑和烦恼,那就是中日两国如何相互理解认

---

[1] 周作人:《游日本杂感》,《周作人自编文集 艺术与生活》,石家庄:河北教育出版社,2001年,第133页。
[2] 《〈三浦右卫门的最后〉译者附记》,《鲁迅全集》第10卷,第254页。
[3] 《将译〈桃色的云〉以前的几句话》,《鲁迅全集》第10卷,第232页。

知的问题。1920年代以来，鲁迅在中国文坛的影响愈来愈大。1926年，鲁迅辞去做了十几年的北洋政府教育部的工作，经厦门大学和中山大学，于1927年到达上海，开始了最后十年的职业作家生涯。此后，鲁迅逐渐成为中国文坛的"盟主"。进入1930年代之后，鲁迅与日本文艺界的交往、交流越来越多。很多日本文艺界人士到达上海后，都想方设法希望见到鲁迅，以至形成了"朝拜鲁迅"的特殊现象。根据日本学者釜屋修统计，从1928年到1936年，至少有六十多位日本作家、批评家、研究者或出版家拜访过鲁迅。其中包括作家长谷川如是闲（1875～1969）、林芙美子（1903～1951）、野口米次郎（1875～1947）、长与善郎（1888～1961）、横光利一（1898～1947）、武者小路实笃（1885～1976）、岩波茂雄（1881～1946，实业家、岩波书店创始人）、山本实彦（1885～1952，改造社社长）等各界名流。[1]

不过，鲁迅在与日本人士进行交流的过程中，屡次体会到在中日两国之间，存在着如何做到彼此真正沟通、真正理解的难题。比如，野口米次郎和长与善郎在见过鲁迅后，分别发表文章，记述他们与鲁迅会面的印象和感想。鲁迅看到文章后，不禁失望和不快。鲁迅发现他们并没有搞懂中国的事情，没能真正理解自己的文学。他在给日本友人增田涉（1903～1977）的信中忍不住抱怨说："日本的学者或文学家，大抵抱着成见来中国。来中国后，害怕遇到和他的成见相抵触的事实，就回避。"对这种居高临下并不想真正搞懂中国，而又自以为是的人，鲁迅深感失望："因此来与不来一样，于是一辈子以乱写告终。"[2] 到后来，鲁迅甚至觉得与这一类所谓的"名人"会面已经没有什么意义。还是在给增田涉的信中，鲁迅终于下了决心："和名流的会见，也还是停止为妙。野口先生的文章，没有将我所讲的全部写进去，所写部分，恐怕也为了发表的缘故，而没有按原样写。长与先生的文章，则更加那个了。我觉

---

[1] 参见釜屋修「魯迅・モラエス・白鳥・野口：日中文学交流〈一九三五〉点描」，『近代文学における中国と日本：共同研究・日中文学関係史』，東京：汲古書院，1986年。
[2] 《致增田涉・320116》，《鲁迅全集》第14卷，第196页。

得日本作者与中国作者之间的意见，暂时尚难沟通，首先是处境和生活都不相同。"[1] 在为内山完造《活中国的姿态》一书写序时，鲁迅再次谈到这个话题："据我看来，日本和中国的人们之间，是一定会有互相了解的时候的。[中略] 但总而言之，现在却不是这时候。"[2] 鲁迅一生与日本人交谊甚多，既承受过许多好意友情的欢喜，也不时遭遇虽彬彬有礼但又固执于先入之见而缺乏同情理解的郁闷乃至愤懑。

对于鲁迅在中日交流中经受的困扰，日本学者有如下理解：一是，"与鲁迅会面的日本人的意识深处的固有观念及其认识中国现状时的先入之见，妨碍了他们正确认识鲁迅及其周边"；二是，某些日本人"一旦在精神上产生优越感，便不能正确认识鲁迅，更流于一种文化的怀古趣味和古典趣味"[3]。这里指出的囿于某种特定固有印象的"先入之见"和主要来自文明差异带来的"优越感"的确是问题的关键所在。这两种意识的存在导致人与人之间交流得以成立的两大因素——共感与共情——匮乏，缺少心灵碰撞激荡的情感动力，最终滞留于互不交汇的平行状态。另外，历史文化和民族传统的不同，尤其是社会现状的差异，也在客观上拉升了相互理解的难度。有一位美国研究者曾谈到过美国读者对中国文学的隔膜，他说，包括鲁迅文学在内的"中国文学没有为一般的美国读者所接受。……主要的原因并不是政治，而是在文化上。对美国人而言，中国文学与欧洲、南美及俄国文学不同，属于'非西洋'的东西，不易理解，与自己国家的犹太–基督教历史、与希腊–罗马的传统无关"[4]。中日之间在文化上拥有源自中华的"东亚"文明脉络，影响、借鉴、继承很多，这和中美之间的情形存在较大差异。吊诡的是，日本经过明治维新，实现了近

---

1 《致增田涉·360203》，《鲁迅全集》第14卷，第380页。
2 《内山完造作〈活中国的姿态〉序》，《鲁迅全集》第6卷，第277页。
3 釜屋修：「魯迅・モラエス・白鳥・野口：日中文学交流〈一九三五〉点描」，『近代文学における中国と日本：共同研究・日中文学関係史』，東京：汲古書院，1986年，第503頁。
4 Jon Kowallis 著、宮尾正樹訳：「米国の魯迅研究について」，『魯迅全集月報』第17号，1986年4月。

代转型,"脱亚入欧",导致原有的中日关系结构发生逆转。腐朽落败的老大帝国与新兴崛起的殖民帝国之间,生出了许多芥蒂和警戒。鲁迅在日常生活中的中日交流恰恰背负了这个巨大的时代重负。

鲁迅为此苦恼和思索,却没有根本解决问题的灵丹妙药。他在这一遭遇中揭示出中日交流的一个重要前提,那就是,在国家之间、民族之间,进行有效并具有建设性交流的基础,一定是拥有了解和理解对方的真挚愿望,有摒弃偏见、相互平等对待的善意诚意,以及克服分歧、共感共情的意欲。没有这些,便很难有真正的理解交流和友好。

讨论鲁迅的日本认知,有不小的难度。一方面,鲁迅有多年的日本体验,深知日本三昧,是少有的知日派。还有,他所体验及认知的日本,是刚好完成明治维新大业,实现近代转型,进入帝国主义强国行列的日本。这一点需要充分注意。鲁迅精通日本的各种情况,但却从未全面系统地论述过日本。他的"日本言说"分布在诸多文本的各自文脉中,但这些零散的言说却贯穿着一个明确的线索,那就是着眼于省察揭露和批判中国自身的弊端这一根本目的。正如他自己郑重声明的那样,中华民族"其实是伟大的。但我们还要揭发自己的缺点,这是意在复兴,在改善"[1]。为了这种民族爱,鲁迅一生不敷衍、不妥协,一直坚守民族自省的立场,洞察和批判形形色色的社会弊端,促进国家和民族的成长发展。他一直警惕狭隘极端的民族主义,从不以寻找他者短处来获取浅薄廉价的满足和自信,而是虚心真诚地学习他者的长处,用来实现自我省察和超越,最终扬长抑短谋求进步发展。基于这一根本思路,鲁迅各类文字中折射出来的日本,较多被置于一种正面视角之中。与此同时,鲁迅敏锐察觉到中日两国的隔膜,并为此忧心忡忡,为此努力思考。他曾沮丧地表示目前中日还很难做到真正的相互理解。鲁迅的这个断言在今天依然有效。今日的中日关系仍有不少差异和纠葛需要克服,还有不少价值共识需要从头建构,在由来已久的历史局面中开辟出生路,实现中日间真正的相互理解,并最终走向中日友好。这也正是鲁迅的心心所念。

---

[1] 《致尤炳圻》,《鲁迅全集》第14卷,第683页。

鲁迅与日本自然主义
——终极指向分歧与形式维度交集

一 鲁迅接受日本文学的格局框架

鲁迅留学日本时期，恰逢自然主义文学占据日本文艺界主流地位并覆盖整个文坛。在这一时期，二十多岁的周树人放弃自己学到一半的医学专业，离开仙台医专，转向他当时认为比医学更能直接介入"立人"的文艺。人们公认鲁迅与日本近代文学关系密切，当然不能不注意他一到日本便迎头遭逢的自然主义文学这一巨大潮流，以及两者之间的关系问题。

关于这一点，两位中国现代文学史上的重量级人物有过令人玩味的发言。这两位人物，一位是与哥哥鲁迅在东京朝夕相处共度三载春秋，并一起步入文艺道路的周作人，另一位则是与周氏兄弟一样同为留日出身的创造社悍将成仿吾。他们都对鲁迅与日本自然主义文学的问题做过证言或发表过见解。

周作人在1937年11月所作的《关于鲁迅之二》一文中写道：

> 那时候日本大谈"自然主义"，这也觉得是很有意思的事，[中略]对于日本文学当时殊不注意，森鸥外、上田敏、长谷川、二叶亭诸人，差不多只看重其批评或译文，唯夏目漱石作俳谐小说《我是猫》有名，豫才俟各卷印本出即陆续买读，又曾热心读其每天在《朝日新闻》上所载的小说《虞美人草》，至于岛崎藤村等的作品则始终未尝过问，自然主义盛行时亦只取田山花袋的小说《棉被》一读，似不甚感兴味。豫才后日所作小说虽与漱石作风不似，但其嘲讽中轻妙的笔致实颇受

漱石的影响。[1]

就是说，在日本留学时期，鲁迅并不重视日本文学，也不喜欢当时风靡文坛的日本自然主义文学。周作人写这篇文章时不过四十岁多一点，回忆二十多岁时的事情应该没有多大障碍，加之他回忆鲁迅"以报告事实为主"[2]的理念和平实严谨的作风，其回忆应该是可信的。

而另一方面，早在1920年代，创造社新锐斗士之一成仿吾[3]就发表了《〈呐喊〉的评论》(《创造季刊》第2卷第2号，1924年2月)，对刚出版不久的《呐喊》提出了尖锐批评，从当时创造社与鲁迅的对立来看，他的意见既有偏激和情绪化的部分，也有文艺观念和美学趣味的相异所带来的见解分歧。其中尤其值得注意的是，成仿吾把鲁迅前期小说的性质归结为（日本式的）自然主义。他说：

---

[1] 周作人《关于鲁迅之二》，见周作人著、止庵校订《鲁迅的青年时代》，石家庄：河北教育出版社，2002年，第130页。周作人所提到的日本作家的简况如下：森鸥外，日本近代小说家、剧作家、评论家、翻译家、军医。日本卫生学的开创者。代表作品有小说《舞姬》《雁》及《阿部一族》等。上田敏（1874～1916），诗人、英法文学研究者、京都大学教授。一生致力于外国文学的翻译介绍，其诗歌翻译集《海潮音》对日本象征主义诗歌的兴起有极大影响。长谷川如是闲，评论家、新闻记者。在大正时期力倡民主主义，其评论活动一直持续到二战后。二叶亭四迷，小说家、翻译家。代表作品有评论《小说总论》、小说《浮云》等，最早翻译俄国文学作品，其文学活动在日本近代文学史上具有划时代意义。夏目漱石（1867～1916），小说家、英国文学研究者，与森鸥外并称日本近代文学巨匠，《朝日新闻》专属作家。代表作品有小说《我是猫》《公子哥》《三四郎》及《心》等。岛崎藤村，诗人、小说家。先以诗集《若叶集》确立了浪漫主义诗人的地位，后转向小说，成为自然主义文学的代表作家，有小说《破戒》《春》《家》和《新生》等。田山花袋，小说家。曾主编文学杂志《文章世界》，倡导自然主义，主张"平面描写论"，系自然主义的核心人物。其游记亦很有名。代表作有小说《蒲团》《生》及《乡村教师》等。参见《辞林21》（三省堂，1993）等。
[2] 周作人：《序言》，《鲁迅的青年时代》，石家庄：河北教育出版社，2002年，第3页。
[3] 成仿吾1910年赴日留学，比鲁迅晚八年，比周作人晚四年。截至1921年回国，先后在名古屋第五中学、东京的补习学校、东京第一高等学校预科、冈山第六高等学校和东京帝国大学工科留学。

［前略］这前期的几篇，可以概括为自然主义的作品。

我们现在虽然不能赞成自然派的主张，然而我们如欲求为一个公平的审判官，我们当然要给自然主义一个相当的地位。所以我们绝不能因为前期几篇是自然主义的作品而抹杀它们，我们应当取它们在自然主义的权衡上的重量。作者先我在日本留学，那时候日本的文艺界正是自然主义盛行，我们的作者便从那时受了自然主义的影响，这大约是无可疑议的。所以他现在作出许多自然派的作品来，不仅我们的文艺进化程序上的一个空陷由他填补，而在作者自己亦是很自然的。[1]

在当时，成仿吾的这一意见颇得到一些人的赞同。署名"仲回"的《鲁迅的〈呐喊〉与成仿吾的〈《呐喊》的评论〉》[2]（《商报》1924年3月14日）便基本赞同成仿吾的意见；杨邨人的《读鲁迅的〈呐喊〉（续）》[3]（《时事新报》副刊，《学灯》1924年6月14日）也认同鲁迅"是一个自然主义的作者"。仔细读过成仿吾的文章，可以发现，成仿吾的意见有其自身的依据和逻辑，他的判断和见解是从特定角度对鲁迅文学的一种理解和解释，不宜因为他对鲁迅的一些小说评价不高或者持一点批评意见，就断言他是在粗暴攻击鲁迅。

本章将从考察日本近代自然主义文学入手，在把握日本自然主义的诸种特征的前提下，慎重判别《呐喊》与日本自然主义之间存在何种影响关系，更在作品结构层面上，考察两者之间存在哪些相似或者容易被视作相似的要素。弄清这些具体问题，将有助于明了鲁迅与日本自然主义的关系结构，判别成仿吾的见解中哪些是合理的，哪些是有偏差的，从而摆脱"权威""传统"阐释框架的惯性制约，在开放的视野中有效把握鲁迅小说世界的特质及其形成因素。

---

1 中国社会科学院文学研究所鲁迅研究室编：《1913—1983鲁迅研究学术论著资料汇编》第1卷，北京：中国文联出版公司，1985年，第46页。
2 同上书，第47—49页。
3 同上书，第60—63页。

二 鲁迅与自然主义鼎盛时代的对面

关于日本自然主义文学的基本历史脉络。

一般认为，作为一种文学运动和文学思潮，日本自然主义文学的兴起繁盛大体始于明治30年代中叶到40年代前期，即1900年代的十多年间。也就是说，自然主义文学的生成消长过程几乎与鲁迅的留日年代完全重合。也许这只是偶然的巧合，但实在是巧合得太完美了。就在鲁迅告别仙台回到东京的1906年，著名的文学杂志《早稻田文学》¹和《文章世界》²先后创刊，加上已有的综合杂志《太阳》³、销量最大的报纸《读卖新闻》等，形成了一个巨大的报刊媒体空间，为大规模文学运动及文学思潮的诞生提供了必要条件。明治39年（1906），自然主义的代表作家岛崎藤村出版了长篇小说《破戒》。这部作品描绘了一个出身"贱民"的青年教师内心的烦恼，抒写了主人公在充满歧视的生存环境中的困窘与抵抗，发表后引起巨大反响，成为宣告自然主义文学确立的象征性作品。与岛崎藤村并称为自然主义文学旗手的是田山花袋。他曾于日俄战争期间赴中国做从军记者，回国后任《文章世界》杂志主编。看到好友岛崎藤村的《破戒》获得成功，田山花袋深受激励。他以赤裸裸暴露自己内在世界的态度，以个人亲身经历和体验为素材，创作了长篇小说《蒲团》（1907）。小说描写了一个名叫竹中时雄的中年文人对年轻女弟子的恋情、性的欲望和工作生活中的倦怠寂寞。作品对包括情欲在内的情感心理世界的毫不掩饰和露骨描写震惊了文坛，对自然主义文学的发展方向，也就是"私小说"的形成和展

1　文艺杂志。明治24年（1891）创刊，系东京专门学校（早稻田大学前身）文学科机关杂志，创刊主编为坪内逍遥。岛村抱月任主编时期，该杂志成为自然主义的牙城。

2　文艺杂志。明治39年（1906）～大正9年（1920），博文馆出版发行，共刊出204册。初由田山花袋编辑，主要刊登读者投稿。后变为纯文艺杂志，并成为自然主义文学的重要阵地。

3　综合性月刊。明治28年（1895）日本在甲午战争中取胜，以此为契机，著名出版社博文馆创办《太阳》月刊，成为明治、大正时代最著名的综合杂志。除社会政治评论外，在文艺方面，高山樗牛、田山花袋、上田敏等著名学者和作家为刊物的重要撰稿人，曾发表大量倡导"日本主义"及自然主义文学的评论。1928年停刊。

开起到了决定性作用，田山花袋本人也因此成为自然主义文学的代表作家。在自然主义文学理论方面，发挥指导作用的是岛村抱月[1]。他的理论阐述，如《文艺上的自然主义》(1908)对自然主义文学运动影响很大。他对自然主义文学作品的评论和宣传，构成了自然主义文学的理论支柱。总之，在明治39年以后的数年间，自然主义文学急速发展，成为文坛上势力最大的文学运动。自然主义的代表性作品大多出现于1906～1909的三四年中，整个运动一直持续到明治末期的明治44年（1911）。

自然主义文学一派拥有众多的作家和作品。比较有名的如小说家德田秋声（1871～1943，《新世代》《足迹》等）、正宗白鸟（1879～1962，《何处去》《微光》等）、近松秋江（1876～1944，《致前妻的信》等）、岩野泡鸣（1873～1920，《耽溺》等）、青山真果（1878～1948，《南小泉村》等）；在理论和评论方面，长谷川天溪（《自然主义》）是与岛村抱月比肩的另一位重要的理论指导者。

当然，在自然主义文学盛行的数年中，同时还有其他文学派别存在。比如夏目漱石、高浜虚子（1874～1959）等属于"写生文"[2]系统，他们以杂志《不如归》、报纸《国民新闻》以及《朝日新闻》在1909年新辟的"朝日文艺栏"为阵地，展开了对自然主义的批判。此外，同一年杂志《明星》创刊，又形成了以森鸥外为盟主的一派；1910年开始，永井荷风（1879～1959）主编的杂志《三田文学》创刊，反对自然主义，倡导耽美主义；同年，同人杂志《白桦》问世，人们熟知的"白桦派"开始倡导清纯的理想主义文学。需要注意的是，尽管有这些反对甚至批判势力存在，但明治末期的数年中，至少在小说的领域里，自然主义仍是声势最大、覆盖面最广的流派。

关于日本自然主义文学的基本特征和文学史意义，可以从各个角度进行阐

---

1 文艺评论家、剧作家、舞台监督。曾为自然主义文学领袖，对该派文学的发展贡献颇大。
2 "写生文"系俳句作家、歌人正冈子规（1867～1902）在明治中期借鉴绘画法而提倡的一种散文形式，主张像绘画中的"写生"一样，忠实描写自己所看到的事物，即怎样看到就怎样写。

释和概括，下面是比较通行的主流意见。首先，日本的自然主义是以接受法国自然主义为前提而诞生的，这一派试图像左拉（1840～1902）那样站在"科学"的立场，从"遗传"和"环境"的角度去把握人，他们主张排除创作中的技巧，客观如实地描写和表现现实。于是，他们将目光转向自己周边的事实，关注人的内部的"自然"，注重从人的自然性、生理性角度发掘人生的真实。他们凝视周边现实、排除虚构性以及真挚诚实的自我告白姿态，打破了封建道德（尤其在"情欲"和"性"的领域）的桎梏，唤起了通过感受真实的喜悦和兴趣，促进了人们的意识（人生观和审美意识）摆脱传统的游戏的空想的世界，自然主义尤其关注描写"家"和"家族制度"对近代自我的日常束缚，表达了追求近代个人主体性的强烈愿望。但另一方面，自然主义从一开始就存在着先天缺陷，那就是过分执着并封闭于自己周边狭小的生活世界，过分尊崇客观并拘泥于"事实"；缺乏理想和积极进取的人生姿态，消极的旁观态度，使得作品的思想性、社会性不足。稍后，自然主义很快成为"私小说"的母体，其原因正在这里。[1]

虽然日本自然主义发生的渊源可以追溯到19世纪后半叶的法国自然主义，但两者在性质、特征上又有许多差异。首先，法国自然主义秉承巴尔扎克和福楼拜所代表的写实主义精神，而与浪漫主义和观念论尖锐对立；它以科学精神为根本的思想支撑，主张尊重基于实证主义的事实资料，从"遗传"和"环境"这一生理科学的立场去把握并描写人。法国自然主义文学作品中具有这样一些共同特征：在技法上，自然主义小说借鉴生理学的症例研究往往在特定的社会集团或职业集团的内部展开故事叙述，作家通过阅读和实地调查大量搜集有关症例、集团和职业的资料信息，并将其大量投入到作品中，建构起一个任何现象都能够得到解释的透明的意义世界。在作品主题方面，自然主义注重描写民众以及社会底层成员的真实生态，"挫折"多是其重大主

---

[1] 参见『日本近代文学大事典』第四卷（講談社，1977）"自然主义文学"条目及『日本現代文学史』（笠間書院，1989）第56—57頁。

题，他们乐于处理精神性和社会性解体中的"生"，钟情编缀崩溃家族的苍凉故事——自然主义的自由意志被剥夺，唯有听凭本能和外在世界支配的人物世界，一切都充满悲观主义色彩，空想主义式的英雄概念在自然主义文本世界被彻底粉碎。[1]

然而可以说，法国自然主义特有的科学和实证品性、故事主题以及结构的宏大、渗透哲学意味的宿命悲观色彩等特征，并没有为日本自然主义作家所习得，甚至如追求人的真实性、聚焦庶民的平凡生活世界、淡化文学慰藉人间的温情转而关注严酷现实这样一些相对普泛的特性，也被日本式的处理默默消解。结果，曾经为左拉欢呼雀跃的日本作家们，在左拉的丰富遗产面前逡巡几番之后，最终独独留下了排除虚构、客观描写自己周边的生活事实，尤其是表现"人的兽性"（自然性）这一法宝，以致我们只能说，虽然自然主义及其子嗣"私小说"的发生契机在于法国自然主义，但最终结果，其实与左拉大相径庭，而更多凝聚了日本文学，乃至日本文化、日本民族的独特个性。

关于鲁迅与日本自然主义文学的接触，二者之间的影响关系究竟如何等问题，除了周作人的证言，在现有资料中，几乎找不到直接的证实材料。从鲁迅当时的身份和处境来看，他与日本作家和文坛尚无交集。毕竟他只是一个在医专退学，转战文学的留学生。不过，正如周作人所说，鲁迅离开寒冷的仙台跑回东京，满腔豪气，要在文艺这片天地里一展身手，但他对彼时的日本文学却没有多少共鸣，对当时大行其道的自然主义也不感兴趣。这多少有点令人不解，但仔细考察鲁迅当时的情形，其实是顺理成章的。以结论来说，日本文学，包括流行的自然主义文学均不是鲁迅所追求和憧憬的文学。至少在当时，两者之间存在着显著的异质性。

回到东京的鲁迅与当时的许多留日学生一样，表现出一个文学青年的共同

---

[1] 参见『日本近代文学大事典』第四卷（講談社，1977）"自然主义文学"条目及『日本现代文学史』（笠間書院，1989），并参见『集英社世界文学大辞典・5』（集英社，1997）"自然主义"条目。

特征。那就是忧国忧民、拯救天地的家国情怀。他的精神志向包含两个侧面，一是强烈的社会道德功利指向，一是强烈的抒情和浪漫美学指向。在这一旨趣的牵引下，鲁迅对北欧、东欧那些被压迫的弱小民族文学产生了共鸣，他喜爱英国诗人雪莱和拜伦，赞赏他们的革命和叛逆精神以及横空出世的浪漫情怀。这些尤其体现在1908年发表的《摩罗诗力说》和《文化偏至论》两篇长文中。长文的材源资料以及许多观点见解都来自当时日本的思想文化文艺资源。然而，青年鲁迅充满激情的文艺工作背后，存在着一个强大动力，即他的价值取向。在这一点上，鲁迅所求索于文学的，恰恰是日本自然主义文学最为缺乏的。这就是鲁迅何以身处自然主义文学潮流，却从浪漫主义以及旨在呐喊、反抗的弱小民族文学路径开始文艺事业的根本原因。

不过，即便如此，他的留日时代从头到尾都伴随着自然主义文学也是不争的事实。既然鲁迅每天读书看报，跑书店和旧书摊，那他对充溢于文坛自然主义文艺气氛理当有所察觉和感知，也完全可能受到影响。只不过在本质上生性不合，没有形成交汇碰撞，更没有激动人心的化学反应。

三 《呐喊》与自然主义在形式维度的交集

作为鲁迅的第一个小说集，《呐喊》于1923年8月由北京新潮社出版，收入1918年至1922年所作小说15篇，1930年第13次印刷时抽去了历史题材小说《不周山》，另收入历史小说集《故事新编》。此处所论《呐喊》即不包括《不周山》。

《呐喊》早已成为现代文学史上的经典作品，相关研究不计其数。但如果以一般阅读方式叙述《呐喊》的内容梗概，以下的描述应该不算离谱。

《狂人日记》 （1918.5）7000 字	非一般的情节人物小说。日记体裁。以"狂人"（迫害狂）的十三则日记，连缀了狂人极度怀疑和恐惧周围所有人欲对自己施加迫害的异常心理片段。
《孔乙己》 （1919.4）2700 字	篇幅很短，类似人物速写。描写落魄书生孔乙己的穷困潦倒和颓败无奈。
《药》 （1919.5）3000 字	以场面描写为主。华老栓为救儿子的命，去买人血馒头给儿子吃，可是最终儿子依然死去，华老栓夫妇来到荒凉冷寂的坟前祭奠儿子。
《明天》 （1919.10）4000 字	片段的场面描写。冷清的夜晚，单四嫂子为宝儿的病忧心，求医问病，没能保住儿子。又是阴冷的夜晚，失去儿子的她一片虚空。
《一件小事》 （1920.7）1200 字	近于随笔。在车夫流露出的质朴的人间温情面前，"我"感受到强烈的震撼，禁不住发出严厉的自我拷问。
《头发的故事》 （1920.10）3000 字	"我"的前辈"N"在双十节的一段自言自语。述说在这一段动荡的时代里，由于"头发"所经历的种种悲哀幻灭。
《风波》 （1920.10）5000 字	辫子的线索贯穿始终，描写政局的动荡变化给古老小镇的"九斤老太"一家带来的惊扰和恐惧。
《故乡》 （1921.5）6000 字	样式上更像抒情散文。"我"回到久别的故乡，但故乡满是一片萧索和荒凉，归乡同时演绎为故乡的丧失。
《阿Q正传》26000 字 （1921.12～1922.2）	唯一的中篇小说。通过对一个特殊的农民"阿Q"的描写，浓缩了以"精神胜利法"为核心的精神现象，具有广阔的涵盖力。
《端午节》 （1922.9）5000 字	从万能视角写一个教育部小职员的谨小慎微以及由欠薪而生起的种种苦恼。
《白光》 （1922.7）3500 字	以多种表现手法描写老书生得知科举落榜后的幻灭、绝望的心理和悲剧结局。
《兔和猫》 （1922.10）3000 字	几乎是关于一对白兔的随笔素描。周氏兄弟的生活场景及事物的登场频次，显示了作品与作者真实生活的高度关联。
《鸭的喜剧》 （1922.12）2000 字	回忆俄国诗人爱罗先珂的短小随笔。称"鸭"的喜剧，但真正属于鸭的篇幅不过三分之一。
《社戏》 （1922.12）6700 字	以细腻的笔触回忆描写儿时在故乡观看社戏的种种情景，富有抒情色彩。

由此，可以概括一下《呐喊》的几个基本特征：

篇幅短小。十四篇作品中，除《阿Q正传》稍长，有26000字左右，介于略长的短篇和稍短的中篇之间，其余的十三篇作品的平均字数约为4000字，长的不过6000字，短的仅有1000字稍多。对小说而言，这些作品的篇幅足够短小。

体裁上，小说与散文随笔交叠。《呐喊》号称短篇小说集，但十三篇中，至少《一件小事》《头发的故事》《故乡》《兔和猫》《鸭的喜剧》和《社戏》这六篇恐怕无法归入狭义小说的范畴，而更多散文随笔的性质。另外，这几篇在内容上都直接取材于鲁迅本人的实际经历和体验。读这几篇作品总会令人想到《朝花夕拾》。至于其余作品，也和一般的情节人物小说不同，由于篇幅短小，不能容纳有一定长度和完整过程的情节故事，也很难多角度建构细密的人物世界，于是"画眼睛"的技巧被频繁使用，画眼睛式的"人物特写"和"场面特写"屡屡精彩亮相。

写实性与日常性的特征。作为整合内容与形式的基本倾向，《呐喊》的创作取材和描写对象分明集中于日常的生活世界，与宗教色彩或浪漫想象无缘。作品发表之初，就有论者谈及这一点，称"写实情实景的平民的琐屑生活的文字，尤其是神妙不过！"[1] 鲁迅多次说过他的小说多写自己熟悉的人和事。他作品的背景几乎都集中在沉闷的江南小镇或民国时代了无生气的北京城。不仅如此，《呐喊》所处理的日常世界以及人物的内心世界，明显和鲁迅本人紧密相关。正像周作人的《鲁迅的故家》和《鲁迅小说里的人物》中数百则平实的回想考证所显示的那样，如果用实证手法加以考察，我们可以在鲁迅的生活中找到《呐喊》的诸多原型或依据。《呐喊》比一般的小说更多更忠实地投射着鲁迅的生活和心迹历程。换句话说，鲁迅的生活经历和体验高度介入小说，自我表现已成为《呐喊》的一个主要特征。

---

1 中国社会科学院文学研究所鲁迅研究室编：《1913—1983鲁迅研究学术论著资料汇编》第1卷，北京：中国文联出版公司，1985年，第52页。

荒凉、阴郁、颓败的悲剧格调和气氛。《呐喊》的人物和故事都是日常生活中平凡、平庸并在无声无息中默默消失和毁灭的悲剧。除了若干愉快明媚、浪漫抒情的场面描写以外,"狂人"的恐惧、阴森的夜晚和身边蠢蠢欲动的吃人欲望,孔乙己的潦倒和毁灭,华老栓以及单四嫂子丧子之痛中的宿命感和绝望的麻木,九斤老太一家在时局风波中的慌乱绝望,闰土和故乡童话的破碎,阿Q的灰色幽默中包含的全部悲剧,陈士成得知自己落榜后变形的幻觉等,都呈现灰暗、冷峻、令人不寒而栗的特征。

四 成仿吾指认《呐喊》的两面性

《呐喊》出版半年后的1924年2月,成仿吾发表了《〈呐喊〉的评论》。这是一篇关于最新出版作品的文艺时评,在《呐喊》研究史上,也是最早的具有开拓意义的一篇评论。

今天,《呐喊》早已成为现代文学史上最重要的经典,在百年的时间里,《呐喊》在各种各样的背景下,在形形色色的价值框架和理论系统中,被不断阐释和评价,在各个特定时期形成相对普遍的通行观念,这些观念又以各种方式(如学校教育)规约和影响人们对《呐喊》的阅读理解与阐释,研究者、批评家、教育者、读者和一般大众相互联结和影响,形成庞大的解释共同体。在这个意义上,我们今天对鲁迅的理解和阐释的基础,其实是一个被实施了反复再生产的鲁迅及其文学。而成仿吾那时的情形则完全不同。他发表这篇评论时,鲁迅的正式身份是中华民国政府(北洋政府)教育部职员兼业余作家。对成仿吾来说,鲁迅是同代人,是年龄名气比自己大,但文学见解不同的文学前辈,甚至,成仿吾对前辈鲁迅还有些成见,不太服气。鲁迅,自然也不是今天这个已经近乎成为一种思想符号和文学符号的鲁迅。当然,更无所谓《呐喊》的解释共同体。1920年代的成仿吾,首先是在一种对等的关系结构中面对鲁迅的,他谛视鲁迅的态度,阐述鲁迅的话语,甚至他的话语语调都与这种关系结构相联系；而且那时可以影响、干涉评论家和读者的权威话语也基本不存在。这是我们谈论鲁迅和成仿吾时应当了解的问题。

成仿吾议论《呐喊》时，创造社一派与鲁迅之间有些隔阂，彼此对于文艺的基本主张颇为不同，年轻气盛的创造社成员对国内文坛，包括鲁迅有一些感情上的抵触，也是明了的事实。但这与成仿吾对《呐喊》的看法基本上是两回事，不应混为一谈。总的来说，成仿吾对《呐喊》持批评意见。他认为《呐喊》缺少具有暗示效果的"表现"，而只是"再现的记述"。继而他又提出《呐喊》没有注意到"环境与国民性"，而这是"他所学过的医学害了他的地方，是自然主义害了他的地方，也是我所最为作者遗恨的"。显然，成仿吾认为，《呐喊》受了自然主义的影响，顺理成章，《呐喊》的"不足"也是来源于自然主义。

成仿吾所以把《呐喊》和自然主义联系在一起，原因至少有两个。一是鲁迅留日的经历，使得成仿吾判断鲁迅一定受到了自然主义文学的影响。二是在《呐喊》与自然主义文学的关系结构中，即两者之间存在相似特征：在基调倾向上，彻底的写实性和日常性是两者都具有的特性；完全排除浪漫空想和神秘传奇，小说的焦点时刻瞄准现实性的日常生活世界，小说的世界与作家的真实生活之间没有太大的距离，有一些甚至可以相互还原。在氛围上，悲观的心境、整体上阴暗冷寂的格调也无大异。艺术结构上，情节淡化，不以摄人心魄的故事编织为长，甚至小说与随笔的界限不很分明。描写技巧上，都不追求色彩斑斓笔致丰润。自然主义摒弃技巧，讲求"平面描写"，鲁迅则多用"白描"手法，作品有炭画笔触的简洁。在这几个方面，如果粗线条扫描，《呐喊》和自然主义文学是颇有比较空间的。可以说，成仿吾指认《呐喊》是自然主义绝非无中生有、无理取闹。

因此，尽管成仿吾的文章表达了对《呐喊》的一种否定性意见，但发表以后，包括鲁迅的拥戴者和支持者在内，并没有人以为成仿吾是恶意诽谤和贬低鲁迅，更没有人对成仿吾打棍子、扣帽子。甚至有些人还对成仿吾的意见表示理解和赞同，他们说"见到成仿吾的《〈呐喊〉的评论》，我很喜欢，这因为素来喜看批评文字,而在希望有人批评《呐喊》时,居然有成君仿吾很公平的加以批评,更觉着欢喜,我更因读了成君的批评,而重看一遍《呐喊》,觉着我对于《呐喊》的意见,改变了不少","成君的批评,我认为是很严正的"[1]。也有人接受了成仿吾的说法,认为鲁迅是自然主义[2],尽管这种意见不是多数。要而言之,在鲁迅和自然主义之间,不存在鲁迅有意识接受自然主义影响的事实;但在作品的结构比较维度,两者有若干明显的相同、相似。在这个意义上,成仿吾把鲁迅理解为自然主义有一定根据。

五 《呐喊》与自然主义的异质性

尽管在一定前提下,《呐喊》与自然主义之间近乎可以画上等号,然而,在相似的背后,两者之间存在着决定性的差异,理清了这种差异,便可知成仿吾对《呐喊》的指认确有误认。

虽然自然主义思潮曾在日本近代文学史上名震一时,但文学史家们对它的评价并不太高。原因之一在于它存在一些重要的先天缺陷。自然主义追求如实地观察和描写人生,忠实于真诚表现自我,这本来很有意义。可是自然主义在呈现出它之于虚假、空想、游戏文学的意义之后,很快就显露了自身的先天不足:对真实和现实的直线性执着仅仅通向关注自己身边的生活事实,蔑视规范的自我表现、自我告白走向了一味的情欲性欲表现。日本的文学史家有人这样表述:"通过自我暴露的方式所展示的内容可以归结为本能的人和性的人,这便是取代浪漫主义而登场的自然主义的基本立场。"[3] 自然主义作家们把尊崇客观和周边生活事实、把淋漓披露个人潜意识心理奉为终极目标,他们心甘情

---

1 中国社会科学院文学研究所鲁迅研究室编:《1913—1983鲁迅研究学术论著资料汇编》第1卷,北京:中国文联出版公司,1985年,第48页。
2 同上书,第63页。
3 小田切秀雄:『現代文学史 上巻』,東京:集英社,1975年,第135—136頁。

愿地放弃文学关怀社会、烛照人类心灵的责任和理想，文学由此滑落为平庸、卑小、软弱的单纯"写实""写我"主义。在日本文学史中，一般把自然主义这一特征称为"无理想、无解决的旁观态度"，并批评它"缺乏思想性和社会性"[1]。有一位研究法国自然主义文学的日本研究者，在比较了法国和日本的自然主义文学之后，对日本自然主义文学做过如下评述。他指出："说到自然主义，人们依然从生理学、遗传、实验小说的角度去解释。当自然主义作为一个修饰语使用时，人们赋予它的都是一些负面的意义，如单纯的现实暴露、性的赤裸展露、平板、偏执于日常琐事、缺少思想、粗杂等等。在很长时间里，人们一直都在否定的意义上使用自然主义这一词语，其原因无疑在于人们对于田山花袋以来的日本自然主义小说（后来衍化为私小说）的记忆太不愉快。明治时代对左拉和自然主义的接受充满了误解和歪曲，以至于人们还没能真正理解自然主义的本质，便匆忙将其丢弃。"[2] 同样称作"自然主义"，但法国与日本明显不同。日本自然主义某种意义上一直代表了日本文学的内在品性，并在其流行过程中衍生出"私小说"，纵贯大正和昭和时代，其流风遗韵一直延续至今。

　　的确，在作品内涵和作家精神指向的层面，《呐喊》几乎与自然主义分处于两极的位置。在《呐喊》背后，是鲁迅背负的对民族民众、国家社会的忧虑和关切，他要画出国民的魂灵，进而改造人的精神和社会。在这里，《呐喊》的写实和悲凉氛围，在本质上与他留日时代的"摩罗"精神——热烈的理想主义、勇猛的战斗精神和激越的浪漫情怀——殊途同归、一脉相通。鲁迅和日本自然主义文学分属两个不同的精神世界。

　　成仿吾似乎没有很好地读出《呐喊》与自然主义的同中之异，于是有了对《呐喊》的敏锐指认，只可惜指认并不全对。鲁迅说过，理解他自己的小说需要一点人生的经验和阅历。的确，鲁迅文学是最需要深度阅读的那类文本，

1　大久保典夫等：『日本現代文学史』，東京：笠間書院，1989年，第56—57页。
2　尾崎和郎：「訳者後記」，ピエール・マルチノー著、尾崎和郎訳：『フランス自然主義』，東京：朝日出版社，1968年，第279页。

它的简洁和深刻需要阅读者的审美理解力、历史社会洞察力以及能动的创造性来体验和认知,从而使小说内部的潜在意义实现释放、阅读和领会,否则阅读者不易进入鲁迅作品的意义世界,甚至产生误读。这种解释似乎正适用于成仿吾。

1930年代中日教育学术交流中的鲁迅
——目加田诚、小川环树拜访鲁迅考述

一 日本青年学人的来龙去脉

  1902年赴日留学开始，鲁迅便开始了其与日本的种种关联，直到1936年病逝，长达三十四载。鲁迅的这一人生际遇，决定了"鲁迅与日本人"这一论题成为鲁迅研究的重要板块，受到海内外研究者的关注，并一直有为数不菲的研究产出。从国内学界来看，除了散见的研究论文和其他文章以外，还有一些比较集中的系列考察。如原上海鲁迅纪念馆研究员周国伟所著《鲁迅与日本友人》（上海书店出版社，2006），对鲁迅与五十七位日本人士的往来交际进行考察，涉及鲁迅留日时代的恩师藤野严九郎及友人宫崎龙介（1892~1971），还有晚年的"御用医生"须藤五百三等等。周先生长期从事鲁迅研究，在鲁迅与日本人士的交往方面做了大量的资料搜集与整理工作，还亲自接触并访问过鲁迅生前好友增田涉、内山嘉吉（1900~1984）等人，掌握大量一手资料。书中各篇图文并茂，叙述平实，文风朴素。在此书之外，唐政自1990年代开始，也陆续在《鲁迅研究月刊》发表"鲁迅与日本友人"的系列考述，计有《鲁迅与日本友人三题》（1998年第5期）、《鲁迅与日本改造社同人》（1999年第1期）、《鲁迅与日本的父子、翁婿、夫妻友人三题》（1999年第2期）、《鲁迅与日本学者三题》（1999年第3期）、《鲁迅与日本记者友人三题》（1999年第4期）、《鲁迅与日本作家友人三题》（1999年第5期）、《鲁迅与日本友人三题》（1999年第6期）等。这些成果较早勾勒描述了"鲁迅与日本友人"的基本轮廓，成为同类研究的基础性参考文献。

本章着眼的"小川环树"与"目加田诚"两位日本人，分别毕业于日本的名门大学京都大学和东京大学的中国文学专业，当年都是中国古代文学研究的青年才俊。他们比鲁迅年轻一代，1930年代留学北京期间曾与鲁迅谋面并有过往来。但目前对于这部分交往行迹尚无专门考察，两位中国文学研究的青年才俊也算是鲁迅日本人序列中的"陌生人"。我们首先整理描述两位日本学人的基本信息。

小川环树（以下略称"小川"），著名的中国古典文学研究家，长期担任京都大学中国文学专业教授，专攻中国小说史、唐宋诗文及音韵学，著述丰富，去世后结集为《小川环树著作集》（五卷，筑摩书房，1997）。小川生于书香门第，父亲小川琢治（1870～1941）为地质地理学家，京都帝国大学教授，日本学士院会员（相当于中国的"院士"）；长兄小川芳树（1902～1959）专攻金属工学，东京帝国大学教授；次兄贝塚茂树（1904～1987）为著名的中国历史学家，京都大学教授，在甲骨文字整理研究和中国古代史研究方面成就斐然；三兄汤川秀树（1907～1981）专攻理论物理，名气最大，先后任京都大学、东京大学、普林斯顿高等研究所和哥伦比亚大学教授，1949年获诺贝尔物理学奖，成为日本诺奖第一人，1953年创办京都大学基础物理学研究所并亲任所长，1955年回到日本。小川一家术有专攻，学有所成，满门精英。小川本人生于京都，自幼随祖父学习汉籍，十九岁入京都帝国大学"支那语支那文学科"，受教于著名学者铃木虎雄（1878～1963）、仓石武四郎（1897～1975）等，毕业论文写的是《〈儒林外史〉的内容与形式》。1934年4月，二十四岁的小川赴北京留学，成为北京大学和中国大学的旁听生。在北京，他听过魏建功、吴承仕、孙人和与钱玄同等名家的课，也得到过语言学家罗常培的知遇之恩。留学中国的第二年，即1935年3月，小川随目加田诚去江南旅游，两人到南京拜访中央研究院历史语言研究所的赵元任先生，又经郁达夫介绍，赴上海内山书店拜会鲁迅。江南之游后不久，为了学习苏州话，小川又到苏州住了半年多，于1936年4月回国。其后，他先后在京都的大谷大学、仙台的东北帝国大学任教，1950年起回到母校京都大学担任教授，直到

1974年。在京都大学退休后，小川又转往私立京都产业大学任教至1981年。其间，曾在1978年，时隔四十三年后，再度访问中国江南；1981年第三次访问中国，进行吴语调查；1986年，更以七十六岁高龄再率"唐宋文学者访华团"访问中国。1993年逝世。小川有数种学术论文和著作被译成中文发表出版。作为学者，小川有为数众多的著述存世，可供学人评说。作为一个在中国古代文学专业执教四十五年的资深教授，按其弟子们的说法，小川是一个既严厉又温厚的师者：在学问上一丝不苟毫不妥协，甚至颇为严厉，但在日常生活中又和蔼可亲，即便是对于不曾谋面的年轻人，只要有利于他们学术事业的习得精进，总会不吝一己之力给予关怀和提携[1]。

目加田诚（以下略称"目加田"），比小川年长六岁，同样是德高望重的中国古代文学研究家。目加田是九州（帝国）大学文学部中国文学讲座（专业）的首任教授，也是专业始创者，其《诗经》研究在日本首屈一指。笔者博士研究生阶段就读九州大学，常有机会听到有关目加田大师的传闻，也曾对目加田做过一点调查。在九州大学文科图书室查阅过目加田早年经手购置并留有他亲笔签名的图书，如竹内好的《鲁迅》初版本（日本评论社，1944）等。目加田出生于山口县，1929年毕业于东京帝国大学支那文学科，任"东方文化学院"（现东京大学东洋文化研究所）助手；1930年任第三高等学校（京都）讲师及至教授；1933年7月被文部省任命为九州帝国大学副教授，随后于10月赴北京留学，在北京大学和中国大学访学听讲。其间，除上课学习外，目加田还拜访过胡适、周作人、杨树达、朱自清和俞平伯等著名学者。[2] 他于1935年春回国，正式赴任九州帝国大学，成为九州帝国大学文学部中国文学讲座首任

---

1 参见今鹰真「回想」及中島みどり「小川先生与"聊天"及"飓风"」，『小川環樹著作集・第5巻・月報』，東京：筑摩書房，1997年，第1、4頁。另，本章的研究缘起：2013年后半年，笔者因日本国际交流基金研究项目赴日本西南学院大学访学，研究课题为"嘉纳治五郎与近代中国"。课题的确定源自鲁迅研究，故访学调研除嘉纳治五郎之外，亦苦心搜寻鲁迅相关资料，尤其是稀见小众文献资料。本章即此次访学调研工作的成果之一。

2 目加田誠：「大学」（1953），『随筆：秋から冬へ』，東京：龍溪書舎，1979年，第65—67頁。

教官，1938年升任教授。1964年退休，后任早稻田大学教授。1985年当选为日本学士院会员。1994年逝世。在中国古代诗歌，特别是《诗经》和唐诗研究方面卓有成就。

二　江南旅游与拜访鲁迅计划

小川晚年在回忆自己留学中国（1934年4月～1936年4月）时，曾不止一次说道："我留学的两年间，日中两国的政治关系每况愈下，但表面看上去还比较平稳。至少我个人在北京期间并没有遇到任何麻烦。不仅如此，留学期间我还见到了我所敬慕的两位先生——鲁迅与赵元任，这实在是我的幸运。"[1] 小川的留学经历显示了两个面向，一是中日两国关系暗流涌动，潜藏着历史巨变的危机；另一方面，作为个人的日常生活，依旧以平静无奇的形态按部就班地度过。这就是历史和人间生活的常态，也是仅凭想象难以捕捉的历史吊诡，实在意味深长。但无论如何，与在日本具有颇高知名度的中国文坛领袖鲁迅会面，对两位日本年轻学人来说都是人生中的重要事件。

鲁迅与小川及目加田的交集，是一个文学大家、社会名人与异国中国文学研究年轻学人的君子之交。对于来自异国远方的年轻人的拜访，鲁迅向来以礼貌、尊重、温厚、诚恳的态度待之。据《鲁迅日记》"1935年3月21日"记载："上午同广平携海婴往须藤医院诊。午得胡风信。得徐订信。得王冶秋信并诗三首。午后蕴如来，托其往西泠印社买书六种共七册，其值四元七角。下午得达夫信，绍介目加田及小川二君来谈。得望道信并《太白》稿费四元八角。得徐懋庸信，夜复。"[2] 这就是鲁迅笔下21日一天的大致情况，的确，晚年

1　小川環樹：「留学の追憶：魯迅の印象その他」，『小川環樹著作集』第五巻，東京：筑摩書房，1997年，第448頁。
2　《鲁迅全集》第16卷，第522页。

鲁迅的声名给他带来颇多负荷，以码字谋生的日常中总会出现意想不到的交际往来，占用很多时间和精力。看这一段日记，似乎只是鲁迅收到郁达夫介绍两位日本人前来拜访的信件，但其实是，这一天小川和目加田两位带着郁达夫的介绍信，前来拜会鲁迅。

1934年春到1935年春的一年间，小川和目加田同在北京留学，两人相互陪伴，一起听课，共同活动。关于拜访鲁迅的前后经过，两人都留有记录和回忆。特别是小川，有当年的日记以及比较详细的回忆。综合这些资料，可以清楚还原两人拜访鲁迅的时空轨迹。

1935年早春，目加田决定在即将结束留学生活返回日本前南下江南旅行，然后顺路从上海坐船回国。小川陪伴好友一同南下，加上另一位学习地质学的日本人，三人结伴游历江南。南行的时间节点为：1935年3月6日，三人在前门火车站登上开往上海的火车，先在山东曲阜下车，参观孔庙、孔林以及颜子（颜回）庙。8日晨，登车向南京进发。当时山东境内常有土匪出没，火车的每节车厢都有一名武装士兵押车。8日深夜，火车抵达南京下关火车站。翌日，一行在南京城内参观访问，对首都南京的蓬勃生机印象深刻。他们先后走访金陵大学、中央研究院历史语言研究所，拜访著名语言学家赵元任。此外，还参观了中央大学和江苏省立国学图书馆，游览莫愁湖、雨花台和中山陵等名胜古迹。11日离开南京，赴镇江和扬州。17日抵杭州，18日拜访江南之行的第二位名人郁达夫。此次南下目的有二，一是访名人，郁达夫名声虽在鲁迅之下，但亦是大名鼎鼎的当红作家。另一个愿望则是从郁达夫手里拿到拜访鲁迅的介绍信。这件事还与当时在北京留学的另一位日本留学生滨一卫（1909～1984）有关。滨一卫是小川的同门师弟，1933年毕业于京都帝国大学，比小川低一年级。滨一卫读高中时，周作人的儿子周丰一恰好在那所高中留学，两人是同学还成了好朋友。1934年5月，在小川赴北京留学一个月后，滨一卫也受京都帝国大学派遣，前往北京公费留学，从事中国戏剧研究。[1]

---

1 参见「濱一衛教授略歷及び研究業績」(『文学論輯』第二十号，九州大学教養部，［转下页］

自左至右：周丰一（周作人之子）、目加田诚、滨一卫、小川环树，于北海滑冰。九州大学文学部中国文学研究室藏

也即是说，这一时期，后来成为日本中国古代文学领域著名学者的三位——目加田诚、小川环树、滨一卫三人同在北京，而且关系密切（三人留学北京的时间：目加田诚，1933年10月～1935年4月；小川环树，1934年4月～1936年4月；滨一卫，1934年5月～1936年6月）。滨一卫因为和周丰一的特殊关系，得以寓居八道湾周作人家。通过滨一卫，小川和目加田也认识了周作人、周丰一父子。于是当目加田和小川计划去江南旅行时，便请周作人写封信介绍他们去见鲁迅。不料，周作人表示自己"不太方便写信"。但他又说"我把郁达夫介绍给你们，你们去请他写吧，或者如果你们去扬州，我就介绍朱自清给你们"。于是他们决定还是到杭州拜访郁达夫。

这样，1935年3月18日，目加田和小川终于前往"大学路上官巷六十三号"拜访了郁达夫。根据目加田的回忆，当天晚上，日本驻杭州领事馆总领事

[接上页] 1973）、中里见敬：《日本九州大学滨一卫文库所藏戏剧资料简介》（《第八届中国古代小说、戏曲文献暨数字化国际学术研讨会论文集》，首都师范大学中国传统文化数字化研究中心，2009）。

松村雄臧宴请目加田、小川和郁达夫等人。在酒席上，松村当场作水彩画，并由郁达夫在画上题诗。目加田说："郁达夫这人看上去有些不够硬朗，但说话总是会考虑对方的心情，恰到好处地说些趣话助兴，使得大家十分开心。大家都非常喜欢他。""在杭州的三天里，郁达夫每天陪着我们，带我们游览西湖和吴山。""我托请郁达夫为我们写了给鲁迅的介绍信。然后，我们带上介绍信，满怀期待前往上海拜见鲁迅。"[1] 小川则不仅有事后回忆，更有当时的日记留下了有趣的细节：18日两人拜访郁达夫，正为找不到郁达夫住所而焦急时，得邮递员指点。中午郁达夫留饭，"蒙以简素午餐及加皮酒款待，夫人亦美人"。携带着照相机的目加田还为郁达夫夫妇拍照留念，可惜那照片后来找不到了。"午后，四人参观（浙江省）图书馆及（浙江）大学校园，并拜访苏氏。"苏氏即时任浙江大学数学教授的苏步青。19日，日本驻杭州领事松村又在"天香楼"设宴招待，郁达夫亦出席。20日下午，随郁达夫乘船游览西湖，由孤山观湖畔，至清波门而登吴山，在吴山酒店饮绍兴酒、食豆腐干，"元气恢复，从第一峰（吴山）看去，右有钱塘江，左有西湖，俱观之"，又参观城隍庙、仓颉庙，"下山，经城内主要街道，至聚丰园，郁达夫请客，出席者同昨日。九时返旅馆。夜，苏氏及郁达夫来访，告别"。翌日，即21日往上海。"我们访问之后，郁达夫曾作文记之，虽未指名道姓，但与日本人一道登吴山，说的就是我们。"[2] 郁达夫的那篇随笔即《城里的吴山》(《创作》创刊号，1935年10月），末尾一段是这样记述的：

> 不久之前，更有几位研究中国文学的外人来游，我也照例的陪他们游过吴山之后，他们问我说："金人所说的'立马吴山第一峰'，是什么意思？"他们以为吴山总是杭州最高的山，所以金人会有这样的诗语。我

1　目加田誠:「郁達夫」,『随筆：秋から冬へ』,東京：龍溪書舎，1979年，第92頁。
2　小川環樹:「郁達夫資料補篇（下）附録Ⅶ　我が国の文学者等との交友に関する資料11」,『郁達夫資料補篇』,東京大学東洋文化研究所附属東洋学文献センター，1974年，第215—216頁。

一时解答不出,就只指示了他们以一排南宋故宫的遗址。大约自凤山门以西,沿凤凰山而北的一段,一定是南宋的大内,穿过万松岭,可以直达湖滨的。他们才豁然大悟地说:"原来是如此,立马吴山,就可以看得到宫城的全部,金人的用意也可算深了。"这一个对于第一峰三字的解释,不知究竟正确不正确。但南宋故宫的遗址,却的确可以由城隍山或紫阳山的极顶,看得一望无遗的。[1]

三 鲁迅访问叙事的信息密度

1935年3月21日,小川和目加田乘坐8点15分的快车前往上海,中午12点半抵达上海北站(即闸北区宝山路的上海老北站)。目加田将于次日乘上海—长崎的客船回国,两人遂先往外滩,到日本邮船会社购买船票,然后乘巴士径直前往北四川路"内山书店"拜见鲁迅。鲁迅当天日记云:"二十一日昙""下午得达夫信,绍介目加田及小川二君来谈。"[2]

目加田晚年写过系列随笔,回忆人生经历,谈到当年在中国的留学生活,特别详细记述了拜会鲁迅的情景,为后人留下一份关于鲁迅的私人记录。但其实在鲁迅逝世后不久,目加田便写过文章回忆鲁迅,刊载在日本改造社出版的日文版《大鲁迅全集》(1937)附带的《大鲁迅全集月报》上。这篇随笔因应鲁迅逝世而作,回忆一年多前拜见鲁迅的情形。因事隔不久,记忆新鲜,提供了会面的详细经过和细节,特别是较少伴随岁月流逝记忆变形以及主体心境变动带来的无形影响,在回忆叙事文本中具有较高价值。"那大约是昭和十年(1935年——引用者注)三月二十日。那时我结束了一年半的北京留学,三月初便开始了南方之旅。京都的O氏(即小川环树——引用者注)便是我再好

---

[1] 郁达夫:《城里的吴山》,《郁达夫全集》第4卷,杭州:浙江大学出版社,2007年,第178页。
[2] 《鲁迅全集》第16卷,第522页。

不过的同行伙伴。访过曲阜、南京、扬州、苏州，又坐船顺运河下杭州，投宿在湖畔的旅馆，度过了在杭州的数日。那几天里，我们每天都会见到郁达夫先生，或是在还有几分料峭的西湖泛舟，或是到吴山学着马二先生（《儒林外史》中的人物）就着豆腐干用茶碗饮酒，甚是愉快。于是在即将从杭州前往最后的目的地上海的前一天，郁先生交给我一封写给鲁迅的介绍信。我们两人带着这封信，在脑海里想象着没有见过的鲁迅的样子，踏上了开往上海的火车。""我是在读大学时知晓鲁迅的名字的。那时候每每走在路上，手里拿着《呐喊》和《彷徨》这两部小说，嘴里念叨着鲁迅这个名字，一脸得意。另外在我同时上的夜校里，老师也把《孔乙己》刻印出来，当教材教我们。在我刚刚对中国新文学有一点理解的那个时期，如果没有鲁迅，没有《阿Q正传》那些作品，大概也就没有后来乃至今日我对中国新文学的关心。我与鲁迅的因缘就是从那时候开始的。现在，我一边回想在照片和漫画上见过的鲁迅的面庞，想象着那颇为特异的风貌，一边期待着早一刻与他相见。"[1]"第二天，也就是21日，我们一到上海，立即前往内山书店去见鲁迅。当时鲁迅受到国民党政府的监视，言论自由受到限制，无奈使用各种笔名艰难地进行创作活动。内山完造是鲁迅最好的庇护者，他听说我们的来意，爽快接受了我们的请求，立刻派人接来住在附近的鲁迅。我和朋友（即小川环树——引用者注）坐在内山书店的最里边，惴惴不安地等待着鲁迅的到来。不一会儿，便感觉到门口有人影出现。一下子推门而入的，正是在照片上见过多次的鲁迅。瘦削而低矮的身躯，但腰板挺直，目光锐利，浑身上下透出一种峻严之气，仿佛手提一支锋利的长矛。先生走过来，用他那漂亮的日语和我们讲话。一会儿，又来了一位年轻女性，她站到鲁迅身旁，用右手手指在左手手心里写了什么给鲁迅看，鲁迅点了点头，让我们等一会儿，然后走出内山书店。大约一小时后，鲁迅回到书店，坐下来，放慢语速讲起话来，回答我们的提问，甚至主动地说起什么来。我们看着店员们的样子，不由得感到书店里的气氛有点紧张。但鲁迅却并不在意，依旧

---

[1] 目加田誠:「魯迅の印象」,『大魯迅全集月報』第4号, 東京: 改造社, 1937年, 第6頁。

愉快地继续说着。非常遗憾，当时我对鲁迅了解不多，不太理解鲁迅的精神。虽说大体上知道鲁迅在中国的地位，但对于他的思想的认识还很不够。我真正去学习和理解鲁迅，还是在战争结束以后。当时鲁迅具体谈了些什么，已经记不清楚了。但鲁迅反复说到'中国人和日本人之间，应该是可以做到相互理解的'。我说，先生的处境危险，干脆来日本不好吗？鲁迅笑了笑，说'日本方面要为难的吧'。北京的周作人是鲁迅的亲弟弟，也是北京文坛的领袖，发表了许多富有韵味的小品文。当我提起周作人，鲁迅脸色一变：'周作人就要没落了。'1935年春天我们拜见鲁迅，第二年秋天，他便告别了人世。"[1]目加田还写道："去年秋天（即1936年——引用者注）我又一次去北京，正好在一家叫飞仙的电影院看了鲁迅葬礼的纪录片。我在心里默默地向银幕上的鲁迅灵柩致以哀悼和敬意。在东安市场的书店里，家家书店都摆满各种鲁迅的书。《作家》等等的杂志满是鲁迅追悼号和鲁迅记事。"他不禁慨叹一年前与鲁迅的会面"终于成为最初也是最后的一面"[2]！

　　关于这次拜会鲁迅，小川的日记有以下记录："至内山书店，呈郁达夫介绍信，请求面会，少许，鲁迅来。"见到鲁迅的第一印象是"身低而目光锐利。话语率直而充满自信"。半个世纪以后，小川回忆当时的情景，已经记不清那时和鲁迅谈话的所有内容，但有一件事一直留在脑海里。小川和目加田都是研究中国古代文学的专业人士，所以他们就《中国小说史略》（北新书局，1925）向鲁迅请教。问曰，写作此书当需要许多参考书，是否使用了诸如北京大学的藏书。鲁迅笑答：非也。所有参考书都是从琉璃厂的旧书店借来的。鲁迅没说是买来的。问者曰：只借不买，时间长了人家会不会就不借了呢？鲁迅说，那时心生一计，去书店时穿上在日本留学时做的西装，书店主人便很爽快地把书借给自己。小川解释说，这是因为当时穿西装的人大多社会地位比较高，容易得

---

[1]　目加田誠：「魯迅」,『随筆：秋から冬へ』，東京：龍溪書舍，1979年，第94—96頁。
[2]　目加田誠：「魯迅の印象」,『大魯迅全集月報』第4号，東京：改造社，1937年，第7頁。

到书店主人的信任。[1]小川还说,鲁迅从始至终一直都讲日语,讲得非常好,跟他讲话感觉不到是在和外国人说日语。当然,郁达夫的日语也极好。"鲁迅一开始就对我们俩说,'我的日语是明治时代的日语。听起来也许有些过气。'的确,感觉上鲁迅的日语是跟现在稍有不同。跟郁达夫的日语不一样。鲁迅说什么时往往会多说一句补充一下。"与目加田不同,小川与鲁迅相见并不止一次。1935年秋天,他暂时离开北京去苏州,直到1936年4月的半年中,他一直住在苏州,每个月至少去一次上海。而只要去上海,大体要去内山书店。其间到底见过鲁迅几次,已经没有印象,查对日记,没有详细记载。"总之还记得鲁迅谈到过郁达夫。大概是第一次见面的时候。那时拿着郁达夫写的介绍信。鲁迅说过'郁达夫已经不行了',这一点肯定没有错。"小川认为鲁迅指的是郁达夫到福建省政府担任参议之事。不过郁达夫赴任福建是1936年1月,因此鲁迅讲这番话不可能是在1935年3月第一次见面的时候。这应该是小川记忆有误。

小川与鲁迅见面都是在内山书店。在那里,他遇到过不少文人,譬如创造社诗人穆木天。小川觉得鲁迅对穆木天有点冷淡。小川平时住在苏州,有一次和鲁迅聊起苏州:"鲁迅看着我的脸,说:'苏州很无聊吧?'我一时语塞,实在不知该如何回答。鲁迅见状,说'我很讨厌苏州。苏州文人没有一个像样的'。总之像人们经常说起的唐伯虎之类,在鲁迅眼里是不行的。"鲁迅认为"绍兴的徐文长比他们伟大得多"。另外,鲁迅吸烟之猛烈也让小川很吃惊。他说鲁迅总是烟不离手,吸的是"老蓝刀"牌("PIRATE"英美烟草有限公司出品)香烟。朋友带小川去章炳麟家中拜访,却发现章炳麟吸的是南洋兄弟烟草公司的"白金龙"香烟。朋友说,章的民族意识很强,所以要吸这个牌子。又说,章炳麟讨厌北京话,感觉鲁迅也有同样的特点。小川说鲁迅的中文不好懂,自己和鲁迅谈话都是用日语,因为鲁迅的日语太好了,所以没法用怪怪的汉语向鲁迅提问。又谈到鲁迅与日本著名民俗学家柳田国男(1875～1962)

---

1 小川環樹:「留学の追憶:魯迅の印象その他」,『小川環樹著作集』第五卷,東京:筑摩書房,1997年,第408—409頁。

颇为相似，说两个人都非常坚毅自信。小川说他与鲁迅见面不止一次，聊天的话题也很广泛。有一次，他在苏州看了新上映的苏联电影《夏伯阳》（1934），见到鲁迅禁不住提到电影很有意思。鲁迅听了很开心，连称这是一部好电影。鲁迅还说过打算去看非洲电影，非洲土著人的电影，因为自己有生之年不可能去非洲，还有就是原则上不看美国电影。小川日记还记载了一件事。1935年9月26日，他从北京到上海，27日去内山书店，买了鲁迅杂文集《准风月谈》（兴中书局，1934）。原因是这本书在北京买不到，大概是遭到了查禁。1936年1月27日日记还记载，去内山书店，恰逢鲁迅与日本汉诗人今关天彭[1]正在交谈。两人谈话内容已无印象。那是小川第一次见到今关。小川说看起来今关天彭和鲁迅应该早就是熟人。总之，小川日记保存了许多有关鲁迅的细节信息，很有资料价值。据日记载，小川1936年4月结束在华留学回国，4月10日离开苏州至上海，19日启程回国。前一天的18日，小川在内山书店见到鲁迅，禀告他第二天就要回国，于是内山从书架上拿下一本增田涉翻译、岩波书店出版的《鲁迅选集》，说请先生给签个名吧。于是，他就有了这件珍贵的纪念品——鲁迅签名本。

四　鲁迅史料枯竭的出路

　　或许可以说，作为现代文学研究的显学，鲁迅研究正处于一个需要不断反思、加强创新提升的瓶颈期。随意的作坊式重复生产毋庸多说，简单机械套用

---

[1] 今关天彭（1882～1970），日本千叶县人，原名寿麿。明治、大正、昭和时期汉诗人、中国研究家。曾师事著名汉诗人石川鸿斋和森槐南。后受朝鲜总督府委托，于1918年在北京设立今关研究室。1942年任日本驻华大使（江伪政府）重光葵的顾问。日本战败后创办汉诗杂志《雅友》。著有『支那人文講話』（読画書院，1919）、『近代支那の学学芸』（民友社，1931）等。另，今关天彭第一次拜访鲁迅是在1923年2月，地点是八道湾周宅。鲁迅移居上海后两人也曾多次会面。唐政：《鲁迅与日本学者三题·鲁迅与今关寿》（《鲁迅研究月刊》1999年第3期）、张明杰：《今关天彭与鲁迅关系考略》（《鲁迅研究月刊》2013年第8期）等均有考述。

欧美各种技术性文学或文化理论概念，罔顾文学发生的内在因缘和语境，肆意阐释鲁迅文本的套路，也多半是隔靴搔痒、似是而非、力有不逮，真正耐人寻味、令人豁然开朗的研究成果尚不多见。而另一个重要领域，即发掘史料还原历史真实情景的研究，也面临动力不足和资源枯竭的双重困境。鲁迅与日本，以及鲁迅与其他国家的研究，因为有时空和语言文化的多重障碍，一直处于相对低迷的状态。或者可以说绝大部分留日出身的文学家研究都有类似的问题。

鲁迅在上海的十年，因为他的到场和加持，内山书店愈加成为一个具有标志意义的中日文化交流的沙龙。在那里，鲁迅曾经会见过许多日本人士，留下许多中日文学交流的佳话，他与目加田诚以及小川环树的交集，便是这一历史性文化活动链条中的一环。两位日本学人留下的回忆记述，并没有什么惊人的揭秘，但这些伴随个人细节体验的日常性记忆依然十分珍贵。它们是还原和体验真实鲁迅的重要依据，也是克服鲁迅的抽象符号化，建立更加真实的"鲁迅叙事"的必要素材。这部分资料的发掘和解读还有一定的空间，本章所述便是其中一例。

对两位年轻的日本学人来说，拜会鲁迅绝对是他们个人史上的一件大事。在留学中国期间，除了学习专业知识，了解并实际体验中国的传统文化、风土人情以及日常社会现状之外，拜见中国文坛领袖鲁迅，实现在私人性质环境中的面对面交流，是两位中国文学研究者内心的恳切愿望，更是他们人生履历上极富正面效应的事情。目加田说自己见过鲁迅之后，深感对鲁迅及其精神了解不够，于是开始研习鲁迅。作为《诗经》研究家，他为数不少的中国现代文学研究成果，多半与早年拜访鲁迅有着内在联系。小川也一样，他终生都在感慨自己幸运，将自己数次见过鲁迅视为极大光荣。或者可以猜想，除了兴奋和感动以外，他们一定也有不少遗憾。比如，如果能多见一次鲁迅，如果能多问鲁迅几个问题，如果能和鲁迅合一张影，等等。总之，尽管他们与鲁迅的会面和交流，只是鲁迅整体叙事中一个小小的场面，但作为鲁迅生命历程中的一个事实，它也如一面小镜子，映现着鲁迅的丰富侧面，展示着鲁迅与日本关联的多样性。

2022 年 5 月、2023 年 4 月　订于东京、上海

鲁迅与山本初枝
——同志之谊与诸说喧嚣＊

本章所做的考察工作集中于以下两点。第一，译介和披露山本初枝分别发表于1936、1937、1966年的三则回忆鲁迅的文字。第二，根据三则回忆以及其他新见日文资料，重新考量自带某种敏感性的话题——情感视野中的鲁迅与山本初枝。

第一则，《鲁迅先生书翰节选·追记》（「魯迅先生の書翰より」，署名"山本初枝"）。发表于鲁迅逝世一个月后出版的《中国文学月报》第20号（鲁迅特辑号，1936年11月1日）。内容为鲁迅致山本初枝书简（五封）节选，并附手迹和"追记"，简述对于鲁迅的回忆。作于鲁迅病重之后逝世之前。

第二则，《鲁迅先生的回忆》（「魯迅先生の思い出」，署名"山本初枝"）。发表于日本改造社版《大鲁迅全集》附录《大鲁迅全集月报》（第1号，1937年2月），距鲁迅逝世尚不足四个月。

第三则，《鲁迅及内山完造的事》（「魯迅と内山完造のこと」，署名"故 山本初枝"）。发表于和歌月刊《未来》1966年12月号。

三则文字中，第二则属于佚文，以往仅有个别日本学者偶尔提及；第一、第三则也只有寥寥数篇论文提及或微少引用。三则资料国内学界尚无译介，有关详情了解甚少。

"鲁迅与日本人"，一直都是鲁迅研究中不可或缺的重要板块，近些年来

＊ 本章的课题研究在资料文献搜集以及论文写作之际，得到日本"国际日本文化研究中心"图书馆、中里见敬教授、小川利康教授以及宋丹丹博士的支持和帮助，谨致由衷谢意。

相关研究频出，显示出潜在的生产性。根据统计，"从鲁迅日记上看，现存二十四年日记，没有一年不提到与日本人交往的。鲁迅一生交往的日本人，仅《鲁迅日记》记载的，就有二百零九人。再加上早年他在日本留学所接触的，回国后在杭州接触的，以及在北京、上海接触而没有记载的，总数应该有三百多人"[1]。鲁迅交往日本人之多，在现代中国作家中，大概无人可及。这些日本人中，除了藤野严九郎、内山完造、山上正义、增田涉、须藤五百三等研究者耳熟能详的名字以外，山本初枝，也是非常具有话题性的一位。

山本初枝（1898～1966，以下略称"山本"）于1930年结识鲁迅，逐渐为鲁迅的思想学识和人格魅力所倾倒，由衷地信赖敬仰鲁迅，将鲁迅作为自己终生的精神寄托，至死未渝。山本对鲁迅的崇敬爱戴，鲜明地呈现于她那些歌咏感怀鲁迅的短歌中：

> 居家在毗邻，鲁迅常与共，相处又相宜，今思尤有幸。（1936年12月）
> 十月十九日，鲁迅讣告传，三十年已去，悲伤涌心田。（1964年11月）
> 至今尤不忘，鲁迅在心中，笔墨已用罄，难表我深情。（1965年7月）
> 鲁迅先生逝，不觉三十年，秋季纪念会，发起人我担。（1966年4月）[2]

---

[1] 王锡荣：《那些与鲁迅交往的日本人》，《新文学史料》2015年第4期。
[2] 短歌，也称和歌，是相对于汉诗的日本诗歌形式，形成于平安时代（794～1192）。其基本特征是短句和长句的音数各为五音和七音，整体由五-七-五-七-七的五句三十一音节构成。明治维新后，短歌发生演变分化，有"明星派"代表的浪漫派短歌和源自正冈子规的"阿罗々木派"短歌，后者几经变迁并延续至今。众所周知，在任何一种语言的文学中，诗歌都是难度最大的体式，和歌也不例外。在鲁迅研究中，研究者反复转引的山本歌咏鲁迅短歌的中文翻译，也是笔者兴味所在。溯源调查的结果，这几首短歌汉译最早见诸李菁《鲁迅与日本友人山本初枝》（《吉林师大学报》1976年第6期）一文。李菁在1970年代～1980年代发表了一批有关鲁迅与日本的文章，但作者信息一直阙如。笔者曾向学界同人请教，亦无明确说法。后经前辈学者陈漱渝先生赐教，确认李菁即号称"大使作家"的外交家李连庆先生。稍后在跟进调查中找到作者的自述，"在日本工作期间，我还用笔名李菁写了十余篇散文"，"还研究鲁迅与日本的关系，先后写了《鲁迅与中日文化交流》《关于鲁迅对日译本〈阿Q正传〉的校释》《鲁迅的〈阿Q正传〉和它在日本的影响》《鲁迅的诗歌（转下页）

这类短歌多达29首，始于山本告别上海和鲁迅的1932年，终于她在东京的养老院孤独离世的1966年，贯穿了后半生整整34年。而这组关系的另一端，在鲁迅的日记里，关于山本的记录有120余次，鲁迅写给山本的书信至少有25封[1]、书赠诗作两幅。对于鲁迅来说，山本无疑是一个值得信赖和尊重的诚挚友人，一个可以披肝沥胆、坦诚相待的忘年交。

一 "鲁迅与山本初枝"叙事溯源

在中国大陆学术圈，关于"鲁迅与山本初枝"这一话题的文章，最早可见"李菁"（李连庆）《鲁迅与日本友人山本初枝》（《吉林师大学报》1976年第6期）。这是一篇兼有译介性质的学术性叙事随笔。作者在文中对所用资料来源有如下说明："一九六六年日本《未来》杂志十二月号曾刊载山本初枝自选歌十五首和她写的《鲁迅与内山完造》文章的遗稿。一九七二年日本的《鲁迅之友》第五十四期发表吉田漱写的文章《山本初枝的歌和她的一生——与鲁迅有关的一个人》，纪念山本初枝与鲁迅的友谊。"[2] 山本是一位平凡的日本妇人，从

（接上页）鼓舞着日本人民的斗争》以及《忆增田涉先生》《内山嘉吉夫妇》《鲁迅的日本朋友——鲁迅与日本友人山本》等，发表在《人民日报》《光明日报》《人民中国》等报纸杂志上。"（李连庆：《我的自传》，淮安市政协文史资料委员会编：《淮安名人》下册，《淮安文史资料》第19辑，2000年，第115页）。上述文章后分别收入李连庆著《东邻散记——鲁迅在日本及其他》（上海文艺出版社，1979）及《鲁迅与日本》（世界知识出版社，1984）。李连庆（1925～2012），江苏涟水人。1973～1976年任中国驻日本大使馆政务参赞，后任中央广播事业局党组副书记、副局长兼中央电台台长、世界知识出版社社长及总编辑、中国驻印度特命全权大使等。

1 关于鲁迅致函的数目有24、26等不同说法。笔者确认为25封，另有邮寄照片和书籍各一次，是否有复信不详，故至少有25封，与山本回忆一致。
2 李连庆的说明文字有几点需要订补。第一，《未来》1966年第12期，除了山本自选和歌和回忆录（遗稿）以外，还有吉田漱最早介绍山本初枝的重要文章「山本初枝のこと」（《山本初枝的事》）。第二，山本的回忆文章题为「鲁迅と内山完造のこと」（《鲁迅及内山完造的事》）。内容系回忆鲁迅以及内山完造，而非两者关系。第三，吉田漱论文的题目（转下页）

十几岁开始学习写作短歌，终生未辍。她一生普普通通，不曾富贵显赫，晚年尤其艰辛孤寂历经磨难。后来同门短歌后辈吉田漱关注到山本，对其进行采访，了解到山本在上海时代与鲁迅的交往，撰写发表了评述论文。由此开始，"山本初枝"这个名字逐渐进入研究者的视野，吉田漱的论文也成为关于山本，特别是山本与鲁迅最早的研究文献。1970年代中后期，当时在驻日大使馆担任政务参赞的李连庆于工作之余，关注日本学界的鲁迅研究，及时将吉田漱的研究成果介绍给当时还处于闭塞状态的国内学界，为推进"鲁迅与日本"这一专题的研究，拓展鲁迅研究空间做出了贡献。

吉田漱（1922～2001），笔名利根光一，东京人，父亲是著名雕塑家吉田久继。吉田漱1941年考入东京美术学校油画专业，1943年入伍前往中国。1947年于美术学校毕业，同年开始师事著名短歌作家土屋文明（1890～1990），后来在中学做过美术教师。1951年参加创刊和歌月刊《未来》，并从事和歌创作、和歌研究以及美术史，尤其是浮世绘研究，取得一系列成就。1970年代中期开始，先后在横滨国立大学和冈山大学任教，1985年荣休，[1] 2001年逝世。

根据吉田漱本人回忆，1947年，二十五岁的吉田漱加入短歌同人社团"阿羅々木"（短歌杂志《阿罗罗木》，1908～1997），并开始参加杂志定期举办的东京同人和歌会。很快他结识了同门前辈山本，"记忆里她是位身材矮小但平易爽快的中老龄妇人。当时的年龄应该在五十多岁，但看上去的样子比实际年龄更老一些"[2]。后来得知比自己年长二十四岁的前辈曾于1916年到1932年间旅居上海，与鲁迅有过很多交往，便计划找机会详细请教山本。由于和歌会这样的场合，很难找到机会跟前辈谈论其个人的过往经历，所以访谈一直未能实现。直到山本晚年住进养老院后，吉田漱终于登门拜访，做了第一次采访。未

（接上页）可直译为《山本的和歌及其一生——一个与鲁迅有关的人》（山本の歌とその一生：魯迅をめぐる一人），刊发杂志全称《鲁迅之友会会报》（魯迅友の会会報）。

1　参照「吉田漱　日本美術年鑑所載物故者記事」（東京文化財研究所），https://www.tobunken.go.jp/materials/bukko/28230.html（閲覧日 2022-02-11）。

2　吉田漱：「魯迅と山本初枝：ある女性歌人の生涯」，『日中藝術研究』36号，1998年，第59頁。

料不久后的1966年9月，六十八岁的山本就因病离世，后续的访谈计划化为泡影。[1]吉田漱曾为此深感遗憾和自责，他说，"得知山本初枝逝世的消息，是在她葬礼的翌日。我深感悔恨。她交给我的稿子直到现在还在我的手上（而没能发表出来——引用者注）"[2]。三个月后，山本生前自选的十五首短歌以及回忆录《鲁迅及内山完造的事》终于在《未来》12月号刊出，同一期还有吉田漱的《山本初枝的事》，介绍了山本的人生经历、短歌作品，以及她与鲁迅的交往。该文发表后，引起竹内好、中野重治等大佬的注意，他们向吉田漱约稿，于是又有了《山本的和歌及其一生——一个与鲁迅有关的人》(《鲁迅之友会会报》第54号，1972年9月)[3]的面世。该文系统整理了有关山本的信息，成为之后这一专题研究的源头性资料。[4]中国方面，除李连庆的译介以外，吉田漱整理的《山本初枝年谱》[5]也由"陈秋帆"译出，刊于东北鲁迅学会编辑的《鲁迅学刊》1981年第2期（鲁迅诞辰百年纪念特刊）。总之，在发掘整理和推介山本的生平资料，进而补充和丰富鲁迅个人史的传记叙事上，吉田漱的工作具有至关重要的意义。

多年后，又有其他日本学者关注"鲁迅与山本初枝"的问题。南云智在1989年发表论文《鲁迅与山本初枝》(《樱美林大学中国文学论丛》14号)，尝试从情感视角解读鲁迅与山本的交往。作者在论文"附记"中特别交代说，"关于山本初枝的传记事项"，"参照了吉田漱先生的《山本初枝的事》《山本

1　吉田漱：「魯迅と山本初枝」，『魯迅全集月報』第11号，1985年，第4頁。
2　吉田漱：「山本初枝のこと」，『未来』1966年12月号，第29頁。
3　吉田漱：「山本の歌とその一生：魯迅をめぐる一人」，『魯迅友の会会報』54号，第2頁。
4　如周国伟：《鲁迅与日本友人——与近邻山本初枝、木村重、浅野要的友谊》(《上海鲁迅研究》1991年第2辑，另见周国伟：《鲁迅与日本友人》(上海书店出版社，2006)。
5　译者陈秋帆在《山本初枝年谱》"后记"中说："这个年谱，是山本女士生前友人内山嘉吉先生珍藏的底本复制品（它在日本是否公开发表，不太清楚），前年由中国语言文学研究家实藤惠秀博士好意惠寄的。"(《鲁迅学刊》1981年第2期第118页）此年谱及译后记有以下不确：第一，《年谱》将著者"吉田漱"误作"吉田漱作"。第二，《年谱》在吉田漱「山本初枝のこと」中已经披露，当属在日本已公开发表。

的和歌及其一生——一个与鲁迅有关的人》》[1]。如前所述，吉田漱最早关注山本跌宕起伏的一生，一再感慨"名字出现在《鲁迅全集》中的这位女性，并未被人们所知晓"，"山本初枝于1966年过世，她曾发表过短歌作品的和歌杂志（《阿羅々木》）也于1997年12月停刊。现在即使是阿罗々木的同人们，知道山本初枝的人也已寥寥无几"。"去过'上海鲁迅纪念馆'的人，大概都看到过一张很小的照片，照的是山本初枝一家，她和丈夫还有长子三个人。但关于这张照片，在日本大概已经没有谁能够讲出些什么了。"所以，当吉田漱看到南云智的论文后，为之一振，"我终于知道，原来还有人在关心着山本初枝啊！"[2]为此，吉田漱再次写出长文《鲁迅与山本初枝——一位女性诗人的一生》，重新整合相关资料，并对山本的和歌作品进行系统的解读。

归根结底，无论是在中国还是在日本，研究者们关注和研究山本，主要还是因为在她背后有鲁迅的存在。吉田漱坦言："我所以对山本初枝产生兴趣，还是因为她生前认识鲁迅，亲眼看到过鲁迅的实际生活。"[3]山本本人也许不曾料到，她生前有幸遇到并结识鲁迅，她对鲁迅的衷心信赖和敬仰，她与鲁迅真挚的交往与友谊，给予了她欢欣和充实，以及长久的信念和精神力量；而在她离世之后，鲁迅的存在，依然给予她温暖的惠泽。

二 山本初枝鲁迅回忆的披露和解读

山本不是作家，写短歌也只是她的个人爱好，专业歌人对她的短歌评价也不甚高，没有多大影响，但短歌作为她日常生活的重要主题之一，持续了五十多年，直至她生命的终结。在短歌以外，她极少有其他形式的记述或记录文

---

1 南雲智：「魯迅と山本」，『櫻美林大学中國文学論叢』14号，1989年，第163页。
2 吉田漱：「魯迅と山本初枝：ある女性歌人の生涯」，『日中藝術研究』36号，1998年，第59页。
3 吉田漱：「山本初枝のこと」，『未来』1966年12月号，第30页。

字。吉田漱一直感慨："山本初枝的文章实在是太少。""她没有留下文章，都是短歌。"[1]的确，山本几乎没有写过有关个人以及家庭生活的记录文字，包括长达十六年的上海生活。唯一的例外，就是关于鲁迅的回忆随笔。

本文披露的三则随笔，第一则系竹内好邀约，第二则缘于改造社社长山本实彦，第三则得力于吉田漱。这三则文字中，作于1937年初的第二则鲜为人知，吉田漱在1966、1972、1998年三次撰文叙写山本与鲁迅时都不曾提及，估计是未曾看到过。数年前，笔者发掘到《大鲁迅全集月报》全套七期，终于得以目睹《鲁迅先生的回忆》之全貌。第三则《鲁迅及内山完造的事》完全归功于吉田漱。在山本晚年，有一次她和吉田漱去为他们的短歌老师斋藤茂吉扫墓，其间山本向吉田漱聊起自己昔日与鲁迅的交往，并答应吉田漱撰写回忆文章。只可惜文章发表时山本已不在人世。

以下为三则鲁迅回忆随笔的完整翻译：

鲁迅先生书翰节选·追记
(《中国文学月报》第20号，1936年11月)

与鲁迅先生初次见面的记忆已经模糊不清，但我想的确应该是在昭和五年（1930年——引用者注）左右。大正五年（1916年——引用者注）到昭和七年（1932年——引用者注），我的上海生活有十六年之久。在最后的近三年中，差不多每天都能见到先生，跟先生交谈。这是我一生中最幸福的事情。偶尔是漫无边际的杂谈闲聊，大部分时候主要谈文学，谈美术。我从先生那里得到许多教诲。有时候先生会即兴作诗，让我翻成短歌。与不会讲日语的许夫人的谈话，便由先生来翻译。愉快的交往由于一·二八事变而一时中断。事变期间，我们在一个屋檐下生活了十天。大家为头上掠过的炮弹提心吊胆，仅有的食物也是分着吃。这些都是难以忘怀的记忆。我在战火中与先生告别回国，以为也许再也

---

1 吉田漱:「魯迅と山本初枝：ある女性歌人の生涯」,『日中藝術研究』36号,1998年, 第60页。

没有机会见到先生了。幸好先生一家平安无事。六月底,我独自一人来上海整理收拾家里的东西搬回日本。先生很高兴地请我吃了饭。我们一家从先生那里领受了太多的好意,回国后先生依然写信给我们。但从今年春天开始,先生因病卧床,信也就断了。最近收到的先生的赠书也不再有题字,令人十分担忧。最后,此次承蒙竹内先生的好意,使我得以从先生的多封来信中节选上述片段予以发表。

鲁迅先生的回忆
(《大鲁迅全集月报》第1号,1937年2月)

我已记不清最初见到先生究竟是在何时。大约是昭和五年的春天,在内山书店,经(内山完造——译者)介绍,我第一次见到先生。从那时开始,直到昭和七年七月我们离开上海,先生始终以温暖亲切与我们相处。(离开上海——译者)以后,先生一直写信给我们,直到他卧病不起。先生是一位在中国文坛具有极大影响力的伟人,而我只不过是个默默无闻的日本妇人,但和先生格外投缘。尽管我们大家天天有机会见面聊天,但无论什么时候都是兴致勃勃、欢欣愉悦,从无厌倦。我们围坐在内山书店的一角,有时候一口气聊上三四个小时,话仿佛总也说不完,谈到兴处,大家不禁欢声大笑。先生不太喜欢美国,以至于那新鲜欲滴的加州新奇士甜橙,他也一下不碰。而日本蜜橘或中国柑橘,倒是多少都能吃。对于不能赞成的一些做法,先生绝不迁就。曾有一次,中国大学生们搞什么运动,要从北京去南京请愿。为了筹集资金,学生们半胁迫式地来要求与先生见面。我们大家觉得这事情有点让人担心,劝说先生不要见面的好。先生却斩钉截铁地说:"不,见!他们就是带着枪来也不要紧。请告诉他们明天傍晚六点到内山书店来!"会面没有任何麻烦,很快就结束了。先生给学生讲是非道理,讲学生应该走的路,劝告他们不要搞这种没有实际意义的运动,回北京去专心学业,并说如果这样,我愿意帮你们出路费。最终,鲁迅爽快地捐给学生们一笔钱,学生们乖乖地回去了。先生这人无论在任何场合都绝不会惊慌失措。即使是在一·二八事变爆发的日子里，每天都有激烈的街巷战，但先生依然一边侧耳听着不时飞落下来的炮弹的爆炸声，一边凝望着烟卷的烟雾沉思。我们曾经劝先生去广东躲一躲，但先生还是镇定地回答说，不，就在上海吧。先生不时地讲一些笑话，让我们松弛神经。恰在战争最激烈的时候，我说起邻居的男孩子和中国女用人吓得哇哇大哭。先生听了笑着说："他们都觉着炮弹长着眼睛鼻子，冲着自己飞过来。没有受过教育的人，真是让人怜悯。"我们听了，不由得笑出来。然而先生是深爱着这些社会底层的人们的。但他有时候会慨叹开导他们还是有不小难度的。先生非常谦逊，从不摆学者派头，无论任何事情，不懂就是不懂。遇到有人请教的时候，无论你的问题如何幼稚，他都一定认认真真地作答。先生平时喜欢研究各种东西。有一阵子，他搜集来各色各样中国产的纸张，他给我看这些纸，还意味深长地告诉我，中国纸到了法国就变成了香粉纸。先生喜欢日本的食物，无论什么都吃得来。春分时节，我给先生送去牡丹饼，先生很开心，"真是天上掉馅儿饼啊"，他说着就拿起牡丹饼放到嘴边。与先生接触交往，从未感觉他身上有那种异国人的陌生感，这令我觉得不可思议。回忆起先生来，简直说也说不完。先生的离世让我从心底里感到悲伤，我为失去他而无限惋惜和遗憾。可是我又总觉得如果我现在再去上海，一定还能见到先生。见了面，先生一定会问我："怎么样，短歌还在写吗？"是的，先生，虽然写得不好，但一直都在努力地写呢。

鲁迅及内山完造的事
(《未来》1966年12月号)

我与鲁迅初次见面大概是在1930年左右，具体的时间已经记不清了。也许是经内山完造介绍，也许并没人介绍但却马上就亲切地聊了起来。但无论如何，当时鲁迅留给我的印象还很清晰。他个子不高，但体格精干，身上的藏蓝色中国长衫既有品位，也很合适，嘴边黝黑的胡须非常醒目。那时从日本来的新书一到，内山书店马上就会在门口竖起看板。而一见到看板，马上就去书店将新书拿到手里的，就是鲁迅和我。佐藤春夫的诗集《魔女》[1]出版了，那书的封面设计是个女人的侧脸，硬壳封面还镶嵌了一颗真的红玉宝石。我和鲁迅在书店翻阅，都很喜欢书的装帧设计。书店一共进了三本，结果被我和鲁迅一人买走一本。那时候我丈夫在客轮上当船长，每个月给我五十元钱用来买书。鲁迅似乎也有不少版税收入，彼此都有余裕买一些自己喜欢的书籍。在日本文学家中，鲁迅喜欢武者小路实笃、厨川白村以及森鸥外的作品，有时候还把它们翻译出来，在中国的刊物上发表。他还和罗曼·罗兰、高尔基等人有通信往来。1926年，鲁迅和夫人许广平从广州搬来上海。在上海生活期间，鲁迅曾有一段时间无法自由发表作品。于是每天读书度日，鲁迅把我当成听众，给我讲述他的读书感受。那是一段心情悠然充实的日子。鲁迅有时会给我看他写的诗，并让我试着译成短歌。那时我给先生看过和歌杂志《阿罗々木》，聊起过茂吉和文明[2]的短歌，这都是些愉快的回忆。后来我还请鲁迅写过两幅字给两位先生，鲁迅爽快地写好并寄给我。这于我是何等幸福啊。

鲁迅有两位夫人。一位在北京，照顾着鲁迅的母亲，年龄比鲁迅大三四岁。鲁迅曰："那是为母亲娶的妻，与我无关。"自然，鲁迅和北京的妻子之间没有孩子。对于鲁迅来说，他一直深爱着许广平夫人——那个时刻陪伴自己生死与共的夫人，那个曾是自己的弟子又是独生子海婴母亲的夫人。许女士生于广东，是许崇智将军的妹妹。在北京高师读书时受教于鲁迅，后来则形如秘书。跟随南迁的鲁迅来到上海后，友人之

---

1 佐藤春夫:『魔女：诗集』，东京：崇文堂，1931年。
2 "茂吉"即"斋藤茂吉"，"文明"即"土屋文明"，两人均为日本近代短歌歌人，近代短歌流派"阿罗々木派"的核心人物。斋藤茂吉（1882～1953），有短歌集《赤光》等。土屋文明，有短歌集《冬草》等。

间也不断出现各种传闻，鲁迅听了，说："既然大家这样议论，那我们就结婚吧！"于是两个人就走到了一起。两人年龄相差二十岁，但贤明的她非常体谅丈夫的心情，也很理解丈夫的工作。她是一位很得力的妻子。许夫人性格开朗、做事细心，我跟她尽管语言不通，但一直相处亲密。

要说鲁迅，首先必须说说那位在上海北四川路经营书店的内山完造。他年轻时做过参天堂[1]的店员。作为大学目药的销售员，他在中国内地四处奔波，后来得益于美喜夫人张罗，开起了一间书店。在大东亚战争期间，作为老板的他曾有过包括本店分店在内的四家书店。内山完造在生活上给过鲁迅以及郁达夫等文学家不少帮助。特别是鲁迅，住得很近，一有危险情况，便挺身去保护和帮助。一·二八事变的时候，鲁迅一家、以及鲁迅的弟弟周建人一家都来到内山家避难，达半个月之久。接着内山又把大家转移到英租界的店铺，一直照顾到最后。鲁迅生病时，内山带着日本医生去给鲁迅看病，尽心帮助，鲁迅很是感谢。他是一个少有的超越私欲而彻底以诚心待人的人。在日本的文学家中，几乎没有人不曾得到过内山书店的协助，谷崎、佐藤、村松、林芙美子，以及其他数不清的人。认识他的中国人无论是谁对他都很亲热，称他为"老板々"。因此，有一部分日本人对他有误解，把他当成特务。八一三事变的时候，他就被迫扔下全部财产仓皇回国。后来他在日本各地巡回演讲，为日中友好尽力。另外，因为先夫人美喜安葬在上海静安寺路外国人墓地，他希望自己将来也能埋在上海。结果他还真的如愿了。晚年他应北京之邀访问中国，倒在欢迎酒宴上，骨灰被送到上海，葬在夫人的身旁。

若没有内山完造拼命守护，鲁迅的身家性命不知会怎样。一·二八事变的时候，看到周建人被陆战队士兵抓走，内山完造不顾危险冲出去，

---

[1] "参天堂"，日本的制药公司，1890年"田口谦吉"创办于大阪。1945年改称"参天堂制药株式会社"，1958年改称"参天制药株式会社"至今。1899年发售"大学目药"（滴眼液）。战前的主力商品为感冒药，战后主要从事眼科医药品的开发制造和销售。1962年最早发售使用塑料容器的滴眼液。

低三下四、忍辱负重地乞求那些士兵,把周建人带了回来,旁边的我们看到鲁迅终于放下心来,都在心里叫好。回忆没有尽头,但在我的心中,不论鲁迅还是内山完造,他们都还活着。

关于鲁迅写给我的二十五封信,如果有机会,我也想做一些整理和解说。

三篇回忆篇幅不等。第一篇作于鲁迅生前,算是鲁迅书翰(节选)的附录说明,仅有400多字;第二篇为《大鲁迅全集月报》而作,约1200字;1966年发表的第三篇稍长,也不过1600字,而且写的是鲁迅以及内山完造两人。三篇文章用朴素平实的文字和淡然平静的笔调叙述记忆中的鲁迅,一个在"内山书店"–"鲁迅与日本友人"这一颇有国际交流色彩框架中的鲁迅。三篇文字的内容重叠不多,相互嵌合补充,构成了山本视野中的鲁迅实像。

鲁迅与山本的往来交流有几个节点。山本1916年随夫君来上海,比鲁迅早十多年。1928年,山本搬到千爱里3号的公寓里,内山夫妇在千爱里404号,两家熟人成了近邻。第二年,内山书店从魏盛里搬迁到北四川路底,两家住处距离书店后门仅有咫尺之遥。[1] 再一年5月,内山完造用自己的名义帮鲁迅租借了新的住处,鲁迅从横滨路景云里搬到了与内山书店一路之隔的拉摩斯公寓(北四川路194A3楼4号)[2],与内山书店的往来更加频繁,与山本的交往也由此开始。按山本的回忆,她在1930年春天与鲁迅相识,离沪回国是1932年7月初,其间还有临时回国以及外出旅游等,实际在上海的时间不到两年。在那段时间里,她有很多机会参加内山书店的沙龙(谈话会),经常见到鲁迅,就各种各样的话题进行交流,而鲁迅先生也"始终以温暖亲切与我们相处"。回到日本后,山本和鲁迅继续以通信的方式保持交流,直到鲁迅1936年

---

1 吉田漱:「魯迅と山本初枝:ある女性歌人の生涯」,『日中藝術研究』36号,第65页。
2 参照周国伟:《拉摩斯公寓》,周国伟、柳尚彭:《寻访鲁迅在上海的足迹》,上海:上海书店出版社,2003年,第9—11页。

春天重病卧床。此后仍旧收到鲁迅的赠书，却不再有题字。笔者核对《鲁迅日记》的结果，确认关于山本的记录开始于 1931 年 5 月 31 日，到翌年 7 月山本归国的一年间，共计出现 18 次；而回国后，即 1932 年 7 月到 1936 年 7 月的四年间，共有 116 次记载。在鲁迅的日本友人中，这个数字仅次于内山完造和增田涉。

山本说，她和鲁迅初次见面大约是在 1930 年春天。这一年鲁迅四十九岁，山本三十二岁。关于是否有内山完造的介绍，山本的记忆似乎已经模糊。不过许广平后来回忆说，"内山曾经把被捕释放的左翼作家鹿地亘夫妇介绍给鲁迅，并介绍爱好文学的青年增田涉、改造社的社长山本先生以及歌人山本初枝女士等等和鲁迅见面"[1]。山本和鲁迅同是内山的老朋友、老熟人，按惯例如果他们在书店碰到一起，内山是没有道理不介绍的。

作为一个歌人，也作为一个热情开朗的女性，山本关于鲁迅记忆的叙事多有感性的感情色彩，提供了很多动态场面和日常细节；她的回忆叙事没有铺陈夸张，没有书卷气，也没有回忆主体的个人专权。这些特点和萧红的《回忆鲁迅先生》(1940)，以及另一位年轻的日本女诗人森三千代的《鲁迅先生的印象》(1947)[2] 颇为相似。

山本回忆那段日子几乎天天有机会见到鲁迅，场所是内山书店的一角——几把藤椅和一张小藤茶几。热心爽快随和、尽知人情机微的内山老板，中日新老朋友围坐在一起饮茶聊天，构成了 1930 年代上海滩的一道中日民间交流风景线。

直到三十年后，在山本脑海里，初见鲁迅的第一印象依然十分鲜明：个子不高的鲁迅挺拔精悍，唇上短须黝黑醒目，身上的藏蓝中式长衫合身妥帖，俨然一位气度飒爽的大叔。这个印象和森三千代的记忆非常相似。

山本的回忆叙事传递了人际交往结构中情感因素的重要性。她在与鲁迅的

---

[1] 许广平：《鲁迅回忆录》，北京：作家出版社，1961 年，第 97 页。
[2] 张哲瑄、潘世圣：《关于森三千代〈鲁迅先生的印象〉》，《现代中文学刊》2021 年第 5 期。

交往、交流中充实愉悦，她内心生发的对鲁迅的由衷信赖和敬重，以及力所能及为鲁迅竭尽微力的背后，终究是对鲁迅人格的倾心和感佩。尽管她只是一介平凡的日本妇人，但鲁迅从不居高临下，始终待之友善。鲁迅把她当成平等交流的对象和以诚相待的朋友，有问必答，有求竭尽所能。山本一生敬爱鲁迅，与鲁迅的交往成为她终生的温暖回忆和精神上的勉励，其理由盖在于此。

在面对面的直接交流中，山本感受到，"先生头脑极其敏锐，遇事毫不含糊，爱憎好恶截然分明"。譬如，不太喜欢美国，则索性美国甜橙碰也不碰，耿直至极。在南下请愿学生找到鲁迅要求提供路费时，鲁迅在是非原则问题上的凛然分明使山本受到震动——鲁迅不捣糨糊不接受胁迫，也不搞暧昧的妥协。鲁迅的学生荆有麟和李霁野对这些情况了解较多，并有过以下证言："一般青年，因政治关系，要求帮助路费，要求救济生活，先生总是尽了力之所能及尽量接济。"[1] 但"不赞成赤膊上阵和一股热的冒险行为"[2]。作为一个客居上海的日本妇人，山本大概很难真正体会中国社会政治的微妙复杂，也未必能体察鲁迅的根本立场和良苦用心，是在险恶的政治生态中，优先保护青年学生免于无谓的牺牲。正如他在1935年一二·九学生运动后一再呼吁的那样："石在，火种是不会绝的。但我要重申九年前的主张：不要再请愿！"[3] 在山本视野中鲁迅面对严峻局面的沉着冷静和定力，彰显了一种富有魅力的性格气度。山本还回忆起一·二八事变中，鲁迅、内山以及山本这三个家庭跑到内山书店避难，经历了一场同甘苦共患难的战争体验。在危难和恐惧之中，鲁迅用从容和幽默纾解众人的惊悚；围绕女用人以及少年的调侃，流露出鲁迅对改造"国民性"的沉重思虑，也让山本感受到鲁迅内心涌动的对祖国同胞感同身受的关切和挚爱。

山本的回忆记述了两人交流的细节信息——山本曾作为鲁迅的听众，倾听

---

1 荆有麟：《鲁迅回忆》，《鲁迅学刊》1981年第2期，第181页。
2 李霁野：《鲁迅先生的风度》，见《回忆鲁迅先生》（新文艺社，1956），引自《回忆鲁迅资料辑录》，上海：上海教育出版社，1980年，第197页。
3 鲁迅：《"题未定"草（六至九）》，《鲁迅全集》第6卷，第449页。

鲁迅畅谈读书感想,他们的谈话涉及日本文学和日本作家,也涉及鲁迅与他国作家的往来;山本向鲁迅聊过自己的文学老师斋藤茂吉和土屋文明,并请鲁迅为他们题字。山本还特别记述了许广平,称她开朗、细心、贤惠,对鲁迅体贴、理解和忠诚,而鲁迅也同样"一直深爱着许广平夫人——那个时刻陪伴自己生死与共的夫人"。鲁迅夫妇的肝胆相照和赤诚恩爱给她留下深刻印象。虽然山本不通中文,许广平也不懂日语,但这并没有影响她们两位成为亲密的朋友。

三 "鲁迅与山本初枝"叙事的俗化倾向

曾有资深鲁迅研究者指出,在鲁迅交往过的众多日本人中,"和鲁迅交往最多、通信最频、情谊最深的女性,首推日本女歌人山本初枝"[1]。这个判断是不错的,完全符合鲁迅的人生实态。不仅如此,还有人更进一步,试图探测在鲁迅与山本初枝的交往之间,是否存在所谓私人空间意义上的异性情感问题。近些年,在一些大众出版媒体中,经常能看到一些文字刻意渲染鲁迅与山本之间存在异性情感。

有曰"上海从来都是热闹喧嚣、灯红酒绿。寂寞源于鲁迅的内心,既有在上海文坛孤军奋战的深深孤寂,又有一个平凡男人对琐屑平淡的家庭生活的感受,虽然妻子、儿子日夜陪伴,却仍无法排解他内心情感的寂寞。而山本初枝是一位能了解他的寂寞的女性,自从认识了山本初枝,她就成为分担他的寂寞的知己……"(鲁迅)"甚至还有一个美好的梦:希望有一天能够漂流出去,能够遇到山本初枝……"[2]

---

1 马蹄疾:《鲁迅生活中的女性》,天津:南开大学出版社,2017年,第211页。
2 裘伟廷:《鲁迅与日本挚友山本初枝》,《名人传记》2018年第4期。

《鲁迅的日本女友人》[1]一文则以近乎恋爱小说的笔法，臆想"鲁迅频繁去书店，除了买书还有个目的，那就是去会见他的一位日本女友人"山本初枝。作者错误地将写作和歌的"歌人"当成了卖唱的风尘"歌女"，断言初枝"与鲁迅走得很近，不单单是出于对大先生的敬仰之情，更多的是喜欢"。而"鲁迅对初枝也是非常喜欢"，甚至大胆声称鲁迅晚年想再去一次日本的原因，"无非是想陪这位女友人走一走"，云云。

这种写作方式明显忽略了学术性、历史性写作需要尊重历史事实的基本伦理规范，不免贻笑大方。当人们以尽人皆知的公共人物"鲁迅"为述说对象时，不论使用带有文学色彩的随笔写法，还是以讲求切实证据和严谨逻辑的原则进行学术考察，都属于一种历史叙事的范畴，需要尊重起码的历史叙事规则，以真实和事实为依据，有一分证据讲一分话，而不能像说书讲故事一样随意猜测凭空杜撰。为吸睛博流量而将历史人物市井化、戏剧化的做法极不妥当，应当警戒和杜绝。

四 "男女情感"说的尘埃落定

另一方面，在严肃的学术研究领域中，中日学者都曾关注过这个问题。王锡荣曾经质疑鲁迅与山本之间存在异性情感的揣测，提出，"要说鲁迅身边的女性，确实很多，与他感情好的、友谊深的，甚至仰慕他的，的确不在少数，但是，没有一个是哪怕稍微出格的。像有些人所说的那种以'女性'的自然属性进入鲁迅感情生活的，真正'出了格'的，只有一个，那就是许广平。用许寿裳的话来说，那就是：无论就旧道德或是新道德来说，鲁迅都是无可挑剔的"[2]。总体上来说，国内的鲁迅研究者对这个问题的议论不多，也不存在特别

---

[1] 罗树妹:《鲁迅的日本女友人》,《文史博览》2014年第8期。
[2] 王锡荣:《鲁迅生平疑案》(增补本),上海:上海人民出版社,2016年,第141页。

重大的意见分歧。

而在日本方面，南云智曾谨慎探讨鲁迅与山本的往来交流，以及两人的深挚友情，认为两人之间应该有过即使是单向的爱的情愫："对初枝来说，在上海与鲁迅仅有的两年半的交往，具有远超想象的意义。直到晚年她仍在不断写作短歌歌咏鲁迅，便最好地诠释了这一点。""虽然一切都不过是一种猜测，但我觉得有一种可能性是不能否定的。那就是，对初枝来说，鲁迅首先是一位'值得全面信赖的人'。但不仅如此，鲁迅还是一个打动过她内心的'男人'。而另一方面，鲁迅在作为'庇护者'与初枝交往的同时，映射在他眼帘的初枝也是一个'女人'。"作者强调，"虽然现存有关两者的资料完全无法证实上述推测"，但他还是相信在两人之间是存在某种好感的。[1] 换言之，"两者之间不仅是无所不谈值得信赖的友人，还有超越国家和年龄差异的异性友情"[2]。

关于这个问题，在南云智之前，吉田漱已经有过正面论及。1966年，在悼念山本逝世的短文中，吉田漱表示，山本作为一个普通的日本家庭妇女，对鲁迅的文学未必有深刻理解。她对鲁迅的崇敬既有同胞好友内山完造等人的影响，但更主要的是在与鲁迅的直接交往中被"鲁迅的人格、诚实和温厚的人情"折服和吸引，而鲁迅也很赏识"山本初枝的素朴"。"在与鲁迅相识后的人生中，山本初枝从鲁迅那里得到了由衷的人间感化。"[3] 1972年，吉田漱再次重申，山本"在鲁迅身边，切实感受到鲁迅那种严峻尖锐，也体会到鲁迅宽厚的人情温暖"。"她对鲁迅的学识以及思想形成未必有多少认识，但她亲眼目睹鲁迅的独特生命状态，那种即使面临生命危险也绝不背叛自己的信念，那种将肉体生命发挥到极限状态的人生。"在鲁迅与山本交往的过程中，"鲁迅以充分的尊重和诚恳与这位闲适的善良的山本夫人交往，鲁迅那些亲和温润的文字

1　南雲智:「魯迅と山本」,『櫻美林大學中國文學論叢』14号, 1989年, 第158—159頁。
2　渡辺新一:「ある歌人の上海暮らし：山本初枝と魯迅」,『中央大學論集』38号, 2017年。
3　吉田漱:「山本初枝のこと」,『未来』1966年12月号, 第28頁。

也反映了二者的这种状态。这大概是因为鲁迅对山本并不需要戒备"[1]。归根结底，二者的关系是在相识和交往中"自然生发的人际关系，一种纯粹的人间关系"[2]。1998年，针对南云智的异性情感推测，吉田漱再次明确表达了自己的见解。他说："如何看待鲁迅和初枝之间的关系固然是论者的自由，但这一解读实在是一种小说化和戏剧化的思路。""在初枝留下来的文章和短歌中，找不到那种感情的痕迹。特别是她的短歌，不做作不虚饰，平素坦诚。在初枝的短歌中，写到鲁迅一定都冠以'先生'，并没有任何暧昧的情愫。"[3]后来，国内学者也注意到南云智的男女情感可能说，提出：南云智"认为，在初枝的眼中，鲁迅不只是一位作家、学者，而且还是一个可以信赖的'男人'；鲁迅不只是'父辈人物'，而且'在父辈的延长线上，还站着令初枝心动的"一个男人"'。而在鲁迅眼中呢，初枝是与许广平不同（当然更与朱安不同）的'引起他很大兴趣'的'女人'，是'鲁迅从未体味过的能感到心醉般温暖'的'日本女人'"[4]。

在上述脉络中，作为资深的短歌作家和研究家，同时又是山本的老朋友，吉田漱的判断和理解，特别是对山本歌咏鲁迅短歌的解读，极具说服力。他对山本的一生以其与鲁迅关系的阐释诚恳、贴切、合乎情理，非常具有启发意义：

> 回顾山本初枝的一生，从少女时代到生命的最后，她写了一辈子短歌，但又终于连一册短歌集也没有出版。短歌只是她的爱好，她从未企图以短歌成名。得到自己尊敬的土屋文明的指点，又能跟歌会的伙伴们在一起，这些已经足以让她满足和开心。
>
> 初枝小时候父亲战死，婚后身为船长的丈夫常年在外，她只得孤身

---

1 吉田漱：「山本の歌とその一生：魯迅をめぐる一人」，『魯迅友の会会報』54号，第9页。
2 吉田漱：「魯迅と山本初枝」，『魯迅全集月報』第11号，1985年，第5页。
3 吉田漱：「魯迅と山本初枝：ある女性歌人の生涯」，『日中藝術研究』36号，1998年，第76页。
4 广文（陈福康）：《不要戴有色眼镜看鲁迅》，《鲁迅研究月刊》2000年第3期，第78页。

一人守护家庭。再后来,独生子在战后的日本社会浑浑噩噩,晚年的初枝只能孤独寄身养老院。独生子始终没有固定的职业和居所,也未能结婚,直到后来遭遇交通事故身亡。晚年的初枝没有了自己的家,生活也非常窘困。她的整个一生从不显赫,她也算不上才女,归根结底不过是一个平凡的女性。

然而,她一生坚持不懈的短歌写作,不仅支撑了她的内心世界,也展现了短歌这一文学形式所具有的力量。她虽然没有短歌集,但年年都有作品发表在《阿罗々木》上。如果她像我这样再写一些其他体裁的文字,必定还能俘获一批新的读者。

在她的一生中,另有一件更加重大的事情,那就是她在上海结识了内山完造,特别是与鲁迅成为亲密的友人。与这两位的相遇,成为她一生的精神依托和激励。

山本初枝对鲁迅怀有纯真的崇敬之情,发自内心地愿意为鲁迅做些什么,这是鲁迅敞开胸襟与其真挚交往的根本原因。对初枝来说,她对鲁迅的倾倒,就像对待自己的短歌老师土屋文明一样,哪怕只是在他的身旁,也会觉得无比开心。可以说,这是一种洋溢着师徒之爱的交流。

山本初枝的一生,历经重大的历史变动,又紧密联系着日中两国,她那原本平凡的一生因此变得不再平凡,而拥有了不寻常的意义。[1]

吉田漱的妥当见解,得到日本学界同人的赞同:"想象虽然是自由的,但对缺少边界的臆测应该保持谨慎。现在我们可以确认的只是,在一位无名的日本歌人和一位著名的中国文学家之间,曾经有过充满温暖友情的交往。"[2]

1　吉田漱:「魯迅と山本初枝:ある女性歌人の生涯」,『日中藝術研究』36号,1998年,第76頁。
2　渡辺新一:「ある歌人の上海暮らし:山本初枝と魯迅」,『中央大学論集』38号,2017年,第20頁。

日本学界的考察和解读保持了其一贯特色,既细密扎实又冷静稳重;更为重要的是呈现了国内学者相对了解较少的"山本视角",为"鲁迅视角"的考察提供了一个重要参照和补充,无疑对中国的相关研究大有裨益。

关于鲁迅和山本往来中的所谓"异性情感"问题,应该也可以尘埃落定了。

鲁迅、鹿地亘及《上海通信》
——《上海通信》的鲁迅叙述及其他

鹿地亘（1903～1982）是一位与中国关系密切的特殊历史人物。他在卢沟桥事变前一年逃亡到中国，抗日战争全面爆发后即加入中国抗日阵营，从事对日反战活动；在中国新文学，尤其是鲁迅文学的翻译和研究方面，鹿地亘也曾多有作为。他与鲁迅交往时间不长，但他的名字却多次出现在鲁迅日记和书信中，鲁迅逝世之际他还是十二位抬棺人之一，算是鲁迅晚年重要的日本友人。除了鲁迅，鹿地亘还与不少其他中国新文学作家有过交流。

笔者曾留意鹿地亘与鲁迅的关系，在日本学习和工作期间做过专门的学术调查，发掘搜集过资料文献，包括其发表在日本左翼文艺刊物上的作品，特别是1936年逃亡中国后发表的有关鲁迅及中国文艺界的报道记事，以及后来出版的自传性作品等。本章重点关注鹿地亘流亡中国后最早发表的《上海通信》（三篇），对有关鹿地亘的若干问题，特别是他与鲁迅的交际往来进行考察。

一 流亡中国的忠诚左翼文艺家

关于鹿地亘，国内专门的学术性研究不多，但由于鹿地亘1938年便加入中华民国政府阵营，投身面向日军的反战抗日宣传，从事对日军战俘的教育改造工作，直到1945年抗日战争胜利，几乎贯穿整个八年全面抗战。为此鹿地亘成为了一个汇聚了政治性、国际性和时事性的标志性人物，在当时有过广泛的政治和国际影响。新中国成立后，主要是一些当年与鹿地亘一起从事反战和平宣传与日军战俘教育改造的人士陆续发表文章，介绍鹿地亘的反战活动。1970年代以来，鹿地亘的传奇经历和人生，特别是在抗日战争中的反战活动进入研究者的视野，相关的学术性研究开始不断出现。[1] 这些译介和研究成果有如下几个特点：第一，大部分研究以社会政治视角关注作为日籍抗日反战人士的鹿地亘，重点介绍其在抗日战争中的反战宣传活动。第二，考察课题范围及使用的基本资料大体相同，在为读者提供有关信息的同时，资料的局限和重复使用也使研究产生有关雷同、缺少新见的不足。[2] 第三，在学术研究的技术性规范层面上，有些资料引用来源不明、标注不清，存在相互转引的痕迹。这一时期的研究，总体上处于起步阶段，甚至存在简陋粗糙等问题。进入21世纪以后，关于鹿地亘的研究出现了令人欣喜的发展局面，其标志之一就是研究专著《鹿地亘的反战思想与反战活动》（吉林大学出版社，2008）问世。该书系日本研究者井上桂子在北京大学历史系留学攻读博士课程时的博士学位论文，标题所呈现的"反战思想"和"反战活动"的确是鹿地亘旅华时期最重要的标签。但实际上该书可谓鹿地亘研究极其翔实全面的传记著作，具有里程碑意义。中文版出版后，作者又刊行了日文版『中国で反戦平和活動をした日本人：鹿地亘の思想と生涯』（《在中国从事反战和平运动的日本人——鹿地亘的

---

[1] 主要先行研究有黄俊英《鹿地亘与中国抗战文学》（《重庆师范大学学报》1984年第1期）、莫文《鹿地亘在华活动纪略》（《重庆师范大学学报》1984年第1期）、申辰《文化城民族艺术剪影——鹿地亘和〈三兄弟〉》（《民族艺术》1987年第2期）、张令澳《鹿地亘在华的反战活动》（《档案与史学》1994年第2期）、陶钟麟、谢鸣《抗战时期的日本进步作家鹿地亘》（《文史天地》1995年第5期）、章绍嗣《正义之剑——日本反战作家鹿地亘在武汉》（《党史天地》1996年第7期）、蔡定国《日本反战作家鹿地亘在桂林初探》（《学术论坛》1996年第5期）、张可荣《鹿地亘与中国抗日战争》（《党史博采》1996年第2期）、魏奕雄《郭沫若与鹿地亘》（《郭沫若学刊》2000年第4期）、杨定法、孙金科《郭沫若与日本友人鹿地亘》（《文史春秋》2002年第12期）、杜玉芳《鹿地亘与国统区的在华日人反战活动》（《石油大学学报》2004年第4期）、孙金科、杨定法《鲁迅与日本友人鹿地亘——纪念鲁迅逝世70周年》（《鲁迅研究月刊》2006年第10期）、王永娟《一个特殊的例外——日本反战作家鹿地亘》（《内蒙古民族大学学报》2006年第3期）等。

[2] 本文所引日文资料，由笔者译自日文原文。网罗搜集第一手资料，考察鹿地亘如何感受和解读鲁迅，为学界同人提供资料和学术研究信息，正是本研究的主要目的之一。

思想及其一生》)。中日文两个版本的内容大体相同，是目前鹿地亘研究最重要的学术文献。

鹿地亘的一生极具异色。他从大学时代开始信仰社会主义，积极投身左翼文艺运动和社会政治运动，成为一名坚定卓绝的红色战士。他始终以鲜明甚至激烈的对抗和批判立场与日本社会的资本主义体制对峙。为摆脱军国主义当局的残酷迫害，他想尽办法逃亡中国。在日本军国主义发动全面侵华战争之后，已身在中国的鹿地亘毅然加入中国的抗日卫国阵营，在国统区从事反战和平活动，一跃成为蜚声海内外的日籍反战人士，在日中现代左翼运动史与和平反战史上留下了深深的足印。日本出版的各类辞书、工具书中，多部中型以上的人文类辞典，特别是人物辞典均收录有"鹿地亘"词条，显示出其所具有的历史地位和意义，如：

《日本社会运动史人物大事典》，日外协会，1997 年

《日本社会运动人名辞典》，青木书店，1979 年

《中国文学专门家事典》，日外协会，1980 年

《日本近代文学大事典·第 1 卷》，讲谈社，1977 年

《现代人物事典》，朝日新闻社，1977 年

《现代日本执笔者大事典·第 2 卷》，日外协会，1984 年

《评论家人名事典》，日外协会，1990 年

《朝日人物事典》，朝日新闻社，1990 年

《现代革命运动事典》，流动出版，1981 年

《简明日本人名事典》，三省堂，2004 年

我们首先根据包括上述资料在内的基础文献[1]，参照鹿地亘本人所著的自传作品《我在中国的十年》(原题『中国の十年』，时事通信社，1948)和《我的文学自传史》(原题『自伝的な文学史』，三一书房，1959)等重要证

---

[1] 除辞书类资料外，还参考了井上清『日本歴史·下』(岩波書店，1977)及综合杂志『改造』(1919～1955)的有关卷期。

言，对鹿地亘的整个人生进行鸟瞰式概观，勾勒其悲壮传奇、特异的人生轨迹。

鹿地亘的特殊性，首先是他具有非同一般的多重身份。他既是左翼社会活动家，又是左翼文艺活动家及组织领导者，还是小说家、评论家以及中国文学翻译研究家。在个人性格气质方面，他具有特立独群容易招致误解的另类侧面。[1]他与中国的关联更是不同寻常。从1936年到1946年，他在中国滞留生活长达十年之久。尤其是自1938年开始，他加入国民政府抗日阵营，从事包括对日广播宣传以及策反和教育日军俘虏在内的对日反战宣传活动，直至抗日战争结束。他的经历既有强烈的政治性，又有浓重的传奇色彩。他在中国和日本所得到的评价也颇为不同。在中国新文学领域里，鹿地亘来到上海即与鲁迅相识，并得到鲁迅的诸多帮助。需要指出的是，与鲁迅相遇时，鹿地亘三十三岁而鲁迅已五十五岁，完全属于两代人；鲁迅已是功成名就的大作家，是中国文坛声名显赫的领袖，而鹿地亘则是刚刚获释狼狈逃亡上海寻求生路的左翼革命文艺者。

鹿地亘原名濑口贡，1903年出生于日本九州的大分县西国东郡岬村（2005年并入丰后高田市），在战前旧制第七高等学校（鹿儿岛）毕业后，进入东京帝国大学文学部国文学科学习。本科毕业后，继续进入东京帝大研究生院深造，1927年博士课程毕业。当时的日本，在第一次世界大战结束并进入1920年代后，社会主义思潮逐渐高涨，工人运动和农民运动不断展开。而这一局面的形成又与日本共产党的影响和领导密切相关。当时在东京、京都以及地方的大学、高等学校和专门学校中，陆续出现了许多"社会科学"（马克思主义）研究团体，这些团体又建立了不少"学生联合会"，掀起反对学校"军事训练"的运动，进而与左翼的工人组合以及农民组合联手，开展反对军国主义的斗争运动。到了1925～1926年间，日本政府加大力度镇压和取缔

---

[1] 井上桂子：『中国で反戦平和活動をした日本人：鹿地亘の思想と生涯』，東京：八千代出版，2012年，第204、220頁。

社会主义运动以及左翼文艺运动，社会气氛骤然紧张。[1] 鹿地亘就是在这种时代背景下进入了自己的学生时代。他开始接触社会主义和共产主义理论，阅读列宁的《国家与革命》（1917）以及马克思、恩格斯的一系列著作，信仰社会主义理想，投身无产阶级文艺运动。他先是加入了主要由东京帝国大学学生组成的思想运动团体"新人会"（1918～1929），1926年又加入了"日本无产阶级艺术联盟"，接着又参加东京帝国大学同学林房雄（1903～1975）、中野重治等人组织的"社会文艺研究会"（后改名为"马克思主义艺术研究会"），成为左翼文艺活动家和革命活动家。他深入社会，参加组织工人运动和农民运动。1930年，出版小说集《劳动日记与鞋》（改造社），跨出作为小说家的第一步。此后，在日本无产阶级文艺运动的核心组织"全日本无产者艺术联盟"（1928～1931，简称"纳普"）的机关杂志《战旗》（1928～1931）上发表文学评论和童话作品，受到文坛瞩目，逐渐成为日本普罗文学运动的核心人物之一。

1932年，鹿地亘加入日本共产党，更加积极地从事社会政治运动和革命文化文学活动。但随着日本政府日益严峻的取缔和镇压，左翼人士面临的环境日益恶化，同年夏天鹿地亘遭警察逮捕和拷问。据鹿地亘自述，从1931年到1934年初，他曾先后十八次被关进拘留所。[2] 1934年，他被以违反《治安维持法》[3] 的罪名逮捕，并被判处两年有期徒刑。1935年10月，鹿地亘在狱中

---

1 井上清『日本歴史・下』有详介，可参阅。
2 参阅『中国の十年』，東京：時事通信社，1948年，第15頁。
3 《治安维持法》系大正14年（1925）日本政府发布的当年第46号法律。其核心是限制和镇压思想运动及民众运动。该法规定，禁止"以改变国体以及否认私有财产制度为目的"的结社和运动，对违反者将处以十年以下徒刑。1928年，当时的田中义一内阁又对该法进行了修改，规定"改变国体罪"可判处死刑。1925年12月至1926年4月，政府首次援用该法律镇压"全日本学生社会科学联合会"（通称"学联事件"），此后，直到1945年该法废止的约二十年间，它成为镇压社会主义运动、工人运动，以及思想、学术、言论和表达自由的法律依据，有数万人因这一法律获罪。

宣布"转向"[1]认罪而得以获释出狱。但其后仍适用"保护监察制度"的限制，继续处于警察的严密监视之下，无法从事任何活动。于是，鹿地亘在1936年1月设法经青岛逃亡到上海，并很快结识鲁迅，在鲁迅的帮助下积极从事文艺活动。1937年全面抗战爆发后，他则进入民国政府阵营专注对日反战宣传活动。

1946年，鹿地亘回到日本。此后他依然十分活跃，投身无产阶级革命文学的复兴工作，积极参与推广民主主义文学的"新日本文学会"（1945年12月～）的一系列活动。在从事文学创作的同时，积极从事包括日中友好活动在内的社会事业。1951年11月，他被在日美军谍报机关CIC绑架，1952年12月获释。这一事件曾轰动一时，人称"鹿地事件"。1953年，鹿地亘又被指控为美苏双重间谍，以违反电波法被捕，被迫卷入长达十六年的漫长诉讼纷争，直至1969年才被判无罪。晚年的鹿地亘撰写了不少自己在战争时期从事反战活动的自传性作品，主要有《日本士兵的反战活动》（同成社，1982）、《在"抗日战争"中》（新日本出版社，1982）等，直到去世时，仍在杂志《民主文学》上连载自传《反战同盟记》。

鹿地亘的一生，一直都展露着左翼革命家、左翼文艺活动家和左翼作家的战斗者姿态，正如他离世后人们所评价的那样，"鹿地在战前经受了《治安维持法》的残酷镇压，战争中投身中国与日本军国主义的战斗，战后又遭遇美国情报机关的非法监禁，甚至被胁迫为美军从事秘密工作，鹿地与之抗争。他的一生都在以生命进行战斗"[2]。

---

1 从字面理解，"转向"即个人思想的转换，但在日语中一般是指共产主义者放弃共产主义思想。其标志是1933年6月，日本共产党最高领导人佐野学（1892～1953）和锅山贞亲（1901～1979）在狱中发表了公开声明《告共同被告同志书》，称以往在苏联的影响下所进行的共产主义运动是错误的，今后将进行尊重天皇的社会主义运动，实行政治思想的转换。这个声明对日本共产党人产生了极大影响。此后的一个月之内，狱中被判刑共产党员的约36%、被拘留且尚未判刑党员的30%表示放弃信仰，实行转向，形成了特有的"转向"现象，后来还出现了专门描写这一现象的"转向文学"。

2 山田善二郎：『悼鹿地亘』，日本共産党機関紙『赤旗』1982年8月6日。

二 《上海通信》的跨国背景

　　围绕鹿地亘与鲁迅这一话题，孙金科、杨定法《鲁迅与日本友人鹿地亘——纪念鲁迅逝世 70 周年》等文进行过考述。其资料来源主要是前述鹿地亘自身的自传回忆。关于鹿地亘与鲁迅相识往来的时间轨迹大体可作如下概观：

　　1936 年 1 月，鹿地亘由日本经青岛抵沪。2 月，在内山完造引荐下，与鲁迅会面，并得到鲁迅关心帮助，开始译介中国新文学及鲁迅作品，其后数次会晤鲁迅。8 月，鲁迅健康状况有所好转，两人过从甚密。10 月 19 日，鲁迅逝世，鹿地亘为"治丧办事处"成员之一，参与治丧事务，22 日，作为十二位抬棺人之一，扶鲁迅灵柩上车，护送遗体往万国公墓安葬。

　　鹿地与鲁迅相识交往不到十个月，鲁迅便离开了人世。尽管时间短暂，但鲁迅给鹿地的影响却十分强烈，两人之间的连接纽带也颇为强固。1936 年 3 月，鹿地亘开始在日本刊物上发表文章，记述与鲁迅的相识以及身在上海的见闻。4 月 27 日和 5 月 4 日分两次在《世界日报》连载"鹿地亘作、雪译"的

鹿地亘为鲁迅抬棺。
上海鲁迅纪念馆提供

《鲁迅访问记》。鲁迅逝世后，鹿地亘连续发表三篇回忆文章：《鲁迅和我》(《作家》第2卷第2期，1936年11月15日)、《鲁迅的回忆》(《译文》第2卷第3期，1936年11月16日)和《与鲁迅先生在一起》(《光明》第1卷第10号，1936年11月20日)，回忆与鲁迅交往的情景，叙写对鲁迅的理解，抒发对鲁迅的崇敬和痛悼之情。十多年后，在自传《我在中国的十年》中，鹿地用整整十七页的篇幅回顾自己与鲁迅的种种交集，阐述鲁迅在鹿地个人史上的非凡意义。他说：

> 我与鲁迅的交往止于1936年10月19日他的逝世，只有不到十个月。虽然短暂，但在其晚年的这段光阴里，能够和这位伟人近距离接触，是我莫大的幸福，它对我后来的全部人生产生了极大影响。
>
> 在那一段日子里，我切身感受到的，是这位老前辈那种作为高尚同志的无微不至的关怀。

鹿地在人生最为艰难的时刻逃亡来到上海，首先得到两个人的帮助。一个是他的同胞前辈内山完造，另一个就是内山完造的挚友鲁迅。甚至可以说，这两位对鹿地有再生之恩。因此鹿地把内山完造当成"第二父亲"，将鲁迅视为"精神导师"。在他的心中，鲁迅"是近代中国伟大民族革命的'灵魂创造者'"，"为了培植人民的不为谎言欺骗、时刻关注民族现实、不屈不挠进行战斗的性格，鲁迅以庄严和毫不妥协的态度战斗了一生"。"鲁迅的文学自然成为彻底的现实主义，贯穿着火一般的民族革命热情。"鹿地对鲁迅的认知一贯呈现坚定的左翼革命立场，再加上战后一个时期日本民主主义高涨的时代语境，社会主义、人民大众、民族革命、战斗和理想，都自觉成为他理解和阐释鲁迅的关键词，他对鲁迅的情感热烈、素朴、真诚。

---

1 中国社会科学院文学研究所鲁迅研究室编：《1913—1983鲁迅研究学术论著资料汇编》第1卷，北京：中国文联出版公司，1985年，第1378—1381、1385—1386页。

鹿地亘来到上海后便着手开始从事文学活动,包括撰写叙述中国的纪实性作品。他说,在鲁迅和胡风的帮助下,我一方面进行中国新文学的翻译介绍,一方面"尽量写一些纪实作品,把自己的所见所闻如实地传达到日本读者。最早在《文学评论》和《社会评论》发表头一两篇通信时,鲁迅帮我看稿,告诫我'不要急,再多做些观察。不光看中国好的方面,还要注意那些龌龊的地方和凄惨落伍的地方。要更深刻更广泛地去观察所有方面,从大烟馆到赃物市场,用自己的眼睛去仔细观察'"[1]。这里所说的"通信",是指鹿地写作的一组三篇记事随笔:《上海通信》(一)(《文学评论》第3卷第3号,1936年3月)、《上海通信(二)——鲁迅与中国文化运动的今日》[以下简称《上海通信》(二),《文学评论》第3卷第4号,1936年4月],《上海通信》(三)(《文学评论》第3卷第6号,1936年6月)。其中《上海通信》(二),主要叙写鲁迅,完成于鲁迅生前,又由鲁迅亲自过目,是同类文章中最早、最重要的一篇。[2] 另外两篇则主要记述鹿地对上海社会和文艺界的印象,也包含许多重要的时事信息。

鹿地亘来华后的文艺活动,在某种意义上是他在日本所进行的左翼革命文艺运动的一种延续。他得到鲁迅的引导和帮助,又通过鲁迅接触到其他左翼文艺家,逐渐理解中国的新文学运动。他在上海的作品都发表在日本的普罗文艺刊物。刊载《上海通信》的《文学评论》月刊(1934年4月~1936年8月)就是其中之一。该刊于1934年4月创刊。稍早,日本无产阶级革命文艺运动的重要团体"纳普"遭受日本政府取缔镇压,被迫解散,日本无产阶级革命文学运动遭遇重大挫折。为适应新形势,著名的无产阶级革命作家德永直(1899~1958)等人反思无产阶级革命文学运动的主流派别——小林多喜二一派的理论主张,倡导将文学从过度的政治束缚中解放出来,以实现新的"文

---

1 参阅『中国の十年』,東京:时事通信社,1948年,第29頁。
2 新近出版的"回望鲁迅丛书"《海外回响——国际友人忆鲁迅》(河北教育出版社,2002)一书收录鹿地亘的四篇文章:《鲁迅访问记》《鲁迅的回忆》《鲁迅和我》以及《鲁迅魂》。

艺复兴"。为此他们创办了《文学评论》月刊。该刊作为普罗作家群体的新的合法媒体,发表了大量作品,反映了普罗文艺低谷时期日本作家的苦闷和迷茫。[1] 1936年8月,杂志的有关人员被政府以"违反军事机密保护法"的罪名逮捕,杂志被迫停刊。鹿地亘《上海通信》的第三篇就发表在这一期上。

三 鹿地亘的鲁迅体验及理解

鹿地亘与鲁迅交往时间只有八个月,他本人也不通中文,所幸鲁迅是日语

---

[1] 日本"普罗文学"的产生和演变过程以及内部结构比较复杂,派别林立,理念主张和特征也不尽相同。现参考诸种资料进行简略描述。日本"普罗文学"产生的主要国际背景是1917年俄国"十月革命"之后兴起的苏联无产阶级革命文学运动。1921年,日本普罗文学的先驱杂志《播种人》(1921~1923)创刊,大力介绍"第三共产国际",声援"十月革命",进行反战和平运动宣传。其核心人物有平林初之辅(1892~1931)、青野季吉(1890~1961)等。1923年"关东大地震"后,日本普罗文学一度陷入沉滞状态。1924年,杂志《文艺战线》(1924~1932)创刊,普罗文学再度兴起,代表作家为叶山嘉树(1894~1945)、黑岛传治(1898~1943)和林房雄等人。1925年,"日本无产阶级文艺联盟"成立,《文艺战线》成为其机关刊物,1926年又改组为"日本无产阶级艺术联盟"。不久,普罗文学组织内部开始发生分裂和对抗。1927年,"日本无产阶级艺术联盟"分裂,一部分人退出另外成立"劳农艺术家联盟"。稍后,刚成立不久的"劳农艺术家联盟"又开始分裂,一些人自立门户,成立"前卫艺术联盟",形成普罗文学三派鼎立的局面。1928年,由日本共产党支持的"日本无产阶级艺术联盟"和"前卫艺术联盟"合并,成立"全日本无产者艺术联盟"(简称"纳普"),并创办机关杂志《战旗》,不久又改组为"全日本无产者艺术团体协议会";1929年,作为协议会下属团体的"日本无产阶级作家同盟"宣告诞生。自此,日本普罗文学出现"《文艺战线》派"与"纳普"派两大阵营对立的局面。"纳普"派有藏原惟人(1902~1991)、小林多喜二、德永直、中野重治和片冈铁兵(1894~1944)等著名文艺家。这一时期成为日本普罗文学的全盛时代。1931年九一八事变后,普罗文学面临的社会政治环境急速恶化,普罗文学内部也开始出现变质倾向。为此,藏原惟人还提出作家"共产主义化"的主张。但随着白色恐怖日益加剧,普罗文学领导人纷纷被捕,普罗文学阵营开始出现动摇。1934年,作家同盟宣告解散,这象征着普罗文学遭遇重大失败。而被迫发表解体声明,宣告停止作家同盟活动的,正是时任作家同盟总书记的鹿地亘。参见汤地朝雄『プロレタリア文学運動―その理想と現実』(晩聲社,1991)、『日本大百科全書』(小学館,1988)等。

达人，两人可以直接用日语进行交流。虽然后来鹿地亘联合署名改造社《大鲁迅全集》日文译者，算是有些名气的鲁迅文学翻译者，但实际上他的翻译工作，除了得到鲁迅本人的再三指点和帮助，还有鲁迅的忠实弟子胡风以及精通中文的驻沪日本记者的大力帮助。[1] 在这个意义上，鹿地亘的翻译家头衔其实是很有些特殊的。鹿地亘具有鲜明的小说家气质，他的鲁迅回忆叙事很少有条分缕析的评论描述，更多的是充满感性的诉说。《上海通信》（二）便非常充分体现了这一特点。他笔下的鲁迅是一个具体的、动态的、充满感性细节的存在：或是音容笑貌，或是对话漫谈，或是述者随时随地的所思所感乃至曼妙想象。

鹿地亘留意鲁迅外表的视觉印象，尤其被鲁迅的眼睛所吸引而牵动了小说家的奇妙联想。他再三感受到眼睛不仅是一个人的视觉感官，也是眼睛主人人格和情感的视窗。在鹿地亘心里，鲁迅的眼睛甚至可以是一道人格化的风景：

> 我时常与鲁迅见面。随着见面次数的增加，我愈来愈喜欢他。我尤其想与诸君说一说他的眼睛。那实在是一双出色的眼睛。略微厚重的眼睑下，是那宛如深幽澄澈的湖水一般的眼睛。如果借用诗人的语言，在那波澜不惊静寂如镜的湖面下，潜伏着中国的过去和未来，包容着二十五年来革命山脉的起伏。侧耳倾听他那平和含蓄而幽默的语言，实在愉快。那时，在我的眼前，那个作为自然人的鲁迅消失了，像雾一般涌现出来的是中国的命运、中国的悲哀苦闷和激情，正像北欧神话中妖旦的魔镜映射着现在、过去和未来一样。

---

[1] 鹿地亘回忆："第一次拿到鲁迅修改过的译稿时，我感动得不知说什么才好。鲁迅精心制作了详尽的勘误表。还在小纸片上用毛笔写下具体说明。听说鲁迅为了我的译稿，通宵达旦地工作。"在鲁迅健康状况恶化之后，胡风替代鲁迅每周两次到鹿地亘住处，帮助鹿地亘校正修改译稿。(『中国の十年』，第 27 页）胡风本人也曾提及这一段经历。此外，在将鲁迅作品译为日文的过程中，时任日文报纸《上海日报》记者的日高清磨瑳精通中文，对鹿地亘的翻译出力良多，或者说这是两人的合作翻译最为准确。

鹿地亘的感受和叙写充满诗意，既有丰富想象，更有对鲁迅的崇敬感佩，迸射着普罗文艺战士的浪漫，甚至略带一丝夸张和生硬。

作为一位日本左翼革命者和文艺者，对于鲁迅的思想和精神特征、鲁迅文学的本质这样一些重大问题，鹿地亘还无法做到全面准确的把握和理解，但他有机会直接受教于鲁迅，同时又与胡风等人交往密切，受到这批左翼革命文学者很大的影响。鲁迅逝世后，他参与《大鲁迅全集》的翻译工作，负责翻译鲁迅的杂文作品。其间一直得到胡风的帮助，该卷署名"鹿地亘"，"导读"其实出自胡风之手。《上海通信》（二）所呈现的对于鲁迅的整体认知和评价，表明鹿地亘忠实接受了他所翻译的瞿秋白《〈鲁迅杂感选集〉序言》（1933）的基本观念，他在文中详细引述了瞿秋白对鲁迅的评述，特别提到对虚伪的憎恶、现实主义、战斗主义、反中庸和幽默等关键词。这篇文章还特地选用了瞿秋白的照片——正当盛年，风度翩翩。这在1930年代的日本媒体大概是绝无仅有的。

鹿地亘的"通信"记录了鲁迅的许多谈话，考虑到他的文稿得到过鲁迅本人的亲自审阅，可以说他的这些记录文字具有很高的真实性和史料性。比如1933年作家郁达夫从上海迁居杭州，受到一些左翼文艺人士的批评。鲁迅在与鹿地亘交谈中也提及此事。鹿地亘说鲁迅表示自己不太喜欢杭州，担心躲到那个安逸优雅的世界里，"人便不免脱离激荡的世界，在安乐中衰亡"。但另一方面，在表达遗憾的同时，鲁迅对老友也有深深的理解和体谅：

> 年轻的热血青年们要我写文章批判郁达夫的堕落。我很了解郁达夫。所以我很为难。青年们容易为热情所驱动，看到一个人走错了路，他们往往会把他的整个人和工作全都否定掉。我不赞成把郁达夫以往的工作都说的一无是处。无论怎么说，2+2等于4都是真实，而2+2不等于4都是谬误。我们可以去劝阻郁达夫不要去做官僚（指郁达夫1936年2月赴福建省政府担任参议——引用者注）。那样的话，作为文学家的他就会被毁掉。

鹿地亘夫妇、胡风等在上海窦乐安路（多伦多路）。上海鲁迅纪念馆提供

鹿地亘夫妇与郭沫若等，摄于1938年。上海鲁迅纪念馆提供

当然，年轻人的话也有正确的一面。流传后世影响社会的是作品，而作者则终究要死去。所以图谋虚名的人生活堕落腐败，却还要写些冠冕堂皇的东西。这种虚伪的文字又会让读者堕落。

鲁迅这种抗拒虚伪的坚毅令鹿地亘深感震撼和折服。他说："我默默地听着他说，他的一席话深深打动了我。我不禁想起这一年来所经历的痛苦。""我为有机会把鲁迅的这些话传达给诸君而感到欢欣。"

四 《上海通信》的中国印象

除有关鲁迅的记载之外，《上海通信》还包含了许多其他珍贵信息，有助于我们深入了解鹿地亘的在华经历，了解鹿地亘与鲁迅及中国文艺界的往来交流，并通过鹿地亘的中国体验，更加深切地还原和把握1930年代中叶上海及中国文艺界的历史现场。

《上海通信》（一）写于1936年2月1日，发表于3月初。通信的末尾有简短的"编辑部附记"，曰："鹿地亘先生于1月中旬随某剧团先抵青岛，然后赴上海并与剧团分手，目前暂滞留上海。鹿地氏特别允诺为本刊撰写上海通信。很高兴今后我们可以借此和读者诸君一道了解国际都市上海、中国文坛以及各色人物。"据《上海通信》（一）及（三）记述，鹿地于1月24日中午乘客船"奉天丸"由青岛启程，于次日——一个江南少有的雪天——清晨抵达上海。鹿地亘在赴华之前，已有写作计划并已与杂志方面谈妥发表事宜。来华后，鲁迅以及胡风的关心和催促，成为他执笔写作的一个动力。《上海通信》（三）中这样写道："好友H君（指胡风——引用者注）劝我说'趁印象新鲜，把看到的都写下来吧。不然要不了多久，就会像我们一样变得神经麻木了'。"的确，《上海通信》正是作者来华之初新鲜敏锐感觉和记忆的刻录。

正如小标题"虹口地区"所示，《上海通信》（三）中有许多作者刚到上海时的所见所闻和所感，文章记述了虹口一带（时为在沪日本人聚居区域）的各种场景，宛如用文字连缀起来的系列写真。我们先看国际大都会上海给作者的第一印象：

> 这座城市给我一种灰暗的印象。从船上放眼上海，虽无东京那般净朗，但远远望去宛如凸凹剧烈的锯齿一般装扮着天空的近代建筑，确为日本的都市所不及。在这风景中，可以感受到繁盛和动感，更可以感觉到繁盛和动感所具有的一种明快。不过，一出了码头，刚才的印象便一下子被打碎了。呈现在眼前的，是古旧的红砖建筑物如高墙一般挟着仿佛跌落在谷底的道路，让人猜不出两边的高墙后面发生着什么。在来来往往中，街区的每一处都仿佛被高墙保护着，湿淋淋脏兮兮的沥青道路上往来的人流，仿佛是被无数的人家和街市赶出来的一般。更严重的是，当我被卷入到这不安的人流的一瞬间，忽地朝我袭来的，是一群有数十人的黄包车夫。中国的人力车夫。就是芥川龙之介在《上海游记》里描写的车夫。他写道："说到中国的车夫，说他们是污秽的代名词并不夸张。放眼一看，个个都是一副怪怪的样子。他们围在你的前后左右，个个伸着脖子大声喊叫着，吓得刚上岸的日本妇人战战兢兢的。当一个车夫拽我的外套的袖子时，我不由得退到身材高大的A君的背后。"就是这些车夫，人们对他们抱有先入之见，甚至很容易把他们和盗贼劫匪联系在一起。朋友一直提醒我："去了上海，不要一个人外出走路，不要在不安全的地方坐人力车。"我也害怕在这冬日里被弄到什么地方，再被扒光衣服，尤其眼下正是抗日气氛高涨的时节。于是，当一齐涌过来的车夫中，猛然有人要向我的旅行箱伸手时，我也不由得像芥川一样一边暗暗胆战心惊，一边壮起胆子朝他们大喝。

把鹿地亘的这些描述与芥川龙之介《中国游记》（1921）以及夏目漱石《满韩处处》（1909）相对比，可以看到惊人的相似。其中既有对眼中映射的上海都市社会现实场景的记录，也有异国日常生活风景以及文化差异所带来的错觉和困惑，还有些与关于中国的普遍"记忆"相关联的差异所带来的惊恐。

鹿地亘特别留意上海这一近代都市空间的两重世界，即外国人居住区"租界"和中国人居住区"华界"的差异。租界的道路是柏油路，平坦宽阔，沿街是傲然屹立的近代建筑；而中国人居住区到处都是凸凹不平的狭窄石子路，阴暗潮湿、脏污破烂。鹿地亘慨叹"这些华人街简直就是被租界包围着的小岛"，是"被近代大都市所包围的特殊部落"。他不无哀伤地称之为一道"充满巨大反差和暗示的风景"。他在这幅图景中看到了强与弱、压迫与被压迫的结构形态，明确指出西方列强倚仗强势，枉顾中国主权，强行拓展租界的边际和道路，最终形成了这种异常的两重空间。

鹿地亘还特别关注和描写了1932年日军发动一·二八事变留给上海的满目疮痍，这成为贵重的历史记录。他写道，"沿着四川北路走下去，映入眼帘的首先是道路——构成市街中轴的道路，其两侧被大火焚烧过仿佛被削割了一般的大片荒原，周围满是坍塌的红砖建筑物"，"走到闸北，更加触目惊心：遍地废墟，只剩下梁柱的楼房和布满弹孔的红砖残壁。在商务印书馆图书馆——十九路军顽强抵抗的据点——附近，因为落下了太多的炮弹和飞机炸弹，街道的正中央看上去就像破旧的煤矿一般，笼罩着灰白色的死气，周边是人间的嘈杂，令人觉得这坚固的建筑物的骸骨给世间笼罩了一层不祥的气息"。他还描述了饱受战争摧残的受难者（失去肢体的伤残者）沦落街头乞讨的凄惨场面，表达了对残酷战争的厌恶。尽管由于各种原因，鹿地亘还无法直截了当批判日本军国主义，但他正视战争，记录战争带给中国的劫难，表明自己的厌战、反战意识，实在难能可贵。

鹿地亘滞留上海时期的活动主要集中在文艺领域。《上海通信》（一）便详细记述了他对上海文艺界尤其是左翼文艺界的观察感知，以及他与中国左翼文艺工作者的往来交流，提供了一些新文学现场的历史细节。譬如，1936年1月31日，也就是到达上海五天后，鹿地亘便在胡风的陪同下前往书店街

"四马路"（福州路）搜求文艺杂志。他看到，"四马路书店众多，每一家书店都摆着很多文学杂志。这种文学杂志泛滥的景象，像极了东京的书店"。

鹿地亘来华的直接原因，是要摆脱日本政府对左翼思想文艺运动的严厉取缔和镇压，寻求一条新的生路。来华后，鹿地亘敏锐感受到中国的左翼革命文艺者也处在白色恐怖的压迫中，经历着与日本普罗作家近似的磨难。他注意到中日两国的左翼文艺运动呈现着重合的运行轨迹：日本的"无产阶级文化联盟"和中国的"左翼作家联盟"都诞生于1930年代初，在经历蓬勃发展之后，目前又都在经受低谷时期的考验；中国的普罗作家胡也频等人和日本的小林多喜二在同一时期惨遭杀戮，丁玲和华汉（阳翰笙）等人被南京政府逮捕，而日本左翼作家则在国家权力的高压下集体"转向"。

鹿地亘与当时开始崭露头角的诗人臧克家有过往来："昨夜，一位名叫臧克家的诗人为我朗诵了他的诗作《水灾》。在各色各样的诗作中，这首歌咏长江水灾的作品立即引起了我的兴趣。"因为长江象征着中国。但鹿地亘对《水灾》有些微词，认为作品虽然写了"天灾"，但未能表现出"痛苦着的伟大中国"和"战斗着的民族的雄姿"。写作《上海通信》（一）时，鹿地亘尚未见到鲁迅，但已约好数日后见面："近日将去见鲁迅。在东京，曾有传言，说鲁迅已经无法公开合法地进行活动，为躲避南京政府的监视，他已匿身于上海的深街密巷。这完全是子虚乌有了。要是和鲁迅说起这些，他一定会哈哈大笑吧。"

不过，鹿地亘来华后的这段文艺岁月并不长。以卢沟桥事变为分水岭，之前主要从事文艺活动，包括翻译介绍鲁迅文学等。七七事变后，中日关系风云突变，东亚的两个重要国家再度突入交战状态，鹿地亘的处境也随之激荡不安。1937年8月，中日战争的第一个大战役"淞沪会战"爆发，鹿地亘和妻子迅即离开日租界进入法租界。11月下旬，中国军队会战失利，全面撤退。11月21日上海沦陷。日本军队占领上海后，随即要求法租界工部局引渡鹿地亘。鹿地亘得知消息后，立即着手逃离上海。之后在国际友好人士路易·艾黎的帮助下，于年底逃往香港。翌年3月，应国民政府邀请，鹿地亘夫妇离港奔赴武汉，加入国民政府抗日阵营，担任国民政府军事委员会政治部审计委员会委员，投身对日反战宣传活动，并一跃成为海内外瞩目的风云人物。[1]

2022 年 9 月、12 月修订于上海

---

[1] 井上桂子：『中国で反戦平和活動をした日本人：鹿地亘の思想と生涯』，東京：八千代出版，2012 年，第 38 頁。

女诗人森三千代的鲁迅记忆叙事
——《鲁迅先生的印象》考论

日本现代女作家森三千代的回忆录《鲁迅先生的印象》,是鲁迅的同时代日本人留下的一篇非常重要的回忆性鲁迅叙事文本。以往在中国及日本刊行的鲁迅研究资料文献目录上,一直不见该文本的具体信息,既无刊载时间和杂志名称,更没有具体的文本,形如"佚文"[1]。所幸,笔者于四年前发掘到这篇文章的日文原刊本,现完整翻译和披露森三千代的回忆全文,并对有关问题进行考察辨证。

一 来华日本文艺人士"拜会鲁迅"

1926年8月,鲁迅离开任职达十四年之久的中华民国政府教育部,南下赴厦门大学任教;同年年底辞去厦门大学的教职,转赴广州任中山大学教授;三个月后,又辞去中山大学的职务,于9月底前往上海,开始人生最后十年的职业作家生活。鲁迅定居上海迅即产生了很大的影响效应,引发了来华日本文人"拜会鲁迅"的热潮,中日两国在文学领域的人际交流进入了一个新的阶段。

在日本近现代知名文人中,唯美派作家谷崎润一郎(1886～1965)曾在

---

[1] 2018年,有旅日研究者在论文中提及找到该资料,并介绍了部分相关内容。详见赵怡:《鲁迅与日本文人夫妇金子光晴、森三千代》,《鲁迅研究月刊》2018年第4期。

较早时期赴华旅游。1918年10～12月，三十二岁的谷崎从海路只身前往中国，经釜山—京城（现首尔）—平壤抵达奉天（沈阳）；随后为山海关—天津—北京—汉口—九江—庐山—南京—苏州—上海—杭州—上海，在中国大江南北游历近两个月。这次中国之行时，谷崎尚无中国方面的人脉，因此与中国文艺界或学界都没有交集，为他提供帮助的是几位长期在华生活的日本人，如辻听花、村田孜郎、平田泰吉以及土屋计左右等。[1] 两年多之后的1921年3～7月，天才小说家芥川龙之介（1892～1927）以大阪每日新闻社海外视察员的身份来到上海，先因急病疗养三周，随后遍游上海周边各地，再后顺长江—庐山—武汉—洞庭湖—长沙—北京—天津—朝鲜的路线结束了长达四个月的访华旅程。回国后芥川出版了《中国游记》（改造社，1925），而《上海游记》便是全书的首章。[2] 与谷崎访华时相似，芥川到上海时，中日文学界相互交流的人际中介还没有形成。具体说，就是留学日本并与日本文学界多有交流的创造社成员们尚未回国，后来成为中日文坛交流重要据点的内山书店也还没有登上历史舞台。

不过情况很快发生了重大变化。1922年9月，创造社作家田汉结束留日归国。田汉在日本留学期间与日本文学界有很多交流，尤其当时已成为知名作家的佐藤春夫关系密切。于是当他回到上海后，中日文坛的互动交流迅即通畅地连接起来，进入快车道。很快，1923年春，作家村松梢风（1889～1961）带着佐藤春夫为他写的介绍信来到上海。在田汉的倾心帮助下，村松见到不少中国文人作家，相当深入地体验和了解了中国社会，并于1924年出版了小说《魔都》。今天看来，这本书的一大贡献毋宁是创造了"魔都"这个有些新鲜诡异，至今仍频繁使用的城市指称。1926年，谷崎润一郎第二次访沪，而这一次的情形与1918年大不相同。临行前有人向他举荐内山完造，谷崎来沪后遵嘱持信造访

1　参见［日］西原大辅著，赵怡译：《谷崎润一郎与东方主义——大正日本的中国幻想》，北京：中华书局，2005年。
2　日本方面有关芥川龙之介的研究数量庞大，本文参阅关口安义：『特派員 芥川龍之介：中国でなにを視たのか』（毎日新聞社，1997）等文献。

内山书店，内山完造向他介绍了上海文坛的许多情况，并特意邀请郭沫若、田汉、谢六逸等人举行了旨在促进中日文人交流的欢迎宴会。通过这次上海之行，谷崎与中国新文学作家建立起联系通道，内山书店所发挥的中日交流窗口的作用也深受瞩目。自此开始，佐藤春夫、金子光晴、森三千代、横光利一等日本作家、文人、学者、记者、出版家等纷纷来沪，中日文艺界人际交流的繁盛局面开始形成。[1]

鲁迅抵达上海翌日，即赴内山书店购书。《鲁迅日记》载：10月3日，抵沪，下榻"共和旅馆"（现延安东路158弄）。10月5日，"往内山书店买书四种四本，十元二角"[2]，时逢内山外出不在；10月8日，鲁迅搬入横滨路景云里（现虹口区横滨路35弄）23号，当天下午又往咫尺之遥的内山书店，"买书三种四本，九元六角"[3]，并与老板内山完造相识，开始了两人的交流和友谊。由于鲁迅的到来，已创办十年的内山书店加速成为一个聚集和连接中日文化人的"文化沙龙"。当时对很多日本文人来说，到上海去，一要找内山完造，二要拜见鲁迅，一时间成为一种时髦。1920年代初田汉等留日出身文人的回国、内山书店的逐渐发展和活跃，再加上1927年鲁迅移居上海，这三重因素相互对接，形成了一个以"内山书店"为窗口的中日文艺界人际交流的场域空间，有力推进了中日文人、学人的交流发展。[4]

---

1 日本中国现代文学研究者小谷一郎在较早时期做过考察，详见其「村松梢風と中国：田漢と村松、村松の中国に対する姿勢を中心に」、「金子光晴と中国：一九二六年の最初の「中国行」を中心に」。以上两篇论文均见小谷一郎：『創造社研究：創造社と日本』，東京：汲古書院，2013年。
2 《鲁迅全集》第16卷，第40页。
3 同上。
4 关于鲁迅与内山完造，以及1920年代、1930年代中日文学者的交流问题，中日两国学者已有诸多考察。在中国方面，例如署名"唐政"的系列论文、周国伟《鲁迅与日本友人》（上海书店出版社，2006）、徐静波《近代日本文化人与上海（1923—1946）》（上海人民出版社，2013）等，都对鲁迅与日本人的交往关联进行了介绍或考察。日本方面的研究，如有关内山完造的数种传记，皆谈及内山与鲁迅以及其他中国文学者、文化人的关系。丸山昇：『上海物語　国際都市上海と日中文化人』（講談社，2004）等也论及这方面的内容。

二 森三千代、金子光晴夫妇与鲁迅

森三千代（1901～1977）和金子光晴（1895～1975），是一对现代日本文坛上罕见的个性强烈、特立独行的夫妻作家。妻子三千代身兼诗人和小说家，丈夫光晴则主要以诗歌享誉文坛，还是大半个画家。光晴比妻子大六岁，文学出道早，名气更大一些，对妻子走上作家道路有过帮助。

三千代，出生于日本四国地区的爱媛县，自幼喜欢文学，1920年（十九岁）考入东京女子高等师范学校（今御茶水女子大学），主动结识校外文学青年，积极参与文学活动，并开始发表诗作，走上文学道路。1924年（二十三岁）三千代与崇敬已久的诗人光晴相识并坠入爱河，很快结婚成亲。婚后两人与文学伙伴创办诗歌杂志，展开一系列文学活动。光晴是日本爱知县人，原姓"大鹿"，两岁时被父母送给"金子"家做养子，后随养父工作迁移，举家搬到京都，再至东京。十岁时曾跟随浮世绘画师学习日本画，并开始醉心文学，立志成为作家。1913年（十八岁）他中学毕业，进入早稻田大学英文科预科，两年后退学，不久进入东京美术学校日本画专业，但很快又退学进入庆应大学英文科预科，结果还是因病休学再至退学。1917年（二十二岁）养父去世，光晴获得10万日元的巨额遗产，但仅仅数年便将之挥霍殆尽。1919年（二十四岁）自费出版第一部诗集《赤土之家》，随即赴欧洲长期旅游。1921年初回国后，继续从事诗歌创作并参与诗歌杂志的编辑。

1926年年初，光晴从一家报纸获得一笔稿费，便偕同三千代于3月访沪，继往苏州、南京和杭州等地游历。[1] 这是他们夫妻二人的首次访华。两年后的1928年3月，光晴又应约陪同友人国木田虎雄（1902～1970，著名作家国木田

---

[1] 日中两国的相关研究文献多有森三千代、金子光晴1926年春首次上海之行见到鲁迅及郭沫若的记述，但存在时间错讹。1926年春，鲁迅尚在北京中华民国政府教育部任职，郭沫若则已离沪赴广州中山大学任教，故此次会面当属误记。

独步之子）夫妇访问上海和杭州，其间与郁达夫和鲁迅等相识。不幸的是，在此次上海旅行期间，留在日本的三千代与某大学生热恋同居，光晴和三千代的夫妻关系亮起了红灯。为了挽救夫妻间的情感危机，光晴提议并策划了两人同赴东南亚及欧洲旅行的计划。于是，两人于1928年11月携手来到上海。他们的最终目的地是欧洲，但由于囊中羞涩，两人先在上海住下。他们在日本人聚居的虹口北四川路余庆坊123号租借了一间房，过起了普通日本侨民的生活。为了筹措旅欧资金，夫妻俩在上海滞留了长达五个月之久。[1] 其间有过以下一些主要活动：1928年11月末抵达上海，田汉召集中国文化人四五十人举办欢迎会；12月中旬前往武汉，并碰到当地举行抗日游行，新年前返沪；光晴绘制春画册子《艳本银座雀》，雇人贩卖；1929年新年前后，又与来访的日本画家友人走访上海的日本纺织企业，兜售画作；同月，三千代的诗集《森三千代诗集　米修金公爵与麻雀》（金风社，1929）出版；1929年1月26日，两人参加中国文化人为日本作家前田河广一郎举办的欢迎会，31日三千代诗集由郁达夫转呈鲁迅；这期间光晴多次陪同前田河参加活动；3月，经郁达夫介绍，三千代开始与同为东京高等女子师范学校出身的女作家白薇交往；这一时期，光晴用浮世绘手法完成了《上海名所百景》的绘制，3月31日成功举办画展，鲁迅以20元选购两幅；4月，两人与画家友人往苏州旅行一月有余；5月初离沪继续旅欧行程。[2]

旅沪的近半年时间里，两人经济状况窘迫，生存压力沉重，但同时也前所未有的充实。光晴每天忙于作文作画，三千代也找回诗人的感觉，在内山完造、郁达夫、鲁迅、白薇、田汉、欧阳予倩等许多朋友那里感受到温情和真挚

1　关于森三千代、金子光晴夫妇与鲁迅的交往，赵怡《鲁迅与日本文人夫妇金子光晴、森三千代》(《鲁迅研究月刊》2018年第4期）有系统的整理考察，该文纠正了以往有关史实记述中的一些错讹，反映了这一课题研究在资料发掘考察方面的进展。作者系旅日学人，对光晴、三千代夫妇二人素有研究，著有系列日文论文。徐静波《金子光晴：一个诗人的上海与中国体验》（见《近代日本文化人与上海（1923—1946）》，上海人民出版社，2013）等论著亦较早涉猎此领域研究。

2　赵怡曾根据多方资料考察还原了三千代夫妇在上海期间的主要活动，参见「森三千代の上海：金子光晴と放浪の旅へ」，東京:『駿河台大学論叢』第34号，2007年。

的关怀;他们两人对中国的体验和观察,也因此与其他日本文人有所不同,更多表现出对中国的理解和亲近感。正如赵怡女士所言:"在众多访沪的日本文人中,金子光晴夫妇的经历十分独特。他们身为文人却不名一文,在上海基本上靠卖画(包括春画)甚至'蹭饭'度日。这种处境让他们有机会接触上海的底层,对'他者'的注视少了许多居高临下的表面层次的怜悯,多了一层感同身受的沧桑。同时沪上文人热情相待,令他们宾至如归的体验显然也帮助他们更深地理解了中国社会。三千代日后回忆,他们在其他国家都没能交上'像中国人那样的朋友'。因此之后在日本举国卷入侵略战争,绝大多数文人为之摇旗呐喊的时代,金子夫妇得以保持距离并写下了许多反战作品,实属难能可贵。""战后他们又分别创作发表了许多揭露并深刻反思日本侵略战争的作品。追根溯源,不能不说他们在上海的经历,尤其与以鲁迅为首的中国文人的友好交往对此起到了极其重要的作用。"[1]

1920年代、1930年代,有许多日本人士访问魔都上海并拜会鲁迅,但像三千代和光晴夫妇这样处境特别,长期滞留上海,全方位体验经历上海魔都生活洗礼的却相当罕见。

在鲁迅日记及书信中,留下了这对夫妻在上海的活动记录:

1928年4月2日:"达夫招饮于陶乐春,与广平同往,同席国木田君及其夫人、金子、宇留川、内山君,持酒一瓶而归。下午往内山书店买《世界文艺名作画谱》一本,二元二角。"

1929年1月26日:"午达夫招饮于陶乐春,与广平同往,同席前田河、秋田、金子及其夫人、语堂及其夫人、达夫、王映霞,共十人。"

1929年1月31日:"达夫来并转交《森三千代詩集》一本,赠粽子十枚。"

1929年3月31日:"午后同柔石、真吾、三弟及广平往观金子光晴浮世绘展览会,选购二枚,泉廿。"

---

[1] 赵怡:《鲁迅与日本文人夫妇金子光晴、森三千代》,《鲁迅研究月刊》2018年第4期。

1934年3月12日:"午后得《東方の詩》一本,著者森女士寄贈。"[1]

1934年3月17日:"拜启:惠赠的《东方的诗》于前天收悉。托您的福,我坐在家里便可以漫游各地,谨致衷心感谢。说到兰花,在菜馆聚会的情景不禁历历在目。但如今的上海已与当年大不相同,实在寂寞不堪。"[2]

关于这一段难忘的上海岁月,光晴日后写过不少回忆和记述文字发表,如经常为人提及并引用的自传作品《诗人》和《骷髅杯》(分别见《金子光晴全集》第6卷、第7卷,中央公论社,1975)等。但实际上,光晴这些自传作品基本写于1970年代,而这时距离他们当年的上海岁月已有近四十年的久远时光;再加上光晴的回忆中常有诗人的想象和敷衍,造成了回忆的一些偏误和某种虚构性。[3] 相比之下,三千代的《鲁迅先生的印象》发表于1947年,比其夫君的回忆足足早了三十年,再加上文章具有纤细的纪实性和信息密度,因此成为一篇特别值得关注的"鲁迅回忆"文本。

三 森三千代的鲁迅记忆叙事

在海外鲁迅传记资料中,日本人留下的鲁迅回忆叙事数量最多,信息密度也最大。三千代的这一篇更有一些不同寻常之处,它既有日本人鲁迅叙事的共同特征,同时又展现出极其强烈的个人印记,从"事件""经历"的记忆,到叙事方式和文体表征。

第一,"异邦人""漂泊诗人"(旅行者)的视角及其独特效应——细节表象的记录。"异邦""旅行""诗人"的主体身份,使得三千代在面对一个陌生的异国"空间"(上海)以及叙事对象(鲁迅)时,更多凭借感性观察和理解,形

---

[1] 《鲁迅全集》第16卷,第76、121、122、128、438页。
[2] 日语原信出自《鲁迅全集》第14卷,第288页,此为作者根据日语原信译出。
[3] 参见前出小谷一郎及赵怡文。

成记忆文本的"写生""记录""纪实"形态;尤其是异邦人和旅行者视角,使得本国人、本地人习以为常乃至视而不见的"事实""细节"大量进入三千代的关注和记录视野,留下了很多难得的空间表象,尤其是细节事实的表象记述。

读下来便可以发现一连串的"细节"记录:三千代和光晴栖身在日本侨民聚居的"空间"之一——北四川路余庆坊[1],胡同"铺着石板",胡同口有老虎灶,卖开水的男人"长着黑痣光着膀子";而在"食"这件事上,一个月花"12块",便可享受早晚两顿饭,并由饭馆送到家里。"魏盛里"时代的内山书店,在福民病院对面的巷子里,老板内山夫妇都穿毛衣,一个是"灰色",一个是"浅黄色",客人很多,日本人中国人各占一半。关于当时中国文坛的回忆也很珍贵:"创造社"斜对着"月宫跳舞场",离"新雅"菜馆很近,再不远还有日本妓院;在内山书店见面认识的中国文人中,王独清"有些口吃,人也害羞";与郁达夫相识后,他"或来我们的住处做客"或带我去女作家"白薇"那里去,他总穿着"蓝色棉布服","里边还套着一件色调相近的纹缎衫"。关于他的夫君光晴为筹集旅欧经费绘制出售"上海百景"一事,三千代记录下了有趣的细节:画作"是画在宣纸上的水彩画小品,有很多描绘的是黄浦江景色和戏曲场面";画展期间画框木材潮湿,"导致画作本身严重皱缩",但所幸"认识我们的中国人和日本人接踵而来,三天的画展下来,共签约售出了约三分之一的画作"。另外,有关1932年一·二八事变后上海城市氛围的紧迫险恶,以及街区具体情形的描写也都是宝贵的"历史记忆"。

这些"细节表象的记录",很大概率并非作者有意为之,而是来自作者特有的域外旅人的身份立场和其他一些条件。这些记忆文字看上去也许没有什么微言大义,但至少有两个不容小觑的重要意义。一是,在还原或重构历史现场时,这些细节表象可以表征历史事实的细部结构,充填历史的空洞和缝隙,让

---

[1] "余庆坊",今四川北路1906弄,建于20世纪初,意为"吉庆有余"。小区内有三层楼房14幢、二层石库门房屋172幢。三千代和光晴租住于二层石库门房屋。

历史现场不仅是抽象的框架，还有血肉须发，因而变得丰满生动活泼，变得更加感性可视，可以成为"现场"。二是，有些"细节表象的记录"直接揭示了其他回忆所未有的因素，提供了新的事实。

三千代鲁迅回忆叙事的第二个特征，是以女性诗人的敏锐直感和纤细，通过近似多点透视的方式捕捉和描述各种不同瞬间的鲁迅，呈现其鲁迅记忆的多种面向。

三千代笔下初遇鲁迅的第一眼很别致。那是略有距离的"凝视"的视线："鲁迅先生扭过头朝我这边看过来。那是一双安详的眼睛。浓密的短胡须，胡须尖端略微向下卷曲。那风貌和孙逸仙颇有几分相像。""衣服是黑色的缎子布料。"几个细节特写，传神地呈现了鲁迅的神情气质和风貌，甚至有服装形态细部的写真：一个沉稳锐利，有气场并略带威严感的鲁迅。随处可见的第三者视角的鲁迅叙事，多为事实性记述。对前田河一郎欢迎会的回忆，再次证实了屡次为人提及的鲁迅讲述苏州兰花的故事；与某日本绅士对谈的记录，不仅为当事人（某日本绅士）的回忆留下旁证，还提供了三千代独自的记忆内容。鲁迅购买光晴画作的细委更是意味深长，余音缭绕：鲁迅参观了画展，却并未在现场购画，而是事后把钱交给内山并请他转告购画事宜。三千代说他们从未敢奢望鲁迅来买他们的画。鲁迅通过这种婉转的处理方式，一方面切实帮助到两位困窘的年轻日本友人，同时又贴心地回避了给对方造成心理压力。用心之恳切周到，令人感慨。不仅如此，第二天三千代见到鲁迅，当然立即道谢，可鲁迅没有正面回应，而是话题一转，风趣地调侃道：你们画的那山东大鼓的唱者，是一张日本女人的脸啊……三千代印在脑海的这个场面，留下了鲁迅的温情、体贴、得体和机智的形象。总体上，三千代用简洁的文字速写般描述了鲁迅的不同瞬间和片段，文字篇幅虽然不多，但记录和传达的信息却具体丰富而有效。

在回忆的最后，三千代叙述1934年寄赠鲁迅诗集并收到鲁迅回信，但因为战事吃紧，为准备疏散，家中行李都被打包，故没能找出那封信。但她还记得鲁迅在信中讲到兰花花市的事。四十四年后的1991年，三千代的儿子森乾

（时任早稻田大学教授）在整理亡母的影集时发现了这封珍贵的书信[1]，为鲁迅研究增添了一件重要史料，也证实了三千代的回忆记述完全属实。事实上，我们将三千代的回忆与其他史料（人证及物证等）比照参证，可以看到这篇回忆录包含的信息浓密而具体，非常值得信赖，作为自传性记忆的历史证言具有很高的史料价值。

第三，呈现心灵和情感的"记忆历史"。三千代是诗人，是一个具有丰沛感性和热烈情感的女诗人，她性格大胆奔放，一如其个人情史中再三发生的罗曼蒂克一样。她的鲁迅回忆，也恰如其分地映射出了这一鲜明特点。

回忆录开头一段的描述很特别，述说关于上海、关于鲁迅记忆的充满断裂的梦幻般的感觉："上海那段经历，虽然才过去十几年，但感觉上却仿佛非常遥远，完全不像是十年、二十年前的事情，"而"仿佛是很久以前做过的梦一样"。"在平日里会循着顺序逐一忆起的往昔，却因山崩地裂般剧烈变幻的时代风暴而远去，以至于我竟会怀疑自己究竟是不是亲身经历过那一切。""我在上海时期的生活，恰好就属于这样一种情形。"从1928年第一次来上海到1947年写作发表这篇回忆文，正好是二十个年头，而1932年由东南亚回国途中经停上海，也就是最后告别上海到1947年则是十六个年头。正如三千代所说，虽然这中间只是十几二十年的间隔，但却并非平稳、安详流淌时光的静好岁月，而是"山崩地裂般剧烈变幻"的动荡时代：1920年代末段，日本国内政治环境急速恶化，政府大举取缔"赤色势力"，逮捕镇压共产党人；中日间冲突也不断加剧，先有"济南事件"，稍后是军阀张作霖在由北京撤回东北途中被日本军队炸死，接着就是1931年日本军队发动柳条沟事变，1932年，又有作者经历的上海一·二八事变，1933年，一意孤行妄图吞并"满洲"的日本，索性退出"国际联盟"（"联合国"前身），并终于在1937年发动卢沟桥事变，挑起了全面侵华战争，中日两国进入生死对决时期，八年后日本成为战败国，沦为"阶下囚"。的确，这一时代的历史变动轨迹，无论对日本这个国家来说，

---

1 福康：《日本新发现鲁迅致森三千代信》，《鲁迅研究月刊》1991年第10期。

还是对作为个人的日本人来说，都可谓大起大落，由咄咄逼人到惨败投降，恰如一串恍然隔世的噩梦。另一方面，在私人领域，三千代与其夫君光晴的夫妻生活也如过山车一般，令人眼花缭乱。两人原本都是多情浪漫、奔放不羁的诗人，三千代没有毕业便与光晴恋爱并为此被迫退学；光晴则幼年被送人做养子，成年后虽有养父母留下的丰厚遗产，但禁不住光晴生活放浪，挥霍无度，与三千代结婚后不久便陷入经济"危机"；光晴素来生活随便，每有风流韵事，三千代也不甘示弱，搞出多情出轨事件。为此才有两人离日赴欧，先在上海逗留，得以深度体验中国，与中国文坛、与鲁迅产生种种交集和交流。离开上海后，他们先在香港和新加坡逗留，然后三千代去巴黎，光晴则继续留在马来半岛。两人到法国会合后也时常各自分别活动和生活，还办理过假离婚的手续，最后分别在1932年4月和5月结束漫长的旅欧生活回到日本。抗日战争全面爆发后的1937和1938年，两人曾两次短期来华，到北方的天津、北京、张家口、山海关等地旅行。至于上海，则再也没有来过。总之，三千代著文回忆上海和鲁迅时，中间横亘了近二十年的岁月，其间无论个人生活的小世界还是外部的大世界都发生了太多、太大的变化，给三千代的个人记忆叙事带来某种巨大断裂和倒错的感觉。

与搁置距离、冷静旁观的分析性叙述不同，三千代的鲁迅叙事充满感性，有热情有温度。她透过铭刻在脑海中的各个瞬间和场景，以质朴的直感方式再现记忆中的鲁迅。三千代和夫君在物质和精神遭受双重困境时来到上海。他们很幸福，遇到了中国友人的关切和温暖。譬如鲁迅，譬如郁达夫等等。三千代关于鲁迅买画的回忆，无疑是只有"当事者"才会有的珍贵证言。鲁迅不仅对年轻的异国同行伸出援手，而且给予他们最大限度的尊重、体贴和保护。这种纯粹的善意和慈爱，触动了三千代的心弦，发自内心的感动凝结成抒情的文字："我仿佛感受到一种父亲般的关怀，不禁鼻子一酸。"他"把我当成女儿一般，给予我关怀和教诲"。数年后，在结束旅欧回国路上途经上海时，一·二八事变的硝烟战火还没有散尽，上海仍处于一片紧张和恐怖之中，"客轮经过吴淞时，岸边的炮台上有子弹射过来"。但当"汇山码头的船桩越来越

森三千代《鲁迅先生的印象》原文首页书影

近,我的脑海里不断浮现出鲁迅先生、郁达夫先生、内山先生,以及其他朋友的面庞,不知道他们是否平安。无论如何,我都要上岸去拜访一下这些朋友"。想到鲁迅的内外处境,"想到原本有着那般超逸的文人风度的鲁迅先生也不得不遭受时代狂潮的冲击,不禁感慨万千"。在近现代,中日两国文人、学人的交往交流不可谓不多,成为好友频繁往来的也绝不在少数。但真正跨越隔膜和差异,达到情感和心灵沟通者却很有限。三千代夫妇无疑拥有过这种体验。

这种民间和私人范围的友好友爱,并未止步于个人的日常生活世界,而是进一步辐射到了当事人的政治伦理立场。基于人间的正直感受和正义感情,三千代夫妇一直对日本发动的战争保持怀疑和省思。她特别强调:"我与鲁迅先生见面虽然有限,但却留下了终生难忘的印象。日本发动了一场很大的战争,并且吃了败仗。我之所以为这场屠杀了无数中国人的战争感到极度痛心和困惑,那原因之一,无疑便是惧怕背叛已经深深烙刻在我心中的对鲁迅先生、对郁达夫先生的友爱。"通过鲁迅、郁达夫,以及中国友人们的关爱,三千代夫妇坚信人间的正直和正义,内在地克服了日本帝国时代的"国家""政治"权力话语的支配和魅惑,建构了勇敢坚韧的"反战作家"立场。

心理学研究认为，回忆在表征和恢复过程中存在着解释机制，因此回忆本身具有重构本性以及对事件的解释性编码特征。不过，这种重构和解释性编码会因人因时因地而呈现不同形态，有相对忠实和接近历史事实者，也有在事后解释中大幅度编码，有意无意进行大举虚构者。所幸，三千代的鲁迅回忆属于前者，因而具有了宝贵的资料价值。

附录：

鲁迅先生的印象[1]

（日本）森三千代　著　潘世圣　岳笑因　译

想起来，仿佛是很久以前做过的梦一样。

在平日里会循着顺序逐一忆起的往昔，却因山崩地裂般剧烈变幻的时代风暴而远去，以至于我竟会怀疑自己究竟是不是亲身经历过那一切。

我在上海时期的生活，恰好就属于这样一种情形。

上海那段经历，虽然才过去十几年，但感觉上却仿佛非常遥远，完全不像是十年、二十年前的事情。

北四川路遭受战火劫难以后的上海，是我绝对想象不出来的。浮现在我眼帘中的，依旧还是昔日上海的那些光景：走出余庆坊那铺着石板的胡同口，右边便是那个长着黑痣光着膀子的男人，手里拿着长柄勺子，舀起大铁锅里的热水，给提着水壶来买热水的女孩儿打水；那时候，附近专做外卖的饭馆儿，早晚两顿将饭菜放到蒸笼里送到家里来，一个月也只要12块钱而已。那是我们——金子光晴和我——从日本前往欧洲的中途，大约是昭和3～4年（1928～1929）前后。

那时候，上海的创造社成员们正如日中天。记忆中创造社在北四川路月宫跳舞场的斜对面，从新开业的广东菜馆"新雅"往南隔两三家便是。那一带是共同租界的繁华地带，再往胡同里面走，便是复杂交错的日本妓院。常有形迹可疑的男人们在胡同口转悠。

那时，张资平、郑伯奇、王独清等人声名鹊起，向人们显示着他们不同以往的新鲜价值。

而说到中国文学家和日本文学家，在他们之间存在着一个强有力的沟通

---

[1] 《鲁迅先生的印象》，原题「魯迅さんの印象」，发表于日本同人杂志《新樹》1947年1号。

的桥梁,那就是内山完造所经营的书店。正是因为内山书店的存在,日中两国文化人的手才握到了一起。几十年中,包括战争期间,这座桥梁一直发挥着重要作用。如果没有这座桥梁,中国人的内心想法便很难传递到我们这里,而我们也不知会怎样被中国人误解。想到这些,真不知道该如何感谢内山先生!内山书店卖出的大批书籍,也为中国的文化发展提供了可观的精神食粮。

那时候,内山书店还在福民病院对面那条窄窄的巷子——魏盛里。光头的内山先生身穿灰色毛衣,夫人那边则是浅黄色的,两人一起照看操持书店。细长的店铺里满是站着看书的客人,中国人和日本人大约各占一半,还有些人坐在椅子上闲聊天。后来老板又在胡同对面开了个杂志部,由一个名叫松尾的女人照看。我无处可去时,哪怕是没什么事,也总是要到内山书店坐一坐。

"王先生,王先生。到这儿来坐!来,我给你介绍个人。"

内山先生将一位身穿中式服装,站在书架前看书的年轻中国人叫过来,介绍给我。他就是共产主义诗人王独清。王独清有些口吃,人也很害羞,内山先生介绍时,他脸一下子就红了。

就这样,在这间不大的店面,内山先生介绍我认识了好些人。

我和鲁迅先生的相见相识也是这种情形。

当时鲁迅先生和郁达夫先生正在一起。他俩亲密地并肩而立,正出神地看着从书架上抽出来的一本书。

听到内山先生的介绍,鲁迅先生扭过头朝我这边看过来。那是一双安详的眼睛。浓密的短胡须,胡须尖端略微向下卷曲。那风貌和孙逸仙颇有几分相像。郁达夫先生个子比鲁迅高,什么地方有些像个调皮的孩子,眼睛很小,要是画简笔画的话,点个点就够了。但他没留胡须。两人都穿着中式衣服,戴着礼帽。鲁迅先生的衣服是黑色的缎子布料,郁达夫先生则穿着类似工人的工作服那样的蓝色棉布衣服。

打这以后,郁达夫先生或者来我们的住处做客,或者带我去作家黄白薇女士——她在东京留学时与我是同窗——那里。总之,我们之间有很多的往来交际。但郁达夫先生什么时候都是那件蓝色棉布服，里边还套着一件色调相近的纹缎衫。但在我看来，那的确是很潇洒的。

在欢迎日本作家前田河广一郎先生的宴会上，我忝列末席，这才有机会与鲁迅夫妇从容聊天。

鲁迅先生的夫人，据说是先生的学生，也是先生的崇拜者，但看上去的确是一位娴静的女士。宴会由内山先生精心安排，在四马路的陶乐春举行。那时的前田河先生风头正盛，与鲁迅先生的谈话也不免有咄咄逼人之处。据说那时鲁迅先生的思想立场与郁达夫很相近，具有文学家的特征，倾向于无政府主义。

"在苏州城外，每月月初，乡下的花农会带来盛开的兰花，举行一整天的兰花花市。城里的文人墨客们举家前来赏花。有人赏花品花，有人买花带回家。这种风俗自古有之，现在还保留着。嗯，这种旧时代的文人墨客在今天的中国也还有很多！"

对于鲁迅先生这番有关中国文人的低调谈话，前田河先生似乎毫无兴趣。

鲁迅先生的夫人大口大口地喝着烈性虎骨酒，但却毫无醉意。

那之后，又有一次去内山书店，碰巧赶上书店的例行聚会，一位中年日本绅士与鲁迅先生正谈得热火朝天。绅士是一位日本的大学教授和博士，专攻汉学研究。那位日本博士试图从中国儒教的角度解释现代中国社会；而鲁迅则反复解释，离开道教的功利思想就无法理解现在的中国。鲁迅一再强调，自己一贯认为，在任何时代儒教都不过是统治阶级的一个幌子，而民众的生活则无法脱离道教。那位博士并不服气。最后两人的谈话不了了之，话题也转到别处。

我们启程欧洲的日子终于临近了。

为了筹措旅费，金子在上海日本人俱乐部楼上举办了上海百景风俗画展览会。作品多是画在宣纸上的水彩画小品，有很多描绘的是黄浦江景色和戏曲场面。画框是请一家中国店赶制出来的，他们用的木料未经干燥，结果画展还没结束，画框后面的木板便有潮气渗出，导致画本身严重皱缩。画展开始后，那些认识我们的中国人和日本人接踵而来，三天的画展下来，共签约售出了约三分之一的画作。画展结束后，疲惫不堪的我们在回家途中顺路来到内山书店。

"鲁迅先生拿钱来放在这里了，他说想要唱诗人和戏曲那两幅。"内山先生告诉我们。

"是吗？那可不好意思了。我们没有想过要鲁迅先生买我们的画啊！"金子说道。

"哎，不要紧的。办画展原本是为了卖画的。你又没有让人家买。"

"那倒是不错……"金子不禁搔搔头，显得很难为情。

所谓唱诗人那幅画，画的是演唱山东大鼓（类似日本的净琉璃，以演唱形式讲故事）的年轻姑娘，演唱的内容大体是《水浒传》和《金瓶梅》之类。

第二天，我也在内山书店，正赶上鲁迅先生独自一人来到这里。我马上向先生表示感谢，谢谢他特意买我们的画。

"可是那唱诗人的脸啊，怎么看都是一张日本女人的脸。"鲁迅先生说。

"不过，日本女人和中国女人有那么不同吗？！"

"不一样，不一样！"鲁迅先生一边说一边朝内山先生那边望去。接着又把目光转向内山夫人，然后目光再次回到我这里。显然，鲁迅先生是希望内山先生发声赞同自己的意见，并且觉得内山夫人就是一个例证。不过，当他看着我的时候，似乎想法变得有些犹豫。

"不过，长得像她这样的中国女人倒也确实有。"内山先生看着我说道。鲁迅先生也连连点头表示同意。

"什么时候离开上海啊？"

"再过一个月就出发了。"

"注意身体啊。希望你们满载而归。"

我仿佛感受到一种父亲般的关怀，不禁鼻子一酸。

原定一月出发，结果一直拖到了三月。其间又有好几次见到鲁迅先生，有机会和先生比较深入地交换意见，可谓我的收获。自然，对先生而言，不过是把我当成女儿一般，给予我关怀和教诲。

岁月如梭。

三年多又过去了。我从欧洲回日本，再一次路过上海。

得知九一八事变爆发的消息时，我还在巴黎。在巴黎，人们大多同情中国方面，而作为侵略国家的国民，日本人的处境不免尴尬。但那只是我个人的感觉。从巴黎的中国人那里，我们并未明显感觉到他们表现出对我们露骨的反感。在回国的旅途中，客船上每天可以看到有关一·二八事变的船内新闻，客轮渐渐离日本越来越近。我和光晴是一同去的欧洲，但在欧洲旅行期间，鉴于我们各自的生活原则和兴趣，更重要的是由于一些经济上的原因，我们或是在一起，或是各处一方。我回国的时候，光晴正驱身深入马来的热带地区。我丢下他一个人登上了回国的轮船"鹿岛丸"。客轮经过吴淞时，岸边的炮台上有子弹射过来。我和其他乘客们都大吃一惊，慌忙逃回船舱。

汇山码头的船桩越来越近，我的脑海里不断浮现出鲁迅先生、郁达夫先生、内山先生，以及其他朋友的面庞，不知道他们是否平安。无论如何，我都要上岸去拜访一下这些朋友。

得知北四川路的北部（那里有我很多的朋友）正是战事最吃紧的区域，我试图努力说服客轮的大副。

"无论如何，请您允许我上岸！"

"不行啊！实在是太危险了！"

"我知道。但我真的需要上岸！"

我又去找了船长。最后大副总算让了一步：那好吧，上去瞧瞧就回来吧。哼，不过只要让我上了岸，那还不是我说了算！我心想。

走出码头一看，满大街空空荡荡，不见一个人影。顺着右边那条路，我朝杨树浦方向走去。才走出去不过百米，便看到刺刀林立，再往前则是沙袋堆垒起的掩体小山。

一群戴着钢盔的日本兵，密密麻麻地围了上来，严厉地质问我来干什么，要去哪里。我一说出目的地，立刻就是一声怒吼：不行！我无可奈何转身往回走。这时只见靠近杨树浦的码头上有一个日本妇女背着孩子站在那里。

"看，一只船，一只船，划呀，划呀！"母亲让孩子看那船。这时，沉闷颤抖的炮声接连不断地响了起来。我赶紧来到那母亲身旁。

"太危险了！带着孩子在这样的地方。"

那母亲回头看着我，笑了笑，达观地说："没事儿。就是在家里，该死也得死。"

无奈，我只能回到船上。

有很多逃离上海回国的人上了船。从这些人的口中得知，内山一家都安全，另外还听说一个朋友的孩子受了点伤。不过关于中国朋友的消息却一点也没有。

轮船启航之后，听上海一家某报社的人说，内山先生遭到日本军队方面忌恨，因为他们怀疑内山先生窝藏了很多中国人；又因为藏匿的都是中国的危险分子，所以中国政府当局也一直盯着他，他的处境十分不妙。记者的这番话虽算不上有什么好意，但让我大体了解到事情的真相，我还是觉得很高兴。

从九一八事变的前一年开始，蒋介石政府开始加强对共产主义作家的镇压，迄今为止已有11人遭到杀害，鲁迅先生也遭到通缉。想到原本有着那般超逸的文人风度的鲁迅先生也不得不遭受时代狂潮的冲击，不禁感慨万千。创造社也是踪影全无。听说成员们均已四处逃散，潜入法租界最杂乱的角落。郑伯奇用了化名以防暴露踪迹。所幸我所认识的人在人身安全上没有大碍。

毫无疑问，鲁迅先生的境遇对中国众多的知识青年影响巨大。为此，政府方面也一定煞费苦心。藏匿鲁迅先生的，应该就是内山先生。每当想到这些，我的脑海里就会浮现出内山先生夫妇的面容，就会觉得痛心。

写作这篇随笔时，我突然想起曾经收到过鲁迅先生写给我的信，便立即去找。但疏散时捆绑打包的行李物品还未整理，终于没有找到。因而在这里没法介绍给读者，非常遗憾。那是我回到日本后，出版了自己的第一本诗集，我把它寄赠给鲁迅先生，信便是鲁迅先生收到诗集后寄来的。信里回忆了当年讲兰花花市的事。收到那封信后不久，我便得到鲁迅先生逝世的消息。

我与鲁迅先生见面虽然有限，但却留下了终生难忘的印象。日本发动了一场很大的战争,并且吃了败仗。我之所以为这场屠杀了无数中国人的战争感到极度痛心和困惑,那原因之一,无疑便是惧怕背叛已经深深烙刻在我心中的对鲁迅先生、对郁达夫先生的友爱。

战前日本的鲁迅译介普及和认知
——改造社《大鲁迅全集月报》第 1 号考述

《大鲁迅全集月报》[1]，是日文版《大鲁迅全集》（改造社，1937 年 2～8 月）[2]各卷附带的出版通讯（以下以《月报》《全集》简称《大鲁迅全集月报》和《大鲁迅全集》）。《全集》共 7 卷，每月出版 1 卷，每卷附带当期《月报》一份，最终为 7 卷《全集》+7 期《月报》。《月报》出版先后顺序，即《全集》各卷实际刊行顺序：第 1 号 /1937 年 2 月 14 日 / 第 1 卷、第 2 号 /1937 年 3 月 20 日 / 第 3 卷、 第 3 号 /1936 年 4 月 20 日 / 第 2 卷、 第 4 号 /1937 年 5 月 19 日 / 第 4 卷、 第 5 号 /1937 年 6 月 20 日 / 第 7 卷、 第 6 号 /1937 年 7 月 20 日 / 第 6 卷、第 7 号 /1937 年 8 月 21 日 / 第 5 卷。

---

1 日本的出版社在出版全集、系列丛书、大型辞典等多卷本出版物时，通常每月刊行一卷，每一卷附带一期编辑通讯，称之为"月报"。这是日本近代出版业的习惯做法，也是日本出版文化的一个特色。一般来说，出版物有几卷，月报就相应有几期，形式为活页册子，篇幅有限，从几页到十几页不等。内容围绕该卷出版物安排，有作品介绍评论、作品及作者近况逸闻、编辑动态、读者来信，以及关于出版物的座谈纪要记录、出版预告等，包含书、作者、编者、出版社、读者的各种信息，是出版物本体的重要附件。在旧书店，这类出版物若缺失了月报，价格就会打折。事实上，由于月报以活页册子的形式挟带在全集中，极易散失损坏。《大鲁迅全集月报》罕见的原因也正在于此。
2 《大鲁迅全集》全七卷出版于 1937 年 2～8 月，一月一卷。其中第二卷刊行于"1937 年 3 月"，但该卷版权页却误印为"1936 年 4 月"。《大鲁迅全集》出版后未再版，上述误植似无订正。时至今日，譬如日本东京大学图书馆、日本国立国会图书馆主页依然沿用全集之误记标识的出版时间。国内出版物亦有同样情况。如《鲁迅著译影记》（冯英编著：大象出版社，2011 年，第 171 页）收录《大鲁迅全集》书影，并记曰："《大鲁迅全集》（日译本）昭和十一年（1936）四月至昭和十二年（1937）八月，日本东京改造社初版。"在辨识考究第二卷出版日期之际，曾蒙藤井省三以及长堀祐造两教授授赐教，在此谨致谢意。

作为与《全集》配套的出版通讯，《月报》记录保存了很多重要的历史信息，有《全集》翻译编纂现场和过程记录，有战前日本鲁迅译介研究样态的时代呈现，更有基于日本视角的鲁迅人生及文学叙事评论，是一份难得的综合性跨语际鲁迅史料，对于鲁迅研究，尤其是鲁迅文学的海外译介传播，以及鲁迅与日本的关系结构考察，具有重要意义。遗憾的是，尽管《全集》和《月报》面世已整整八十五载，但由于《全集》存藏数量极其有限，特别是日本以外更加稀少，而《月报》又由于活页形式动辄散逸，保存极少等原因，迄今为止国内学界尚无译介。理所当然，《月报》的整体面目及详细内容也未被知晓。日本方面的情形比国内稍好，但也仅仅止于鲁迅研究文献中的偶尔提及和个别引用。笔者早年搜求《月报》未果，所幸数年前得到海外研究机构和学界同人襄助，终于如愿以偿。现据整套完整《月报》及其他相关一手资料，逐次译述披露并解读《月报》的整体信息，供学界同人参考备用。

一　改造社—山本实彦—《全集》—《月报》

谈《月报》，首先要理清它的发生脉络，即改造社及其老板山本实彦、《全集》和《月报》这一重要的历史事实链条。

改造社是现代日本一家非常知名的出版社。它诞生于1919年，随后在1920～1930年代获得了急速发展，曾创造出现代日本出版史乃至思想文化史上的一系列纪录。仅以有关鲁迅的事项而言，改造社在较早时期注意到鲁迅的多重意义，他们积极邀请鲁迅向《改造》月刊推荐译介中国新文学作品，邀请鲁迅本人用日文撰稿在《改造》杂志刊载，让日本各界读者直接听到鲁迅的声音。在书籍出版的本业上，他们更是出台极富远见和影响效应的举措，先于中国刊行多卷本鲁迅文集——《大鲁迅全集》。尽管这套书并非严格意义上的全集，但仍旧在世界范围的鲁迅文学出版史上，率先开启了多卷本鲁迅文学出版的先河，为鲁迅文学在海外翻译出版贡献了新篇章，有力推动了鲁迅在日本以

 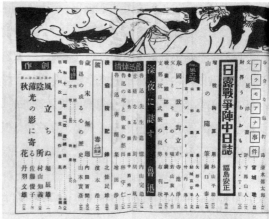

《改造》"鲁迅追悼特辑"

及东亚的阅读接受,并在无形之中极大促进了中国本土鲁迅全集的加速出版,成为世界鲁迅文学译介普及传播史上一个值得纪念的事件。

改造社老板山本实彦(1885～1952)比鲁迅小四岁,早年做过报社记者,后从事出版事业并蜚声于世,他还是一位社会活动家和政治家,曾当选过两届国会议员。山本实彦生于鹿儿岛县川内市,毕业于私立"日本大学"。早年当过九州门司市《门司新报》主笔,继而转任东京《大和新闻》记者,三十岁出头便当上了东京每日新闻社社长。1919年,山本实彦离开报社,创办了改造社。山本为人热情活络、豪爽、善于交际,点子多,有魄力,干事业有战略眼光和国际视野,又深谙出版经营之道。在他的有力统帅下,改造社开创了近代日本出版史上的一系列奇迹:出版社成立伊始,创办综合性杂志《改造》(月刊),大力推介宣传民主主义、社会主义和工人运动;在图书出版方面,率先翻译出版《马克思恩格斯全集》,使得改造社一举成为引领日本左翼文化思潮的重要平台。在出版商业经营方面,山本也别出心裁、独树一帜,于1926年策划刊行1圆1册的《现代日本文学全集》(63卷),成功掀起了席卷整个出版界的"圆本"热潮,在促进文化学术普及的同时,也获得了极大的商业成功。之后山本实彦出巨资聘请世界顶级学者和文化人访日，先后请来美国哲学家杜威、美国妇女节育运动的先驱玛格丽特·桑格、爱尔兰作家萧伯纳、英国哲学家罗素，以及德国科学家爱因斯坦等世界级人物访日，进行科学文化交流，为促进日本社会思想文化及科学学术的普及提高做出了巨大贡献。[1]

改造社自创立之初，即与中国思想文化界、学术界有诸多交集，尤其在1920年代中期以后，改造社加大力度，加强与中国方面的沟通交流。1926年7月，《改造》杂志将整个第7期编为"现代支那号"，刊载了有关现代中国的记事报道、研究论文和其他各类作品。在策划阶段，出版社派遣杂志编辑上村清敏前往上海，通过内山完造等人了解中国国内的有关情况，遴选邀请中国各领域著名人士为专号撰文，最终有胡适、陶晶孙、田汉、梁启超、郭沫若等三十多位中国作者的述评及文学创作亮相《改造》，上演了一场中日思想文化学术交流的盛举。专号"编辑后记"称，"若论（日中两国——引用者注）文艺界舆论界的友好交流活动，鄙刊的此次计划可谓开拓之举"[2]。以此为契机，改造社与内山书店建立起协作关系，改造社的书籍及其他出版物以内山书店为中介进入了上海的图书流通市场。山本实彦、井上红梅（1881～1949）、鹿地亘、木村毅（1894～1979）等人也与中国文艺界，特别是与鲁迅、胡风等结识交流，促成了日后中日文艺界的一系列合作。以鲁迅为例，《改造》杂志屡次向鲁迅约稿，鲁迅先后五次用日文撰稿发表在《改造》月刊，直接向日本读者发声，增进了日本知识界、文化界对鲁迅以及现代中国的认知，这在日本媒体中几乎是独一无二的。[3]

---

1 参见『改造』1952年9月号「山本実彦を悼む」专辑，刊有川端康成、长谷川如是闲、正宗白鸟、广津和郎、石坂洋次郎、野上弥生子、大山郁夫等十六人的追悼纪念短文。另见山本実彦:「十五年」(『改造』1934年4月号)、山岸郁子:「改造社の文学事業」(庄司達也など編:『改造社のメディア戦略』，双文社，2013)、『コンサイス日本人名事典·改訂新版』(三省堂，1993)、『日本近現代史辞典』(東洋経済新報社，1978)等。
2 「編輯後記」,『改造』1926年7月号。
3 除『改造』外，参见刘妍:「雑誌『改造』と中国の関連性について」(『神戸松蔭女子学院大学大学院紀要　文学部篇6』，2017年3月)。

改造社的另一个贡献，就是有力推动了鲁迅文学在日本的译介传播。1932年，改造社出版井上红梅译《鲁迅全集》[1]，成为最早的日文版鲁迅作品集。之后，改造社进一步策划鲁迅作品的翻译出版。1936年2月，山本实彦来华访问游历，在沪期间数次会晤鲁迅，商谈鲁迅杂文集出版事宜，确定由胡风编选、鹿地亘翻译、改造社出版。不料在杂文集即将问世之际，鲁迅突然病逝。翌日，山本实彦在《朝日新闻》发表讲话悼念鲁迅，感叹"我们失去了一位宝贵的友人。今年2月我去上海时，与鲁迅首次晤面。逗留上海期间我们有机会数次交游。与其弟周作人先生稳重悠然的性格相反，鲁迅话虽不多，但却非常敏锐，眉宇间凝聚着一种仿佛要燃烧的热情。他就是这样一个男人"[2]。为悼念鲁迅逝世，改造社以最快的速度在《改造》12月号上编辑"鲁迅追悼特辑"，"汇刊先生的遗稿及生前友人的追悼文章，表达我们对故人的哀悼和痛惜"[3]。紧接着，改造社又迅速做出决定，将原本即将出版的上下册鲁迅杂文集扩充为7卷本《大鲁迅全集》隆重推出。

关于鲁迅逝世以及《大鲁迅全集》紧急出版的前后细委，时任改造社编辑的高杉一郎[4]曾留下非常珍贵的证言。他说：

> 改造社的山本实彦社长身为明治时代的媒体人，[中略]，在中国有许多熟人，每年从中国旅行回来，他都会将旅行的见闻报告整理成一本

---

[1] 名曰"全集"，实为《呐喊》和《彷徨》全译，即"鲁迅小说集"。"全集"1932年11月出版，共计512页。封面署"鲁迅全集"，然后依次为『呐喊』和『彷徨』。末尾附井上红梅遵照鲁迅提议，参考增田涉及佐藤春夫等人的鲁迅传记记述编写的「鲁迅年譜」。
[2] 『朝日新闻』夕刊1936年10月20日二版。
[3] 「編輯後記」，『改造』1936年12月号。
[4] 高杉一郎（1908～2008），编辑、小说家、翻译家、教授。本名小川五郎。在东京文理大学学生时代，因左翼"社会科学研究会事件"受到牵连，被迫退学。1933年入职改造社，长期担任改造社旗下的重要刊物『文芸』月刊编辑，直至1944年出版社被迫解散。战后曾任静冈大学、和光大学教授，并从事写作及翻译活动。著作译作有『極光のかげに：シベリア俘虜記』（目黒書店，1950）、『中国の緑の星：長谷川テル反戦の生涯』（朝日新聞社，1980）、『スターリン体験』（岩波書店，1990）及『エロシェンコ全集』（みすず書房，1959）等。

书出版。［中略］在众多的中国友人中，山本对鲁迅尤为尊敬。从上海回来，必定要跑到编辑部的办公室来，向各位介绍鲁迅的近况。《改造》月刊1936年4月号发表的鲁迅用日文撰写的文章《我要骗人》(「私は人をだましたい」)，就是山本从上海带回来的；同年6月号刊载鲁迅推荐的短篇小说《羊》(萧军）也是山本定夺的。1936年冬鲁迅逝世，山本立即提议出版《鲁迅全集》。中国文学研究者增田涉入职改造社，成为我们的同事，就是为了具体负责全集的编辑工作。我至今仍无法忘记，在首次企划会议上，山本坚决而执拗地主张使用《大鲁迅全集》的书名。他做什么都喜欢大格局。在书名上，他也想要强调鲁迅是一个卓然超群的伟大作家。[1]

改造社的上述出版举措引发了中国媒体的高度关注，国内报刊媒体通过各种渠道对知情者进行采访，发表相关报道。《译文》杂志新2卷第5期（上海杂志公司，1937年1月）《日本改造社出版〈大鲁迅全集〉》一文便有非常详尽的报道：鲁迅逝世之前，"有几方面想翻译他底杂文，由胡风选，鹿地亘译的上下两大厚册的选集，从去年三四月起已经开始工作，且已决定了由改造社出版"。鲁迅逝世后，"改造社把计划出版的杂文选集扩大为全集，得到鲁迅夫人景宋底同意后，马上决定了翻译者为佐藤春夫、鹿地亘、增田涉、日高清麿瑳、小田岳夫、井上红梅等，网罗了日本文学者的大半，并请胡风、景宋、茅盾、佐藤春夫、内山完造为编辑顾问"。报道特意提及山本实彦与鲁迅的直接交往，"山本实彦氏和鲁迅先生有数面之交，对于全集的出版，非常热心和慎重，日前已亲来上海搜集拓画底照片和随同全集附送的月报材料。听说还有内山完造氏和鹿地亘氏陪同到鲁迅先生墓前致了敬礼"[2]。《全集》责任编辑兼译者

---

1 高杉一郎：「周作人の思い出」，『野草』第51号，1993年2月，第1—2页。
2 《文学往来·日本改造社出版〈大鲁迅全集〉》，《译文》新2卷第5期，1937年1月16日。该记事无作者署名，从内容及叙述特点来看，应是熟悉鲁迅和中国并参与《大鲁迅全集》编译工作的人士回答中国记者的采访，基本可以肯定应为增田涉。

的增田涉曾接受中国记者采访,透露《全集》"印了一千部,其中有一百部在中国销售"[1]。作为外国作家全集,一千套的初版发行量其实不算少。在今天的日本,一般人想看到《全集》,仍然不算很难。以日本九州地区福冈县的公立图书馆为例,便有福冈县立图书馆、北九州市立图书馆以及大牟田市立图书馆3家藏有《全集》,普通读者可以不经任何特别手续自由借阅。

二 《月报》第1号史料概观

《月报》第1号共7页,另有1页改造社书籍出版目录。尺寸与全集相同,32开。刊头为"大鲁迅全集月报/第一号/昭和十二年二月配本/第一回配本附录",即《全集》第1卷1937年2月第1次发行,附录的《月报》也是第1号。第1号刊载内容依次如下:

    1. 佐藤春夫:《鲁迅文学入门指针》
    2.(无署名)《鲁迅的别号》
    3. 佐藤春夫:《关于第一卷的翻译》
    4.(无署名)《鲁迅的随笔·杂感》(第2次发行本时为第3卷内容简介)
    5.(无署名)《支那的鲁迅批判》
    6. 山本初枝:《鲁迅先生的回忆》

---

[1] 卜少夫:《与增田涉杂谈记》,《读书青年》第2卷10期,1937年6月25日,采访于1937年5月23日。关于《大鲁迅全集》出版由来及经过,中国方面的报道记述大大多于日本方面,主要有:《留东文化团体举行追悼会》《郭沫若希望大家做鲁迅》《佐藤春夫宣称将出鲁迅全集》(《娱乐》两周刊2卷37期,1936年11月21日),《佐藤春夫谈话》(《大公报》1936年10月20日三版),增田涉著、余绍凡译《忆鲁迅》(《留东学报》第2卷第6期,1936年12月),《日本文坛对鲁迅的哀悼》(《国闻周报》13卷44期,1936年11月9日),卜少夫:《与增田涉杂谈记》(《读书青年》第2卷第10期,1937年6月25日)等。在现今已有研究中,程振兴《〈大鲁迅全集〉与1938年版〈鲁迅全集〉的出版》(《鲁迅研究月刊》2010年第11期)等有较多考察。

《大鲁迅全集》书影

7.《编辑部后记》
8.《改造社新刊重版书》（出版广告）

上述目次中，1、3、5、6相对内容集中，信息量较大，重要程度也较高，本文将对1、3、5进行重点考述。至于第6篇的《鲁迅先生的回忆》，是因应鲁迅的突然逝世而撰写的回忆纪念文章。该文披露了作者旅居上海时期以及回国后与鲁迅交往的诸多信息，是一篇出自"历史当事人"之手的鲁迅回忆叙事，十分难得。关于该文的详情前已述及。

《鲁迅的别号》，主要面向日本读者介绍鲁迅的名、号以及笔名。从叙述内容和口吻来看，作者与鲁迅熟识，并且亲耳聆听了鲁迅讲述自己的笔名。"有一次，我向鲁迅询问他的姓名问题，他说中国没有户籍，所以等于没有（法律意义上的）名字。"又说，自己出生时，"祖父在北京做官，接到长孙出生的消息时，正好赶上张之洞还是张之万来做客，于是祖父给鲁迅起小名时就用了张字，本名则是樟寿"。笔者判断，这则文字基本可以确定是出自增田涉之手。关于鲁迅的小名"阿张"以及原名"周樟寿"的由来，在周作人1956

年撰写的《鲁迅的青年时代》[1]一文中也有相同记述，只不过刊载时间差了二十年，一个是1937年，另一个是1957年。增田涉与鲁迅关系密切，对鲁迅了解甚多，并且一直从事鲁迅作品的翻译介绍，因此被山本实彦请来在改造社担任《大鲁迅全集》的责任编辑，编辑《月报》正是其工作职责。他本人也在日后出版的《鲁迅的印象》中证实《全集》内容、样本、广告都出自自己之手。[2]因此几乎可以肯定，《月报》中的无署名短文，以及每期《月报》的编辑后记应该都是增田涉所作。

《鲁迅的随笔·杂感》，介绍次月（1937年3月）将要出版的《全集》第2本（第3卷）。值得注意的是，这段文字并非一般的新书推介，整个文字显示出撰写人熟悉鲁迅的创作情况，对鲁迅杂文的特征及文学史意义具有深刻感悟和理解，特别强调"杂感随笔正是鲁迅文学的生命之所在"；"随笔杂感大抵是通过世间所发生的事实以及鲁迅自身经历的事实揭示中国社会存在的缺陷"；"既让我们看到中国的活的现实，同时也使我们感受到他的国民性思考和思想意识。鲁迅那匕首般辛辣的笔触准确触及了中国社会的各种病灶，展现出讽刺和幽默格调"。这些判断显示，日本方面认知和接受鲁迅文学的基本依据，来自对鲁迅文学内在社会意义的审美价值判断。

《支那的鲁迅批判》，简要介绍了中国国内的鲁迅评论和研究，尤其是创造社和太阳社的看法。作者首先提起国内第一本鲁迅评论集《关于鲁迅及其著作》（台静农编，开明书店，1926），指出书里的文章多数近乎"鲁迅印象记"和"作品读后感的评论"，缺少分量，力度也不够。文章指出，"最先批判鲁迅并引起一定社会反响的，是'创造社'和'太阳社'的革命文学作家们，其中钱杏邨最为活跃"，其代表性评论为《现代中国文学作家》第一卷（泰东图书局，1928）。作者关注钱杏邨对鲁迅的批判，认为钱在《死去了的阿Q时代》一文中对阿Q的否定批判根本是无的放矢。而画室（冯雪峰）的《革命与知

1　周启明：《鲁迅的青年时代》，北京：中国青年出版社，1957年，第3—4页。
2　增田涉著、钟敬文译：《鲁迅的印象》，长沙：湖南人民出版社，1980年，第95页。

识阶级》则反驳了钱杏邨等人对鲁迅的过激批判。文章还对何凝（瞿秋白）的《鲁迅杂感选集序言》给予高度评价，感叹瞿秋白"对鲁迅有如此的理解和热情"，"序言经鹿地亘翻译发表在日本的杂志上"。此外，文章还提及李长之《鲁迅批判》（北新书局，1936）以及欧阳凡海《关于鲁迅先生的几个基本问题的商榷》（《文学》1936年12月号）等著述。

《编辑部后记》，不仅包含了很多《全集》编辑出版的有用信息，还涉及对鲁迅文学特征的整体认识。诸如，对《全集》第1卷小说卷，以及即将出版的第3卷（杂文）进行了明确定位，"鲁迅的小说揭开了新文化运动的序幕，充满了泼辣的革新气概"，但同时"鲁迅不仅是小说家，作为中国文化界的灿烂星斗，他的那些具有社会短评风格的随感小品文，具有锐意改革的果敢和深沉的精神热度，体现出鲁迅整个文学的精髓之所在，而面对社会具象的那种匕首般锐利的讽刺，以及近乎本能反应的神圣憎恶，更不失为古往今来中国文学中的一大奇观"。这些评说恰当把握了鲁迅文学的主要特质，显示出作者对鲁迅精神理解的深刻和高度赞赏，同时对中国学界的鲁迅言说也很熟悉。此外，编辑还向读者发出呼吁，"在本《全集》的爱读者中，若有收藏鲁迅书简或知晓鲁迅逸闻者，恳请将其贷与编辑部，或写成文章投给编辑部"。编辑部的这些计划都在包括本期在内的《月报》中陆续得以实现。

《月报》第1号最后附录的《改造社新刊重版书》目录也很值得关注。这个书目中包括16种有关中国的图书信息，计有孙中山《三民主义》、《续 三民主义》（景宽三译），王枢之《孙文传》、《水浒传》（笹川临风译），《西游记》（弓馆小鳄译），《世界幽默全集 支那篇》（佐藤春夫译），《地理讲座第二卷 支那》，东京商工会议所调查课《支那经济年报》，木下杢太郎《支那南北记》，山本实彦《满鲜》《蒙古》《支那》，横光利一《上海》等。由此可见，在1937年初，随着中日关系急剧变化以及出版社的业务规划，在改造社的天平上，中国已经占据了非常重要的位置。

三 佐藤春夫的鲁迅文学整体认知

《月报》第1号最重要的文字，是它的头版头条——佐藤春夫对鲁迅文学整体提纲挈领的解读文章《鲁迅文学入门指针》（以下简称《指针》）。与《月报》上的其他文字一样，《指针》迄今未见其他报刊媒体刊载，应是专为《月报》所作。日文全文约2500字，译成中文不足2000字。文章篇幅不长，但出自日本文坛重量级作家之手，呈现了佐藤春夫思考鲁迅的独特视角和见地，也展示了日本学界对鲁迅文学的基本认知和评价，具有很重要的意义。文章要点如下：

第一，佐藤明确指出，社会启蒙和民族自觉是鲁迅文学的根本价值指向，"一言以蔽之，整个鲁迅文学建诸一个宏大的目的之上，即力图赋予国人以民族自觉，同时谋求将中国国民提升到世界文明的水平"。这"在鲁迅的随感集中表现得最为直接，另外在其初期小说创作中也有明确"。甚至可以说，在仅有的三十余篇短篇小说中"表现得最为真切"。鲁迅"是主张启蒙文学的人生派文学者，所以并非以追求美为最终目的"。他"以锐利的眼光洞察中国的传统文明和同时代的风貌"，《狂人日记》批判的是中国的传统文明，那么《阿Q正传》批判的则是中国的现代文明和民族性"。他"对过去冷嘲热讽，对现代口诛笔伐，这是由爱生恨的结果。荒诞的背后有他的热泪，憎恨源于慈爱，这就是鲁迅的作品，也是他作品风格的典型特征"。

第二，在关注鲁迅吸收借鉴近代世界文学开创中国现代小说的同时，佐藤特别强调了鲁迅文学的中国文化基因。"鲁迅厌恶儒教支配下的中国，但他却深爱着祖国的其他方面，尤其是祖国的文学"，他"不仅是精通中国古典文学的学者，还是以中国文学的手法进行创作实践的作家"。佐藤对鲁迅小说中"月光""少年"这两个意象特别敏感并钟爱有加，认为鲁迅大部分作品都"涉及这两个要素"。鲁迅"钟情"和"热爱"月光，而"思月光"是李白以来"中国文学的一个传统"，"鲁迅的中国文学传统多来自老子和庄子。那种虚无感，并非近代西欧的舶来品，而正是老庄之道的体现"，"继承了中国古典的命脉"。佐藤赞美鲁迅文学蕴含"诗情"和"诗魂","与生俱来的诗魂,使其作品随处散发着诗的光辉",建构着"一个清澈之魂与澄澈月光交相掩映的世界"。佐藤的这些表述说辞未必全都精准,但从域外文化视角出发,感悟到鲁迅现代小说创构中内在的文学传统功能,触发我们在重视鲁迅文学创造的世界性的同时,深入思考传统性的内在意义。

  第三,佐藤进一步指出,鲁迅的文学创造内含着中国传统资源的继承和再生,而不仅是"舶来品"。的确,所有的文学革命、革新,无论口号如何激进如何极端,最终都只能在建构调适革命、革新与固有文化及外来文化两种结构关系的基础上,形成新的生产机制,而不会成为非此即彼的一元独霸态势。佐藤关注到"鲁迅改造社会的精神就绝非依靠西欧学说,而是根植于中国自身,并且在民众之间发展"。他认为《一件小事》所记述描写的,便是鲁迅在中国民众那里发现了相互扶持的社会观念,并且为这一发现而深感喜悦。虽然它只是寥寥几页的小品文,但对于解读鲁迅文学具有非常重要的意义"。面对被人力车兜倒的老妇人,"卑贱"车夫与"高贵"绅士的应对态度泾渭分明。作为绅士的"我"为车夫的举动所感动,为自己的猥琐渺小羞耻不已。佐藤说内山完造也讲过一则鲁迅的逸事。鲁迅让家里的女用人去买油,一开始买回的油分量很足。但后来却明显变少。原来店家最初以为是贫穷人家的使女来买油,所以给足了分量,后来得知是鲁迅家(鲁迅家境殷实)的使女,于是就克扣了分量。使女责问店家,店家却辩称"这样可以了"。据说鲁迅一边笑着讲述"这样可以了",一边问内山这事是不是很有趣。鲁迅感动于民众的自发觉悟,并试图为此竭尽一己之力,以促进新社会的建设。佐藤认为,中国的一些左翼文士不愿意承认鲁迅是左翼作家,其原因就在于他们对鲁迅不以"舶来的意识形态"为然的态度心怀不满。在这里,佐藤微妙地触及了鲁迅思想结构中具有不同性质的情感线索的缠搅。面对自己所属的民族共同体,鲁迅心底里既有深挚的民族爱这个本心,但同时又有因爱而憎的对民族精神缺陷的批判视线;他看重国民的思想启蒙和精神涵养,并身体力行,以启蒙者的自觉和使命感倡导改造国民性。但在《一件小事》的叙事描写中,作为"绅士"的"我"与"车夫"的行为描写，罕见地透露出鲁迅对"改造国民性"模式中的角色结构——启蒙者／被启蒙者、改造者／被改造者、"精英"（先觉者）／"民众"——的某种颠覆性疑惑："精英"与"庸众"的界线究竟在哪里，启蒙者本能的精英定位和自我感觉是否伴有某种自恋迷思，磨蚀掉了应有的自省和敏感……佐藤在文中虽没有明确揭示这些，但他的点评确实触及鲁迅小说潜在意义的重要端头。

《指针》有不少真知灼见。它不是形式主义的应景文字，也不是对中国鲁迅言说的单向移用。作者从自己的视角出发，描述鲁迅文学的框架和特征，并提出自己的独特感受和解读。另外，可以肯定地说，《指针》不是一个纯粹个人化的鲁迅评述文本，它吸收了日本其他学者的见解，尤其是增田涉对鲁迅的理解和阐释。而后者的鲁迅理解集中体现在《大鲁迅全集》第1卷的《解说》中。

四 《呐喊》日译本的独特翻译方法

《关于第一卷的翻译》，是作为本卷编译者之一及负责人的佐藤春夫留下的一份工作说明，属于第一手资料，对了解第1卷的编译方法具有重要价值。

《全集》第1卷是小说卷，分量最重，译者阵容也最显赫。五位译者分别是"井上红梅、松枝茂夫、山上正义、增田涉、佐藤春夫"。五人中，增田涉和松枝茂夫最年轻，当时刚刚三十出头。两人都是中国文学专业科班出身，中文水平最好。井上红梅与鲁迅同岁，在五人中年纪最长。他自幼在商人家庭做养子，1913年到上海，痴迷于"吃喝嫖赌戏"的上海滩风流生活。他组织成立"支那风俗研究会"，出版刊物，还写过《支那风俗》等书，介绍中国的风俗文化生活，成为颇有名气的"支那通"。1920年中期，井上红梅担任上海一家日文报纸文艺栏目的编辑，个人兴趣逐渐从中国风俗转移到中国文学译介。1926年开始，他陆续翻译鲁迅小说，同时写作随笔，在《改造》月刊刊载，与改造社的往来日趋密切。1932年，他翻译了鲁迅的小说集《呐喊》和《彷徨》，挂上《鲁迅全集》的招牌由改造社出版，成为日本第一本体量较大的鲁迅作品翻译单行本，市场反应颇佳。尽管鲁迅对井上红梅的翻译评价不高，但他依然算得上是日本鲁迅译介史上不可忽略的存在。山上正义，则是一位驻华新闻社记者，他原本是位左倾人士，二十六岁时还坐过八个月的牢。1925年来华后，在中国工作达十年之久。他与鲁迅及中国文艺界多有交集，可惜不到四十岁就因病去世。至于佐藤春夫，首先他是大名鼎鼎的日本文学大家，诗歌、小说、评论、翻译都有显赫业绩，与另外几位的段位完全不同。佐藤春夫一生喜爱汉文学，早期热衷翻译中国古典文学，后来积极参与和推进鲁迅文学在日本的译介。但其现代汉语能力远不及另外四位，所以后来曾请增田涉帮忙翻译中国文学作品。

《关于第一卷的翻译》是一份详细的翻译记录，其中包含许多细节资料。全文翻译如下：

第一卷（小说集）由井上、松枝、增田、山上外加鄙人五位译者合译完成。按照鄙人提出的方案，合译采用了比较独特的方法。即译者各自将已有的译稿进行推敲润色后提交给编辑会议，然后各位成员相互无所顾忌地校阅对方译稿，进行订正、修改和批注，帮助译者进一步斟酌推敲。每个人都将译稿与原著进行对照阅读，特别是松枝先生秉承其出色的中文造诣和学者的良心，给各位译者提出了严谨详尽的建议和意见。虽然松枝先生没有承担具体作品的翻译，但编辑会议由衷感谢松枝先生的卓越努力，一致决定将其列为译者之一。通过这些努力，诸位译者提交的旧译稿得以脱胎换骨焕然一新。我相信，如果读者有心可将新旧译稿一一对比，则其中妙处定可一目了然。如前所述，全集所采用的新译稿由上述五位译者完成，其功过是非也由五人共同承担。

通过上述方式，译稿的误译得以控制在最小范围，但由于初稿出自松枝先生之外的四位译者之手，彼此文体风格难免不尽相同，因此统稿时尝试尽量统一风格。井上先生的翻译平易枯淡,虽不免缺少几分原文的高雅和情感,但从达意的角度看,与原作者的朴素文体最为接近。又因为井上先生的译稿分量最大,因此以井上先生之文体风格作为大致标准进行了统稿。此外,原著各篇原本有所不同,自然也会反映到译稿上,这一方面没有强行追求完全的统一。

用最好的方法却得出最坏的结果,这种事世上时有发生。这次结果如何,还需要读者来评判,我们在翻译方法上付出的努力,虽然称不上最理想,但已在可能范围内竭尽努力。万一结果不尽人意,责任当然要由提案人的我来承担。

这段类似第1卷翻译后记的说明文字简明扼要,所含信息丰富,要点如下:

第一,佐藤春夫是《全集》第1卷翻译方案的提案人、解释人,也是责任人,证明他在《全集》翻译、编辑中具有举足轻重的地位,这与他在日本鲁迅译介传播中所处的地位相一致。

第二,五位译者,除松枝茂夫外,都翻译发表或出版过鲁迅小说,此次翻译利用以往已有译文分配各位译者的翻译任务。但松枝茂夫未承担具体篇章作品的翻译,而是负责全卷译稿校阅和译稿文体的协调统一,因贡献卓著被众人推举为联名译者。

第三,《全集》翻译采用具有日本特色的合译方法,翻译者各自译好之后,彼此交换译稿,相互审读,推敲琢磨,谋求最接近理想状态的译文。换言之,为了保证译文质量,五位译者集思广益,付出了最大程度的努力。

第四,井上红梅在第1卷中承担的翻译分量最大,主要原因应是在各位译者中,他翻译出版的鲁迅小说最多,同时他的译文质量也得到合作伙伴的肯定,并被作为全卷译文统稿的参考标准。由此可见,关于井上红梅的鲁迅作品翻译,虽然鲁迅本人曾有若干微词,但其背后有具体语境存在,今人不宜简单笼统地加以否定或挞伐,需要精密对照原作研判井上译文的优劣得失,做出科学理性合理的评判。

附：

鲁迅文学入门指针

佐藤春夫　著　潘世圣、岳笑因　译

一言以蔽之，整个鲁迅文学建诸一个宏大的目的之上，即力图赋予国人以民族自觉，同时谋求将中国国民提升到世界文明的水平。

上述目的在鲁迅的随感集中表现得最为直接，另外在其初期小说创作中也有明确体现。虽然鲁迅一生只创作了三十余篇短篇小说，但其指导性的精神原理在小说集中表现得最为真切。

第1卷的解说已经非常详细，然而作为《全集》的解说仍有未尽之处，我姑且在此狗尾续貂，补充几点。

鲁迅的文风简单明了、朴素达意，只要能读懂其文章，自然也就能够理解其深意。况且增田涉已经对必要的事项进行了解说，因此我的解读也许是在蛇足上再添蛇足。

凡是读过鲁迅小说的人，都会注意到他非常喜欢描写月光和少年（增田涉曾指出在此之外死亡也是鲁迅经常谈论的话题，此点暂且不论）。月光和少年在其处女作《狂人日记》中都有出现。不，应该说在鲁迅那里很难找到不曾涉及这两个要素或其中一个要素的作品，甚至让人感到很奇妙——仿佛缺少了月光和孩子，鲁迅简直就无法进行创作。我听说鲁迅在临终前不久还对为他数心拍的医生说，自己喜欢月光和诚实的人，讨厌煤烟和说谎的人。因此钟情月光的鲁迅，一定是怀着热爱去描写月光，以此类推他也一定很喜欢孩子。不过我认为在鲁迅的文学中，月光象征着民族的传统，而少年则象征着民族的希望。

《狂人日记》是鲁迅对本国文明的尖锐讽刺，作品的真正目的在于唤醒被儒教束缚的国民，寄希望于尚未受到荼毒的少年，并呼吁拯救孩子们。鲁迅视少年为民族的希望，《孤独者》正是一个例证。

鲁迅厌恶儒教支配下的中国，但他却深爱着祖国的其他方面，尤其是祖国的文学。《中国小说史略》这本书足以证明这一点。如果不爱祖国，谁会去研究祖国的历史呢！鲁迅不仅是精通中国古典文学的学者，还是以中国文学的手法进行创作实践的作家，我们只要读一下《阿Q正传》就能明白这一点。说到阿Q，趁着革命骚乱之际，白盔白甲的人在月光下搬运富家财产的一幕是多么具有美感啊！同样令人感受到美感的还有《故乡》中少年用钢叉刺向猹时，那照耀在他头顶的月光。此外，还有一个事实可以证明鲁迅热爱中国文学。鲁迅曾经对增田涉谈及中国文学者的理想，其中一项就是感染肺病死去。另外鲁迅自身也一直赞成传统中国文学者的理想，因此也希望自己染上肺病死去。中国文学者的其他理想已经被我忘记了，唯有这感染肺病死去令我难以忘怀，而鲁迅最终也如愿以偿。虽然鲁迅的这种说法带有一丝幽默，但是在这个理想上，鲁迅与传统中国文学者产生了共鸣，也证明了鲁迅对中国文学传统的热爱。自李白以来，"思月光"就是中国文学的一个传统。在静谧的月光下沉思，这种气氛难道不正与喜好鸦片的中国人体质契合吗？鲁迅的中国文学传统多来自老子和庄子。那种虚无感，并非近代西欧的舶来品，而正是老庄之道的体现。他运用的比喻非常巧妙，同时也继承了中国古典的命脉。

既然不是舶来品，鲁迅改造社会的精神就绝非依靠西欧学说，而是根植于中国自身，并且在民众之间发展。《一件小事》记载了鲁迅发现中国民众产生了相互扶持的社会观念时，心中涌现的喜悦之情。虽然只是篇寥寥几页的小品文，然而对于理解鲁迅文学来说却有重要意义。一瞥之下似乎难以察觉究竟是什么让鲁迅产生了感动之情，面对被人力车兜倒的老妇人，"我"让车夫不要理会，然而车夫则执意停车并照看老妇人，令"我"顿时心生感动，羞愧难当。

内山完造还讲过鲁迅的一则逸事。鲁迅让自家使女去买油，一开始买回的油分量很足。但之后再拿同样多的钱买回的油却明显减少。原来店家最初以为是贫穷人家的使女来买油，所以加足了分量，后来得知是鲁迅家（鲁迅家境殷实）的使女，就克扣了分量。使女责问店家，店家仍然坚称"这样可以了"。据说鲁迅一边笑着讲述"这样可以了"，一边问内山这故事是不是很有趣。民众通过自发的努力促进了社会政策的进步，鲁迅为此所打动。他试图促进发展本国民众的这种风气，并希望以此建设新社会。中国的左翼文士曾有一个时期拒不承认鲁迅是左翼作家，就是因为鲁迅热爱祖国的民族性，而不依赖舶来的意识形态，因而被视为鼠目寸光。这着实让人忍俊不禁。

鲁迅以锐利的眼光洞察中国的传统文明和同时代的风貌，选取其中特异的诸相创作成短篇小说，《阿Q正传》正是集大成之作。如果说《狂人日记》批判的是中国的传统文明，那么《阿Q正传》批判的则是中国的现代文明和民族性。鲁迅对过去冷嘲热讽，对现代口诛笔伐，这是由爱生恨的结果。荒诞的背后有他的热泪，憎恨源于慈爱，这就是鲁迅的作品，也是他作品风格的典型特征。

鲁迅曾说自己是主张启蒙文学的人生派文学者，所以并非以追求美为最终目的。但是他与生俱来的诗魂，使其作品随处散发着诗的光辉。所谓诗，就是以崇高的心境发掘到的世界之美。这是一个清澈之魂与澄澈月光交相掩映的世界。

复盘历史现场的意义及路径
——"鲁迅与日本"研究的必经之路

一 "鲁迅与日本"研究的思想意义及难点

鲁迅在 1902 年，也就是一百二十多年前，作为清朝的末代子民，越洋东瀛，成为近代中国早期留日学生之一员。近代中国人赴日留学，始于甲午战败后的 1896 年，第一拨只有区区 13 人[1]。到鲁迅留日的 1902 年，在日本留学的中国学生总数也不过四五百人，鲁迅十足地属于中国留日先驱之一。1902～1909 年，鲁迅的留日生活达七年之久，这在盛行"短期留学""速成教育"的当时，是颇为可观的。回国以后，鲁迅一生，他的读书和创作、他的人际交往以及日常生活，都与日本和日本人发生过种种关联，尤其是在 1926 年离开北京，短期居留厦门、广州直至定居上海之后，这种关联的密度和重要性更是有增无减。后来随着中日关系的恶化，鲁迅饱受各种无端猜疑和流言蜚语的骚扰，更遭受阴险好事之徒的恶意诽谤，这成为他精神历程中一个复杂并有些阴郁的板块，也为后世留下了一个需要深刻反思并最终跨越过去的思想课题。

1926 年鲁迅由教育部官僚变身教授，1927 年辞去中山大学教职来到上海后，更是成为严格意义上的职业作家。鲁迅一生创作发表了约 300 万字的文

---

[1] 在中日两国，有关近代中国人留日史的研究成果为数众多。其中最早、最翔实、最具有草创意义的，当数日本学者實藤惠秀（1896～1985）的『中国人留学日本史』（くろしお出版，1960 年初版，1970 年增补版）。较新的研究成果，可参见大里浩秋、孙安石『中国人日本留学史研究の現段階』（御茶の水書房，2002）。此外，舒新城《近代中国留学史》（中华书局，1927）虽所述大半为欧美留学，但也属重要的早期研究著作。

学作品，用富有开创性的方式建构了一个厚重深邃、具有开放性的文学世界。[1]但多少有些令人遗憾的是，鲁迅从来没有热心讲述过自己的留日岁月以及他和日本的故事。他的留日叙事非常贫弱，甚至有时会觉得他在有意回避这个话题。在这一点上，他与胞弟周作人以及留日后辈郭沫若、郁达夫等人大相径庭。这是一个耐人寻味的现象，至今仍未有很好的解答。

对鲁迅研究而言，"鲁迅与日本"一直是一个重要的话题，也是一个仍在持续成长的次级领域。比起鲁迅研究的其他课题，这里相对具有更大的提升空间。究其原因，有人们所了解的跨界性，涉及中日两国乃至东亚，包摄语言文化、社会历史、教育学术、风土人情、日常生活等诸多层面，文献资料和历史现场考察存在时空性及观念性制约，具有硬体和软体两方面的研究难度。更值得注意的是，中日两国的关系结构和相互认知上存在的盲点和误解，往往潜在地投射在鲁迅研究的方方面面。

明治日本是青年鲁迅形成和成长的舞台。对明治日本没有一个深入的了解，我们便很难准确透彻地把握鲁迅。19世纪末，自中日甲午战争伊始，中日关系一路紧迫险恶，开始逐渐进入空前紧张乃至你死我活的矛盾状态。中国，无论作为国家还是民族，在这种悲剧性关系结构中始终处于前所未有的弱势地位。这一段充满血泪的悲情历史，以各种方式介入影响人们认知、解读日本的视角，并形成一系列观念和情结。当人们的感情与理智冲突，当人们过度执着于某种特定观念或被狭隘的民族主义意识支配，其所构建的日本图景就会遭受冲击。在"鲁迅与日本"的叙事和阐释中，这种情形也会经常出现。因此如何跳出历史悲情的笼罩，摆脱过度情绪化的思维，理性深刻地洞察日本这个曾经让国人爱恨交加的国度，至今仍是一个尚未完成的课题。在这个意义上，留日时期鲁迅研究具有潜在的庞大意义空间，其中既包括以史实考察为主的知识范畴的工作，也包括祛魅历史、甄别思想、落实启蒙意义、发掘鲁迅留日叙事暗藏的各种可能性。"鲁迅与日本"既是一个蕴含丰富的知识宝库，同时也

---

[1]《鲁迅一生写作298万多字》，《新闻知识》1990年第1期。

是一个可能发现和创造思想的宝库。

二　中日两国先行研究的积累及各自特征

　　总体来说，留日时期的鲁迅研究，特别是深入、扎实、详尽的研究成果还不算多。有关这一课题的资料文献存在一些局限：鲁迅本人留下的直接证言极少；其他有关人士，如鲁迅的同时代人，周作人、许寿裳等有一些回忆性文章，但数量不多，也不够系统。这些文字有的属于多年后的记忆叙事，难免存在模糊或失真之处；有的则出自特殊时代，由于众所周知的原因，缺少学术资料要求的客观性和准确性。少数国内学者著有部分研究著作，如吉林大学教授刘柏青于1980年代最早出版探讨鲁迅与日本文学的专著《鲁迅与日本文学》，对这一领域进行了系统的开拓性研究。该书出版后，受到鲁迅研究和比较文学研究界的关注，得到著名学者的高度评价。[1]同一时期，供职于中国社会科学院文学研究所的学者程麻也接连出版了《鲁迅留学日本史》（陕西人民出版社，1985）、《沟通与更新——鲁迅与日本文学关系发微》。前者对鲁迅的留日历程进行了系统梳理；后者的"初衷，是想在鲁迅研究领域尝试开掘一隅新田地，尽可能全面地清理鲁迅与日本文学的关系，借以将鲁迅还原到近现代东西方各国文学相互沟通、彼此交融的时代背景中，展示他在中国文学观念更新历程上的先驱者形象，并淘漉或引申出今人可引以为鉴的理论教益"[2]。可见，追求鲁迅与日本文学关系的系统性考察，获得具有理论意义的启示，是作者设立的目

---

[1] 著名学者袁良骏指出："鲁迅与日本文学"这一课题研究，"在刘柏青的专著中得到了充分描绘和展示，从而使这一研究走向了新的境界"。"这部专著给人较强的立体感。""作者不仅对鲁迅有自己多年的研究和独立的见解，而且对日本文学也下了大功夫，形成了系统的看法。因此，他的比较研究才显得有深度，有新意，有启发。"见袁良骏：《当代鲁迅研究史》，西安：陕西人民出版社，1992年，第581、582—583页。

[2] 程麻：《沟通与更新——鲁迅与日本文学关系发微》，北京：中国社会科学出版社，1990年，第1页。

标。在后来问世的一些现代文学研究著作中，大多都有论及鲁迅的章节，如方长安《选择·接受·转化——晚清至20世纪30年代初中国文学流变与日本文学关系》(武汉大学出版社，2003)，也值得关注。此外，还有一些学术性随笔著作，如李连庆《鲁迅与日本》(世界知识出版社，1984)、周国伟《鲁迅与日本友人》等。这些研究成果，为"鲁迅与日本"这一课题研究的进展做出了有益贡献。但由于一手文献资料、语言文化等方面的制约，这些研究也很难在资料文献的发掘、发现及其考察上获得颠覆性的突破。

假如打通国内国外的区分，在实证性资料文献研究中，日本学者的相关成果更值得关注。具体情形可参见丸山昇的长文《日本的鲁迅研究》[1]。在日本学者的诸多研究中，以下几种给笔者留下了深刻印象，并获得很多教益。原关西大学教授北冈正子的《日本这一异文化中的鲁迅——从就学弘文学院到"退学事件"》(关西大学出版部，2001)、《鲁迅 救亡之梦的去向——从恶魔派诗人论到〈狂人日记〉》(关西大学出版部，2006)，以及长达670多页的皇皇巨著《鲁迅文学渊源探索——〈摩罗诗力说〉材源考》(汲古书院，2015)，还有"仙台时期鲁迅史料记录调查会"编著的《仙台时期鲁迅的记录》(东北大学出版会，1978)、东北大学原教授阿部兼也的《鲁迅的仙台时代——鲁迅留日研究》(东北大学出版会，2000)。阿部兼也同时也是《仙台时期鲁迅的记录》调查活动的主持人及重要作者。

这几部书以史料文献的发掘调查和精细解析为特长，很好地彰显了日本鲁迅研究的理路和特征：

第一，注重实证性史料文献考察。对最基础的资料发掘、现场调查等用力甚多，对事关研究对象基础事实的复原或重构高度重视，无论巨细、直接还是间接，都要在网罗有关全部资料的前提下，慎重精细有节制地对研究对象的结构形态进行描述，在此基础上慎重尝试有节制的文本和意义阐释。两者的比重经常是前者远远大于后者，凸显实事求是作风，先"实事"后"求是"。

---

[1] 该文的中文版参见《鲁迅研究月刊》2000年第11期，译者靳丛林。

第二，视野、视角以及学术文化路径上的独特性。日本研究者依托的学术传统、文化背景以及更大范围内的社会观念系统的性质特点，以各种方式反映到其研究的视角建构、材料选择取舍和处理的全过程，包括阐释中形成其特有的认识结构。其中固然有可商榷之处，误读、误用乃至深刻的误解也时有存在。但另一方面，往往会给我们提供有益的启示或参照坐标。比如有关鲁迅在仙台时期"弃医从文"的"仙台神话"说，就是极好的一例。[1]

第三，时间、空间以及资料文献搜集、解读方面的优势。对中国研究者来说，潜心沉静、不受干扰诱惑的苦功夫——实证性研究原本相对薄弱，加之研究鲁迅与日本要面对时空差异、语言文化和资料文献的多重障碍，日本研究者具有若干优势。

第四，日本研究者的研究目的相对单一。研究的动机动力更多兴趣本位，外在的功利性因素相对较少，再加上日本人做事认真细致，所以其研究往往是十年磨一剑，慢工出细活出好活。北冈正子的三本书，一本耗时二十多年，一本是1950年代到2000年代的系列研究成果，第三本则可谓穷毕生精力之作。阿部兼也的著作，也是前后三四十年劳作的结晶。这些研究也许看上去并不绚烂惊艳，也没有石破天惊的反响，但最终却耐得住岁月的涤荡，成为研究史上无法忽略的存在。

三 中国学界的研究优势及其提升空间

日本研究者的这些特长，并不能抵消国内研究者的优势，我们依然有很多

---

[1] 这个问题的提起和研究始于竹内好的『鲁迅』。后来为回应日本学界的动向，国内研究者也尝试从不同角度探讨"仙台鲁迅"，形成新的问题意识。譬如：董炳月《"仙台神话"的背面》(《鲁迅研究月刊》2002年第10期)、高远东《"仙台经验"与"弃医从文"——对竹内好曲解鲁迅文学发生原因的一点分析》(《鲁迅研究月刊》2007年第4期)以及潘世圣《事实・虚构・叙述——〈藤野先生〉阅读与日本的文化观念》(《华东师范大学学报》2011年第1期)等，都从各自角度提出不同见解。

努力的方向和发展的空间。

第一，要优质高效进行文献资料，尤其是日本方面资料的搜集整理和解读，当然首先要有足够的日本语言文化能力，需要具备若干必要的物理性技术性条件。但仅有这些还不够，另一个需要具备的重要条件，就是对中国的社会历史、思想文化等方方面面，即鲁迅的中国背景这一系统具有广泛了解和深度认识。只有这样，才不仅能观测并把握那些与鲁迅具有直接显在关系的资料文献，并进一步捕捉其与鲁迅之间呈现的断续模糊的、间接潜在的隐性关联，把握各个面向的资料文献，透视资料文献文本网络所具有的多重内在信息，确定资料所含信息在更大背景系统中的位置，从而还原鲁迅与其身外世界的复杂关系结构。在这个意义上，日本的鲁迅研究者既有强项也有短板，中国研究者需要努力并且可以努力的空间也足够大。

第二，日本研究者在资料文献的发掘整理解读上，淋漓尽致地发挥了其学术传统和操作方式的长处，不计时间成本、细致入微、孜孜不舍、严格遵循学术路径而较少急功近利，再加上其独特的思想价值体系及视角眼光，在实证性研究上做出了许多优秀成绩和贡献，留日时期鲁迅研究即是一例。对此，国内研究者应有清醒的认识，以谦逊的姿态看待日本学界的研究成果。但另一方面，日本的鲁迅研究也存在一些局限性，比如关注细小个案本无对错之分，但问题在于如何避免过于单一孤立或表面的考察，如何在问题内部整体以及背景结构的系统中探讨个案，凝视树木又鸟瞰森林，也还有需要思考和解决的课题。

第三，在鲁迅研究与诸种现代文学理论和文化理论使用的关系问题上，笔者觉得理论的意义在于改变观念意识，解决态度视角的问题，其效应主要是促进研究主体保持思想的多元性、开放性，释放、接受、整合弹性空间并培养创造力，从而最大限度压缩错误，获得正确的认知，而不是新瓶装旧酒，把对实质问题的研究转化为操弄五花八门名词概念的语言表现游戏。也就是说，理论的本质主要并不在于技术性、技巧性，而在于思考方式、价值认识容许度、视野视角的多元化和柔性化。理论改变文学研究的，可以是但又不仅是语言概念和表现形式,而首先是研究主体的价值观念系统,生成新的活跃机制,开辟新的思想境界。而生硬的理论使用往往成为文学文本对理论言说的削足适履和机械注释,结果文学本体常常沦为理论的奴仆和点缀。但另一方面,尽管理论运用的现实不尽如人意,但理论依然是必要的、有效的,只不过它不应该是直线浅白的概念使用,而是要生成新的思想、思维和眼光。

日本学者的鲁迅研究,总体上来说,对理论的吸收和使用比较谨慎,或者他们对理论的实质效力使用或保质期限抱有怀疑也未可知。无论如何,对理论的过分谨慎使得原本可以更有穿透力、辐射力的实证性考察边界受到了限制,意义的揭示或延展因此打折,对文学现象世界和文本世界的结构解析或意义阐释,也因此显出幅度深度和创意的不足。在这一点上,中国研究者至少对理论使用有着更强烈的欲望,这也就意味着更多的可能性。

与海外其他国家相比,日本的鲁迅研究历史长,研究者和研究成果数量也最多。除了上述专著以外,竹内好、丸山昇、丸尾常喜、伊藤虎丸、山田敬三、尾崎文昭、中井政喜、代田智明、藤井省三等教授学者,都有各具特色的重要研究成果。日本鲁迅研究的一个很大特点,就是关注"问题",关注具体问题。你会感觉到他们的研究颇"琐细",但却很踏实。这些研究很少捆绑在某种特定的思想观念框架中,机械生硬地按照固定的秩序和标准进行"思想"的阐释和生产,而是客观地面对研究对象,用普遍的学术研究方法进行平静考察。对国内的鲁迅研究来说,如何汲取看上去局面不大的日本鲁迅研究之长处,摸索更加科学合理有效的研究路径,开拓鲁迅研究空间,依然存在许多未竟的课题。

日本式研究注重实证性考察,讲求严谨细致,有一分根据讲一分话,通常也不刻意追求轰动效应和高大上的境界,注重学术研究的纯粹性,那种意识形态化学术、排斥批判性和开放性的专制化学术、不讲科学性和学术规范的印象式研究相对较少。反观国内的鲁迅研究,研究人员基数较大,研究成果数量节节攀升甚至跃进,但另一方面,仍有许多问题亟待解决。着眼"鲁迅与日本"这一板块,如何还原或重构鲁迅与日本的关联现场,如何把握鲁迅留日的时代语境，如何考量鲁迅与日本的影响接受程度，还需要得到更多的关注。建立全面详尽的资料体系，考察空间性的历史现场，了解时代语境，理解鲁迅与时代语境的互文关系，仍有很多亟待开拓研究的空间。

　　解决了上述诸问题，研究边界就可以得到充分拓展。鲁迅著作文本以及与鲁迅人生直接相关的人物、事物、现象，鲁迅背负的全部背景，是一个包罗万象的系统。除去鲁迅自身的传记性研究及其中国背景考察之外，最重要的工作就是弄清鲁迅留学七年的日本语境，包括历史、社会、思想文化、文学、学校教育、民众生活、风俗习惯、时尚流行、对外关系、出版媒体等等。而这一日本语境的把握理所当然离不开日本的信息资源。所幸日本这方面的建设相当发达，各个领域都可以找到大型资料和文献。譬如，要了解鲁迅留日的明治时代的思想文化文艺状况，便有百卷以上大体量的《明治文化全集》（日本评论社，1928）、《明治文学全集》一百卷（筑摩书房，1965～1989）等，不胜枚举的资料集成做参考。不过相对更加重要也更加困难的工作，还是第一手原始资料的调查发掘。比如鲁迅留日时代的新闻报刊及重要书籍、与鲁迅有关或可能有关的人物事件场所等。这些工作基本没有边际又缺少线索，做起来犹如大海捞针，但却直接关系着研究能否取得实质性的发现。譬如鲁迅留学弘文学院时期的原始资料、在校学习使用的各种教科书及参考资料，含有留学生活信息的活字材料，如"讲道馆"发行的杂志、数量众多的日语教育资料。关于仙台留学时期和东京自由人时期，除了《仙台时期鲁迅的记录》、北冈正子的著述、仙台地区乡土资料、东北帝国大学[1]史料等特定资料外，同样还有许多其他资料需要进行排查。如当时的主要报纸《读卖新闻》《朝日新闻》《报知新闻》《二六新报》，还有重要杂志《太阳》《中央公论》等。这类资料都需要不加选择、剔除地整体查阅，以发现新的日本语境资料。

　　另外，实地调查以及视觉影像资料的发掘和使用，历来比较薄弱，至今尚

---

[1] "仙台医学专门学校"，于1912年成为"东北帝国大学"（现"东北大学"，1907年建校）医学专门部。

未成为日常研究的常规部分，这一点也是中国与海外学术研究的一个明显差异。固然，与纸质文字类的资料文献相比，这类实地考察工作伴随着更多的困难。从鲁迅留学的1900年代初期到现在，足足过了一个多世纪，所谓的"实地"——曾经的历史现场已经发生了天翻地覆的变化。但即便如此，踏上鲁迅曾经生活学习过的土地，确认它的方位，眺望头上的天空和周围的景观，与手头的老照片相比照，依然可以获得一种奇妙的实感——从曾经信以为真的执拗幻想中走出来，逐渐靠近历史现场，这很像旅游。任何影像都不能代替人间肉身的实地观察和亲身体验。1902年4月7日，历经南京—上海—横滨的海上之旅来到东京的鲁迅，投宿在"三桥旅馆"（当时的麹町区四丁目3番）。旅馆现在当然已经踪迹全无，只能知道它曾经就在如今的国立歌剧院背后。旅馆向西步行十几分钟便可到达"清国公使馆"，而那里现在已经是众议院第一会馆（国会议员宿舍），聚集着执掌日本国家政治的政治家们，名副其实地成为了日本政治的心脏地界。至于鲁迅最初就学两年的弘文学院，现在的行政地址变为新宿区西五轩町13番地，当年鲁迅和他的伙伴们栖息学习的地方，矗立着住友不动产公司的商务楼，面前的干线道路上车辆川流不息，诠释着人世间的沧桑变迁。[1] 诸如此类，不一而足。由于诸多原因，国内学界在这一方面的研究有所滞后，留下了一个可供耕作的领地。

四 还原历史现场的可能及思想效应

通过穷尽式的资料文献调查，通过寻访那些与鲁迅的人生和文学相关联的空间场所，重构留日时期鲁迅成长的历史情境，可以在交错的知识和思想网络

---

[1] 笔者的考察集中在三个方面：一为原始资料文献，如有关"清国留学生会馆"的材料、当时日本的报刊媒体、留日学生杂志以及国内报刊媒体的报道记录等。二为后世学者的考察研究。如：鲁迅の会：『鲁迅の会会报』第3号"特集＝鲁迅在東京"，1981年。三是笔者的实地调查。

中测定鲁迅的位置和移动轨迹，明确鲁迅与同时代以及环境的对应与非对应关系，最终理解青年鲁迅之主体性的建构和表达方式，阐释青年鲁迅的精神结构及其特质。

留日时期的周树人，无疑是后来成为一种思想符号之"鲁迅"的重要成长阶段。20世纪初，日益腐朽的大清帝国屈辱地淡出世界舞台，重重危机中华夏内外焦灼于亡国灭种的国族危机。在这一背景下，鲁迅来到日本这个近代西洋"模范学生"的国度，开始了自我觉醒—自我解体—自我重建的精神历程。毋庸置疑，鲁迅这一代是艰难但却不挠不屈探索生路的一代。他们在背负沉重传统因袭的同时，又必须尝试摸索，体验来自西洋和东洋的冲击，在各种力量的挤压中调适情感与理智、尊严与社会使命感。要切实理解这一点，就需要通过还原历史现场去感同身受，以避免假想虚构的骚扰。

还原历史现场，有利于发现对历史想当然的理解和解读。留日头两年，鲁迅在"补习班"学习日语和各科基础课程，完成了相当于中学程度的近代基础知识学习，并以此为背景逐渐形成自己的观念体系。其后，鲁迅离开东京，进入紧张枯燥的医学专业学生生活。其间，除了给鲁迅带来深远影响的"幻灯片事件"，日常的学习和生活大体还平静有序。笔者以为，除了著名的"幻灯片事件"，仙台医专的日常，包括鲁迅自身的个人理由，也应该是鲁迅放弃学业、回东京搞文艺的原因之一。的确，七年留日的最后三年无疑是青年鲁迅最自由、最活跃的时期。他开启了译介–文艺–思想–言论活动的人生模式。他以青春的热情和行动力，从事外国文艺翻译，介绍自己钟情的外国作家作品，学习近代西方的文学精神和表现形式；他介绍新的时代思想思潮，培植个人的独立意志，胸怀社会，富有使命感。他和许多同时代的先觉者以及留日伙伴一样，执着地在精神–国民性的面向寻找民族自我拯救的可能，终生不辍。

然而，思考和评价鲁迅，需要警惕事先预设框架的干扰，警戒在既定路径上论证青年鲁迅必然伟大的公式。毕竟，在日本的七年多，鲁迅还只是一个来自没落王朝的青年学生：他刚刚开始启动自己日后成为卓越文学家的道路；他展露出才华但还在酝酿现代学术的路上；他不是一个热衷并擅长振臂高呼的煽动型活动家；他的思想建构正处于解体—重构的新生过程。但是，鲁迅的确开始了涅槃重生的自我建构。他的高贵精神——特有的独立性、强大坚韧的信念和不屈的意志，无论是在医专退学的时刻，还是在成为中国文坛领袖的高光时刻，都既无萎缩亦无膨胀，保持着他一以贯之的高贵尊严。

留日时期鲁迅资料的发掘搜集，已经进入一个相对沉寂的境地。那种足以改变现有研究格局或重大结论的资料，大概率已很难期待。当然，诸如仙台医专时期，鲁迅学过的人文类教科书，读过的医学专业以外的图书；除"幻灯片事件"，课上课下还有过哪些重要事项，日常生活的具体状况，是否有过什么遭遇，等等，都是既有趣又有意义的话题。然而遗憾的是，在可以预见的范围内，出现具有实质性意义、重大发现的可能性非常微小。至于留日末期的东京文艺青年时期，鲁迅实际上等于没有背靠学校，也没有联系紧密的组织或团体，因而不再有类似弘文学院、仙台医专那种校方途径的档案类记录资料。与鲁迅朝夕相处的伙伴，除周作人以外，留下的回忆记录数量较少，且多为碎片形式，并且还有特定时代的局限。但另一方面，也还有国内学界关注较少但可以有所作为的领域，那就是留日时期日本社会背景资料的搜集和使用。这部分资源非常丰富，从中可以找到有益的视角和迂回观察的路径，对考察鲁迅及其时代大有裨益。也就是说，在目前的情形下，对日本时代语境的广泛了解是一个可以直接反哺鲁迅研究的有效途径。

近二三十年来，在理论界颇具影响的"新历史主义理论"受到不少人诘难，有曰其过多受到解构主义和后现代主义的影响，过分热衷对历史的消解，容易陷入相对主义的循环或者悖论的怪圈，出现绝对化倾向，等等。但另一方面，也必须承认"新历史主义"很好地吸收了福柯的"知识考古学"和谱系学的方法路径，为历史批评提供了一个更加自由开放的思维和阐释空间。[1] 鲁

---

1 除海登·怀特著、陈新译：《元史学：十九世纪欧洲的历史想像》（译林出版社，2004）之外，参阅董学文主编：《西方文学理论史》（北京大学出版社，2005）之第15章《后现代形态文学理论》以及祁寿华、林建忠主编：《西方人文社科前沿述评文学》（中国人民大学出版社，2007）之第12章《文学理论》等。张隆溪在《记忆、历史、文学》（《外国文学》[转下页]

迅研究也完全可以合理吸收这一方法的有效部分，通过丰富多样的资料文献及思想文化的文本网络，发现文本之间的相互印证和叠合，以及其中的抵牾和错位，辨别真伪，有效还原或重构历史现场。在此基础上，进一步求索重新建构历史叙事的思想材料，通过辨识整合去伪存真，获得新的思想取向，形成理解鲁迅留学史的阐发向度，并最终确认鲁迅留学史所包含的思想文化价值。

在鲁迅留日这一框架下，以下课题仍有继续深入探讨或重新估价的必要，似可包括明治日本的时代特征与鲁迅思想价值取向的基本结构、弘文学院对青年鲁迅观念世界构筑的意义、进化论的接受之于鲁迅的一生、维新语境中尊孔祭孔的理解路径、出走仙台的远近因由、留学日本的荣辱成败、"自由人"时期的阅读与思考、执着国民性主义的意义与困境、文学观念的多元结构和终极价值理解等。总之，还原和重构历史现场，意味着再次回到曾经的历史情境，以共时的感性体验的方式和历时的整体观测重新理解把握历史，见前所未见思前所未思，消解偏见误解，激活思维观念，最终达到开拓留日时期鲁迅以及鲁迅与日本研究新境界的目的。

［接上页］2008年第1期）一文中特别指出，在理解"新历史主义"时，要注意其极端主义倾向。

附编

弘文学院院长嘉纳治五郎的中国认知

嘉纳治五郎[1]是近现代日本历史上的一个重要人物。检点嘉纳的一生，他主要是在留学生教育和一般教育领域中，与近现代中国，特别是清末中国发生种种交集。他开创了日本中国留学生教育的先河，其许多工作在近代日本和中国都具有先驱意义，而其背后的思想支撑——国际观、中国认知、中日关系构想等，在当时的时代极其开明并富有前瞻性。他的思想观念和实践板块构成了近代中日教育交流和文化交流的出色篇章，至今仍有强烈的现实意义和实践价值。然而令人感到遗憾的是，无论在日本还是在中国，嘉纳身后似乎被淹没在历史的长流中，关于他的研究屈指可数[2]。有鉴于鲁迅与嘉纳的历史关联，本文将全面梳理有关历史事实，系统搜读嘉纳言论，把握近代日本社会历史和思想文化情境。在此基础上，力图考察嘉纳的国际观和中国认知的整体结构，揭示其

---

[1] 参见有关嘉纳的传记性综合研究，包括「嘉納治五郎先生追悼号」（『柔道』1938年6号，講道館）、横山健堂『嘉納先生伝』（講道館，1941）、嘉納先生伝記編纂会編『嘉納治五郎』（講道館，1964）、加藤仁平『嘉納治五郎：世界体育史上に輝く』（『新体育講座』第35卷，逍遥書院1964）、松本芳三解説『嘉納治五郎著作集』全3巻（五月書房，1983）、生誕150周年記念出版委員会編『気概と行動の教育者　嘉納治五郎』（筑波大学出版会，2011）等。

[2] 本课题的研究成果仅有日本方面的若干论文，如与那原恵「柔道の父であり、留学生教育の先驅者・嘉納治五郎」（『東京人』26巻11号，都市出版，2011年11月，60—67頁）、老松信一「嘉納治五郎の中国人留学生教育」（『武道学研究』1976年2号）、陳舜臣「近代日本と中国—5—田岡嶺雲と嘉納治五郎」（『朝日ジャーナル』14巻6号，1972年2月，89—94頁）、楊暁、田正平「清末留日学生教育的先驱者嘉纳治五郎—中国教育改革への参与を中心に—」（大里浩秋、孫安石編『中国人日本留学史研究の現段階』，御茶の水書房，2002）等。另外，在中国留日学生研究、近代日本语教育史等研究中也有较多著述涉及嘉纳治五郎及其创办的弘文学院。

在近代中日关系建构中的独特贡献和普遍意义。

一

在翻检、研读嘉纳在明治大正时代发表的系列言论,理清他对国际及国家关系等重要问题的思路取向,进而考察其观念结构的主要内涵之后,笔者深深感到,作为一位教育家和国际人,嘉纳观察和思考问题的基本立场,乃是基于学识-理性-开放的国际性眼光,他对世界、对东亚和中国的理解,对日中关系的构想,开明而卓越,超越了开始弥漫于那个时代的极端民族主义和国家主义,也超越了同时代的许多政治家、学人和文化人,在西洋一边倒而又愈来愈野心勃勃、戾气外露的近代日本,呈现出温和理智而善意的特点,这一点极为可贵。

嘉纳所呈示的世界观,即他对如何开眼看世界,如何建立国家间关系的种种看法,已然发生在一百多年前的明治和大正时代,但即便在今天来看,他的许多见解不但并未过时,而且益显其真知灼见。[1] 嘉纳一直反复强调,一个国家一个民族,在面临选择的历史关头,首要的是必须放眼看世界,认清世界和时代的潮流,并迅捷地跟上潮流,认准方向,随机应变,以此实现国家的转型和发展。他说:

> 世间往往会以为,通过发动国家间的战争、夺人土地来扩充自己国家的领土才是实现国家发展的道路。这是完全错误的。国家的发达,源于国家实力的发达。因此,谋求国家发展首先要认识世界的大趋势,弄清自己的国家在世界中所处的地位,刻苦钻研日新月异的学术,并实际

---

[1] 本文所列举的嘉纳论述,用意在于呈现他的理念和认识,为读者提供思考材料,并不意味笔者对嘉纳的见解完全赞同。

运用学术，探索殖产兴业的途径，发展工业商业，增强国家实力。与此同时，也要发展军备，以备不测。与他国进行战争，夺人土地实为万不得已之策。不可将之当成国家发展的常道。[1]（1900）

在国家间的交往和关系问题上，嘉纳再三强调平等、互利、共荣的理念和原则。他深知明治时代日本也经历过由弱到强的艰辛历程，也经历过在应对来自西方列强猛烈冲击过程中所遭遇的压力及屈辱，特别是目睹东亚老大帝国中国的衰败和悲惨境遇。他将这种弱者感受带入自己对世界对国家关系的认识构想中，表现出感同身受的温和的人道色彩。他的国际国家观念也因此充满开明理性，而戒除了自负和蛮横，彰显了超越狭隘民族主义的清醒意识。

国家交谊的关键，在于双方利益共享。但这种利益不单限于通商贸易方面，还应通过文化思想方面的相互摄取，来实现国家的开明进步。如果认为外国人所具有的道德标准与自己完全不同，而从一开始就相互敌视的话，就大错特错了。[2]（1899）

国与国的关系正如人与人的关系，原则上应像待我同胞一样亲待他国人，甚至有时候还要准备对待外国人比本国人更加亲切。只有这样，才能使彼此关系通融圆滑、互通有无取长补短、提高文明程度为世界共有，进而增进世界人类的福祉。[3]（1901）

无视世界人类、只考虑自己国家的利益，是不能允许的。因此，各国国民都应该考虑其他国家的利害，与他们融合协调，同时争取自己

1　嘉纳治五郎：「清国事件」,『国士』第 3 卷第 23 号，1900 年 8 月。
2　嘉纳治五郎：「いかにして外人を待つべきか」,『国士』第 2 卷第 11 号，1899 年 8 月。
3　嘉纳治五郎：「対外の覚悟」,『国士』第 4 卷第 32 号，1901 年 5 月。

的利益，致力发展。［中略］放眼今日世界大势，任何一个国家要想实现自我发展，都必须通过与其他国家的融合协调来达到目的。[1]（1924）

除了理念和原则，嘉纳还提出许多具体主张，一再呼吁日本国民走出日本，到海外看一看，去接触新鲜事物，增加见识获得新知，并将收获的新思想、新知识运用到自己的国家；同时也要想办法促进他国国民对日本和日本人的了解，通过相互接触交流，排除误解，加深彼此理解，建立亲密圆通的关系，从而减少进而消除摩擦，互利互惠实现和平（1901）。[2] 在1900年代嘉纳的一系列言论中，我们可以看到后来德国思想家哈贝马斯"交往理性"思想的某些影子。嘉纳相信并倡导在保持相互主体性的基础上，通过理性克制的交往，可以摆脱困境化解冲突，抵制国家系统的殖民或冲突，达成价值共识，实现国家民族交往的友好和谐。虽然他的这一思路更多出自个人的人格和情怀，但在今天看来，却是格外富于远见的思想，这在当时日本的时代氛围中更是空谷足音。

二

明治时代的日本知识分子，大都自幼接受汉学教育，对古代中国文明和文化充满尊重和敬畏，对中国和中国人也有较多的认同感、亲近感。然而，自甲午战争以后，中国大败于日本，以往中强日弱的格局发生逆转，整个日本的时代气氛霍然一变，昔日面对中华的虔敬谦畏很快变成自尊自大，进而更演化为对中国的蔑视。在这种时代情境中，嘉纳难能可贵的处变不惊，在其开明温和

---

[1] 嘉纳治五郎：「日本国民の理想」，『作興』第3卷第11号，1924年11月。
[2] 嘉纳治五郎：「盛んに海外に出でよ」，『国士』第5卷第39号，1901年12月。

的国际观念框架下，他对中国的认识和理解也独具特色。

尽管中华文明的昔日辉煌已然不再，但嘉纳对中国古老的历史文化依然保持着敬重之心。他屡屡提及"支那是世界的老大帝国。今天，欧美诸国在世界范围内处于富强前列，然而在这些国家还未开化的时代，支那已经实现了高度的文明"（1902）。他一直感念中华文明曾经给予日本的恩惠，并希望日本的进步能反哺中国：

> 我国与清国仅有一水之隔，往古之时，我国曾从清国输入制度以及物质文明，促进了我国的开化发展。［中略］支那的德育以孔孟之道为基本，日本的德育大部分也来自孔孟的教诲。（1902）

> 日本与支那有不少类似点，以至于被称为同文同种。往昔岁月，我国曾大量输入支那的文化和器物，我们今天所用的文字，虽非直接输入，但却是国人依据支那的汉字而创造出来的。制度也是模仿支那，教育上也从支那学习了许多，所以两国的文明有颇多相似之处。（1919）

嘉纳对作为中国传统文化核心的孔孟儒家极为敬重，把孔孟之道视为非常重要的价值观。1903年，在弘文学院的毕业典礼致辞中，他就宣称："振兴中国教育，以进入二十世纪之文明，固不必待求之孔子之道之外，而别取所谓道德者以为教育，然其活用之方法，则必深明中国之旧学而又能参合泰西伦理道德学说者，乃能分别其条理而审定其规律。"[1] 嘉纳主办弘文学院时，一直强调尊重孔孟之道，为此他还每年带领中国留学生举行祭孔活动。虽然这一举动引来包括鲁迅在内的一些留学生的反感，但换一个角度看，不也正体现了他对中国传统文化一以贯之的正面态度吗。

因此，对于近代以来中国不断衰败，屡遭列强瓜分蹂躏的惨状，嘉纳极为

---

[1] 原载《弘文学院沿革》"明治三十五年十月二十八日"条目。引自马力《鲁迅在弘文学院》，《鲁迅生平史料汇编》第二辑，天津：天津人民出版社，1982年。

痛心并屡屡表达深切同情。他对晚清以来中国衰败沦落的观察和思索，虽有时不免刺耳，但发自内心又有独特眼光，每有发人深省之处。《清国》这篇专论就集中表达了嘉纳的诸多见解：

> 然而，长久以来，没有来自外国的刺激，那些为维持国内和平而设立的制度及教育方法阻碍了国民的进步，当世界上的其他国家飞快进步的时候，唯有支那一国不改旧态，数百年间处于浑浑噩噩的状态。到了清代，开始与西洋频繁发生交涉，先有鸦片战争，受到英国的沉重打击，接着有英法联军的侵略，依然遭受了莫大屈辱。但老大帝国依旧不改自大之风，愚蠢地视外国人为夷狄。其后的甲午战争再受重创，虽依然未能唤起举国觉醒，但引起部分有识之士的注意。甲午战争在不经意之间向世界表明，老大帝国的实力已不足为惧。此后，欧洲列强向清国提出种种要求，但清国均无力拒绝，随后有八国联军侵华战争以致国家日日举步维艰，清国朝野人士始有警醒。在军事和教育方面，效法今日的文明诸国，进行改革；在官吏任用方面，改革旧的考试方法，用新的方法选拔适合实务的人士；关于如何殖产兴业，也认识到必须利用新的学术。这种觉醒，不仅是清国的幸事，也是世界的大幸事。假如清国不幸地不知觉醒、不知奋起、不去考虑如何实现国家自卫，任凭外国胁迫，或者割地让权，最终丧失独立的实权的话，其后果该是何等情形呢？列强将争先恐后地来争夺权益，最后将瓜分清国的领土，导致清国灭亡，甚至引起世界列强的纷争。如果这样，就不单是清国的大不幸，也是世界的不幸。如果欧美列强为瓜分中国而争斗，与清国唇齿相依的我国必然被卷入混战的旋涡，从而给我国带来巨大灾害，这是不言而喻的。
>
> 因此，清国的保全和发展不仅是为了清国自身，如果能够使我国免于卷入纷争的不幸，并避免与欧美列强发生冲突的可能，则清国必当保全，我们要帮助它自我防御并实现发展。（1901）

由于嘉纳在日本教育界文化界有较大的影响，特别是他当时正在主导日本的中国留学生教育，他的言论和见解受到中国言论界和教育界的关注。据笔者调查，在1903年6月4日创刊的文摘刊物《经世文潮》（又称《经世报》，半月刊，上海编译馆辑录）第一期和其他各期，嘉纳的上述言论便以《嘉纳治五郎学界国际策》等标题译介刊出，在中国言论界引起反响。

在《清国事件》一文中，针对清末朝廷守旧拙劣的内外政策，嘉纳不禁难掩哀不幸怒不争的矛盾心态，言辞表达也更加犀利：

> 目前清国国民的情态实在糟糕至极。他们认不清天下大势，不了解自己的国家在世界所处的地位，不懂得如何与外国交往，不懂得该如何对待外国人，不去努力吸收日新月异的文明，不图增强实力，对外的防备体系至今尚未整饬完善，有时还荒唐地对外国人挑起事端。这些都是清国今天沦落至此的原因。清国国民的作为背离了国家发展的正确道路，最终在列强竞争之间陷入劣败的悲惨境地。这也是必然的。
>
> 东洋的老大帝国陷入如此悲运，我们最感遗憾。

当时正逢《辛丑条约》签订，清政府丧权赔款，中国陷入深重的国家危机。在作为当事方之一的日本，围绕如何"处置"中国的议题，朝野上下议论纷纷，各派意见针锋相对。嘉纳选择了主张回避列强肢解瓜分中国的"保全派"（即保全中国）立场。他阐述了日本选择"保全"中国的"义务"（必要性），也提到日本帮助中国的有利条件，比如同为东亚国家，在历史文化上有很多联系，一衣带水，地理上有诸多便利条件，另外日本作为成功维新的改革先行者，有很多经验可以提供给中国等。他呼吁日本人走出去，到中国去，用自己的学识技能与中国人一起拓展事业，帮助中国的变革和建设。

> 所以，最理想的是，我国的人们前往清国，与清国人协同展开事业，或者那些有学识有技能的人为清国雇聘，利用学识技能来工作。所以，

当清国人来到日本时,要尽力去欢迎并亲切对待,要去进行指导,表达我们的厚意,为他们提供方便。我国的人们则努力前去清国,与清国人交往,精通清国的情况,在清国创业。[中略]总之,有学识有经验的人,若得到清国的雇聘,不要仅仅考虑自己的利益,应该怀着真心为清国谋利益的想法前去。只有真正尽了善待邻国之道,才能得到回报,为我国带来真正利益。

义和团事变之后,近代日本在富国强兵的道路上迅速发展,很快成为东亚第一强国,与中国积弊不振、每况愈下、濒临破产形成鲜明对照。在这种情形下,与日本举国上下愈演愈烈的自负、自傲甚至倚强凌弱的骄横不同,嘉纳的思想十分平和,他对日中关系的认识既有善意也有理性,这在那个帝国主义弱肉强食的暴力逻辑横行的时代,称得上是一股清流。

在另一篇专论《关于日支关系》中,嘉纳进一步阐述如何看待和处理日中关系的问题。

> 那么,我们应该对它(中国)采取怎样的态度呢?我认为,第一,绝对不可侮辱他们。哪怕是在本国人之间,侮辱人也是不可以的。侮辱人对己没有任何好处,反倒暴露了自己品性低下。看到不如自己的人,要给予怜悯,表示同情,想方法去帮助他,自己也获得慰藉。对不如自己的人尚且要如此,更不要说在支那人中,学识丰富、人格高尚的优秀人物无计其数。对待那样的人,哪怕是流露出少许轻蔑的态度都是极不妥当的。毕竟,日本近年来有了长足的进步,而看对方则国运不佳,不论在政治上还是在教育、军事、产业上,都不尽如人意,容易轻看他们。然而退一步考虑,或许可以说现在我是他的一日长者,但过往之时,他是吾师,而且今后我们稍有大意,也许今天的位置就会颠倒过来,我们要再次拜他为师。因此我们对他们一定要以友情相交,不可有一丝一毫的侮辱。

其次，不可想着通过不正当的方式来获取利益。以往，在我国，曾有人通过欺诈他们而获利，或通过威吓他们而达到自己的目的。此般做法务必要戒除。这种手段或许可得一时之利，但不会收获永远的利益。要想获永远之利，就必须要利他而利我，任何事情都要走光明正大之路。不过，在国际关系中，有时不免会做出违背上述大方针的行为。或是为了正当防御，或是权利受到他国侵犯，我们从防止侵犯的目的出发，不得不采取一些看上去不合理的行动。这些在国际关系中也是无奈的。除开这种特殊情形，必须要坚持利他的同时利我。即使是上述特别场合，如果从大局考虑的话，也还是能做到双方互利的。

第三是以诚意来指导他们。此前日支两国的关系不够圆满的主要原因是，在支那，上层玩弄小计的政治家颇多，缺乏具有卓越见识的政治家；而在下面，许多国民异常的自尊心很强，看不清今日的国情，而疏远需要去提携的友好国家。在我国，同样也存在这样的缺陷。所以，我们要主动去改变自己的态度，以正义与他们相处，彻底改变他们对我们的态度。这样，相互关系融洽了，我们告知自己诚意的时候，他们才会虚心坦怀地接受。他们所流露出来的亲近异人种反倒疏远同人种的行迹，是由于以往我们的诚意不足，是我们还不具备足以让他们信赖我们的实力。［中略］如果日本人真的下决心要改善现在的关系的话，日支相互提携是不难实现的。我们一定要实现它。(1919)

三

通过嘉纳的前后言论，可以清晰地看到嘉纳的基本理念和思路。一方面，他强调维护日本国家的根本利益，但这一点并不错。任何国家和民族无不把维护和争取本国的根本利益置于最高地位。问题的关键在于秉承何种原则、以何种方式获取或维护国家利益，如何解决自己的国家与他人的国家之间的利益关系和冲突。在这一点上，国家间关系就是人与人之间关系的放大。所谓国家利益从来不能也不应成为"弱肉强食"和侵略殖民的挡箭牌。在这个问题上，嘉纳用他独特而平易的形式和逻辑结构表述了上述理念。

第一，嘉纳的世界观和国家关系观的基石或曰前提，是任何一个国家在确立国际关系和国家关系之前，首先要实现国家自立。要认清天下大势，紧跟时代，锐意改革，通过励精图治，实现国家富强。在这一点上，嘉纳用他的理性洞彻了国际关系的无情逻辑："放眼今日世界大势，各国均标榜正义公道，但是在那背后，如果没有实力，则一天也存活不下去。这次的战争已经显示，贫弱国家悲惨不堪。"[1] 这里的"战争"即第一次世界大战，"贫弱国家"包括中国，指中国将原为德国势力范围的山东让渡给日本。

第二，就是平等互利，在文化思想等方面相互学习借鉴，共同实现国家的开明进步，达到增进人类福祉的目的。嘉纳所主张的，无疑是国际关系、国家关系的理想境界，遗憾的是，在现实当中，这一点很难实现，在他的国家日本，现实所发生的也多半与这些理想背道而驰。

第三，嘉纳特别主张积极主动地谋求与先进国家（指欧美国家）的融合和睦，在了解学习他们的同时，也想办法让欧美国家了解日本同情日本，从而为国家的发展创造和平有利的环境。

第四，在中日关系上，嘉纳敬重中国悠久的历史文化，对中国的古老文明怀有感恩之念。同时，他也洞察到近代中国衰败的现状和原因，对晚清以来中国与世界，特别是与列强国家的关系处理进行了尖锐批评，显示了智者的清醒和理性。

第五，嘉纳对建立良好的中日关系的忠告，特别是对日本人的忠告，他所提出的具体建议，都内在地贯彻着他的国际和国家理念。他强调日本与中国相处时，要尊重对方，要用光明正大的方式通过平等互惠获得利益，要以诚意取得理解信任。这些都体现了他作为文化人和教育家的柔性立场，释放了一个世

1　嘉納治五郎:「日支の関係について」,『有効の活動』第5卷第7号，1919年7月。

界主义者的善意和诚意。嘉纳的思路与20世纪初期包括日本在内所盛行的帝国主义、殖民主义的强权政治逻辑有根本的不同。他所创立的柔道宗旨——"精力善用""自他共荣"确乎也成为他思考国际关系的一个出发点。

关于嘉纳的这个特点，我们可以把他和启蒙思想家福泽谕吉做一个对比。福泽对近代日本的思想文化启蒙，甚至对整个社会思想观念的变革、发展都做出了巨大贡献，他的启蒙思想和文明观念也因此家喻户晓。但另一方面，他的思想结构中又隐伏着尖锐的矛盾和危险的两面性。他视欧美为高尚和开化的典范，而对其反面则鄙如草芥。他的"文明"和"非文明"国家关系准则[1]，彻骨的无情，渗透了弱肉强食的冷酷，具有浓厚的社会达尔文主义色彩。福泽自身有很高的汉学修养，饱受中华文化文明熏陶，但他缺少嘉纳那种对中国文化的敬畏和感念。在他的著作特别是书信中充斥了"东洋之老大朽木""猪尾巴""豕犬"等辱骂性的中国指称，向往"脱亚入欧"，他鼓吹日本的民族主义和扩张有理的强权逻辑，具有极端民族利己主义、功利主义以及合理主义的特点[2]。甚至可以说，在观念结构上，福泽和嘉纳几乎处于一种相反状态。但福泽这一路的思想覆盖了近代日本，而嘉纳的理念主要辐射在思想言论界和教育界的有限范围。在近代日本的国家伦理和作为嘉纳个人的理念之间反差巨大，因而愈加可见嘉纳的非凡。

在这个背景下，嘉纳与中国相关的一系列实践，诸如他的中国之行，他开创的中国留学生教育，他与中国的沟通交流，才具有了与众不同的含义，成为近代中日交流历史中好评指数很高的典型案例。嘉纳聊过自己创办弘文学院的缘起，他说："基于上面那些想法，这次我开办了弘文学院，帮助从清国来我国学习各科学问的学生。这所学校将教授清国学生日语，并进行普通教育，为准备进入各类专门学校的学生提供预备教育。另外，还将设置速成专门科，让

---

1 参见［日］福泽谕吉：《文明论概略》，北京：商务印书馆，1995年。
2 参见王明兵《福泽谕吉的中国批判与日本的民族主义》(《古代文明》2008年第4期)、安川寿之辅『福沢諭吉のアジア認識：日本近代史像をとらえ返す』(高文研，2000) 和福泽谕吉「脱亜論」(『時事新報』1885年3月16日) 等。

学生在短时间内学到专业学术，顺利回国。"[1]

嘉纳的一生主要是通过留学生教育和普通（基础）教育，与近现代中国特别是清末中国发生种种交集。他所进行的中国留学生教育具有先驱意义，而其背后的思想理念在他的时代无疑是贤明而稳健的。他的观念和实践促进了近代中日教育文化交流温暖场面的呈现，至今仍有宝贵的现实意义。

---

[1] 嘉納治五郎:「清国」,『国士』第5卷第44号，1902年5月。

"新知"与"革命"言说的世纪井喷

——1900年代留日学生杂志论考之一

一 近代留日运动与留日学生杂志的派生结构

20世纪初的留日学生杂志现象,是留日运动的衍生品;而留日运动又是19世纪末期中国社会"救亡保种""救国图存"之时代潮流的直接反应。从思想文化史的角度来说,它是清王朝被逼无奈开始尝试有限度的维新变法运动的一环,尽管"中学为体西学为用"的观念顽冥不化,但以结果而论,清王朝主导的这场留日运动,终究还是演化成了一个留日追求新知新学、追求变革革命以保国保种的政治和思想运动[1]。1894~1895年的中日甲午战争,是这场运动的直接引信。这场战争大清帝国完败于日本,被迫割地赔款,更引发了西方列强掀起瓜分中国的狂潮。于是"保国救亡"成为中国朝野上下最紧要的现实课题。于是,刚刚打败自己的日本——其快速的强大崛起急速进入中国人的视野。在这一变化过程中,一部分开明的晚清朝廷重臣以及洋务派、改革派发挥了重要作用。张之洞《劝学篇》认为,日本维新成功的经验便是派遣青年留学西洋,"学成而归,用为将相,政事一变,雄视东方"。"出洋一年胜于读西书五年","入外国学堂一年,胜于中国学堂三年"。进而提出留学日本最是事半功倍的捷径:"至游学之国,西洋不如东洋。一、路近省费,可多遣;一、

---

[1] 有关近代中国留日运动的先行研究数量颇丰,可参阅实藤惠秀著,谭汝谦、林启彦译《中国人留学日本史》(生活·读书·新知三联书店,1983)、李喜所《近代留学生与中外文化》(天津人民出版社,1992)、沈殿成主编《中国人留学日本百年史1896—1996》上册(辽宁教育出版社,1997)等。

去华近,易考察;一、东文近于中文,易通晓;一、西书甚繁,凡西学不切要者,东人已删节而酌改之。中东情势,风俗相近,易仿行,事半功倍,无过于此,若自欲求精求备,再赴西洋,有何不可?"[1] 另一位晚清重臣,即南洋通商大臣、两江总督、清末新政的推进者刘坤一也与张之洞同声唱和,认为培养维新变法人才,"唯有赴外国游学一法"[2]。1901年,清王朝实施以维新变法为目的的"庚子新政",湖广总督张之洞和两江总督刘坤一联名三次上奏《江楚会奏变法三折》,定出改革方向,学习日本,推行君主立宪制;而"奖励游学"便是他们提出的重要举措之一。于是,向日本派遣留学生便成为清政府的国策。[3]

向前回溯,1896年,即中日缔结《马关条约》的第二年,十三名中国青年赴日,在嘉纳治五郎主持的"塾"里学习,可谓近代中国第一批留日学生。此后,留日学生逐年增加,1902年嘉纳治五郎访华,专门到湖南与张之洞会面,推动赴日留学,呼吁大力推进师范教育。1903年中国政府向全国转发张之洞拟定的《鼓励游学毕业生章程》[4],发布奖励赴日留学的措施。日本方面也有积极回应,当时的驻华公使矢野文雄(1851~1931)便着力推动清政府向日本派遣留学生,并在日本国内进行努力。稍早的1900年,日本政府发布《文部省直辖学校外国委托生规程》,1901年发布文部省令第15号《文部省直辖学校外国人特别入学规程》,规定如有日本外务省、日本驻外公馆或外国驻日公馆的介绍,外国留学生可进入文部省直辖学校留学,从而在法律制度层面上开启了中国人赴日本官办学校正规留学的途径。自此以后,国人留日大幅升温,鲁

---

1 张之洞:《劝学篇·游学第二》,引自朱有瓛主编:《中国近代学制史料》(第二辑)(上册),上海:华东师范大学出版社,1987年,第16、17页。
2 《光绪谕折汇存》卷21。另,鲁迅1902年在刘坤一任上赴日留学,并获得"南洋通商大臣奖学金"资助。
3 沈殿成主编:《中国人留学日本百年史 1896—1996》上册,沈阳:辽宁教育出版社,1997年,第41页。
4 参见舒新城编:《中国近代教育史资料》上册,北京:人民教育出版社,1961年,第186页。

迅赴日的1902年还处于升温的前夜。到了1906、1907年左右，第一个留日高潮出现，留学生人数急剧攀升。1896年13人、1898年61人、1901年274人、1902年608人、1903年1300人、1904年2400人、1905年8000人、1906年12000人、1907年10000人、1909年3000人、1912年1400人[1]。以鲁迅而言，1902年赴日，1909年回国，恰好完整经历了清末留日运动由正式开幕到极盛而衰的完整过程。

就这样，肇始于1896年的留日运动与甲午战争（1895）—戊戌变法（1898）—清末新政（1901）互为表里，尤其是清末新政，积极推进留日运动的刘坤一、张之洞（后又增加袁世凯）被朝廷委任为参预政务大臣，总揽所有"新政"事宜。他们两人的身份地位，加之大力倡导留日的立场，直接促进了留日运动迅速进入发展乃至膨胀的局面。

随着形形色色的留学生聚集到日本（以东京为主），反满兴汉的民族主义、维新变法的改良主义等各色立场主张，都在"改革"或"革命"的潮流中找到各自的归属寄托，以出身地域为主要集合单位的留日学生杂志纷纷诞生。1900年12月，留日学生创办的第一份杂志《译书汇编》创刊，其体例完全参考模仿日本杂志，编辑形式、版式设计、印刷装帧等都取制式于日本，以具备现代性的刊物开启了留日学生杂志编辑出版之先河，也在近代中国杂志出版史上留下了一个值得纪念的足迹。

此后，留日学生们纷纷组织留日学生同乡会等社团，出版发行以会刊为主的各色中文杂志，一时如雨后春笋，遍地开花。关于这一时期留日学生杂志出版的盛况，海内外不同时代的各种资料文献均有记载。如实藤惠秀《中国人日本留学史稿》（日华学会，1939）、张静庐《中国近代出版史料二编》（群联出版社，1954）、戈公振《中国报学史》（商务印书馆，1927）、丁守和《辛亥革命时期期刊介绍》（人民出版社，1982）、黄福庆《清末留日学生》（"中研院"近代

---

[1] 有关诸种统计数据略有不同，本章参照李喜所：《近代留学生与中外文化》，天津：天津教育出版社，2006年，第185—186页。

史研究所，1975)、汪向荣《中国的近代化与日本》(湖南人民出版社，1987)、方汉奇《中国近代报刊史》(山西教育出版社，1991)以及宋原放《出版纵横》(上海人民出版社，1998)等，都有记载叙述。

  三十年前，笔者曾在日本留学，那时即开始对20世纪初叶的留日学生杂志热潮产生兴趣，其后一直时有关心。记得在考察研究中，面临的最大困难在于如何搜寻到这些杂志的原物：第一，杂志出版时代久远，均在百年之前。第二，杂志编辑出版于日本，尽管当时及后来以不同渠道流通至国内各埠，以多种途径在国内书店代理销售，但终究有很大局限。第三个因素最重要，即这些杂志是留日学生自己创办的同人刊物，与一般性刊物多有不同，尤其在日本，这种留学生的内部刊物无法进入通常的流通订阅和保存利用体系。[1] 第四，杂志的出版存续时间往往比较短暂，一年以内停刊者不在少数，随生随灭几成常态。加上有些刊物中途发生刊名变更等种种原因，愈发使得不少杂志很难看到原刊。截至目前，笔者已确认过的原刊(含复刻版)形貌的约有30余种，其他的则通过各种资料文献比照核实，初步判断1900年代留日学生杂志的数量当在70～80种左右。这也是目前学界的多数意见。其中比较重要者如下：《译书汇编》《游学译编》《湖北学生界》(第四号后改称《汉声》)、《直说》、《浙江潮》、《江苏》、《湖南学生》、《女子魂》、《海外丛学录》、《东京留学界纪实》、《二十世纪之支那》、《醒狮》、《革命评论》、《直言》、《云南》、《洞庭波》(中央杂志)、《教育》、《豫报》、《二十世纪之中国女子》、《汉帜》、《汉风》、《中国新女界杂志》、《河南》、《四川》、《江西》、《关陇》、《夏声》、《湘路警钟》(《湘路危言》)、《宪政新志》、《教育今语杂志》、《铁路界》等。

---

[1] 笔者对日本国家图书馆——"国立国会图书馆"有关留日学生杂志的收藏情况进行了调查确认：该图书馆收藏的留日学生杂志仅有《云南》《汉帜》《湖北学生界》《新世纪》《浙江潮》《天义》《二十世纪之支那》《民报》《游学译编》九种。除不完全算学生杂志的《民报》藏有原刊外，其余均为罗家伦主编：《中华民国史料丛编》所收之影印版。

二 "译介"新思想与开启民智

留日运动发生的基本动因之一是开眼看世界，谋维新变法、改良革命以救国图存、保国保种，具体途径便是学习东邻日本的成功经验。既是学习日本，也是通过日本学习西洋，即充分吸收利用日本人实行西洋化的做法、经验和资源，试图提高变法效率，少走弯路事半功倍。张之洞便一再主张："西书甚繁，凡西学不切要者，东人已删节而酌改之。中东情势，风俗相近，易仿行，事半功倍，无过于此。"而当时持此种认识者相当普遍。康有为《请广译日本书派游学折》(1898)、梁启超《论学日本文之益》(1899)都倾力推崇日本近代以来的西书翻译在国家社会转型过程中的巨大作用，倡议中国大力翻译日本新书。在这种思路和风潮的导引下，留日学生杂志的第一个目标和着眼点，就是翻译——"译书"。1900年底创刊的《译书汇编》就是这种思路的直接实践。出身日本华侨家庭、参与创办早期留学生杂志的冯自由在其名著《革命逸史》中称《译书汇编》为"留学生杂志之元祖"。该杂志由留学生戢翼翚、杨廷栋、杨荫杭、雷奋、章宗祥、曹汝霖等人组织的译书汇编社编辑出版。创刊号刊载的《简要章程》明确阐述了杂志的出版宗旨，即"以政治一门为主，如政治经济法律行政历史政理各门，每期所出或四类或五类"，"政治诸书乃东西各邦强国之本原故，本编亟先刊行此类，至兵农工商各专门之书亦有译出者，以后当陆续择要刊行"。杂志编译者们自身多学习法学专业，认为国家要改革"宜取法欧美日本之制度"，而"各国之制度，非可徒求诸形迹，要当进探乎'学理'，否则仅知其当然，仍不知其所以然"。故刊物以译介欧美及日本的政治学说为主，尤其聚焦宪政理论，亦涉及法律、经济、外交、历史、哲学等领域。创刊号的十篇译文均为欧美和日本的名著：(美国)伯盖司《政治学》，(德国)伯伦知理《国法泛论》，(日本)鸟谷部铣太郎《政治学提纲》，(德国)海尔司烈《社会行政法论》，(法国)孟德斯鸠《万法精理》，(日本)有贺长雄《近世政治史》《近时外交史》，(日本)酒井雄三郎《十九世纪欧洲政治史论》，

（法国）卢骚《民约论》和（德国）伊耶陵《权利竞争论》。这些翻译均是名副其实的"译书"，即所译为书，或连载或节译，之后出版单行本。《译书汇编》创刊第一年便出版了涩江保著、译书汇编社同人译《波兰衰亡战史》；高田早苗著、嵇镜译《国家学原理》；岸崎昌、中村孝著，章宗祥译《国法学》；井上毅著、章宗祥译《各国国民公私权考》。总体上，具有强烈变革和革命意识的留学生们意识到，在这场大的时代变革中，建立近代的社会政治制度是最重要最紧迫的事业，因此他们对建构西方式政治体制关联的各种理论学说最为关注，并将其作为刊物的首要主题。正如后来研究者所评价的那样："译书汇编社成立早，译书多，对国内也有相当影响，其所译政法书籍被近代学术界认为是最早向中国系统介绍西方政治学和法学的著作。"[1]

另一本杂志《游学译编》月刊（1902年12月～1903年11月）与《译书汇编》极为相似。编译者为湖南籍留学生组成的"湖南编译社"，成员有杨笃生、陈天华、梁焕彝和黄兴等。与《译书汇编》主要翻译学理性学术著作不同，《游学译编》则遍览日本重要报刊，择取所需内容，编译成书。该刊第一期《游学译编叙》中开宗明义，称"欧洲自十八世纪以来，思想横溢，沛然如骤雨之下"，"各携其专精独到之理论，以争雄于学界，因而弥及于社会，行之于实事，使之有日进千里之势，已成今日之文化"。"维新三十年来之日本，又何日而不视欧美之进步以为进步，奋起直追，唯恐不及，以成此过渡时代之现象，而不知其所止也乎？由此观之，则我中国者，以东洋文明之固有，而得老大之名，以西洋文明之将来，则一变而为地球上最少年之一国，夫岂有难耶？同人之译是编也，将以为扶植老大培植幼稚之助也。"编译者从近代欧美思想文化和日本以西洋为典范的文明开化中看到了新的历史潮流和发展趋势，意欲通过学习和汲取新文明，既守护传统精神，又迎接新世纪的思想文化，实现老大民族的新生，充分显示了湘籍留学生的历史危机感和民族使命感。杂志的编译内

---

[1] 沈殿成主编：《中国人留学日本百年史1896—1996》上册，沈阳：辽宁教育出版社，1997年，第72页。

容与《译书汇编》专注政治学略不同,而是全方位关注各领域的动态信息,涉猎学术、教育、军事、实业、理财、内政、外交、历史、地理、时论、新闻、小说等各个领域,几近无所不包。第一期的内容如实反映了刊物的这一特点:(学术)《十九世纪学术史》,(教育)《教育论》《华族女学校监下田歌子论兴中国女学事》,(军事)《武备教育》,(理财)《经济政策论》,(内政)《新定统治蒙古制度》,(外交)《欧洲近时之外交》,(历史)《自由生产国生产日略述》,(地理)《支那地理概述》,(时论)《太平洋之竞争》《德人论在支那生计上之利害》、《上野岩太郎与吴挚甫京卿论教育事》、《世界新闻》。在此两种杂志以外,还有一批专事译介的刊物和结社团体,如《新译界》、教科书译辑社、闽学会、国学社、东新译社、觉民译社等。

放眼留日学生新思想新知识的翻译(译介),当然不限于上述编译刊物和社团,其他综合性留学生杂志都开设了译述板块。以当时影响较大的留日学生杂志来看,《浙江潮》《湖北学生界》《江苏》等,无不有很多翻译作品。有些文章虽然没有明确标识翻译或编译的字样,但实际上都属译介范畴。那是一个以翻译参与并散布新思想、新知识的时代。

三 "变法""革命"与救亡图存的政治指向

留日学生杂志,无论是专事翻译的编译杂志,还是普通的综合杂志,其基本指向和目标都大致相同,即认识世界趋势,探索中国社会政治制度的路径方法,实现富国强兵自立自强,进而救亡图存保国保种。《游学译编》第7期《与同志书》如此慷慨疾呼:"今日国势,危险极矣,仁人志士,奔走骇汗,大声疾呼,曰谋救亡之法,愤于国力之弱矣,则曰讲求武备;痛民生之窭苦也,则曰讲求实业。政体不变,宪法不立,而武备实业终莫能兴也,则讲求政治、讲求法律。民智不开,民气不伸,而政治法律卒莫能变也,则曰讲求学问、讲求教育。"数量多、影响大的非编译类杂志,如《湖北学生界》《浙江潮》

《江苏》《云南》《洞庭湖》《革命评论》《四川》《河南》等多达几十种。与编译类杂志相比，这些杂志内容多样，涵括各个领域。编译类杂志以翻译"他者"的思想知识为本业，而综合杂志则不受"翻译"的限定。留学生们把握世界现状和时代动向，发表对于中国社会和政治的各种见解，探讨变革进步的方法方案，形成了一个前所未有的火热局面。

浙江留日学生组成的浙江同乡会编辑的《浙江潮》创刊较早，其《发刊词》记述浙江籍留日学生"组织一同乡会。既成，眷念故国，其心恻以动，乃谋集众出一杂志，题回《浙江潮》"。执笔人用充满激情的诗意语言，回溯浙江历史文化积淀的爱国传统，所谓"乃以其爱国之泪，组织而为浙江潮。至今称天下奇观者，浙江潮也"。在国家生死存亡之际，他们以"浙江潮"，"挟其万马奔腾排山倒海之气力，以日日激刺于吾国民之脑，以口其雄心，以养其气魄"，"愿我青年之势力，如浙江潮。我青年之气魄，如浙江潮。我青年之声誉，如浙江潮"。杂志宗旨一曰"输入文明为我国放一层光彩"；二曰"立言，务着眼国民全体之利益"；三曰以浙江"本土之人情、历史、地理、风俗"为立足基点。在中国留日学生江苏同乡会主办的《江苏》（1903年4月）第一期，社论《江苏改革之方针》表达了对国族存亡危机的深重忧虑："夫国之有改革，因乎时之变也，故欲行改革者，莫急乎明时势之所变。今我中国之所以异乎昔者，其至要之大端则昔为大一统垂裳无为之大帝国，今则已成列国竞争之一分子。天演学之公例曰，物竞天择适者生存，今国势以趋于列邦，而吾政治吾教育吾风俗尚仍大一统之旧，其为不适甚矣。此所以屡改革而不救。"1906年创刊的《河南》月刊同样努力于"激发爱国天良，作酣梦之警钟"，"以牗启民智，阐扬公理为宗旨"，"中国者非政府诸人之所专有，国民各个人俱其分子之一，政府特其执行者耳，政府之建设，非由于政府，实由于国民，政府之不良，国民应有改造之责"[1]，试图致力于启发民智，通过民众制约改造政府，最终为拯救国家民族危亡尽职尽责。《湖北学生界》（1903）的《湖北学生界开办

1　朱宣：《发刊之旨趣》，《河南》1906年第1期。

章程》"第一条宗旨/输入东西之学说唤起国民之精神"。杂志第一期张继煦所作《叙论》写道:"自民族主义,一变而为帝国主义,亚洲以外之天地,一草一石,无不有主人翁矣,鹰瞵虎视者数强国,四顾皇皇,无所用其武。于是风飚电激席卷而东,集矢于太平洋,亚洲识微之士,莫不深瞶蹙额,惊走相告曰:危哉!中国其为各国竞争中心点也。"20世纪初,弥漫于国人之间的国家民族存亡危机的阴云,其浓密沉重乃是今人难以想象的。

甲午战争到辛亥革命的十五年间,中国社会面临着前所未有的严峻课题,即救亡图存保国保种,而改革是解决这个课题的唯一途径。"立宪维新"与"革命"是当时最主要的两种改革路径。对于"清末新政"所代表的立宪维新和辛亥革命所代表的革命,历史学界已有极多研究。这是一个结构复杂的宏大课题。改良派和革命派在改革方式和道路上存在重大差异,但与时代潮流相向而行,拯救国家民族于生死存亡,实现独立富强自由,则是一切仁人志士的初衷和动力,也是无数人用鲜血和生命代价践行的理想。而对留日学生这一年轻群体而言,简洁明了、一步到位的"革命"论无疑更具魅力,更贴近青年俊杰一心抹杀腐朽体制,追求世界大势的激情梦想。

1900年代的留日学生杂志,大部分是以时事政治为主的综合性杂志,其绝大多数都是革命论的拥戴者。不过,革命论与变法维新派之间也存在重叠部分,如输入西方文明学术,开启民智;主张国家独立,反对帝国列强扩张侵略;提倡地方自治,鼓励发展实业等。但在"驱除鞑虏,恢复中华",彻底批判否定清王朝体制上,则存在重大差异和对立。这在留日学生杂志中同样有所体现。出版发行时间长达数年的《云南》(1906年11月)创刊号《发刊词》宣称:"非仅商榷学术,启发智识之作,实为同人爱乡血泪之代表;非激越过情之谈,实不偏不颇,具有正当不易之宗旨;非草率无责任之文,实苦心孤诣,抱有绝大希望者也。"希图通过刊物"开通风气,鼓舞国民精神",并宣传"国家""团结""公益""进取""冒险""尚武""实业""地方自治""男女平等"等近代文明观念。在杂志各期的文章中,除了对云南地方封建性腐败吏政和帝国主义经济扩张乃至掠夺的忧患,还彻底否定了清末新政中的重大议题

"预备立宪"。新政始于1901年，不久后的1904年，实行君主立宪制的日本击败世界传统强国俄罗斯，取得了日俄战争的胜利，由此君主立宪成为清王朝的一种共识。清政府忧虑孙中山"同盟会"革命派的壮大，决定实行君主立宪。在张之洞的建议下，清政府派五大臣赴西方考察，立宪与革命的博弈由此开始。在这两条路线中，《云南》明确选择了否定君主立宪这一选项，指出"今日之提倡立宪，要求国会者，皆欲利用国民者也，非代表国民者也。日日言爱国救国，而实则诣媚政府，依赖政府，则以开国会为利用国民之策也"。立宪的结果也不会带来美好的现实，"中央则君主暨贵族专制之政治也，地方则官吏与劣绅土豪之政治"[1]。还有文章提出，"涤尽数千年之弊政，以恢复人类之天赋特权"[2]——推翻封建专制制度、实行共和民主，才是革命和进步的恰当选择[3]。仅发行三期的《四川》（1908）激烈抗议帝国主义对中国的侵略，辨析外国列强蚕食控制中国方式的变化，指出将"瓜分之议倏易为保全侵略之行，忽变为礼让"，恰如"一盂杯羹，或因分与之不平而起竞争。于凡席者，刬以保全为侵略，较以侵略为侵略者，其势尤利而术尤工，盖自庚子以至于今六七年之间，皆为彼阳示保全阴谋侵略之时代"[4]。他们"先取经济后分土地，而以吾政府为镇压之资，即彼经济无丝毫之损"，实乃"亡中国先亡实，后亡名耳"[5]。文章作者察觉到列强在中国的所作所为与清王朝腐朽政权体制的关联，从而进入由反帝爱国继而反清革命的因果逻辑关系中。有文章激烈批判道："比年以来，政府卖铁路，卖矿产，卖航路，卖海港以及森林、渔业、关税诸权。他国所视为重要而倚如性命者，政府则慷人之慨，咸三揖三让拱手而献诸外人，叱咤之间，风云变色，不及数稔，吾完全之土地权将一一为卖国之政府掉尽而不留

---

1 侠少：《国会问题之真相》，《云南》第17号，第38页。
2 剑虹：《论国民之责任》，《云南》第7号，第18页。
3 参见木基元：《清末留日学生创办的〈云南〉杂志及其革命影响》，见田云翔主编：《百年军校将帅摇篮》，昆明：云南人民出版社，2010年。
4 《列强协约与中国之危机》，《四川》第3号，第1—2页。
5 《警告全蜀》，《四川》第1号，第10—11页。

了遗。"¹作者呼吁人民,"政府而可改良也,则群起以监督政府",反之"则群起以攻伐政府"²。

留日学生杂志倾向和选择"革命",放弃清王朝的政权体制,具有很大的逻辑必然性。救亡图存的危机感和使命感,驱使留学生们以向内向外两个视点观察和思考问题。对外自立图强以抵御外辱,对内则由国家衰败追索到政权体制的腐朽与机能不全,进而以最彻底的方式结束这一体制的支配地位。留日学生杂志的编辑主体以及读者主体与辛亥革命具有种种联系,不仅在思想文化层面,也在社会政治实践层面,互为表里,时常展现出革命先驱和先锋的风范。孙中山先生曾说,"赴东求学之士,类多头脑新洁,志气不凡,对于革命理想,感受极速,转瞬成为风气","留东学生提倡于先,内地学生附和于后,各省风潮从此渐作"³。

四 对近代中国杂志转型的贡献

在近代中国杂志进化史上,尤其在杂志样式的现代化历程中,1900年代的留日学生杂志做出了重要贡献。阅读这些杂志,便会看到这一时期的刊物与以往的杂志样式相比,发生了明显变化。其中最显著的一点,就是杂志的"综合性"特征,即杂志的百科全书特点,包括人文社会科学乃至自然科学的诸多领域。如专事编译的《游学译编》就开设有如下栏目——"学术、教育、军事、理财、内政、外交、历史、地理、时论、世界新闻"。一般杂志如《浙江潮》:"影像、社论、论说、学术、政法、经济、哲理、教育、历史、大势、记事、杂录、小

---

1 《西江警察权问题》,《四川》第2号,第121、126页。
2 同上。
3 朱庭祺:《美国留学界》,《留美学生年报》,1911年6月(庚戌第1期)。另,魏善玲:《留日学生创办期刊及其对辛亥革命的影响》(《编辑之友》2012年第2期)有几种介绍,可资参考。

说、新浙江与旧浙江、苑、调查会稿"。《二十世纪之支那》也基本相同："图画、论说、学说、政法、历史、军事、理科、实业、丛录、文苑、杂俎、时事、时评、来稿。"上述杂志内容构成和板块分类，是留日学生杂志的标准制式。这种杂志有一个源自日本的称呼——"综合杂志"。留日学生杂志的范本，是明治时代末期日本兴起并流行的综合杂志，尤其是开创综合杂志之滥觞的《太阳》杂志（月刊）。

1895的甲午年，无论对中国还是对日本来说，都是中日两国近代史上一个转折性的年头。乘着日本战胜大清帝国的昂扬气运，《太阳》杂志于1895年1月问世，三个月后，《马关条约》正式签订，一胜一败，千年以来的中日关系彻底逆转。对日本报刊出版界有所了解的人都知道，与中国不同，在日本，有一类名曰综合杂志的刊物，其刊载内容范围广泛，包括政治、经济、社会、文化评论、时事报道以及文艺作品等，篇幅分量厚重，在报刊出版界占有重要地位。这类杂志在昭和之前被称为"高级杂志"，后来改称"综合杂志"。今天的日本仍有多种著名的综合杂志存在，如《文艺春秋》《中央公论》《新潮》等等，作为日本报刊的重要品目，吸引着大量读者。不过随着时代的变化，如今的综合杂志也多半不免商业色彩浓厚，为吸引读者或制造噱头或热衷娱乐猎奇。这一点与早年的综合杂志颇多差异。如综合杂志的鼻祖《太阳》月刊，基本是以社会启蒙为主要目标，严肃厚重具有一定学术性。《太阳》杂志的东家是明治时代有名的出版社"博文馆"（1887）。1895年1月，日本方面因稳操甲午战争之胜券，日本举国上下士气高扬。在此情形下，博文馆对麾下的杂志进行整合，将原有的15种杂志合并为综合杂志《太阳》（1895～1928）、文艺杂志《文艺俱乐部》（1895～1933）和《少年世界》（1895～1934）三大杂志。《太阳》以《日本大家论集》《日本商业杂志》《日本农业杂志》《日本之法律》和《妇女杂志》这五本杂志为基础整合而成。内容囊括政治、经济、军事、时事、思想、文化、文学、宗教、教育等各个领域；作者阵容强大，聚集了当时最有名的评论家、学者、撰稿人以及其他各类名人。杂志篇幅达二百页之多，发行量超过十万，创刊后很快成为杂志出版界的王者。留日学生杂志样式体裁的源流可以追溯到这本刊物。

借助日本实现近代转型所提供的环境和条件，留日学生杂志无论在内涵性的话语信息还是杂志体裁形式上都具备了近代性特征。尤其是与同时期中国国内的杂志相比，这一点尤为明显。留日学生杂志研究的开创者实藤惠秀曾指出："1907年在日本创刊的杂志共21种，较该年在中国创刊的杂志为多，出版的册数亦甚可观。不仅是在数量上占多数，内容方面亦远较国内杂志为优，具有很高的启导作用。"[1]这些杂志不仅在日本国内的中国人之间流通阅读，还通过个人或团体，以及出版流通系统等途径回流国内，并对国内的杂志编辑和出版产生影响。1904年，近代中国第一个现代意义上的综合杂志——《东方杂志》(1904～1948)由上海商务印书馆创办。创刊号（光绪三十年正月）《新出东方杂志简要章程》郑重布告读者："一、本杂志以启导国民联络东亚为宗旨"；"二、本杂志略仿日本《太阳报》杂志"开设众多栏目，"1社说（选论来稿附）、2谕旨、3内务、4军事、5外交、6教育、7财政、8实业、9交通、10商务、11宗教、12杂俎、13小说、14丛谈、15新书月目"。从杂志整体和局部设计来看，全面参考借鉴了《太阳》杂志，甚至杂志封面设计格调也颇相近。《太阳》上光芒四射的太阳令人联想到刊名以及"日出之国"，而《东方杂志》封面上端是大清国国旗上的巨龙，下端也是旭日放射光芒。与《太阳》相同，《东方杂志》开篇也是"卷头插图"，选刊世界名人照片，第一幅居然是"日本国皇帝睦仁"（明治天皇）。总之，1900年代初的留日学生杂志之踪迹和影响曾经投射到它的祖国，应是不争的事实。

在出版物的装帧设计形式以及装订技术工艺方面，留日学生杂志以及其他译书都遵循日本制式。其中最大的特征，就是由中国国内的单面印刷对折装订变为洋纸两面印刷及西式装订样式。通过整理中日书刊版权页，可以确认大部分书刊的印刷装订等均完成于日本人经营的印刷所，其中一些甚至与当时日本

---

[1] 实藤惠秀著，谭汝谦、林启彦译：《中国人留学日本史》，北京：生活·读书·新知三联书店，1983年，第349页。

主流出版社使用同一家印刷所。还有不少书刊登日本公司的广告。至于书刊装订方式、结构、书刊名、字体等方面，通过比照留学生书刊和《哲学杂志》等八种日本主流出版物，确认留学生书刊基本采用了日本书刊的体式，尤以上述线装变西式装订最为显著。在日本书刊—留学生书刊—国内书刊这一影响脉络上，留日学生杂志曾经发挥过不小的作用。[1]

2022 年 5 月订补于上海

---

[1] 实藤惠秀著，谭汝谦、林启彦译:《中国人留学日本史》，北京：生活·读书·新知三联书店，1983 年，第 251—280 页。

翻译政治："输入文明学说"
——1900年代留日学生杂志论考之二

一

第一次鸦片战争和第二次鸦片战争的惨败，打碎了大清帝国的天朝之梦，国族存亡危机重重的惨淡现实，令王朝统治阶层以及其他一些清醒的精英之士忧心忡忡，他们强烈意识到变革乃是当务之急。于是"洋务派"及其"洋务运动"应运而生。曾国藩、李鸿章、左宗棠和张之洞等实力派人物，主张与时顺势，实行"洋务""变法"。但"中体西用""师夷长技"的根本观念决定了其富国强兵、自强自立的前提乃是维护王朝的集权统治体制。因而对"西体"极力加以拒斥排除。"洋务运动"中后期出现了一些维新思想家，如王韬、薛福成、马建忠和郑观应等，这些维新思想家开始注意到西方富强现实背后的社会制度，尤其是政治制度的功效，他们批判洋务运动取"用"（科学技术）舍"体"（社会制度）的做法。马建忠介绍"三权分立"的政治学说，王韬关注和讨论"君主""民主""君民共主"三种政治体制，薛福成对英国议会的两党制赞赏有加，郑观应主张中国实行议会制。这些动向显示有识之士已经意识到政治体制改革转型的重要性。但很不幸，这些明智的洞见和主张，在当时还仅仅局限于有限的思想家，并没有撼动王朝政治支配阶层，无法进入国家主体的选择和实践轨道。结果，尽管洋务运动搞了几十年，清王朝仍在甲午战争中被后起之秀日本击倒，老大帝国饱受劫难，割地赔款陷入前所未有的危机，迎来帝国主义列强对中国的又一轮瓜分，宣告苦心经营三十余年的洋务运动彻底破产。在这种困境下，以康有为为首的维新变法派致力于变法研究，积极倡导和推进变法维新，提出发展资本主义实行君主立宪制度的政治纲领。他连续上书光绪皇帝，建议效法日本明治维新，推行新政，促使光绪皇帝下决心实行变法，于是便有了1898年6月11日至9月21日的"百日维新"（戊戌变法）。紧接着，义和团运动爆发，1900年，俄、英、美、日、德、法、意、奥"八国联军"出兵镇压义和团，继而升级为清王朝与八国间的战争。结果清政府不堪一击，再尝战败之苦果，于1901年与侵略者签订《辛丑条约》，中国再次受到极大打击，陷入更加深重的内外危机中。这一场巨大灾难，让更多朝野有识之士痛感改弦更张整顿政治的必要，清朝统治层历经战争节节败退已至朝廷出逃北京之后，意识到灭顶之灾已渐次成为现实，遂接受改革派的主张，准备实行新政。1901年1月29日，清廷以光绪皇帝的名义发布变法谕旨，宣布实行新政，"世有万古不易之长经，无一成不变之治法"，"近数十年积弊相仍，因循粉饰，以致酿成大衅。现在议和，一切政事尤须切实整顿，以期渐致富强"[1]。同时成立督办政务处，负责处理新政事宜，成为领导新政的中枢机关，李鸿章、刘坤一、张之洞和袁世凯等成为核心成员。迅即袁世凯上奏，提出意见建言；刘坤一、张之洞则联名上奏变法三折，史称《江楚会奏变法三折》（《变通政治人才为先遵旨筹议折》《遵旨筹议变法拟整顿中法十二条折》和《遵旨筹议变法拟采用西法十一条折》）。《江楚三折》以"育才兴学""整顿中法""吸收西法"为中心，提出了一整套系统的改革方案，规划了清末新政的基本框架，引领了新政的启动和实施。其中与留日学生运动直接相关的，主要是"吸收西法"等改革措施，如提出广派王公大臣及宗室弟子出洋游历，考察外国政情，促成1905年清廷五大臣出洋考察宪政。再如大力提倡学习日本明治维新君主立宪的经验，直接影响随后大批学生留学日本，学习日本兵制操练新军，学习日本司法制度，定矿律、路律、商律、刑律等。1905年以后，国内立宪呼声日益高涨，次年清廷宣布预备立宪，在确立实行立宪国策的基础上，进入预备立宪时期。由于清廷的宪政改革存在致命缺陷，再加上以"同盟会"为

---

[1] 故宫博物院明清档案部编：《义和团档案史料》下册，北京：中华书局，1959年，第914—916页。

代表的革命派兴起，其以革命暴力推翻清王朝的宗旨迅速蔓延普及，不仅使得清廷宪政改革成为泡影，更直接导引了1911年辛亥革命的爆发，清末新政终以清王朝自身覆灭宣告终结。[1]

留日学生杂志正是在"清末新政"与"清末革命"的合流与分流中诞生发展起来的，显现留日学生的激情与抱负，在20世纪开局的近十年中为历史留下了一列清晰的探索足迹。正如初期留学生编撰的留日指南书《留学生鉴》所说："吾人不远万里，乘长风，破巨浪，离家去国，易苦以甘，津津然来留学于日本者，果何为也哉？留学者数千人，问其志，莫不曰：'朝政之不振也，学问之不修也，社会之腐败也，国土之日狭也，强邻之日薄也，吾之所大惧也。'吾宁牺牲目前之逸乐，兢兢业业，以求将来永永无暨之幸福，此则吾之所大愿也。""强国之第一要义，曰政治之改良也，然非学无以为改良之具。曰社会之整饬也，然非学无以为整饬之具也。曰土地之保存也，然非学无以为保存之具也。曰强邻之平等也，然非学无以为平等之具也。学之不可以已也如是夫。且夫有一日之世界，则有一日之竞争，有一日之竞争，则有一日之学问。日日有竞争，日日有学问，事事有竞争，事事有学问。"[2] 至此，留日学生共同体的集体指向与清末变革和革命之方向完全吻合，具有强烈的启蒙性和革命性；而这一共同体所借以发声的重要媒体平台，就是他们一手操办的留日学生杂志。而世界的学问、改良变革、体制革命、爱国救亡，也成为杂志的关键词，成为杂志的政治指向。杂志的启蒙性、改革性、政治性特征，在很大程度上是通过翻译得以实现的，"翻译的政治"也不可避免地成为留日学生杂志的重要标识。

1　参见蒋廷黻：《中国近代史》（武汉出版社，2012），王文泉、刘天路主编：《中国近代史1840—1949》（高等教育出版社，2001），［美］徐中约：《中国近代史：1600—2000中国的奋斗》（世界图书出版公司，2008），周叶中、江国华主编：《博弈与妥协：晚清预备立宪评论》（武汉大学出版社，2010）等。

2　启智书社著译：《留学生鉴》，东京：启智书社，1906年。转引自［日］实藤惠秀著，谭汝谦、林启彦译：《中国人留学日本史》，北京：生活·读书·新知三联书店，1983年，第148—149页。

二

留日学生杂志始于专事"翻译""编译""输入文明学说"的《译书汇编》，另一本有代表性的则是《游学编译》，此外还有众多综合刊物的译介栏目。翻译外国书，即"输入文明学说"，是鸦片战争以来有识之士倡导改革的第一个着眼点。日本近代转型的成功经验也是一个颇大的加持。作为晚清变法维新重要的主持者，张之洞在其《劝学篇》之《外篇·广译第五》便主张大力翻译外国书，曰："王仲任之言曰：'知古不知今，谓之陆沉；知今不知古，谓之聋瞽。'吾请易之曰：'知外不知中，谓之失心，知中不知外，谓之聋瞽。'夫不通西语，不识西文，不译西书，人胜我而不信，人谋我而不闻，人规我而不纳，人吞我而不知，人残我而不见，非聋瞽而何哉？学西文者，效迟而用博，为少年未仕者计也。译西书者，功近而效速，为中年已仕者计也。若学东洋文，译东洋书，则速而又速者也。是故从洋师不如通洋文，译西书不如译东书。"[1] 小标题之"广译"，即是广泛翻译外文书籍；主张的要点也很明了：不懂外国文不读外国书，就似耳聋眼瞎，所以要翻译外国书，而最便捷的途径是翻译日文书。在翻译外国书放眼看世界这一点上，改良派和革命派并无差异，差别存在于改革理念和目标的不同。留学生杂志的"翻译政治"实践涵括了不同理念和立场，但旨在全面根本变革中国社会体制，建设近代宪政国家的革命志向仍为主流。

1900年代初期的中国变革，其焦点是晚清中国深刻危机中的制度变革及制度设计——政治、军事、经济和教育等，最终指向在于如何建设近代国家。清王朝的"新政"祭出以日本为范本进行维新变法，建设君主立宪制近代国家的方案。[2] 留日学生群体身在日本，对日本全盘仿效近代西方建构政治、法

---

[1] 张之洞著，李忠兴评注：《劝学篇》，郑州：中州古籍出版社，1998年，第128页。
[2] 旅日学者王柯《民族主义与近代中日关系："民族国家"、"边疆"与历史认识》（香港中文大学出版社，2015）第一、二章对此问题有深入论述。

律、思想、文化以及教育制度所取得的显著成效有切身感受。如张之洞所言，他们也通过日本路径——日本的"西洋翻译"资源以及实践资源，"输入文明学说"，谋求中华的新生。这些做法其实是有切实的理由的。留日学生多是初出国门的青年，自身存在许多局限，但最不缺的是追求变革的意欲和激情，以及对新时代、新思想的追求学习和接受。他们利用日本近代化过程中取得的思想启蒙成果——大批经过选择筛汰而翻译整理的"新文明学说"资源，迅速展开了启蒙改革的言论活动。例如鲁迅，1902年赴日，算是清末早期留日学生。鲁迅在去世之前，还回忆其二十五六年前的留日学生生活，说"凡留学生一到日本，急于寻求的大抵是新知识。除学习日文，准备进专门的学校之外，就赴会馆，跑书店，往集会，听讲演"。这里所谓的"新知识"，既有在学校课堂里接受的知识，也包括学校课堂以外，如（留学生）会馆、书店、各种集会讲演以及个人阅读获得的新思想与新知识。鲁迅还身体力行，以编译形式介绍近代西方文艺思潮，介绍进化论和其他文化思潮，发表在《浙江潮》和《河南》这两本重要的留日学生杂志上。

我们来看一下两本最早创刊的杂志，即译介性《译书汇编》和《游学编译》。《译书汇编》是专门翻译发表日文书籍的刊物，1900年于东京创刊，其母体是译书汇编社，成员主要为第一个中国留日学生团体励志会的会员，社长为戢翼翚。该刊1901年第3期刊登社告，列出了该社主要成员，共有14人：戢翼翚（东京专门学校毕业生）、王植善（上海育材学堂总理）、陆世芬、雷奋、杨荫杭、杨廷栋、周祖培、金邦平、富士英（以上七人均为东京高等商业学校学生）、章宗祥（帝国大学学生）、汪荣宝（庆应义塾学生）、曹汝霖（中央大学学生）、钱承鋕（帝国大学法科学生）、吴振麟（帝国大学法科学生）。

在创刊号，编者说明其宗旨为"务播文明思想于国民"，主要译载欧、美、日等国有关政治、经济、法律、社会新思潮等方面的著作。刊物秉承励志会之宗旨（"联络感情，策励志节"）及纲领（"研究实学，以为立宪之预备；养成公德，以为国民之表率；重视责任，以为辨辦之基础"）。"研究实学""重视责任"的精神始终贯穿于《译书汇编》编译过程，更体现在所翻译的日本书和西洋书之选择中。创刊初期连续翻译刊载孟德斯鸠《万法精理》、约翰·穆勒《自由原论》、斯宾塞《代议政体》等政治学著作，受到在日及国内青年学生的青睐，一时间风行甚广。发刊一年多以后，杂志由单一翻译变成著述为主而编译为辅，每期附录"欧美日本政治法律经济参考书介绍"，被人们视为"足为研精西学之一助"。杂志于1903年更名为《政法学报》，更名后继续出版11期，而后停刊。先后共出版21期，前半专事翻译，后半为著述加编译；所翻译皆为日文书（日文之西洋书及日本人编著之书籍），绝大部分为连载形式。[1] 统计下来，其译介情况如下：

《政治学》《国法泛论》《政治学提纲》《社会行政法论》《万法精理》《近世政治史》《近世外交史》《十九世纪欧洲政治史论》《民约论》《权利竞争论》《政法哲学》《理财学》《物竞论》《现行法制大意》《公私权考》《外交通义》《欧洲财政史》《警察学》《法律学纲领》《欧美各国财政及组织》《支那化成论》《欧美日本政体通览》《最近俄罗斯政治史》《伦理学》《日本财政之过去及现在》《日本欧美政体通览》《政法通论》《论研究政法为今日之急务》《论国家》《十九世纪外交通规》《法典编纂方法论》《国际法上之印度观》《经济原理》《财政概论》《史学概论》《法兰西革新之机关》《国际法上之日本观》《经济学之范围及分类说》《日本法律参考书概评》《对外观念之适当程度论》《中国货币改革议》《国际法上之蒙洛主义》《生产论》《欧洲历史之人种》《社会主义与进化主义比较》《创造文明之国民论》《日本国会成立之原动力在于日本国民》《俄罗斯之国会》《拔都别传》《社会主义之鼻祖》《德麻司摩儿之华严界观》等，总计30余部（篇）欧美日本著述，涉及政治、宪法法律、行政、财

---

[1] 参见杨绛：《回忆我的父亲》，见止庵编：《杨绛散文选集》，天津：百花文艺出版社，1995年，第82—83页，曰："我曾听到我父亲说，'与其写空洞无物的文章，不如翻译些外国有价值的作品'。还说'翻译大有可为'。我在父亲从国外带回的书里，看到过一本英译孟德斯鸠《万法精义》和一本原文的达尔文《物种起源》。可是我父亲从没有讲过他自己的翻译，我也从未读过。他也从未鼓励我翻译，也从未看到我的翻译。"

政、经济、历史、欧美、日本、俄罗斯和中国等，体现了刊物同人"研究实学""重视责任""播文明思想于国民"的初衷。而后半部分刊物编辑方针发生变化，增加著述性的介绍，则体现了新学学习吸收及理解的逐步深化。

另一本同样重要的月刊《游学译编》于1902年在东京创刊，由湖南留日学生组成的东京游学译编社编辑，熊野萃主编。杨度、周家树、陈润霖、周宏业、曾鲲化、黄兴、张孝准等译编，共出12期。杂志同样以"输入文明，增益民智"为宗旨。开设"学术、教育、军事、实业、理财、内政、外交、历史、地理、时论、新闻、小说"等栏目，刊载文章以编译为主，兼及论说。除译介域外新知、世界大势外，还倡导发展实业，推行近代文明教育。1903年拒俄事件后，公开宣传反对清王朝，主张"下等社会"与"中等社会"联合起来，实行民族民主革命，1903年11月停刊。11期杂志刊载的"编译"如下：《十九世纪学术史》《教育论》《华族女学校监下田歌子论兴中国女学事》《武备教育》《经济政策论》《新定统治蒙古制度》《欧洲近时之外交》《自由生产国生产日略述》《支那地理概述》《学校行政论》《支那之耶苏教与日本之耶苏教》《致湖南士绅诸公书》《记嘉纳校长演说》《俄罗斯之将来》《日本第一人述》《致湖南青年劝游学外洋书》《政治学说》《英法德美现在教育观》《小学教育之方针》《纪十八世纪末法国之乱》《今后之支那地理》《东亚冷观》《支那灭亡之风潮》《国民教育论》《英国海军史略谭》《列强在支那之铁道政策》《处置支那政府之方针》《五大强国极东政策》《十四年来之德意志》《南阿独立英雄古鲁家略传》《开发支那社会机关》《论宇宙人类之位置》《军人之教育》《廓尔喀与西藏》《呜呼湖南实业界》《论学校对家庭与社会之关系》《希腊哲学》《二十世纪开幕绝东战争之预测》《埃及亡国惨状记第一》《苏格兰第一爱国者维廉华拉斯传》《达化斋日记》《遍告外清人》《哲学丛谈》《教育泛论》《海权消长始末记》《星亨》《与某君论湖南矿务总局招海外商人承办矿务事》《满洲问题》《东邦之前途及国之生命》《民族主义之教育》《列国海军力之排置》《推广支那内河航路议》《银行铁路为侵略土地之根据论》《支那不可扶植论》《国家学上之支那民族观》《地相测算沿革谈》《湖南自治论》《二十世纪之军事》《日清银行设立之运动》《十九世纪欧罗巴历史之壮观》《游历官之爱国泪》，以及"附录"《劝滇黔人士游学日本启》和《日本学校系统说》等。

三

从国家政治改革改良的立场出发，留日学生杂志最为关注者数政治、法律、政体、行政这一范畴的书籍著述，他们试图通过大面积的翻译介绍，为中国的政治改革提供多样的参考借鉴。《游学译编》宣示"本报十大特色"，曰"专主实学，不事空谈，自始至终无一篇简闻章，无一句空泛话"；"本报舍所专演政法原理，针对吾国前途，取种种重大问题，全以学理解决，无闪烁两可之语"；"本报采东西各大家学说，融会贯通而著为诸说，大都直接间接有大影响于政法界者"；"本报分学术五门，各由专门家担任吸液弃肤，聚精会神，务取学灯之光普照大千世界，以求学问之独立"；"本报搜集易于触动脑筋之议论事实，而著为警醒录，绘图列说，务使全国国民触目惊心为唤起爱国心"；"本报设访问他山集两门，或述谈片或采投稿，借旁观之清议，指当局之迷津"；"设研究资料一门，专为研究政法学参考之助，或采成法或据新政随时著译"；"本报首页插画，务取有关于政法界学业上者阅之可起爱国之观念"[1]。第7期的《与同志书》更表现出面对国家危机的峻切忧虑。

由晚清留日学生杂志反观历史，可以发现，在中国近现代史上，清末新政的十年，无论是主张维新变法者，还是倡导君主立宪者，或者宣扬辛亥革命者，都在欧美与日本的政治、社会、思想、文化、教育体制及其学说中寻求思想理论的依据和启示，都在以政治为核心的翻译上殚精竭虑，形成了史上最广泛最繁杂的翻译局面。这一情形与近代日本极为相像。

上面两种翻译（编译）杂志的翻译中，译介欧美和日本的政治制度、法

---

[1]《游学译编》1903年第3期。

律经济、社会教育、哲学流派的最多。除杂志刊载译作之外,《译书汇编》自1901年开始出版发行单行本译著,如《国法学》《各国国民公司权考》《国家学原理》等。后来,译书汇编社由单纯翻译连载逐步转向编译,又更进一步变为以著述为主。《译书汇编》第7期刊登了译书汇编社已译、待译的34种图书目录,有政治法律类11种,包括《政治进化论》《政党论》《社会平均论》《今世国家论》《平民政治》《政治泛论》《美国民教》《国际法论》《自助论》等。教育类则有5种:斯宾塞之《教育论》、卢梭之《教育论》、如安诺之《教育论》,还有《东西洋教育史》和《政教进化论》。历史5种:《理学沿革史》《欧洲文明史》《明治历史》《近世二英雄传》《经济学史》。另有社会学4种,军事3种,新闻与外交、经济等6种。当时留日学生杂志间经常相互刊登彼此的杂志出版信息,1903年《浙江潮》第1期便刊出了译书汇编社的书籍出版广告31种,其中政治类15种、哲学2种、经济和历史8种、小说和传记等6种。

还有以往尚未有人注意的若干问题。如这一时期杂志所刊载的作品具有明显的"时期性"移动特征,呈现翻译—编译—译介阐释这样一种移动演化状态,显示出移植、汲取西学逐步深化的轨迹。再如翻译作品极少标示原著的具体信息,像《十九世纪学术史》(《游学编译》第1号)、《日本财政考》(《浙江潮》第1期)、《政体进化论》(《江苏》第1号)等,从文章的标题和内容来看,能够推定其原著为日文书,但作者、译者或编译者却很少明确交代原著和原作者的信息,以至于我们今天很难判明这些翻译的原作文本,也显示彼时的"翻译"不同于今日的文本翻译,而更倾向于"知识""思想"的介绍传布和倡导,具有浓厚的"翻译政治"意味。

本文作者还对各杂志刊载的"单行本出版广告"进行了统计整理,由此可知在1900年代的杂志广告列示的单行本中,有不少没有标示原作者、翻(编)译者及出版社等基本信息。在目前所见二十几种杂志刊载的单行本书籍广告中,去掉重复者,共有564种单行本书籍(均为中文)。但整理判别,这564种单行本的类型形态如下:1.原著出自日本人之手的有271种,约占全部单行本的一半。2. 原著为西洋人所作的42种（其中7种确定无疑，另外34种推定为西洋著作，但除《第一世拿破仑言行录》1种以外，其余皆由日译本转译），编译者均为留日学生。3. 中国人著述12种，如《新大陆游记》《明儒学案》等。4. 根据不同国家的不同译本的编译2种。5. 著者不明著述237种。其中教科书61种，中国人著述12种，日文书翻译32种，以及不详者137种。教科书类基本译自日文书，理由是当时恰逢日本教科书翻译的热潮，译书汇编社的成员陆世芬专门成立了"教科书译辑社"，编译日本教科书引入中国国内。总之，在564种书籍中，译自日本（包括重译）或受到日本影响的在七成以上。在编译出版总量上，以教育类书籍最多，依次为教授法（如《小学教授法》《教授法各论》）、学校教育管理（如《学校实践管理法》）、教育学（《实用教育学》）、教育史（《东西洋教育史》）、教育制度（《美国教育制度》）等。除教育之外，法律书籍也很多。当时日本重要的法律书籍，如梅谦次郎《民法总则》、冈田朝太郎《刑法总论》、高天早苗《宪法要义》等被竞相翻译出版。第三类为教科书，尤其是小学、中学教科书。第四类则是政治（学）类书籍，如《政治进化论》《政治哲学》《政治泛论》等，其原著多出自西洋。第五类则是日本有关中国的研究书籍，如《支那现情》《支那文学史》《支那史要》《最近支那论》《支那化成论》《支那哲学史》《支那及列国》《支那教育问题》等。

四

1900年代的留日学生杂志及其背后的留日学生运动的中心指向，便是以翻译实现"输入文明学说"。这个时期的翻译目的并非"翻译"本身，而是以翻译进行的思想启蒙和政治实践。甲午战败以后，中国渐次发生维新变法、预备立宪乃至辛亥革命的强烈诉求，其找寻到的共同途径，就是向近代西洋和近邻东洋学习，留日学生运动及其派生的翻译实践，恰是这一历史性变革大局的一部分。这一特性也确定了留日学生杂志及其翻译政治的特征。

第一，留日学生杂志与清末中国变革的一体性。这一时期的留学生杂志几乎看不到通常的娱乐性、文艺性和消遣性，在救国保种的生死危机和维新变革的朝野诉求面前，杂志的编者和作者们自动自觉地投入到拯救国族变革新生的运动和实践中。正如《教育》杂志意欲"开民智"而"救国"，"融合东西"学说，"洗垢穷理""扬新阐旧"，进而实现"匡正人心"，拯救"公理沦亡"。杂志"编译"目的高度明晰，改良改革，建设近代国家成为近乎唯一而且至高无上的主题，于是译介西洋文明学说，在新的异质思想和言说资源中，获取并锤炼国族更生的有效武器。

第二，翻译的庞杂性与日本的借镜意义。正如前述编译杂志刊载目录以及单行本出版预告目录所呈现的那样，这一时期的翻译极其庞杂，囊括了以欧美和日本的政治、法律、行政、经济、教育、历史等社会科学各领域的学说著述，其中日本所占比重相当可观。日本成功实现近代转型，给中国朝野带来近切的希望之光和乐观预期，日本的知识翻译及其构建的知识和思想资源，随即成为留学生杂志的仿效和学习对象。其结果就是译书出版的七成以上来自日文书。由于这些杂志存在的时间都不长，编译者及作者的流动变化很大，杂志大多没能有机会实现发展深化及体系化。但他们满怀国族情怀和改良革命的美好愿景，拼力"搬运""文明学说"，为中国的蜕变，为稍后不期而至的辛亥革命提供了充分的思想意识准备。

第三，在"翻译"的文脉上，留日学生杂志的编译活动带来了近代翻译史上一个特殊阶段，即作为政治思想启蒙的翻译的"超翻译性"。留日学生以翻译为实践性途径，参与社会政治和思想启蒙，彰显了翻译的政治功能和意义，使之成为特殊的翻译历史记忆。同时，这种翻译的政治性思想性，还造成了特殊的翻译形态。这个时期的"翻译"还很不"规范"，无论是书籍还是刊物作品，几乎都缺少原作信息，翻译、编译、介绍以及阐释的界限极其模糊，以至于后来译者自己都搞不清楚原著究竟是什么。鲁迅回忆自己当年翻译日文书籍时也产生过这样的感受[1]。归根结底，留日学生杂志的翻译活动，与其说是翻译，毋宁说是以翻译为方法而展开的政治思想启蒙言论活动，亦即翻译政治。

2022 年 5 月订正于上海

---

[1] 鲁迅说当时的翻译"悉钩稽群籍为之"，"而当纂辑，又在课余，误谬知不可免。"（鲁迅：《〈中国矿产志〉例言》，《鲁迅著译编年全集》卷壹，人民出版社，2009 年，第 164 页）。又说："我记得自己那时的化学和历史的程度并没有这样高，所以大概总是从什么地方偷来的，不过后来无论怎么记，也再也记不起它们的老家；而且我那时初学日文，文法并未了然，就急于看书，看书并不很懂，就急于翻译，所以那内容也就可疑得很。"（鲁迅：《〈集外集〉序言》，《鲁迅全集》第 7 卷，第 4 页）

近代国家构想与民族主义及革命志向

——1900年代留日学生杂志论考之三

一

在包含留日学生杂志在内的近代中国人留学日本史研究领域，日本学者实藤惠秀（1896～1985）是一位开拓性的先驱学者。他的代表性著作《中国人留学日本史》（日文原著1970出版，中文译本1983年由三联书店出版），已经成为该课题研究最早且最重要的参考文献。著者以毕生努力追索近代中国人留日五十年的历程，搜集提供相当完善详尽的资料文献，全面呈现留日史的时空轨迹，开山辟路，居功至伟。该著是作者数十年孜孜以求的集大成之作，从成书到修订增补历经三十余年。最早在1939年，此书以《中国人日本留学史稿》为题出版时，已是多达368页的大作。二十年后的1960年，修订本出版并更名为《中国人留学日本史》，作者还以此取得早稻田大学博士学位。其后再经增补，于1970年出版增补版，成为近代中国人留日史研究的经典成果。1982年，香港学者谭汝谦、林启彦将此书翻译成中文，先由香港中文大学出版社出版繁体字版，翌年由三联书店出版简体中文版。至此，该书开始被中国研究者广泛阅读和了解，推动了近代中国人留日史研究的进展深化。后来海峡两岸暨港澳的华文圈陆续出现了新的研究著述。其中重要者有黄福庆《清末留日学生》（"中研院"近代史研究所，1975）。在该书的参考文献目录中，专著形式的先行研究全部出自实藤惠秀于1930年代至1960年代间出版的五本著述。大陆方面的专题研究起步稍晚，李喜所《近代留学生与中外文化》（天津人民出版社，1992）虽非留日专门研究，但有相当篇幅处理近代留日运动，而实藤惠秀的系列研究自然也是该书最重要的参考文献。

关于1900年代留日学生杂志的"革命"志向和"革命"言说，先行研究已有相当出色的考察，提供了诸多发现与贡献。最重要者便是前述实藤惠秀1939年出版的《中国人日本留学史稿》。作者在第七章第四节《时代的动向》中写道："在清国，有人这样认为，甲午战争的败北，毋宁说中国应当感谢日本。因为经过这场战争，中国开始谋求自强之策。实际上，在这场战争尚未完全结束时，各种救国运动便已经开始出现。""之后经历戊戌变法夭折，尤其是起因义和团运动的庚子之变，有识之士终于意识到期待清王朝进行断然改革实为愚不可及，'排满兴汉'思想成为汉人思想的主流。维新党在上层社会获得相对支持，而排满党则在下层社会广泛扎根。""1905年，开辟了革命运动新纪元的'同盟会'在东京成立，革命者的活动顿时变得更加活跃。""留日学生的政治立场并非铁板一块。尽管有一小部分人支持当时的清政府，但大部分学生要么是维新党要么是革命党。这些青年留学生对流亡者（指康有为、梁启超、孙中山等曾经流亡日本的维新派和革命派人物）的尊敬和支持是极其重要的。"[1] 后来在该书的增补版中，实藤惠秀更是直截了当地指出："中国人留学日本史，一方面是近代中国的文化史，另一方面又是近代中国的政治史。在辛亥革命以前，不少革命活动是在日本策动的。从事革命活动的人物，包括亡命客、留日学生和日本的'支那浪人'等。""在辛亥革命（1911）以前的革命活动，与其说留日学生发挥了重大作用，毋宁说是留日学生作为主体实践了革命。""我们相信，如果没有留日学生，则中国革命，特别是辛亥革命，是难有进展的。"[2] 黄福庆在《清末留日学生》中进一步提出，在维新派（立宪派）和革命派之间存在着一个重叠的共享空间，即为建设近代国家而进行的思想启蒙。他说，"以启蒙思想而言，留日学生不论是革命派或立宪派，其在启蒙国

---

[1] 実藤惠秀：『中国人日本留学史稿』，東京：日華学会，1939年，第215、223頁。
[2] 实藤惠秀著，谭汝谦、林启彦译：《中国人留学日本史·增补版》，北京：生活·读书·新知三联书店，1983年，第339、350、352页。

人思想或在宣传主张方面，莫不以书刊杂志等作为工具。当时他们的启蒙运动，主要表现于译书活动与发刊杂志。在这些书刊杂志中，固然不乏纯学术性者，但是含有政治意味者，实占多数。""借报章杂志以介绍新知、启迪民智，甚至用其为主张宣传，在推展革命的过程中，其功能，实较武力的斗争要大而且实际。""'革命化'却是他们在另外一面的特殊表现，曾引起国内各界的注目。他们身居海外，以言论自由，莫不高谈政治问题——革命。他们的革命理念，多受日本思想启发，而国内革命之浪潮，又受留日学生鼓吹的影响。""清末，中国留学生赴日留学，最大目的不外吸收新知，俾于学成后报效国家，但是，当他们抵达目的地以后，受到当地环境刺激，内外情势之变化，加上他们所吸收的新知，尤其国内维新与革命两派人士相继亡命日本，办报宣传主张，种种因素，使他们开始留心国事，纷纷参与要求政治改革或献身于革命活动。"[1]而这一变化，在经历1903年的拒俄运动和1905年的"取缔规则"风潮后更成为潮流，最终演变为打倒体制的革命实践。在近年的研究中，王柯《民族主义与近代中日关系——"民族国家"、"边疆"与历史认识》(香港中文大学出版社，2015)一书，针对近代中国建设近代国家的模式理念与近代日本民族国家思想的关联，进行了深入系统的考察，通过详尽的资料文献分析，揭示了近代中国建设近代民族国家这一思路的思想资源，为准确理解留日学生运动以及留日学生杂志的言说脉络提供了诸多具有启示意义的思路、材料和意见。

二

留日学生杂志与20世纪同时诞生，其指向和目的从一开始就因应清末变法改良和革命运动需要，以改革和革命为主轴，进行思想启蒙和政治宣传，高

---

[1] 黄福庆：《清末留日学生》，台北："中研院"近代史研究所，1975年，第315、316页。

调地呈现出改革和革命言说的谱系。这个谱系结构的第一个热点，便是对"民族主义"学说和实践的关注与倡导。从时间链条来看，1903年2月创刊的大型综合杂志《浙江潮》的第一期目录上，开篇为"图画"栏目，系照片"浙江同乡会摄影"（留影）；第二个栏目为"社说"（社论）《国魂篇》；第三个栏目则为"论说"，收两篇文章，署名"余一"的《民族主义论》和无署名的《公私篇》一文，其后另有栏目若干。《民族主义论》位列创刊号的重要文章之列，共分三次连载于第1、第2期和第5期。连载一为"序言"，总论之"第一节民族主义之定义"；连载二为"第一节民族主义之定义（续）"及"第二节民族主义发达之历史"；连载三接续"第二节民族主义发达之历史"。文章开篇言："亘十九世纪二十世纪之交，有大怪物焉，一呼而全欧靡，而及于美，而及于澳，而及于非，尤以为未足乃乘风破浪以入于亚。"此处所言"大怪物"即发源于欧美，继而席卷东西方的民族主义。"乃言曰，今日者，民族主义发达之时代也，而中国当其冲，故今日而再不以民族主义提倡于吾国，则吾中国乃真亡矣。""呜呼，今吾不再拭一掬泪以为吾同胞告，而吾恐终为所噬，而永永沉沦，万劫不复也。"充满浓重忧患之情的一席话，要点有二：其一，民族主义乃席卷世界之思潮；其二，民族主义乃拯救母邦于没落衰亡之途之利器。对于何谓民族主义，文章一语概之，曰："合同种异异种，以建一民族的国家是曰民族主义。""凡立于竞争世界之民族而欲自存者，则当以建民族的国家为独一无二义。""凡可以为国民之资格者，则必其思想同、风俗同、语言文字同、患难同。其同也根之于历史，胎之于风俗，因之于地理。必有一种特别的团结不可解之精神。盖必其族同也，夫然后其国可以立可以固，不然则否。""条顿人"（指日耳曼人及其后裔）所以可以"滋长发达"，所凭借者"曰民族主义曰民族国家。惟民族的国家乃能发挥其本族之特性，惟民族的国家乃能合其权以为权、合其志以为志、合其力以为力，盖国与种相剂者也。国家之曰的则合人民全体之力之志愿，以谋全体之利益也"[1]。连载二、三叙述世

---

[1] 《浙江潮》1903年第1期。

界范围内民族主义的发生发展,提出民族主义在亚洲的"胚胎时期"于日本是"明治维新",于中国则是"义和团运动"。强调民族国家是一切改革革命的先决条件,"不观夫日乎,日民族的国家也。何其政治改革之速,而三十年间遂雄视东方也"。任何社会的制度的改革,"苟行之于非民族的国家,则一步不能行,一事不能举","故得而断曰,非民族的国家,不得谓之国"[1]。

1903年,继《浙江潮》之后,江苏留日学生创办《江苏》杂志,与反清排满的时代情绪合流,大力张扬近代的"民族主义"思潮。当年第7期"政法"栏目的长文便是《民族主义》(无署名)。文章的作者附语直截了当声明写作宗旨:"集诸大儒学说,择其至简至精之论,而适合于吾国人之程度者,以绍介于我国学界焉。"与《浙江潮》一样,文章提出近代欧美日本所以取得变革成功,得益于"民族主义"之功:"一历史之发达也,必有一新理想为之先声;一政策之成功也,必有一新学说为之先导。""时势之所在,顺之者成,逆之者败也。试观自古典复兴之时代以至于今能破除世界的国家之理想,以演成近世光乐之世纪者,其中心唯一之点果何在乎?曰是不得不归功于民族主义。"能否成为民族国家,已然成为胜败之决定因素:"以无国家的民族与民族的国家遇,幸则为日本,不幸则为波兰;以无民族的人民与民族的国家遇,则印度已耳,安南(今越南)已耳。忧国者每以波兰非(菲)律宾为吾祖国悲,我恐以今日大陆蠢蠢之情状,虽欲造成一种亡国光荣之历史,且不可得其他何论焉。是故,吾辈苟欲为完全的国家之运动,则不得不以构成民族为惟一之天职。"[2]"民族主义"无论在外政还是内政上,都深刻触及了中国人的痛点。1904年,《江苏》刊载署《中国民族主义大豪杰冉闵传》,叙写"生于东晋之时代,灭石赵而建国,立国号曰魏,在位三年之冉闵",盛赞其为"民族主义最发达最壮侠最快利之一人焉"。该文长达十八页,其"叙论"慷慨激昂,倾吐"黄帝子孙"的伤痛沉郁:

---

1 《浙江潮》1903年第2期。
2 《江苏》1903年第7期,第11、12、21页。

近夫民族主义者，乃欧洲文明之真相也，新世界原动之主体也，希罗两大文明之结晶球也，近世宪政之引物线也。虽然吾敬之爱之，吾又不能不哀之。何者此主义者以一国为人人所共有，人各有其权力之一分，人各尽其义务之一分，即人各有其利益之一分。而不容有言语不同思想不同之外族染指其间。此实欧人心目中同有之镜象也。更翻而观吾中国，我黄帝子孙之主权何在乎，我黄族之衣冠文物何在乎，我只宝位官阙果为何种人之据有乎，我四万万之同胞稽颡叩首奴颜婢膝，果为何种人所屈服乎。姑为之移动脑筋焉，真不知我泪之几落、血之几沸、肠之几裂、魂之几断也。痛哉。吾安敢言民族，吾又安忍言民族。[1]

留日学生杂志对于"民族主义"的阐释思路颇为明快，即民族主义和民族国家乃是近世欧美以及日本发展崛起的法宝，因为有了这个法宝，他们才走上近代发展的道路，开创出近代宪政以及新世纪的种种气象，实现了近代文明的飞跃。故而对外，尤其是甲午中日战争和义和团事件之结局，昭示了"以无民族的人民与民族的国家遇"必有亡国沦为奴隶之结局。而对内，则纠结执着于堂堂黄帝子孙数百年来受制臣服于"贱种蛮夷"的清王朝，如1907年《复报》刊载的演讲录《民权主义！民族主义！》呐喊疾呼的那样："如今的民族主义是说一族有一族的界限，不该拱手让人，那异族胡儿妄自称尊的，定要把他一举扫荡了。"[2] 而在内外两个路向上，由逻辑性的并存并行逐渐开始向内的聚拢，内政视角越来越受到人们的关注。

---

[1] 《江苏》1904年第11—12期合刊，第1页。
[2] 《复报》1907年第9期，第15页。

三

经过对留日学生杂志进行系统搜集和整理，确认在初期《译书汇编》《游学译编》等编译性杂志刊载的有关政治学、法学的翻译中，较多涉及民族主义问题，但以民族主义为唯一或基本主题的翻译介绍却几近于无。"民族主义"言说在留日学生杂志的集中出现，始于1903年创刊的《浙江潮》《江苏》《湖北学生界》等综合学生杂志。那么，为什么在这个节点上，留学生杂志会出现一拥而上竞相宣介力倡民族主义的局面呢？答案是"变法维新"的重要领袖、青年导师梁启超的存在是一个绝大的因素。这一时期的梁启超足可谓中国言论界的"天之骄子"。1899年，身在东京的梁启超开始在自己主编的《清议报》（十日刊）上展开言论活动，所用笔名便是尽人皆知的"饮冰室主人"。从1899年到1904年间，他在《清议报》和后来的《新民丛报》上刊文百篇以上，其中包括不少系列连载长文，在知识阶层和青年学生阶层产生了巨大影响，成为万人瞩目的舆论界领袖。1902年4月，清末外交家及著名诗人黄遵宪在信中盛赞梁启超的文章"惊心动魄，一字千金，人人笔下所无，却为人人意中所有，虽铁石人亦应感动。从古至今文字之力之大，无过于此者矣"。同年11月，黄遵宪又在信中谈及梁启超文章超高人气的汹涌气势："此半年中，中国四五十家之报，无一非助公之舌战，拾公之牙慧者。乃至新译之名词、杜撰之语言、大吏之奏折、试官之题目，亦剿袭而用之。"[1] 曾在梁启超门下受教的弟子则留下很多真切的记录："壬寅（一九〇二）创办《新民丛报》，至乙己（一九〇五）而止，凡四年。时清廷废科举，改试策论，以新学新政命题，故《新民丛报》得大行于内地，而报中文字，多有种族思想，故为一般青年所喜阅。时孙中山亦居日本横滨，时与往还，谈论甚洽。"[2] 胡适回忆说："梁先

---

1 丁文江、赵丰田：《梁启超年谱长编》，上海：上海人民出版社，2009年，第201页。
2 超观：《记梁任公先生轶事》，吴其昌：《梁启超传》，天津：百花文艺出版社，（转下页）

生的文章，明白晓畅之中，带着浓厚的热情，使读的人不能不跟着他走，不能不跟着他想。"[1]曾长期担任北京大学校长的教育家蒋梦麟也在回忆录中感叹对梁氏的深刻印象。那时作者还在杭州浙江高等学堂读书，"梁启超在东京出版的《新民丛报》是份综合性的刊物，内容从短篇小说到形而上学，无所不包"，"梁氏简洁的文笔深入浅出，能使人了解任何新颖或困难的问题。当时正需要介绍西方观念到中国，梁氏深入浅出的才能尤其显得重要。梁启超的文笔简明、有力、流畅，学生们读来裨益匪浅，我就是千千万万受其影响的学生之一。我认为这位伟大的学者，在介绍现代知识给年青一代的工作上，其贡献较同时代的任何人为大，他的《新民丛报》是当时每一位渴求新知识的青年的智慧源泉"[2]。通过这些历史亲历者证言，可以看到，梁启超身在东洋，用他充满个性魅力的语言文体开启民智，传播新思想、新文化，成为中国本土以及海外中国知识人的精神导师。

正是具有极大影响力和号召力的梁启超最早提出和使用了"民族主义"一语。早在1901年，梁启超在其主编的《清议报》发表《国家思想变迁异同论》一文，大声疾呼："民族主义者，世界最光明正大之主义也。不使他族侵我之自由，我亦毋侵他族之自由。"[3]借用王柯的概括来说，梁启超根据德国政治学者伯伦知理的国家学说，将中世纪以后国际社会的时代特点概括为：18世纪末至19世纪开始进入民族主义和民族帝国主义的时代，到了19世纪末至20世纪更迈入民族帝国主义和帝国主义的时代。通过以上概括，梁启超觉察到民族主义思想对于建设近代国家的重要性，他形象地比喻说："凡国而未经过民族主义之阶段者，不得谓之为国；譬诸人然，民族主义者，自胚胎以至成童所比不可缺之材料也，由民族主义而变为民族帝国主义，则成人以后谋生建业

（接上页）2004年，第105页。
1　胡适：《四十自述》，北京：中国华侨出版社，1994年，第54页。
2　蒋梦麟：《西潮与新潮：蒋梦麟回忆录》，北京：东方出版社，2006年，第67页。
3　《清议报》1901年第94、95册。

所当有之事也。"[1] 民族主义在中国"犹未胚胎",所以中国要想抵抗已进入民族帝国主义、帝国主义阶段的欧美列强的侵略乃是以卵击石,此时应该做的只有加速培养民族主义:"知他人以帝国主义来侵之可畏,而速养成我所故有之民族主义以抵制之,斯今日我国民所当汲汲者也。"[2] 如上所述,1903年左右开始,留日学生杂志对民族主义的空前关注,除了大的时代背景,梁启超的新知识、新思想宣播活动乃是最直接、最有效的引爆剂和发酵剂。对此,以往学界的考量和估价似有不足。

追究梁启超的民族主义言说之由来,当然脱离不了民族主义学说的发源地欧美。只是,在两者之间还存在着"日本"这个中介。关于这一点,曾有很多先行研究提及论说。在稍近出版的研究文献中,王柯的《民族主义与近代中日关系》一书提供了颇多资料和论点。比如,作为民族主义的最早倡导者,梁启超更多外向视角,即民族主义与"弱肉强食的国际政治"的对应关系。其第二章之第三节《日制汉词"民族"诞生的国际背景》、第四节《日本的国粹主义与近代中国的"民族"想象》、第五节《日本的单一民族国家神话与中国民族国家思潮的兴起》,使用大量资料论述"中国与近代'国民'概念发生联系的近代民族主义的诞生,与日本的近代思想有着密切的关联"[3]。关于梁启超流亡日本后,学习日文,大量接触日本的各类译介,研究新思想新文化的书籍著述头脑顿开等等,他本人有不少为人熟知的自述。其一:"戊戌九月至日本,十月与横滨商界之同志,谋设清议报,自此居日本东京者一年,稍能读东文,思想为之一变。"[4] 其二:"肆日本之文,读日本之书,畴昔所未见之籍,纷触于目;畴昔所未穷之理,

---

1 《清议报》1901年第94、95册。另参见王柯:《民族主义与近代中日关系——"民族国家"、"边疆"与历史认识》,香港:香港中文大学出版社,2015年,第54页。
2 《清议报》1901年第94、95册。
3 王柯:《民族主义与近代中日关系——"民族国家"、"边疆"与历史认识》,香港:香港中文大学出版社,2015年,第54页。参见该书第二章第三、四、五节。
4 梁启超:《三十自述》,《饮冰室合集 第四册·文集之1》,上海:中华书局,1936年,第18页。

腾跃于脑，如幽室见日，枯腹得酒，沾沾自喜。"[1] 总之，在留日学生杂志传布倡导"民族主义"思想的脉络中，存在着"近代西方—近代日本—梁启超—留日学生（杂志）"这样一种结构。梁启超的自我告白，留日学生以及国内青年对他的崇敬和追捧，都确凿无疑地呈现了这一历史事实。

作为梁启超"民族主义"倡导的背景资源，近代日本的"民族主义"言说有着丰厚的内容，本文特别关注《游学译编》杂志第10期之《民族主义之教育》（1903年10月）对中国的民族主义及其教育问题的论述。此文长达九页，无署名，标题下注曰"此篇据日本高材世雄[2]所论而增益之"，明确说明了杂志的"译编"宗旨。文章首先对"国民"与"民族"进行严格区分，称：

> 国民之与民族云者，其意义所包含绝异。德意志语所谓夫饿而克（人民）者，谓干摄于同一政府之下之国民，专指政治之集合者言之。所谓那取勇（民族）者，谓其有同一之言语同一之习惯，而以特殊之性质区别于殊种别姓之民族，专指人类之集合者言之。英语之所谓那修温（国民）者，即德语之所谓人民；英语之所谓俾布尔（人民）者，即德语之所谓民族。民族之所由生，生于心理上，道德与感情之集合。因道德与感情之集合，而兴起政治组织之倾向，因政治组织之倾向，而民族建国主义乃星回日薄于大陆之上。德意志之所以统一，意大利希腊之所以独立，非（菲）律宾图兰斯法耳之所以抗战强敌，皆是物也。是故，民族建国者以种族为立国之根据地，以种族为立国之根据地者则但与本民族相提携，而不能与异民族相提携，与本民族相固着，而不能与异民族相固着。必能与本民族相提携相固着，而后可以伸张本民族之权力，而吸收他民族之权力，是故帝国主义者。[3]

---

[1]《梁启超全集》，北京：北京出版社，1999年，第324页。
[2]"高材世雄"即有才能、有见识的卓越人士，而非人名。
[3]《民族主义之教育》，《游学译编》1903年第10期。

文章认为，中国风行各种有关"教育"和"革命"的主张，诸如"国民教育""军国教育""尚武教育""军国民教育"等等，但都未抓到问题的核心："凡论政治者，必以最大多数之最大幸福为目的；则论教育者，亦必以构造最大多数之最大幸福为目的。权衡今日支那民族时势之轻重事业之缓急，莫如革命。革命者，今日支那民族最大之幸福也。民族主义则求此最大幸福之线引也。"文章历数炎黄子孙遭受的异族之辱，呼吁民族主义革命和民族建国，悲愤激越溢于文辞："夫以神明之贵胄而受制于塞外之贱虏，此支那民族祖宗以来之隐恨也。以四万万人之繁伙而受制于八百万之少数，此支那民族没齿不忘之大辱也。""夫回复以往之权力者，支那民族天职之所。"而对于如何进行民族主义革命教育的问题，文章认为："支那民族经营革命之事业者，必以下等社会为根据地，而以中等社会为运动场。是故，下等社会者，革命事业之中坚也；中等社会者，革命事业之前列也。故今日言革命教育者，必在两等社会。"对于具体的方式方法，诸如对中等社会，要"结集特别之团体""流通秘密之书报""组织公共之机关""鼓舞进取之风尚"。对下等社会则"结集通俗讲演之会场""流通通俗讲演之文字"[1]。事实上，这也正是当时留日学生以及其他革命党人进行革命宣传运动的主要形式。

总之，从1900年留日学生杂志诞生伊始，特别是1903年综合性杂志出现以后，民族主义成为势头最大、最有影响力的言说之一。其由向外的应对民族和国家危机开始，进而演化为向内反对排斥清王朝体制的路径与向外的路径并存，之后再收敛为推翻清异族专权的民族主义（革命）。这一局面的出现又与启蒙思想家梁启超，与近代日本的民族主义以及民族国家的建立有着直接关联。

---

1 《江苏》1904年第11—12期合刊，第7、8页。

四

客观地说，1900年开始的留日学生杂志创办热潮，与"清末新政"的变法改良、改革有着紧密的关联，无论由清王朝支配阶层发起和推动的这一改革，是自觉自愿的还是被迫无奈的，是彻底决绝的还是扭扭捏捏的，作为变法改良的一环，清政府掀起了向日本派遣留学生的运动，而最终，这一运动及其主人公们，很快成为投身和发动反清革命的一支重要力量，这应该是清王朝始料未及的。

1903年以前，翻译（编译）类杂志还有较多的改良启蒙性质，体现在通过近代日本的报刊书籍，即近代日本"文明开化"（西洋化）的思想和精神资源，展开改良和启蒙思想文化运动。但到1903年以后，舆论运动的指向发生重大变化，宣介西方思想、谋求启蒙改良转为批判否定清王朝，呼吁"种族革命"的比重大幅度增加，向内的民族主义革命言说急速蔓延。关于这一历史局面的出现，有一些很少为人注意的珍贵历史证言。其一出自辛亥革命元老景梅九。景梅九生于山西，年少时就读于晋阳书院和山西大学堂，1901年山西优选五名学子进入刚成立的京师大学堂，景梅九名列其中。1903年公派赴日本留学，至1908年帝国大学预科毕业回国。景梅九比鲁迅小一岁，晚鲁迅一年赴日，但比鲁迅早归国一年。他在日本期间加入中国同盟会并担任山西分会评议部部长，办报、结社、宣传，从事反清共和革命。后写作自传《罪案》，于1924年出版，一时风行天下。《罪案》的一大贡献便是详细记录了1902～1908年留日学生在日本的留学生活，特别是他们所进行的反清"种族革命"。景梅九说自己先是喜爱康梁和《新民丛报》，但"随后日本留学生又出了几种杂志，大都主张种族革命；我暗中偷阅，甚合心理，于是把康梁的议论，看得半文不值了。是年冬，政府派送学生游日本，我决意欲往。""临行设席饯别；有江苏某君在席上窃对那荣庆（副管学大臣）说道：'游学固然是好事；但近来有一种革命邪说，十分可怕；我们江苏的学生，在东京出了一种杂志，名字就叫江苏……'"¹ 这里所说的正是留日学生由改良变法向共和革命的急速转变。关于这种历史转变的背景，蒋梦麟先生青年时代的经历非常具有代表性。蒋先生说，他就读的"浙江高等学堂本身就到处有宣传革命的小册子、杂志和书籍，有的描写清兵入关时的暴行，有的描写清廷的腐败，有的则描写清廷对满人和汉人的不平等待遇。学生们如饥似渴地读着这些书刊，几乎没有任何力量足以阻止他们"。"清廷腐败无能在青年学生中普遍引起憎恨和鄙夷，他们所引起的反感，比起革命宣传的效果有过之而无不及。""我们从梁启超那里获得精神食粮，孙中山以及其他革命志士，则使我们的革命热情不断增涨。到了紧要关头，引发革命行动的就是这种情绪。后来时机成熟，理想和行动兼顾的孙中山先生终于决定性地战胜主张君主立宪的新士大夫阶级。"² 蒋先生亲身经历历史情状，为留日学生杂志的转向提供了一个有力的注脚。

1903 年以后，改良派在留日学生中已经缺少号召力，越来越多的留学生皈依到孙中山主张的反清革命的方向，爱国必须反清，爱国必须革命成了激进留学生的共识。《浙江潮》《江苏》等大批学生杂志的出现，正是这一历史局面的产物。从此，民族主义言说的流行很快并入反清的民族主义革命轨道，逻辑地否定了君主立宪等于清王朝君主立宪。《江苏》杂志 1903 年第 6 期署名"亚庐"的《中国立宪问题》，激烈否定和批判了"中国立宪"的主张。称进入 20 世纪，"十九世纪欧洲民政之风潮……入于亚洲"，"所谓开通志士者莫不喘且走，以呼号于海内外。曰立宪！立宪！！立宪！！！"但"其说也，吾深耻之"。作者指出，虽有西欧日本君主立宪之成功先例，但中国国情极不相同，"今我中国复安所得同胞同种之王而奉为无责任之元首乎！""非我族类，其心必异，迺欲以变法让权之大典责诸不同厉害不同感情不同历史不同风俗之殊族，是岂非必不可得之数耶。呜呼立宪乎。"文章断言立宪乃"幻影"和"呓语"，慨叹"夫复何言，夫复何言"。作者坚定地指出，"吾敢正告吾同胞曰，公等今日其勿言改革，惟言

1　景梅九:《罪案》，北京：京津印书局，1924 年，第 13 页。
2　蒋梦麟:《西潮与新潮：蒋梦麟回忆录》，北京：东方出版社，2006 年，第 69、70 页。

光复矣;公等今日其勿言温和,惟言破坏矣。夫岂不知光复与破坏之难也,然今日而不光复不破坏,复将何为?"总之,文章意旨明快,坚决反对以清廷政权体制存在和主导为前提的"君主立宪",主张推翻异族清王朝乃一切改革的先决,推翻的途径只有破坏和革命。正像文章末页余白处编者附加的那句话一样:"中国者,中国之中国,非胡虏之中国也。"以《江苏》来看,自诞生起便充溢反清革命言说。仅在第6期,与各期一样,卷头"图像"栏是《为民族流血阎公庆元祠》,"社论"栏即《中国立宪问题》和《江苏与汉族之关系》;"专辑"栏为记述民族英雄的《为民族流血史公可法传》;"时论"(时事评论)则是《支那民族之未来》;"小说"栏是景梅九《罪案》中提及的《痛定痛》(连载,第3期)。《江苏与汉族之关系》末页余白处照例是激进的反清憎清口号,"三江蒙耻,五湖增羞,胡兮胡兮,翳九世之仇"。显示了强烈的激进的革命色彩。杂志"记事"栏"内国"(即国内)部分的几则记事更以毫无遮拦、锋芒毕露的挑战态度,对清政府进行嘲弄奚落和攻击。下面几则记事的标题淋漓尽致地凸显这一点:《咄!咄!!大清海关不收新民丛报大清邮政局不送国民日报》,对清政府海关查禁、封堵鼓吹维新革命报刊之举怒不可遏,疾呼"自由之国报纸多不特多也,且常享自由之幸福,恶专制如蛇蝎也,且常受专制之魔力"。"今日之世界,民族主义之世界也。我同胞虽谨慎服从,而彼终以异族视我推其心不举,我四万万同胞之自由置之死地不止,是故,平和死破坏亦死,革命死立宪亦死,等是死也。与其求自由不得而死,曷若争自由不得而死,与其空言立宪而终不免于一死,曷若实行革命而或不至于徒死,宁为革命鬼,毋为立宪孤。凡我同胞,曷各深省。"《鸣呼庐和生借异族欺同种》《张之洞最近之伟业》对张之洞强化自费留日学生管理怒气冲天:"吾不知张之洞何厚于满人,忘不共戴天之大仇而出此政策;吾又不知张之洞何薄于满人,忘衣食之恩而出此政策。"接着更打出昂然激越的反清口号,呼号:"起!!起!!排满!!排满!!满洲不排,则我同胞无再生之日,今日不排满,则我同胞他日更尤排满之期。同胞同胞,勉之勉之。我国之新机,今方萌芽,我同胞够能好自为之,则他日蓬蓬勃勃之前途正未有艾;同胞同胞,戒之戒之,毋自暴毋自弃,速为排满之备,速养成新中国国民之资格。"文中还屡屡出现"满洲贱种"之类显示极端感情色彩的说法，如此等等。

1905年夏天，孙中山来到日本，留日学生原本革命气氛浓厚，孙中山在这里组织召开同盟会筹备会，出席东京中国留学生的盛大欢迎集会，发表演讲，阐述革命主张，盛赞民族主义乃世界潮流，君主立宪并不适合中国，中国要建立共和国。[1] 自此，带有种族革命色彩的反清、反君主立宪、追求民主共和政体的革命言说愈加普及盛行，形成具有极大影响力的革命言说浪潮。1905年6月创刊于东京的《二十世纪之支那》，是湖南留日学生即华兴会主要成员创办的反清杂志。创刊号采用黄帝纪年，印有黄帝肖像，附有宋教仁"呜乎！起昆仑之顶兮，繁殖于黄河之浒。借大刀与阔斧兮，以奠定乎九有。使吾世世子孙有啖饭之所兮，赖帝之栉风而沐雨。嗟我四万万同胞兮，尚无数典而忘祖"的题词。同盟会创立后即成为其会刊，并改名《民报》，一举变为宣传共和革命与三民主义的重要平台。随着这种时代氛围的急速蔓延，排满反清革命的大目标、建设民族现代国家的大目标，加之同盟会的卓有成效的普及推动，其思想迅速引起广泛的共识，汇聚起无数革命的有识之士。[2] 亲身经历和参与了这一历史变动的景梅九先生有一席话，非常值得后人倾听和思索，他说："大家知道同盟会宗旨，是要借着种族革命，以求达民权主义及民生主义之实行，种族一说，最易动人。"[3] 清末无论对外还是对内，"保族存种"都是一个最能激起人们的激情和斗志的词语，它代表了人们所属族群的最本源、最本能的情感，所谓"这时正是种族主义倡明时代，人人都怀着一片愤激的心"[4]。《二十世纪之支那》除了使用黄帝纪年，在卷头刊载"中国始祖黄帝肖像、中国大宗教家孔丘肖像"以外，杂志社论《二十世纪之支那初言》作者竟然直抒胸臆地用了"卫种"的笔名，社论宣称杂志所标榜的"主义"，即作为"伦理的观念"

---

1 过庭：《纪东京留学生欢迎孙君逸仙事》，《民报》1905年第1号，第68—76页。
2 张宪文等：《中华民国史》第一卷，南京：南京大学出版社，2006年，第68页。
3 景梅九：《罪案》，北京：京津印书局，1924年，第52页。
4 同上书，第60页。

的"爱国主义""爱国心"。"历史"栏的长篇连载《汉民族侵略史》(一),记述了汉民族为异族侵略奴役的悲酸历史,称汉民族"自近世纪以来,昧其爱国心,忘其尚武力,被北方一蛮族所征服,丧失其五千余年圣神相传之祖国,而无复独立之态度者也"[1]。杂志从头到尾充溢着浓烈的反清民族革命情绪。同为湖南出身的激进革命党人创办《洞庭波》(1906年10月),同样以宣传民族革命为主旨,刊发《二十世纪之湖南》《仇满横议》等,鼓吹排满革命、提倡暗杀、批判改良。《仇满横议》的标题凸显当时的格调,颇有刺激性。文章彻底否定改良主义的"君主立宪"主张,坚持"中国者,中国人之中国,非异族所得有之中国,亦非异族所能代理之中国也"。"结合两种族以上已成一国,已成一立宪国,已成一完全立宪国,实故无所闻而今未之见。故有龉吾言者,则非排满绝不足以立宪也。"[2] 历史见证人景梅九写道,这个杂志"专鼓吹种族革命;议论精辟,文辞清健,海内外底同志,争先购阅"[3]。该杂志只出一期,1907年1月易名为《汉帜》继续刊行,但也只有两期。《汉帜》基本是《洞庭波》的原班人马,格调照例是反清革命,并且颇为激进。发刊词出自章太炎之手,曰:"日本以太阳得名,中国以天汉立偁信哉,曇球世界非我汉人不能抚而有也,原汉之始肇于刘氏,而戎狄以此为媬奉大国之名,夫汉水东来至于夏口,实为神州中央之地,夏本民族之称则别称为汉宜矣,索虏入关以来,汉乃日失其序,然名号犹舆,所谓满者相对一二豪俊得依之,以生起光复之念,而后乃今将树汉帜焉。顷者汉族同志实基于此义创一报,以发扬大汉之国徽,推倒满旗之色线,于是以汉帜定名,推斯志也。受小球大球为大国缀旌可也。"[4] 各篇文章皆主张使用武力革命打倒清廷,激进色彩浓烈。《论各省宜速响应湘赣革命军》《驱满酋必先杀汉奸论》,"手执钢刀九十九,杀尽胡人方罢手"[5]。这样的

1　《二十世纪之支那》1905年第1号,第31页。
2　屈魂:《仇满横议》,《洞庭波》1906年第1号。
3　景梅九:《罪案》,北京:京津印书局,1924年,第67页。
4　《汉帜》1907年第1号。
5　《洞庭波》1906年第1号。

极端口号，无不可见之一斑。

除上述具有激进色彩的刊物外，一般的学生杂志也基本持同一倾向。如周树人（鲁迅）曾发表过数篇文章的《河南》，也刊载过《警告同胞勿受立宪之毒论》（第5期）、《对内对外有激烈的解决无和平的解决之铁证》（第8期）等檄。而处于反清革命核心地位的《民报》，除了一贯的革命宣传之外，于1907年4月刊出由章炳麟主编的《民报》临时增刊《天讨》，刊载了《讨满洲檄》《普告汉人》《四川革命书》《谕立宪党》等十三篇反对清政府批驳保皇党政治主张的檄文，所谓"肃将天讨，为民理怨"，在当时有过很大影响。除此之外，还有一些杂志并不热衷革命口号，而是关注以思想启蒙、思想革命的途径实行改革救国图存。1906年创刊、持续时间较长的《云南》即是其代表。当时先行创刊的《浙江潮》《江苏》《湖北学生界》《游学译编》等已停办，后起的《云南》秉持"国民为国家之根本，有国民而后有国家。故必有独立自治不依赖政府之国民，而后足以策励政府对待政府。一切土地权利方不再为政府所断送，国家始不至忘于政府"之理念，"杂志以铸造独立自治之国民，以对内对外为救亡惟一无二之绝大目的"，"输入文明，鼓舞国民精神"。[1]重头系列文章《国民势力与国家之关系》（第2、12期）、《国民的国家观念》（第8期）、《造就国民说》（第11期）、《国民的国家》（第13期）等，从不同侧面阐释了编者提出的改造（再造）国民的问题。《河南》杂志在整体上也有类似倾向。

五

1900年代，中国已遭受一系列民族（种族）及国家（王朝）危机，随之，也进行了一系列变法维新，特别是始于1901年的"清末新政"、预备立宪，以及孙中山领导的通过暴力手段推翻清王朝体制的民族民主革命。留日学生杂志

---

1 李复：《纪戊申元日本报周年纪念庆祝会事》，《云南》1908年第13号。

的出现最有力地配合和反映了这一大时代的思想潮流。国族危机、先觉者的思索和呼唤、欧风美雨、近邻日本的异军突起，种种情势复杂交错扑面而来。当朝者的"新政"，无论其早也晚也，长也短也，毕竟与"戊戌变法"相似，属于思想启蒙运动和政治社会变革运动的尝试。它在客观上将近代中国的变革由器物技术层面推向制度层面，虽有严重的局限和不足，但仍是一次历史性尝试。[1] 至于孙中山的民族民主革命，则是另一种以否定清王朝统治合法性为前提的革命实践。留日学生杂志整体呈现了思想启蒙和民族民主革命的两条主线，这两条路线基本是并行不悖的。思想启蒙主要体现在"输入文明学说"，即以日本为中介和借鉴，译介宣传近代西方的各种制度、学说理论，以及知识体系，呈现全面开放的姿态，贯穿于运动的不同阶段，并完整体现在1900年代留日学生杂志的方方面面。

在晚清中国，"清王朝"这一事实本身，使得"民族主义"成为一把锋利的双刃剑。面对国际政治和国家间的关系，民族主义携手"近代民族国家"显示了其在国家竞争中的巨大力量；而在国内政治、族群关系的格局中，又成为革命党人"民族建国"（种族革命）——"驱除鞑虏，恢复中华"的合法性依据，既是政治的、道德的，更是文化的、历史的、情感的。景梅九说："当时我仇视君主立宪，有不共戴天之势。第一感触是吴樾烈士炸出洋五大臣，揭出清廷假立宪，以欺国人的手段；第二感触在看见共和政治，将遍布全世界；第三感触社会主义，其极端至于无政府，这宪法也就不须要了。况且当时留学生讲立宪的，都是想借这个问题，为将来攫取政权的地步，哪里有为国为民的心事？"[2] 景梅九的这番认识显然是站在政治和道德的立场。而前面引用的很多例子，那些对华夏炎黄子孙受辱于满洲蛮夷的悲愤激越，则成为选择反清革命的文化、历史以及情感的动机动力，发自肺腑，势不可当。一般认为，民族主义推动民族国家的创建，主要有两种形式：一是创建新的民族国家；二是在既

---

[1] 参见张宪文等：《中华民国史》第一卷，南京：南京大学出版社，2006年，第40—45页。
[2] 景梅九：《罪案》，北京：京津印书局，1924年，第88页。

有的国家框架内，完成民族主义整合，即通过整合使国内的不同族群生成共同的民族意识与民族认同。反清革命的主要目的是建构以汉民族为主体的民族国家，并在此基础上进行各民族各族群的整合及相互认同，进而实现民主共和政体。无论如何，这一民族民主革命思想如野火燎原，得到人们的广泛认同和支持。而在日本这个反清革命的重要根据地，留日学生原本就是革命的重要力量。在留日学生杂志上，"启蒙话语"和"革命话语"双轨并行，而"民族主义"思想观念既成为启蒙的重要思想武器，更成为革命合法性的理论支撑。

在近代中国"革命"的格局中，留日学生及其杂志居功至伟。早在1911年，名曰朱庭祺者在讲述"美国留学界"时，便由衷称赞留日学生开清末革命风气之先的功绩，曰："中国似醒未醒初醒之时，人之从新从旧未定，有日本留学生之书报，由日本留学生之詈骂，由日本留学生之电争，而通国之人大醒。开明者因明而醒，顽固者因骂而醒，不进者因驱逐而进，后退者因鞭策而前。在此醒悟时代，日本留学界，有大影响于中国。"[1] 这一证言和判断，的确道出了留日学生在近代中国革命史上的特殊意义。

2022 年 5 月修订于上海

---

[1] 朱庭祺：《美国留学界情形》，《留美学生年报》1911 年第 1 号。

再谈新文学的发生与日本
——以周氏兄弟及郁达夫为线索

引言 重估新文学发生的"日本因素"

在五四新文学发生的叙事体系中,西学东渐是最为重要的关键词。在中国国内的文学史教科书和有关著述中大抵可以看到这样的"常识"叙述:"文学革命既是文学发展自身孕育的结果,是社会变革与文化转型的产物,而外国文艺思潮的影响,则是不可忽视的重要外因。在文学革命的酝酿过程和发动初期,发难者就直接从外国文学运动中得到过启示。"在论及新文学初期格局时,代表"现实主义"和"浪漫主义"两大势力的文学研究会、创造社以及语丝派等历来是众人关注和叙述的焦点:文学研究会"以人生和社会问题为题材,特别注重对社会黑暗的揭示和灰色人生的诅咒,表现新旧冲突,写法上一般倾向于19世纪俄国和欧洲的现实主义,也借鉴自然主义,〔中略〕重视并强调实地观察和如实描写"。"创造社则主要倾向于欧洲启蒙主义和浪漫主义文学思潮,同时也受到了'新浪漫主义'(包括唯美主义、颓废主义、象征主义、表现主义等)文学思潮的影响。"[1] 笔者以为,如上所示,在大学中国现代文学教育叙事体系中,有关新文学发生的叙述有意无意忽略或淡化了作为新文学发生事实的"日本因素"。中、西、东多种因素交错汇集和融创的格局,往往被简化为中西两者交集往复的单纯图式。而这种"日本因素"考量的部分缺席,又逻辑

---

[1] 钱理群、温儒敏、吴福辉:《中国现代文学三十年(修订本)》,北京:北京大学出版社,1998年,第10—11页。

性地投射到对新文学自身结构及其意义延伸的把握中。

另一方面，在中国现代文学研究，特别是中日文学关系研究方面，伴随着1978年启动的改革开放，陆续出现了很多重要的学术研究成果。如：刘柏青《鲁迅与日本文学》（吉林大学出版社，1985）、费振刚《中国现代新文学与近代文化——鲁迅、郭沫若同日本文化的交融与差异》（《传统文化与中日两国社会经济发展》，北京大学出版社，2000）、李怡《日本体验与中国现代文学的发生》（北京大学出版社，2009）、方长安《中国近现代文学转型与日本文学关系研究》（秀威资讯科技股份有限公司，2012）等等。另外在旅日学者中，如李冬木关于留日时期鲁迅与日本书以及日本明治时代"吃人""狂人"言说的系列考察，陈力卫从语言视角对近代中日语言文化交错往还的探究等，都是晚近出现的重要成果。以旅日学者的人文科学研究而言，大部分均不同程度涉及中日关系这一大型主题。上述研究成果探索并解决了很多重要学术问题，并各自成为相关领域研究的重要参考文献。

当然，由于"新文学与日本"这一母题涵容了社会历史、思想文化、文学艺术等诸领域，仍有许多问题需要发现，或继续深化和完善。通过自由的多元视角、新的中日文数据文献，尤其是中文与日文、中国文学与日本文学，乃至世界文学的不同文脉，以及普泛的价值视角，我们可以获得互补的多元镜像，从而尽可能真实准确地还原或重构新文学生成与"日本因素"的关系图景。这乍一看似乎有些陈旧的课题研究中仍存在上述必要性与可能性，这正是本文试图重新进行一番检讨的主要理由。

说到"新文学"的形成与日本问题，笔者首先会想起中国新文学的重量级当事人、文豪，也是争议性人物郭沫若的一段话。这段文字出自郭沫若1928年1月下旬写作、5月发表的著名的《桌子的跳舞》一文。我们首先来看看该文写作的时代背景和郭沫若当时的情形。稍早的1923年春，郭沫若结束在日本的九年留学生活（依次为：东京第一高等学校预科、冈山第六高等学校、福冈九州帝国大学）回到上海，从事创造社杂志编辑等工作，其间曾数次往返于中日；1926年应邀赴广东大学担任文科学长；5月发表《革命与文学》（《创造月刊》第 1 卷第 3 期），宣传倡导无产阶级革命文学，同月加入国民党；7月，投笔从戎，参加国民革命（北伐战争），任国民革命军总司令部总政治部宣传科科长，后任总政治部副部长及总司令部行营政治部主任。1927 年 3 月中共领导的上海第三次工人武装起义爆发，月底写作《请看今日之蒋介石》（5月以武汉《中央日报》副刊单行本形式刊行）；4 月，蒋介石发动四一二反革命政变，并在南京成立国民政府，"宁汉分裂"局面形成，4 月底郭沫若被武汉国民党中央委员会任命为军事委员会政治部主任；5 月遭南京国民政府通缉；8 月加入共产党，南昌起义失败后随部队撤退至广东；不久武汉国民政府亦宣布"清共"、"宁汉合流"；10 月，郭沫若经香港潜回上海，写作各类作品，继续倡导马克思主义和普罗文学。1928 年 2 月逃亡日本避难，3 月起居住在东京附近的千叶县市川市，直至 1937 年 7 月 25 日秘密归国，长达十年之久。[1]

总之，《桌子的跳舞》一文，是郭沫若在经历一系列政治风云变幻后，回到上海潜伏继而赴日流亡前写出的。文中有一段关于中国新文学文坛形成的回顾很有名：

> 中国文坛大半是日本留学生建筑成的。
> 创造社的主要作家都是日本留学生，语丝派的也是一样。
> 此外有些从欧美回来的彗星和国内奋起的新人，他们的努力和他们的建树，总还没有前两派的势力的浩大，而且多是受了前两派的影响。
> 就因为这样的原故，中国的新文艺是深受了日本的洗礼的。而日本文坛的害毒也就尽量的流到中国来了。
> 譬如极狭隘，极狭隘的个人生活的描写，极渺小，极渺小的抒情文字的游戏，甚至对于狭邪游的风流三昧……一切日本资产阶级文坛的病毒，都尽量的流到中国来了。

---

[1] 参见林甘泉、蔡震主编：《郭沫若年谱长编（1892—1978 年）》第一卷（中国社会科学出版社，2017），龚继民、方仁念：《郭沫若年谱：1892—1978》上（天津人民出版社，1982）等。

> 这些病毒便是使日本文坛生不出伟大作品的重要原因。
>
> 在我们中国呢？不消说草花的种子生不出松柏的大树。[1]

　　这段历史证言常为学者引述，但其中蕴含的多重信息特别是其作为历史亲历者和当事人对"事实"的记录性叙述，仍然需要特别予以关注，并梳理其错综复杂的脉络，辨识正误混杂的事实记述。[2] 郭沫若此文的真正用意，显然并非讨论新文学与日本的问题，其主旨在于宣传普罗革命与普罗文艺实践。他拼力"鼓舞静止着的别人"，呼吁文学者投身代表"时代精神"的普罗革命，践行普罗文艺；他高喊"文艺是阶级的勇猛的斗士之一员，而且是先锋"，"普罗列塔利亚特的文艺是最健全的文艺"；他很激进，断然裁决"一般的文学家大多数是反革命派"，"永远立在歧路口子上是没有用处的；不是到左边来，便是到右边去"[3]。

　　《桌子的跳舞》所呈现的思想意识带有左翼革命时代的英雄主义色彩，不啻一篇左翼革命者激情澎湃的普罗思想与普罗文学宣言。尽管对这篇文章的是非臧否不在本文讨论的范围，但作者对自己亲身参与和经历的新文学发生的格局及其力量结构的描述，却正反映了新文学的历史事实。这一点，也正是本章关注并讨论的中心课题。郭沫若言称，新文学创始期文坛干将多留日出身者，创造社郭沫若、郁达夫、张资平、成仿吾，语丝社鲁迅、周作人、钱玄同等，这些留日文学者在新文学创始时期居功至伟，欧美势力不及留日势力浩大

1　麦克昂（郭沫若）:《桌子的跳舞》，《创造月刊》第1卷第11期，第3页。

2　费振刚《中国现代新文学与近代文化——鲁迅、郭沫若同日本文化的交融与差异》一文在谈到日本近代文学对中国新文学的影响时指出，"第一，它通过日本近代的文化与文学，促成了中国与西方的接触。欧美文学的诸多学说，乃至社会主义与马克思主义，经由日本作为中介达到中国。第二，日本近代文学形成和发展中已经获得的成果，对中国的知识分子形成强有力的刺激"。对于郭沫若的证言，文章说"郭沫若这一说法，生动地描述了中国'新文化'运动时期，中日两国之间的种种复杂而深刻的联系"。见李玉、严绍璗主编:《传统文化与中日两国社会经济发展》（北京大学出版社，2000）第443、442页。

3　麦克昂（郭沫若）:《桌子的跳舞》，《创造月刊》第1卷第11期，第7、10—11页。

且受后者影响，故中国新文艺深受"日本的洗礼"，而没有伟大作品产生，成为了日本式的资产阶级文艺。这一段言辞中，最后一句系作者的主观价值评断，以阶级斗争及革命文学激进转变的逻辑路线否定五四新文学，不免有些突兀和极端色彩。除此之外，尽管其表述上不免郭式夸张，但并不妨碍所述基本事实的成立。

如前所述，在新文学生成的叙事系统中，五四新文学深受日本洗礼这一认知一直有些微妙的暧昧。人们谈到新文学的发生大抵必定会提到日本，但同时又常常把它限定在一个有限的维度，将之收敛为"西学"的单纯中继或变种，"近代西洋"视角覆盖过大，造成文学史叙述、文学批评言说与文学事实形态之间的微妙乖离。另一个常态问题则是，目前有关这一课题的大部分研究，主要是在"中国文学"的文脉上研究中日文学，使用的多为有限的中文二手材料（翻译），造成"比较"两端的强弱差异过大，呈现某种失衡状态，或导致视点和思考方向的固化倾向。

基于此种观测和判断，本文聚焦五四新文学发生初期，即1918年至1920年代初，以这一时期文学理论批评的代表人物周作人、中国现代小说的第一创制者鲁迅，以及"为艺术而艺术"的浪漫主义小说大家郁达夫为考察对象，重新检讨五四新文学的发生与"日本因素""日本经验"的关联形态。

一　周作人新文学理论建构的日本路径

众所周知，"文学革命"这一历史性命题，最早由胡适于1916年提出。这位在美国哥伦比亚大学哲学系留学的年轻人，和"几个青年学生在美洲讨论了一年多的新发明"，就是隆重推出了"'白话文学工具'的主张"[1]。在《寄陈

---

[1] 胡适：《中国新文学运动小史》（初载1935年10月上海良友图书印刷公司《中国新文学大系》第一集《建设理论集》），引自欧阳哲生编《胡适文集1》（北京大学出版社，［转下页］

独秀》（1916年10月《新青年》第2卷第2号"通信"栏）的通信中，胡适抨击文坛腐朽堕落，指出其根本弊病"可以'文胜质'一语包之"，"有形式而无精神，貌似而神亏之谓也"。"欲救此文胜质之弊，当注重言中之意，文中之质，躯壳内之精神"，并进一步提出："今日欲言文学革命，须从八事入手。"这样，中国文学的现代化进程，终于由胡适的"文学革命"和"八事"主张而进入进行模式。

毫无疑问，胡适的文学革命意识与近代西方思想文化和文学言说之影响密切相关。稍早的1916年2月，胡适已在日记中明确写道，"今日欲为祖国造新文学，宜从欧西输入名著入手，使国中人士有所取法，有所观摩，然后乃有自己创造之新文学可言也"[1]。文学史家也指出，"1916年胡适在美国留学时，曾经非常注意当时欧美诗坛的意象主义运动，认为'意象派'对西方传统诗歌繁锦堆砌风气的反叛，及其形式上追求具体性、运用日常口语等主张与自己的主张'多相似之处'"[2]。总之，胡适文学革命思想的终极目标，乃是实现旧文学的转型，建立近代国民国家的"国语文学"。

诚如郭沫若所言，继胡适之后，在新文学创构的先驱者行列中，留日出身者大大超过留西者。仅以重要者来说，坚定声援支持胡适的"老革命家"陈独秀便是留日出身。[3]尽管他前后两次留日加起来仅有一年时间，但却经历了从改良向革命、从"康党"向"乱党"的转变，成为坚定的革命领袖。郭沫若所说的语丝派虽成立于五四新文学初期之后的1924年，但其主要成员多为资深

[接上页] 1998），第125页。

1 沈卫威编：《胡适日记》，太原：山西教育出版社，1998年，第35页。
2 钱理群、温儒敏、吴福辉：《中国现代文学三十年（修订本）》，北京：北京大学出版社，1998年，第10页。
3 1901年7月清政府与英、美、法、俄等八国签订《辛丑条约》，宣告义和团运动以及清政府与列强之间战争的彻底败北，陈独秀受到极大冲击和震撼，萌发出强烈的国家意识。他说："此时我才晓得，世界上的人，原来是分做一国一国的，此疆彼界，各不相下，我们中国，也是世界万国中之一国，我也是中国之一人。""我生长二十多岁，才知道有个国家，才知道国家乃是全国人的大家"，"我便要去到各国，查看一番。"（三爱[陈独秀]：《说国家》，《安徽俗话报》1904年第5号，第1页。）

留日派，这些人早在五四之前便开始投身新文化、新文学的探索实践：鲁迅以《狂人日记》（1918）开现代小说之先河，周作人以《人的文学》（1918）、《平民文学》（1919）等贡献于新文学理论建构，钱玄同则在语言文字改革中发挥了重要作用。

五四新文学初期，周作人的新文学理论观念建构直接受惠于日本文学近代转型的成果和经验。五四时期，即1918、1919年前后，在新文学理论批评言说者中，周作人接续胡适，屡屡发言，对文学革命（新文学）的表现对象和内容进行了系统深入的检讨。周作人1917年4月赴任北大，9月被聘任为"文科教授"，开始准备自己的授课讲义《希腊文学史》（1918年10月冠名《欧洲文学史》由商务印书馆出版），11月参加北大文学研究所教员的共同研究，选择"改良文学问题"和"文章"类第五的小说组两项。一个月后，提出"人的文学""平民文学""思想革命"等重要主张。

这里想要强调的是，第一，周作人的新文学理论建构处于他进入北大后的教学研究活动这一体制性框架中；第二，这些活动并非纯粹的教员个人活动，而是有规划、有组织的北大教员的共同研究。换言之，五四文学革命的发生，存在依托学院学术教学研究体制背景进行有组织有计划推进的方面。而启动这一体制性运动的核心人物，还是胡适。但周作人任职北大后立即进入文学革命运动体制中，并很快成为一个十分活跃的重要角色。

周作人进入文学革命体制后迅速适应角色，在新文学理论建构上拿出成果的背后，有一个近切的支撑存在，就是所谓的"日本经验""日本知识"。这第一，是先于中国三十年完成的日本文学近代转型；第二，是周作人所具备的日本知识及其应用。周作人1906年赴东京留学，先在法政大学特别预科[1]学习日文，后进立教大学预科修习希腊文及英文。周作人喜爱日本的风土人情，钟情江户庶民文艺，感佩日本民族的美学趣味，尤其看重近代以来日本文艺大获成功的"改良/创造的模拟"这一模式。回国后他毕其一生，关注、阅读、思考

---

[1] 相当于日本语学校。"法政大学特别预科"是当时几所主要的日本语学校之一。

并接受日本。查其日记，在他如火如荼展开新文学理论思考的1918年，曾多次通过东京的"丸善书店""中西屋"等为其邮寄各种日本及欧美书籍，用于讲义编写和研究写作。"欧洲经验"（多以日本为中介）和"日本经验"一直是他建构文学观念的重要思想及学术资源。

其中，最具有标志性的工作就是周作人对日本近代文学的考察。1918年4月，作为北大教员共同研究的一环，周作人在北京大学文科研究所小说研究会上进行了讲演，讲题为《日本近三十年小说之发达》（同年5月20日至6月1日刊于《北京大学日刊》第141～152号，7月15日刊于《新青年》第5卷第1号）。讲演的主旨是叙述近代日本近三十年来的小说变迁，通过"日本经验"思考中国文学如何转型发展。周作人以日本为参照标杆，特别重视日本文学"创造的模拟"这一特质：

> 从前虽受了中国的影响，但他们的纯文学，却仍有一种特别的精神。［中略］到了维新以后，西洋思想占了优势，文学也生了一个极大变化。明治四十五年中，差不多将欧洲文艺复兴以来的思想，逐层通过；一直到了现在，就已赶上了现代世界的思潮，在"生活的河"中，一同游泳。从表面上看，也可说是"模仿"西洋；但这话也不尽然。照上来所说，正是创造的模拟。这并不是说，将西洋新思想和东洋的国粹合起来，算是好；凡是思想，愈有人类的世界的倾向，便愈好。日本新文学便是不求调和，只去模仿的好；——又不只模仿思想形式，却将他的精神，倾注在自己心里，混和了，随后又倾倒出来；模拟而独创的好。［中略］日本文学界，因为有自觉肯服善，能有诚意的去"模仿"，所以能生出许多独创的著作，造成二十世纪的新文学。[1]

周作人特别关注和高度评价日本新文学（小说）理论观念的缔造者坪内逍

---

[1] 周作人：《日本近三十年小说之发达》，《新青年》第5卷第1号，第27—28页。

遥及其名作《小说神髓》,并从中获得思考中国文学新生路径的关键性启迪。他这样描述坪内逍遥的开创性工作:

> 当时有几个先觉,觉得不大满足,就发生一种新文学的运动。坪内逍遥首先发起;他根据西洋的学理,做了一部《小说神髓》指示小说的作法,又自己做了一部小说,名叫《一读三叹当世书生气质》,于明治十九年(1886)先后刊行。这两种书的出版,可算是日本新小说史上一件大事,因为以后小说的发达,差不多都从这两部书而起的。[1]

周作人认为,中国的文学改良,恰恰最缺乏日本那种老老实实承认己不如人的心态,缺乏诚心诚意的模仿。"中国讲新小说也二十多年了,算起来却毫无成绩,这是什么理由呢?据我说来,就只在中国人不肯模仿不会模仿。""不肯自己去学人,只愿别人来像我。即使勉强去学,也仍是打定老主意,以'中学为体,西学为用'。"他在讲演的最后疾呼中国新文艺最需要的便是《小说神髓》:

> 我们要想救这弊病,须得摆脱历史的因袭思想,真心的先去模仿别人。随后自能从模仿中蜕化出独创的文学来,日本就是个榜样。照上文所说,中国现时小说情形,仿佛明治十七八年时的样子,所以目下切要办法,也便是提倡翻译及研究外国著作。但其先又须说明小说的意义,方才免得误会,被一般人拉去归入子部杂家,或并入《精忠岳传》一类闲书。——总而言之,中国要新小说发达,须得从头做起,目下所缺第一切要的书,就是一部讲小说是什么东西的《小说神髓》。[2]

---

[1] 周作人:《日本近三十年小说之发达》,《周作人散文全集》第2卷,桂林:广西师范大学出版社,2009年,第44—45页。

[2] 同上书,第56页。另,通过《民国时期期刊全文数据库》(上海图书馆,http://www.cnbksy.com/)参阅了《北京大学日刊》、《新青年》初刊版(2019年3月16日检索)。

由此可见，周作人的清晰思路，是以日本为榜样，从真心模仿别人开始，进而谋求独创的文学，他的那篇宣言式的宏文《人的文学》（后来还有《平民文学》《思想革命》等文）恰恰是他所说的一部中国的《小说神髓》。

《小说神髓》成书刊行于1885年，分章发表则更早；《人的文学》问世于1918年，两者早晚相差三十多年，但两个文本之观念结构体系的主旨却颇为相似，所主张和呼吁的都是摒弃旧小说陈腐的"劝善惩恶"主义，破解外在政治和道德对文学（小说）的绑架，让文学回到"人"的本体，以写实主义立场和手法表现人的世界。周作人在讲演中大段翻译引用《小说神髓》的核心论述，体现了他对坪内逍遥文学理念的共鸣和重视。

> 小说之主脑，人情也。世态风俗次之。人情者，人间之情态，所谓百八烦恼是也。
>
> 穿人情之奥，着之于书，此小说家之务也。顾写人情而徒写其皮相，亦未得谓之真小说。[中略]故小说家当如心理学者，以学理为基本，假作人物，而对于此假作之人物，亦当视之如世界之生人；若描写其感情，不当以一己之意匠，逞意造作，唯当以旁观态度，如实模写，始为得之。[1]
>
> （小说的眼目，是写人情，其次是写世态风俗。人情又指的是什么呢？回答说，所谓人情即人的情欲，就是指所谓的一百零八种烦恼。人既然是情欲的动物，那么不管是什么样的贤人、善人，很少没有情欲的。无贤与不肖的区别，总要具有情欲。因此贤者之所以有别于小人，善人之所以有别于恶人，无非是由于利用道德的力量或凭借良心的力量来抑制情欲、排除烦恼的困扰而已。[中略]作为小说的作者，首先应把他的注意力集中在心理刻画上。即便是作者所虚构的人物，但既然出现在作品之中，就应将其看做是社会上活生生的人，在描述人物的感情时，不

---

[1] 周作人：《日本近三十年小说之发达》《周作人散文全集》第2卷，桂林：广西师范大学出版社，2009年，第45页。周作人译文对原文有若干压缩改动。

应根据自己的想法来刻画善恶邪正的感情，必须抱着客观地如实地进行模写的态度。）[1]

研究"日本近三十年小说之发达"半年后，周作人发表了自己的文学宣言《人的文学》。向坪内逍遥借鉴学习，他将新文学的根本性质界定为"重新发现'人'"。比较《小说神髓》和《人的文学》的观念结构，可以看到两者的根本主张处于同一文脉，即"人的文学"为"小说的神髓（灵魂和生命）"。对于"人"的理解阐述，两者都着眼于"自然性"和"社会性"的并存，及其混在冲突博弈的常态结构。周作人强调，"我们要说人的文学，须得先将这个人字，略加说明，'人'是'从动物进化的人类'——'从"动物"进化的'和'从动物"进化"的'。""我们承认人是一种生物。他的生活现象，与别的动物并无不同。所以我们相信人的一切生活本能，都是美的善的，应得完全满足。""但我们又承认人是一种从动物进化的生物。他的内面生活，比别的动物更为复杂高深，而且逐渐向上，有能够改造生活的力量。"这两个要点，即"动物"与"进化"，也"便是人的灵肉二重的生活"。而"这灵肉本是一物的两面，并非对抗的二元"。"我们所信的人类正当生活，便是这灵肉一致的生活。"[2]

胡适在《中国新文学运动小史》中，对周作人《人的文学》给予了极高评价。他说，中国新文学运动的"中心理论只有两个：一个是我们要建立一种'活的文学'，一个是我们要建立一种'人的文学'。前一个理论是文字工具的革新，后一种是文学内容的革新。中国新文学运动的一切理论都可以包括在这两个中心思想的里面"[3]。胡适称《人的文学》"是当时关于改革文学内容的一篇最重要的宣言"。他说自己"在《文学改良刍议》里曾说过文学必须有'高远之思想，真挚之情感'"，但那却"是悬空谈文学内容"，是"周先生把我们那

---

1 ［日］坪内逍遥著，刘振瀛译：《小说神髓》，北京：人民文学出版社，1991年，第47、50页。
2 周作人：《人的文学》，《周作人散文全集》第2卷，桂林：广西师范大学出版社，2009年，第86—87页。
3 欧阳哲生编：《胡适文集1》，北京：北京大学出版社，1998年，第124页。

个时代所要提倡的种文学内容,都包括在一个中心观念里,这个观念他叫做'人的文学'"。"他所谓'人的文学',说来极平常,只是那些主张'人情以内,人力以内'的'人的道德'的文学。"[1]

胡适留美出身,或许没有特别注意到周作人"人的文学"与《小说神髓》文学言说的话语脉络关系。事实上,周作人在思考文学革命这一重大课题之际,首先系统整理思考了近代日本的小说转型脉络,特别译介并赞赏坪内逍遥的小说理念,宣称中国新文学最需要坪内逍遥的《小说神髓》;而他的《人的文学》与《小说神髓》无论在话语观念层面,还是在文本结构层面都有相似性,两者之间存在影响关系应该是毋庸置疑的。但另一方面,中国文化、文学所具有的社会关怀和伦理感觉,使得周作人的文学思考较之坪内逍遥更具有社会性、理想性和道德性,周作人提倡宽泛意义的人道主义,主张观察研究"人生诸问题",尤其是底层人群的"非人的生活",以真挚严肃的态度描写人的生活,最终以助成人性的健全发展。在这里,中日文学观念显示出各自的独特表征,但也恰好印证了周作人的日本文学接受,也同样是"创造的模拟"。

二 鲁迅的现代小说形态创构与日本

与周作人的文学理论观念建构相对应,其兄鲁迅以《狂人日记》等一系列小说创作完成了中国现代小说的创始。兄弟两人自1900年代开始置身日本这一现代思想文艺资源极其丰富的异文化空间,通过全面自主的文艺活动,逐渐建构自己的文艺和思想世界。周作人在谈到当时日本的文学情形时,曾有这样的追怀:"我们在明治四十年前后留学东京的人,对于明治时代文学大抵特别感到一种亲近与怀念。这有种种方面,但是最重要的也就只是这文坛的几位巨匠,

---

[1] 欧阳哲生编:《胡适文集1》,北京:北京大学出版社,1998年,第135—137页。

如以《保登登几寿》[1]（亦曰《杜鹃》）为本据的夏目漱石、高滨虚子，《早稻田文学》的坪内逍遥、岛村抱月，《明星》、《寿波留》[2]（亦曰《昴星》）、《三田文学》的森鸥外、上田敏、永井荷风、与谢野宽诸位先生。三十年的时光匆匆的过去，大正昭和时代相继兴起，各自有其光华，不能相掩盖，而在我们自己却总觉得少年时代所接触的最可留恋，有些连杂志也仿佛那时看见的最好。"[3]的确，周氏兄弟的留日岁月恰是日本维新转型的鼎盛阶段，也是日本思想、文化、文艺发展的高光时刻。从仙台医专退学回到东京的鲁迅，就从这时转轨文艺。他不再去学校上课，而是跟着自己的兴趣和志向走，晚睡晚起，不分昼夜贪婪地吮吸近代精神文明的营养，以自由意志开始建构自我主体的进程。他的早期"论文"以及他与周作人一起翻译出版的《域外小说集》甚至引起日本媒体的关注，鲁迅的文艺论文更是体现其对时代语境和流行话语的吸收、思考以及主体化过程。这一时期鲁迅有关思想、文化、文艺的一系列工作范围广泛，同时具有一定深度，更重要的是紧密结合他对中国语境的关切。可以说，鲁迅作为文艺家的人生从起步就具有"社会批评""思想批评"（或可统称"文明批评"）与文艺批评一体两面的特征。

在狭义的文学意义上，周作人证实鲁迅对日本自然主义文学没有太多感觉："那时候日本大谈'自然主义'，这也觉得是很有意思的事［中略］对于日本文学当时殊不注意，森鸥外，上田敏，长谷川二叶亭诸人，差不多只重其

---

[1] "保登登几寿"系日本俳句月刊杂志『ホトトギス』（1897～）的音译汉字标记。ホトトギス（学名 Cuculus poliocephalus）即杜鹃鸟，亦有布谷鸟、不如归、子规等多种叫法。1897年，在著名俳句作家正冈子规的支持下，柳原极堂等在松山创办了俳句杂志《保登登几寿》，翌年迁移至东京，由著名俳人高滨虚子主编出版，发行至今，已达一千四百多期。杂志继承正冈子规的"写生"主张，以高滨虚子的"花鸟讽咏"为中心理念，培育了众多俳句诗人，对日本近代俳坛乃至整个文坛都产生了很大影响。

[2] "寿波留"系日本文艺杂志『スバル』（1909～1913）的音译汉字标记。在文豪森鸥外的指导下，由诗人石川啄木、木下杢太郎等创办，主要发表诗歌作品，后成为新浪漫主义思潮的重要阵地。

[3] 周作人：《与谢野先生纪念》，《周作人散文全集》第 6 卷，桂林：广西师范大学出版社，2009 年，第 565 页。

批评或译文,唯夏目漱石作俳谐小说《我是猫》有名,豫才俟其印本出即陆续买读,又热心读其每日在《朝日新闻》上所载的《虞美人草》,至于岛崎藤村等的作品则始终未曾过问,自然主义盛行时亦只取田山花袋的《棉被》,佐藤红绿的《鸭》一读,似不甚感兴味。豫才后日所作小说虽与漱石作风不似,但其嘲讽中轻妙的笔致实颇受漱石的影响。"[1]鲁迅自己也说"当时最爱看的作者,是俄国的果戈理(N. Gogol)和波兰的显克微支(H. Sienkiewitz)。日本的,是夏目漱石和森鸥外"[2]。

但另一方面,比鲁迅晚些时候来到日本留学,并和鲁迅同样经历弃医(工)从文的创造社元老成仿吾却坚决认为鲁迅文学深受日本自然主义的影响。1923年8月,鲁迅的小说集《呐喊》经周作人编辑由新潮社出版,半年后,成仿吾发表《〈呐喊〉的评论》,对《呐喊》提出尖锐批评。成仿吾明确提出鲁迅前期小说的基本性质是(日本式)自然主义。但在后来的鲁迅研究史上,成仿吾这一路见解一直被人们回避和忽略。这是极不应该的。成仿吾以及创造社的其他成员是鲁迅的同时代人,也是中国新文学的重要成员,更是具有长期留日经历的同人,他的意见有很多后人没有的依据和知识前提,值得倾听和重视。

可以说,周作人、鲁迅所述俱是事实,但成仿吾的判断也绝非无中生有或指鹿为马。鲁迅当年置身自然主义文学势力强盛的文学场域,经受各种文艺思潮的冲刷浸润。他每天身穿和服,脚踏木屐,留着风行日本的德式胡须,抽"敷岛"牌香烟,整日徜徉于各种新书店旧书店,搜寻新思想新文艺的材料,持续时间长达三年半之久。周作人说,"在东京的这几年是鲁迅翻译及写作小说之修养时期"[3],"从仙台回到东京以后他才决定要弄文学。但是在这以前他也未尝

---

1 周作人:《关于鲁迅之二》,《周作人散文全集》第7卷,桂林:广西师范大学出版社,2009年,第450—452页。
2 鲁迅:《我怎么做起小说来》,《鲁迅全集》第4卷,第525页。
3 周作人:《关于鲁迅》,《周作人散文全集》第7卷,桂林:广西师范大学出版社,2009年,第431页。

不喜欢文学，不过只是赏玩而非攻究，且对于文学也还未脱去旧的观念"[1]。只不过，这一时期日本给他的各种影响已经体现在实际的翻译和思想文化批评上，而小说创作则推迟到近十年后的1918年。

周作人说"那时日本大谈自然主义，这也觉得是很有意思的事"，但最终面对曾经称霸文坛的日本自然主义，鲁迅确实没有找到如"摩罗"诗歌和东欧弱小民族反抗文学所拥有的灵魂与精神的共振点。换言之，自然主义文学的内在精神与鲁迅的文学理想之间存在着不小的距离。

日本自然主义文学从吸收学习法国左拉的自然主义开始，追求如实观察描写人生，主张真挚诚实地表现自我，这原本是极有意义的思想。但它对西欧自然主义的日本化理解和处理，使其在呈现出反拨虚假空想游戏文学的正面意义之后，逐渐滑向狭隘平庸的"自然"和"表现"：它没有引进自然主义的精义——"科学""客观观察"以及对小说艺术的高度追求和实践；其对真实和现实的线性执着逐渐走向单纯关注个人世界即自我身边的生活琐事，大胆告白的自我表现也龟缩到真实但过于平庸的情欲表现。如日本文学史家所说，自然主义"通过自我暴露的方式所展示的内容可以归结为本能的人和性的人，这便是取代浪漫主义而登场的自然主义的基本立场"[2]，以致批评者皆对其"缺乏思想性和社会性""无理想无解决的旁观态度"[3]黯然失望。法国文学研究者尾崎河郎曾这样总结道："说到自然主义，人们依然从生理学、遗传、实验小说的角度去解释。当自然主义作为一个修饰语使用时，人们赋予它的都是一些负面的意义，如单纯的现实暴露、性的赤裸展露、平板、偏执于日常琐事、缺少思想、粗杂等等。在很长的时间里，我们一直都是在否定的意义上使用自然主义这一语汇。其原因无疑在于人们对田山花袋以来的日本自然主义小说（后来转化为私小说）的记忆太不愉快。明治时代对左拉和自然主义的接受充满了误解

1　周作人：《关于鲁迅之二》，《周作人散文全集》第7卷，桂林：广西师范大学出版社，2009年，第447页。
2　小田切秀雄：『现代文学史』（上卷），东京：集英社，1975年，第135—136页。
3　大久保典夫等编：『日本现代文学史』，东京：笠间书院，1989年，第56—57页。

和歪曲,以至于人们还没能真正理解自然主义的本质,便匆忙将其丢弃。"[1] 不过,自然主义这些特性似乎并非自然主义所独有,而是日本文学时常可见的一个表征。

这样看来,自然主义的个人化、日常生活化、灵肉世界焦点化,以及排斥理想和技巧的路数,与鲁迅所追求的文学理想颇为不同。鲁迅毅然"弃医从文",是想用文艺的力量改变愚弱的国民精神,进而达到改良社会的目的。周作人也做证说,当初两人决意做文学,"主张以文学来感化社会,振兴民族精神,用后来的熟语来说,可以说是属于为人生的艺术这一派的"[2]。的确,在文学终极关怀的问题上,究竟是个人的还是社会的,是体认个人欲望的苦闷还是关切社会群体的命运,是固执于个人的宿命纠结还是忠于高尚的理想,两者的价值取向确实各不相同,如此一来鲁迅最终也没能与自然主义发生灵魂共鸣也属必然。

不过,精神上的平行方向并不意味着两者完全没有交集。成仿吾一再坚称鲁迅的小说具有自然主义特点,说《呐喊》的前九篇作品,"有一种共通的颜色,那便是再现的记述"。

> 这前期的几篇可以用自然主义这个名称来表出。《狂人日记》为自然派所极主张的记录(document),固不待说;《孔乙己》、《阿Q正传》为浅薄的纪实的传记,亦不待说;即前期中最好的《风波》,亦不外是事实的记录,所以这前期的几篇,可以概括为自然主义的作品。[3]

成仿吾评价《呐喊》"作者描写的手腕高妙",但认为"文艺的标语到底是

---

1 尾崎河郎:「訳者後記」,(仏)ピエール・マルチノー著、尾崎和郎訳:『フランス自然主義:1870年—1895年』,東京:朝日出版社,1968年,第279頁。
2 周作人:《关于鲁迅之二》,《周作人散文全集》第7卷,桂林:广西师范大学出版社,2009年,第447页。
3 成仿吾:《〈呐喊〉的评论》,《成仿吾文集》,济南:山东大学出版社,1985年,第148页。

'表现'而不是'描写',描写终不过是文学家的末技",他认为鲁迅"没有注意到""环境与国民性",而这"是自然主义害了他的地方,也是我所最为作者遗恨的"[1]。成仿吾最终认为,《呐喊》受到日本自然主义文学影响,其"不足"也都来源于日本自然主义的缺陷。

成仿吾认为,与自己这一代不同,鲁迅是在"自然主义"流行时期接受熏陶并走上文艺道路的,因此他在鲁迅作品中看到影响的痕迹。但仔细观察下来,成仿吾执着的其实是小说表现方式。而且成仿吾说得也并不错。如果仔细比较两者文学的表现手法,确实能够发现两者之间存在的近缘特征。比如,在整体倾向上,两者都有明显的写实性和日常性特征,排除浪漫传奇想象,小说焦点指向社会现实世界,小说中的人和事与作家的生活体验常有很多联系,有时甚至可以相互还原;在作品氛围上,都多凝重的悲剧色彩和灰暗冷寂的氛围格调;在作品结构上,情节极少波澜起伏峰回路转的传奇套路,有时甚至略有平淡散漫之感,偶尔还能看得到散文随笔的风致,故成仿吾说"集中有几篇是不能称为小说的";在描写技巧上,两者都不追求色彩斑斓、笔致丰润,自然主义甚至主张摒弃技巧而追求"平面描写",鲁迅则多用朴素的白描手法,作品多有炭画笔触的简洁。这几个方面,可以说是《呐喊》和自然主义文学在艺术处理上的结构共性,也正是成仿吾认定《呐喊》为自然主义的主要理由。

但成仿吾的误认在于,他虽然看到了两者的面相相似,但却忽略了两者在精神气质和价值取向上的差异:一个是始终执着于自我日常生活体验以及个人内面的欲望纠葛,一个则是内在的、博大热烈的"经世济民"情怀与对抗沉闷现实的理想主义。鲁迅说,理解他的小说需要一点人生的经验和阅历,这是实话。"经世济民"情怀使得小说潜在地具有了"政治性",需要阅读者理解文本世界对现实世界的思考和呼应,少了这个视点也就很难捕捉到文本真正的意义所在。深度阅读是鲁迅文学的标准配置,但成仿吾的阅读似乎失之简单化。

总之,"在东京的这几年是鲁迅翻译及写作小说之修养时期","日本大谈

---

[1] 成仿吾:《〈呐喊〉的评论》,《成仿吾文集》,济南:山东大学出版社,1985年,第149页。

自然主义"时,"也觉得是很有意思的事",读过"田山花袋的《棉被》,佐藤红绿的《鸭》"。如郭沫若所说,他们这代作家,"是在新兴资本主义的国家,日本,所陶养出来的人"[1],接受日本文学的某些影响,是很自然的事情。鲁迅也不例外。但鲁迅之为鲁迅,归根结底在于他既做到了兼收并蓄,又创造出独特的自我,并将自我放射到宏大的民族社会的共同体之中。

三 郁达夫文学的"私小说"化

在周作人的文学理论批评和鲁迅的现代小说创制之外,初期创造社文学自然也是新文学早期格局中的重要部分。用大家熟知的郭沫若的话说,"创造社这个团体一般是称为异军突起的,因为这个团体的初期的主要分子如郭、郁、成,对于《新青年》时代的文学革命运动都不曾直接参加,和那时代的一批启蒙家如陈、胡、刘、钱、周,都没有师生或朋友关系。他们在当时都还在日本留学,团体的从事于文学运动的开始应该以一九二二年的五月一号《创造季刊》的出版为纪元(在其前两年个人的活动虽然是早已有的)。它们的运动在文学革命爆发期中要算到了第二个阶段。前一期的陈、胡、刘、钱、周着重在向旧文学的进攻;这一期的郭、郁、成,却着重在向新文学的建设。他们以'创造'为标语,便可以知道他们的运动的精神","他们是在新兴资本主义的国家,日本,所陶养出来的人,他们的意识仍不外是资产阶级的意识。他们主张个性,要有内在的要求。他们蔑视传统,要有自由的组织"[2]。虽然创造社没能直接参加胡适、陈独秀、周作人等最初的新文学理论倡导运动,但很快他们以自己的方式加入新文学实践运动,并成功实现了异军突起。

---

1 郭沫若:《文学革命之回顾》,《郭沫若全集·文学编》第16卷,北京:人民文学出版社,1989年,第99页。
2 同上书,第98—99页。

在创造社的核心成员中，郭沫若以其新诗开辟了现代新诗的新时代，但这个创举与日本文学的关联度似乎不太高，而小说领域却恰好相反。以排头的郁达夫而论，他一直都是文学研究者关注的重要作家。虽然郁达夫等创造社一众作家的出世稍晚，势力也不大，但作为满怀激情和富于革命精神的留学生作者，他们革新文学，创造出了"'自叙传'抒情小说"的潮流。"创造社的作家从理论到实践都强调小说的主观性和抒情性"，"在中国现代小说史上是一个全新的样式，也是对传统小说观念的一个新的发展"。尤其是从郁达夫"1921年出版的《沉沦》小说集开始，'自叙传'抒情小说成为一股创作潮流"[1]。文学史家多从19世纪欧洲浪漫主义文学的文脉评价郁达夫小说，也承认日本文学特别是"私小说"对郁达夫的影响，但对日本文学影响程度的估计有些不足。如果说鲁迅的日本文学接受主要限于表现方法的层级，那么"私小说"对郁达夫的影响则体现在"日本化"这种更内在的形态。

　　郁达夫曾经一再宣示自己的文学观念，称"我的对于创作的态度，说出来，或者人家要笑我，我觉得'文学作品，都是作家的自叙传'这一句话，是千真万真的"，"我对于创作，抱的是这一种态度，起初就是这样，现在还是这样，将来大约也是不会变的。我觉得作者的生活，应该和作者的艺术紧抱在一块，作品里的individuality是决不能丧失的"[2]。这席话出于1927年，但在更早的1922年，在回答读者对小说《茫茫夜》的质疑时，他已经再三声明，"那些事情，全顾不着，只晓得我有这样的材料，我不得不如此的写出"，"我平常做小说""极不爱架空的做作"[3]。在1926年出版的《小说论》中又以理论的方式提出，"目的小说"是没有价值的，"小说的生命，是在小说中事实的逼真"，"一本小说写得真，写得美，那这小说的目的就达到了。至于社会的价值，及伦理

1　钱理群、温儒敏、吴福辉：《中国现代文学三十年（修订本）》，北京：北京大学出版社，1998年，第56页。
2　郁达夫：《五六年来创作生活的回顾》，《郁达夫全集》第10卷，杭州：浙江大学出版社，2007年，第312—313页。
3　郁达夫：《〈茫茫夜〉发表以后》，同上书，第32页。

的价值，作者在创作的时候，尽可以不管"¹。总之，郁达夫始终忠于其自我表现、自我暴露的文学信念，则是他本人从不忌讳的事实。他的至交老友郑伯奇在谈到郁达夫的《寒灰集》时说："这部《寒灰集》——不，恐怕作者从来作品的全部都是作者自己生活的叙述。《茫茫夜》诸篇不用说了，就是《十一月初三》等之类，虽然事实的叙述少，心境的描写多，然而性质上当然还是自叙传一类的，""这部《寒灰集》，虽然含有各种体裁的萌芽，而它的基调，乃是作者自己生活的叙述。这是一部主观的记录，一个转形期生存者的生活记录。但是这部书的价值就在此，永久性也就在此。"²

　　说到郁达夫如此彻底的独特观念，就要去追索他和日本的因缘。郁达夫于 1913 年赴日，那时他刚刚十八岁。日本的大正时代和中华民国同岁，始于 1912 年，终于 1925 年，存在了十四年。郁达夫留日则是从 1913 年到 1922 年，整整十年，差不多贯穿了整个大正时代。从十八岁到二十七岁，郁达夫的青春时代，他整个的观念意识的形成，他作为一个作家的出道，都是在日本完成的。在他这里，这个过程近乎一个"日本化"的过程。实际上，像鲁迅、周作人、郭沫若这些留日出身者，由于青年时期长年留日，其所受"日本影响"与通常意义上的"外来影响"有所不同。而这其中，如周作人和郁达夫，由于其个人因素，"日本化"的程度更高。

　　关于这一点，知晓郁达夫的日本人士莫不印象深刻。近二十年来在中国学界颇为风行的竹内好曾这样评述郁达夫："他的所有作品，都没有脱离自我生活告白和自我感情告白的范围。他是新文学中唯一一位真正的私小说（更像日本式的）作家。他创作的动力来源于文学即作家的自我实现，以及文学无法超越经验的信念。"³1920 年代就与郁达夫相识的诗人金子光晴曾在不同场合说过这一点。1950 年，他在《郁先生的事》中写道："如果打算通过郁达夫来

1　郁达夫：《小说论》，《郁达夫全集》第 10 卷，杭州：浙江大学出版社，2007 年，第 144—145 页。
2　郑伯奇：《〈寒灰集〉批评》，《洪水》1927 年第 33 号，第 375—376 页。
3　竹内好：「郁達夫覚書」,『中国文学月報』第 22 号，第 176 页。

理解中国人的话，大概注定要失败。因为郁先生是如此与日本人有着相同之处……日本军队的暴力让郁先生受尽苦难，我想他一定憎恶日本，怀着同样的感情憎恶整个日本。"[1]时隔二十年的1970年代，他又说道："我和森三千代的中国之行，是在佐藤春夫夫妇访华之后，确乎是昭和三年（1928年——引用者注）左右……我和郁先生是在内山书店经老板完造介绍相识的。当时的印象是觉得他一点也不像中国人，而更像日本人。假使在东京和他走在一起，大概谁也看不出他是中国人……郁先生与我之间，谈不到相互影响。但我们有过日中两国文学家之间的交集交流。在交流过程中，彼此也都有所收获。他的作品与日本小说很相似，富有感情色彩，极像日本的私小说。"[2]

"私小说"是日本近代文学的基本样式，也是日本文学区别于他国文学的独特文学品种。私小说源于鲁迅留日时期的自然主义文学，成熟于郁达夫、郭沫若留日的大正时代。作家久米正雄曾感叹："现在，几乎所有的日本作家都在写'私小说'。"[3]后来研究者总结日本近代文学的发展历程，一再确认"在现代日本作家中，无人没有写过私小说"[4]。甚至可以说，日本近代小说的历史，即是一部私小说的历史。私小说的发生依托着日本的历史文化传统，也构成了日本文学的独特景观。美国研究者说："尽管褒贬不一，但私小说一直受到众多重要作家的拥戴，占据着日本近代文学的核心地位，与私小说打交道，也就意味着与纯文学以及各种方法打交道。"[5]私小说也称"自我小说""自叙小说""自传小说"或"告白小说"等。至于"私小说"的定义，概括起来说，

---

1 金子光晴:「郁さんのこと」,『新日本文学』1950年第4号，第21—22頁。
2 附録Ⅶ「我が国の文学者等との交友に関する資料 6金子光晴氏」,『郁達夫資料補篇（下）』,第205、207頁。
3 久米正雄:「「私」小説と「心境」小説」,『日本近代文学大系第58巻 近代評論集Ⅱ』,第411—412頁。
4 文学史家濑沼茂树的意见具有代表性，参见『現代日本文学大事典』（明治書院，1965年）。
5 伊藤博訳:『『告白のレトリック：20世紀初期の日本の私小説』（エドワード・ファウラー）序論 私小説における現象と表象」,『2006—2007年度科学研究補助金（基盤研究C）研究成果報告書18520138』,2008年，第354頁。

有以下几个要点。首先，私小说是小说，故具有虚构的性质，不应把小说作者与小说人物等同起来。但另一方面，私小说又与以虚构为主的西方小说不同，即私小说作家描写的题材，多半是作家本人经历和体验的日常生活琐事，或者是作家自己的内心生活以及心理状态。无论小说的人称如何，主人公基本是与作者相重叠的。这之中，偏重于心境描写的称"心境小说"。所以，在实际研究"私小说"时，人们大多会在作家和小说主人公之间画上等号，参照作者的生活经历来解读作品。于是，私小说就有了诡异的两重性。一方面不否认小说的虚构本质，而事实上又总是在描写真实的自我，表现作家自己的心境和人生感悟。换言之，私小说的确不完全等同于自传或自我小说，但又的确包含了明确的自传特质，"自我问题始终是它全部问题的核心"[1]。

郁达夫在留日时期深受日本私小说影响，他接受了文学作品就是作家自叙传这一信念，并开始了实际创作。自传特征、大胆的自我暴露、主观抒情、平白散漫的散文文体这些"私小说"的特征也成为郁达夫的基本风格。郁达夫本人从不避讳，文学史家也都承认，他的"大部分小说都直接取材于他本人的经历、遭遇、心情。把郁达夫的小说连起来读，基本上同他的生活轨迹相合"[2]。看过《沉沦》（1921）再看自传《雪夜——自传之一章》（1936）便可以理解这一点。人们有时候喜欢谈论郁达夫小说对私小说的超越，似乎非此不足以彰显他的伟大。这其实是一种误解。私小说的核心有二：第一，日语的汉字"私"即"我"，故核心特征就是忠实描写作者自身。第二，是描写自我的内心世界，即以人间情欲、性欲为主的"情""感"世界。拥戴郁达夫者愿意强调《沉沦》中的"爱国意识"，但其实明眼人都看得出来，在小说中郁达夫的着眼点乃是自己的青春觉醒和苦闷，人在东洋，躲不开强国弱国政治中的"伤害"

---

[1] 魏大海：《日本现代小说中的"自我"形态——基于"私小说"样式的一点考察》，《外国文学评论》1999年第1期。该文对私小说言说的形成变迁和现状进行了系统整理和描述，有助于全面理解私小说以及日本近代文学的特征由来。
[2] 钱理群、温儒敏、吴福辉：《中国现代文学三十年（修订本）》，北京：北京大学出版社，1998年，第73页。

结构，异国他乡的性苦闷伤口上，还要被撒上弱国之痛的一抹盐。正如他的同时代人匡亚明在《郁达夫印象记》中所说：归根结底，"在小说里，他仅仅很忠实地表现了人们所不敢表现的生活的一面，而其实这一面往往是人们所共有的经验，不过程度略有差等而已"[1]。郁达夫小说与私小说高度类似，更有内在气质的相通。这一点不同于鲁迅和日本自然主义。

郁达夫小说是五四新小说中最重要的一家，它惊世骇俗，在新文学初期创造出一个新的潮流。他的亲密兄弟郭沫若评论他："在初期的创造社郁达夫是起了很大的作用的。他的清新的笔调，在中国的枯槁的社会里面好像吹来了一股春风，立刻吹醒了当时的无数青年的心。他那大胆的自我暴露，对于深藏在千年万年的背甲里面的士大夫的虚伪，完全是一种暴风雨式的闪击，把一些假道学、假才子们震惊得至于狂怒了。为什么呢？就因为有这样露骨的真率，使他们感受着假的困难。"[2] 郁达夫的独树一帜，在于这空前的"大胆的自我暴露"及其一系列形式所具有的异质性，而异质性的主要来源，即是私小说。于是，五四新文学小说建构中以郁达夫、郭沫若、陶晶孙为代表的所谓的"浪漫主义小说"必然地拖着"私小说"浓重的影子。只是，由于中日两国文学传统、伦理意识和美学意识的差异，"自我小说"在郁达夫一代之后便悄然衰退。

结语 "日本因素"的实在与吊诡

中国新文学创构中的日本因素，是本章的关注焦点。中国新文学的发生与日本多有关联的认知早已没有歧义，但对于关联形态及其结构的考察还远远不够。以本文探究的问题而言，人们注意到周作人《人的文学》提及并引用

---

1 匡亚明：《郁达夫印象记》，王自立、陈子善编：《郁达夫研究资料》上，天津：天津人民出版社，1982年，第62页。
2 郭沫若：《论郁达夫》，同上书，第93页。

西方文艺理论言说,由此追溯其与欧洲思想哲学文艺的渊源,但却忽略了周作人对《小说神髓》的强烈共鸣和接受,以及两者之间的种种联系。鲁迅小说与日本自然主义的问题相对复杂。鲁迅主要是在东京时期完成了他的文学修养和准备,但这些修炼是否投射在他的创作中,如果投射了又是怎样的一种情形?偏偏仅有的少量证言都在说鲁迅并不太喜欢日本自然主义。于是否定的逻辑似乎顺理成章。但实际这里有两个被忽略或误解的问题存在。第一,自然主义作为一个流派和潮流在明治后期流行了十年左右,但自然主义文学又衍生出私小说,并延续到大正、昭和,甚至直到今日。自然主义文学的流行寿命虽然不太长,但这一派文学内含着整个日本文学的主要特质。除非鲁迅小说与日本文学毫无瓜葛,否则就回避不开自然主义。第二,鲁迅与自然主义发生的差异主要在最高理念层面,并非小说形式层面。成仿吾提出鲁迅具有自然主义特征并非无稽之谈,鲁迅小说与自然主义小说的结构相似,无论在逻辑还是情理上都必然通往东京时期的文学积淀。至于郁达夫的"浪漫主义""自我小说"(自我暴露、自我表现的自叙传小说),其实反倒最为明快。极端一点说,以郁达夫为代表的创造社小说的喧嚣登场,其实是为中国文坛贡献了一种高度私小说化的小说样式。这一样式与中国传统的极大反差,再加上郁达夫的个性化处理,天时地利人和,形成了轰动效应和时代流行。

总之,五四新文学的发生及其形态结构,在理论观念、"人生派"小说和"艺术派"小说这三大板块都有来自日本的影响发挥作用。但这作用并不仅仅是所谓的"中继平台",事情不仅限于这个层面。日本式的全盘西化,其实包含着独特的主体性处理。以文学而言,它所有的文学潮流都源于学习西洋,无论是写实主义、浪漫主义、自然主义,还是唯美主义或现代主义,但结果又几乎没有一个原汁原味的西洋货。这些"主义"无不渗透着日本主义的味道。在这个意义上,近代日本对中国新文学发生的影响包含了近代西洋和近代日本两个面向,而且影响的深度和幅度超过人们的一般认知。五四新文学创构与"日本经验""日本影响"这一视角存在被遮蔽的部分。因此,重新审视和回答新文学的发生与近代日本视角的诘问,有助于突破既有知识和观念的局限,重新观测和理解五四新文学动态过程结构的多样性。

吊诡的是，尽管"日本因素"曾多元介入和影响了中国新文学的发生、发展，但它们最终却没能内化到中国新文学的主流系统中。这原因多种多样。其中最重要的，或许还是存在于悠久的历史文化传统中。中国文学以儒家思想为主流，具有重视伦理教化、讲求"经世济民"的社会性或曰泛政治性的品性；而日本的文化文学传统则偏重日常、自我、主观世界的感觉及情绪，注重内面世界的审美直感。"伦理教化性"，或曰某种泛政治性、泛社会性的有无强弱，构成了中日文学各自不同的基本性格。在这个意义上，中日文学存在着明显的气质性差异。最终，从结果上看，无论是自然主义还是私小说，对新文学整体的影响依然是有限的。

汪晖《鲁迅研究的历史批判》寄语
——读后感二三

(日本) 丸山昇著 潘世圣译

初次见到汪晖,是在 1986 年 10 月纪念鲁迅逝世五十周年暨"鲁迅与中外文化"学术讨论会上。会议的开幕式在北京国际俱乐部举行,之后代表们回到原来的会场宣讲论文并进行讨论。讨论会打头阵的便是汪晖。他是位肤色白皙的青年,当时还是中国社会科学院研究生院的研究生。我没问过他的年龄,但估计不超过三十五岁。当天汪晖做了题为《自由意识的发展与鲁迅小说的精神特征》的报告。说来惭愧,报告的内容我现在几乎都不记得了。讨论会上,我和文学研究所的马良春先生一道被安排在主席台就座。我不太熟悉中国的这种习惯,缺少思想准备,所以不大适应。再加上汪晖说话语速比较快,而我的听力又有些跟不上,于是对报告的内容不甚了然。印象比较深的,是汪晖发言时比较激动,不停地挥动手臂,那情形和日本的学术会议很不一样。

会议中间休息时,汪晖过来自报家门,说是唐弢先生的研究生,还向我转交了唐弢先生的著作。唐先生由于身体不适,参加完开幕式便提前离开会场,拿到唐先生的大著后,我与汪晖聊了几句。几天后的一个晚上,会议安排文娱活动,招待代表们去观看人气正旺的话剧《狗儿爷涅槃》。汪晖坐在我后面一排,一边不时发出愉快的笑声,一边给我们讲解那夹杂着许多土话的台词。这些台词对我们来说是很难懂的。

之后我便再没有见到过汪晖。去年秋天,我应北京大学邀请来到北京,同样没有见到他。关于汪晖最近的研究,我读到了去年 4 月他在北京召开的"鲁迅与中国现代文化名人学术讨论会"上的发言。那次讨论会的宗旨确乎是从新的视角出发,重新考察评价那些被鲁迅批判并"骂倒"的"中国现代文化名人",如林语堂、梁实秋、陈源、胡适和徐志摩等人。《鲁迅研究动态》1988年第7期刊载了数位研究者在讨论会上的发言,还有唐弢先生的大作《林语堂论》。在这些发言中,老一代研究者的见解很有启发意义,但我最感兴趣的,还是钱理群[1]、汪晖和陈平原等人的发言。

下面来看汪晖的发言,题目是《主观视角·客观背景·研究范围》。他说:

> 人们经常谈到鲁迅的所谓进化论的历史观,却忽视鲁迅对历史发展过程的无处不在的"循环感""重复感"或"轮回"的体验:历史的演进仿佛不过是一次次重复、一次次循环构成的,而现实——包括自身所从事的运动似乎并没有标示历史的"进化"或进步,倒是陷入了荒谬的轮回。
>
> 鲁迅抑制不住地将被压抑在记忆里的东西当作眼下的体验来重复,而不是像人们通常期望的那样,把这些被压抑的东西作为过去的经历来回忆——支配着隐在心里的不是"唯乐"原则,不是一般的重复原则,而是一种无法抹去的创伤感,一种总是被外表相异而实质相同的人与事所欺骗的感觉。这常常使鲁迅感到现实中出现的东西事实上不过是一段早已忘怀或永远不能忘怀的过去生活的反映,从而他不断地在自己的同时代人、朋友以至战斗伙伴的身上发现"过去"的阴影——正是这种阴影使鲁迅感到中国"永远免不掉反复着先前的命运"的危机。这就意味着,鲁迅对他的同时代人的批判同时也就是一种真正"历史性的"批判,而绝非就事论事。

汪晖的发言切中问题的复杂性,他变换说法反复论述,试图深入阐释和解析问题的症结。他一定非常了解那种单纯的论述方式,但"文革"前那一代研究者认为,鲁迅对"现代文化名人"的批判只是"就事论事",而并非否定那批文化名人的人格和整体思想。于是有一种倾向,要求修正过去的评价,在更

---

[1] (原注)按年龄,钱理群属于"文革"前那一代人,但由于出身不好,他大学毕业后长期在贵州教书。"文革"后北京大学恢复招收研究生,他成功考取。所以其思想意识及观察问题的视角与"文革"前那代人大相径庭。他与"文革"前及"文革"后的两代人都有相通之处。

开放的视野中去考察这个问题。在各种意见中，汪晖的看法算是一种"根本性"的批判。特别值得注意的是，他不是用某种既定的"思想"框架去评价鲁迅思想，而是试图探索鲁迅深层的心理动因，从而逐步把握鲁迅的思想个性。这一特点使得汪晖的观点在中国鲁迅研究中具有某种划时代意义，或者说至少显示了鲜明的划时代迹象。

在《鲁迅研究动态》上读过"鲁迅与中国现代文化名人"讨论发言后，我曾向中国社会科学院文学研究所的孙歌女士谈过上述感想。当时孙女士正以外国研究员的身份在东京大学文学部从事研究工作。孙女士说："我认为这种见解来自竹内好观点的影响。竹内先生的《鲁迅》一书由浙江人民出版社出版后，有些人深受其影响。"去年我在文学研究所做报告[1]后，有人向我提问，说："听说您已'突破'了竹内好，但如今在中国却恰恰相反，出现了一种回归竹内的倾向。您现在如何认识和评价竹内呢？"我回答说，我并不觉得自己"突破"了竹内。我确实在不少方面与竹内的见解不尽相同，但竹内的一些观点我是赞同的。诸如不应该用"进化论""马克思主义"这些现成的概念厘定鲁迅思想，而应当重视他个人的独特性等。我以为，如果说日本的鲁迅研究能给诸位带来一些新鲜感的话，应该主要是在这样的地方。对于这类提问，我既惊奇又很感兴趣。

言归正传。汪晖对中国鲁迅研究历史的真正系统全面的反思和批评，集中体现在《鲁迅研究的历史批判》一文中。下面我就谈谈阅读该文的几点感想。

首先，我以为这篇文章的基本指向，就是反思意识形态对以往鲁迅研究的严重束缚。对此我也有同感。正如汪晖所说，以往的鲁迅研究局限于以《新民主主义论》和毛泽东的其他评价为出发点和终结点。这也是我很久以来对中国鲁迅研究最感困惑的地方。这种鲁迅研究通常只论证鲁迅的思想符合马克思主义和毛泽东思想，因此鲁迅是伟大的；同时又把对鲁迅的接受和支持视为马克思主义、毛泽东思想无比正确的表征。如此等等，不一而足，体现出一种循环论证的

---

[1] （原注）报告内容请参阅《文学评论》1989年第2期刊载的拙文（孙歌女士译），文中有些错误未标明。（译注）该文标题为《关于中国现代文学研究的一己之见》，署名"丸山昇"。

逻辑。有鉴于此，我在 1986 年日本中国学会的报告中提出，"鲁迅说过：'革命之所以于口号，标语，布告，电报，教科书……之外，要用文艺者，就因为它是文艺。'如果我借用他的说法来说，我们之所以要马克思、列宁、毛泽东等等之外，要鲁迅，就是因为他是鲁迅"[1]。另外，去年在北京大学讲演时，我也指出"过去的研究中有一种倾向，很容易把马克思主义视为鲁迅思想发展的终点"[2]，而对鲁迅独特思想的关注和重视明显不足。这些看法都源于我对中国鲁迅研究现状的理解。

因此，我赞同汪晖对既有鲁迅研究存在偏颇的批评，即"对鲁迅精神中与特定意识形态不一致的独特复杂的现象，有意或无意地漠视，采取一种否定的态度"。与汪晖的批评相关，我还想到另一个例子，那就是冯雪峰。冯雪峰对鲁迅的理解不可谓不深刻，但他对那些先验地否定鲁迅精神中孤独、寂寞、悲观、绝望的独特意味，轻视《野草》《彷徨》的意义等也持赞成态度。冯雪峰《回忆鲁迅》一书的日译本《鲁迅回想》（鹿地亘、吴七郎译，ハト書房，1953）出版时，竹内好曾对瞿秋白和冯雪峰进行比较，他说："他（瞿秋白）是一位老资格的共产党员，所以他的鲁迅论贯穿着阶级史观，但瞿秋白不同于他身后的众多仿效者，他不是用狭隘的意识形态简单地进行评判并轻易得出结论，他是完整地阐释鲁迅（包括早期鲁迅）。在这一点上，作为评论家的瞿秋白比冯雪峰等人更为出色。冯与瞿不同，冯将瞿介绍给鲁迅，冯与鲁迅的关系更亲密也更长久，但他的鲁迅观却远不及瞿深刻。《回忆鲁迅》一书具有珍贵的资料价值，但从评论的角度看，并非特别出色。"[3]

然而，我还是有些疑虑。仅仅把问题归结于意识形态对鲁迅研究的束缚，便能切实有效地克服以往鲁迅研究的缺陷吗？在我看来，否定意识形态特性本身便是坚持某种意识形态。当然我还没有僵化得要否定汪晖提出这一问题的意

---

[1] 《关于三十年代的鲁迅与有些青年文学者之间的关系》《鲁迅研究动态》1986 年第 11 期，第 15 页。
[2] 《鲁迅研究方面的几个问题——一九八八年十月在北大的演讲》，《鲁迅研究动态》1988 年第 12 期，第 8 页。
[3] 竹内好：「中国における鲁迅研究書」，『読売新聞』1953 年 8 月 10 日，引自『竹内好全集』第 1 卷，東京：筑摩書房，1980 年。

义。不过我觉得把问题都归结于意识形态的束缚，有可能反而不利于发现问题的本质结构从而寻求克服问题的途径。

譬如，意识形态为何能如此强有力地制约人们的研究呢？如果只是由于存在政治性的强制，那问题反倒简单（那就需要对产生并维护那种政治的基础本身进行政治批判，而所谓意识形态先行的负面效应，所谓研究历史的批判等也就不再是第一位）。实际上，形成汪晖所说的态势和局面的一个重要原因，恰恰在于研究者主体"自觉自动"地接受彼种思想方法，在观念世界中具有与之合谋的结构。关于这一点，汪晖虽然有所触及，但仅仅是点到为止，分析阐释尚不够深入锐利。

另外，有关意识形态制约、意识形态先行的问题，其实是久已有之的话题。日本的竹内好也曾论及这一问题。但他也同样忽略了诸如究竟是什么原因导致瞿秋白与冯雪峰存在差异的问题。其实，问题的关键主要并不在于是否具有自觉的意识形态，关键是作为文学家才能的"质"究竟如何。同样拥有明确的观念意识，有的人写出的作品浅薄无聊，而有的人却能创作出杰作。这种情形并不只限于马克思主义者，在天主教作家中也有类似现象（当然我也承认，瞿秋白的《〈鲁迅杂感选集〉序言》也有不足之处，我无意要将瞿秋白绝对化）。当然，瞿秋白与冯雪峰的情况有其特殊性。瞿冯二人的基本状态差异很大。其中非常重要的一点在于，瞿秋白是一位革命事业尚未获得成功的马克思主义者，而且他本人在党内路线斗争中又处于失败的地位，他的一生都在全力摸索前进的道路。而冯雪峰则不同，撰写鲁迅回忆录的时候，他已身处"执政党"地位，而且是以领导者理论家的身份进行写作。

换言之，尽管瞿与冯同为"马克思主义"者，但在执政前和执政后，他们的"质"（至少是"质"的机能）是会发生变化的，问题即是权力如何改变了意识形态。但这种理解也只在一般意义上消解了意识形态的弊端，并不能把握意识形态如何在实际中具体发挥作用，因而也就很难找到反拨它的有效办法。

在这种框架中进行研究，无论如何都会让人觉得意犹未尽。在这个意义上，汪晖的不少见解我都赞成而且钦佩。但作为"鲁迅研究的历史批判"，还是有偏重原理检视而淡漠历史考察的不足。他激烈地批评"文革"后新时期的鲁迅研究，甚至包括同代人王富仁。汪晖认为这些研究者都未能摆脱以往意识形态的束缚。结合时下中国意识形态的格局，反观汪晖对这种意识形态的批评，总能看到或浓或淡的意识形态色彩。应该说，汪晖对鲁迅研究历史的怀疑乃至否定是可以理解的。但说到究竟怎样才能把握问题的实质，坦率地说，在我们外国研究者看来，汪晖的研究或许仍需要继续深化和充实。

事实上，汪晖所谈论的新时期鲁迅研究，在质和量两方面都超越了以往。例如，关于《野草》，汪晖曾批评冯雪峰忽视了《野草》的意义，那么孙玉石的《〈野草〉研究》（中国社会科学出版社，1982）则明显表现出以往所没有的新特征，与过去单纯重视鲁迅批判现实的倾向相比，孙玉石更多地把目光转向鲁迅的内心世界。还有王得后的《〈两地书〉研究》（天津人民出版社，1982），通过考察《两地书》及其原信，重新探讨了朱安和许广平在鲁迅生活中的意义，不仅搞清了历来被视为忌讳的朱安问题，而且为读者呈现出鲁迅心灵世界中极其重要的一面。此外，最近还有一部著作问世，汪晖在写作这篇文章时大概还没能读到，那书就是钱理群的《心灵的探寻》（上海文艺出版社，1988）。这本书对许多重要问题的看法与汪晖不谋而合（比如在《后记》中，作者谈到自己过去所理解的鲁迅与鲁迅的本来形态存在差距）。这从作者对意识形态结构要素的分析和反思中便可以清楚看到。钱理群的探索，他的目的，甚至他那种让汪晖颇有异议的论述问题的形式和方法，都强化了著作的说服力，而且便于读者进一步理解他今后的探索方向。

以上是我对汪晖文章的一些看法。下面再谈谈对他今后研究的期望。

也许我有些拘泥于汪晖文章的前半部分，尤其是开头部分。对这段不长的文字，我颇有共鸣。

> 不同的个体描绘鲁迅，当然形成了具有更大差别、体现着研究者各自生命体验的鲁迅形象，但是，在意识形态的笼罩下，无论研究者之间有什么不同的意见和看法，也只能塑造一个单一、绝对、抽象的鲁迅形

象，缺少体现鲁迅"人"的特征的、有声有色的个性。

这一见解与《强化现代文学研究的学术个性》，以及钱理群《心灵的探寻》后记中《我与鲁迅》的视角是一致的，它们显示了一种全新的倾向。即便在日本，这种思考方式也容易招致一些激进者的反对和责难。也许有人觉得我是在偏袒这种倾向，但另一方面我也很难无条件地赞同研究者轻易树立鲁迅的形象。在任何领域中，试图轻易地构筑所谓"客观""绝对"的鲁迅形象都是不适当的。我们首先应该明白，个体理解的鲁迅总是带有一定的主观色彩，我们应该在这一认识前提下去接近鲁迅的某一个侧面，并进行深入探索。我们当然要把文学研究视为一种科学，但同时也不能忘记这种科学又是以"文学"这种艺术活动为对象，其本质是一种具有创造性的活动。

从整体上来说，关于汪晖对中国鲁迅研究的不满，我是充分理解并抱有共鸣的。但另一方面，他也应当超越自己，但从他目前的研究来看，仍有不足之处。尽管我的期望和汪晖的"历史批判"的意义并不完全相同，但从汪晖的文章整体来看，他所期待的鲁迅研究与他的意识是背离的。与其说他要摆脱意识形态的束缚，毋宁说需要改变意识形态的结构。如果这样则需要通过不同方式剖析反思历来的"意识形态"。

汪晖还谈及其他一些问题，但都没有深入下去。他探讨的核心问题是反思意识形态对文学研究的束缚，指出过去乃至新时期中国共产党的"挫折"，但他对制约这一切的根源——意识形态——的发掘才刚刚起步。这也许是由于各种条件的限制吧。无法冷静客观地分析意识形态内容，往往便会导致对意识形态本身的笼统否定。

很遗憾，我在这里仅仅探讨了一个问题，但我相信，无论如何，中国鲁迅研究更加辉煌的时刻一定会到来。而那时汪晖会有怎样的变化，他的锐气和才华将会如何发挥，想到这些，我的思绪便无法平静了。

原载日本《季刊中国研究》第16号，1989年9月

《国民性十论》与近现代中国的国民性话语
——关于香港三联版《国民性十论》中文译注本

一

1907年，芳贺矢一著《国民性十论》由东京富山房出版；2018年，中文版《国民性十论》（李冬木、房雪霏译注），由香港三联书店隆重推出。其间相隔整整一百一十年。

《国民性十论》成书之前，东京帝国大学日本文学教授芳贺矢一以日本人的国民性为话题，在东京高等师范学校进行了系列讲演。之后将讲演内容整理扩充成书，出版投放市场后持续畅销，迅速成为日本国民性的流行文本，继而进一步普泛化，最终成为日本国民性话语谱系中的代表性文献。

这是一本面向青年读者及一般大众的读物，兼具学术性、大众性和通俗性，文学色彩浓厚。因为始于讲演，全书文体呈口语体特征，平白、自然、流畅、轻巧。原书正文首页标题之下署"文学博士　芳贺矢一述"。这个"述"，实乃此书的一大特色。在内容结构上，作者凭借其渊博的文学、文化学识，通过丰富的历史文化和文学材料，归纳并叙述了日本国民性的十个特征——忠君爱国，崇祖先、尊家名，讲现实、重实际，爱草木、喜自然，乐天洒脱，淡泊潇洒，纤丽纤巧，清净洁白，礼节礼法，温和宽恕——对日本国民性进行整体性、综合性描述，试图为读者提供一幅日本国民性的全景图像。以书名而言，相对"国民性十论"，"日本国民性十论"似乎更加贴切。无独有偶，笔者个人收藏的昭和8年（1933）年改订版的旧主人便在扉页上用毛笔题写了"大日本国民性拾论"，既与笔者的感觉不谋而合，也让人嗅到一种特殊的历史气息。

各种内外因素交织在一起,《国民性十论》问世伊始便成为畅销书。1907年12月13日初版发行,一个月后,即翌年1月20日便再版增印。笔者手中的昭和8年(1933)改订版,是第29版。二十六年间再版29次,足见该书人气之盛。

想起来有些不可思议。中日两国一衣带水,自古至今,无论在历史文化、制度规章,还是生活习俗、人员物品交集流动上,都保持了频繁密集双向互动的交流。然而,像《国民性十论》这样一本在很长时段里具有广泛社会影响,参与近代日本国家共同体意识整合塑造的国民性知识读本,居然一直没有中文译本,这也算得上是件奇事。

其背后的因由,从我个人的角度来看,可以想到如下几点。

第一,近现代以来中国日本研究(包括翻译介绍)的滞后和薄弱。这一直是一个持续性的历史形态。其中包括对日本方面学术研究的关注不足,以及翻译介绍的缺席。

第二,与近代以来中日关系的特殊结构形态有关。近代以来,作为老大帝国的中国,一直未能摆脱顽固保守、落伍堕落的轨迹。1940年代败给英国,五十年后以更不体面的方式败给昔日小弟日本。此后愈演愈烈的强势弱势关系,以及加害被害图式,令国人屈辱抑郁,自然对日本多有反感防范和排斥。在这种情境下,确如戴季陶所说,"我们中国人对于日本,只是一味地排斥反对,再不肯做研究的工夫,几乎连日本字都不愿意看,日本话都不愿意听,日本人都不愿意见"[1]。

第三,从翻译和研究的学术角度来看,《国民性十论》虽非艰涩偏僻的专业研究书,但若翻译起来仍然存在不小的难度。作者芳贺矢一是日本古典文学教授,他使用文献学研究方法,纵情发挥古典文学学者渊博学识的教养,使用

---

[1] 戴季陶:《日本论》,1928年4月上海民智书局初刊。本文引自戴季陶、蒋百里:《日本论 日本人》,上海:上海古籍出版社,2016年,第12页。今天,时代情形已远不同于戴季陶和蒋百里所评论的1920年代,但在情感形态和价值判断方面,历史的延续性依然存在。如何理解并超越历史的负面遗产,仍是一个未竟的课题。

大量历史、神话传说、文化、民俗，尤其是古典文学的文献材料，从十个方面对日本国民性形态结构进行考察和叙述。古典文献材料的丰富多样，既构成此书的一大亮点，也成为理解和翻译的一大难点。这从中文版正文多达453条的译注便可窥见一斑。

在这种情形下，《国民性十论》中文译注本的面世，使得中国读者和学界可以直接接触这个颇为重要的日本国民性叙事文本，帮助人们了解百年前日本人完成近代改革维新在国际舞台上崛起时期的自我认知，进而能动把握日本民族在其历史文化语境中形成的一些特性，了解日本人的自我民族意识特点，当然也在译介研究的学术史层面填补了一个空白。

二

在近代日本的日本国民性言说体系中，《国民性十论》是最早的、具有创始意义的叙事文本。正如同时代的日本研究者所说："《国民性十论》出版以后，此书的见解对其后的国民性研究产生了诸多影响。不仅如此，此书的出现还促进了几乎所有领域的学者对国民性展开研究。"[1] "国民性"这一词语的使用，对日本国民性问题的谈论，在《国民性十论》之前便已出现。但将日本国民性作为一个独立的研究和言说对象，通过大量历史、文化、文学作品材料，从十个方面进行整体讲述，尤其呈现人情习俗、美学趣味、日常生活的价值感觉等精神、文化和感性特征，《国民性十论》不仅有开创之功，其整合要点的系统性、叙述说明的明了清晰，更有后无来者之势。

在近代中国的思想文化史、概念史、文学史以及学术史上，国民性从一开始便是一个不同寻常的概念。第一，这个概念属于外来语，直接来自日本，并

---

1 久松潜一：「解説」，芳賀矢一著、久松潜一校注：『国民性十論』（冨山房百科文庫19），冨山房，1938年，第5頁。

具有近代国民国家的色彩。第二，在近现代中国，国民性从来没有停留在纯粹语言学（语汇）或知识概念的层面，它基本不是一个文学问题，而始终都是一个关乎民族自立和国家现代化的社会实践问题，更是一个政治问题。这一现象的出现与近代日本"国民性"话语的兴起和流行有关，《国民性十论》则是日本国民性话语文本群中最有影响力的一章。

近代日本的国民性话语流行对近代中国人的冲击影响之大，远远超出绝大多数人的想象。这是因为，日本国民性话语既是来自日本的一套思想言说和知识性概念，同时又是人们可以在现实世界中感知的"现实存在""事实存在"。"知"与"行"两重冲击影响国人的体验认知，更何况国民性直接通向拯救民族与国家的危亡，在国人的思想天平上拥有非同寻常的重量和意义。这也算是近代中国思想史或精神史上一个颇为有趣的现象。

1898年，戊戌变法失败，梁启超逃亡日本，1899年他在《祈战死》一文中记述了自己在日本所受的震撼。在同期杂志的另一则短文《中国魂安在乎》中，他提出"中国魂"问题："日本人之恒言，有所谓日本魂者，有所谓武士道是也。又曰日本魂者何，武士道是也。日本之所以能立国维新，果以是也。吾因之以求我所谓中国魂者，皇皇然大索之于四百余州，而杳不可得。吁嗟乎伤哉？吾为此惧。""尚武之风，由人民之爱国心与自爱心，两者和合而成也。""今日所最要者，则制造中国魂是也。中国魂者何？兵魂是也。有有魂之兵，斯为有魂之国。夫所谓爱国心与自爱心者，则兵之魂也。而将欲制造之，则不可无其药料，与其机器。人民以国家为己之国家，则制造国魂之药料也；是国家成为人民之国家，则制造国魂之机器也。"[1]梁启超在对日本社会和民间现实的观察中，感受到"尚武"、"勇敢"、不惧生死的国民特性，为之震动；再参以"日本人之恒言"，思索"立国维新"与"制造国魂"的问题，并进一步提出更加系统深入的"新民说"。

知日派学者、曾任北京大学外文系教授的傅仲涛在其《日本民族底二三特

---

1 梁启超：《中国魂安在乎》，《清议报》第33期，1899（光绪二十五年）11月21日。

性》¹一文中，指出日本民族的特性较中国人更为复杂。其第一个特性便是"万世一系的思想"。"这种思想与一般的忠君有所不同，他们不是对于权威的屈服，却是一种宗教型的信仰。"第二个特性"便是日本的自我认识"，即"强烈的爱国心"。"此种爱国心与普通不同之点，在于为万世一世的思想所养成，而人人得有报国的观念，及宣扬国威的自觉。"而六百多年的幕府武士政治"养成了尚武有为、勇敢积极、坚毅紧张、认真的特性；不好的方面，是造成了残忍杀伐、褊急器小的缺点"。"善于模仿，追逐时潮，采取外国的文化以发展自己的文化"也是其特性之一。而"把复杂变成简单，使艰涩归于平易"，"精细微妙纤巧"催生了"唯美主义、耽美主义的精神"，但另一方面又是"现实主义"的。

浪漫主义小说家郁达夫留学日本九年，几乎完整体验了整个大正时代的各种变化。他对日本、对日本人的国民性同样具有深切的感知理解。他认为近代以来日本实现近代转型的"中心的支柱"，是"她固有的那种轻生爱国，耐劳持久"²与"刻苦精进"³，而"日本的文化，虽则缺乏独创性，但她的模仿，却是富有创造的意义的"⁴；大正时代是日本相对安定发展的时期，郁达夫感知的日本也以正面居多，"生活的刻苦，山水的秀丽，精神的饱满，秩序的整然"，便是这种状态的写照。对于日本人的文化生活，他以"简易生活"一语概之，所谓"不喜铺张，无伤大体；能在清淡中出奇趣，简易里寓深意"，即"精微简洁"⁵。

周作人有很多回忆谈论日本的文章，日本人的国民性亦是其关心的主题。他对《国民性十论》的关注和接受，可参见译注本《导读》。周作人对日本国民性的表述，其基本概念框架同样与《国民性十论》有很多重合和相似。对

1　傅仲涛：《日本民族底二三特性》，《宇宙风》第25期，1936年9月。
2　郁达夫：《雪夜——自传之一章》，《宇宙风》第11期，1936年2月。
3　郁达夫：《日本的文化生活》，《宇宙风》第25期，1936年9月。
4　郁达夫：《雪夜——自传之一章》，《宇宙风》第11期，1936年2月。
5　郁达夫：《日本的文化生活》，《宇宙风》第25期，1936年9月。

于第一条的"忠君爱国",周作人承认"万世一世的事实"及其"重要性"[1],但对"忠君"提出异议。他采著名学者内藤湖南的主张为依据,提出"这似乎只是外来的一种影响,未必能代表日本的真精神"[2]。他从历史文化源流的角度出发,认为"忠君"乃是来自古代中国的"忠孝"道德。但在其思考逻辑上,并非否认在历史文化的接受变迁过程中,"忠君爱国"进入日本国民性并成为结构要素的事实,承认"日本现在的尊君教育确是隆盛,在对外战争上也表示过不少成绩"[3]。但周作人显然更加关注和欣赏日本文化的世界,日本固有的精神特性、审美趣味、生活样式,以及人情习俗才是他倾心之所在。他把这些表述为"人情美""现世思想""美之爱好""单纯质直"[4],"清洁,有礼,洒脱"[5]。

三

这几位中国学人、文人的日本国民性观感具有很大代表性。这些日本言说的基本结构,与《国民性十论》等近代日本的言说脉络存在关联,存在影响与接受,以及克里斯蒂娃所表述的"互文性"关系。他们学识渊博,具有长年留学日本的经历,以理性客观之态度努力在民族主义与世界主义之间寻求均衡,并在日本国民性问题上,显示出既开明又清醒的态度。

傅仲涛一直留意日本国民性的复杂状态,他明确表示:"我们也不能随着日本国粹主义者的后尘,神乎其神地说得如何如何。可是我们也不能学着机械的唯物论者的口吻,否认一切固有的历史的特质,而普遍地加上一层资本主

1　周作人:《日本管窥》,《国闻周报》第12卷第18期,1935年5月。
2　周作人:《日本的人情美》,《语丝》第11期,1925年1月。
3　周作人:《日本管窥》,《国闻周报》第12卷第18期,1935年5月。
4　同上。
5　周作人:《怀东京》,《宇宙风》第25期,1936年9月。

义的皮毛,便以为得着了问题的解决。"[1]郁达夫以自己的体验现身说法,所谓"在日本久住下去,滞留年限,到了三五年以上"[2],才会逐渐体会到日本的各种特点及其文化内涵。他自己那些充满情感情调的日本言说,也正是得力于长年浸润在大正年间的日本近代都市空间(东京和名古屋)。周作人留日六年,一直没有离开过东京。他申明自己所写的有关日本的诸多言辞,乃"是个人主观的见解,盖我只从日本生活中去找出与自己性情相关切的东西来,有的是在经验上正面感到亲近者,就取其近似而更有味的";但"我爱好这些总是事实。这都是在东京所遇到,因此对于东京感到怀念"[3]。

可以看到,中国人的日本话语、日本国民性话语,与日本固有的,如《国民性十论》这些日本言说文本之间,在知识范畴、内容框架结构、概念序列以及重要观念上,都存在明显相同或相近,两者之间的影响或借用关系也不难推测。当《国民性十论》在几十年中平均一年再版一次,逐渐成为日本国民性的普遍言说和知识范畴,甚至成为一种时代氛围时,它对其他言说者的影响也就不言而喻。但另一方面,中国的言说者们又明确告知读者,自己的言说并不是对既有言说的机械借用和转用,而是自己对同一事实对象——日本国民性的体验认知和言语表述。这意味着,芳贺矢一和他之后的中国知识人在日本国民性话语上的一致和近似,既有先行者发生影响的一面,更是对同一事实表象的近似认知。或者可以说,尽管《国民性十论》摆脱不了甲午战争、日俄战争之后日本民族主义高涨的背景,进入作者关注和阐释视野的也都是日本国民性的正面因素,所述十条有不少仁者见仁智者见智的余地,但同时它也有很多有效部分,在日本国民性知识范畴形成过程中具有重要意义。正如后世的日本研究者所说:"今天,当我们重读《国民性十论》,一方面会有很多疑问、异议,乃至不满,但另一方面,本书也提醒人们,书中提供的诸多素材,提出的诸多问

---

1 傅仲涛:《日本民族底二三特性》,《宇宙风》第25期,1936年9月。
2 郁达夫:《日本的文化生活》,《宇宙风》第25期,1936年9月。
3 周作人:《怀东京》,《宇宙风》第25期,1936年9月。

题，都是我们在今天必须去思考的。"¹ 对于中国人来说，要想真正理解认识我们的邻人，《国民性十论》注定是一个不应绕过的文本。

我们的前辈学者经历过许多痛苦纠结的思想过程，作为中国人，他们在崛起的日本面前体味过几多尴尬、痛苦、屈辱，但又努力保持着沉静和智慧。傅仲涛下面一席话讲在八十多年前："谈到日本民族的特性，这不是容易解决的问题，因为必须分析它的历史以及一切生活条件。这点现在我们暂且谈不到。""日本民族底特性的理解，这个问题在中国一般是很须要。过去是不必说，无论是现在或未来，它永远在中国人的理解中，应占紧要的部分。理由是很简单：譬如邻居相处，大家总免不了交涉。苟一方不了解他方的特性，那么交涉也办不好，纠纷是会层出不穷的。""我们中国人对于这点，向来似乎是很忽视的。""在现在呢，恐仍有大部分的人以为知日便是媚日，有宁死不为之概。这当然是很大的错误。因为向来有不了解对方的错误，所以遇事失败。"² 周作人说自己写日本"只是略说我对于日本一两点事情的感想，并没有拿来与中国比量长短的意思。我们所说的到底是外国人的看法，难免有不对的地方"。"我素来不想找寻别人的毛病或辩护自家的坏处"。³ 历史进入 21 世纪，这些看法依然适用于今天，有些甚至很有紧迫性。这说明这些历史性课题一直没有得到很好的解决，人们仍有必要检点阅读不同历史时期发生的各样文本，继续思考和解决历史赋予我们的课题。

笔者一直认为，近代以来中国人的国民性观念和国民性思路建构的最大外在来源和动力，就是日本的国民性言说与国民性现实，以及两者合体所建构起来的、具有鲜明日本色彩的"国民性主义"（姑且这样表述）。它既是知识范畴和话语体系，也是一个可以观察衡量的事实体系，同时还时时可能成为一个"神话"，在今日中国仍然拥有巨大诱惑力和感召力。既然是知识和事实，便

1　生松敬三：「解说」，生松敬三编：『日本人論』（富山房百科文库 8），富山房，1977 年，Ⅴ—Ⅵ 页。
2　傅仲涛：《日本民族底二三特性》，《宇宙风》第 25 期，1936 年 9 月。
3　周作人：《日本管窥》，《国闻周报》12 卷 18 期，1935 年 5 月。

需要去面对、学习和解析；但真理哪怕走过头半步，就会变成神话。改造国民性，根本的是要追寻并解析建构制约国民性的机制系统，而不是以果为因，以国民的品性为臧否对象。否则国民性主义便会成为一剂魅药，让人热血冲天面对空气大动干戈。

最后，笔者特别有感于中文译注本的翻译品质。两位译者具有很好的日文和中文造诣，于日语原文理解和中文翻译表达通达晓畅；对读者来说尤其有意义的是，译者对原书涉及的背景典故和概念知识等进行了绵密的查证确认，这些琐细的工作集为多达四百余条的译注，为读者清除阅读障碍提供理解路标，显示出严谨精细庄重的译注态度。在翻译赝作随处可见的今天，这一点尤其可贵。最后，笔者曾在数种版本的日文原书和中文译注本之间穿梭往还，深感译者对原著的把握理解精准到位，中文文本的表述也自然得体。这一点很有必要向不谙日文的读者如实交代。

2018 年 8 月完成草稿于京都，2019.9 修订于上海

鲁迅与我们的时代
——围绕丸尾常喜《明暗之间：鲁迅传》展开的讨论

罗岗　潘世圣　倪文尖　薛羽

开场白

薛羽（上海人民出版社·光启书局）：今天很高兴请到华东师范大学的潘世圣、罗岗、倪文尖三位老师，围绕《明暗之间：鲁迅传》一起来探讨"鲁迅与我们的时代"这个话题。日本学者丸尾常喜为大众读者撰写的鲁迅传记，用十万字左右的篇幅，对鲁迅生平以及重要的作品都进行了勾勒和讲解，是一本非常简洁易读的传记。

说到策划中文版的因缘，大概可以追溯至十多年前，那时候我在日本早稻田大学访问留学，同时也到东京大学东洋文化研究所旁听尾崎文昭教授开设的"《故事新编》研究"课程。他主要从日本鲁迅研究的脉络出发，对以往《故事新编》的代表性研究进行导读和讲解，并在此基础上进行文本细读和探讨。于是，我知道了尾上兼英、今村与志雄等日本鲁迅研究学者的名字，也阅读了他们的一些著作或论文，对日本鲁迅研究的历史、方法和特点有了初步的接触和认识。印象比较深的是竹内好对战后日本鲁迅研究的笼罩性影响，每一个后来者都多多少少接续着他提出的问题，与之展开对话，期待有所突破。还有就是日本学者以包括"翻译"等方式进行的文本"精读"，往往会注意到中国人这里一带而过或不成其为问题的语词，进而触达某些重要的议题和解释。这本传记的作者丸尾常喜，就是拓展出了与竹内好不同的研究路径，并充分发挥了"精读"这一朴实方法的代表性学者，也被尾崎老师称为"集大成者"。当年我是在神保町买到这本书的，读过之后，觉得不仅有学术含量，而且叙述精练通俗，很值得介绍给国内学界和读者。想不到十多年后，通过东京大学的铃木将久老师，跟丸尾常喜先生的女儿丸尾素子女士取得了联系，承蒙她的信任和支持，在今年顺利推出中文版，这既是对鲁迅一百四十周年诞辰的纪念，也是对丸尾先生的一种纪念。

丸尾常喜毕业于东京大学文学部，后来在大阪市立大学跟随增田涉攻读硕士。1931年，青年增田涉经由著名作家佐藤春夫的介绍来到上海，在内山书店认识了鲁迅。鲁迅邀请他到自己家里，为他讲解《中国小说史略》及《呐喊》《彷徨》，一连讲了好几个月。后来增田涉成为著名的中国文学研究者，写过《鲁迅的印象》等。在这个意义上，丸尾常喜可以说是鲁迅的"再传弟子"，也直接从增田涉那里获得了不少感受和理解鲁迅的启示。

丸尾常喜和片山智行、北冈正子等都属于战后日本第二代鲁迅研究学者。丸尾常喜参与翻译了日本学研社二十卷本的《鲁迅全集》，尤其对鲁迅的小说和中国小说史研究等用力甚勤。他最重要的学术著作《"人"与"鬼"的纠葛：鲁迅小说论析》出版于1993年，经由秦弓老师翻译，于1995年底出版了中文版，1996年还专门在北京鲁迅博物馆召开过座谈会。可以说，这部著作拓展了关于鲁迅与中国传统的研究空间，在中文学界引起了不小的反响。而2009年，他出版于1997年的《鲁迅〈野草〉研究》和早年的多篇论文汇编在一起，以《耻辱与恢复：〈呐喊〉与〈野草〉》的中文书名推出，集中展现了他的研究成果。今天，中日学界比较熟悉的有关鲁迅与"鬼"的研究，有关鲁迅的"耻辱"意识、"中间物"的研究等，都和丸尾常喜的学术贡献密不可分。顺带一提，丸尾素子女士正在编辑丸尾常喜先生的遗作《对译、注释鲁迅小说集》，也就是包含了对《呐喊》等小说的翻译和阅读札记，由丸尾先生的学生大谷通顺教授整理，有望明年在日本出版。据学界的说法，内中不乏丸尾精读鲁迅的"珠玉"发现，也是值得研究者期待的一部作品。

而这一本《鲁迅传》，日义版早于上面说的两种著作，酝酿和写作的年代是在1970年代末1980年代初，出版时间是1985年。当时是作为集英社"中国的人与思想"丛书里的一本。这一系列集结了沟口雄三、林田慎之助、三浦国雄等中国研究领域的一时之选，为孔子、司马迁、王安石、李卓吾等十二个中国思想人物作传。鲁迅则是其中唯一的现代中国人。日文版的副题叫作"为了鲜花甘当腐草"，腰封上印有"黑暗中寻求光明，终而不屈的灵魂记录"，传递出写作者对传主的基本认识。传记本身则是依据鲁迅生平经历的城市空间编排章节，勾勒出他在中日两国九城的生命轨迹。因此，中文版书前的插图也跟以往的传记处理略有不同，更侧重鲁迅所经历的空间的呈现，从而希望与作者的文字形成呼应，在动荡大时代的背景里，洗练裁出鲁迅的剪影。

从我自己的阅读来说，主要有两点印象比较深刻：一是传记非常注重呈现鲁迅与中国传统的关系，以大量科举、戏曲、宗教、民俗材料为基础，读入鲁迅小说、散文里的绍兴、中国，读出民间"小传统"或乡土世界对于鲁迅的重要意义。第一章"绍兴"花了很多笔墨梳理鲁迅的房族世系、科举考试的制度、目连戏的原委等，由此深入触达传统或乡土对鲁迅心灵和创作的影响。就像丸尾所说的："从鲁迅多年后谈论绍兴戏剧世界的《无常》《女吊》等散文，可以看出他的民众观深深扎根于绍兴戏剧中的人物形象，以及其身上凝结的人的喜怒哀乐中。鲁迅的小说大多以鲁镇及其周边地区为舞台。而鲁镇是一个以绍兴及其周边为原型的虚构城镇。频繁选择鲁镇作为作品的舞台，让鲁迅的文学坚实地屹立在中国大地之上。"这一探索后来扩展成丸尾有关鲁迅与"鬼"的一系列阐释，深化了中日学界对于鲁迅和传统关系的理解。通过丸尾的这些挖掘和复原工作，可以接触到鲁迅笔下的鬼魂世界或乡土民间世界，从而感受到它们在过去与当下产生的深远影响。二是传记重视鲁迅与严复、章太炎等现代中国早期思想的联系，以及在以日本为媒介的世界文艺思潮语境下他思想的形成。这一部分是日本学者用力很深的领域，他们最早关注到了鲁迅的"剪贴本"，同时对明治时期日本译介的欧洲文艺作品的具体路径和形态有充分的发掘和考订，也因此产生出了如北冈正子《〈摩罗诗力说〉材源考》这样细致的研究著作。丸尾常喜当然也身处这样的研究语境之中，同时也非常注意鲁迅"剪刀加糨糊"工作背后的强韧主体性。通过他的叙述，鲁迅一面认识世界，一面建构自身立场的主体形象得以鲜明呈现。

这部传记的特点还有很多，在时间顺序的架构中包含了对鲁迅生命和精神结构起伏跌宕的描摹，在看似平常的叙事背后隐含着很多先行研究的铺垫，在克制的讲述背后涌动着很多大时代和人的感动。当然，出于种种原因，鲁迅的上海时期写得较为简略，也由于写作年代的关系，今天看来存在若干细节信息上有待完善的地方，但这些并不影响丸尾常喜对鲁迅的整体观察和敏锐把握，放在今天这仍然是一本兼具学术性和可读性的传记。这也是我们愿意把它介绍给中国读者的理由。

有关传记作者和书的情况我就先说一个大概，现在把时间交给三位嘉宾，请他们进行分享。

一　丸尾常喜的《鲁迅传》与日本鲁迅研究传统

罗岗（华东师范大学中文系）：正如薛羽兄所介绍的，很多人特别是鲁迅研究者可能读过丸尾常喜先生别的著作，譬如我教的鲁迅精读课，就把他的《"人"与"鬼"的纠葛》列为必读书目。这本《鲁迅传》虽然是丸尾先生的少作，却很具有日本鲁迅研究的特点。下面请潘老师先讲，潘老师常年在日本读书和教学，后来回到华东师大日语系任教，他之前翻译了另一位日本鲁迅研究学者藤井省三教授的《鲁迅的都市漫游：东亚视域的鲁迅言说》，已于2020年出版，和丸尾先生的《鲁迅传》结构类似。《鲁迅的都市漫游》，正如标题所提示的，"作者将鲁迅放在绍兴、南京、东京、仙台、北京、厦门、广州、上海这些都市空间中，刻画了一个沉浸于都市文化的刺激体验中的'都市漫游者'形象"。鲁迅是不是"都市漫游者"，恐怕是一个问题，但通过城市和空间的转移来刻画鲁迅的形象，可以说是日本鲁迅研究的一个传统吧。

潘世圣（华东师范大学日语系）：拿到书时，首先被封面设计吸引。我们看到了鲁迅喜欢并倡导的版画元素，墨蓝橘红的基调，版画风的野草装饰，既有凝重感又有反差和抽象韵味，令人想到鲁迅作品，比如《野草》呈现的浩茫、孤寂、强韧的美学气质。整个设计很有格调，不同凡响。

我在日本留学及工作期间关注鲁迅与日本的关系问题，关注日本的鲁迅研究，但很遗憾这本书一直未曾读过。理由很单纯，就觉得它并非学术性的研究著作，而只是面向一般日本读者介绍鲁迅的通俗性小书，可看可不看，尽管我知道丸尾先生是日本鲁迅研究界最有代表性的重要学者之一。这次是第一次拜读这本书。一方面感觉很惭愧，另一方面碰巧现在我手边没有日文原书，只能专心看中文版。本来中日文对着看可能会有更多的感受和发现。实际读过后，第一个印象是惊异，超出预想。换言之，就是阅读以前低估了日本大家的这本小书。本书日文版出版于1985年，实际写作应该更早一些。作者的鲁迅研究可以追溯到1970年代。那个时期，中国的学术、理论界还处于一种非常特殊的状态，包括鲁迅研究在内，仍处于剧变的前夜。因此丸尾先生的这本书，我猜测大概率也难免带有过渡时期的色彩。虽说作者是外国学者，但既然写中国、写鲁迅，则无论是在资料方面，还是在作品的解读阐释上，总要不同程度地接受来自中国学界的各种影响。但事实上，我们在丸尾先生的书里几乎看不到那个特殊时代的特定观念和话语。他对传主的人生、思想、文学世界的把握、描述和阐释清晰、稳健、从容，简明扼要。书整体上写得规范而严谨，构架规矩均衡，重要人生节点、重要作品、思想意识的历史过程和共时场面都没有缺席，阅读理解起来流畅舒服。尽管他自称对鲁迅最后的上海时期缺少深入研究，写得比较简略，但也依然伸缩有度地把握和描述了鲁迅最后一段人生轨迹。我特别想说，1980年代前期的一本书，而且出自外国人之手，在2020年代看来依然没过消费时限，依然具有有效性，是一件了不起的事情。这种超越特定的时段、时代的著作，不发馊、不变质的根由在于对学术研究王道的坚守。

这本书的另一个亮点，就是作者作为一个日本学者对鲁迅的独特创见。我个人平时教授和研究日本文学，对身为外国人通过非母语的语言来理解和研究外国大作家的难度有所体会。在这一点上，也就是独特有效的"创见""创意"，抑或"知识""方法"的发现，实在比眼光的客观、叙述的明晰、妥帖周到的安排更有难度。但丸尾先生这本书恰恰在这些地方做出了实质性贡献，提供了他作为一个日本学者独特的立场、视角和发现。例如，他提出在鲁迅及其文学生成的机制中，"耻辱意识"是一个带有原初性的精神动因。他认为"耻辱意识"冲击了鲁迅的内心，"为了自己对铁屋中的沉睡者们置之不顾而耻辱，为了自己与沉睡者们一同保持沉默而耻辱。有人在暴风雨中举起火把，高声呐喊，这群人的存在照见了这种耻辱意识，它反复侵袭着鲁迅，暂且唤醒了作家鲁迅"。"耻"，是日本文化中的一个重要概念，丸尾先生敏感地把握住这个问题，背后有其日本文化的背景。这个视角很独特，对思考鲁迅及其文学的发生内因很贴切，很有效。熟语说"知耻而后勇"，这个带有哲学意味的"耻辱意识"，发生于主体内部，具有根本性的主体内省的性质，而主要不是他者指向和他者转嫁，显示出主体自觉的革命意义。我觉得丸尾先生提出的这个"耻辱意识"是一个思考鲁迅极好的视角和入口，弥补了中国人视角可能会出现的"盲区"。另外，是这些年屡屡被人们谈及的"中间物意识"问题。丸尾先生也最早予以关注和论述。在这本书以前，他就正面考察和讨论过。当然，这个问题的端绪其实可以追溯到鲁迅自己的叙事言说。总之，"耻辱意识"和"中间物意识"这两个事例，显示了丸尾先生在鲁迅研究上的"创意""创见"，是他对鲁迅研究的独特学术贡献。日本学者注重实证性研究，凡事不论巨细必追根溯源、精细查证，极少含混苟且。这本书里也有很多体现，比如对绍兴、对鲁迅的婚姻以及对朱安的介绍，还有鲁迅留日板块，都充分发挥了日本学者的知识优势，呈现了很多确切恰当的资料。实事求是，不尚空谈，有几分材料讲几分话，绝不刻意追求剧场效应。丸尾先生的研究以及他的叙述方式值得我们很好地思考。

倪文尖（华东师范大学中文系）：我接着潘老师来讲。我觉得这本书的规模很合适，但其中关于鲁迅上海的部分写得比较简略。这或许是因为丸尾当时对上海这一部分的研究，准备不是很充分，出于学术研究的严谨，他着墨不多；也可能是因为前面功夫花费太多了，而出版社最后的限制是10万字。我觉得两种情况都有可能。事实上，上海十年对鲁迅来说非常重要，是我们这个时代讨论鲁迅最重要的部分之一。这也是本书唯一的遗憾。

这本书是一个真正意义上的"传"，它有一个很明确的时间线，总体上以鲁迅生活的空间城市作为一个基本结构。绍兴那部分刚才潘老师也讲了，那个功夫我觉得中国人也不愿意下，那张鲁迅的家世表格非常详细，的确不容易在别的地方看到。至于重要的章节，丸尾先生基本上是从具体的一年、一月甚至具体到某一天开始着笔的，这样的写法使得他能够非常清晰地把鲁迅的一生描绘出来。做研究有各种各样的维度，我觉得在时间和空间中成长是一个传记或我们了解一个作家最重要的维度。丸尾先生把这个线索拉得很清楚，比一般的年谱更有血有肉。读下来我觉得这本书的线索特别清晰，这并不容易做到。

丸尾先生还做到了"深入浅出"。我和罗老师都是在 1985 年进大学读书，这本书其实写在我们读高中的时候。我们在 1980 年代读大学时看的鲁迅研究，主要是钱理群老师、王富仁老师、王晓明老师这些人的著作，当时国内的学者应该也没看到这本书，说不定丸尾先生还在写。在今天我们或许可以把中国和日本的鲁迅研究按照时间顺序相互参照来看，考察其中"鲁迅形象"的变化。

从某种意义上说，丸尾先生所写的鲁迅形象和 1980 年代我的老师一辈笔下的鲁迅形象有许多相通之处，比较典型的就是刚刚潘老师所说的"历史中间物"，这个概念在国内比较鲜明地提出是在 1986 年召开纪念鲁迅逝世五十周年研讨会上，汪晖老师发表了《历史的"中间物"与鲁迅小说的精神特征》，随后这篇文章刊登于 1986 年第 5 期的《文学评论》。值得注意的是，王晓明老师的《无法直面的人生：鲁迅传》里也提到了这个概念。此外，丸尾先生在本书中所引用的鲁迅文章的段落也和晓明老师书中的引文十分相似，这就是跨国的共通，完全是同构的。在这个意义上，这本书和 1980 年代的鲁迅研究是一个非常好的呼应。

另外，这本书还有和国内 1980 年代塑造的鲁迅形象不一样的地方。80 年代之前，我估计中日学者在分隔的状态下各自研究。这些年来，国内的鲁迅研究越来越重视的方面有可能或多或少受到了丸尾先生的影响。我想举两个例子,第一个是对鲁迅早期几篇文章的重视,如《人之历史》《破恶声论》等。在我的印象中,国内热烈讨论这几篇好像开始得比较晚,在80年代初还没有像这本书这样重视。第二个是丸尾先生对鲁迅民间世界的重视,他下了很大的功夫讨论鲁迅的出身,讨论绍兴。

当然,普通读者也可以看这本书,它把鲁迅的生平和他一些重要的作品以一种非常简明的方式进行了连接。本书最初的读者是日本读者,所以书中对鲁迅在日本最有名的作品——《故乡》,还有《在酒楼上》,以及他用日语发表的《我要骗人》等文章,要言不烦地点出了它们和鲁迅生平之间的关联,这是很有意思的。

再者,本书另一个难能可贵之处是作者的态度。在中国可以用"伟人"甚至"圣人"来形容鲁迅。国内有一段时期将鲁迅"神化"了,因此当有人了解到朱安的事情后就对鲁迅产生了幻灭感。这本书的可贵之处在于它以一种非常平视的、客观的,亦是很认真的态度来看待鲁迅和朱安的关系,并且把鲁迅与许广平的关系讲得非常坦荡,最后也交代了朱安过世的年份,我觉得这些都是一种尊重。本书的预设读者是普通大众,丸尾先生注意到了读者关切,日本读者的关切和中国读者的关切都可以在书中得到落实。

事实上,我认为这本由大家写的"小书"有一个到今天还没有过时的对鲁迅的基本理解。比如说关于"鲁迅文学的发生"这个话题,我推荐过张承志先生的《鲁迅路口》,说实话我不知道是张承志先生和丸尾先生发生了惊人的同构,还是张老师在日本看过这本书。我看这本书的时候,觉得丸尾先生如果要写一篇论文的话,一个核心问题就是鲁迅文学的发生。

潘世圣: 我再补充一点,那就是鲁迅为什么在日本具有那么大的影响,这当然也是丸尾先生当年要为日本普通读者写一本"鲁迅传"的原因。可以说是鲁迅其人及其文学本身的品格既有独特性,也有普遍性,具备了走入日本(以及海外其他国家)的读者世界,为他们所阅读、理解乃至青睐的魅力。这是鲁迅在日本吸粉的必然性。此外,也在于鲁迅的人生经历、文学活动和日本有着很多紧密的交集，也就是鲁迅的"日本元素"问题，我相信这是日本最早、最广泛地接受鲁迅的一个重要原因。鲁迅是近代日本正式接收的第一批留学生之一，属于资格最老的一拨留日学生。日本人认同文学家鲁迅的形成是在日本得以实现的，他们称为"原鲁迅"或者鲁迅的"原型"。这对日本人来说当然是一件愉快的事情。

推而广之，通过鲁迅，中国新文学的形成也具有了显著的日本因素。中日的文化、文学在这里有了交汇，情感心理上也有共振。再后来鲁迅以《藤野先生》怀念在仙台的那段医专岁月，诉说心迹的阴晴冷暖，感恩藤野先生的温情守护，成为富有人性热情和道德美感的佳话，这使鲁迅在日本的影响力逐步上升。另外，鲁迅文学本身也具有感化日本读者的能量。比如像《故乡》这样的小说，后来被收入初中语文课本，成为进入基础教育体制的经典文学。日本读者看到《故乡》释放的那种带有哀愁的诗情，即"故乡的丧失"这样一种情怀。《故乡》让他们重温一种普遍的人生和精神体验——人在成长过程中遭遇故乡的丧失。人们走出故乡，追求都市文明，在记忆和依恋故乡家园原风景的同时，也会体验失去故乡的悲哀。空间上故乡犹在，但精神上和心理上却产生了隔膜与距离，甚至无法重返故乡。以我的观察，《故乡》在这一点上给予日本读者强烈的审美和伦理冲击，令他们产生了强烈共鸣。

显然，鲁迅文学自身具备了东亚性和世界性，但这种地域性、世界性要得到实现，为世界的读者所阅读、理解和接受，还需要翻译、介绍和推广的机缘。莫言屡次说过，中国作家走向世界需要一些条件，其中最重要的一个就是翻译介绍。他说自己获奖离不开葛浩文、陈安娜、吉田富夫以及藤井省三等一众翻译家。他这个话讲得非常诚恳。而在近代日本的鲁迅接受传播中，同样也有这样的推手存在，最具代表性的，就是日本主流作家、诗人佐藤春夫。

佐藤春夫是日本近现代文学史上的重量级作家，在诗歌、小说、随笔、评论、翻译方面都取得了很多重要成就，弟子众多，具有很高的社会声誉和极强的业界影响力。他敬仰中国古典文化，汉学汉文修养很高，而且热衷与中国文人交流。留日时期的郁达夫仰慕佐藤，以他为师，田汉也和佐藤多有交往。佐藤从 1930 年代开始热心介入鲁迅在日本的系统译介，此后他的一系列工作极大提升了鲁迅在日本的认知。1932 年，佐藤亲自操刀，参照英译本翻译了《故乡》，并写后记推介，发表在主流权威杂志《中央公论》上。名人译介，名刊发表，一下子将鲁迅推介到日本读书界，使鲁迅的受众迅速扩大。同年在佐藤的大力举荐斡旋下，增田涉的《鲁迅传》得以发表在另一本著名杂志《改造》上；不久佐藤再次发力，翻译了《孤独者》，仍旧发表在《中央公论》上。鲁迅在主流媒体的连续登场促进了他在日本的广泛传播。到了 1935 年，佐藤又联手青年学人增田涉编译《鲁迅选集》，收入"岩波文库"出版，象征鲁迅文学正式进入外国经典文学的行列，进入日本社会知识教养的制度结构中。由于这部选集不仅在日本，还在朝鲜半岛等地广泛流通，其影响超越了中日两国。1936 年鲁迅逝世后，改造社紧急编纂出版《大鲁迅全集》，特邀佐藤担纲编辑顾问。至此，鲁迅在日本的地位和影响开始成为稳固的存在。正如莫言所说，文学家和他的作品走向海外，是有必然性的，但还需要一些具体的机缘。鲁迅在日本拥有的地位和影响力同样离不开这两个杠杆。

二 鲁迅文学的诞生及其思想脉络

罗岗：我接着倪文尖老师的话来说。丸尾先生的书确实发挥了日本学者的长处，我举两个例子来说明这个问题。第一个例子是丸尾先生在《"人"与"鬼"的纠葛》中讨论《阿Q正传》，提出了一个很重要的观点。阿Q我们通常在读音上都读阿"guì"，但丸尾先生认为也可以读阿"guǐ"，就是鬼怪的"鬼"。为什么是阿鬼？因为《阿Q正传》小序里有一句话，作者讲到"仿佛思想里有鬼似的"，这是一句突然冒出来的话，很多人都引用过，但究竟怎么理解，日本学者翻译这句话时也有很多不同的意见，丸尾先生列举了竹内好、增田涉等人的翻译，之后以他自己的翻译为切入口进入《阿Q正传》的文本解读中。这种方法带有日本鲁迅研究一贯的特点，在这本书中，丸尾先生依然延续了这个特点，如对鲁迅在日本的生活等都讲得非常细致。

其中又有两点。第一点，张承志的《鲁迅路口》是一篇非常有名的文章。今年是鲁迅先生一百四十周年诞辰，三联书店的公众号从昨天开始推了一组文章来纪念，第一篇推送的是《鲁迅路口》，可见其影响。我们当然是先读到张承志的文章，然后再看到这本书。但这一次看就发现，张承志的《鲁迅路口》在讨论鲁迅文学的发生时，注意到两个特别重要的细节，而这两个细节在丸尾先生的书中也提到了。第一个是，鲁迅在日本留学时，清朝留学生中有很多革命派，且这些学生都是官费留学生，因此清朝和日本的文部省沟通，文部省下发了《关于令清国人入学之公私立学校规程》，俗称"取缔规则"，这里说的"取缔"是日文，指的是要监管、控制这些学生。之后就引起了一个特别大的风波，其中最重要的是陈天华蹈海，希望以此来警醒中国人。因为有了"取缔规则"，留学生里分成了两派，一派是以鲁迅的同乡鉴湖女侠秋瑾为代表的归国派，还有一派是选择继续留在日本的留日派——关于这一事件的描述在《鲁迅传》的第75页。再来看张承志的《鲁迅路口》，同样描述这件事，却加了文学性的发挥，他提及两派留学生吵架，秋瑾面对纠缠不休的同学，她居然拔刀击案，怒喝满座的先辈道："谁敢投降满虏，欺压汉人，吃我一刀！"张承志的表述和丸尾常喜先生略有不同，丸尾明确地说有两派，一派是秋瑾派，另一派是鲁迅和许寿裳也参与的留日派。张承志的发挥在于，他说鲁迅当时是"骑墙派"，既没有表示要回去，也没有表示要留在日本。这个细节包含了丸尾先生和张承志对鲁迅文学发生的重要理解，张承志称"鲁迅文学"从此就是所谓"赎罪"的文学，为什么说是"赎罪"的文学？因为在大是大非面前，一个老乡、女性表现得都比他更勇敢，秋瑾回国后先办学堂，后发动起义，起义失败被杀害。在这个意义上，鲁迅会认为自己是一个"幸存者"，与秋瑾的牺牲相比，某种程度上是"苟活"，因为苟活在这个世界上，所以要用文学去书写这些牺牲者，譬如鲁迅的《药》写到了夏瑜的牺牲，从名字上也可以看出来，"夏瑜"当然是秋瑾的化身。丸尾先生的书中还增加了一些细节：当时有好几个从国内来到日本的革命党，其中包括徐锡麟，鲁迅是光复会的会员，他负责去接他们，和这几个人自然相熟了，其中好几位后来参加起义都牺牲了，这些牺牲者进一步增强了鲁迅"幸存者"的感受。同时，从鲁迅文学的发生，进一步关涉到一个很重要的问题，即如何看待鲁迅与辛亥革命的关系，这是《鲁迅传》讨论的起点之一，也是日本鲁迅研究一直以来关注的重点，譬如丸山昇先生出版于1960年代的《鲁迅：他的文学与革命》，同样高度重视"辛亥革命"之于鲁迅的意义。在后记中，丸尾先生坦言本书有关鲁迅在上海的时期写得太仓促了，他说这是因为研究未延伸至此，但之后又强调，鲁迅思想在广州时期已经基本成形。也就是说，广州时期对鲁迅而言，是一个重要的转折点，上海时期在某种程度上可以看作广州时期的延续。而要理解鲁迅广州时期的思想转折，就必须理解他与民国的关系，其中核心的关切，则是如何理解辛亥革命及其挫折，这个问题等会儿还可以进一步展开。

我想讲的第二个例子也和日本有关，与鲁迅文学的发生同样关系密切。鲁迅说为什么做起小说来，有一个最有名的故事是他在《呐喊》自序中所讲的"铁屋子的寓言"。钱玄同为《新青年》来找鲁迅约稿，鲁迅说有一个铁屋子，里面都是沉睡的人，如果叫醒他们，铁屋子却摧毁不了，不是更增加他们的痛苦吗？所以，鲁迅犹豫要不要叫醒他们，而钱玄同则认为，如果叫醒了他们，不能说绝没有毁坏这铁屋的希望。这是大家熟悉的"铁屋子寓言"。在丸尾先生的书中，他展开了进一步的分析，认为鲁迅1922年的说法——《呐喊》自序写于1922年12月3日——不能完全等同于他1918年前后创作《狂人日记》时的想法。为了说明这个问题，丸尾先生注意到鲁迅在1919年翻译了日本无政府主义者作家武者小路实笃的剧本《一个青年的梦》，通过这个翻译可以发现鲁迅思想中也有比较乐观的一面。鲁迅之所以会翻译这个剧本，是因为孙伏园对他说，不管这个世界看上去多么令人绝望，总要做点事情吧。鲁迅为了"医许多中国旧思想上的痼疾"（《〈一个青年的梦〉译者序二》，1919年11月），特意翻译了这部作品。在《〈一个青年的梦〉译者序》（1919年8月）这篇文章中，鲁迅引述了武者小路在《新村杂感》中的话："'家里有火的人呵，不要将火在隐僻处搁着，放在我们能见的地方，并且通知说，这里也有你们的兄弟。'他们在大风雨中,擎出了火把,我却想用黑幔去遮盖他,在睡着的人的面前讨好么?"以前的研究,多从《呐喊》自序提供的脉络,分析鲁迅在五四前后的思想转变,但丸尾先生提醒我们注意:《狂人日记》本身就表明了引导鲁迅脱离沉寂的东西,与这篇译者序中呈现的心理过程十分接近。"举这两个例子,是想说明丸尾先生的发现有可能启发了张承志在《鲁迅路口》中的思考,也深化了我们对于"鲁迅文学发生"的理解。当然,目前没有证据证明张承志读过丸尾先生的《鲁迅传》,不过可以推测一下,如果张承志在日本要比较方便地查找鲁迅的资料,最好的方式应该是看日本学者写的"鲁迅传",不一定要读那种特别学术的专论,所以有可能读过丸尾先生的这本《鲁迅传》。

另外,我还想补充一点,丸尾先生的《鲁迅传》不仅吸收了日本鲁迅研究的成果,而且和日本思想界的思考也有一定关联。再举一个例子,现在学术界很注意鲁迅与章太炎的师承关系,这涉及鲁迅留日时期所写的文言论文。王士菁先生早年注释和翻译了其中完整的五篇论文,赵萝蕤先生也对《摩罗诗力说》进行了翔实的研究和翻译。在丸尾先生的书中,他接受了北冈正子的研究成果,认为鲁迅早期文言论文,很大部分是摘抄和编译的读书笔记,然后用了从章太炎那儿学来的古奥的文言重新表达出来,北冈正子的《〈摩罗诗力说〉材源考》实证性地重建了鲁迅当时的知识来源和材料出处,有些人读了北冈正子的书后,觉得这些论文是鲁迅抄来的,似乎没什么价值,甚至更加耸动地认为"鲁迅早期思想"的"神话"破灭了。但丸尾先生针对这种现象,说了一段非常有见地的话:"通过这些研究我们发现,在至今被视为阐述了鲁迅独创思想的文字中,显然有很大一部分是以日语、英语、德语写作的介绍、研究、概论书籍为材料,剪裁贴合而成的。但与此同时,鲁迅能够一边收集、翻阅这些文献,一边用剪刀加糨糊的方式构建自身的思想,这种强韧的原创性足以让我们瞠目。"所谓"强韧的原创性",指的是青年鲁迅不光是摘抄、编译材料,或者不仅仅是把知识分门别类,更是从这些材料和知识中,逐渐生长出了自己的一整套想法。这套想法现在大家都比较熟悉了,譬如反对"金铁主义",譬如警惕"多数人的暴政",再如呼吁"伪士当去,迷信可存",希望"沙聚之邦，转为人国"，等等。熟悉这些说法，是因为1980年代以来的中国鲁迅研究围绕这些说法进行了重要阐发，甚至衍生出专门的研究领域，那就是鲁迅早期思想研究。而丸尾先生较早在《鲁迅传》中平易切实地指出了这套想法的关键所在。鲁迅的这套想法是怎么来的？源头是章太炎。章太炎在东京时除了给学生讲《说文解字》，同时也逐渐形成了一套反思西方现代化的思想，用他的话来说，是重新理解"文野之辨"，假如站在西方"文明论"立场上，谁是文明，谁是野蛮，一目了然，文明的当然是西方列强，而"半野蛮"和野蛮的则是中国、日本与那些非洲的黑人、美洲的印第安人以及太平洋岛上的原住民等等；但章太炎将西方"文明论"意义上的"文野之辨"颠倒过来，他指出以西方资本主义全球扩张为代表的帝国主义、殖民主义才是真正的野蛮，而中国作为一支古老的文明应该抵抗帝国主义的野蛮。章太炎的论述不仅颠倒了文明与野蛮的秩序，而且和日本明治以来主流的"脱亚入欧"思想产生了冲突。鲁迅留日时代的文言论文所表露出来的思想，与章太炎有非常密切的关系。今天中国的鲁迅研究，其实没有在根本上超越丸尾先生对早期鲁迅思想的论述，只是可能在细节上有所推进，研究做得更具体、更详细而已，在大的判断上基本还属于丸尾先生的这套论述。这一套论述实际上也构成战后日本鲁迅研究共享的前提，那就是对由西方主导的现代化思路采取反思的态度。从这个意义上说，丸尾先生的《鲁迅传》有其先见之明，特别值得大家重视。

三 鲁迅的"普通人"面向与关怀

潘世圣：今天我把以前阅读《鲁迅全集》的笔记带过来了，还有一篇东京大学铃木将久教授新写的文章，文章从丸尾先生的笔记本入手，讲述了丸尾先生研究鲁迅精细解读文本、注重翻译和语言微妙意味的特色，给我们提供了有益的细节，值得一读。我接着刚才倪老师和罗老师的话说一下自己的感受。刚才两位老师都提到鲁迅翻译的问题。我们看编年体《鲁迅全集》，几乎每一卷都有一半甚至更多的翻译。在鲁迅的全部工作中，翻译是文学家鲁迅的出发点，并始终占据着极其重要的地位。鲁迅精通日语，德语也相当好，翻译过不少德语作品，他还学过英语、俄语等，虽然程度没有日语、德语那么高。在日语和德语这两块，特别是日语，鲁迅留下了非常多的翻译作品，数量甚至多于他的创作作品。在鲁迅翻译这个板块，存在不少有待探讨解决的课题，有很大的挖掘和提升空间。

关于鲁迅的早期论文。大家仔细看史料就会发现，真正了解留日时期鲁迅的人，比如许寿裳和周作人，都没有人用"论文"的说法来称呼所谓的"早期论文"。对鲁迅在那个时期的工作，他们反而异口同声地说鲁迅是向中国人介绍欧美文学的第一人。我以前对这句话没有特别留意，但现在恍然大悟。我们可以说，在鲁迅成为小说家以前，他在最早的时期凭借自己的眼光和方式将欧美新潮文学介绍进中国，同时通过吸收整合欧美文学形成自己的文学价值观念，形成"鲁迅"，这才是他对中国新文学的最大贡献。也就是说，鲁迅是通过创造"鲁迅"实现了他对新文学的最大价值。鲁迅是近代早期留日学生，1902～1909年，还是清朝末年光绪年间。他在清朝末年官派留日时期面向世界文艺求索，为日后成为新文学家、新思想家奠定了重要基础。他的五篇"论文"并不是我们今天所谓的专业论文，而是在一个时代转型的十字路口，当大部分人还在茫然混沌找不到前行方向时，通过阅读—翻译—融汇，学习—理解—介绍全新的近代欧美文学，整合出后人所谓的"早期论文"。这些性质更接近于"译述""译编"文艺述评，远远超越了普通的"论文"，在时代剧变的关头，提供了现代文艺的蓝图。这个意义远比"论文"更加伟大，是对中国新文学的最大开拓和创造。近代日本杰出启蒙思想家福泽谕吉也是这样的，他的划时代著述《劝学篇》《文明论概略》本质上也是一种近代西方思想观念思潮的"译述""译编"，但同时又成为近代日本"文明开化"，实现历史变革的纲领性著述。在这个意义上，鲁迅和福泽谕吉的"译介""译述"的功能并非"翻译"行为本身，而是他们输入介绍了新时代的思想文艺范式，为开启历史变革提供了前所未有的路线图。所以它的功效远超"论文"，具有革命性的创造意义。

在纪念鲁迅诞辰一百四十周年之际,我们有机会重温鲁迅研究老前辈的言说。这两天看到林非先生在三十多年前曾说过的话,即研究鲁迅不能跪着研究,神话鲁迅的结果往往走向丑化和摧毁鲁迅。我觉得这个问题很值得思考。鲁迅是一个百科全书式的巨人,他有很多面向供人们阅读景仰。在这个过程中,也出现过将鲁迅过度符号化,甚至神化的倾向。这个问题如果没有边界的话,真的会像林非所说的,架空和虚化鲁迅。所以有时候我们也需要在"肉身"之人的维度与鲁迅对话,体会鲁迅作为一个凡人的生存之道和智慧,思考他给我们留下的遗产,包括教训。

作为肉身之人,谁都有七情六欲缠身,有生活和利害的考量,凡事都有各自的应对之策和表现方式。在这个层面上,我阅读鲁迅,就觉得他是一个特别有个性、有情趣、执着的人,虽然有时候还会有点偏执、极端和调皮。在这个面向,我们可以看到鲁迅自然、纯真的人性,一种通向众人的魅力。有意思的是,鲁迅的这些面向更多地留存在他的私人叙事言说和记录中,比如他和许广平的《两地书》,他写给朋友的书信,他的日记以及文章。在鲁迅的文字里,我们可以看到一个日常的、肉身的鲁迅,我们能看到理性、严峻、高冷,也能看到感性、情趣、热度,以及冒险冲动,甚至少年式的戏谑、调皮和幽默。1926 年鲁迅到厦门大学任教,曾经心情郁闷。楼下后面有花圃,周围是一圈铁丝网。有一天他突发奇想,看看能不能跳过去,结果被铁丝网绊住,屁股和膝盖都受了伤。还是在厦门,楼下的园子里有蛇,原来晚上下楼到园子小解,后来担心被蛇咬到,就弄了一个瓷壶在房间里小解,完了以后,打开窗子把尿洒下去。鲁迅率性地自嘲说,这种做法有点像无赖一样,但这个地方条件太差,也只好这样。还有,曾经有人造谣说鲁迅吸食鸦片,他很气愤,最后在西安的时候,就真的抽了一回鸦片,"报复他们""看他们怎样"。你看,在鲁迅的日常生活中居然有如此令人忍俊不禁的戏剧性场面。《两地书》里透露出来的爱情则呈现了另一种可爱的情景。这里既有中年人遭遇爱情的某种惶惑、迟疑和惴惴不安,也有经历失败的旧式婚姻遇到真爱后不禁迸发出来的憧憬和甜蜜的兴奋。在他们的恋爱中，新时代知识女性许广平显然更加率直主动，牵引着两人的爱情；鲁迅大叔虽然似乎有些笨拙被动，但也不免为迟来的恋爱而鼓舞和激动：他期待早一天有人来管教自己吸烟；他给许广平写了一封又一封长长的情书，第一封信刚投出去，第二封又写好了，于是有好几次他直说对不起，许广平可能会一次收到他的两封信；爱情的火焰有时也让鲁迅热血上头，他说恋爱改变人，由于许广平的训示，他近来很沉静而大胆，颓唐的气息全没有了，他大胆宣称不再怕人议论，要跟爱人在一个学校，"偏要同在一校，管他妈的"。鲁迅大叔的热恋和年轻人一样有热度有血性。或者可以说，鲁迅的普通人面向，赋予他的那些精神以及思想符号面向以普遍性，特别是社会实践意义。

在"肉身"凡人鲁迅的人生中，除了诸种非凡的典范性以及至真至纯的性情以外，也有令后人无比痛惜的遗憾。鲁迅在五十又半的壮年，由于慢性疾病离开人世，失去了为中国乃至世界创造更多更辉煌的思想文化财富的机会，令人唏嘘不已。在1920年代中后期，看鲁迅日记可知他的健康状况已经出现异常，他频繁出入医院。某次，医生检查了以后就说了一句话，抽烟太多，喝酒太多，睡觉太少。抽烟太多，一天三十支以上，黄酒喝得太多，锻炼养生不够，健康管理上出现疏忽。鲁迅在上海时的"御用医生"须藤五百三就说，鲁迅不到三十岁就已经基本是满口假牙，牙齿不好又直接影响饮食和消化代谢；长年累月通宵达旦工作的作息习惯也极不利于健康。这一点在读《鲁迅全集》时印象极深。这个问题，换一个角度看，可以说是鲁迅留给后世的一个意味深长的警醒和启示。正如鲁迅教导青年人所说，人在世间，一要生存，二要温饱，三要发展；须大吃牛肉，将自己养胖；要以小本钱换得极大的利息。

倪文尖：潘老师一下给了我们鲁迅另一个面相。最近一二十年确实有一种强调鲁迅"普通人"一面的倾向。这一面很重要，但是如果将这一问题庸俗化就不太好了。

我读这本书的时候，想到了曾经读过数遍的瞿秋白的著名文章——《〈鲁迅杂感选集〉序言》。在看这本传记时，我时不时地想用一些词语来概括鲁迅，觉得瞿秋白当年的概括十分准确。我想把几个词连起来讲，一个是"革命家"，一个是"韧的战斗"，还有一个是"普通人"。

要谈鲁迅是一个"革命家"，还是要接着前面谈及的那个话题——"鲁迅文学的发生"来展开。如何理解鲁迅的"革命者"形象？鲁迅的文学是幸存者的文学，他有一种很强的耻辱感，或者说是赎罪感，这很重要。在当时，真正的革命者已奔赴革命，并且牺牲了。徐锡麟、秋瑾的牺牲构成了鲁迅终生的痛点。鲁迅是一个苟活者，他对这一点有着强烈而自觉的自我意识。鲁迅后来一方面对真正的革命者抱有终生的景仰，然而另一方面对那些拿"革命"来吃饭的人很不以为然，他觉得这是无效的。从某种意义上来说，牺牲也是有意义的，比如陈天华的牺牲唤醒了当时留日的八千名学生。1990年代初看王晓明老师的《无法直面的人生：鲁迅传》时注意到一个细节，那就是当光复会让鲁迅回国去刺杀清廷的某位大员时，鲁迅因为母亲的赡养问题顾虑重重，结果组织最后收回命令，不要他去了。我对这个印象很深，我觉得鲁迅是很自觉地意识到这可能是他的短处，或者说是他作为一个革命者与别人不一样的地方。他是家里的长子，还要养家。我们过去讨论鲁迅的时候不讨论这些世俗的问题，这是不对的。但我也反对完全把鲁迅说成一个世俗的人。鲁迅坚持的是一点一滴地做一些东西，不断地坚持，但并不求速胜。如果让他求速胜，我觉得他当年不会瞻前顾后，就会选择秋瑾的路，那样的话鲁迅也许就变成一个烈士了，这就是第二点"韧的战斗"的来源吧。

第三点是"普通人"。丸尾先生这本书的一个特点是他有时只把材料摆在那里，不做进一步的议论，其中有一些很有意思的细节，我说一个关于辫子的问题。先说我的结论，我认为在革命的问题上，鲁迅与秋瑾之类的革命者相比，他其实取的是一个普通人的态度。这也是鲁迅终其一生的立场，他始终站在普通人的、底层的、弱势的一边，对普通人不那么激烈的生存选择持以理解的态度。再来说书中关于辫子的细节。在晚清辫子其实构成了一个象征。丸尾先生提到，鲁迅在绍兴府中学堂任教时学生中忽然兴起了剪辫子的风潮，学生代表来问他：究竟是有辫子好呢，还是没有辫子好呢？鲁迅的回答是没有辫子好，但他又劝学生们不要剪比较好，并且他自己曾在孔子诞辰纪念日戴上假辫子去祭拜。学生们因此就指责鲁迅"言行不一致"，然后有几个学生就剪掉了辫子。后来，风潮波及绍兴师范学堂，有六名学生也剪了辫子。经鲁迅等人的援手，中学堂的学生好不容易免于处分，但师范学堂的六名学生却遭到退学。从这个事件中可以发现鲁迅其实有一种对普通人的理解，在他的"言行不一致"中，恰恰存在鲁迅一些非常可贵的精神品质。

罗岗：倪老师概括的三点非常好，我认为，关键是如何去理解作为"革命人"的鲁迅与作为"普通人"的鲁迅之间的关系，怎样去把握"鲁迅"与"我们的时代"的关系。也许我们会觉得鲁迅太偏激了，这个时代已经不再需要鲁迅，譬如把鲁迅的《论"费厄泼赖"应该缓行》从中学课本中删去，甚至再选一篇王蒙的《论"费厄泼赖"应该实行》来替代。即使今天要接受鲁迅，也主要是接受一个富有文人趣味、饱含七情六欲的鲁迅，比较有代表性的应该是陈丹青吧，他的《笑谈大先生》主要讲鲁迅怎么好玩儿。实际上，鲁迅之所以在今天依然成为一个不可或缺的形象，重要的还是因为他的另一副面貌，用鲁迅自己的话来说，是"横站"，横着站，既不站这边也不站那边。但"横站"不是"骑墙派"。举个最简单的例子，譬如鲁迅激烈地批判传统的黑暗面，最有名的说法是三千年历史都是吃人的历史，从仁义道德中读出了"吃人"两个字；鲁迅也说过，希望青年人少读甚至不读中国书。可以看出他对传统的批判特别猛烈，以至于美国学者林毓生认为鲁迅是"全盘反传统"。一般来说，反传统的人往往会热切地拥抱现代，可鲁迅不一样，他发现现代也有很多黑暗面，同样需要毫不留情地加以批判。鲁迅既批判传统又批判现代，同时对传统也并非简单地否定，对现代也没有完全粗暴地拒绝，这就是所谓的"横站"。当然，这样的态度是最不讨好的，也是最难坚持的，而这确实构成了鲁迅最难能可贵之处。然而，坚持"横站"，进行"韧的战斗"，是需要强大"心力"的。鲁迅寿命不长，不仅因为生活习惯或疏于锻炼，更重要的原因恐怕是选择

"横站",常常感到心力交瘁。鲁迅常说他心中有"鬼气",不愿意将"鬼气"传给别人,这心中的"鬼气"也和他的"心力憔悴"有关吧。

鲁迅思想最活跃的时期,应该是1920年代中期以后,也就是从北京到厦门再到广州这段时间,因为他遇到了许广平,丸尾先生描述得很精彩:11月30日,在国立女子大学学生代表的欢迎下,鲁迅、许寿裳等人带领(原)女师大的学生们徒步回到石驸马大街的学校主楼。这是他们自8月19日被迫离开校舍,时隔三个月后的凯旋。翌日,师徒合影纪念胜利,鲁迅为照片写了题词。题词融合了"修我甲兵,与子偕行"(《诗经·秦风·无衣》)的诗句。借用目加田诚的翻译,可知意思是"修好战甲兵刃,二人同仇敌忾"。这句话淋漓尽致地表现出鲁迅能与"身外的青春"们一同战斗到底的喜悦之情。无论是反抗外在的黑暗还是抵抗内心的"鬼气","身外的青春"都给予了鲁迅强大的心力。在《两地书》中,鲁迅和许广平不是简单地谈情说爱,鲁迅找到了一个可以诉说自己心灵深处的对象,许广平也不是普通的女性,她以自己的敏感、才情和勇敢与鲁迅进行平等的对话。可以说,在许广平的激发下,鲁迅留下了难能可贵的心迹。丸尾先生认为当时鲁迅确实想要抓住某种"身外的青春",让自己有决心摆脱绝望且怯弱的状态,甚至会想到要过另外一种生活,赚点钱,和许广平去一个没什么人认识他们的地方。我觉得这是鲁迅真实的想法,但实际上他做不到。在1920年代,鲁迅已经是中国最重要的作家,看看《呐喊》《彷徨》的销量,就可以了解到他的影响力。在这个意义上,要给鲁迅进行清晰的定位,那时他已经不是一个普通人,也不可能做一个普通人了。所以,丸尾先生特别指出:"因为许广平向鲁迅展现的,恰恰正是'身外的青春'(《希望》)在自身之外名副其实地独立,是他们凭借自己的选择与决心献出'头颅'的形象。由此,可以在鲁迅身上看到个人与社会、个人与历史之间的深刻关联。"

倪文尖:我想补充一点。鲁迅的确有偏激的一面,比如他对中医的看法。但鲁迅是有大局观的人,他有一个从读书、观察、思考中获得的对中国历史和社会的大判断。秉持大局观至关重要,鲁迅有偏激的地方但并不死缠烂打。回到这本书,丸尾先生写到了鲁迅与传统的关系。我们看到比较多的是鲁迅激烈反传统的一面,但丸尾先生从学术的角度分析了鲁迅与进化论之间的关系,具体的论述十分复杂,在这不再赘述。让我惊讶的是,丸尾先生在1980年代初就强调了鲁迅对传统朴素之民身上那种固有血脉的重视,而这一点国内的鲁迅研究要到1990年代,甚至2000年之后才开始强调。从这里也可以看出一方面鲁迅是反传统的,但另一方面传统中也有他非常看重的东西。鲁迅有大局观并坚守自己的大局观,不为各种利益所动,这是非常不容易的。

四 "辛亥革命"与鲁迅的政治

罗岗:还有两点正好和两位老师的讨论有一点联系。第一点是前面已经涉及的鲁迅与许广平之关系,凡是写鲁迅的传记,这个肯定是被高度关注的。潘老师特别提到《两地书》中有许多有趣的细节,实际上,《两地书》也是打开鲁迅心灵世界的一扇窗户,可以直观地看到鲁迅不太想向人们袒露的某些"心迹"。刚才倪老师也说王晓明老师的《鲁迅传》和丸尾先生的《鲁迅传》有不少相通的地方,其中有一点是共同的,即他们都非常重视《两地书》,并在书中多次引用。丸尾先生的《鲁迅传》有一段我特别喜欢,写到辛亥革命成功了,匆匆从德国留学归来的蔡元培,在新成立的南京临时政府就任教育部部长。许寿裳也赴教育部任职。蔡元培在许寿裳的推荐下聘用鲁迅,鲁迅离开绍兴,只身前往南京。尽管当时政局动荡不安,绍兴的局势已足以让人料到中华民国的命途多舛,但鲁迅仍旧毫不犹豫地为新政府的教育事业尽心竭力。他在后来的一封书信中说道:"说起民元的事来,那时确是光明得多,当时我也在南京教育部,觉得中国将来很有希望。自然,那时恶劣分子固然也有的,然而他总失败。"这里引用的书信是1925年的《两地书》。接着,再有这么一句,丸尾先生写得特别好:"民国元年时,鲁迅三十岁。"没有多余的话,却将"民元革命"和鲁迅生命中最好的时光紧紧联系在一起了。

我记得丸山昇先生的《鲁迅：他的文学与革命》在讨论"辛亥革命及其挫折"时，也引用了《两地书》中的这段话来说明鲁迅对于"辛亥革命"的态度并非完全悲观。由这段话也引出了第二个问题——这个问题可能比较复杂，我想稍微简单地说一下——和倪老师讲到的"革命家"有关系。实际上，"鲁迅"的诞生就与"革命"密切相关，我每次给本科生上课，第一堂课讲鲁迅文学的原点，放映的第一张 PPT 图片是鲁迅日本留学时的照片，照片上鲁迅穿着日本学生装，然后我就问学生，看看这照片上的鲁迅有什么特点，讲到最后，一定要让他们注意鲁迅那时已经把辫子给剪了。剪辫子就是革命党，表示反对清朝统治，鲁迅把辫子剪掉了，表明的是"革命"的态度。刚才讲到八千名留日学生，其实剪辫子的是少数，大多数人就像《藤野先生》开头写的一样，不敢剪辫子，但又不好意思明显地留辫子，就把辫子给盘起来，然后戴上学生帽，帽子高高地举起宛如富士山。剪去辫子的鲁迅一开始就投身革命，他是浙江光复会最早的成员之一，后来光复会并入同盟会，他也成了同盟会最早的成员之一。接下来我又给学生看留日时期鲁迅的另一张照片，这是一张四人的合影，我指着其中一人问学生：知道这是谁吗？他们猜了半天猜不出来，我告诉他们这位是陈仪，鲁迅的绍兴老乡，同样是光复会成员，可以说是民国元老，抗战胜利之后，赴台湾就任台湾行政长官兼警备总司令，在他的任上，发生了对台湾历史影响深远的"二二八事件"。鲁迅的好友许寿裳当时到台湾大学中文系做系主任，后来不幸遇难。许寿裳之所以去台湾，当然和陈仪有关，陈仪、鲁迅和许寿裳他们三人不仅是绍兴老乡，也是留学日本的同学，还是光复会的革命党人。从陈仪民国元老的身份可以看出，鲁迅同样是老资格的革命党人，他一开始就投身革命了。

但鲁迅毕竟没有成为民国元老，虽然他是最早的光复会、同盟会成员，原因就是之前倪老师特别提到的，鲁迅与增田涉说的那么一回事，即他接受了一个暗杀任务后，去问自己的领导，若是暗杀牺牲了，母亲谁来养活？听到这个问题后，领导就不让鲁迅去执行任务了。这事情不知真假，也没有旁证，不过根据当时的状况，革命党人发动"革命"往往有两种形式，一种是发动起义，秋瑾领导大通学堂的师生起义，最后失败牺牲了；另一种则是进行暗杀，徐锡麟暗杀安徽巡抚良弼，虽然成功但最后也牺牲了。鲁迅没有走上革命和牺牲之路，他成了"幸存者"，他的文学成了"赎罪的文学"。无论是"幸存"还是"赎罪"，都是针对"革命"而言的，这意味着鲁迅作为一个革命者，对革命的理解，首先是与辛亥革命紧密联系在一起的，认为革命成功后，中国将充满了希望，自己也愿意投身其中。所以，鲁迅才对许广平说"说起民元的事来，那时确是光明得多……觉得中国将来很有希望"。丸尾先生也注意到，辛亥革命成功之时，鲁迅正好三十岁，正处于大好年华之际。然而，革命成功之后，并没有如他所愿，进入一个希望的国度，鲁迅目睹的是革命的堕落和理想的失落：有些人在革命中牺牲了，成为永远的革命者；有些人本来就是投机分子，借革命来吃"革命饭"；还有些人革命成功之后就镇压革命，甚至自身堕落后也被杀了……譬如鲁迅所熟悉的王金发、陶成章等人。所以，鲁迅产生了一种对"后革命"的警惕和恐惧，他觉得革命成功后往往"故鬼重来"。鲁迅正是从自身的经历出发，延伸到他写作《阿Q正传》《在酒楼上》《孤独者》和《范爱农》等作品，这些作品都在不同程度上描述了"民元革命"本应具有的勃勃生机，却如何逐渐消散失去。在鲁迅那儿，始终有所谓"民国的理想"与"民国的现实"之间的对峙，这两者的关系是他紧张思考的关键。尤其可贵的是，鲁迅没有在抽象的意义上讨论辛亥革命及其挫折，正如他在大家很熟悉的一篇文章《论"费厄泼赖"应该缓行》中所指出的："现在的官僚和土绅士或洋绅士，只要不合自意的，便说是赤化，是共产；民国元年以前稍不同，先是说康［有为］[1]党，后是说革［命］党，甚至于到官里去告密，一面固然在保全自己的尊荣，但也未始没有那时所谓'以人血染红顶子'之意。可是革命终于起来了，一群臭架子的绅士们，便立刻皇皇然若丧家之狗，将小辫子盘在头顶上。革命党也一派新气，——绅士们先前所深恶痛绝的新气，'文明'得可以；

---

[1] 方括号内容为编者所加。

说是'咸与维新'了,我们是不打落水狗的,听凭它们爬上来罢。于是它们爬上来了,伏到民国二年下半年,二次革命的时候,就突出来帮着袁世凯咬死了许多革命人,中国又一天一天沉入黑暗里,一直到现在,遗老不必说,连遗少也还是那么多。这就因为先烈的好心,对于鬼蜮的慈悲,使它们繁殖起来,而此后的明白青年,为反抗黑暗计,也就要花费更多更多的气力和生命。"这篇文章从表面上看,似乎是针对现代评论派和女师大风潮,但在更深层次上却总结了"民元革命"的经验和教训,引申出为什么要"痛打落水狗":"我们是不打落水狗的,听凭它们爬上来罢。于是它们爬上来了,伏到民国二年下半年,二次革命的时候,就突出来帮着袁世凯咬死了许多革命人,中国又一天一天沉入黑暗里,一直到现在……"在《两地书》中,鲁迅同样重申了类似的看法,"国民党有力时,对于异党宽容大量,而他们一有力,则对于民党之压迫陷害,无所不至,但民党复起时,却又忘却了,这时他们自然也将故态隐藏起来。上午和兼士谈天,他也很以为然,希望我以此提醒众人,但我现在没有机会,待与什么言论机关有关系时再说罢"(1926年10月20日,鲁迅致许广平)。因此,鲁迅提倡"痛打落水狗",并非仅仅限于"费厄泼赖"应该缓行,而是来自"民元革命"以来各种各样血的教训,如果革命不彻底,那些未被革命镇压的坏人总要秋后算账,反戈一击,革命重新要付出血的代价。丸尾先生进一步指出:"因为官阶最高的一品官官帽上会用赤色珠玉做'顶珠',所以'以人血染红顶子'意指以告密作为出人头地的手段,遗老是指前朝的遗臣,而遗少是鲁迅新造的词语,指那些无心进取、思想仿佛遗老的年轻人。紧接着,鲁迅提到被杀的秋瑾和王金发。正如他自己所说的,'这虽然不是我的血所写,却是见了我的同辈和比我年幼的青年们的血而写的'(《写在〈坟〉后面》,1926)。从这篇文章中,可以看出鲁迅已然觉醒的现实主义,以及目睹许多流血后内心郁积的悲愤。"

  围绕"痛打落水狗"的讨论,实际上涉及近年鲁迅研究界争议颇多的一个问题:什么是鲁迅的政治?不少研究者认为鲁迅看到"革命后"往往"故鬼重来",因而对革命感到幻灭,甚至对革命产生警惕。鲁迅对革命确实有重蹈覆辙的警醒,《阿Q正传》对辛亥革命的描写就是一个明证。但是,鲁迅是从革命的进程中去理解革命的后果,还是从革命中超脱出来静观革命的遗产,这是两种对鲁迅政治完全不同的理解。假如静观革命的遗产,鲁迅当然可以保持超然的态度,认为革命就是循环往复,进而将革命相对化,甚至质疑革命本身的合理性,从而与革命保持相应的距离,进而还可以把上海时期鲁迅与左翼阵营的离合结合进来,以凸显他作为知识分子的独立性。然而,这种将"革命"与"知识分子"二元对立起来的思路,根本无法清楚地解释鲁迅从血的教训中得出的对革命的深入思考——"这虽然不是我的血所写,却是见了我的同辈和比我年幼的青年们的血而写的"——更何况,这一思考从"民元革命"开始,可以说贯穿鲁迅的一生。

按照丸尾先生的《鲁迅传》,广州时期应该是理解何为鲁迅政治的一个关键,鲁迅为什么要选择从北京南下?除了因为爱情——当时关于他和许广平的关系,的确有很多流言蜚语,所以鲁迅要离开北京——更重要的是因为南方带来了"革命"的新希望。1924年国民党改组之后,提出了"联俄、联共、扶助农工"三大政策,鲁迅认为这是第二次"民元革命",在"民国的理想"和"民国的现实"之间,鲁迅再次选择了"理想"。"说起民元的事来,那时确是光明得多……觉得中国将来很有希望",此时此刻说起"民元的希望",投射的也有可能是鲁迅寄托于"大革命"的"新希望"。但是,到了广州以后,鲁迅同样需要面临"大革命失败"的问题。我们都知道,1927年在上海发生了四一二反革命政变,鲁迅正是在"政变"的前两天,即4月10号写下了一篇文章——这篇文章是1975年"文革"时期作为鲁迅的佚文被发现的,文章的题目叫《庆祝沪宁克复的那一边》——在这篇文章中,鲁迅直接引用了列宁的话:"第一要事是,不要因胜利而使脑筋昏乱,自高自满;第二要事是,要巩固我们的胜利,使他长久是属于我们的;第三要事是,准备消灭敌人,因为现在敌人只是被征服了,而距消灭的程度还远得很。"很显然,鲁迅认为列宁的话与他"痛打落水狗"的逻辑是相通的,即革命不能对敌人仁慈,否则就要付出血的代价,"中国革命者的屡屡挫折,我以为就因为忽略了这一点。小有胜利，便陶醉在凯歌中，肌肉松懈，忘却进击了，于是敌人便又乘隙而起"。所以，鲁迅再次强调："前年，我作了一篇短文，主张'落水狗'还是非打不可，就有老实人以为苛酷，太欠大度和宽容；况且我以此施之人，人又以报诸我，报施将永无了结的时候。但是，外国我不知，在中国，历来的胜利者，有谁不苛酷的呢。取近例，则如清初的几个皇帝，民国二年后的袁世凯，对于异己者何尝不赶尽杀绝。"而且，鲁迅进一步在革命的进程中，继续反思了革命有可能失败的后果："庆祝，讴歌，陶醉着革命的人们多，好自然是好的，但有时也会使革命精神转成浮滑。革命的势力一扩大，革命的人们一定会多起来〔中略〕革命也是如此的，坚苦的进击者向前进行，遗下广大的已经革命的地方，使我们可以放心歌呼，也显出革命者的色彩，其实和革命毫不相干。这样的人们一多，革命的精神反而会从浮滑，稀薄，以至于消亡，再下去是复旧。"正是在革命似乎取得了胜利的时候，革命精神反而可能"浮滑，稀薄，以至于消亡"，"再下去是复旧"，由此，革命之后才会"故鬼重来""重蹈覆辙"，这是"革命"包含于自身的深刻危机，"广东是革命的策源地，因此也先成为革命的后方，因此也先有上面所说的危机"。这一对革命后果和危机的深刻理解，离不开鲁迅对辛亥革命以降一系列革命及其挫折的总结。正是从这一富有历史感的观察出发，造成"革命"危机的不是往复的循环，恰恰是因为革命不彻底，没有成为"永远的革命者"，所以难以打破"故鬼重来"的循环。革命的进程需要召唤一种彻底的、"不断革命"的精神，进而构成一种新的"革命政治"的视野。正是伴随"大革命失败"血的教训，鲁迅越来越清醒地认识到："现在倘再发那些四平八稳的'救救孩子'似的议论，连我自己听去，也觉得空空洞洞了。"（《答有恒先生》，1927年）在告别"五四"的自觉中，新的"阶级政治"的视野逐渐浮现出来了。

时间：2021年9月24日
地点：上海上生新所茑屋书店

《鲁迅的都市漫游：东亚视域中的鲁迅言说》译后记

本书的日文原著《鲁迅：活在东亚的文学》(2011)，系岩波书店于1938年创刊的文库本"岩波新书"之第1299册（种）。作者藤井省三，毕业于东京大学文学部，攻读研究生期间曾作为中日恢复邦交后第一批中国政府奖学金学生赴复旦大学留学，结束学业后历任东京大学助教、樱美林大学副教授、东京大学教授，此外还曾作为海外名师和特聘教授任教中国人民大学及南京大学，现为名古屋外国语大学特任教授，专攻中国现代文学及鲁迅研究等，有著述多种，其中不少被译为中文出版或发表，在中国学界亦有较大影响。

本书译成中文后字数不过十万稍多，算是一本中小型的鲁迅评传。尽管书的篇幅规模不大，但在资料文献的使用和呈现，视角、方法及整体框架的筑构，有关鲁迅及其文学的认知和阐释等方面，都有独特的理解和发现，对读者来说，阅读本书一定会在不同向度获得新鲜的刺激和启发。对原著作者而言，其鲁迅研究乃是一种职业性的外国文学研究，理所当然的，其研究对象的母国——中国的鲁迅研究，无论是庞大的资料文献，还是看家领域的诸多研究积累，对作者的支撑和牵引自不待言。但同时，本书又绝非鲁迅的"母国"之鲁迅言说的单纯复述和代言。阅读体验和思考言说的个体性、个体体验的多样性、知识创造活动的创新欲望等诸种因素，无不体现在本书叙事论述的始终。对于作者的某些叙述或判断，读者或许有不同的理解，但透过全书的言说脉络，分明可以感受到蕴含于字里行间的对鲁迅的敬重，以及通过鲁迅照射个人与民族、透视传统与近代、考察东亚文化及现代化主题的努力。

鲁迅的东亚都市"遍历"——南京、东京、仙台、北京、上海，是作者鲁迅传记叙事中显示时空坐标的中心视角，同时也是鲁迅终生在都市空间中辗转移动，不断探索创构文学和文化空间的关键词。作者以跨文化、跨国家的视点，关注20世纪初东亚国家注目欧美新潮、孜孜以求建设现代国民国家的大时代背景与鲁迅个人实践的内在一致性，把握鲁迅的文学实践与现代中国时代母题的契合。出自文学又超越文学，从鲁迅的文学实践透视近现代中国的历史进程，本书的这一处理视角显然是独到而有效的。本书的另一个重要视角——鲁迅的日本乃至东亚接受，既是比较文学研究的一个实践操作，也是东亚都市遍历视角的深化和拓展。近现代东亚的历史使命导引了东亚的精神、思想和文化的流动方向，鲁迅的文学实践一直都是这个潮流中最活跃、最有区域性影响的部分。鲁迅文学成为东亚"现代经典"的逻辑根据便在这里。明确表述和呈现这一"事实"，无疑是本书的一个贡献，这些探索再一次证明了从域外看中国、从域外发现"鲁迅"的必要性和有效性。

书中的个案叙事也或有独到发现，或有思想探索，给译者留下深刻印象。"鲁迅体验谈"披露作者少年时代如何被《故乡》拨动心弦，在成长成熟之中不得不面对"故乡丧失"的寂寞哀愁，呈现了跨文化背景下读者接近鲁迅文学的共振点；《故乡》对俄国契诃夫《省会》的创造性模仿之省察，提示我们文学研究离不开对历史场域的把握，忽视思想发生的互文性和时代的共同框架，肆意强制阐释文本的结果往往背离科学和学术；《彷徨》"赎罪"主题以及现代性省察的论述，从日常生活体验和哲学层面重读作品，也很耐人寻味；在日本及东亚的鲁迅译介接受部分，作者呈示了诸多新鲜资料，如岩波版《鲁迅选集》及其主要编译者佐藤春夫在东亚鲁迅传播史上的重要地位，展示了战前东亚鲁迅传播中日本路线的样态，其中的细节资料尤其值得关注；对竹内好之鲁迅研究的反思也令人深思，"竹内鲁迅"的独特言说依托着特殊的时代情境，其中的政治和意识形态因素以及作者的内在理路，需要慎重梳理鉴别和长时段的历史考量；而韩国及中国台湾的鲁迅接受与日本的诸种关联，以及竹内好的鲁迅文学日文翻译问题，也由作者首次正面提及，而这些问题显然都有继续进行思考探索的必要。如此等等，不一而足。

作为从事鲁迅研究以及中日比较文学研究的同行，译者曾拜读过藤井省三教授的许多著述，所受教益颇多。现在回想起来，第一次见到藤井教授确乎是差不多近三十年前的某个冬日的下午。遵照丸山昇教授在信中指示的时间和地点，译者从当时供职的北京五道口某学院来到藤井教授下榻的北大勺园宾馆，见到了这位白皙净朗的日本学者，还有他的一双可爱的儿女。想不到三十年后，因为新星出版社的邀约，有了现在这样一个际遇，令人慨叹人生流转不可思议，更为这受惠于鲁迅的缘分而深感喜悦。只是，处理语言文字这件工作，尤其是翻译一事从不会有所谓的完美，本书自然也不可能例外，对于译文的是非优劣，还要请方家识者不吝批评指正。

是为记。

2019 年 8 月 28 日于日本九州

《日语源语视域下的鲁迅翻译研究》序

　　1913年，鲁迅以"周逴"的笔名在《小说月报》第四卷第一号上发表了文言小说《怀旧》。杂志主编恽铁樵在小说中做了10处共计89字的评点，在小说最后又附上了约3行57字的"焦木附志"。一般认为这是最早记录和评价鲁迅文艺活动的文字。也有学者认为，鲁迅于1918年以小说《狂人日记》和随感录开启其新文学事业，故"鲁迅研究学术史应当以《狂人日记》和随感录的最早反响和评论作为开端"（《鲁迅学术史概述》，见《鲁迅研究学术资料汇编1》，中国文联出版公司，1985年），即1919年2月《新潮》杂志第一卷第二号署名"记者"（傅斯年）的《书报介绍》。该文中有如下推介《狂人日记》的字句："就文章而论，唐俟君的《狂人日记》用写实笔法，达寄托的（Symboligm）旨趣，诚然是中国近来第一篇好小说。"然而，以世界范围而言，最早的鲁迅评介并不在中国，而是出现于我们的东邻日本。1909年5月1日，也就是鲁迅结束留日回国的四个月前，在评论家、哲学家三宅雪岭主编的半月刊《日本及日本人》第508号的《文艺杂事》记事中，有如下记述："在日本，有很多人购买欧洲小说阅读，虽然未必一定是受此影响，但来自中国的青年们也渐渐开始读起来。现有居住于本乡、年约二十五六岁之周姓中国兄弟，饱读英德两语的泰西作品，他们计划在东京出版印刷定价三十钱的《域外小说集》，并销往中国，现已出版了第一册。译文当然是汉语。中国留学生们一般喜欢阅读俄国那种具有革命性和虚无性的作品，接下来是德国和波兰等国的作品，而唯独不太关心法国作品。"（引用者译）至少在目前，这条记事当是已知的全世界最早介绍周氏兄弟的公共媒体文字。最早发现并向学界披露这则记事的，是中国学者熟悉的日本鲁迅研究者藤井省三教授。

从1909年到2019年，广义上的鲁迅研究已经拥有110年之久的历史。由于众所周知的诸种原因，鲁迅研究早已成为超越单纯文学而深刻介入各种社会性、政治性话语体系的公共议题，代代相继、循环不断的再生产，使鲁迅研究成为积累体量及研究阵容庞大，同时实质性创新突破愈来愈艰难的研究领地之一。在鲁迅研究的整体格局中，比起文学家、思想家或知识者鲁迅，翻译家鲁迅及其翻译作品研究是大家公认的薄弱板块。这理由单纯明了：既然是翻译，就必然以两种（或以上的）语言体系及其关涉的综合性背景知识为起点，直接面对两种完全不同的语言文本本身及其复杂的转换互动关系，"归宿语"（目的语）与"出发语"（源语）一体两面的不可分割及其技术性特质，使得单一母语文本（译文文本）阐释的"自由"受到制约，尤其是形而上的思辨的想象叙事空间，要随时面对翻译特有的"外语—汉语"结构及其派生的系统知识的质疑，研究者的语言能力结构和知识结构成为翻译研究不可或缺的条件。可以说，鲁迅翻译研究滞后的一个主要原因，在于鲁迅研究者自身存在必须弥补之短板，即理解把握鲁迅翻译作品外语源语的能力问题。鲁迅翻译作品的绝大部分（包括直译和转译）——约80%左右译自日语文本，鉴于国内外语教育的现实，对于一般的鲁迅研究者来说，理解和处理日语源语文本显然面临很多实际困难。

曾有研究者就鲁迅翻译研究发表过直接明快触及问题实质的见解，本人对此深有同感，现摘录于此：鲁迅翻译理论研究的很多成果"都是属于'述学'性质的，即是对鲁迅翻译理论的介绍"，"比较抽象、空泛、缺乏深度，既没有联系鲁迅翻译实践的实证研究，又不能由此辐射到鲁迅的文学创作以及整个中国现代文学创作。在翻译观上也没有什么大的突破"，"不能真正理解并阐发鲁迅翻译理论的特别之处，对于鲁迅翻译理论所存在的局限也缺乏发现"。至于作为"本体"研究的鲁迅翻译作品研究则"最为薄弱"。"鲁迅的翻译在鲁迅文学活动中具有重要的地位，对于鲁迅本人乃至整个中国现代文学都具有深刻的影响，这是简单的事实，我们现在需要的不是继续确认和论证这一简单的事实，而是对鲁迅的翻译进行具体的研究，研究外国文学是如何在翻译过程中对鲁迅发生影响的以及这种影响是如何实现的。把鲁迅所翻译的译本和原本以及转译本进行对读，我们可以说这是基础性的工作，但鲁迅翻译文学研究现在最需要的就是这种实证性、基础性的研究。"（高玉：《近80年鲁迅文学翻译研究检讨》，《社会科学研究》2007年第3期）可以说，上述看法既真切反映了文章作者深感忧虑的鲁迅翻译研究现状，同时又敏锐触及了现实问题的要害所在。

面对鲁迅翻译研究的现状，尤其是鲁迅翻译研究中"源语"的长久缺席，陈红的这本书可谓来得正当其时。作为一位年轻的日语专业教师，同时也作为一个开始尝试学习并研究鲁迅的青年学者，本书作者首次在鲁迅翻译的主要源语——日语的视域下，对鲁迅日文翻译的诸问题进行系统考察，完成了一次富有意义的跨界实践，为拓展鲁迅翻译研究做出了可贵的探索。打一个通俗的比方，如果说以往的同类研究基本是用"汉语"这个单一视角去对垒"日语+汉语"结构的"鲁迅翻译"，那么本书则是以"日语+汉语"的两重视角自然平衡地对应和观照"鲁迅翻译"的两个内在系统，不再只用一条腿跳跃。于是，透过"日语源语"的视角系统，原来一直被遮蔽的盲区风景由此呈现在人们眼前。

作者毕业后一直从事高校日语教学和研究，既是日语达人，对日本社会文化也有很多深入了解，在本书课题研究的过程中，作者曾专程赴日访学半年，利用置身日本语境的有利条件，发掘搜集研读了很多重要的日文资料，进而在日语源语视域中对鲁迅翻译的一系列问题进行了系统考察，显示出本书不同于以往研究的鲜明特色。本书开篇考察的是鲁迅日语水平究竟如何这样一个令人深感兴趣的问题。以往研究者们大抵以鲁迅"精通"日语之类抽象笼统地指称鲁迅的日语，或者引用内山完造或松本龟次郎等日本人士的回忆一言以蔽之。本书以鲁迅用日语写作完成的作品和鲁迅的日文翻译作品为考察材料，从词汇、语法、文句、篇章的不同层面，对源语本和汉译本进行逐一统计、比较和考察，呈现了鲁迅在日语表述和日语理解两个方面的能力、形态、结构，改变了过去那种缺乏根据、暧昧含糊的感觉式叙说。同样，在翻译本体层面，作者通过两套文本的精密比较，确认了留日时期鲁迅的翻译与晚清翻译家相近，即都有"意译"的特点，但鲁迅同时又多了一些直译精神。对于历来为人们议论乃至诟病的"直译""硬译"问题，作者从严格的翻译视角出发，确认鲁迅的翻译整体上以词汇为主要翻译单位，尤其处理日语原文长修饰语表达时，以词汇为单位进行双语转换，以图保留原文语势，形成译文词汇按原文次序排列但却缺乏语义关联的"硬译"形态。这些翻译专业视角的具体分析呈现了鲁迅翻译的语言文体结构，具有有效性和说服力。在同一路径上，作者对"鲁迅直译观与日本语境"关系的探讨也非常具有启发意义。作者提出有两个关键因素——一个是日语本身的语言特性（汉文训读法和汉日语序的相似性），另一个是鲁迅留学的明治时代所流行的直译风潮（特别是文体形式的直译）——直接制约影响了鲁迅的翻译观念和翻译实践。可以毫不夸张地说，如果搞不清楚这两个因素，那么关于鲁迅翻译的叙说都不免是隔靴搔痒的空泛议论。在另外两个有关"鲁迅翻译作品的日语源本"和"鲁迅翻译作品序跋来源"的专章中，作者通过大量源语资料调查，整理确认了日语源本的各种信息，为学界提供了重要的基础性资料和"事实"。对于"鲁迅翻译作品序跋"，过去人们往往并不区分自主写作与借用的差异，简单地将这些序跋视为鲁迅自己的创作，但实际上事实并非如此。作者的考察证明，鲁迅使用的日语源本所附序跋其实是鲁迅写作翻译作品序跋的重要材源。这个问题的重要性在于，面对事实问题，耐心实在地弄清楚事实形态结构以及来龙去脉，是所有评说判断实践链条的逻辑起点。有了这个前提，才会有后续的符合事实的合理阐释和评价。

作为一个青年学者的探索性研究实践，本书当然也存在一些不足和遗憾。在对鲁迅整体世界的全面把握和深入理解之下，论证论述如何更加缜密、充分、富有张力，如何在完成翻译这个兼具"思想性""技术性"议题考察操作的同时，获得新的知识和新的理论发现等，确乎尚有不少需要提升的空间。但无论如何，在"日语源语"和"日本语境"的视域下尝试系统探讨鲁迅的翻译问题，无异于为鲁迅翻译研究打开了另一扇窗口，新的视线视野、新的风景可以由此而呈现、延伸和扩展。在这个意义上，本书的探索富有学术价值，值得给予充分肯定和关注。

最后，还需赘言几句。本书系陈红博士根据其学位论文增补修订而成，故本篇序言的执笔者原本应该是作者的导师，也是我的同事华东师范大学外语学院高宁教授。但不巧高宁教授健康出现状况，遂由我代笔完成。所幸"鲁迅与日本"恰好是我多年关注和研究的课题，我亦参加过陈红博士学位论文的评阅和答辩，深知其工作之意义所在，极愿意把它推介给学界和诸位读者，并衷心期待她的下一阶段研究可以有进一步的深化和飞跃。我想这应该也是高宁教授的心愿。

是为代序。

2019年6月26日于上海闵行樱桃河畔

"鲁迅与日本"研究的开拓者
——柏青恩师追忆

硕士毕业离开长春后,曾经很久未与柏青师联系。原因说起来也并不复杂。青年懵懂,对世事对人情,对貌似平常之至的师生相处,对每每发生在身边的大小关切以及离别的沧桑意义,都还没有多少体味和理解。人生刚刚起步,想不清理还乱的纷然头绪,让人每天跟着各种各样的困惑挫折跌跌撞撞,没有多少余裕去回味咀嚼平淡日常中的温煦与慈祥,于是有的时候它们就像一缕一缕轻风,没有理会和回响,飘然而来,又飘然而过。这说不上是非对错,更多的,或许还是时代的局促,人生体验的浅薄,某种意义上也是漫漫人生中的必然经历。虽然我相信一定也有例外(但我确实不属于那例外)。今天想起来,会觉得有些压抑,觉得遗憾,暗自悔恨人生许多事若能重来一遍一切都会不同。但这终究是无法做到的。

1989 年夏天,老师和师兄要去日本关西访学。他们从北国来到位于北京五道口我所供职的那所学校办理出国手续,这应该是毕业三年后我第一次再见老师。我已记不清是否在我栖身的 12 楼(筒子楼)和老师以及师兄一起吃过便饭。不过这已无关紧要。第一次见老师染黑了头发,人显得年轻了许多。那时刚刚有过激烈的政治动荡,老师自然很关切我的情况,一再叮嘱我要谨言慎行。也是那时候,我第一次见到了同样做过老师学生的社科院文学所的马良春先生。在我们系的办公室里,正巧阎纯德主任也在。见到两位大先生师徒温厚平和、亲人般地握手,由衷地微笑,寒暄交谈里没有一丝多余和客套,让看着的晚辈如沐春风。

一年后,柏青师归国。照例在北京落地,先来我校办理一些例行的回国手续。这次我记得很清楚。还是 12 楼我的那个 14 平方米的宿舍,我和太太为老师接风，就职于中国人民大学的京华师弟也专程赶来和我们一起迎接老师。我们兴高采烈地听老师讲述一年的日本见闻。谈话的具体内容早已让岁月冲刷得支离破碎，唯有一串从前便听老师聊过的日本中国文学专家教授的名字留在记忆中。大概有丸山昇、伊藤虎丸、木山英雄、丸尾常喜、相浦杲、山田敬三等等。在那个特定的时代大潮里，我和京华师弟正在策划和实施赴日留学事宜。老师仔仔细细地叮嘱我们出国前要做哪些准备，到日本后应该注意些什么。还特意送给我和京华一些硬币，以备初到日本使用。蒙老师斡旋，我最初本打算去鲁迅研究家、东大丸山昇教授那里深造，留学材料中必需的推荐信自然也出自老师之手。结果计划赶不上变化，最终我没有走进东京大学的"赤门"，而在三年后跑到了日本本土最南端的鹿儿岛——昔时大名鼎鼎的萨摩藩。此刻我面前的案头上就放着一直保存着的老师写给我的推荐信。看着老师那既熟悉又陌生的字迹，脑海里浮现出老师的音容笑貌，仿佛比任何时候都更切近地感受到老师的慈爱和温暖。

  世圣：随信寄上推荐书一纸，不知是否符合要求。世上万事都有两个方面：好与不好，有利与不利。即如你去日本，也是这样。我们只能发挥主观能动性，减少不利的方面。去国离乡决非易事，克服诸多困难，是可想而知的。万望百倍努力，学成归国，报效抚育之恩。在异国，也应谦虚谨慎，诚实热情，这样才能真正交上几个亲华的朋友。深望好自为之。临行前，一定事情很多，不必绕道来看我们。他年学成，满载而归时，那时再在欢乐的气氛中再见面吧。

三十多年后的今天，再次吟味老师的信，字字句句平凡朴实，穿越漫长的时空，在我的内心深处回荡。字里行间，透露着一位信仰坚守者的原则，自律收敛的柔性气力，还有谦谦君子温情的矜持。但年轻时节还不太懂这些。

大学毕业前夕，恰在辽宁鞍山师范学校参加毕业教学实习。某日，我和冬木兄突然接到吉林大学研究生面试通知。兄弟两人既欢喜又有些忐忑不安，收拾行囊匆匆赶回长春。当晚，留宿冬木兄父母家搅扰，翌日一早赶赴外语楼参加面试。对面的老师中，除了柏青师、中树师之外，依稀记得还有金训敏、李凤吾等诸位先生。老师们提的问题都很平和，充满善意。印象深的，是被问到了一个左翼文学的问题。回答的，确乎是不好不坏，稀松平常，但终于有幸成为老师的开门弟子，忝列四兄弟之末。修学期间，除柏青、中树两位导师外，金训敏、李凤吾、郝长海诸师都为我们开过课，给予我们各不相同的教诲与熏陶。在学术人生的层面上，柏青师的中日文学关系（鲁迅与日本文学）研究长久启示和影响了几个师兄弟后来的学术方向和路径。记得柏青师的"鲁迅与日本文学"课是在外语楼上课，除了本专业同学之外，日本语言文学以及日本研究专业的研究生都来听过老师的课。在那个渴望了解外部世界的年代，作为国内最早的中日比较文学研究开拓者之一，柏青师的研究和教学对青年学子的启迪影响，已不限于文学和学术，而有了启蒙年轻学子认知世界、反观自我的意义。对我个人来说，赴日留学之后的许多年里，苦心经营的博士学位论文，一直受益于柏青师当年阐发的几个基本框架。读书期间我们有幸在1980年代中期便接触到日本学者的日文原著，这也是来自柏青师的惠泽。稍后才知道，那些当时在国内很难读到的学术书籍，是老师赴日访学时带回来的。其中有日本学者赠送的，更有老师用有限的出访费用购置的。回国后，老师将这些书籍一并寄赠给中文系资料室，于是师生们便有缘接触日本学界的最新研究成果。我们几位弟子成为最早的一批受惠者。

十年前，我结束滞留日本的生活，回国来到上海教书。在经历了最初几年的忙乱和摸索之后，我鼓起勇气给柏青师打电话问候并汇报自己这许多年的状况。很久很久没有跟老师联系，没有听到过老师的声音，想到老师已是年逾八旬的高龄，心里有些隐隐不安，不知道接下来会是怎样的情景。拿起电话，听到远方传来老师的声音，我一瞬间放下心来。那是一如既往熟悉的老师的声音。除了语速较先前略显缓慢之外，一如从前。老师的头脑依旧清晰而条理井然。老师清楚地记得我们已有二十几年没有见面，问我近况。当我向老师表达疏于问候的歉意，老师的一席话让我懂得，他是在以长者的仁厚和阅历体谅并包容我常年漂泊不定的境遇，包括我的疏忽和失礼。老师问到我的家庭情况，最后带有一丝伤感地说自己老了，剩下的日子不多，希望有机会见到学生们，特别是我们几个开门弟子。人过中年,我懂得老师的伤感,懂得那里面包含的万千滋味。

  2014年初夏,我来到长春,丛林兄带路,时隔多年去看望老师。当我和老师的手紧紧握在一起时,或许是脑子里太多的记忆和感慨混融碰撞,刹那间意识里竟然出现了一片迷蒙的空白。岁月在老师、在我、在每个人的脸上都留下痕迹。透过这些,我们用记忆和想象,用语言和内心的感应迅速填埋着时间的空白地带。老师有眼疾,视力不如从前。我坐在老师对面,老师说他看得出我穿的是黑色的裤子。听了这话,我不禁于重逢的喜悦中又有一丝悲凉。但无论如何,老师以九十高龄,依旧思维敏捷、言辞清晰,欢谈之余,提醒我们注意时间,不要耽误了会议的晚餐。告别时,老师在侄女的搀扶下,执意送我们到门口。令人欣慰的是,半年之后,我们几个师兄弟再次欢聚母校。这次第一届的四兄弟除冬木兄远在日本缺席,长春、武汉、上海的三个来了;第二届的京华有过多次聚首,而南国广州的列耀则是久别重逢,还有老师以及大家的老朋友(虽然我是第一次见面)、身居西安的著名学者赵学勇老师。这么多弟子来看望老师,老师很开心,愉快的会话在数十年、天南地北这样的巨大的时空跨度中穿梭往来,但却没有任何阻隔。老师的状态极好,无论是记忆的精确,思维的敏捷,还是言语逻辑的清晰,都不输于年龄相差三四十岁的弟子们。大家欢天喜地。我们和老师率性谈笑,一个个、一组组地拍照留念,恍然之间,仿佛回到了简单、朴素、纯粹、意气风发的学生时代。后来,无论在何时何地,只要想起在老师府上的那一段时光和那一片情景,内心深处都会涌起温暖与祥和。

  2016年4月15日,以九三仁寿,柏青师告别了这个世界,告别了所有爱戴他,敬重他,将他视为达到了看似平凡但却难以企及的境界的人。16日收到丛林兄的通知,翌日匆匆飞到长春,参加追悼会,向老师做最后的告别。1983年得入老师门下结下师生情缘,倏忽三十三个春秋。想到今生今世从此再不能与老师相见,不由得一阵虚空和悲凉。

2016年11月18日于上海

回忆丸山昇先生

回国来到上海任教已匆匆数载,近期因为迁居,开始陆陆续续整理个人藏书和其他零散资料。有几个已有许多年没有打开过的纸箱。拂去灰尘,撕开胶带,第一眼看到的便是十六册的1981年版《鲁迅全集》。于是早已模糊不清的记忆竟在一瞬间复活于眼前。继续翻检下去,是一叠三十年前的信件,其中数封来自丸山昇先生。看着信封上熟悉的蓝色墨迹,脑海里浮现出先生温厚而刚毅的面容。

2007年寒假,去日本后看到丸山夫人松子女士早些时候寄来的明信片,得知先生已于2006年11月26日因病逝世,不禁万分惊诧。作为一个晚辈后学,尤其是得到过先生指点和关照的异国学子,理应以郑重方式表达对先生的哀悼和怀念。但我得到消息时,先生已逝世数月,而我与先生的家人又并无过从。就这样,在迟疑彷徨中,迎来了回国返校的日子。从此,我内心深处多了一个遗憾,一个无法了却的伤感心结。

1985年,我和靳丛林、许祖华、李冬木三位师兄正在吉林大学刘柏青、刘中树两先生麾下攻读硕士研究生。其间柏青师去日本访学,带回不少日本学者研究中国文学的文献资料。承蒙柏青师教诲,也得益于那批日文资料文献,我们知晓了鲁迅研究家丸山昇等一众日本学者的名字,了解到日本学界的一些信息,开始关注日本的中国文学研究。柏青师回国后,相继请来大阪外国语大学相浦杲教授、东京女子大学伊藤虎丸教授和神户大学山田敬三教授等来长春讲学,兄弟几人有机会近距离接触到日本学者。当时正是风行出国留学的年代,加之我们开始接触到一些中日文学比较研究,于是尽管日语还是短板,但内心里却蠢蠢欲动，一边拼命想着书本上看来的鲁迅、郭沫若、郁达夫这些文豪的留日经历，一边不着边际地遐想自己未来留学日本的图景。

1989年，柏青师携靳丛林师兄往日本关西访学，那时已在北京工作三年的我，伺机向老师表达了希望有机会去日本留学的愿望。柏青师一向对弟子们慈爱有加，赴日后向时任东京大学文学部教授的丸山先生询问过有关情况。回国后，特意安排我翻译了丸山先生发表不久的新作《汪晖〈鲁迅研究的历史批判〉寄语——读后感二三》（拙译后刊于《上海鲁迅研究》1991年第1期）。在柏青师的推荐介绍下，我开始与丸山先生通信联系。

记得那段日子有过多次书函往来，商谈请教留学的具体事宜。当时读博士有一些规定上的限制，丸山先生建议我先去做东京大学"客员研究员"。时逢先生即将从东京大学退休，转赴私立樱美林大学任教，遂特意把后续事宜托付给继任藤井省三先生。借此机缘，我曾按照丸山先生的指示，于1991年年末到北大勺园宾馆拜见来北大访学的藤井先生（感谢藤井先生教示拜会日期）。后来，一切手续办妥，只待出发东渡日本的时候，我却因为身体原因一时住进医院，于是所有计划都化为泡影。因为这个变故，丸山先生以及其他几位师长友人的好意帮忙无果而终，至今想起来仍深感遗憾，满心愧疚。

两三年后，我有幸获得日本文部省奖学金，以日本国费留学生的身份来到位于日本本土最南端的鹿儿岛大学，在美丽的锦江湾畔开始了梦想已久的留日生活。我的导师石田教授专攻日本近代文学，尤以坪内逍遥研究闻名。在导师的支持和指导下，我选择鲁迅与夏目漱石的比较研究作为硕士论文的课题。这样一来就需要格外关注日本学者的鲁迅研究。那一时期我经常写信向丸山先生请教问题。请教的具体内容已经记不清，但印象中每次一定会收到先生的回复，简洁扼要地解答我的疑问。从那时起，我渐渐领略到先生的细微、认真、毫无虚饰、温良宽厚但又无时不在的学者的正直凛然。

硕士快要读完的时候，遇到了一个棘手的问题。我留学的专业当时还没有博士课程，要继续读书就只有出走其他大学。我首先想到了东京大学。我向先生请教，先生立即回信，介绍我和当时正在东京大学攻读博士学位的董炳月兄联系。参考炳月兄提供的信息，我决定还是就近投考九州大学，继续学习日本文学。不过考试结果难以预测，需要有一个备用方案。我便又与丸山先生联系。先生非常理解我们的处境，爽快地答应我可以参加他的博士研究生考试，同时又帮助安排了妻子读书的问题。先生说如果来东京求学，你们从国费留学生变成自费留学生，生活处境会变得艰难，要有心理准备。不久，先生来信，告知为我们联系好了一份中文兼课教师的工作。先生的好意关怀让我由衷地感到温暖和激励。后来的结果，是我顺利考取了九州大学的博士课程。经过一番纠结之后，最终还是决定留在九州，又一次愧对了先生。先生的回信非常淡然，嘱咐我不必介意，一再鼓励我珍惜这个机会，潜心学业和研究。

进入博士学位论文撰写阶段之后，与先生的联系逐渐多了起来。我曾就论文的构想请教先生，偶尔有些罕见资料找起来比较困难，比如先生他们在1950年代和1960年代出版的油印刊物《鲁迅之友》等等，无奈时也为此打扰过先生，每一次先生总是以鼓励提携后学的仁爱之心给予无微不至的指点和帮助。学位论文的前半，主要考察留日时期鲁迅与日本明治时代的关联。起因之一是对神话鲁迅以及肆意过度阐释倾向的困惑和怀疑。想尝试通过具体的考察工作，弄清青年鲁迅所处的思想文化语境，清理鲁迅与时代话语系统的互文关系，避免在一个被切割孤立的"文本"空间中对"话语"进行想象和附会。先生明确肯定了我的这个想法，嘱我好好参考北冈正子先生的有关研究。

可以说，也是在先生的关怀鼓励和帮助下，2000年12月，我顺利获得了九州大学的博士学位，随即开始考虑博士论文公开出版事宜。按照日本学术振兴会的规定，博士研究生在完成学位论文并通过答辩获得学位后，就有资格申请博士论文公开出版资助，这一制度有些类似于国内国家科研基金的后期资助。尽管资助审查要经过层层筛选，难度很大，但毕竟是出版学位论文的最佳途径，对博士学位获得者有很大的吸引力。但想不到刚刚开始准备申请材料，就遇到一个不小的困难，即必须先找到认可论文并同意出版的出版社，还要出具有关材料。我顿时一筹莫展，便硬着头皮向先生求救。先生回信告我寄去的论文已读了大半，表示有申请出版的价值，并愿意帮我物色合适的出版社。不久,恰逢日本"现代中国学会"年度大会在福冈大学举行(记得那届大会承办方的负责人是福冈大学的山田敬三教授,邀请的中方嘉宾有陈漱渝先生,日本国内嘉宾中有北冈正子教授),先生借参会的机会亲自带我去拜见了东京的专业学术出版社汲古书院的社长石坂叡志先生,商谈了有关事宜。出版社环节的问题迎刃而解。结果是我顺利获得了"日本学术振兴会2002年度科学研究补助金·研究成果公开促进费助成",当年11月博士论文公开出版发行。虽然论文有种种遗憾和不足,但博士三年余的成果终究变成了印制精良的书籍公之于众。有机会以这样一种形式报答先生的关怀和期待,自己终于感到一丝安慰。

对于丸山先生的学术研究和信仰信念,我的理解有限,没有资格妄加评论。但从1980年代末与丸山先生相识直到先生去世,差不多十七八年的时间,断断续续与先生有过各种各样的联系和交集,特别是得到过先生的诸多教诲和帮助。我曾有机会忝列先生门下,但最终又因为自己的选择而未能亲闻謦欬,与先生相见相谈也只有2001年秋季的那两天。但或许正是这种保持着空间距离的语言文字的接触,有时也可以让人更加从容镇定地感悟先生的人格和学术。

在我的感觉里,先生的学术是朴素、诚实、充满信仰和信念的,先生的学术是有生命和原则的。或者说,他的学术就是他的生活方式,乃至生命方式。这是一种纯粹庄严的境界。以我个人而言,先生让我由衷地意识到人对人竟然可以有如此渗透灵魂的感动力量。先生罹患肾病,从1975年开始每周都要进行血液透析治疗,直到逝世,整整三十年。先生的生命和学术,就是在这种情形之中,一如既往地持续并得以完成。不知这算不算是一个奇迹。

在先生逝世十三年之后,谨以这些拙劣的文字表达一个异国后学对先生的衷心怀念和感谢。

2010.3初稿,2019—2021断续重订

后 记

关于这本小集的写作和编辑，略作如下交代。

1980年代中叶，作者就职于北京海淀区五道口某学院，开始从事中国现代文学的教学工作，八载后赴日留学，先后在位于日本九州的鹿儿岛大学和九州大学学习，专业为日本近代文学。在考虑毕业论文的研究课题时，纠结再三，终于觉得颇能理解夏目漱石当年何以放弃英国文学研究的纠结和苦涩，遂决定去尝试一下鲁迅与夏目漱石的比较研究，以发挥自己身为中国人的一点便利之处。研究做起来之后，对于这个课题的考察范围从小到大，处理的具体问题也随着兴趣和资料的搜集掌握状况不时有所变化，由硕士论文做到博士论文。获得博士学位后，论文有幸得到日本学术振兴会的出版资助，于2002年以日文专著形式由汲古书院付梓刊行，书名曰『魯迅・明治日本・漱石：影響と構造への総合的比較研究』（《鲁迅・明治日本・漱石：影响与结构的综合性比较研究》）。本书中较早时期的少部分文字便出自博士论文的有关章节。回国后，重新做回教书匠，教授日本近现代文学，并从事日本文学课题的研究。但同时，对于未竟的"鲁迅与日本"的考察一直难以割舍，于是陆续撰写了长短不一的研究性文章以及札记随笔等。现将这些浅陋的文字一并辑录，供学界同人批评指正。

众所周知，在鲁迅研究领域中，"鲁迅与日本"这一议题至今仍然是具有开拓空间和生产性的次领域。这背后最重要的原因之一，当然是在"鲁迅"的形成过程和结构形态中，日本一直都是一个非常重要、不可或缺的要素。这种重要性在于，鲁迅思想与文学的初步形成，或曰其雏形（日本学者用"原型""原鲁迅"来表述）的发生，主要是在作为时间和空间的日本所完成的。或者更准确地说，鲁迅与西方现代性的关联，主要是以日本作为中介而获得和完成的。上述所谓的时间，当然是1902～1909年的七载留学，而作为空间的日本则伴随了东京—仙台—东京的移动。除掉中间仙台两年颇为辛苦专注的医专学生生活外，前后两个与鲁迅的思想文艺直接相关的重头场景都完成于东京。作为新知识、新观念、新言说的输入、加工和传播普及的集散地，东京在20世纪初叶已经成为活跃的知识/观念的公共空间，其开放性和多元性为鲁迅的启蒙实践、文学思想框架的确立，以及自我主体性的铸造提供了各种可能和条件。西方现代思想研究者刘擎在评介著名思想家查尔斯·泰勒关于"自我"的根源学说时特别强调："泰勒说，自我无法凭空创造发明自己的价值和意义标准，这个标准离不开我们共同生活的背景框架，你只能依据这个框架来'选用'和'改造'形成自己的价值观。""我们的自主性，无法凭借孤立的内心来实现。""但泰勒告诉我们，意义和价值的标准依然存在，就存在于我们生活的共同背景之中。""这个共同背景并不是一套清晰固定的规则教条，而是一种资源，有着丰富的多样性，为意义和价值的选择标准提供了一个共同的框架。"（参见《刘擎西方现代思想讲义》，新星出版社，2021）泰勒对自我以及自主性来源的洞见揭示了自我生成的根本途径，赢得了现代思想学界的喝彩。这个思路和视角对于追寻"鲁迅"的形成同样具有启发意义。随着有关鲁迅与日本研究的不断深化，必定需要进一步具体解答留日时期鲁迅在建构自我主体性原型（可将此理解为基本结构或基本盘）过程中，究竟遇到和利用了哪些资源（共同框架），鲁迅认知并主张的观念和价值，究竟是如何在与时代言说、与他人的对话（以及对这些对话的反思）中获得建构等一系列问题。当然，解答这些问题的难度很大。笔者也曾尝试做过一些构想，但终于因为力有不逮以及疏懒，未能成形，仅止步于片段的印象感悟和思考。

书中收录的文字，曾分别刊载于《鲁迅研究月刊》、《现代中文学刊》、《中国现代文学研究丛刊》、《新文学史料》、《浙江学刊》、《上海鲁迅研究》、《济南大学学报》、《东岳论丛》、《华东师范大学学报》、《吉林大学学报》、《思想史》

（台湾）等刊物。衷心感谢各位编辑的指教和劳作。此次结集之际，对各篇重新做了排布校读和确认，或订正讹误，或补充其后发现的资料，或对部分表述论述进行较大幅度的调整增补，但核心论旨如旧。

在赴日留学之前及之后的两段求学研究经历中，有幸得到过中日诸位师长及同人友人的关心指导和帮助。衷心感谢恩师刘柏青、刘中树教授的学术启蒙；感谢阎纯德教授在笔者第一段教师职业生涯中的激励和扶持；感谢石田忠彦、高津孝、海老井英次、花田俊典、岩佐昌暲教授在作者赴日求学期间的指导和关怀；感谢丸山昇、藤井省三、中里见敬、小川利康、伊东贵之、秋吉收等诸位教授赐予的指教和助力。多年来的鲁迅资料文献搜集，特别惠承国际日本文化研究中心图书馆、九州大学图书馆、老友谢泳教授以及酒井顺一郎教授等机构和学者的鼎力协作。另外，回国二度任教至今，国内学界诸位同人也给予关照和帮助，笔者一直心存感念。衷心感谢诸位师友同人。

小集的编排布局，参照了董炳月兄的大著《樱心者说：论鲁迅的政治与美学》（生活·读书·新知三联书店，2021），特此申明并致谢。

最后，小集出版之际，得到王中忱教授的指教和助力，三联书店的叶彤先生以及崔萌编辑亦给予诸多教示。在此一并致以诚挚谢意。

如果从1909年日本杂志《日本及日本人》（半月刊）"文艺杂事"记事中报道周氏兄弟翻译刊行《域外小说集》的那段文字算起，鲁迅叙事足足已有110多年的历史了，其间尤其是国内的鲁迅研究早已贵为显学，但同时似乎也到了需要接受省察和诘问的节点。作为一个鲁迅爱好者和学习者，笔者将继续目下的阅读和思考，并衷心祈愿继往开来、推陈出新的鲁迅研究景观不断呈现。

特别鸣谢：本书主体内容由国家社会科学基金一般项目"留日时期鲁迅与明治日本之实证研究"（09BZW047）的各阶段研究成果构成。刊行得到华东师范大学"人文社会科学精品力作培育项目"（2017ECNU-JP012）的经费支持。

2023年4月23日于华东师大樱桃河畔